SIGVALD

Sigvald unterbrach seinen Marsch nicht, als er Môrd Huks Armee erreichte. Er lachte noch immer, als er in die roten Reihen brach und Todesstöße verteilte.

Die Ritter schauten verwirrt zurück, als sich der Boden hob und bebte. Sie sahen einen goldenen Blitz und ein glückliches Grinsen, bevor sie in einem Schauer aus Blut kollabierten und sich an Löcher griffen, die plötzlich in ihren Körpern aufgetaucht waren.

»Macht Platz für einen Gott«, schrie Sigvald und sprang über die stolpernden Ritter. Sein Herz raste und seine Adern fühlten sich an, als würde Feuer durch sie fließen. Innerhalb von wenigen Minuten würde er den Schädel besitzen, eine Reliquie von Khornes Thron, welche unvorstellbare Kraft durch seinen Geist leiten würde. Sein Gesicht war von einem so starken Verlangen erfüllt, wie er es noch nie gespürt hatte.

Als der Güldene Prinz sich einen Weg durch den Rücken der Armee schlug, erschienen Gewitterwolken über ihm, die das Mondlicht ausblendeten und das Schlachtfeld in Dunkelheit stürzten. Das einzige Licht, was übrig blieb, war Sigvald selbst. Als er durch ihre Schlachtreihen lief, leuchtete seine Rüstung wie ein gefallener Stern in einem Meer aus schwerfälligen Schatten.

Mehr Warhammer von Black Library

BLUTGEBOREN (März 2013)
Nathan Long

LUTHOR HUSS (April 2013)
Chris Wraight

BLUT DES AENARION (Mai 2013)
William King

TIME OF LEGENDS

· DER AUFSTIEG DES NAGASH ·
Buch 1 – NAGASH DER ZAUBERER
Buch 2 – NAGASH DER UNBEUGSAME (Juli 2013)
Mike Lee

· DIE ABSPALTUNG ·
Buch 1 – MALEKITH (3. Quartal 2013)
Gav Thorpe

· KURZGESCHICHTEN ·
ZEITALTER DER LEGENDEN (Juni 2013)
Christian Dunn (Hrsg.)

EIN WARHAMMER-ROMAN

SIGVALD

DARIUS HINKS

BLACK LIBRARY

Für Derek Hinks und Diana Ruiz.
Auf dass ihr ewig jung bleibt.

EINE PUBLIKATION VON BLACK LIBRARY

Englische Erstausgabe 2011 in Großbritannien herausgegeben
von Black Library.
Deutsche Erstausgabe 2013 herausgegeben
von Black Library
Black Library ist eine Abteilung von Games Workshop Ltd.,
Willow Road,
Nottingham, NG7 2WS, UK.

10 9 8 7 6 5 4 3 2 1

Titel des englischen Originalromans: *Sigvald*
Deutsche Übersetzung: Nils Christoph Schaede
Umschlagbild: Cheoljoo Lee
Kapitelillustration: John Blanche
Karte: Nuala Kinrade
Vertrieb: EGMONT Verlagsgesellschaften mbh

© Games Workshop Limited 2013. Alle Rechte vorbehalten.
Diese Übersetzung ist © Games Workshop Limited 2013.

Black Library, das Black-Library-Logo, Warhammer, das Warhammer-Logo, Time of Legends, das «Time of Legends"-Logo, Games Workshop, das «Games Workshop"-Logo und alle damit verbundenen Marken, Namen, Charaktere, Illustrationen und Bilder aus dem Warhammer-Universum sind entweder ®, ™ und/oder © Games Workshop Ltd 2000-2013, registriert in Großbritannien und anderen Ländern. Alle Rechte vorbehalten.

ISBN13: 978-1-78193-006-9

Druck und Bindung: Nørhaven, Denmark

Kein Teil dieser Publikation darf ohne vorherige Genehmigung des Herausgebers reproduziert, digital gespeichert oder in irgendeiner Art und Weise, elektronisch, mechanisch, als Fotokopie, Aufnahme oder anders übertragen werden.

Dies ist eine fiktive Erzählung. Alle Charaktere und Ereignisse in diesem Buch sind fiktiv und jegliche Ähnlichkeit zu real existierenden Personen oder Begebenheiten ist nicht beabsichtigt.

Besuche Black Library im Internet auf

www.blacklibrary.com/de

Finde mehr über Games Workshop und die
Welt von Warhammer heraus auf

www.games-workshop.com

Gedruckt und gebunden in Dänemark.

Es ist ein dunkles und blutiges Zeitalter der Dämonen und der Magie. Es ist ein Zeitalter des Krieges und des Todes, der Endzeit einer Welt. Inmitten von Flammen, Feuer und Wut ist es aber auch eine Zeit glorreicher Helden, waghalsiger Taten und großen Mutes.

Im Herzen der Alten Welt liegt das größte und mächtigste Reich der Menschen, das Imperium. Ein Land mit hohen Gebirgszügen, breiten Flüssen, dunklen Wäldern und großen Städten. Es ist bekannt für seine Technicusse, Zauberer, Händler und Soldaten. Herrscher über dieses Reich ist Kaiser Karl Franz. Von seinem Thron in Altdorf aus regiert der heilige Nachfahre des Reichsgründers Sigmar, dessen magischen Kriegshammer er trägt.

Aber friedliche Zeiten könnten nicht ferner sein. Zwischen den noblen Palästen Bretonias und dem eisigen Kislev, kurzum in der gesamten alten Welt, hört man die Trommeln des Krieges. Im riesigen Weltrandgebirge sammeln sich die Stämme der Orks für neue Angriffe. Räuber und Banditen suchen die wilden Südlande der Grenzgrafschaften heim. Und gibt Gerüchte über Rattenwesen, die Skaven, die aus der Dunkelheit der Kanalisationen und Sümpfe im ganzen Land hervorkriechen. In der nördlichen Wildnis droht der ewige Schatten des Chaos, bewohnt von Dämonen und Tiermenschen, die durch die bösartigen Mächte der Dunklen Götter korrumpiert sind. Und während die Zeit des Kampfes näher kommt, braucht das Imperium Helden mehr den je.

DIE STÄMME DES NORDENS IM SCHATTEN DES CHAOS

Liste der Persönlichkeiten

Die Dekadente Schar

Prinz Sigvald der Prachtvolle
Ein Held des Slaanesh

Freydís
Die Frau Sigvalds; Prinzessin des Güldenen Palasts

Oddrún der Bucklige
Kanzler des Güldenen Palasts

Baron Gustav Schüler
Ein stolzer Ritter des Imperiums, vor Kurzem am Güldenen Palast eingetroffen

Doktor Rusas Schliemann
Ein Ergebener Slaaneshs, ehemals Gelehrter des Imperiums

Ansgallür der Hungerleider
Der Wächter von Freydís

Víga-Barói
Ein Hauptmann der Dekadenten Schar

Hazûl
Erster Chirurg von Víga-Barói

Bruder Bürmann
Stummer Sklave von Víga-Barói

Énka
Der mächtigste Zauberer Sigvalds

Die Gefallenen

Hauk
Häuptling des Norse-Stammes genannt die Gefallenen

Sväla die Hexe
Eine Königin der Norse und Prophetin, Hauks Frau

Svärd
Ein junger Stammeskrieger der Norse, Sohn des Hauk und der Sväla

Valdûr der Alte
Ein alter Stammeskrieger der Norse und ältester Freund des Hauk

Ungaur der Gesegnete
Ein Schamane der Norse und religiöser Gegenspieler der Sväla

Rurik Eisenfaust
Häuptling des Drékar-Stammes

Halldórr der Schwarze
Ein Häuptling der Kurgan

Sturll der Schläger
Ein Häuptling der Norse

Lørden
Ein Fährtenleser der Norse

Æstrid
Eine junge Frau der Norse

Úrsúla
Eine alte Hexe der Norse

Völtar der Wolf
Eine von den Gefallenen verehrte Gottheit

Weitere

Môrd Huk
Ein Held des Khorne mit dem Kopf eines wilden Hundes.

Olandír
Ein Einsiedler auf einer einsamen Insel vor der Küste der Chaoswüste

Belus Pül
Ein Dämon des Slaanesh

Einvarr
Der Botschafter von Belus Pül

Galrauch
Ein zweiköpfiger Drache des Tzeentch

Bargau der Seelenlose
Ein uralter Unsterblicher aus der Vorzeit

PROLOG

Ein Mann trat aus den Schatten. Die Kontur seines massigen Körpers wurde durch den Schein einer einzelnen Kerze an die Wand geworfen. Andere Umrisse wurden sichtbar, während das Licht flackerte: Die Wände der kleinen Hütte waren mit Tierknochen behangen, hier und da lagen Fetzen von Pergament verstreut auf dem Boden und in der Mitte des Raumes war ein blasser Leichnam auf einen Opferstein gebunden, gezeichnet von zahlreichen, akkuraten und abgewinkelten Messerschnitten. Um den Leichnam herum erstreckte sich eine Blutlache. Es floss in ein feingliederiges Netzwerk kleiner Kanäle, um letztendlich in eine Ansammlung von bearbeiteten Bronzebechern zu tropfen.

»Ich habe dir unseren Mutigsten geopfert«, raunte der Mann, indem er auf den Leichnam deutete und in die Dunkelheit starrte. Seine Stimme hatte einen harten und merkwürdigen Klang, als spräche er mit einem Stück Metall im Mund. Als er sein Gesicht in das Kerzenlicht drehte, sah man den zähnefletschenden Wolfspelz, den er sich über das Gesicht gezogen hatte. »Wirst du nun sprechen?«

Doch es kam keine Antwort. Das einzige Geräusch kam vom Blut, das langsam in die Becher tropfte.

Der Mann richtete sich zu seiner vollen, beeindruckenden Größe auf und trat einen der Becher durch die Hütte. Es schepperte und das Blut spritzte an die Wand. »Was ist deine Antwort?«, schrie er, während er mit seiner Faust auf die Brust des Leichnams einschlug.

Trotzdem gab es keine Antwort und fluchend ließ er ein langes, gekrümmtes Messer auf den Boden fallen und war im Begriff, die Hütte zu verlassen.

Erst jetzt sah er die Wand. Das aus dem Becher gespritzte Blut formte sich selbst in Umrisse von Wörtern, während es den uralten Stein herablief.

Er rang nach Luft und hielt inne. Dann nahm er sich die Kerze und hielt sie vor die glitzernden Schriftzeichen. Seine Augen wurden größer, als er gewahr wurde, dass es sich um ein Fragment einer alten Saga handelte.

Er beugte sich noch näher und fing an, zu lesen.

Im ewigen Eis
    und tiefsten Schnee
ergibt sich ein Güldener Prinz
    seinem Verlangen.

Er fluchte erneut und verschmierte das Blut an der Wand. Hektisch wischte er seine Hände über den rauen Stein, bis auch der letzte Hinweis auf die Worte verschwunden war.

Zitternd stand er angespannt auf der Stelle und starrte auf den blutigen Stein. Erfüllt von Furcht murmelte er ein einziges Wort:

»Sigvald.«

KAPITEL EINS

Unter der tief hängenden schwarzen Wolkendecke erschien in der Ferne ein dreieckiger Stern. Von der anderen Seite des Tals war er noch nicht sichtbar gewesen, aber nun konnte man ihn nicht übersehen: Vor den bösartigen Zacken der gebieterischen Gipfel hing ein glitzerndes Schmuckstück. Von dem blinkenden Licht wie hypnotisiert, starrte der Baron über einen riesigen, gefrorenen See. Er lehnte sich im Sattel nach vorne und rieb sich die eingefallenen Wangen. Seit beinahe drei Monaten hatte er seine Männer nach Norden geführt; durch Landschaften des Wahnsinns und endloser Dunkelheit, während seine Zielstrebigkeit immer mehr nachließ, gepeinigt von abartigen Visionen, die er kaum noch aushalten konnte. Nach all diesen Strapazen, mit weniger als sechshundert Mann und seinem von Hunger und Kälte geschundenem Körper, wunderte er sich, ob er nicht doch endgültig den Verstand verloren hatte. In den Schattenlanden gab es keine Sterne, nur ewige Dunkelheit. Doch egal wie oft er seine Augen rieb und erneut in die Richtung blickte, das Licht blieb dort, als wollte es ihn verspotten.

»Kann dies die Erlösung sein?«, flüsterte er, während er an seinem verbrauchten Körper herab schaute und seine gefrorenen Gliedmaßen betrachtete. Vielleicht würde er das Ziel seiner Suche doch noch erreichen.

Er deutete zum Licht und seine Männer nickten schwach, als sie ihre sterbenden Pferde hinter ihm her über das Eis führten.

Beim Aufstieg auf der anderen Seite des Tals merkten sie nach einiger Zeit, dass es sich mitnichten um einen Stern handelte. Ungläubig schüttelten sie ihre Köpfe, als sie feststellen mussten, dass es sich bei dem Licht um ein bezauberndes Schloss handelte, welches auf unfassbare Weise in der Luft schwebte. Das Gebäude glitzerte und leuchtete im Mondlicht, während riesige Schneegestöber um das Schloss wirbelten. Es bestand komplett aus Gold.

Der Baron trieb sein Pferd schneller voran, doch als das Schloss nur noch eine halbe Meile entfernt war, zögerte er. Nun konnte er es sehr klar erkennen: ein riesiger Palast mit einer großen Kuppel, im eisigen Wind schwebend und allen Gesetzen der Logik trotzend. Er misstraute seinen Augen immer noch und wunderte sich. Selbst wenn es nicht schwebte, wäre dieses Schloss einem Wunder gleich gewesen: Ein verwirrender Wald von Türmen und Erkern, bevölkert von starrenden Fratzen. Der Umfang des Gebäudes war unglaublich. Jede noch so hohe Spitze wurde von einem noch höheren Turm überragt, bis die Augen sich verwirrt und verausgabt wieder auf die massiven Eingangstore richteten. Eine weite Treppe wand sich vom Palast in Serpentinen herunter. Von Weitem sah die Treppe aus wie der Stängel einer goldenen Blume.

Der Baron musste sich zwingen, seinen Blick von diesem fantastischen Gebäude abzuwenden, als einer der anderen Reiter nach ihm rief. Die Schneeverwehungen in der Umgebung sahen aus wie Leichentücher, welche über merkwürdige Formen gelegt worden waren. Er befahl seinen Männern, diese Haufen zu untersuchen, und trotz ihrer offensichtlichen Angst stiegen sie von ihren Pferden und bewegten sich schwerfällig durch den Schnee. Als sie schließlich die Erhöhungen erreicht hatten, zogen sie aus ihren eingefetteten Umhängen ihre Schwerter und begannen, umständlich mit ihnen zu graben. Die Männer wunderten sich, als sie einen verbeulten Block aus Gold entdeckten. Ihre Habgier gab ihnen neue Kraft und innerhalb weniger Minuten hatten sie eine umgefallene Statue freigelegt. Wie der über ihnen schwebende Palast war auch die Statue komplett aus Gold. Aber es war nicht der Glanz des edlen Metalls, der ihnen die Luft nahm, sondern die Statue an sich. Sie zeigte einen jungen Edelmann in einer Plattenrüstung, der allem Anschein nach in schallendem Gelächter hinauf auf den Palast zeigte. Das Gesicht der Statue war so unglaublich schön und voller Freude, dass die Männer ihre Klingen sinken ließen und in Ehrfurcht einige Schritte zurücktraten. Obwohl das Metall mit Kratzern und Beulen übersät war, schienen die Augen der Statue vor Leben und Witz zu strahlen. Eine lebenslustige Kraft ging von ihr aus. Die Männer hatten noch nie ein so glückseliges und schönes Abbild der Erfüllung gesehen. Während sie die Gesichtszüge anschauten, fingen sie an, dümmlich vor sich hin zu grinsen.

Für einige Augenblicke war der Baron still und starrte mit demselben dummen Gesichtsausdruck wie seine Männer die Statue an. Dann schüttelte er seinen Kopf, schloss seinen Mund und winkte sie zu den anderen Umrissen im Schnee. Seine Männer eilten sich, ihm zu gehorchen, und hatten bald ein Dutzend gleicher Statuen ausgegraben, die alle ebenfalls lachend auf den Palast zeigten. Sie waren alle umgeworfen worden und einige zeigten deutliche Spuren eines Angriffs – manchen fehlten Körperteile und sogar der Kopf – aber trotzdem waren sie alle von unfassbarer Schönheit. Umringt von diesen lächelnden, göttlichen Figuren überkam der Baron seine Zweifel, stieg von seinem Pferd und marschierte durch den Schnee direkt auf den schwebenden Palast zu.

Die anderen Soldaten folgten ihm: Sie banden ihre Pferde

am Fuß der Treppe an und stiegen mit benommenen und vergnügten Gesichtsausdrücken hinter dem Baron die Treppe hinauf.

Als seine Stiefeltritte auf der goldenen Treppe widerhallten, erlangte der Baron ein wenig seiner alten Kraft und Würde zurück. Er strich das Eis aus seinem breiten Schnurrbart und drehte die Enden wieder nach oben. Auch die letzten Spuren der Erschöpfung fielen von ihm ab, als er die weiten Windungen der Treppen emporstieg. Er schien allerdings nicht zu merken, dass genau wie die Statuen viele der Stufen beschädigt und abgenutzt waren. Sie zeigten deutliche Spuren der Vernachlässigung.

Ein Kratzen von Metall auf Metall ertönte. Am oberen Ende der Treppe sah der Baron, wie sich eine Tür vor einem großen, vergitterten Säulengang öffnete. Zuerst sah es so aus, als hätte sich die Tür von selbst geöffnet, aber als er und seine Männer den Eingang erreichten, sahen sie eine Gruppe, die zur Begrüßung hinausmarschierte. Die Augen des Barons glitzerten vor Aufregung, als er zwölf glänzende Ritter sah. Sie trugen violette, verzierte Rüstungen und ein jeder trug ein Schwert und einen runden, spiegelnden Schild. Sie waren fast so bezaubernd wie die Statuen: Groß, anmutig und perfekt ausgerichtet, während sie sich zu einer Phalanx vor der Tür aufstellten.

Dann verging dem Baron sein Lächeln. Er griff mit einer Hand zu seinem Langschwert, als sich eine verhüllte Gestalt durch den Türrahmen bückte und ins Mondlicht wankte. Die Ritter waren alle über sechs Fuß groß, doch die vermummte Gestalt, die ihnen folgte, überragte sie um ein Eineinhalbfaches. Selbst diese beeindruckende Größe schien noch nicht das gesamte Ausmaß des Riesen zu sein: Seine dreckigen Leinenroben waren über lange, knorrige Muskeln und einen Buckel auf dem zerfurchten Rücken gespannt. Hätte der Riese aufrecht gestanden, wäre er noch deutlich größer gewesen. Das Wesen erinnerte mehr an einen Sack, der mit langen Stöcken ausgestopft war und der von einem unsichtbaren

Puppenspieler bewegt wurde. Er bewegte sich ungelenk auf die Reiter zu, seinen Kopf nach unten gebeugt und das Gesicht im Schatten verborgen.

Der Baron ging stolz in Habachtstellung und bedeutete seinen Männern, es ihm gleich zu tun. Der Riese wankte auf sie zu und kam wenige Fuß vor ihnen zum Stehen. Als dieser über ihn ragte, konnte der Baron unter seinen Roben dutzende kleiner Gestalten wahrnehmen. Aus den Falten der Robe nahm er schweres Atmen wahr, gefolgt von einem tiefen, knurrenden Geräusch. Es schien, als wollte der Riese sprechen.

»Ich bin Gustav Schüler«, sagte der Baron, wobei er seinen starren Bart hervorstreckte und seine Schultern zurücknahm. Er sah aus wie ein wiederbelebter Leichnam. Seine mit Pusteln übersäte Haut war grauenhaft über seine hervorstechenden Wangenknochen gespannt und seine Lippen waren aufgeplatzt und blau, doch der Baron trug seine hochgeborene Herkunft wie ein Ehrenabzeichen. Er stolzierte durch den Schneesturm, dazu entschlossen, unerschrocken zu wirken. »Ich verlange Einlass.«

Ein weiterer Fluss von krächzenden Vokalen entsprang der Kapuze des Riesen. Der Baron schüttelte ungeduldig seinen Kopf. »Ich kann ihn nicht verstehen.« Er wandte sich zu den Rittern mit ihren versteinert wirkenden Gesichtern. »Ich kann ihn nicht verstehen. Ist er ein Dämon? Seid ihr alle Dämonen?«

Die Ritter gaben keine Antwort. Es schien sogar so, als ob sie den Baron gar nicht sahen. Also wandte er sich wieder dem in Roben gekleideten Riesen zu, nun mit noch lauterer Stimme, um sich im starken Wind Gehör zu verschaffen. »Könnt Ihr mich verstehen?« Wut klang in seiner Stimme mit, als er noch näher herantrat. »Wir sterben. Wir können nirgendwo anders mehr hin.«

Der in Roben gekleidete Riese schaute für eine Weile auf ihn herab, leicht hin- und herwankend, als ob er Schwierigkeiten hätte, auf seinen langen, deformierten Beinen die Balance zu halten. Dann sprach er erneut. Die Worte waren immer noch wenig mehr als ein kehliges Knurren, aber sie erklangen nun in einer Sprache, die der Baron verstehen konnte. »Dann habt Ihr mein Mitleid«, sagte er und trat zur Seite, um den Baron zur offenen Tür zu weisen.

»So etwas habe ich noch nie gesehen«, sagte der Baron, als er einen weiten Gang entlang humpelte. Die lange Reise in den Norden hatte einige seiner Zehen in schwarze Stümpfe verwandelt und bei jedem weiteren Schritt schossen Nadelstiche voll Schmerz durch seine Füße. Aber die beeindruckende Architektur ließ ihn weiter voranschreiten. Das Gewölbe der Decke war so hoch, dass er es im Fackelschein kaum sehen konnte. Ohne das ferne Funkeln des goldenen Kreuzgewölbes hätte er es auch für den Nachthimmel halten können. Der Riese gab keine Antworten, während er ihn weiter durch den Palast führte. Dies war bereits der vierte lange Gang, den sie durchschritten, und der Riese war still wie ein Grab. Sie waren allein und der Baron hatte viele brennende Fragen, die noch nicht beantwortet waren.

»Was ist mit meinen Männern?«, fragte er. Der Baron hatte den Rittern ohne Widerrede erlaubt, seine erschöpften Männer wegzuführen: Es war ihm natürlich vorgekommen, seine Männer solch noblen Beschützern anzuvertrauen, aber jetzt, da sich seine Gedanken etwas geordnet hatten, fühlte er sich plötzlich unglaublich schuldig. Was hatte er sich bloß dabei gedacht? Er schaute nervös über seine Schulter, konnte aber kein Anzeichen des Eingangs entdecken. Der Riese gab noch immer keine Antwort und der Baron schüttelte ungläubig seinen Kopf, peinlich davon berührt, wie einfach er sich hatte ablenken lassen. »Was hätte ich tun sollen?«, nuschelte er. Er zupfte ungeduldig an seinem Schnurrbart und stolperte zu einem plötzlichen Halt. »Meine Männer haben keine Kraft mehr. Sie sind schon fast tot.« Als er auf die verblasste Schönheit um ihn herum schaute, wurde ihm klar, dass ihre Zukunft in den Händen des Herrschers dieses Schlosses lag. Er war für sie alle entweder Retter oder Henker.

Der Baron beeilte sich und schüttelte weiter seinen Kopf in Unglauben, als er das erste Gebäude verließ und zum nächsten ging. Obwohl es von außen aussah wie ein einziger, großer Palast, begriff er nun, dass es eine ganze Ansammlung von Palästen und Schlössern war. Jeder weitere Bau schien noch größer und schöner als der vorherige. Doch je weiter er kam, desto offensichtlicher wurde der Verfall; die Gebäude schienen verlassen zu sein. Tiefer im Gebäudekomplex war kein Hauch des Windes mehr zu spüren und eine dicke Lage Staub ließ sämtliches Gold in einem larmoyanten Grau erscheinen. An den Wänden standen Spiegel so hoch wie Bäume. Viele der Goldrahmen waren gebrochen und große Risse zogen sich über die Spiegelflächen. Neben den Spiegeln hingen riesige Porträts mit dem grinsenden Abbild der Statue, die der Baron draußen vor dem Palast gesehen hatte. Jedes riesige Bild zeigte den jungen Adligen in unglaublichen, lebendigen Farben, wie er unzählige Ungeheuer besiegte. Jahrzehnte des Staubs hatten sich auf ihnen abgelagert und das Gesicht des Adligen war hinter einem Vorhang von Spinnenweben verborgen.

Nach einer Stunde des Marschierens in absoluter Stille konnte der Baron plötzlich Geräusche hören. Als er einen weiteren endlosen Korridor hinunterstolperte, erkannte er, dass es sich um Musik handelte. Er neigte seinen Kopf auf die Seite und strengte sich an, besser zu hören. Er nahm jetzt auch dutzende Stimmen wahr, die von den Säulen und Bögen widerhallten. Der vermummte Riese führte ihn in einen weiteren Gang. Dieser unterschied sich deutlich von den vorherigen: Er war kleiner – nur breit genug, um vier bis fünf Mann nebeneinander gehen zu lassen – und er war vor Kurzem eindeutig von Leben erfüllt gewesen. Zwar waren auch hier die Spiegel an den Wänden mit uraltem Staub bedeckt, aber auf dem Teppich waren Fußspuren zu sehen. Der betörende Duft von Lilien erfüllte die Luft und der Baron seufzte behaglich, als die

Wärme langsam durch seine Pelze sickerte. Die Musik war nun deutlich zu hören und er hielt kurz inne, um den leichten und geschmeidigen Harfenklängen zu lauschen. Auch die Stimmen wurden klarer. Der Baron konnte die Sprache nicht zuordnen, aber das hier und da erschallende Lachen brachte ihm ein leichtes Lächeln ins Gesicht. Sein vermummter Begleiter hielt inne, als er die letzte Tür erreichte. Die Lautstärke der Musik machte deutlich, dass sie ihr Ziel erreicht hatten. Der Riese legte seine lange, bandagierte Hand auf eine der Türklinken und zögerte. Er drehte sich zu Schüler um und nach einigen Sekunden des Luftholens und Stotterns knurrte er: »Noch könnt Ihr umkehren.« Die Worte waren angestrengt und wegen seines schweren Akzents kaum verständlich.

Der Baron schaute den Riesen ob der Verzögerung grimmig an und zeigte auf die Tür.

Für eine kurze Ewigkeit studierte der Riese aus den tiefen Falten seiner Robe den Baron, dann nickte er kurz und drückte die Tür auf.

Der Baron trat vor Schreck einen Schritt zurück. Der Saal vor ihm war bunter als ein sich drehendes Kaleidoskop, erfüllt von einem Chaos von Farben. Gruppen von Tänzern sprangen durch Schwaden von Weihrauch vor und zurück. Er schüttelte erstaunt seinen Kopf. Die Tänzer waren in durchsichtige Seide und glitzerndes Brokat gehüllt. Sie bewegten sich mit solcher Anmut und Leichtigkeit, dass es schwer war, sie im Rauch klar wahrzunehmen. »So schön«, murmelte er, und doch konnte er die Angst in seiner bebenden Stimme nicht ganz verstecken. »Was sind sie? Götter?« Der vermummte Riese schüttelte den Kopf. In seiner Stimme lag ein amüsierter Unterton, als er den Baron in den Raum bat. »Nein.«

Nachdem sich die Augen des Barons an das flackernde Licht gewöhnt hatten, konnte er seine Umgebung etwas klarer erkennen. Er befand sich in einem unfassbar großen Thronraum. Abgestufte und schwer verzierte Balkone hingen an den Wänden und ganze Reihen von Säulen teilten den

Saal in einzelne Arkadengänge auf. Die Wände und Decken bestanden aus poliertem weißem Marmor und waren in den Ecken abgeschlossen mit verspielten, goldenen Eckleisten. Zwischen jedem Arkadengang hingen Kristallkerzenleuchter; jeder einzelne in der Größe einer Kutsche und leuchtend im Glanz hunderter Kerzen. Die Flammen pulsierten in einer Vielzahl unterschiedlicher Farben. Sie färbten die tanzenden Wesen ein und brachten ihre merkwürdigen Kostüme zum Vorschein: riesige, gefiederte Masken und Flügel aus Seide, welche sich alle in perfektem Einklang im Rauch drehten. Auf den Balkonen über den Tänzern standen zahlreiche Musiker und spielten Instrumente von so merkwürdiger Bauweise, dass sie eher wie verlängerte Gliedmaßen aussahen, denn wie Geräte aus Holz und Messing. Während der Baron diese wahnsinnige Szene bestaunte, merkte er, dass viele der Lichter keine festen Leuchten oder Kerzen waren. Dutzende kleiner Vögel flatterten durch den Saal und sausten im Sturzflug durch das Gemenge, wobei sie kleine Laternen an ihren Federn hinter sich herzogen.

Hinter den Tänzern stand der Thron auf einem erhöhten Podest. Der Saal war so lang und durch und durch von dichtem Rauch erfüllt, dass es für den Baron schwierig war, die Details des Throns zu erkennen. Doch im pulsierenden Licht konnte er auf dem riesigen Thron eine dünne Gestalt ausmachen, die gelangweilt in den Kissen lag. Er verspürte einen Kitzel der Aufregung. Dies musste sein Gastgeber sein. Dem Baron war klar gewesen, dass das fröhliche Treiben der Tänzer mit ihren hinter obskuren Masken versteckten Gesichtern nur zur Belustigung dieser einen Person geschah.

»Wessen Palast ist …?«, fing der Baron an. Doch als er sich umdrehte, war sein vermummter Begleiter verschwunden. Er suchte die tanzende Menge ab und sah die wankenden Schultern des Riesen einige Fuß entfernt zwischen den Tänzern auf- und abtauchen. Er versuchte, dem Riesen zu folgen, doch dieser löste sich hinter einer Wand von Rauch und wirbelnder

Seide in Luft auf. Er zuckte mit den Schultern und schaute wieder zum Thron am Ende des Saals. Es war eindeutig, wessen Palast dies war.

Er nahm Haltung an und marschierte selbstbewusst den zentralen Säulengang herab. Doch als er den anderen Gästen näher kam, hielt er inne. Er kam sich wie in einem Spiegelkabinett vor. Die Kostüme und Verkleidungen der Wesen waren aus der Nähe betrachtet noch absonderlicher: Monsterhafte Masken starrten ihn an und schlangenähnliche Gliedmaßen wuchsen aus den Körpern und hingen zwischen den Umhängen. Er begann, daran zu zweifeln, ob es sich überhaupt um Verkleidungen handelte, denn sie wirkten so erschreckend lebendig. Aber es war die Körpergröße der Wesen, die ihn endgültig zum Anhalten brachte. Manche der Tänzer überragten ihn bei Weitem, so groß wie Bäume, während andere zwischen seinen Füßen herumschwirrten. Er schloss seine Augen für einige Momente und versteckte sie hinter seinen Händen in einem sinnlosen Versuch, die verstörenden Gesichter und unmöglichen Gestalten zu ignorieren. Grausige Erkenntnis überkam ihn, einem Anfall gleich. »Wie können sie existieren?«, stöhnte er. Als er dort stand, vom verzögerten Schock wie angewurzelt, fühlte der Baron eine unwiderrufliche Veränderung in seiner Seele. Er schüttelte erneut seinen Kopf und eilte weiter, seine Augen auf den Thron gerichtet. Während er durch den Reigen der Tänzer rannte, berührten ihn zarte Finger im Gesicht und stöhnende, exotische Stimmen flüsterten in seine Ohren. Sie ermutigten ihn, sich mit dem windenden Haufen von Leibern zu vereinen. Eine betörende Mischung aus Angst und Erregung erfasste ihn und er fing an, zu rennen.

Mit erleichtertem Seufzen erreichte er das breite Podest und trat zwischen den Tänzern hervor. Ein kirschroter Teppich führte zum hohen, barocken Thron und an seinem Fuße lag eine Gruppe geschmeidiger, halb bekleideter Gestalten, die in träger Verehrung vor ihrem Monarchen lagen. Hier war das Licht etwas besser, aber der Baron runzelte die Stirn und traute seinen eigenen Augen nicht ganz. Die sich ihm zuwendenden Gestalten hatten Augen so schwarz wie Kohle und ihre Haut hatte die Farbe von unberührtem Schnee. Ihre schönen, elfengleichen Gesichter schauten ihn voll böser Absicht an, während sie sich langsam erhoben, um ihn zu begrüßen. Ihre gespaltenen Zungen spielten dabei unaufhörlich um ihre Schmollmünder. Er schämte sich, als er merkte, dass er diese Wesen zaghaft anlächelte, während sie sich an ihn drückten. Es war ihm noch nicht einmal klar, ob es sich um Männer oder Frauen handelte, aber als sich ihre langen und schönen Gliedmaßen an ihm rieben, fühlte er einen Rausch der Wollust. Zarte Finger fuhren über seine verpustelte Haut und der Baron schloss seine Augen, wobei ihm ein Stöhnen entwich. Nach vielen Monaten des Krieges gab sein Körper gerne den lieblichen Umarmungen nach. Sanfte, feuchte Lippen berührten seine Ohren und warme, sinnliche Körper drückten sich gegen seine Hände.

Der Baron war endgültig besiegt.

Seine Beine wurden weich und er fiel dankbar in ein Dickicht erwartungsvoller Arme.

KAPITEL ZWEI

»Zum Kennenlernen wird später noch Zeit sein«, sagte eine sanfte Stimme.

Als er seine eigene Sprache hörte, erfüllte ihn ein Gefühl von Schuld. Er öffnete seine Augen, nur um festzustellen, dass er immer noch im großen Thronsaal war. Erschreckt musste er feststellen, dass seine blassen Verführerinnen sich über seinen Körper krümmten und ihn erwartungsvoll entkleideten. Ihre schwarzen Augen rollten vor Erregung, während sie mit ihren Fingern seinen Lederwams öffneten und seine nackte Brust streichelten. Doch da merkte er plötzlich, wie unnatürlich ihre Schönheit war, und schrie in einer Mischung aus Verlangen und Angst auf. Manche ihrer Körperteile endeten in gezackten Krallen und Scheren und manche hatten Schwänze, die sich aus ihren kreisenden Hüften schlängelten. Er setzte sich auf und drückte sie angestrengt von sich weg, um festzustellen, wer mit ihm gesprochen hatte. Vor ihm befand sich ein Gesicht, das sich ganz grundsätzlich von denen, die sich an ihm rieben und ihn berührten, unterschied. »Ihr solltet Euren Gastgeber kennenlernen, bevor Ihr Euch an seinen Geschenken labt«, sagte der über ihm stehende Mann. Seine Augen waren hart wie Stahl und sein Gesicht war wie eine Maske aus verschlungenen Narben. Er griff unter die Arme des Barons und zog ihn von den sich windenden Nymphen fort. Der Baron räusperte sich verlegen und schloss schnell sein Lederwams. Er fühlte eine peinliche Röte in sein Gesicht steigen, da er vor einem großen, strengen Mann stand. »Ich … ich bin weit gereist«, stammelte er und versuchte gleichzeitig, die ihn an seinen Beinen berührenden, blassen Finger zu ignorieren. »Ich bin einfach erschöpft. Ich …«

Der Mann nickte.

Während sich der Baron aus der Anhäufung der Körper befreite, schaute er sich seinen Retter näher an. Er war wie ein Ritter oder Adeliger gekleidet. Seine breite, kraftvolle Brust steckte in einem purpurfarbenen Brustharnisch, der von merkwürdigen und altertümlichen Mustern bedeckt war. Der Helm, welchen er unter seinem Arm trug, war dem Kopf einer Schlange nachempfunden. Es war schwer, sein Alter zu schätzen. Der Baron schätzte den Ritter auf mindestens fünfzig: Er war groß, stand mit ungebeugtem Rücken und hatte den Baron mit einer Leichtigkeit hochgehoben, als wäre er ein Kind, aber das ölige Haar war schon recht dünn und so grau wie seine Augen. Sein Gesicht war von unzähligen Narben und alten Verletzungen bedeckt. Sein Mund war zu einer dauerhaften Grimasse erstarrt, hochgezogen von einem dicken Wurm Narbengewebe. Seine Augen brannten mit einer schockierenden Bösartigkeit.

»Kommt Ihr aus dem Imperium?«, fragte der Baron und entfernte sich gleichzeitig von dem grimmig starrenden Ritter. Als wäre er beleidigt von der Frage, verzog dieser missbilligend sein Gesicht. Dann packte er den Baron mit einem erbarmungslosen Griff. »Ich werde Euch jetzt dem Herrscher des Palastes vorstellen«, sagte er mit einer tiefen, samtweichen Stimme, die so gar nicht zu dem hässlichen Mund passen wollte.

Er schob den Baron zum Thron und kniete nieder. Gleichzeitig bedeutete er dem Baron, es ihm gleich zu tun. Als der Ritter niederkniete, konnte Schüler eine Reihe von polierten Widerhaken sehen, die tief in der Haut des Ritters steckten. Sie hielten den Brustharnisch an seinem Körper. Als der Ritter sich nun nach vorne lehnte, zogen sämtliche Haken an seiner Haut, was unbeschreibbar schmerzhaft sein musste, und der Baron verzog bei diesem Anblick sein Gesicht.

Nachdem der merkwürdige Ritter kurz seine Stirn tief in den Teppich gedrückt hatte, verkündete er: »Sigvald, Herr der Dekadenten Schar. Euer Gast ist eingetroffen.«

Der Baron drückte seine eigene Stirn in den Teppich und starrte danach auf die im Thron zusammengesunkene Gestalt. Es war ein Junge mit dem Gesicht eines Gottes. Er mochte nicht älter als sechzehn oder siebzehn Jahre alt sein und seine Haltung war lässig und gleichgültig wie die eines jeden anderen Jugendlichen, aber sein Gesicht war von göttlicher Perfektion. Der Baron erkannte, dass es sich um das Gesicht von den Statuen und Gemälden handelte. Er hatte langes blondes Haar und ein anmutiges, kraftvolles Gesicht mit stechenden blauen Augen und einem unmenschlichen, sinnlichen Mund. Der Jugendliche trug mit seinem kraftvollen Körper eine überladene, kunstvoll gestaltete Goldrüstung. Sie war mit komplizierten Mustern von Spiralen und anderen fantastischen Ornamenten verziert. Sie ließ ihn außerdem kampfbereit aussehen und trotzdem schien es, als ob er fast nackt wäre. Seine Arme und Beine waren geschmeidig und wo seine Haut sichtbar war, sah sie wie das Elfenbein seines Thrones aus. Der Baron fühlte sich gleichermaßen gedemütigt und angewidert. Er hatte noch nie eine solch verführerische Vereinigung von ritterlicher Perfektion und offener, vulgärer Dekadenz gesehen.

Der junge Prinz schien die Worte seines Ritters nicht zu hören. Seine Aufmerksamkeit war gänzlich auf das leere Weinglas in seiner Hand gerichtet. Er war ganz und gar mit der

Reflexion seines eigenen Gesichts beschäftigt, welches sich im facettenreichen Kristallglas spiegelte.

»Sein Gast?«, flüsterte der Baron, während er sich zum Ritter an seiner Seite beugte. »Ihr müsst Euch irren. Ich wurde nicht –«

Der Ritter brachte ihn mit einem Hohnlächeln zum Schweigen.

Der Baron fühlte sich erniedrigt, in der Annahme, dass der Ritter seine vorherige Schwäche bereits missbilligt hatte. Er wollte sich erneut mit etwas mehr Nachdruck entschuldigen, als der Prinz von seinem Glas hochschaute. Sein Gesicht veränderte sich in ein gereiztes Stirnrunzeln und er bedeutete dem Purpur gekleideten Ritter, näher zu kommen. Neben ihm fing der junge Herrscher an, zu sprechen, doch zur Enttäuschung des Barons waren die Worte völlig unverständlich. Die Stimme des Prinzen war freundlich, doch die Sprache selbst klang wie die Worte des tapsigen Riesen, der ihn in den Thronsaal geleitet hatte. In seiner Verwirrung schüttelte der Freiherr seinen Kopf. Doch dann merkte er, dass die Worte sowieso nicht an ihn gerichtet waren. Der Prinz deutete auf sein eigenes Spiegelbild und forderte den Ritter auf, dessen Gesicht zu betrachten. Durch die sich steigernde Panik in seiner Stimme schien es, als hätte er etwas Schreckliches gesehen.

Der Ritter bückte sich und wischte mit einer zärtlichen Handbewegung das strohblonde Haar des Jünglings aus seinem Gesicht. Dann schaute er genau auf Sigvalds Stirn, während der Prinz ungeduldig mit geschlossenen Augen wartete. Der Ritter lachte und zupfte etwas von der Haut des Prinzen. Er hielt es ihm mit einem beruhigenden Gesichtsausdruck vor Sigvalds Gesicht und klopfte ihm auf die Schulter.

Der Prinz schien nicht überzeugt und schaute finster auf die Hand des Ritters. Dann beugte er sich nach vorne und schaute erneut in sein Spiegelbild. Nachdem er schmollend einige weitere Sekunden auf sein Ebenbild gestarrt hatte, wurde sein Gesichtsausdruck weicher und er ließ sich mit einem erleichterten Seufzer in seinen Thron zurückfallen. Schon schien er den Ritter wieder vergessen zu haben und studierte sein Spiegelbild erneut.

»Mein Prinz«, sagte der Ritter und zeigte auf den Freiherrn. »Euer Gast ist eingetroffen.«

Sigvald schaute den Ritter mit einer Mischung aus Verwirrung und Missmut an. Er schüttelte seinen Kopf und schimpfte etwas vollkommen Unverständliches.

Der Ritter versuchte, seine Grimasse zu einem Lächeln zu verziehen, und zeigte erneut auf Schüler.

Endlich wandte sich Sigvald dem Freiherrn zu. Sein Missmut verflüchtigte sich und ein breites Grinsen in seinem Gesicht ließ eine Reihe wohlgeformter strahlend weißer Zähne erkennen.

»Der Südling?« sagte er in perfektem Reikspiel. »Víga-Barói, warum hast du mir das nicht gleich gesagt?« Seine Lethargie war verschwunden und seine Augen glitzerten vor Erregung. Er sprang von seinem Thron und zog Schüler hoch, um ihn fest und herzlich zu umarmen. »Wie perfekt du bist!«, rief er aus, während er den verwunderten Baron auf Armeslänge hielt und eingehend anschaute. Sigvald studierte ihn von Kopf bis Fuß, die zerzausten Pelze, die beschädigten Waffen und das ausgemergelte, wilde Gesicht. Er lachte laut auf und umarmte den Baron erneut. »Perfekt!«, schrie er.

Der Baron fühlte seinen Stolz anwachsen und in einem Versuch, Sigvalds Lobpreisungen würdiger zu sein, glättete er seinen Bart. »Mein Gebieter«, sagte er und machte erneut eine Verbeugung. »Ich wusste nicht, dass Ihr mich erwartet. Mir war nicht klar …« Er verstummte, als der strahlende Prinz ihn erneut umarmte.

»Du bist alles, was ich mir gewünscht habe«, sagte Sigvald und streichelte mit einer Hand über das vom Wetter zerfurchte Gesicht des Barons. »Was für ein frischer Wind nach einer Ewigkeit mit diesen kriecherischen Trunkenbolden«, sagte er mit einem abschätzigen Blick auf die anderen Gestalten im

Saal. Der Baron schaute auf die Menge im Saal und bemerkte, dass diese nun stillstand. Die Musiker auf den Balkonen spielten nicht mehr und der gesamte Saal starte ihn an. Selbst im bizarren Licht konnte er die eifersüchtigen Blicke in ihren absonderlichen Gesichtern erkennen. Er zuckte ob dieses offenen Hasses zurück und drehte sich zurück zum Prinzen, um ihm zu sagen, weswegen er gekommen war. »Ich kam hierher, um Hilfe zu finden, mein Gebieter.« Er senkte seine Stimme und sprach mit dringlicher Stimme und mit geballten Fäusten. »Ich brauche Hilfe. Das Imperium ist am Ende.«

Sigvald lächelte nur amüsiert.

Wütend sprach der Baron. »Der Imperator macht *gar nichts*. Ich bin den ganzen langen Weg gekommen, um jemanden zu finden, der mutig genug ist, uns des Imperators zu entledigen ...« Seine Worte verstummten, als er das totale Unverständnis in Sigvalds Augen sah. Er schlug seine Hände über dem Kopf zusammen, in der Annahme, er hätte einen schlimmen Fehler gemacht. Dann zeigte er hinter sich in den Thronraum auf die Gruppen von Gestalten. »Sind dies ...« Er pausierte erneut, unsicher, wie er diese Wesen beschreiben sollte. »Habt Ihr eine Armee, mein Gebieter?«

Sigvalds Lächeln wurde noch breiter, gerade so, als hätte der Baron einen guten Witz erzählt. »Armeen? Warum fragst du nach solchen Dingen?« Er zeigte auf die glänzenden Säulen um sie herum. »Schau doch mal, wo du eigentlich bist.« Er neigte sich zum Baron hinüber, seine Stimme zitterte vor zurückgehaltenem Gelächter. »Du bist all dieser weltlichen Langeweile entkommen. Siehst du es nicht? Du bist endlich absolut frei. Du bist herausgekrochen aus einem staubigen, lebensfeindlichen Kokon.« Er verengte seine Augen und schaute argwöhnisch auf ihre stillen Zuschauer. »Denk darüber nach«, flüsterte er mit einer plötzlichen Dringlichkeit in seiner Stimme. »Du bist aus einem Kokon gekrochen.« Er schaute auf seine Hände hinab und schnitt eine Grimasse, als ob er etwas Unangenehmes in seinen Handflächen sehen würde. »Ein Kokon.«

Sigvald

Während er weiter auf seine Handballen starrte, wurde sein Gesichtsausdruck immer angeekelter, bis er sein Gesicht abwendete und seinen Kopf schüttelte. Dann fiel plötzlich die ganze Ernsthaftigkeit von seinem Gesicht ab und er schaute wieder mit einem breiten Lächeln nach vorne. »Jetzt musst du nur noch deine Flügel ausbreiten!« Er drehte sich zu seinem grinsenden Ritter. »Víga-Barói«, schimpfte er, »dies ist eine Willkommensfeier und keine Beerdigung!«

»Mein Prinz«, antwortete er mit einem Kopfnicken. Dann gab er ein Zeichen zu einem entfernten Balkon. Auf sein Signal hin fingen die Musiker mit einem wilden, absonderlichen Lied an und mit flatternden Kostümen und dem Klappern der merkwürdigen Gliedmaßen begann der Tanz von vorne.

Während die Musik den Saal ein weiteres Mal erfüllte, lächelte Sigvald immer noch und nickte aufgeregt dem Baron zu. »Die Feier ist dir zu Ehren, mein mutiger Freund. Wir bekommen so wenige Besucher hier am Ende der Welt. Sogar noch viel weniger. Weniger als gar keine.« Er kicherte. »Nicht viele haben genug Mut, um so weit zu kommen.« Er fasste den Baron bei der Hand und zog ihn wieder zu sich. »Du musst einen starken Willen in dir haben. Einen sehr starken Willen.« Er schaute hoch, als ein Vogel über sie glitt und ihre Gesichter mit seiner Laterne erhellte. Wie verzaubert beobachtete Sigvald den Vogel für einige Momente; dann schaute er zurück zu seinem Gast mit einem verwirrten Lachen. »Wer bist du, Freund?«

»Ich bin ein Baron«, antwortete Schüler, leicht verwirrt. »Um genau zu sein, Baron Gustav Schüler. Ich bin vom Imperium aus in den Norden gereist. Ich komme aus einer großen Stadt namens Altdorf.«

Er schaute auf die zerrissene rotblaue Heraldik seiner Rüstung, als wäre es das merkwürdigste, was er bisher gesehen hatte. Ungläubigkeit mischte sich in seine Stimme. »Zumindest war ich das einmal.«

»Schüler, Schüler, Schüler aus dem Imperium«, sang Sigvald,

ohne sich um den grimmigen Ton des Barons Gedanken zu machen. »Heute Nacht werden wir dein Entkommen feiern!«

Der Prinz sprang auf seinen Thron, warf seine blonden Haare nach hinten und prostete der entfernten, hohen Decke zu. »Schüler aus dem Imperium! Am Ende der Welt wiedergeboren!« Dann sprang er wieder von seinem Thron herunter. Sein Gesicht war von Freude erfüllt, während er eine Flasche Wein vom Boden aufhob und sein Glas füllte. »Schüler, trink!«, schrie er und drückte das Glas in die Hand des Barons. »Trink, trink, trink!«

Der Baron schaute zögerlich zunächst auf den Wein und dann auf die sich windenden Gestalten zu seinen Füßen. Die blassen Wesen waren auf Abstand gegangen, als Sigvald zu ihm gesprochen hatte. Sobald er aber das Glas an seine Lippen hob, waren sie lüstern und schnurrend wieder näher gekommen – während sie sich gleichzeitig liebkosten und lüstern lächelten. Kurz wollte er den Wein einfach herunterstürzen. Wie einfach es doch wäre, sich selbst aufzugeben und alles zu vergessen. Er war so müde und hungrig, nur einige Schlucke wären genug, und sein Körper verlangte nach weiteren der kunstvollen Liebkosungen. Doch dann richtete er sich wieder auf, schüttelte seinen Kopf und ließ von dem Weinglas ab, ohne von ihm gekostet zu haben.

»Prinz«, sagte er, während er noch auf die halb nackten Wesen starrte. »Ich bin hierhergekommen, um neue Stärke zu finden, nicht das Vergessen.«

Der Prinz folgte seinem Blick und zögerte verwirrt. Dann lächelte er, nahm das Weinglas wieder an sich und leerte es in einem durstigen Zug. »Verzeih mir, Schüler«, sagte er und nahm ihn wieder bei der Hand. »Ich freue mich so, dich zu sehen, da vergesse ich ganz meine Manieren. Du musst erschöpft und hungrig sein. Lass mich dich zu deinem Zimmer führen und etwas Essen herbeischaffen. Wenn du dich ausgeruht hast, können wir all deine Belange diskutieren.« Er drehte sich zu den flüsternden Gestalten und lächelte sie gebieterisch an. »Aber sei meinen Haustieren nicht böse.« Er kniete nieder und streckte seine Hand aus. Sie sprangen vorwärts und schmiegten sich an ihn. In ihrer Nacktheit drückten sie sich an seine glänzende Rüstung und leckten mit ihren gespaltenen, schwarzen Zungen seine ausgestreckten Finger. Der Prinz lächelte ob ihrer Umarmung. »Sie wollen dir doch nur gefallen, Schüler«, sagte er und küsste das ihm am nächsten liegende Wesen innig. Dann stand er wieder auf. »Wir sollten anfangen. Es gibt so viel zu erfahren.«

Er drehte sich zu dem Ritter in der purpurfarbenen Rüstung. »Víga-Barói«, sagte er in deutlich freundlicheren Tönen als zuvor. »Vielleicht würde sich unser Gast daran erfreuen, mit einem seiner Landsmänner zu sprechen? Finde Doktor Schliemann und sage ihm, er soll uns in der Bücherei treffen.«

Der schweigsame Ritter nickte, marschierte etwas ungelenk vom Podium und verschwand im Gemenge der tanzenden Gestalten. »Nun«, sagte Sigvald und führte den Baron in die entgegengesetzte Richtung hinter den Thron zum Ende des Saals. »Wo ist mein Verwalter?« Als er Schüler von den Tänzern wegführte, pausierte er kurz und schaute sich mit einem Anflug von Besorgnis um. »Oddrún«, rief er in Richtung der blitzenden Lichter. »Bist du hier?«

Es kam keine Antwort und mit einem missbilligenden Schnauben führte er den Baron weiter zur Tür am Ende des Thronsaals. Als sie die Tür erreichten, schob sich eine große Gestalt aus dem Schatten und bückte sich herunter, um die Tür zu öffnen. Mondlicht flutete herein und offenbarte den großen vor und zurück wippenden Riesen.

»Da ist er ja!«, sagte Sigvald mit einem Grinsen. »Der alte Bucklige selbst. Baron, dies ist mein Verwalter; sein wahrer Name ist Oddrún. Siehst du, wie gut er meine Wünsche voraussehen kann?«

Obwohl der Baron immer noch verwirrt war, erkannte er nun, wie wenig Oddrúns Aussehen zum Rest passte. Der Thronsaal war eine Menagerie obskurer Kreaturen, aber irgendwie wirkten sie trotzdem anziehend. Der Verwalter des Prinzen hingegen trug dreckige, formlose Lumpen und selbst diese Kleidung konnte seinen plumpen Körperbau nicht verheimlichen.

Der Prinz schien die unbeholfenen Bewegungen des Verwalters nicht wahrzunehmen und ergriff eine seiner langen Hände. »Buckliger, wir haben einen Gast«, sagte er. »Einen mutigen Ritter des Imperiums. Er ist den ganzen, langen Weg gereist, um uns zu finden.«

Oddrún nickte. »Ich habe ein Zimmer vorbereitet.«

Sigvald nickte bestätigend. »Natürlich hast du das, aber ich muss ihm alles zeigen. Es gibt so unglaublich viele Dinge zu sehen.« Der Prinz drängte Schüler durch den Türrahmen in einen kleinen, umschlossenen Hof. Die Sterne leuchteten über ihnen und der Schnee glänzte im Mondlicht. »Schnell«, sagte Sigvald, während sie über die Steinplatten im Hof zu einer der Türen eilten, die zurück in den Palast führte. Sie gingen durch eine dunkle Eingangshalle in einen Raum, der in totale Dunkelheit getaucht war. Der Widerhall der Schritte ließ erahnen, dass es sich ebenfalls um eine riesige Halle handeln musste, aber der Baron konnte die Hand vor Augen nicht sehen.

»Oddrún«, ertönte die Stimme des Prinzen aus der Dunkelheit. »Licht.«

Man konnte ein Schnüffeln und angestrengtes Atmen hören und dann, nach einigen Minuten, entflammte über ihnen eine Fackel, die die Brust des vermummten Riesen erhellte. »Diese Halle wird schon lange nicht mehr genutzt, mein Prinz.«

»Aber natürlich wird sie das!« Sigvald schüttelte seinen Kopf, nahm die Fackel aus Oddrúns Hand und verschwand in der Dunkelheit. Als er sich hierhin und dorthin wandte, erschienen mehrere Lichter von den Gaslampen am Gemäuer und ihr Lichtschein ließ tausende Bücher sichtbar werden. »Meine Bücherei!«, schrie Sigvald und grinste den Baron an. »Sie ist perfekt. Sie ist vollständig. Nirgendwo existiert eine ihr ebenbürtige Sammlung.« Er hob seine Fackel hoch und ihr

Schein zeigte die vergoldeten Einbände, die sich bis zur entfernten Decke stapelten. »Selbst deine Imperialen Gelehrten würden bei einem solchen Anblick weinen, meinst du nicht?« Er wartete ungeduldig auf eine Zustimmung des Barons, sein hübsches Gesicht erhellt durch den Fackelschein.

Der Baron verzog verwirrt sein Gesicht. »Warum zeigt Ihr mir diese Sammlung, mein Gebieter? Ich bin ein Soldat und kein Gelehrter.«

Sigvald lachte nur. »Baron, ich werde dir alles zeigen.«

Während sich der Baron um sich selbst drehte und des schieren Umfangs der Bücherei gewahr wurde, überkam ihn ein Anfall von Übelkeit und er stolperte gegen den Türrahmen.

Müdigkeit, Hunger und Verwirrung machten seinem fiebrigen Kopf zu schaffen. Er hielt seinen Kopf in beiden Händen. »Mein Prinz«, grunzte Oddrún und zeigte auf den eindeutig erschöpften Baron. »Der Palast ist riesig und der Baron ist erschöpft.«

Sigvalds Lächeln veränderte sich zu einem enttäuschten Schmollen. »Natürlich«, sagte er etwas verwirrt. »Wir können morgen früh anfangen.« Er schob den Baron zu Oddrún. »Dann bring ihn zu seinem Zimmer. Gib ihm ein Beispiel meiner Großzügigkeit.«

Als der Verwalter den Baron wegführte, schaute Sigvald sich in der Bücherei um, sein Kopf im Nacken, um den riesigen Umfang der Sammlung zu erfassen. Sein genervter Blick verschwand, während er die Bücher studierte. »Perfekt«, murmelte er zu sich selbst und ließ seine Finger über die Buchrücken streichen, um die Titel der Bücher zu fühlen. Ein kleines Stück Blattgold löste sich dabei und fiel in seine Hand. Wie verzaubert starrte er auf das glitzernde Gold. »Perfekt«, wiederholte er sich und hielt das Gold ins Licht.

»Mein Gebieter?« kam eine Stimme aus dem Eingang.

Sigvald drehte sich um und sah einen schwächlichen, bebrillten alten Mann. Wie er so mit seinem knochigen Körper und seiner großen Hakennase in den Raum kam, sah er einem

Vogel nicht unähnlich. Er folgte dem Blick des Prinzen. »Sucht Ihr nach einem bestimmten Buch, Güldener Prinz?«

Sigvald legte das Stück Blattgold vorsichtig auf einem Buchregal ab und ging zum alten Mann hinüber. »Doktor Schliemann«, rief er aus und nahm ihn bei der Hand. »Unser Gast ist eingetroffen und er ist ein Landsmann von dir.«

Erschrocken zuckte der Doktor zurück.

»Ruhig Blut«, lachte Sigvald. »Er ist nicht gekommen, um dich zu holen.« Der Prinz führte den alten Mann aus der Tür und nach draußen in den Schneesturm. Beim Durchschreiten des Hofs nahm der Prinz seine Hände an seinen Mund und schrie in das Ohr des Doktors. »Er weiß es noch nicht, aber er will sich unserer Sache anschließen.«

Der alte Mann nickte nur. »Oh, ich verstehe. Natürlich.« Er wartete kurz und drehte sich zu Sigvald, sein Gesicht schmerzverzerrt vom eisigen Wind, der ihm ins Gesicht peitschte. »Solange Ihr euch dessen sicher seid. Nicht jeder hat ein solch tief gehendes Verständnis wie Ihr, mein Gebieter.« Er wischte den Schnee von seiner Brille und blickte kurzsichtig auf den Prinzen. »Wenige meiner Landsleute würde meine Methoden akzeptieren.«

»Mach dir keine Sorgen«, antwortete Sigvald und klopfte dem Doktor auf die Schulter. »Er ist nicht hierhergekommen, um über uns zu richten. Er ist gekommen, um einer der Unseren zu werden.« Sie traten wieder in die Wärme des Thronsaals und Sigvald ließ einen genüsslichen Seufzer entweichen. Die Reihen der gefiederten Tänzer hatten einen Kreis um eine einsame Gestalt gebildet: eine große, gebrechliche Frau, die in eine glitzernde, silbrige Robe gehüllt war und alleine zu den Tönen der Musik sang. Ihr Körper schien furchtbar ausgemergelt und sie sah kaum kräftig genug aus, um alleine aufrecht stehen zu können, aber ihre Arie war von solcher herzzerreißenden Kraft, dass alle anderen von Sigvalds Untertanen angehalten hatten, um ihr zuzuhören.

»Wie schön«, sagte Sigvald.

Sigvald

Doktor Schliemann nickte schnell und sah dabei noch vogelähnlicher aus. »Ja, sie ist eine der Elfen, die wir letztes Jahr gefangen hatten. Ich fürchte, sie ist sogar die letzte.«

»Die letzte?«

Schliemann zuckte nur mit den Schultern. »Ich habe keine Mühen gescheut, um es ihnen so angenehm wie möglich zu machen, aber Gefangenschaft ist tödlich für eine solch stolze Rasse. Trotz aller Versuche eurer Chirurgen sind die meisten einfach dahingesiecht. Wir zwangen manche, zu essen, aber sie sind trotzdem gestorben.« Sigvald trat auf die Treppen des Podiums, damit er die Sängerin besser sehen konnte. »Welch noble Kreaturen.« Er blickte skeptisch. »Aber welches Lied ist das? Ich habe noch nie eine von ihnen dieses Lied singen gehört.«

»Ich glaube, es ist ihr Todeslied. Es gibt einige Melodien der Elfen, die für solch einen Anlass vorbehalten sind. Sie sind merkwürdige Wesen – eine komische Mischung aus Stolz und Demut. Sie spürt den Tod, doch anstatt sich selbst zu bemitleiden, singt sie von der Tragödie ihres Volkes. Der Lied heißt Die Trennung.«

Sigvald schüttelte seinen Kopf. »Unfassbar. Herzzerreißend.« Er begann, mit seinem Mund die Wörter des Lieds nachzuformen, und genoss die feine Melodie, als zerflösse sie auf seiner Zunge. Es war ein einfacher, dreisilbiger Satz, den die Elfe mit abnehmender Lautstärke wiederholte. In dem Moment, da er ihr ins Gesicht schaute, weiteten sich seine Augen und sein Gesicht verlor sämtliche Farbe. »Es ist zu viel«, erschrak er plötzlich und rannte die Treppen wieder hinunter. Mit dem Doktor im Schlepptau riss er eine Doppeltür auf und rannte hinaus auf einen Balkon. Der Schneefall war noch dichter geworden und Sigvald lehnte sich über die Brüstung, wobei er seine Hand schützend vor die Augen hielt. Mächtige Schneesäulen drehten sich im pechschwarzen Himmel, glitzernd und blinkend im Mondschein, während sie unter dem schwebenden Palast hindurch wehten.

»Zu viel«, wiederholte Sigvald, während er in die schöne und gleichzeitig grausame Landschaft hinaus starrte. Der Klang der Musik war ihnen nach draußen gefolgt und zusammen erfüllten ihn die Musik und der fallende Schnee mit Leidenschaft.

»Braucht Ihr irgendetwas?«, fragte der Doktor. Er nahm eine kleine Ampulle aus seiner Tasche und stellte sich neben Sigvald.

»Nein, alter Freund«, erwiderte Sigvald mit einem hysterischen Lachen. Sein Mund bebte von dem Gefühlsausbruch, als er sich zum Doktor umdrehte. Er zeigte auf den rasenden Sturm. »Gar nichts. Was könnte ich noch brauchen? Was könnte irgendjemand noch mehr wollen? Hast du jemals etwas so Schönes gesehen?«

»Nein, mein Gebieter,«

Sigvald vernahm eine Spur von Traurigkeit in der Stimme des Doktors und starrte ihm direkt in die Augen. »Aber was ist mit dir, alter Freund – bist du glücklich?« Er legte seine Hand auf den Rücken des alten Mannes. »Habe ich dir nicht alles, was du jemals begehrt hast, gegeben?«

Der Doktor lehnte sich über die Brüstung und blickte auf die entfernten Berge. »Doch, natürlich – Ihr wart unfassbar großzügig zu mir. Niemand sonst hätte mir meine experimentelle Forschung ermöglicht. Nur die Wenigsten verstehen die Notwendigkeit, Opfer zu bringen. Wie Ihr wisst, genieße ich es nicht, Schmerzen zuzufügen, aber es ist nötig, um die die Natur des Kosmos tatsächlich zu verstehen.«

Sigvald nickte. »Sicherlich. Du hast dich als sehr unerschrocken erwiesen.«

Schliemann schaute missmutig auf seine knochigen, verschrumpelten Hände. »Mittlerweile ist mein einziges Hindernis mein eigener Körper.« Er zuckte mit den Schultern. »Die vielen Jahre sind nicht spurlos an mir vorübergegangen, mein Prinz.«

Sigvald sah die Wahrheit in seinen Worten. Der Körper seines Protegés war von Leberflecken und runzliger Haut gezeichnet. Er betrachtete Schliemann von Kopf bis Fuß und stellte fest, dass die Gliedmaßen des Doktors fast so zerbrechlich wie die der elfischen Sängerin waren. Der Prinz schaute erneut in den Sturm. Drinnen hatte die Arie ein kraftvolles Crescendo erreicht. Die einfachen Worte der Elfe drangen in die Dunkelheit hinaus, erfüllt von Sehnsucht und Bedauern. Der Anblick des Schnees, der Klang der Musik und die unausweichliche Sterblichkeit seines Freundes berauschten Sigvald plötzlich wie eine Droge. Sein Kopf schmerzte so sehr vor Trauer, dass sie sich fast wieder in Euphorie wandelte. »Zu viel«, er atmete schwer und sein Herz klopfte wild. So schmerzlich der Moment auch sein mochte, er wusste, dass er diese vergängliche, traurige Schönheit genießen musste. Leidenschaft durchflutete seinen Körper und er fing vor Aufregung an, zu zittern. Die schwindelerregenden Gefühle überkamen ihn und Sigvald wusste, wie er sie sogar noch steigern konnte. Seine Hand lag noch immer auf der Schulter des Doktors und mit einem kurzen Stoß schubste er den alten, gebrechlichen Mann über die Brüstung des Balkons.

Der Doktor taumelte hinaus in den Sturm und verschwand im Abgrund.

Sigvald lehnte sich über die Brüstung, um seinen Fall zu beobachten.

Während der Doktor der Schneewüste entgegen fiel, war Sigvalds Gesicht von einer Besessenheit erfüllt und sein Mund verzog sich zu einem grausamen Grinsen.

Der alte Mann schrie, als er unter den schwebenden Palast fiel. Es schien eine Ewigkeit zu dauern, bis sein Körper auf den tief unter dem Palast liegenden Steinen aufschlug. Sigvald verharrte einige Minuten emotionslos – verkrampft hielt er sich an der Brüstung fest und starrte auf den gebrochenen Leichnam. Dann veränderte sich sein Grinsen in eine schockierte Fratze und er entfernte sich mit einem Aufschrei von der Kante, wobei er sein Gesicht mit seinen Händen bedeckte.

»Mein Gebieter?«

Sigvald drehte sich um und sah seinen Verwalter durch die offene Tür kommen.

Der vermummte Riese schaute auf Sigvalds verzweifeltes Gesicht und kam an seine Seite. »Prinz?« Sigvald hielt sein Gesicht weiter bedeckt und nickte zum Balkon.

Oddrún eilte zur Brüstung und schaute hinaus in den Sturm. Zuerst konnte er nichts erkennen und schüttelte seinen Kopf in Unverständnis; dann schaute er nach unten und erschrak. »Wer ist … Ist das der Doktor?«

Sigvald stellte sich neben ihn und schaute auf den entfernten Leichnam. Er hielt sich noch immer das Gesicht und seine Augen waren voll von Trauer.

Oddrún schaute ihn an. »Ist er gefallen?«

Sigvald schüttelte den Kopf.

Der Verwalter ließ sich gegen die Brüstung fallen und ächzte. »Doktor Schliemann? Nach all den ganzen Jahren?«

Sigvald zuckte zusammen, als wenn ihn jemand geschlagen hätte, dann stellte er sich auf die Brüstung.

Zum letzten Ton des elfischen Liedes schauten der Riese und der Prinz vom Balkon herab und beobachteten, wie die Schneeflocken endlos in den Abgrund fielen.

KAPITEL DREI

In der windigen Steppe brannte eine Flamme. Es war kurz vor dem Morgengrauen und eine Gruppe Stammesangehöriger marschierte unter dem Himmel, welcher langsam vom Schwarz der Nacht zu einem dunklen Indigo überging. Das einzelne Feuer hatte etwas merkwürdig Heldenhaftes unter einem solch weiten Himmel. Die Männer hatten sich im Kreis um das flackernde Licht versammelt und standen demütig in Stille. Das Feuer brannte in einem tiefen Bronzebecken, gehämmert und geformt, um den Kopf eines riesigen Wolfes darzustellen.

Eine Frau versuchte, die Flammen zu beschützen, die im brutalen Wetter von Norsca immer wieder kurz aufloderten und dann doch drohten, zu erlöschen. Die Frau hatte nur einfache Kleidung an, ähnlich der der Männer, die um sie herum standen. Einige wenige zusammengefügte Felle waren das Einzige, das ihre Weiblichkeit bedeckte. Ansonsten war sie von Kopf bis Fuß mit einer verwirrenden Masse an Runen bedeckt: Hunderte waren mit dunkelblauer Tinte auf ihre blasse Haut tätowiert. Jedes Mal, wenn der Wind in das Bronzebecken wehte, versuchte sie, ihn mit ihrem drahtigen Körper abzublocken – vor und zurück tanzend, sah man nur ihre Silhouette vor dem Feuer, das sie am Leben zu erhalten versuchte. Ihre rechte Hand hielt ein eisernes Messer fest und ihre linke Hand war feucht vom Blut. Immer, wenn die Flammen kurz davor waren, zu erlöschen, zog Sie das Messer erneut über ihre Handfläche und spritzte das Blut in das Bronzebecken. Gleichzeitig rief sie einen Schwur. »Völtar der Wolf«, und das Blut verdampfte auf dem heißen Metall, »wird ihn nach Hause bringen.« Ihre Stimme war rau und ihre Gliedmaßen zitterten nach einer ganzen Nacht der Wacht, aber von ihren Augen ging eine verbissene Entschlossenheit aus, während sie den Satz wiederholte.

»Das ist also alles, was wir zu tun brauchten«, sagte einer der Stammesangehörigen. Er war der Größte in der Gruppe und eindeutig von gewisser Wichtigkeit – sein roter Bart war von Federn und Klauen durchsetzt und in seiner rechten Hand trug er einen stark verzierten Stab. Über seinen Kopf hatte er einen grauen Wolfspelz gezogen, sodass die Zähne tief in sein grimmiges Gesicht hingen. »Die Gefallenen sind so gut wie ausgestorben, unsere Jagdgründe wurden gestohlen und unsere Kinder verhungern, aber ein Lagerfeuer wird uns retten.«

Die Gruppe lachte lauthals, aber es war ein gezwungenes, unsicheres Lachen und sie warteten auf eine Antwort der Frau.

»Sag mir, Sväla«, fuhr der Mann im Wolfspelz fort, »werden deine Flammen über das Feld hinausreichen und unsere Feinde verschlingen oder werden sie auf deinen Befehl aus ihren Körpern hervorbrechen?« Er grinste in die Menge und erinnerte sie alle dadurch daran, dass die Götter ihn auserkoren hatten: Seine menschlichen Zähne waren längst ausgefallen und durch Nadeln aus schwarzem Stahl ersetzt worden.

Sväla schaute vom Feuer hoch und starrte ihn an. »Dir ist zum Scherzen zumute, Ungaur der Gesegnete? Ist das alles, was du noch zu bieten hast?« Sie schaute um sich in die

Menge. »Er schien nicht so fröhlich zu sein, als ihn Hauk bat, am Überfall teilzunehmen.«

»Dein Ehemann ist ein Narr«, sagte Ungaur und grinste mit seinen schwarzen Eisenzähnen in Richtung Sväla. »Ich habe ihn gewarnt und gesagt, er solle bis zum neuen Mond warten. Die Zeichen waren eindeutig. Wenn er nicht bereit ist, der Stimme des Wolfes zu gehorchen, kann er meine Hilfe nicht erwarten.«

Sväla lachte. Nicht so wie die anderen, sondern herzlich und ehrlich. »Deine Hilfe, Ungaur?« Sie schaute ungläubig in die Menge. »Hat uns unser Schamane jemals bei irgendetwas geholfen?«

Die Norse wurden still und schauten zu Ungaur. Solch offene Kritik an ihrem Schamanen war selten genug, selbst von der Frau des Häuptlings.

Das Feuer spiegelte sich in ihren Augen, als sie sich zum Bronzebecken zurückwendete. »Außer unsere besten Krieger zu schlachten natürlich. Darin warst du immer gut.«

Der Schamane rammte seinen verzierten Stab in den Boden und sein Gesicht schien dunkelrot vor Zorn. »Sväla, was würdest du einem Gott opfern? Ziegen? Wir sind bereits verflucht!« Er schritt dichter an die Flammen heran und zeigte mit seinem Stab auf die Sterne. »Wir müssen Völtars Gunst mit Menschenblut wiedererlangen. Dem Blut von Helden. Es ist der einzige Weg!«

Einige in der Menge schienen ihm zuzustimmen, aber manche waren sich nicht so sicher und schauten zurück zu Sväla.

»Was haben uns deine Opfer jemals gebracht?«, brummte Sväla, während sie einen weiteren Spritzer ihres Blutes in das Bronzebecken gab. »Du tötest uns, die anderen Stämme töten uns …« Sie drehte sich wieder dem Schamanen zu. »Wir sterben so oder so.«

»Natürlich sterben wir! Wir sind verflucht! Der Wolf hat uns verlassen. Opfer sind der einzige Weg, ihn um Vergebung zu bitten.«

»Vergebung wofür?« Sväla richtete ihre Stimme an die Gruppe. »Fühlt sich hier irgendjemand, als bräuchte er Vergebung? Warum heißen wir die Gefallenen? Wir ehren die Götter. Wir bekämpfen unsere Gegner ohne Angst. Unsere Toten bringen wir dem Wolf dar. Womit haben wir diesen Fluch verdient?«

»Hinterfrage nicht das Urteil des Völtar«, schrie Ungaur, während er in den Nachthimmel schaute. »Dein Mangel an Glauben wird nur noch größeres Unheil über uns bringen.«

»Noch größer?« Sväla zeigte auf die ausgemergelten Gesichter der Stammesangehörigen. »Wir sterben, Ungaur, und keiner deiner Zaubersprüche hat uns jemals geholfen.« Sie schaute hinaus in die Steppe auf die weit entfernten Berge. »Deine Gebete und Schwüre haben versagt. Wir brauchen etwas Besseres.« Sie streckte ihre Arme aus, um das Feuer zu schützen. »Wir brauchen einen Sieg.«

Hauk löste seine Axt und schlich geräuschlos durch das hohe Grass. Er wusste, dass das Ende nur noch Sekunden entfernt war. Sieg oder Niederlage, was auch immer ihn erwartete. Gestalten folgten ihm durch die Dunkelheit und er kam sich so vor, als wäre er bereits im Jenseits. Seine Männer waren blass wie Geister, während sie ihm auf den Hügel folgten. Ihre Muskeln glänzten im Zwielicht vor dem Sonnenaufgang wie gehärteter Stahl, und als sie ihre Äxte und Speere über ihre Köpfe hoben, glänzte das fahle Licht auf den Reihen der gezackten Klingen. Sie erinnerten Hauk an rachsüchtige Geister und er fühlte sich stolz. Er flüsterte ein Gebet an die Götter. An all die Götter, die ihm gerade zuhörten. Alles hing von diesem einen Moment ab und es war ihm mittlerweile egal, wessen Namen er aussprach. »Wir werden nicht mehr die Gefallenen sein«, murmelte er.

Der Krieger an seiner Seite schaute zu ihm und nickte. Valdûr der Alte hatte seit drei Jahrzehnten an der Seite seines Häuptlings gekämpft. Er hatte dieselben silbrigen Streifen im geflochtenen Haarknoten und dieselben Narben auf seinen sehnigen Muskeln. Er hörte die Dringlichkeit in Hauks Worten und hob den Schaft des Speers zu seinen Lippen, um die Fingerknochen, die an der Spitze befestigt waren, zu küssen.

Noch bevor sie die Erhöhung erreicht hatten, konnten sie schon Kampfeslärm hören. Der stumpfe Klang von Äxten, die auf Körper trafen, war gepaart mit dem Stakkato des Kampfschreis der Gefallenen.

»Svärd«, flüsterte Valdûr und grinste seinen Häuptling an.

Hauk nickte und begann, den Hügel hinauf zu rennen.

Einige Momente später sprangen sie aus dem Gras und kamen auf einer vom Mondlicht erhellten Lichtung zum Stehen. Hauk ließ seine Axt hängen und schüttelte den Kopf.

Sie hätten dem Feind in den Rücken fallen sollen. Hauks Sohn Svärd hatte sich freiwillig gemeldet, um einen Scheinangriff zu führen, während Hauk den Hauptangriff befehligte, aber irgendetwas war schief gegangen. Ein Kreis schwer bewaffneter und kräftiger Drékar wartete auf sie. Die grimmigen Gesichter der Norse waren mit ihrem eigenen Blut beschmiert und als sie zum Angriff übergingen, heulten sie wie wilde Hunde.

Hauk und seine Männer hatten gerade noch genug Zeit, ihre eigenen Waffen hochzureißen, bevor sie dann in einer Lawine aus Äxten und Flegeln verschwanden. Muskelfasern rissen und Knochen splitterten, als die beiden Reihen aus Männern ineinander krachten. Kriegsschreie wurden von Flüchen ersetzt und Stoßgebete an dunkle Götter wurden zu den gurgelnden und unverständlichen Geräuschen der Sterbenden.

»Wo ist Svärd?«, schrie Valdûr, während er seine Faust in einem schreienden Gesicht versenkte.

Hauk schrie vor Frust und hielt den Mann vor ihm an der Schulter fest. Anstatt ihm seinen Kopf abzuschlagen, trat er ihm in den Magen, um dann auf den knienden Gegner zu springen und von seinem Rücken aus einen Überblick über das Schlachtfeld zu bekommen. »Svärd«, schrie er und versuchte, das Gedränge zu überblicken. Überall auf der Lichtung liefen noch mehr Drékar auf den Kampf zu, aber seinen Sohn konnte er nirgendwo entdecken. »Ich habe das verdammte Kind doch gehört«, schnaufte Hauk und ließ seine Axt in den Nacken des Mannes krachen, auf dem er stand. Der Stammeskrieger brach zusammen und Hauk sprang ab, nur um seine Axt bereits in das Gesicht des nächsten Feindes zu schwingen, noch bevor er auf dem Boden landete. »Wo ist er?«, rief er und suchte zwischen dem Wald aus Gliedmaßen und Speeren. »Er hat doch signalisiert, anzugreifen!«

Von seiner Wut angetrieben hackte sich Hauk seinen Weg spuckend und fluchend durch die Gegner. Valdûr und die anderen kämpften hinter ihm weiter. Nachdem sie so plötzlich auf die Drékar getroffen waren, hatten sie den ersten Schock überwunden und kämpfen wutentbrannt. Sie alle spürten die furchtbare Laune ihres Häuptlings. Es war ihnen klar, dass dies kein normaler Raubzug war.

Hauk kämpfte sich durch das Gedränge von Kriegern und kam letztendlich auf die andere Seite der Lichtung. Seine Axt war mittlerweile entzweigebrochen und seine angespannten Muskeln waren über und über mit Blut besudelt, aber sein Gesicht war noch immer eine grimmige Maske. »Svärd«, brüllte er erneut, entschlossen, das Versagen seines Sohnes zu ergründen. Eine Faust traf ihn an der Schläfe und er verlor seine zerbrochene Waffe, als er den Hügel hinunter rollte.

So schnell, wie er nur konnte, stand er wieder auf und hob seine Arme gerade rechtzeitig, um den nächsten Schlag abzuwehren. Er packte seinen Angreifer an der Kehle und drückte zu. Die Luftröhre des Norse-Kriegers brach in seinem eisernen Griff und Hauk warf den leblosen Körper mit einem Grunzen zur Seite.

Dann hielt er kurz inne.

Weiter unten auf dem Hügel konnte er noch immer den Stakkato-Kriegsruf hören, der ihnen das Signal zum Angriff gegeben hatte. Er spähte durch die Dunkelheit und konnte einige Gestalten ausmachen, die durch das Grass rannten. Anstatt seiner Gruppe im Kampf zu helfen, liefen die Männer unter dem Geäst eines Baumes vor und zurück. Warum hatten sie das Signal zum Angriff gegeben, obwohl sie den Feind nicht einmal erreicht hatten? »Svärd?«, grunzte er, während er auf die schattenhaften Gestalten zustolperte. Während er der Gruppe näher kam, erkannte er die Gesichter seiner Männer. Dann endlich sah er Svärd, der im Begriff war, einen Wurfspeer auf den Baum loszulassen.

»Was macht ihr da?«, schrie Hauk und lief auf seinen Sohn zu. Dann erschrak er und blieb wie angewurzelt stehen. Seine Männer hatten keinen Baum umzingelt. Der große Schatten war eine lebende Kreatur: ein riesiges, mächtiges Monster, mit dem gehörnten Kopf eines Ochsen und vier Armen, von denen ein jeder breiter als Hauks Brust war. Von oben bis unten war das Wesen mit dreckigen und verfilzten Haaren bedeckt. Indem er näher kam, verzog Hauk sein Gesicht, da er sehen konnte, dass die Kreatur zwei Mäuler hatte. Neben den beiden weit offenen, geifernden Mäulern hatte das Ding eine lange schlitzähnliche Öffnung in der Brust, aus der triefende Giftzähne ragten, die einst Rippen gewesen sein mochten. Zwei der dicken Arme endeten in Knochenklingen, die mit dem Blut von Hauks Männern verschmiert waren. Das Ding wankte vor und zurück, während Svärd und seine Männer versuchten, die Schläge abzuwehren oder ihnen auszuweichen. Dabei machte die Kreatur immer wieder den Kriegsschrei seiner Männer nach.

Hauk fluchte. Er war hereingelegt worden. Dieses abartige Ungeheuer hatte es irgendwie geschafft, ihren Kriegsschrei nachzuahmen. Die Drékar hatten sich wahrscheinlich die Unterstützung des Monsters mit dem Versprechen auf menschliches Fleisch erkauft. Hauk ergriff einen Speer vom Boden und ging zum Angriff über. »Macht es nieder!«, brüllte er. »Macht es nieder!«

* * *

Sväla hielt die Klinge ihres Messers drohend vor den grinsenden Schamanen. »Bleib zurück Ungaur«, zischte sie.

»Ich habe keinen Streit mit dir, Sväla«, antwortete er und ging vorsichtig wieder vom Bronzebecken zurück. In einem sanften Ton flüsterte er: »Hauk ist schuld. Gegen den Willen des Völtar führt er uns in den Krieg. Da ist es nur klar, dass wir so schrecklich verlieren. Es ist kein Wunder, dass wir unser Land verloren haben.« Ungaur leckte über die schwarzen Stahlzähne in seinem Mund. »Keine Nachtwache kann ein solches Sakrileg wiedergutmachen. Du kannst nichts tun, um ihm jetzt noch zu helfen. Selbst wenn deine Flamme überlebt, Hauk wird es nicht.«

»Der Schamane hat recht«, sagte ein anderer Stammesangehöriger und trat in das Licht des Feuers. Er zeigte auf die Narben seiner wettergegerbten Haut. »Ich habe keine Angst, zu kämpfen. Oder zu sterben.« Er deutete auf das Becken. »Aber ich werde dem Häuptling nicht gegen den Willen Völtars folgen. Wir müssen auf Ungaur den Gesegneten hören. Er ist die Stimme des Wolfes.«

»Dann sag mir: Wann sind die Wölfe zu Schafen geworden?« schrie Sväla ungläubig. »Während wir hungern, werden die Drékar dick. Sie genießen unsere Feigheit, genau wie all die anderen Stammeskrieger, die sich von uns abgewandt haben. Würdet ihr sie tatsächlich durch unser Land ziehen lassen – beladen mit all den Speisen und dem Gold, das wir selber brauchen? Euer Häuptling erinnert sich an seine Schwüre, aber er wird sich nicht einfach hinlegen und sterben, wenn die Erlösung zum Greifen nahe ist.« Die Wut in Svä020s Stimme wurde von einer plötzlichen Windböe beantwortet, welche die Flammen im Bronzebecken wegblies. Sie erschrak und versuchte, die Flammen mit ihren Fellen zu schützen. Als der Wind wieder schwächer wurde, schaute sie in das Becken.

Die Menge drückte sich nach vorne, ein jeder darauf erpicht, in das Becken zu blicken.

»Mein Ehemann lebt noch«, sagte Sväla, wobei eine einzelne

Flamme ihr Gesicht erhellte. »Völtar der Wolf wird ihn nach Hause bringen.«

Die Kreatur schlug mit ihren scharfen Knochenklingen um sich. Sie trieften vor Gift, und jedes Mal, wenn die Klingen das Fleisch der Norse aufschlitzten, schrien die Männer vor Schmerz. Die Wunden fingen sofort an, zu brennen und zu faulen. Heulend warf Hauk seinen Speer, doch die Waffe prallte wirkungslos vom dicken Fell des Monsters ab.

Im Mondlicht sprintete ein junger Krieger mit kahl rasiertem Kopf zu Hauk. Er war mit Stammestätowierungen übersät und sein gesamtes Gesicht war gepierct: In grausiger Selbstverstümmelung bedeckten Wolfszähne jeden Zoll seiner Haut.

»Völtar vergib mir«, sprach er, ließ seine Axt auf den Boden fallen und kniete sich vor den Häuptling. Seine Augen waren vor Panik weit aufgerissen. »Das Ding tauchte plötzlich aus dem Nirgendwo auf und fing an, unser Angriffssignal nachzumachen. Ich konnte es nicht verhindern.«

Hauk spuckte auf den Boden und bedeutete seinem Sohn, wieder aufzustehen. »Wir dürfen nicht versagen, Svärd«, brummte er. »Alles hängt hiervon ab.« Er packte den Jungen an seinem Bizeps und schüttelte ihn wie ein Kind. »Lass mich jetzt nicht hängen, Svärd. Reiß dich zusammen! Und kämpfe! Wir können nicht mit leeren Händen zurückgehen.«

Svärd nickte und nahm wieder etwas Haltung an. »Was ist mit den Anderen?«, fragte er und zeigte auf den Hügel.

Hauk grinste durch seine blutigen Zähne. »Valdûr der Alte ist bei uns. Er führt den Angriff.«

»Ich wusste es«, antwortete Svärd. »Ich wusste, er würde Ungaurs Lügen nicht glauben.« Er hob seine Axt wieder vom Boden auf und nahm sie in beide Hände. »Dann ist Völtar ja vielleicht doch mit uns.« Er nickte zum Gedränge der Gestalten, die verzweifelt versuchten, die taumelnde Kreatur niederzuwerfen. »Lass uns das Ding töten, damit ich da hochgehen und den alten Mann in Aktion sehen kann.« Er grinste zurück zu Hauk, wobei eine Reihe gelber Wolfszähne wie ein Bart aus seinem Kinn wuchs.

Während sie auf das Monster zuliefen, lachte Hauk. »Du bist zwar jung, Svärd, aber beim Völtar, bist du hässlich.«

»Und was soll jetzt aus uns werden?«, schrie Ungaur und zeigte dabei seine schwarzen Eisenzähne. »Svälas Geliebter hat nicht nur sein eigenes Leben weggeworfen, sondern auch unseres.« Er zeigte mit seinem Stab Richtung Horizont. »Er hat unsere besten Krieger in den Tod geführt. Selbst Valdûr der Alte ist ihm auf den Leim gegangen. Wer wird uns jetzt beschützen? Wer wird unsere Hütten schützen, wenn wir wieder angegriffen werden?« Er drehte sich wieder zu der Frau, die über dem Becken hockte. »Indem Hauk sich dem Willen Völtars verweigert hat, sind wir alle zur Vernichtung verdammt. Das solltest sogar du sehen können, Sväla.« Er näherte sich ihr weiter und ignorierte das Messer, welches sie in seine Richtung schwang. »Vielleicht denkst du ja, dass du ihm deine Treue schuldest, egal wie es ausgehen wird?« Er versuchte, seine eisernen Zähne zu verbergen und mitfühlend auszusehen. »Aber ich kann dir versichern, dass er dir nicht immer so treu ergeben gewesen ist.«

Sväla schaute unsicher in Richtung des Schamanen. »Ich weiß nicht, welche Lügen du hier verbreiten willst, Ungaur, aber deinen Atem kannst du dir auch sparen.« Sie drehte sich wieder zum Feuer. »Ich weiß schon seit Langem, dass dein Herz so schwarz ist wie deine Zähne.«

Ungaur schaute unbeeindruckt und zuckte mit den Schultern. »Keine Lügen, Sväla. Es schmerzt mich nur, zu sehen, dass du den Zorn Völtars für einen Mann riskierst, der noch nicht einmal die Ehre eurer Ehe respektiert hat.« Als er zu Ende gesprochen hatte, schaute Ungaur bedeutsam in die Richtung einer hübschen, jungen Frau, die nur einige Schritte entfernt stand.

Sväla ließ ihr Messer sinken und folgte Ungaurs Blick. Die Frau war das genaue Gegenteil von ihr. Sinnlicher Körper, schwarze Haare und noch in der Schönheit ihrer Jugend. Sväla hingegen hatte einen knochigen, jungenähnlichen Körperbau und war gezeichnet von einem schweren Leben. »Æstrid? Was meinst du? Was ist mit ihr?"

Das Mädchen errötete und drehte sich weg, wobei sie die Männer neben sich wissend anlächelte.

Schallendes Gelächter brandete in der Menge auf.

»Siehst du?«, fragte Ungaur und hielt eine Hand offen zu Sväla ausgestreckt. »Er hat uns alle belogen, sogar dich. Völtar hat ihn aufgegeben und er hat sich sogar selbst aufgegeben.«

Sväla starrte noch immer auf Æstrid. Sie schüttelte ihren Kopf und ging auf sie zu. »Ich glaube es nicht.« Sie lächelte kalt und richtete ihr Messer auf das Mädchen. »Hauk würde sich nicht zu so einem Abschaum herablassen. Was könnte er von so einem Kind schon wollen?«

Das Gesicht des jungen Mädchens wurde sogar noch dunkler und sie starrte zu Sväla zurück. »Was weißt du schon davon, was er braucht, alte Frau?«

Sväla marschierte direkt auf das Mädchen zu und schlug ihm mitten ins Gesicht.

Æstrid brach ohne einen Laut von sich zu geben zusammen. Dann setzte sie sich auf und starrte ungläubig umher. Sie wischte sich mit dem Handrücken über ihren Mund und zischte, als sie ihr eigenes Blut sah. »Du bist zu senil, um die Wahrheit zu erkennen«, fauchte sie.

Die Stammesmitglieder versammelten sich um die beiden. Sie grinsten und murmelten einander Obszönitäten zu.

Æstrid stand unsicher auf und schaute zum Schamanen hinüber. Er nickte ihr zu und sie griff in ihren Ausschnitt, um einen eisernen Ring an einem ledernen Halsband zum Vorschein zu bringen. Sie stellte sich direkt vor Sväla. »Wie erklärst du dir das denn, wenn du ihn doch so gut kennst?«

Sväla wollte schon erneut zuschlagen, hielt aber im letzten Moment inne. »Was ist …?« Sie verstummte, als sie den Ring näher betrachtete.

Æstrid stemmte ihre Arme in die Hüften und lachte höhnisch. »Erkennst du den Ring? Er *flehte mich an*, Sväla. Flehte mich an, um mich ins Bett zu kriegen. Wir haben Sachen gemacht, von denen du noch nicht einmal träumst.« Sie hielt den Ring hoch und ließ ihn im Mondschein funkeln. »Er wusste, dass er heute Nacht vielleicht nicht wieder kommen würde, und wollte, dass ich den Ring als Beweis seiner Liebe behalte.«

Sväla packte Æstrid an ihren Haaren und riss sie von den Füßen. Dann hielt sie ihr Messer an ihren Hals. »Du lügst«, sagte sie, doch ihre Stimme war von Zweifel erfüllt. »Er würde unseren Hochzeitsring niemals freiwillig einer Nutte wie dir geben.« Mit einer kurzen Handbewegung durchschnitt sie das Lederhalsband und nahm den Ring an sich, um ihn genauer zu betrachten.

»Mach nur«, zischte Æstrid und krabbelte weg. »Schau ihn dir genau an.« Sie guckte auf die gaffenden Stammeskrieger und lachte. »Ich brauche keine Anhänger, um einen Mann bei mir zu halten.«

Sväla starrte einige Sekunden verloren auf den Ring und schüttelte immer noch ungläubig ihren Kopf. Als sie die kleine eingeritzte Rune auf dem Ring sah, stieß sie einen kurzen, lauten Schluchzer aus. »Es ist sein Ring«, stöhnte sie.

Als sich die Klauen um seinen Körper schlossen, erbebte Hauk. Sie schnitten sich in sein Fleisch und brannten wie Feuer. Er stöhnte vor Schmerz, versuchte aber trotzdem nicht, dagegen anzukämpfen. Als ihn das Monster zu dessen Brust hob, hielt er seinen Speer bereit und wartete ab. Unter ihm lagen schon dutzende seiner Männer. Die wenigen, die noch am Leben waren, schrien vor Schmerz und hielten sich ihre von der Säure des Monsters verbrannten Wunden. Svärd und einige weitere Stammeskrieger versuchten, das Ungeheuer nach wie vor mit Speerwürfen zu Fall zu bringen, doch verwundeten sie es kaum.

»Vater!«, schrie Svärd in dem Moment, als das Monster den Häuptling hoch über ihre Köpfe hob.

Hauk schrie auf, als seine Haut Blasen schlug und brannte. Aber es war nicht nur der Schmerz, der ihn aufschreien ließ. Von oben konnte er den Kampf auf dem Hügel sehen. Valdûr der Alte führte noch immer den Angriff – er konnte die silbergrauen Haare des Alten deutlich sehen, wie er sich durch seine Gegner metzelte und um sich hieb – aber es stand nicht gut um die Männer. Die Drékar hatten seine Krieger umzingelt und die Gefallenen waren deutlich in der Unterzahl.

»Es sollten nicht so viele sein«, ächzte er. »Ich wurde verraten.«

Hauk hatte keine Zeit, sich weiter mit dem Schicksal seiner Männer zu beschäftigen. Ein Schwall warmen und stinkenden Atems umwehte sein Gesicht. Er drehte sich und sah sich dem aufgerissenen Brustmaul der Kreatur direkt gegenüber. Als die Kreatur das Maul noch weiter öffnete, konnte Hauk die schlaffe Zunge sehen, von welcher dieselbe giftige Substanz triefte und blubberte, die sich auch auf den Klauen befand.

Hauk hielt noch immer seinen Speer bereit.

»Vater!«, schrie Svärd erneut, während er sinnlos auf die Hufe des Monsters einschlug. Eine weitere Klaue klammerte sich um seinen tätowierten Kopf und er wimmerte vor Qual.

Genau in dem Moment, als das Monster ansetzte, um Hauk zu verschlingen, reagierte der Häuptling. Nur wenige Zoll von den Reißzähnen der Kreatur entfernt holte er aus und stieß seinen Speer tief in die Kehle der Bestie.

Die Kreatur ließ die Männer aus ihren Krallen fallen und taumelte schreiend zurück. Schwarze Säure lief aus der Brust des Monsters und es stapfte zurück über den Hügel. Der Schrei wurde dabei immer höher und es versuchte verzweifelt, den Speer herauszuziehen, der zwischen seinen Rippen steckte.

Hauk fiel auf den Boden, rollte sich ab und stand wieder auf. Seine Muskeln waren in Blut und Säure getränkt, aber er schwieg und riss sich ein Stück Pelz ab, um das Gift von seinem Körper zu wischen. Während er die Säure entfernte, riss sie ihm auch die oberste Schicht seiner Haut ab und hinterließ eine rohe rote Masse an Schwellungen und feuchten Sehnen. »Benutzt euer Seil«, rief er keuchend zu seinen Männern und versuchte, die Schmerzen zu unterdrücken. »Es stirbt. Fesselt dem Monster die Beine.«

Die Männer gehorchten sofort und brachten das schreiende Ungeheuer zu Fall. Einmal zu Boden gebracht, nutzten sie weitere Seile, um auch die um sich schlagenden Gliedmaßen festzubinden. Innerhalb weniger Minuten hatten sie das Monster gefangen und sie begannen, ihre Speere in die Kreatur zu stoßen. Die Schreie des Monsters wurden sogar noch lauter, als die Norse das Maul auf der Brust der Kreatur aufrissen und weitere Speere in das weiche Fleisch stießen. Die Männer vergaßen ganz und gar ihre eigenen Schmerzen, denn sie waren von einem rachsüchtigen Blutdurst erfüllt. Auch noch nach dem letzten Schrei der Kreatur hackten und schlitzen sie die dampfenden Eingeweide weiter auf.

»Aufhören«, rief Hauk und zeigte auf das brennende Fleisch. »Wischt euch das Blut der Kreatur ab.«

Die Männer traten von dem Leichnam zurück und begannen, sich die Blasen schlagende Haut abzuwischen. Aber Hauk gab ihnen nicht viel Zeit dafür. Er hob seine von Säure angefressene Axt wieder auf und ließ einen weiteren Stakkato-Kriegsschrei erklingen, während er den Hügel hinauf rannte. »Wir haben zu viel Zeit verloren. Es gibt noch Drékar, die getötet werden wollen.«

Sie kamen über die Hügelkuppe und Hauk sah Valdûr und seine Männer, die trotz der erdrückenden Überzahl des Feindes tapfer die Stellung hielten.

»Es sind so viele«, stöhnte Svärd, als er seinen Vater eingeholt hatte.

Hauk nickte nur, ohne auf seinen Sohn zu schauen. »Der Kundschafter hat gelogen«, murmelte er ungläubig und schüttelte seinen Kopf.

»Lørden? Warum sollte er lügen?"

Hauk drehte sich zu seinem Sohn und erschrak. »Dein Gesicht«, sagte er und packte den Jungen an den Schultern, um ihn zu sich zu ziehen. Svärd zuckte nur mit den Schultern. Einige seiner Piercings waren aus seinen Wangen gerissen und sein rasierter Kopf war mit Blut und Blasen von der Säure übersät. »Was soll schon damit sein?«, grinste er. »Sieht nicht so schlimm aus wie deine Brust.«

Hauk schaute an sich herab und wusste, dass der Junge recht hatte. An manchen Stellen hatte sich die Säure so tief eingebrannt, dass man seine Rippen im Mondlicht glänzen sah. Er schüttelte seinen Kopf und drehte sich zum Kampf zurück. »Lørden muss gelogen haben. Es ist die einzige Erklärung. Irgendjemand hat ihn bezahlt, um mich reinzulegen. Wie hätten sie sonst wissen können, dass wir sie angreifen würden? Wie hätten sie uns sonst dazu bringen können, solch ein Monster zu bekämpfen?«

Svärd zögerte. »Wer hätte uns das antun wollen?«

Hauk zuckte mit den Schultern und sah sich um. Die Überlebenden von Svärds Gruppe hatten mittlerweile alle die Hügelkuppe erreicht und sich um ihn geschart. »Das ist jetzt egal«, sagte Hauk und hielt seine Axt ein weiteres Mal hoch. »Umso mehr Männer wir zu töten haben, umso mehr Gold werden wir finden.« Er zeigte mit seiner Axt auf den kämpfenden Valdûr und grinste. »Wenn wir uns nicht beeilen, wird sich der alte Mann das ganze Gold selbst unter den Nagel reißen.«

Mit Hauk an der Spitze stürmten die Männer über den Hügel und trafen die unvorbereiteten Drékar im Rücken.

Die Gefallenen schlachteten zahlreiche Drékar ab, bevor diese überhaupt bemerkt hatten, dass sie aus einer weiteren Richtung angegriffen wurden. Valdûr und seine Männer ließen einen Siegesschrei erklingen, als sie ihren Häuptling an ihrer Seite sahen, und griffen mit neuer Entschlossenheit an. Die Drékar waren nun wie Schafe eingezwängt zwischen den

Angriffen von zwei Seiten und konnte ihre Speere und Äxte im Gedränge kaum heben.

Hauk ließ einen weiteren Stakkatoschrei erklingen und seine Männer taten es ihm gleich.

Gerade als Hauk den Sieg zum Greifen nah vermeinte, drängte sich eine große Gestalt durch das Gemetzel und hämmerte ihm seine Faust in das Gesicht.

Hauk fiel zu Boden und sprang sogleich wieder auf, frisches Blut im Gesicht, das ungebremst aus seiner Nase floss. Der Mann, der ihn niedergeschlagen hatte, sah beeindruckend aus. Er war so breit und stark wie die anderen Norse und jeder Zoll seines Körpers war mit leuchtend roter Farbe bedeckt. Selbst sein kurz geschnittenes Haar war rot gefärbt. Sein einziges Kleidungsstück war ein ebenfalls roter Lendenschurz. Er trug keine Waffen, aber seine rechte Faust war eine Mischung aus Metall und Narben. Einzelne Metallplatten waren mit dem Körper des Norse verschmolzen und hatten seine Faust durch einen einfachen, stumpfen Eisenhammer ersetzt. Nur in den Augen konnte man kurz etwas weiß aufblitzen sehen, als er sich auf Hauk warf.

»Rurik«, rief Hauk, als er den Häuptling der Drékar erkannte. Er wich dem Schlag mit dem Klumpen aus Metall und Fleisch, der auf sein Gesicht abzielte, aus, duckte sich tief und schlug seinem Angreifer mit voller Wucht in den Magen.

Rurik stöhnte und fiel rückwärts wieder in das Gedränge der Kämpfenden.

Hauk trat vorwärts und erhob seine Axt zum Todesstoß.

Sväla fiel auf die Knie und hielt den Ring an ihre Brust. »Hauk«, flüsterte sie.

»Er hat uns alle angelogen«, sagte Ungaur, als er an Sväla herantrat und seine Hand auf ihre Schulter legte. »Es kann keine andere Erklärung geben. Warum würde er sonst darauf bestehen, uns in endlose Niederlagen zu führen, wenn Völtar ihn doch gewarnt hatte, abzuwarten? Er muss eine andere

Gottheit anbeten. Er hat uns für seine eigennützigen Ziele verraten, Sväla.«

Sväla schüttelte ihren Kopf. »Ich kann es nicht glauben, dass er mich anlügen würde.«

Ungaur zuckte nur mit den Schultern. »Aber du hast den Beweis selbst in der Hand. Wir wussten alle von seiner Untreue, aber ehrlich gesagt war das noch das kleinste seiner Verbrechen.«

Sväla stand langsam wieder auf. Nachdem sie ihre Überzeugung verloren hatte, war auch ihre Stärke abhandengekommen. Plötzlich spürte sie jede einzelne Minute ihrer langen Nachtwache. Ihre Muskeln brannten, als sie an der Menge vorbei auf den fernen Horizont schaute. Die Sonne ging endlich über den Feldern auf und ließ das sich im Wind wogende Grass wie einen Ozean aus Gold erscheinen. Svälas Augen waren so voll von Tränen, dass es einige Sekunden dauerte, bis sie den Rauch bemerkte, der aus dem Becken aufstieg.

Sie eilte zum Messingbecken und schaute hinein.

Das Feuer war aus.

Hauk war tot.

Sväla schrie in den Himmel. Der Schwall an unverständlichen Flüchen war so mit ihrer Verzweiflung getränkt, dass den anderen Norse das Gelächter im Hals stecken blieb. Sie traten zurück und schauten fragend zu ihrem Schamanen.

Er grinste zurück.

Svälas Schreie wurden langsam zu verständlichen Worten. Während sie ihre Fäuste gegen das sich abkühlende Becken schlug, rief sie Völtar um Hilfe an. Sie bat ihn, ihren Körper mit Kraft zu erfüllen oder sie auf der Stelle niederzustrecken. Die Stammesangehörigen schauten mit einer morbiden Faszination zu, wie Svälas Gesicht sich vor Scham und Wut rötete.

Als Ungaur auf sie zuging, drehten sich ihre Augen und ihr Körper brach zusammen.

Sie fiel ohnmächtig in seine wartenden Arme.

* * *

Als Hauk seine Axt auf den am Boden liegenden Rurik schwang, fühlte er plötzlich all seine Kraft schwinden. Anstatt den Kopf seines Gegners zu spalten, fiel ihm seine Axt nutzlos aus den Händen und schlug auf den Boden. Kurz war Hauk nicht klar, was passiert war, dann schoss ihm ein unglaublicher Schmerz durch die Brust. Er blickte an sich herab und sah gebrochene Rippen aus einem Gemenge zerrissener Haut und Muskeln herauswachsen. Er wollte vor Schmerz schreien, aber warmes Blut füllte seinen Mund.

Als er auf seine Knie fiel, sah er einen Wald tretender und sich bewegender Beine um sich herum. Er wollte wieder aufstehen, aber die Schmerzen waren zu groß.

Hauk konnte sehen, wie Rurik seine blutige Metallfaust in die Höhe riss und einen Siegesschrei ausstieß. Dann sah der den Boden auf sich zukommen und es wurde schwarz.

KAPITEL VIER

Sigvald hielt die Hände vor seine Augen und lächelte befriedigt. Die Finger waren sauber, elegant und makellos. Zumindest fast makellos. Sigvald zögerte und schaute genauer hin. Er konnte es im flackernden Kerzenlicht des Schlafzimmers nicht ganz klar sehen, aber es kam ihm so vor, als würde sich ein dunkler Streifen einen seiner Finger entlang ziehen. Sein Herzschlag raste. War das eine Ader, eine dunkle, hässliche, pulsierende Ader? Er hielt die Hand näher an sein Gesicht und starrte auf den Finger. Bei dem Streifen handelte es sich nur um eine Spur getrockneten Bluts. Und es war noch nicht einmal sein Blut. Er leckte es von seinem Finger, genoss den salzigen Geschmack, und setzte sich erleichtert wieder auf seinen Stuhl. Dann schaute er zum Bett hinüber. Der Baron bewegte sich. Sein von Erfrierungen gezeichneter, ausgemergelter Kopf rollte zwischen den Kissen hin und her. Er flüsterte zwischendurch immer wieder und bat seinen Gott, ihm zu verzeihen.

»Baron«, flüsterte Sigvald und stand aus seinem Stuhl auf, um näher an den Baron heranzutreten. »Beruhige dich. Du bist jetzt sicher.«

Schüler öffnete seine Augen und sah Sigvald am Fuße des Bettes sitzen. »Prinz«, versuchte er hervorzubringen, aber er war zu verschlafen. Er rieb sich das Gesicht und schaute sich im Zimmer um. Es war ein beeindruckendes Durcheinander von Gold und Spitze, das in das warme Leuchten einer Lampe auf dem Nachttisch getaucht war. Er versuchte, sich aufzusetzen, aber seine Knochen widersprachen mit einem lauten Knacken und er ließ sich mit einem Stöhnen wieder zurückfallen.

Sigvald lächelte ihn herzlich an. »Überanstrenge dich nicht meinetwegen«, sagte er und legte seine Hand auf das Bein des Barons. »Du hast sehr lange geschlafen. Du solltest dir etwas Zeit lassen, um dich zu sammeln.«

Schüler verzog sein Gesicht, als er eine große Gestalt still in einer dunklen Ecke des Zimmers warten sah.

Sigvald folgte seinem Blick. »Sorg dich nicht, das ist nur Oddrún.« Er befahl Oddrún, an das Bett zu kommen. »Er meinte, ich sollte dich noch einen Tag schlafen lassen, aber ich glaube, du solltest etwas essen. Du musst unbedingt deinen Hunger stillen, Schüler; mehr als irgendein anderer Mann, den ich jemals getroffen habe. Und du musst dir mal die Beine vertreten. Ich möchte, dass du stark genug bist, um die Feier heute Abend zu genießen.«

Schüler zwang seinen geschundenen Körper in eine aufrechte Haltung, als der vermummte Riese auf ihn zukam und ein Tablett auf seinen Schoß legte.

Er massierte seine Stirn, eindeutig verwirrt. Dann weiteten sich seine Augen plötzlich und er saß blitzartig gerade. »Meine Männer«, sagte er erschrocken.

Sigvald lachte und stand auf. »Du brauchst dir um sie keine Sorgen zu machen, Baron Schüler. Es ergeht deinen Männern *sehr* angenehm.«

Der nervöse Gesichtsausdruck blieb auf Schülers Gesicht haften, als er sich in die Kissen zurückfallen ließ, aber er war zum Streiten deutlich zu schwach.

Sigvald ging an seine Seite und hielt ihm die Hand, um in Ruhe das Gesicht des Barons zu betrachten. Es war ein angespannter Knoten aus eckigen Knochen und Narbengewebe und sein Blick wirkte wie der eines Wahnsinnigen. »Deine Männer sind aus hartem Holz geschnitzt, Baron«, sagte Sigvald mit einem liebevollen Lächeln. »Genau wie du. Und ich muss dir so viel zeigen. Ich weiß kaum, wo ich anfangen soll.«

Als Schüler zum Prinzen schaute, ließ seine Nervosität ein wenig nach. Er verschlang etwas von dem Essen, ohne hinzuschauen, was er aß. Dann schaute er auf den Teller und seine Augen wurden wieder groß. Das Essen bestand aus hauchdünnen Streifen von blassem, rohem Fleisch. Er ließ seine Gabel klappernd auf den Teller fallen und wischte sich etwas Blut von den Lippen. »Was ist das?«, fragte er und schaute nervös auf den roten Fleck auf seiner Hand.

»Nahrung«, sagte Sigvald mit einem komischen Lächeln. Dann schob er den Teller beiseite und ergriff wieder die Hand des Barons. »Und später wird es davon noch sehr viel mehr geben. Aber nun sollten wir erst einmal alles besichtigen. Und miteinander reden.« Er lachte. »Ich habe so viele Tage darauf gewartet, dich zu treffen, und nun weiß ich gar nicht, was ich dir zuerst zeigen soll.«

»Woher wusstet Ihr, dass ich kommen würde?«

Sigvalds Lächeln wurde zu einem breiten Grinsen. »Das ist schnell erzählt. Lass uns unseren Rundgang im Empyreischen Dom beginnen.«

»Jedes Teilchen in unserem Kosmos wird von seinen Begleitern angezogen und abgestoßen«, sagte Sigvald, während er sich auf seinen Fersen im Kreis drehte und seine Hände zum riesigen, gewölbten Dom über ihren Köpfen ausstreckte. »Von den kleinen Teilen, aus denen dein Fleisch besteht, bis zu den entfernt brennenden Himmelskörpern, die durch den Nachthimmel ziehen – alles ist in ständiger Bewegung. Die Bewegung ist der Schlüssel zu allem, Baron. Verstehst du das? Stillstand ist die einzig wahre Gefahr für einen jeden – Stillstand und Langeweile.«

Der Baron lehnte schwer auf einem Gehstock und starrte an die Decke des Raumes. Sein Mund stand offen vor Schock. Um ihn herum drehte sich die breite Kammer langsam. An den Wänden hingen keine Fackeln und doch war die Kammer von Licht erfüllt. Hunderte von Mondstrahlen wurden von im Marmorboden eingelassenen Linsen reflektiert und in der langsamen Bewegung der Kammer warfen die Lichtstrahlen ein komplexes Bild an die riesige, gewölbte Decke.

Wie Sigvald so zwischen den Lichtstrahlen hindurchschritt, konnte man sein aufgeregtes Gesicht erhellt sehen. »So wie der Empyreische Dom sich um seine Achse dreht, bildet er ein perfektes Bild des Himmels nach.« Er zeigte auf die Kreise aus Licht über ihren Köpfen. »Sieh doch, wie genau sie den vorgeschriebenen Bahnen folgen.«

Schüler schaute auf die Lichter und konnte tatsächlich die genauen Bahnen der Bögen und Parabelwege erkennen, die mit indigofarbener Wandmalerei und feinem Blattgold dargestellt waren. Als er genauer hinschaute, sah er, dass jede goldene Linie von hübschen astrologischen Symbolen umgeben war, welche wiederum mit feinen, goldenen Buchstaben beschriftet waren. »Welche Sprache ist das?«, fragte er. »Ich kann sie nicht lesen.«

»Sprache?«, sagte Sigvald, sichtlich verärgert. »Was für einen Unterschied macht schon die Sprache? Warum willst du es lesen können?« Er stieß seine Finger an den feinen Fries. »Schau es dir an! Sieh doch, wie schön es ist.«

Schüler ging in die Mitte des Raumes und zupfte an seinem struppigen Bart. Im Vorübergehen ließ er Sterne erlöschen und wieder erstrahlen, als er über die vielen Linsen schritt. »Aber wofür braucht man ein solches Gerät? Hat es einen militärischen Nutzen?«

Sigvald war so vertieft in die sich bewegenden Lichter, dass er zunächst nicht zu antworten vermochte.

»Prinz?«, sagte Schüler mit lauterer Stimme.

Sigvald wandte sich zum Baron, ein gezwungenes Lächeln auf dem Gesicht. »Ich glaube, du hast niemals etwas so Wundervolles gesehen«, sagte er und zeigte erneut auf die Lichter. Bevor der Baron antworten konnte, schüttelte Sigvald bereits den Kopf. »Und trotzdem fragst du mich so etwas Langweiliges. Militärischer Nutzen, sagst du.« Er schaute verärgert an seiner reich verzierten goldenen Rüstung herab. »Wie einfältig. Ich hoffe innig, dass du mich nicht enttäuschen wirst, Baron. Ich muss deine Vorstellungskraft anregen. Der Krieg ist nicht das einzige Vergnügen im Leben.«

Schüler zog seine Schultern zurück und biss seine Zähne zusammen. »Ich habe nicht alles aufgegeben, nur um mich zu vergnügen, mein Prinz. Ich brauche Macht. Militärische Macht. Wenn Ihr die Schrecken gesehen hättet, die mein Land bedrohen und –«

»Na gut«, unterbrach ihn Sigvald mit einem Kopfschütteln. »Ich lasse dir deinen Willen. Du fragtest, wie ich im Voraus von deiner Ankunft wusste.« Er schaute zur Tür zurück, wo der bucklige Lumpenhaufen wartete. »Oddrún«, sagte er. »Die Mauer.«

Der schlaksige Riese eierte und wankte durch den Raum zu einem großen Schrank aus Rosenholz. Er öffnete eine der Schubladen und zog einen Kupfermechanismus hervor. Dann zerdrückte er irgendetwas in seiner Faust und tröpfelte es über die Vorrichtung, um sich im Anschluss gegen die Maschine zu lehnen, bis man ein lautes Schnappen durch den Raum hallen hörte.

Nach und nach schlossen sich die Linsen im Fußboden, bis der Raum dunkel war. Dann hörte man ein weiteres Geräusch der Maschine und das Klicken von sich drehenden Zahnrädern.

Schüler zuckte zusammen, als eine Seite des Raumes anfing, sich zu bewegen.

Sigvald klopfte dem Baron auf die Schultern und führte

ihn zur Mauer, welche sich wie eine Schiebetür öffnete und sich zur Decke hinaufzog. Als die Schiebetür eine gewisse Höhe erreicht hatte, konnte man ein großes, gewölbtes Fenster sehen, das den Blick auf die Schneewüste freigab.

Nach einigen Minuten hatte sich der gesamte Raum in eine vom glitzernden Mondlicht erfüllte Glaskugel verwandelt. Ein weiteres Mal war Schüler vom dichten Schneetreiben und den gezackten, drohenden Gipfeln der Chaoswüste umgeben. Er schüttelte verwundert seinen Kopf. »Wie merkwürdig, es zu sehen, aber nicht fühlen zu können.« Er schaute an sich herab und stellte zum ersten Mal fest, dass er in nicht mehr als eine dünne Robe gekleidet war. »Die Grausamkeit des Wetters zu sehen und doch sicher und warm zu sein.«

Als sie sich dem Glas näherten, war Sigvalds Gesicht von Stolz erfüllt. »In der Tat«, sagte er und schaute in den Sturm hinaus. »Aber du bist sicherlich nicht nur am Genuss des Ausblicks interessiert.« Er grinste und zeigte auf eine Reihe von Kupferringen auf dem Boden am Rand des Fensters. »Zieh an einem.«

Schüler bückte sich und bewegte einen Ring mit einem lauten Klacken aus der Halterung. Der Ring war einige Zoll im Durchmesser und durch ein Netzwerk aus Bleiverbindungen und Kanälen mit dem Glas verbunden.

Sigvald bedeutete dem Baron, sich den Ring näher anzuschauen.

Schüler folgte der Anweisung und bewegte den Metallring an der Glaskuppel hoch, bis er auf Augenhöhe vor ihm war. Dann erschrak er. Der Ring hatte in der Mitte eine dicke Linse, und als er hindurchschaute, flogen die weit entfernten Gebirge auf ihn zu. Sie füllten seine Sicht aus und erlaubtem ihm, unglaubliche Details zu erkennen. »Ist das Magie?«, fragte er.

Der schockierte Gesichtsausdruck des Barons brachte Sigvald zum Lachen. »Natürlich! Eine sehr besondere Art der Magie, die Optik genannt wird. Ich glaube, die Schleiftechniken wurden in deinem Imperium perfektioniert, aber sie wurden noch nie so reizend – und nützlich – eingesetzt. Wir haben deinen Fortschritt Tage vor deiner Ankunft am Palast schon verfolgt. Niemand kann sich ohne mein Wissen annähern. Natürlich wird nicht einfach jeder eingelassen, aber bei dir hatte ich das Gefühl, es könnte sich lohnen, dich kennenzulernen.

Schüler konnte von der Linse nicht ablassen, als er sie über das gekrümmte Glas schob. Während er die Linse so vor und zurück schob, konnte er die feindliche Landschaft viele Meilen in alle Richtungen in faszinierender Klarheit sehen. »Was ist das denn?«, rief er aus, als er durch die Linse nördlich des Palastes schaute.

Sigvald lachte. »Was siehst du?«

»Ich sehe unglaublich schöne Lichter, die vom Himmel hängen. Wie ein glitzernder und wehender Vorhang.« Schüler schüttelte ungläubig sein Haupt. »Es wirkt durchsichtig und fest zugleich. Ist es eine Reflexion der Kuppel?«

Sigvald hörte auf, zu lächeln, und legte eine Hand auf die Schulter des Barons. »Du solltest woanders hinschauen, Baron. Das ist keine Reflexion – zumindest nicht die Art von Reflexion, die du meinst. Du schaust auf die Quelle von allem.« Er drehte vorsichtig das Gesicht des Barons von den Lichtern weg. »Deine Augen sind für diesen Anblick noch nicht stark genug. In dieser Richtung liegt das Reich der Götter; das Reich des Chaos. Hinter diesen Lichtern endet diese Welt und eine andere beginnt.« Er bewegte sich näher an den Baron heran und flüsterte ihm ins Ohr. »Wenn du diesen Vorhang wegziehen könntest, würdest du die Urquelle all der Kräfte, die uns antreiben, entdecken: Angst, Verlangen, Habgier, Liebe, Eifersucht, Hass und auch die Magie. Sie alle kommen von der anderen Seite dieser Lichter.«

»Du meinst das Leben nach dem Tod?«

»Vielleicht. Oder vielleicht etwas, das noch viel verrückter ist.«

»Aber es sieht so nah aus. Als wäre es nur wenige Tagesmärsche von hier entfernt.«

Sigvald nickte. »Das ist es auch. Mach dir keine falsche Vorstellung, Baron. Du bist viel weiter gereist, als du denkst.« Er drückte die Schulter des Barons. »Du bist an den Rand der Welt gekommen.«

Schüler erblasste und fuhr mit zitternder Hand durch seinen Bart. Dann drehte er sich wieder von Sigvald weg und schaute erneut durch die Linse. Trotz seiner Neugier gehorchte er Sigvald und wendete das Glas in eine andere Richtung. Nach einem kurzen Augenblick erschrak er erneut. »Da sind sie«, schrie er und verzog sein Gesicht vor Abscheu, wobei er von der Linse zurückzuckte. »Die Barbaren, die meine Männer getötet haben.«

Sigvald schaute missbilligend. Es ertönte ein weiteres lautes Klacken, als er eine andere Linse aus der Halterung löste und hindurchschaute. Er sah eine Gruppe Soldaten durch die verschneiten Hügel reiten. Sie trugen schwere rote Rüstungen die mit gezackten Messingspitzen verziert waren. Ihre Helme sahen wie Hundsköpfe mit gefletschten Zähnen aus. Durch die Linse konnte man meinen, sie seien zum Greifen nahe, aber er wusste, dass sie noch viele Meilen weit entfernt sein mussten. »Ach«, sagte er. Er hörte auf, zu lächeln, und schob seine Linse wieder nach unten. Dann bewegte er Schüler vom Fenster fort. »Lass uns weiter gehen«, sagte er, wobei er ungewöhnlich ruhig klang. »Vor dem Bankett gibt es noch viel zu sehen.«

»Bankett?«

»Ja, heute Abend habe ich eine ganz besondere Ankündigung zu machen.« Er führte den Baron zu einer Tür am anderen Ende des Raumes. »Du wirst natürlich mein Ehrengast sein.«

Während Oddrún die Schiebetür wieder schloss, gingen der Baron und der Prinz bereits eine Wendeltreppe hinab. Dann legte Sigvald dem Baron einige Felle über die Schultern und führte ihn hinaus über eine schmale Brücke zwischen zwei Gebäuden. Während sie durch den Schnee eilten, schaute

Schüler nach unten. Er konnte das steinige Fundament des Palastes sehen, das einem auf dem Kopf stehenden Berg gleich in der Luft hing. Sein Kopf drehte sich bei dem Anblick. »Wie kann so etwas nur möglich sein?«, fragte er und hielt kurz inne, um über die Brüstung der Brücke zu blicken. Als er durch das Schneetreiben blinzelte, konnte er eine Bewegung wahrnehmen.

Sigvald folgte seinem Blick und sah die dunklen, zerfetzten Umrisse einer Gestalt, die mit allen vieren von sich gestreckt auf dem gefrorenen Gestein lag. Eine andere Gestalt hatte sich über sie gebeugt. Die beiden Gestalten waren zu weit weg, um es klar erkennen zu können, aber doch schien es so, als wenn die gebeugte Gestalt mit einer Art Säge den Hals des Toten durchtrennte. Während sie beide das Geschehen betrachteten, färbte sich der Schnee um die beiden Gestalten rot.

Oddrún erschien in der Tür. Nachdem er die beiden Gestalten auf dem Boden gesehen hatte, drehte er seinen vermummten Kopf zum Prinzen. Obwohl sein Gesicht im Schatten verborgen war, konnte man seine Beunruhigung doch deutlich spüren.

Sigvald zuckte nur mit den Schultern und trat neben den Baron. Auf den verwirrten Gesichtsausdruck Schülers antwortete Sigvald nur mit einem Lachen und schob den Baron zurück in den Palast. »Wir sollten dich wieder nach drinnen bringen. Du hast in deinem Leben genug Schnee gesehen.«

KAPITEL FÜNF

Sväergs Träume schienen sich mit der Wirklichkeit zu vermischen. Die Gestalten, die um sie herum standen, waren echt – der beißende Gestank überzeugte sie davon – aber hinter ihnen konnte sie Menschen wahrnehmen, die einfach nicht dort sein konnten: Gesichter aus ihrer Vergangenheit und große Ansammlungen von Fremden, die ihren Namen riefen. Die Wirklichkeit und die Träume vermengten sich zu einem verwirrenden Wirbel aus verschiedenen Menschen und Orten. Sväla schaute zu den runenbeschriebenen Stützbalken der Methalle hinauf und sah Dämonen, die sich windend und schreiend durch ihren Blick huschten. »Bin ich verrückt?«, fragte sie mit einer Stimme, die wenig mehr als ein heiseres Krächzen war.

Einige der Gesichter kamen näher. »Sie hat gesprochen«, sagte eins der Gesichter und legte eine Hand auf ihren Arm.

Sväla fühlte etwas Hoffnung zurückkommen. Wenn sie sie hören konnte, musste sie noch am Leben sein. Als sie versuchte, sich aufzusetzen, drehte sich die raucherfüllte Halle im Kreis und sie fiel mit einem Stöhnen wieder zu Boden.

Irgendjemand hielt ihr einen Krug voll Wasser an die Lippen, und nachdem sie etwas getrunken hatte, konnte sie etwas klarer denken. »Das Feuer«, rief sie, als sie sich an ihre Nachtwache erinnerte. Ihr Herz fing wieder an, zu rasen, als ihr die Wichtigkeit der Flammen wieder klar wurde. Dann erinnerte sie sich auch wieder an das grinsende Gesicht von Æstrid, als sie ihr Hauks Ehering gezeigt hatte. War das auch ein Traum gewesen? Sie bemerkte einen leichten Schmerz in ihrer linken Hand, öffnete die Faust und schaute herab. Der Ring lag auf ihrer blutigen Handfläche. »Hauk«, krächzte sie, ihre Stimme erfüllt von Verzweiflung und Wut. »Ich war dir treu.«

Im Angesicht der vielen Gesichter, die auf sie herab starrten, schloss sie wieder ihre Augen, um in ein beruhigendes Nichts einzutauchen. Während die reale Welt verschwand, wurde die andere klarer. Ein Durcheinander verschiedener Bilder erfüllte ihre Gedanken. Sie sah, wie sie selbst eine riesige Heerschaar gegen überwältigende, unmenschliche Gegner anführte. Sie sah einen goldenen Palast, der im Himmel über einer gefrorenen Einöde schwebte. Sie konnte Häuptlinge der Norse sehen, die mit hasserfülltem Blick auf sie zu stürmten. Sie sah einen verbrannten Menschenkopf auf einer goldverzierten Tafel. Sie sah eine viel zu perfekte, schöne junge Frau, die sie um Hilfe anflehte. Diese und viele weitere, kleinere Geschehnisse sah sie in ihrem Fieber. Aber ein Bild wiederholte sich immer wieder. Eine erschütternde Erinnerung an ihr Versagen, die sie immer weiter ins Unterbewusstsein drängte: ein Bronzebecken, das einsam in der Morgendämmerung der Steppe rauchte.

»Wach auf«, rief eine Stimme.

Sväla wollte es nicht hören. Sie hatte kein Bedürfnis, wieder in die echte Welt zurückzukehren. Nur der Tod würde sie vom Schmerz ihres Versagens erlösen können; es schien keine Alternative zu geben. Irgendetwas hielt sie allerdings vom Sterben ab. Als die Stimme ihren Befehl wiederholte, wandelten sich ihre Fiebervisionen in ein klares Bild: ein uraltes, wettergegerbtes Gesicht, dessen Haut wie trockenes Pergament aussah und sie mit stechenden grünen Augen anstarrte. Als sie das Gesicht der Alten vollkommen wahrnahm, bemerkte sie eine Eigenart darin, die es ihr unmöglich machte, wieder ins Delirium zurückzufallen. »Wach auf«, verlangte die alte Frau und starrte sie weiter an. Mit einem genervten Stöhnen wachte Sväla endlich auf.

Sie schaute in eine wütende Maske gepiercten Fleisches.

»Svärd«, sagte sie, als sie ihren Sohn erkannte.

Ihr Sohn verzog angeekelt sein Gesicht. »Wie konntest du deinen Ehemann nur so hintergehen?« Sein Gesicht war nur wenige Zoll von ihrem entfernt. »Er brauchte dich und jetzt ist er tot.«

»Er hat mich verraten«, rief sie. Dann erfüllte sie ein plötzlicher Zorn, als sie wieder in Svärds Gesicht schaute. »Du warst bei ihm. *Du* hättest ihn am Leben halten können.«

Svärds Augen weiteten sich vor Schreck, doch bevor er antworten konnte, packten ihn zwei Hände an seinen Schultern und zogen ihn weg. Dann erschien ein neues Gesicht vor ihren Augen. Diesmal war es ein deutlich älterer Mann, mit vom Wetter gegerbter Haut und silbernem Haar. Sie konnte eine Freundlichkeit in seinen Augen wahrnehmen, die sie in diesem Moment sogar noch schmerzhafter fand als den zornigen Gesichtsausdruck ihres Sohnes einen Moment zuvor. Sie fühlte sich schuldig, als sie Valdûr den Alten erkannte – Hauks besten Freund. Sie versuchte, ihr Gesicht wegzudrehen und ihre Scham zu verbergen, doch mit einer seiner rauen Hände nahm er ihr Gesicht und drehte es zurück.

»Ich habe etwas für dich«, sagte er, wobei er einen kleinen Gegenstand zwischen seinem Daumen und Zeigefinger hochhielt. »Hauk ließ mich schwören, ihn dir zu bringen, falls ihm etwas zustoßen würde.«

Sväla schaffte es, ihren Kopf etwas anzuheben, und erkannte Hauks Ehering. »Das kann nicht sein«, krächzte sie und schaute auf ihre blutige Hand herunter. »Ich habe ihn doch schon.«

Valdûr folgte ihrem Blick und schüttelte verwundert seinen

Kopf. Er nahm den anderen Ring aus ihrer Hand und untersuchte ihn im Kerzenschein. »Das ist nicht Hauks«, sagte er und warf ihn auf den Boden. »Ich habe den echten Ring von seiner toten Hand genommen.«

Wut erfüllte Sväläs zitternden Körper und sie setzte sich aufrecht hin. Sie riss den echten Ehering aus Valdûrs Hand und hielt ihn an ihre Brust. »Sie haben mich betrogen«, stellte sie fest, erschüttert davon, wie einfach sie sich hatte belügen lassen. Durch ihre verheulten Augen schaute sie sich in der Methalle um. Die Männer, die um ihren Schlafplatz herum standen, waren von frischen Narben und merkwürdigen, aufgeblähten Blasen gezeichnet. Svälä erkannte jeden Einzelnen. Es waren die besten Krieger ihres Mannes. Als sie die Männer das letzte Mal gesehen hatte, waren sie voller Stolz gewesen, mit erhobenen Köpfen, aber nun hingen ihre Schultern von der Niederlage gebeugt und ihre Augen waren von Trauer erfüllt.

Hinter ihnen konnte sie einige der Stammesangehörigen erkennen, die ihre Nachtwache ins Lächerliche gezogen hatten. Eine Gruppe von ihnen war in eine hitzige Debatte vertieft und stand am großen, offenen Feuer an der Seite der Methalle. Einige von ihnen hielten bereits ihre Äxte in den Händen und schrien sich gegenseitig Beleidigungen in die Gesichter, während sie von Zeit zu Zeit auf Svälä zeigten. Es war schwierig, im Rauch Details zu erkennen, aber in der Mitte des Gedränges konnte Sie eine Gestalt mit einem Wolfspelz über dem Kopf erkennen. »Ungaur«, sagte sie, als sie erkannte, wer das Mädchen zum Lügen angestiftet haben musste. Sie wurde noch wütender. »Er hat mich hereingelegt«, sagte sie und starrte auf den Umriss des stämmigen Schamanen.

Valdûr hielt einen Finger vor seinen Mund. »Es ist unklug, Ungaur den Gesegneten zu beschuldigen«, flüsterte er, »es sei denn, du willst dich auf dem Opferaltar angekettet wiederfinden.«

»Das würde er sich nicht trauen«, erschrak Svälä, aber als

sie erneut hinüberschaute, konnte sie ein Stück Metall in den Händen des Schamanen erkennen. Während er eindringlich den Männern zuflüsterte, zeigte er immer wieder in ihre Richtung. Es war ein gekrümmter Opferdolch, der mit Runen beschriftet war. Sie hatte schon oft gesehen, wofür er benutzt wurde, und kannte das grausame Schicksal derer, die den Dolch aus der Nähe sehen mussten.

Valdûr kam näher an Sväla heran und ergriff sie an den Schultern. »Hauk ist tot«, zischte er. »Du bist nicht länger die Frau des Häuptlings.« Er lehnte sich noch näher an sie heran und flüsterte in ihr Ohr. »Ungaur versucht, die Alten davon zu überzeugen, dass er der nächste Häuptling werden muss, und ich weiß nicht, wie lange sie ihm die Position verwehren werden. Danach bist du sein einziges Hindernis.«

»Wie kann denn ein Schamane Häuptling werden?«, schrie Sväla.

Valdûr verzog sein Gesicht und schaute über seine Schulter. »Er benutzt den Fluch als Begründung. Er behauptet, der Wolf habe zu ihm gesprochen. Der Wolf würde uns nur vergeben, wenn wir Ungaur die Führung unseres Stammes anvertrauen.«

Da er Svälas Frage gehört hatte, kam der Schamane direkt durch die Halle auf sie zu, die schwarzen Spitzen in seinem Mund klar erkennbar. Als er sah, dass Sväla aufgewacht war und den echten Ehering in den Händen hielt, hielt er an und begann erneut, eindringlich auf die anderen Stammesangehörigen einzureden. Die Streiterei ging von vorne los.

»Wir haben kaum Zeit«, sagte Valdûr mit einer gewissen Nervosität in seiner Stimme. »Ungaur hatte die Alten davon überzeugt, dass du nicht wieder zu Bewusstsein kommen würdest. Er hatte ihnen gesagt, dass du dem Stamm am besten dienen könntest, indem sie deinen Körper als Wiedergutmachung opfern.« Er flüsterte immer noch. »Du musst versuchen, aufzustehen. Beweis ihnen das Gegenteil. Es gibt immer noch einige in diesem Stamm, die zu dir stehen, und es sind noch längst nicht alle von Ungaurs Blutdurst überzeugt.« Er zeigte auf die kleine, niedergeschlagene

Gruppe von Kriegern um sie herum. »Hauks Männer würden dir bis an das Ende der Welt folgen, wenn du es ihnen befiehlst.«

Sväla fiel auf ihre Schlafstelle zurück. »Was kann ich schon ausrichten? Ich kann nicht verleugnen, dass wir verflucht sind. Welche Alternative haben wir ohne Hauk, außer den sinnlosen Opfern Ungaurs?«

Valdûr verzog wieder das Gesicht. »Ich weiß es auch nicht«, stammelte er. »Aber dein Ehemann glaubte an eine andere Lösung. Wenn wir nur wüssten, warum wir verflucht sind, könnten wir vielleicht einen anderen Weg finden, um Völtar zu befriedigen. Sväla, ich glaube, du könntest uns zur Lösung führen.« Er starrte sie aufmerksam an. »Hauk sagte mir, dass Ungaur mehr weiß als er uns mitteilt. Er starb in dem Glauben, dass die Gefallenen diesen Fluch abschütteln und wieder erstarken werden. Willst du etwa all das aufgeben, wofür er gekämpft hat?«

Sväla spürte die Wahrheit in Valdûrs Worten, genau wie die Kälte des Eheringes, den sie an ihre Brust drückte. »Du hast recht. Ich kann seinen Plan nicht aufgeben.« Sie ergriff Valdûrs Arm. »Nicht noch einmal.«

Sie schaute an ihm vorbei in die düsteren Schatten, wo sich ihre Träume mit der Wirklichkeit vermischten. Viele der Szenen wiederholten sich, als ob sie ihre Wichtigkeit unterstreichen wollten. Und zwischen all diesem Durcheinander starrten sie ein Paar kleiner grüner Augen aus einem uralten Gesicht an. »Úrsúla«, rief sie, als sie sich an den Namen der alten Hexe erinnerte. Sie rappelte sich von ihrem Schlafplatz hoch und stand wankend vor den Stammeskriegern. »Bringt mich zur Hexe.«

KAPITEL SECHS

Während der Baron Sigvald folgte, wanderten seine dunkel unterlaufenen Augen von einem unglaublichen Eindruck zum nächsten, nicht in der Lage, die Dinge um ihn herum zu begreifen.

Nachdem sie den Empyreischen Dom verlassen hatten, gingen sie in ein großes Gewächshaus, welches wie ein Tunnel geformt war. Es lief eine ganze Seite des Palastes entlang – wellenförmig wie eine Schlange und erfüllt mit unnatürlichem Leben.

Als sie in das Gewächshaus hineingingen, stolperte der Baron sogleich zurück gegen das Glas. »Diese Hitze«, stöhnte er und schaute hoch in das Laubdach. Die ächzenden Pflanzen über ihm waren alle strahlend weiß. Im gesamten Garten gab es kein bisschen frisches Grün zu sehen. Die kraftlosen Pflanzen schienen wie eine Verlängerung des unendlichen Mondlichts zu sein. »Wie können sie ohne Sonnenlicht überleben?«, fragte er.

Sigvald schaute auf das Durcheinander der weißen Blätter. »Du musst aufhören, wie ein normaler Mann zu denken«, sagte er. »Du bist jetzt mehr als das.« Er zeigte auf die weißen Baumstämme. »Wir nennen das hier den Eisgarten.« Er schob ein Blatt von der Größe eines Pferdes beiseite und deutete auf die Schatten dahinter. »Die Pflanzen hier ernähren sich von anderen Dingen, als du es gewohnt bist.«

Schüler schaute auf das Gestrüpp und konnte etwas Farbe in der Dunkelheit erkennen. »Ist das eine Blume?«, fragte er und trat näher heran. Als er näher kam, konnte er erkennen, dass dort ein Haufen Leiber unter den Blättern lag – ein Haufen von Männern und Frauen, die in die knalligsten und extravagantesten Roben gekleidet waren. Entsetzt ging er noch etwas näher heran. »Sind das alles Leichen? Werden sie von den Pflanzen verzehrt?«

»Doch nicht so ordinär«, sagte der Prinz mit einem abschätzigen Lächeln. »Die Pflanzen sind die Früchte ihrer Träume.«

Der Baron hockte sich neben die Körper und erkannte, dass der Prinz die Wahrheit gesagt hatte: Die bunt bekleideten Wesen waren nicht tot, sie befanden sich nur im Tiefschlaf. Während sie so auf den blassen und verschwitzten Blättern lagen, konnte er sehen, wie sich die Oberkörper langsam auf und ab bewegten. Sie waren ganz und gar von Wurzeln und Blättern eingepfercht, aber anhand ihrer lächelnden Gesichter konnte er sehen, dass sie nicht leiden mussten. Doch als der Baron sich noch weiter näherte, stöhnte er angewidert. Die Körper hatten dort schon seit Monaten, wenn nicht sogar seit Jahren, ungestört gelegen. Ihre Gesichter waren eingefallen, ähnlich wie sein eigenes, und ihre Arme und Beine waren dürr und blass, durchwachsen von den Ranken der Pflanzen. Noch näher an dem Haufen von Leibern bemerkte er, dass die Körper lustvoll stöhnten und seufzten – anscheinend bemerkten sie gar nicht, dass manche der Ranken unter ihre Haut wuchsen und sich so langsam zu ihren Gehirnen hoch schlängelten. Der Baron stöhnte angewidert – und eilte sich, unter dem Blatt wieder auf den Weg hinauszutreten.

»Wer sind die?«, schrie er, als er mit einem Ausdruck des

Ekels auf seinem Gesicht noch weiter Abstand von den Leibern nahm.

»Träumer«, antwortete der Prinz, während er mit einigem Stolz auf den Haufen aus Körpern schaute. »Künstler, Dichter und Architekten. Menschen, die ihr ganzes Leben lang versucht haben, ihre Träume zu verwirklichen. Aber ihr Ehrgeiz war immer von den Widrigkeiten des normalen Lebens beschränkt. Hier sind sie frei, ihre Träume zu verwirklichen.« Er zeigte auf die riesigen, weißen Pflanzen. »Und während sie schlafen, blühen ihre Ideen im wirklichen Leben zu ungeahnter Schönheit, dieser beeindruckenden Schöpfungskraft.«

Als der Baron erneut auf die Blüten schaute, sah er die verrücktesten Formen: Burgen und Königinnen wippten über ihm, geformt aus elfenbeinfarbenen Blättern. Immer noch angewidert antwortete er dem Prinzen: »Aber ihre Köper verwesen.«

»Na und?«, schnauzte Sigvald. Er zeigte erneut auf die riesigen Pflanzen. »Schau doch, was sie erschaffen haben! Ist es nicht großartig, dass aus solchen unwichtigen Kreaturen solch eine Schönheit erwachsen kann?« Er ging näher auf den Baron zu und ergriff ihn am Arm. »Erweitere deine Vorstellungskraft über das einfach Körperliche hinaus, Schüler. Denke weiter als deine lächerlich kurze Lebensspanne zulässt. Stell dir die unendlichen Freuden vor, die deine Sinne erschaffen könnten, wenn du sie befreien würdest.«

Der Baron schaute von den verwesenden Körpern zu den bezaubernden Dingen hinauf, die aus ihren Träumen entstanden waren. Er nickte widerwillig vor Respekt.

Sigvald grinste und zog ihn mit sich durch den schlängelnden Weg zur Mitte des Gewächshauses. »Das ist noch gar nichts! Warte nur. Es gibt noch so viel mehr zu sehen.«

Sie gingen zurück in das Schloss und betraten eine lange Galerie mit hoher Decke. Die Galerie war eindeutig schon lange nicht mehr benutzt worden. An der Wand hingen hunderte Waffen und unter ihnen standen wie in stiller

Bereitschaft die Rüstungen. Jede einzelne Klinge war verrostet und von Staub bedeckt, aber Sigvald ging an ihnen vorbei, anscheinend blind gegenüber dem Verfall, der langsam seinen Palast zerstörte.

Als Oddrún die Tür des Gewächshauses schloss, hielt der Baron in Verwunderung inne. »Was war das?«, fragte er und griff nach seinem nicht vorhandenen Schwert.

Er konnte dutzende Schmerzensschreie hören, die nach Gnade flehten. Die Geräusche kamen aus einer Tür am fernen Ende der Galerie.

Sigvald ging auf die Tür zu, anscheinend ohne die Schreie zu bemerken.

»Mein Herr«, lallte Oddrún. Er nickte in Richtung des blassen Barons. »Vielleicht können wir die Operationen auf später verschieben?«

Sigvald schaute verwirrt zurück. »Was meinst du? Ich bin mir sicher –«

Bevor der Prinz den Satz beenden konnte, öffnete sich die Tür und zwei Männer betraten die Rüstungsgalerie.

Der Baron erkannte das Ungetüm mit dem fiesen Grinsen als den Mann wieder, der ihn Sigvald vorgestellt hatte. »Víga-Barói«, flüsterte er und blickte plötzlich beschämt zu Boden. Der Ritter hatte seine purpurfarbene Rüstung gegen einen Lederschurz getauscht, aber niemand könnte ein solch bösartiges Gesicht wieder vergessen. An seiner von Flecken übersäten Schürze hing eine grausige Sammlung von Werkzeugen: Die Flachzangen, Nadeln und sichelförmigen Messer waren alle dunkel von getrocknetem Blut. Der Mann hinter ihm trug ebenfalls eine dreckige Schürze mit einer weiteren Ansammlung von grausamen Instrumenten.

Irgendetwas an dem Begleiter Víga-Baróis kam dem Baron komisch vor. »Ein Mönch?«, flüsterte er ungläubig. Das Haar des Mannes war zu einer Tonsur geschoren und er trug viele religiöse Symbole: Hämmer und flammende Kometen bedeckten die Robe unter seiner Schürze. In seinen Augen konnte der

Baron allerdings keine religiöse Überzeugung ausmachen. Er sah wie ein Schlafwandler aus. Während er hinter dem Ritter herging, schien sein Gesicht emotionslos und eingefallen. Als er einige Schritte vor dem Baron stehen blieb, konnte Baron Schüler an der Kehle des blutbesudelten Mannes eine einzelne Narbe sehen.

»Prinz Sigvald«, sagte der Ritter und kniete nieder. »Wie entzückend. Ihr besucht uns so selten in letzter Zeit.« Er stand wieder auf und zeigte auf die offene Tür. »Seid Ihr gekommen, um mitzumachen? Wir machen gute Fortschritte mit unseren neuen Versuchsobjekten. Hazûl hat in letzter Zeit einige neue Techniken entwickelt, die Ihr sicherlich abwechslungsreich finden werdet.«

Sigvalds Antwort ging in einem Chor von verzweifeltem Geschrei unter.

»Entschuldigt mich, Eure Majestät«, sagte der Ritter und schloss die Tür, um die Geräusche zu dämpfen.

»Ich fürchte, das wird warten müssen«, sagte der Prinz mit offensichtlicher Enttäuschung. Er zeigte auf Baron Schüler. »Ich zeige unserem Gast den Palast.«

»Ach, natürlich.« Víga-Barói schaute den Baron mit unverhohlener Geringschätzung an. Als er sprach, klang seine Stimme allerdings sanft und tief. »Wir sind so froh, Euch bei uns begrüßen zu dürfen, Baron.« Er strich über seine blutbefleckten Werkzeuge. »Ich kann es kaum erwarten, Euch besser kennenzulernen.« Er ließ die Worte in der Luft hängen und wandte sich zurück zu Sigvald, während er auf die Tür deutete. »Seid Ihr sicher, dass ich dem Baron nicht unseren Operationssaal zeigen soll?«

Sigvald schüttelte den Kopf. »Heute nicht, Víga-Barói. Vielleicht beim nächsten Mal.« Er lächelte. »Hast du meine Einladung erhalten?«

Der Ritter verbeugte sich erneut. »In der Tat. Das Bankett. Wir sind schon alle sehr aufgeregt darüber, welche Überraschung Ihr uns präsentieren werdet.«

Sigvald strahlte vor Stolz und erwiderte die Verbeugung. »Ich denke, du wirst beeindruckt sein.«

Víga-Barói versuchte, sein fieses Grinsen in ein Lächeln zu verwandeln. »Und ist es wahr, dass die Prinzessin ebenfalls teilnehmen wird?«

»Natürlich«, antwortete Sigvald etwas irritiert. »Warum denn nicht? Ich möchte, dass alle meine neueste Kreation bewundern können. Auch meine Frau.«

Der Ritter schaute mit einem nichtssagenden Gesichtsausdruck auf den Baron. »Sehr gut, mein Prinz.«

Sie gingen weiter, aber nach der Unterhaltung mit Víga-Barói schien Sigvald das Interesse an der Begehung verloren zu haben. Sie eilten durch einige weitere, ebenfalls beeindruckende Kammern und Hallen: riesige, düstere Amphitheater, verstaubte Kunstgalerien und laute, vernachlässigte Menagerien. Aber die Gedanken des Prinzen waren eindeutig mit anderem beschäftigt. Die Erinnerung an das Bankett hatte den Prinzen begeistert und als der Baron weiter hinter ihm her ging, zählte der Prinz die eingeladenen Gäste an seinen Fingern ab und murmelte zu sich selbst. Letztendlich verbeugte er sich entschuldigend und wies Schüler zu seinen Kammern. »Oddrún wird dich mit allem versorgen, was du brauchst«, sagte er und schob den Baron zurück in das Schlafgemach. »Es ist wahrscheinlich am besten, wenn du hier bleibst, bis du gerufen wirst.« Er lachte. »Der Palast kann manchmal ein bisschen gemeingefährlich sein.« Er nahm die Hand des Barons und küsste sie, während sein attraktives Gesicht vor Aufregung regelrecht leuchtete. »Das Fest heute Abend wird alles, was du bisher erlebt hast, in den Schatten stellen, Schüler.«

KAPITEL SIEBEN

Es ging nur langsam voran. Die Überlebenden von Hauks Trupp waren erschöpft und verzweifelt. Nur Valdûr bellte Kommandos, um sie bei ihrem schleppenden Marsch durch das nasse Gras auf den Füßen zu halten. Vor ihnen klammerte sich Sväla an Valdûrs Arm. Ihre Gedanken waren immer noch von den merkwürdigen Erscheinungen erfüllt und ihr Körper vom Fieber geschwächt. Doch während sie weiter marschierten, wuchs auch ihre Selbstsicherheit. Hauk war überzeugt gewesen, dass es einen Grund für den Fluch, der auf dem Stamm lag, geben musste, und sie wusste nun, dass es ihre Aufgabe war, den Grund herauszufinden. Ihr ausgemergeltes Gesicht wurde zur entschlossenen Grimasse, als sie auf den Horizont starrte. »Ich glaube, Völtar hat mir geantwortet«, sagte sie zum alten Krieger an ihrer Seite gerichtet.

Valdûr wartete, bis er wieder etwas Luft geholt hatte. Sie hatten das öde Hügelland, in dem die Hexe wohnte, fast erreicht. »Was meinst du?«

Sie verzog das Gesicht, während sie einen einzelnen, grimmigen Nachzügler beobachtete, welcher hinter den anderen

Männern herlief. Es war ihr Sohn Svärd. Seit der Auseinandersetzung, nachdem Sväla aufgewacht war, hatten sie nicht miteinander gesprochen. »Als ich gesehen hatte, dass das heilige Feuer erloschen war, bat ich Völtar um Hilfe.« Sie schaute hoch in die unendliche Weite des Himmels über Norsca. »Und jetzt sind meine Gedanken voll von abscheulichen Visionen. Ich glaube, er will mich führen.« Sie drehte sich zu Valdûr. Ihre Stimme war ruhig, aber ihre Augen waren rot vom Weinen. »Oder glaubst du, dass ich den Verstand verloren habe?«

Valdûr zögerte und lehnte sich zu ihr. »Traurigkeit kann mit Menschen die merkwürdigsten Sachen machen.« Er zeigte auf die näher kommenden Stammeskrieger. »Vielleicht solltest du das im Moment erst einmal für dich behalten.«

Sie nickte und schaute auf ihre linke Hand. Sie trug jetzt zwei Eheringe. Hauks Ring war allerdings zu groß, daher hatte sie beide mit einem schwarzen Stück Stoff zusammengebunden. »Hauk glaubte nie an Ungaur. Opfer sind wichtig, aber die Stärksten und Jüngsten dafür herzugeben, ist Selbstmord.« Sie atmete tief ein und marschierte weiter. »Es muss einen anderen Weg geben, diesen Fluch aufzuheben. Wir sind aus einem besonderen Grund die Gefallenen geworden. Es war nicht immer so.«

Valdûr nickte. »Du hast recht, aber welche Hilfe erhoffst du dir von Úrsúla? Völtar hat sie mit einem besonderen Fluch belegt. Sie hat jeglichen Verstand verloren. Ich habe gehört, dass sie die meiste Zeit damit verbringt, mit der Erde zu reden.«

Sväla schüttelte den Kopf. »Aber ihr Gesicht sehe ich am meisten. Sie thront über allem. Ich kenne die Geschichten auch, aber wer könnte so leben und nicht ein bisschen verrückt werden? Ungaur sagt, sie lebt mit einem Fuß in unserer Welt und mit dem anderen im Totenreich. Da sollte sie doch etwas über unsere Vergangenheit und den Fluch wissen?« Sie zuckte mit den Schultern und schaute zu Valdûr. »Egal. Wenn sie mir nicht helfen kann, habe ich auch eine Antwort. Ich bin genauso verwirrt wie sie. Vielleicht kann ich dann auch mit der Erde reden.«

Die Sonne stand im Zenit, als sie die Hütte der Hexe erreichten. Das helle Sonnenlicht ließ das kleine Anwesen noch ärmlicher erscheinen. Es war ein gammeliger Hügel aus Schlamm, Tierfellen, Mist und Fliegen. Die Stammeskrieger hielten sich die Nasen zu und stöhnten über den Gestank.

»Die Hexe ist offenbar tot«, rief Svärd, nachdem er zu ihnen geklettert war und den Zustand des Anwesens sehen konnte. Er starrte seine Mutter zornig an. »Wer würde in so etwas noch wohnen? Wir können wieder gehen. Du verschwendest unsere Zeit.«

Sväla zuckte ob der Feindseligkeit ihres Sohnes zusammen, fühlte sich aber noch mehr dazu bestimmt, ihm das Gegenteil zu beweisen. Sie begriff, dass sie diese Situation bereits gesehen hatte. In einer ihrer Visionen hatte sie bereits gesehen, wie sie die Hütte betreten hatte. Die alte Hexe lebte noch und war von missgebildeten, grotesken Statuen umgeben. »Sie lebt«, gab sie zurück, laut genug, damit es alle Stammeskrieger hören konnten. Sie schauten ungläubig von ihr zu ihrem Sohn und dann wieder zurück auf die armselige Hütte. Während Sväla in ihre Gesichter schaute, wurde ihr klar, dass sie alle Angst hatten.

»Schau nach«, sagte Valdûr und bedeutete Sväla, die Hütte zu betreten.

Sväla bemerkte, dass sogar er Angst hatte. Sie würde alleine gehen müssen. Sie hielt am Eingang kurz inne und erinnerte sich an all die merkwürdigen Geschichten, die sie über diese Frau gehört hatte, dann zog sie einige der Felle zur Seite und betrat das schummerige Innere der Hütte. Drinnen gab es kein bisschen Sonnenlicht und für einige Sekunden war sie absolut blind. »Úrsúla?«, flüsterte sie und starrte in die von dichtem Rauch erfüllte Dunkelheit. »Bist du da?« Es gab keine Antwort, aber Sväla schien es, als hätte sie von weiter hinten in der Hütte ein Geräusch gehört; es klang wie ein Messer, das etwas Weiches zerhackte. Während sie sich so langsam voran bewegte, gewöhnten sich ihre Augen an die Dunkelheit. Sväla bemerkte, dass sie nicht alleine war. Sie schnappte kurz nach Luft, als sie dutzende von Figuren erkannte, die stumm in der Dunkelheit standen und sie beobachteten. Sie erkannte die hässlichen Gestalten aus ihren Visionen. »Hallo?«, rief sie und unterdrückte ihren Fluchtinstinkt.

Das entfernte Hacken hörte auf.

»Úrsúla?«, wiederholte sie.

Einige Fuß von ihr entfernt löste sich einer der Schatten und bewegte sich auf sie zu. Ein flackerndes rotes Licht schaukelte vor einem vom Alter gezeichneten Gesicht einer uralten Frau hin und her. Sväla griff zu ihrem Messer, bereit sich zu verteidigen.

»Ich besitze nichts«, schrie die alte Frau in einer rauen, bellenden Stimme. »Es gibt hier nichts, was es wert wäre, zu stehlen.«

Als sich die alte Frau näherte, senkte Sväla ihr Messer wieder. »Ich bin kein Dieb. Ich will nur deine Hilfe.«

Die alte Frau hielt kurz inne. Dann lachte sie. Es war ein rohes, krächzendes Geräusch, das sich schnell in ein abgehacktes Husten wandelte. Nachdem sie sich wieder beruhigt hatte, nahm sie einen tiefen Zug aus ihrer Pfeife. Die Glut spiegelte sich in ihren bösartigen Augen. Dann bewegte sie einige der Tierfelle zur Seite und ließ etwas mehr Tageslicht in die Hütte.

Im helleren Licht erkannte Sväla, dass Úrsúla wie in ihren Träumen aussah. Sie war gebrechlich, uralt und von oben bis unten verdreckt – Schlamm, Federn, Stöcke und Blut bedeckten ihren knochigen Körper – aber sie war trotzdem auch auf komische Weise schön. Ihr kurzes Haar schien aus reinem Silber zu sein und sie hatte stechende, lebendig-grüne Augen.

»Lass dich anschauen«, sagte die alte Frau und kam näher, um ihren Gast genauer zu betrachten. »Ja«, sagte sie und nickte langsam, »ich verstehe. Du könntest diejenige sein, die es schafft.«

»Was schafft?«

»Uns zum Sieg zu führen, mein Kind.«

Sväla fühlte sich sonderbar entblößt unter dem Blick der alten Frau und wusste nicht, wie sie antworten sollte. Um ihre Verwirrung zu verstecken, schaute sie sich die anderen Gestalten an. Überrascht stellte sie fest, dass es sich nicht um echte Menschen handelte. Sie waren grob gestaltete, lebensgroße Puppen. Sie schienen zum Großteil aus Schlamm gebaut zu sein, zum Teil auch aus Knochen, Tierfellen und menschlichem Haar. Sie war entsetzt, als sie feststellte, dass manche von ihnen sogar Zähne und Hautfetzen in ihren augenlosen Gesichtern hatten. »Was sind die?«, sagte sie erschrocken und stolperte von den krummen Gestalten zurück.

Die alte Frau lachte wieder. »Erkennst du sie denn nicht?«, fragte sie. »Den hier vielleicht?« Sie zeigte auf eine Puppe, die im dunkleren Teil der Hütte stand.

»Was meinst du?«, fragte Sväla.

Die alte Frau lächelte nur und zeigte erneut auf die komische Figur.

Sväla ging durch den Raum, vorsichtig darauf bedacht, dem alten Weib nicht zu nahe zu kommen. Als sie der Figur näher kam, zögerte sie. Die Anatomie war grob und unförmig wie bei den anderen Figuren, aber sie kam ihr entfernt bekannt vor. Die Figur war dünn und hatte Anzeichen von Brüsten und Hüften, die eindeutig darauf hinwiesen, dass es sich um eine Frau handeln sollte. Der Schlamm war zu einem matten Grau getrocknet und mit blauen Runen bedeckt. Sväla spürte ein unangenehmes Kribbeln. »Soll ich das sein?«

»Das bist du«, antwortete die alte Frau. Sie trat neben Sväla und legte eine Hand auf den Arm der Puppe.

Sväla schaute genauer hin und konnte einige blonde Strähnen erkennen, die in den Skalp der Puppe gepresst worden waren. Sie legte eine Hand auf den kalten Schlamm. »Ist das mein Haar?«

Úrsúla lächelte und erhob ihre Stimme zu einem einfachen

Lied. »Haare, Zähne und Blut, tief in den Schlamm gedrückt; gefolgt von Fleisch, werden die Gedanken geschickt.«

Sie streichelte SVälas Haar und lachte ob ihres angeekelten Gesichtsausdrucks. »Das ist nicht so wichtig, mein Kind. Sie brauchen diese einfachen Dinge, damit sie mit mir sprechen können. Sie erst erfüllen sie mit Leben.«

Sväla nahm ihre Hand vom Schlamm und zuckte zurück. »Sie leben?«, fragte sie und sie fühlte sich zunehmend unwohl. Sie hatte vom Wahnsinn der alten Frau gehört, aber hier in der unheimlichen Dunkelheit ihrer Hütte schienen Úrsúlas Worte auf grausige Weise glaubhaft.

»Natürlich leben sie.« Die alte Frau beugte sich zu Sväla und schaute sie durchdringend an. »Warum würde ich sonst so lange mit ihnen sprechen?«

Sväla verließ der Mut. Valdûr hatte recht. Die Frau war eindeutig zu verrückt, um zu irgendetwas von Nutzen zu sein. »Ja, natürlich«, murmelte sie und drehte sich um, um die Hütte zu verlassen. »Ich sollte gehen.«

Úrsúla hielt sie fest. Ihr Griff war erstaunlich stark, als sie Sväla näher zu sich heranzog. »Der Schamane will dich töten«, sagte sie ruhig.

Die Mischung aus Kräutern und Alkohol im Atem der Frau ließ Sväla angewidert das Gesicht verziehen. »Ja«, sagte sie, während sie versuchte, sich aus Úrsúlas Griff zu winden. Dann hielt sie inne. »Wie kannst du das wissen?«

Der alten Frau entfuhr ein weiterer Schwall heiseren Lachens und sie zeigte dabei auf eine der Puppen. »Er hat es mir gesagt.«

Sväla bemerkte, dass die Puppe größer als die anderen war und einen kleinen Fetzen grauen Wolfsfells auf dem Kopf trug. Sie versuchte nicht weiter, sich aus Úrsúlas Griff zu befreien, und schaute erneut auf die Ansammlung von Puppen. »Was hat er dir sonst noch erzählt?«

Úrsúla ließ Sväla los und ging zu der Puppe, die Ungaur darstellte. »Sie erzählen mir viele Dinge. Alles, was ich von ihnen wissen will.« Sie schlug die massige Figur. »Ungaur hat von seinem Vater gelernt, welcher wiederum von seinem Vater gelernt hat. Jahrhunderte von Ahnen erfüllen seine Erinnerungen. Sogar bis in die Zeit vor dem Fluch. Er kann vieles erzählen.«

»Dann muss er den Grund für den Fluch kennen«, sagte Sväla enttäuscht. »Und seine Opfer sind die einzige Hoffnung.« Sie ließ ihre Schultern hängen und schüttelte ihren Kopf. »Ich dachte, es könnte einen sichereren Weg geben, um den Fluch aufzuheben: ein Weg der Wiedergutmachung für unser Vergehen gegen Völtar. Aber wenn der Schamane so viel weiß, muss er recht haben. Wir sind dazu verdammt, für immer die Gefallenen zu sein.«

Úrsúla zuckte mit den Schultern. »Vielleicht, vielleicht auch nicht.« Sie zog nachdenklich ein weiteres Mal an ihrer Pfeife und lächelte Sväla merkwürdig an. »Er hat vielleicht seine eigenen Gründe, um den wahren Grund des Fluches nicht zu erläutern.« Die alte Frau ergriff wieder Svälas Arm und führte sie zu der Puppe. Dann öffnete sie Svälas linke Hand und schaute auf die frischen Narben, die sich über die Hand zogen. »Sie brauchen etwas Blut, um sie zum Reden zu bringen«, sagte sie und nickte dabei auf Svälas Messer.

Sväla zögerte einige Sekunden und war sich unsicher, ob sie das Spiel der alten Frau noch weiter mitspielen sollte. Doch dann erinnerte sie sich an das Bild von Úrsúla über ihr, als sie selbst im Sterben lag. Sie hielt das Messer über ihre Hand und drückte die Spitze vorsichtig in eine der Narben, bis ein kleiner Tropfen Blut zum Vorschein kam.

Die alte Frau schlug ihr auf die Hand, sodass die Klinge tief in das Fleisch schnitt.

Sväla zischte vor Schmerz und zog ihre Hand von der Hexe weg. In dem Moment spritzte ihr Blut auf die große Ungaur-Puppe.

»Sie brauchen eine Menge Blut«, sagte die alte Frau mit einem entschuldigenden Schulterzucken.

Sväla starrte sie an und hielt sich ihre verwundete Hand. »Du bist genauso verrückt, wie sie alle sagen«, schrie sie und drehte sich zurück zur Tür. Sie zog die Klinge langsam aus ihrer Hand und zuckte, als noch mehr Blut auf den Boden tropfte. Doch als sie die Tierfelle am Eingang erreicht hatte, zögerte sie. Sie konnte ein tiefes, gurgelndes Geräusch hinter ihr hören.

»Du solltest wenigstens bleiben, um das zu bekommen, wofür du gekommen bist, mein Kind«, sagte die alte Frau, wobei sie hinter Sväla herging und ihren Rücken zur Puppe drehte.

Sväla spürte eine schreckliche Angst, als sie zurück zur Puppe schaute. Die gesamte Statue vibrierte leicht und das komische, gurgelnde Geräusch schien irgendwo aus der Kehle der Puppe zu kommen. »Was geschieht hier?«, fragte sie und deutete mit ihrem Messer auf die Figur im Schatten. Mit Grauen beobachtete sie, wie sich die grob gezeichneten Lippen der Puppe bewegten und eine Reihe schwarzer Stahlzähne zum Vorschein kamen. Die gurgelnden Geräusche schienen sich zu dröhnenden Worten zu formen.

»Kurgan«, lallte der Schlamm. »Klein genug, um zu töten. Meine Axt in seiner Faust. Messer. Kehle. Axt. Hand. Hacken. Hacken. Hacken. Ich packe ihn an der Kehle. Blut. Völtar ist hier. In meinen Adern. Der Kurgan stirbt. Ich drückte das Leben aus ihm: Drücken, drücken, drücken. Knochen brechen. Regen auf meinem Gesicht. Es ist kälter. Die Knochen sind scharf. Ich kann spüren, wie die Knochen zwischen meinen Fingern zerbrechen. Tot. Schlamm. Schmerz. Andere kommen. Ich muss schnell sein. Vater hat das Herz des Häuptlings. Er hält es hoch. Die Anderen können es sehen. Blut, Blut und Regen.«

»Wovon redet es?«, staunte Sväla und wandte sich der alten Frau zu.

Úrsúla grinste sie an. »Ich bin verrückt, erinnerst du dich? Es ist sinnlos, mich zu fragen.«

»Es tut mir leid«, sagte Sväla. Sie ergriff die Hände der

alten Frau und bückte sich, bis sich ihre Gesichter gegenüberstanden. »Ich habe es nicht verstanden.« Während sich Sväla bei der Hexe entschuldigte, sprach die unförmige Gestalt im Schatten weiter mit sich selbst; Sie beschrieb einen Kampf mit schrecklicher, intensiver Dringlichkeit. »Er ist tot. Ich hab Blut im Bauch. Der Andere hat mich verwundet. Ich ziehe die Axt aus der Leiche. Schwinge sie. Heißes Blut. Heißer Schmerz. Mein Bauch ist aufgeschlitzt. Ich kann die Blutung nicht stoppen.«

Úrsúla zuckte nur mit den Schultern und führte Sväla zur murmelnden Statue zurück. »Dies ist eine von Ungaurs Erinnerungen«, erklärte sie. »Oder vielleicht sogar von einem seiner Ahnen.« Sie zeigte auf die Hände der Statue. Im Schlamm steckten einige menschliche Fingernägel. »Er hat sie während eines seiner Rituale verloren. Es war einfach, sie an mich zu nehmen. Jetzt sind seine Gedanken frei für mich zugänglich. Diese Worte kommen direkt aus seinen Gedanken.«

Schockiert starrte Sväla auf den zitternden Lehmhaufen. Als sich der Monolog der Statue in seiner Intensität steigerte, fingen die Zeichnungen der Augenlider an, sich langsam zu öffnen, und ein Paar leuchtend roter Augen kam zum Vorschein.

»Aber warum?«, fragte Sväla und schüttelte angewidert ihren Kopf. »Welchen Nutzen hat diese Monstrosität?« Ihre Augen weiteten sich bei einem plötzlichen Gedanken. Sie hielt ihr Messer hoch. »Was würde mit dem echten Ungaur passieren, wenn ich diesen hier aufschlitze?«

Úrsúla lachte. »Nicht dein bester Freund, oder?« Sie drückte Svälas Messer wieder runter und schüttelte ihren Kopf. »Du kannst die Statue nicht benutzten, um ihn zu verwunden, aber seine Gedanken kannst du erforschen. Das sollte dich doch interessieren?« Sie beugte sich wieder näher zu Sväla. »Warum bist du hierhergekommen, mein Kind?«

Sväla ergriff ihre Hand. Die Hitze in der Behausung und das dröhnende Gemurmel der Statue verursachten ihr

Kopfschmerzen und alles fing an, sich zu drehen. Sie schaute zu den anderen Statuen und erwartete beinahe, dass auch diese von plötzlichem Leben erfüllt aufwachen würden. Die Statue direkt neben Ungaur war besonders verstörend. Sie war deutlich dünner als die anderen, weiß gebleicht mit zwei kleinen Hörnern auf dem Kopf, und lächelte ihr merkwürdig zu. Sie atmete tief ein und blickte zurück auf die Hexe. »Ich will wissen, warum wir verflucht sind.« Sie drehte sich zurück zu der Statue von Ungaur und ihr Zorn kehrte augenblicklich zurück. »Der Schamane hat nichts getan, um uns vor den anderen Stämmen zu schützen, aber mein Ehemann hat geglaubt, dass es einen einfachen Grund für unseren Fluch geben müsse, und Ungaur hat diesen Grund vor uns geheim gehalten. Nur damit er seinen Platz im Stamm erhalten konnte. Hauk dachte sich, dass es einen anderen Weg geben müsse, anstatt dass Ungaur uns nach und nach opfert. Er sagte, der Schamane müsse ein Geheimnis kennen. Irgendetwas, das erklären würde, warum wir unsere Beute nicht mehr fangen oder unsere Gegner nicht mehr besiegen konnten.«

Úrsúla atmete eine Wolke Rauch direkt in Sväilas Gesicht. »Dann frag ihn«, sagte sie.

Sväla fächerte den Rauch weg und wandte sich dem murmelnden Haufen Schlamm zu. »Du meinst …?«

Die Hexe nickte und bedeutete Sväla, dass sie noch näher an die Statue herantreten sollte.

Sväla näherte sich dem Ding und zwang sich, in das entstellte Gesicht zu schauen. Die Augen waren nun ganz sichtbar. Sie hatten keine Pupillen. Sie waren nicht viel mehr als Bälle aus Blut, die wie wild in ihren schlammigen Augenhöhlen rollten, während die Statue weiter vor sich hinmurmelte. »Laufen. Regen. Körper. Götter. Die Geister sind in meinen Augen. Der Wolf ist alles. Ich bin der Wolf.«

»Warum sind wir verflucht?«, fragte Sväla. Der Gedanke, mit dieser abartigen Puppe zu sprechen, verstörte sie und ihre Stimme war wenig lauter als ein Flüstern.

»Lauter!«, krächzte die alte Frau.

Sväla schaute zurück und bemerkte einen Funken von Aufregung in den hellen grünen Augen.

»Warum sind wir verflucht?«, fragte Sväla erneut. Ihre Stimme war ein zittriges, lautes Rufen.

Der Monolog der Statue hörte abrupt auf. Die ausdruckslosen Augen drehten sich weiter in ihren Augenhöhlen und richteten sich auf Sväla. Zu ihrem Schrecken schienen sie direkt auf sie zu starren.

»Verflucht«, stöhnte die Statue, und gurgelte das Wort in seiner Kehle, als würde es darüber nachdenken. Sväla hielt die Luft an und die Statue schien es ebenfalls zu tun. Das Zittern hatte aufgehört und für kurze Zeit gab die Statue gar keine Geräusche von sich. Das einzige Geräusch kam von der Hexe, die neben Sväla hockte und vor Aufregung schwer atmete. Dann fing die Statue erneut zu murmeln an. Ein einzelnes Wort hatte den Monolog ersetzt, welches sie immer wieder wiederholte. Die Statue bebte immer stärker und die Stimme wurde lauter. Zuletzt schrie sie das Wort so laut, dass Schlamm von ihrer schiefen Mundöffnung spritzte und das Kinn sich aufzulösen begann.

»Sigvald!«, schrie sie und schüttelte den Kopf als hätte sie Schmerzen. »Sigvald.«

KAPITEL ACHT

Baron Schüler untersuchte die Gabel in seiner Hand. Sein ausgemergeltes Gesicht starrte ihn vom polierten Silber mit einem Ausdruck von grimmigem Hass entgegen. »Ich sollte sterben«, murmelte er und fragte sich, ob das Metall scharf genug war, um sich damit die Kehle aufzuschneiden. Er war komplett in eine wunderschöne und detaillierte purpurfarbene Rüstung gekleidet, die ihm sein Gastgeber zur Verfügung gestellt hatte. Nachdem ihn die Diener des Prinzen gebadet und mit wohlriechenden Ölen eingerieben hatten, bürsteten sie seinen Bart und seine Haare. Sie trugen sogar etwas Rouge auf seine Wangen auf und malten etwas Farbe auf seine gesprungenen Lippen, aber trotz ihrer Anstrengungen glich er noch mehr einer Leiche als zuvor.

»Entschuldigung«, sagte der Gast, der neben ihm saß. »Haben Sie etwas gesagt?«

Schüler schüttelte den Kopf und schaute die Länge des Tisches hinab. Seine Wut hatte ihn ohne klaren Plan in den Norden getrieben, aber er hatte sich nie vorstellen können, dass seine Reise so enden würde. Er hoffte, dass seine Männer nicht dieselben schrecklichen Dinge sehen mussten, und flüsterte ein kurzes Gebet für sie. Das Licht von einem Dutzend Kronleuchtern hatte ihm schließlich das ganze Grauen am Hofstaat des Güldenen Prinzen offenbart. Die Gästeschar bestand aus grausamen, teuflischen Seelen, die um ihn herum verteilt saßen und sich, während sie auf den Prinzen warteten, leise unterhielten.

Dem Baron gegenüber saß eine Kreatur, die entfernt an einen Mann erinnerte, aber ihr nacktes Fleisch zeigte ein grelles, kränkliches Pink und der gesamte Körper sah wie rohes Fleisch aus. Ein Paar papierdünner Flügel war hinter ihrem Rücken gefaltet und das Gesicht der Kreatur bestand aus einer pulsierenden Mischung aus Reißzähnen und Knorpel. Die Kreatur flüsterte zu ihren Sitznachbarn: zwei lebensgroßen Porzellanfiguren mit Körperteilen aus altem, gelb angelaufenen Elfenbein. Als sich die beiden Puppen näher zu der geflügelten Kreatur wendeten, wurden Risse in den polierten Körpern der Puppen sichtbar, und darunter kamen dunkle Lagen von Muskeln und Fasern zum Vorschein. Diese bizarren Kreaturen widerten den Baron mehr als alles andere an, was er bisher gesehen hatte. Die glatten Porzellanköpfe der Puppen waren mit gemalten Locken und engelsgleichen, mädchenhaften Gesichtern bemalt, aber ihre Augen waren von einer animalischen Gier erfüllt. Während sie der geflügelten Kreatur zuhörten, kicherten und klapperten sie auf ihren Sitzen. Eine der beiden bemerkte den Blick des Barons und zwinkerte ihm mit ihrem Augenlid aus Porzellan langsam und vielversprechend zu.

Schüler wendete sich angewidert ab, aber er wusste nicht so recht, wo er stattdessen hinschauen sollte. Die Gestalten an der Tafel waren allesamt so grotesk, dass es ihn schmerzte, sie anzuschauen. Es schien, als wenn die Abfälle eines Tierschlachters mit dem Inhalt einer Leichenhalle kombiniert und dann mit den grellsten Farben des Albtraums eines Verrückten bemalt worden waren. Ein beeindruckendes Bankett war für sie vorbereitet worden: Fleischplatten und überladene, fruchtgefüllte Gelees sahen fast so fantastisch wie die Gäste aus und in einer entfernten Ecke spielte eine Gruppe bizarrer, unförmiger Musiker einen ruhigen Walzer. Ein schönes Porträt des Prinzen hing über dem Geschehen und Schüler entschied sich, seine Augen für einen Moment auf dem noblen Gesicht des Prinzen auszuruhen.

Der Gast an Schülers rechter Seite war so sehr mit dem Essen beschäftigt, dass er nicht zu der allgemeinen Unterhaltung beitrug. Aus seinem Mund tönte ein so tierisches Rülpsen und Schnauben, dass der Baron gar nicht erst zu ihm schaute. Von den schlürfenden und reißenden Geräuschen schloss der Baron darauf, dass er neben einer Art riesigem Wiederkäuer sitzen musste. Letzten Endes überkam ihn seine Neugier und Schüler blickte kurz zu seinem Nachbarn. Er saß neben einem riesigen, knolligen und körperlosen Kopf, dem Massen an halb verdautem Essen aus dem Mund hingen. Das blasse und aufgeblähte Gesicht der Kreatur war so groß wie der ganze Körper des Barons und es saß in einem Nest weißer Schlangen, die aus seinem Hals herauszuwachsen schienen. Insgesamt wirkte die Kreatur wie ein riesiger, fleischiger Tintenfisch. Der Baron wollte etwas antworten, aber als er in die riesigen, wässrigen Augen der Kreatur schaute, stockte ihm der Atem. Er spürte, dass er kurz davor war, seinen Verstand zu verlieren.

Der Kopf schenkte ihm ein anerkennendes Lächeln. »Ich dachte, Sie hätten etwas gesagt«, sagte er in einem grollenden Bariton. Er schaute hungrig auf den ausgezehrten Körper des Barons, während er sprach, und rückte etwas näher an ihn heran.

Zum Schrecken des Barons bemerkte er, dass einige der schlangenartigen Glieder seinen Stuhl umringt hatten und über seine Schultern hingen.

»Nein«, sagte er, und rutschte von den geschuppten Körperteilen weg. »Gar nichts.«

Der Kopf beobachtete ihn und keuchte leicht, als er sich noch näher hinüberbeugte. Er schien an ihm zu riechen.

»Ich hatte nur überlegt – na ja, ich habe mich gefragt«, stammelte der Baron, während er verzweifelt überlegte, was er sagen könnte. »Ich habe mich nur gefragt, welcher Gast die Frau des Prinzen ist.«

Der Kopf plumpste zurück und lachte. Dabei öffnete er seinen Mund so weit, dass Schüler die Reste des ersten Gangs am Ende der grotesk großen Zunge sehen konnte. »Also hast du von Freydís gehört?« Während die Kreatur lachte, klopfte sie dem Baron mit ihren schlangenartigen Körperteilen auf den Rücken. »Du bist ein Mann nach meinem Geschmack«, sagte sie. »Normalerweise hätte ich dich vorstellen können.« Die Kreatur leckte sich über die dicken, hängenden Lippen und lächelte den Baron lüstern an. »Du musst wissen, ich bin Ansgallür der Hungerleider. Ich bin der Wächter des Mädchens.«

Die Vorstellung, dass dieses ekelhafte Monster irgendjemanden bewachen sollte, verstörte Schüler. Er fühlte das plötzliche Verlangen, schreiend aus der Bankettshalle zu laufen, aber er fürchtete sich davor, was mit ihm passieren könnte, wenn er durch den Palast wandelte, ohne von Sigvald beschützt zu werden. Er entschied sich, seine Angst zu unterdrücken, bis der Prinz erschien, um ihn dann um Freiheit anzuflehen. »Mir wurde zu verstehen gegeben, dass sie hier sein würde«, antwortete er und versuchte, dabei ruhig zu wirken.

»Oh, ja,«, sagte Ansgallür und schaute sich um. »Ausnahmsweise hat der Güldene Prinz um ihre Anwesenheit gebeten. Sie sollte bei ihm sein, wenn er erscheint.« Der Kopf lachte wieder. »Sigvald kümmert sich kaum um das arme Kind, aber er freut sich besonders über sein neuestes Spielzeug.« Der Kopf runzelte die Stirn und wollte noch etwas in Bezug auf das Thema sagen, als die Unterhaltungen an der Tafel aufhörten. Man konnte das Kratzen der Stühle hören und die Gäste stellten sich auf was auch immer sie zur Fortbewegung nutzten.

Schüler stand ebenfalls auf und schaute die Tafel hinab. Am Ende der Halle konnte er das grausige, vernarbte Gesicht von Víga-Barói sehen, der beim Betreten der Halle auf die

Gäste starrte. Er hatte die blutige Schürze ausgezogen und trug wieder seine alte purpurfarbene Rüstung. Er wurde immer noch von dem seelenlosen sigmaritischen Mönch begleitet, der jetzt allerdings die Funktion eines Knappen erfüllte. Er trug Sigvalds Schild und sein Rapier. Neben Víga-Barói befand sich noch eine weitere Gestalt: Sie hatte lange, blasse Beine und Arme, aber ansonsten war aufgrund der seegrasähnlichen lilafarbenen Haare nichts weiter erkennbar. Während sich die Gäste zu Víga-Barói und seiner Begleitung drehten, verbeugte sich dieser tief und zeigte auf den Eingang. »Der Güldene Prinz, Sigvald der Prachtvolle«, sagte er und zog sich in die Schatten zurück.

Die Gäste blieben stumm, während drei Gestalten in das Kerzenlicht traten. Baron Schüler rang nach Luft, als er Sigvald sah. Die goldene Rüstung war zu einem blendenden Glanz poliert worden, aber das Gesicht war sogar noch beeindruckender. Der junge Prinz strahlte einen inneren Edelmut aus. Er schien nicht in die Welt der Sterblichen zu gehören und der Baron fragte sich plötzlich, ob der Prinz nicht tatsächlich eine Art von Gott war. Als der Prinz sich dem Tisch näherte, verschwanden mit einem Mal Schülers Angst und Zweifel. Wie könnte eine solch edle Gestalt es zulassen, dass ihm Leid zugefügt würde? Wie könnte ein solcher Mann etwas anderes als göttlich sein? Als Sigvald zur Seite trat und auf einen Stuhl wies, bemerkte der Baron die Begleiter. Wie ein Schatten stand hinter ihm sein Hofmeister Oddrún und neben ihm setzte sich eine junge Frau auf den Stuhl, der ihr angeboten worden war. Für eine Sekunde vergaß Schüler den Prinzen und starrte auf seine Frau. Ihr Gesicht war hinter einem purpurfarbenen Schleier verborgen, aber der Rest ihres Körpers war beinahe komplett nackt. Nur sechs dünne Streifen aus schwarzem Leder bedeckten ihre Intimsphäre, und während das Kerzenlicht auf ihre weiche Kurven und langen, eleganten Formen schien, bemerkte der Baron, dass er sich über den Tisch gelehnt hatte, um sie besser sehen zu können.

Er zuckte, als er warmen Atem auf seinem Ohr fühlte.

»Jetzt verstehen Sie, warum ich sie hinter Schloss und Riegel halten muss«, flüsterte Ansgallür der Hungerleider mit einem obszönen Lächeln. »Sigvald hat eine ganze Stadt abgeschlachtet, nur um einmal ihre Hand küssen zu dürfen. Stellen Sie sich vor, was er mit jemandem machen würde, der sie anfasst.« Der dicke Kopf rückte näher an den Baron heran. »Es wird gemunkelt, dass ein einziger Blick auf ihr Gesicht genug ist, um einen Mann zu vernichten.« Schüler wandte sich zu seinem grotesken Vertrauten, um ihn etwas zu fragen, aber gerade in diesem Moment wendete sich Sigvald an seine Untertanen.

»Hier sind wir alle Prinzen, meine Freunde«, schrie er, während er seine Arme ausbreitete, um die bunt zusammengewürfelte Mischung aus Kreaturen zu begrüßen und den Saal mit seinem betörenden Lächeln zu erfüllen. »Die Tore des Güldenen Palastes lassen keine geringeren Gäste zu.« Er richtete sein einnehmendes Lächeln auf Baron Schüler. »Und jetzt haben wir einen neuen Bruder. Einen Gefährten auf dieser langen Reise der Selbstfindung.«

Mit gezwungenem, nüchternen Lächeln wandten sich die Gäste zum Baron. Betört von Sigvalds nachgiebigem Lächeln bemerkte er die Eifersucht der anderen nicht. Sigvald bedeutete allen, sich zu setzen, und sprach leise mit Oddrún, der sich wie ein großes, eingehülltes Insekt neben ihn gehockt hatte.

Während Diener mit Tabletts voller Speisen erschienen und die Gäste anfingen, zu essen, konnte der Baron seine Augen nicht von Sigvald und seiner Frau abwenden. Als er ihnen beim Essen zuschaute, ließ er alle Fluchtpläne fallen. Er konnte sich nichts Besseres vorstellen, als sein Leben diesem prächtigen Wesen zu widmen. Er schob seinen Teller beiseite und erhob sich. Die anderen Gäste hielten inne und beobachteten ihn, während er zum Kopf der Tafel ging. Sie legten ihre Gabeln ab und flüsterten miteinander, eindeutig schockiert vom diesem Bruch des formellen Protokolls. Sigvald bemerkte den näherkommenden Baron nicht und flüsterte weiterhin angeregt mit Oddrún, als Schüler ihn erreichte. Der Prinz und sein Hofmeister untersuchten etwas, das im Schoß des Hofmeisters lag: ein mit Runen und unglaublich kleiner Schrift verziertes goldenes Behältnis.

Der Baron fühlte sich plötzlich ein bisschen lächerlich. Er bemerkte, dass Víga-Barói und die anderen Gäste ihn anstarrten, während er darauf wartete, bemerkt zu werden. Nach einem kurzen Augenblick schaute ihn die Prinzessin durch ihren Schleier an.

»Ich glaube dein neuester ›Prinz‹ möchte mit dir sprechen, mein Schatz«, sagte sie. Ihre Stimme war weich und betörend, aber der Baron konnte etwas Sarkasmus in ihren Worten erkennen und fühlte sich nur noch lächerlicher.

Sigvald schaute überrascht auf. »Baron«, flüsterte er und bemerkte, dass der Wortwechsel von den anderen Gästen beobachtet wurde. »Du solltest dich nicht vor mir von deinem Platz erheben.« Er stand auf und richtete seine nächsten Worte an den ganzen Saal. »Unser Gast ist von seiner langen Reise erschöpft. Ich werde ihm ausnahmsweise das schlechte Benehmen vergeben.« Er bedeutete dem Baron, sich wieder auf seinen Platz zu begeben. »Setz dich schnell wieder hin«, zischte er. »Sonst erwarten sie noch, dass ich dich bestrafe.«

»Es tut mir leid, mein Prinz«, sagte der Baron mit einer tiefen Verbeugung. »Ich wollte mich nur für Eure Großzügigkeit bedanken und Eurer Frau meine Aufwartung machen.«

Sigvald erwiderte ein gezwungenes Lächeln. »Natürlich.« Doch dann wandelte sich sein Gesichtsausdruck in ein ehrliches Lächeln, als ihm eine neue Idee kam. Er bedeutete den anderen Gästen, sich zu erheben. »Eigentlich ist die Gelegenheit perfekt, Baron Schüler.« Er richtete seine Ansprache wieder an den Rest des Saals. »Jetzt, da wir alle gegessen haben, ist es, denke ich, Zeit für meine neueste Kreation.«

Neugierig darüber, was Sigvald ihnen zeigen wollte, sprangen die Gäste auf.

Er nahm das goldene Behältnis aus Oddrúns verbundenen Händen und hielt es über seinen Kopf. »Jugend sollte ewig währen«, schrie er und bewegte sich von seinem Stuhl weg, um durch die Banketthalle zu stolzieren. »Sie sollte nicht von den grausigen Auswirkungen des Alters und der Schwäche behindert werden.« Er sprang auf den Tisch und zerbrach Teller und Kerzen, als er auf dem polierten Marmor landete. »Diejenigen unter euch, die mich auf meine wundervolle Reise begleiten, werden nicht wie ihre Vorfahren verfaulen. Wir werden nicht sinnlos als Wurmfraß enden.« Er klopfte auf das Behältnis in seinen Händen. »In diesem Palast habe ich Alchemisten, Krieger, Künstler und Seher versammelt, wie sie sie die Welt noch nicht gesehen hat. Ich würde sie nicht einfach den grausamen Gewohnheiten der Natur überlassen.«

Die Gäste grinsten ob dieser leidenschaftlichen Ansprache ekstatisch und einige fingen an, zu klatschen, obwohl niemand wusste, wovon der Prinz überhaupt redete.

»Schönheit sollte für alle Ewigkeit bewahrt werden«, schrie Sigvald, und drehte an einer Sicherung an der Seite des Behältnisses. Der vordere Teil öffnete sich und der Deckel fiel mit einem Klappern auf den Tisch.

Die Gäste drängten sich nach vorne, um zu sehen, was sich in dem Behältnis befand. Baron Schüler verzog angewidert sein Gesicht, aber die anderen Gäste brüllten vor Begeisterung. Der abgetrennte Kopf von Doktor Rusas Schliemann war von einer Krone aus Kupferblättern in der Mitte fixiert. Seine Augen waren vor Entsetzen weit aufgerissen, und als er die Banketthalle überblickte und der Applaus lauter wurde, fing er unkontrollierbar zu schreien an.

Sigvald zeigte auf Víga-Barói und den Mönch. »Durch eine Mischung von Alchemie und Chirurgie haben wir es geschafft, eines der größten wissenschaftlichen Genies unserer Zeit zu erhalten.« Er wurde lauter, um den verzweifelt schreienden

Doktor zu übertönen. »Doktor Rusas Schliemann lag im Sterben. Die Natur hatte sein Genie dem Verfall und dem Tod preisgegeben, aber ich habe es gerettet. Jetzt wird seine Weisheit ewig überdauern.«

Als die Schreie den Applaus übertönten, drehte sich der Baron schockiert weg. Er bemerkte, dass er nicht der Einzige war, der Sigvalds Enthusiasmus für sein neues Spielzeug nicht teilen konnte. Oddrún hielt sich mit seinen Händen den Kopf und zitterte ergriffen. Weinte er etwa, fragte sich der Baron, verwirrt von so viel scheinbarem Mitgefühl des Hofmeisters. Dann bemerkte er die Prinzessin. Im Gegensatz zu den anderen war sie sitzen geblieben und hatte nicht applaudiert. Ihr Gesicht war noch immer durch den Schleier verdeckt, aber sie trommelte ihre Finger mit solcher Kraft auf dem Marmortisch, dass ihre Wut unmissverständlich war.

Die Prinzessin schien zu bemerken, dass sie beobachtet wurde, und schaute in die Richtung des Barons. Obwohl ihr Gesicht verhüllt war, konnte der Schleier nicht verbergen, dass sie ihn anstarrte. Ihr schlanker Körper bebte vor Wut. Als Víga-Barói an ihre Seite trat und in ihr Ohr flüsterte, schaute sie wieder weg. Sie nickte zur Antwort nur, und nachdem der in Purpur gekleidete Ritter wieder weggegangen war, entspannten sich ihre Schultern und sie signalisierte dem Baron, näher zu kommen.

Baron Schüler erinnerte sich an die Warnung von Ansgallür dem Hungerleider und zögerte. Er schaute, ob Sigvald ihn beobachtete, aber der Prinz war von einem hysterischen Haufen umringt. Er hatte seinen Untertanen befohlen, ebenfalls auf den Tisch zu klettern und nun drückten sie sich alle an ihn, streichelten sein Haar und feierten verzückt, während sie versuchten, einen besseren Blick auf den abgetrennten Kopf zu erhaschen. Der Baron wollte den Prinzen nicht mit einem weiteren Bruch des Protokolls verärgern, aber die Prinzessin schien beharrlich.

»Prinzessin«, sagte er, als er herantrat, und verbeugte sich tief. Er bemerkte Oddrúns eindringlichen Blick, als er mit dem Mädchen sprach, aber sie klopfte nur auf den Stuhl neben ihr und schenkte dem Baron etwas Wein ein.

»Sag mir deinen Namen«, sagte sie. Die Schärfe war aus ihrer Stimme komplett verschwunden. Ihre Worte flossen wie Honig aus ihrem Schleier hervor und der Baron war kurze Zeit sprachlos.

»Ich bin Baron Gustav Schüler«, sagte er, nachdem er seine Haltung wieder eingenommen hatte, und nahm das ihm angebotene Weinglas; dabei wandte er seinen Blick von ihrer nackten Haut ab. Trotz seiner Unsicherheit fühlte sich der Baron erleichtert. Es schien ein ganzes Menschenleben her zu sein, dass er mit einem normalen Menschen gesprochen hatte.

»Ich bin Freydís«, antwortete sie mit einem sich selbst herabwürdigendem Lachen. »Prinz Sigvalds wertlosestes Eigentum.«

»Eigentum? Das kann nicht wahr sein, meine Herrin. Ich habe gehört, dass der Prinz Euch zu Liebe eine ganze Stadt in Schutt und Asche gelegt hat.«

Die Prinzessin zuckte. Dann lachte sie wieder, diesmal allerdings mit einer Spur Traurigkeit. »Du lässt das so romantisch klingen. Wer hat dir das erzählt, Gustav?«

Der Baron schaute zurück auf die feiernde Menge auf der Tafel. Er konnte den aufgedunsenen Kopf von Ansgallür dem Hungerleider gerade so erkennen. Seine massigen Wangen zitterten vor Lachen und seine Körperteile versuchten, sich um den feiernden Prinzen zu schlängeln.

»Ach, natürlich«, sagte die Prinzessin, als sie seinem Blick folgte und nickte. »Mein geschwätziger Wächter.« Sie rückte näher an den Baron heran. Er hustete vor Verlegenheit und wandte seinen Blick erneut ab. »Das war in einem anderen Leben. Die Leidenschaft meines Ehemanns ist riesig, aber nur von kurzer Dauer.« Sie legte eine Hand auf den Arm des Barons. »Sei dir dessen bewusst, Gustav. Nur ein falsches Wort und du verlierst seine Zuneigung.«

Ihre Worte waren so voll von Trauer, dass der Baron für

einen Augenblick das schreckliche Treiben um ihn herum vergaß und einen Anflug von Mitgefühl verspürte. »Er ist so eifersüchtig, dass er Euch einsperren lässt. Wenn das nicht Liebe ist, was dann?«

Die Prinzessin lachte und drückte seinen Arm. »Langeweile, Gustav. Er hält mich unter Verschluss, weil ich das Letzte bin, das er sehen will. Aber anscheinend ist noch ein Rest von Zuneigung vorhanden, sonst wäre ich überhaupt nicht hier.« Mit einem Seufzer lehnte sie sich zurück in ihren Stuhl. »Ich habe die Hoffnung jedoch noch nicht aufgegeben. Ich habe noch ein Ass im Ärmel.« Sie schüttelte den Kopf. »Aber egal, ich habe dich nicht hergerufen, um dich auch noch zu langweilen. Was machst du hier, Gustav? Du siehst mir nicht so sehr nach einem selbstverliebten Mann aus. Deine Augen strahlen zu viel Ehrlichkeit aus. Ich glaube, dass ich so etwas noch erkennen kann.« Sie zeigte auf die Bankettenhalle. »Was bringt einen ehrlichen Mann in ein solches Höllenloch der Fleischeslust?«

Der Baron zog seine Schultern zurück und streckte sein Kinn hervor, um wieder etwas militärische Haltung anzunehmen. »Ihr habt recht, Prinzessin«, sagte er und hielt sein Weinglas noch fester. »Ich bin nicht hier, weil ich mich nach Ausschweifungen gesehnt habe. Ich habe nach Macht gesucht.« Er berührte die purpurfarbene Rüstung, die seine verbrauchten Gliedmaßen bedeckte. »Mein Körper mag ausgemergelt aussehen, aber ich versichere Euch, dass ich einer der besten Soldaten des Imperiums bin.« Grimmig fuhr er fort. »Aber ich wurde von engstirnigen Einfallspinseln beherrscht, die unfähig waren, der Wahrheit ins Auge zu schauen. Sie wollten nicht einsehen, dass wir die Macht, die aus dem Norden fließt, nutzen müssen, anstatt sie als Hexerei zu verdammen. Ich konnte ihre Naivität nicht mehr ertragen.

Während sie über Glauben und Lehrmeinungen diskutierten, brannten unsere Burgen nieder. Also kam ich in den Norden, um nach einer besseren Lösung zu suchen.« Er nickte in Sigvalds Richtung. »Und mit Eurem Prinzen habe ich sie gefunden, glaube ich.« Er zeigte mit seinem Weinglas auf die verschlungenen Kreaturen. »Wenn ich nur von ihm lernen könnte. Ich bin mir sicher, dass ich endlich etwas verändern könnte, wenn ich seine Macht hätte. Ich brauche einen *Sieg*, Prinzessin.«

Als sie den Baron mit so viel Leidenschaft sprechen hörte, zog Freydís überrascht ihre Augenbrauen hoch.

»Vergebt mir«, sagte er und sprach mit ruhigerer Stimme, als er ihre Belustigung bemerkte. »Mein Ehemann ist sehr mächtig«, sagte sie mit einem Lächeln. »Aber ich bin mir nicht sicher, dass er derjenige ist, den du dir vorstellst, Gustav.«

Der Baron zuckte nur die Schultern und schaute auf den Prinzen. Er hatte es geschafft, den Doktor zum Schweigen zu bringen, und zwang den Kopf jetzt, zur Erheiterung der Gäste Gedichte vorzutragen. »Er hat die Kraft, Dinge tatsächlich zu verändern«, sagte er leise und eindeutig beeindruckt.

Die Prinzessin lachte erheitert und ergriff seine Hand. »Gustav, würdest du mich zu meinen Gemächern begleiten? Ich habe keinen Hunger mehr und mein Wächter scheint etwas beschäftigt zu sein.«

Der Baron zuckte mit seiner Hand zurück, als hätte er sich gerade verbrannt. »Prinzessin«, sagte er erschrocken und schaute sich nervös im Saal um. »Das wäre, glaube ich, nicht angebracht. Was würde Euer Ehemann sagen? Euer Wächter kann Euch sicherlich ...« Er verstummte. Auf dem Tisch konnte er Ansgallürs aufgedunsenen Kopf sehen, wie er auf seinem Rücken rollte, mit seinem riesigen Maul nach Luft schnappte und schallend lachte. Eine dunkle Flüssigkeit troff von seinem Kinn und der Baron hoffte, dass es sich um Wein handelte.

»Es wird auch nicht lange dauern«, sagte die Prinzessin etwas ungeduldig, als sie ihm ihren Arm anbot und auf die nächstgelegene Tür deutete. »Meine Gemächer sind im sechsten Turm. Es sind nur ein paar Minuten von hier.«

Der Baron schüttelte erneut seinen Kopf. In ihrer Stimme konnte der Baron einen spielerischen, gefährlichen Ton heraushören, der ihn verängstigte. Er hatte zu viel durchgemacht, um es jetzt so einfach aufzugeben und seinen Gastgeber zu erzürnen. Víga-Barói stand in der Nähe und sprach mit der von violettem Haar bedeckten Kreatur. Der Ritter erwiderte Schülers Blick und bemerkte seine missliche Lage. Er beugte sich näher zu seinem Begleiter und beide fingen an, zu lachen.

»Ich kann nicht«, sagte der Baron. Er stand auf und entfernte sich.

Die Prinzessin lachte leise. »Es stimmt, du musst noch viel von Sigvald lernen. Nun gut«, sagte sie enttäuscht. »Du kannst mir zumindest meinen Mantel holen. Außer du willst, dass ich mir den Tod hole?«

»Nein, natürlich nicht«, murmelte der Baron, während er sich wieder nervös umschaute, um festzustellen, wer sie beobachtete. »Gut. Er ist da hinten«, sagte die Prinzessin und zeigte auf eine entfernte Tür. »Ein weißer Fellmantel. Du kannst ihn nicht übersehen.«

Der Baron verbeugte sich kurz und eilte schnell zu der Tür, plötzlich erleichtert, von ihr wegzukommen. Er betrat eine kleine, leere Kammer und schüttelte verwirrt seinen Kopf. Er konnte keinen Mantel finden, also ging er durch die nächste Tür und auf eine der schmalen Brücken, die die Türme des Palastes miteinander verbanden.

Der Schneesturm wütete immer noch, und während er die Brücke entlang schaute, spürte er die Kälte durch die Spalten seiner Rüstung kriechen. »Das kann nicht richtig sein«, stammelte er.

»Ich muss mich geirrt haben«, sagte eine Stimme hinter ihm.

Der Baron spürte die Angst zurückkommen, als er die weichen, verspielten Worte hörte.

»Prinzessin«, rief er und drehte sich zu ihr um. Während seine Augen über ihre nackten Rundungen wanderten, errötete er beschämt. Er bewegte seinen Blick schnell zu ihrem Gesicht, aber hielt dann erschrocken inne. Der Sturm hatte den Schleier auf ihren Rücken verdreht und sich an einem Teil der Brüstung verfangen. Ihr Gesicht war komplett unbedeckt.

»Entschuldige mich bitte, Gustav«, sagte Freydís mit einem zaghaften Lächeln und erwiderte seinen Blick für einige Momente, bis sie ihren Schleier wieder in ihr Gesicht zog. »Ich glaube, ich habe gar keinen Mantel mitgebracht.« Als sie den Schleier von der Brüstung löste, riss er etwas ein, und als sie sich dem Baron weiter näherte, war ihr Gesicht immer noch sichtbar.

Der Baron stand bewegungslos, während sich der schlanke Körper der Prinzessin durch den Schneesturm auf ihn zubewegte. Ein einziger Blick auf ihre elfenbeinfarbene Haut war gefährlicher als jede Wunde, die er jemals erlitten hatte. Er sackte gegen die Brüstung und hielt seine Hände vor seine Augen, um sich zu schützen.

»Ich denke, du solltest mich besser zurück zu meinem Zimmer bringen«, flüsterte sie im Näherkommen und ergriff sanft seine Hände. »Du hast vielleicht doch recht. Wenn jemand uns beide alleine zusammen sehen würde, könnte er einen völlig falschen Eindruck bekommen.«

Der Ausdruck auf dem Gesicht des Barons war zwischen Verlangen und Schrecken hin- und hergerissen, aber als die Prinzessin ihren warmen Körper gegen seinen presste, verließ ihn das letzte bisschen Angst, und nur ein verlangender Ausdruck in seinen Augen blieb übrig. Er bemerkte, dass er immer noch das Weinglas in seiner Hand hielt. Plötzlich schien ihm seine Abstinenz lächerlich, sogar kindisch. Er stürzte das Getränk herunter und schloss seine Augen, während er genoss, wie der Alkohol in seine Glieder fuhr. Dann schmiss er das Glas auf den Boden und packte die Prinzessin in einer leidenschaftlichen Umarmung und küsste sie so stürmisch, wie er gerade zuvor den Wein getrunken hatte. Außer seinem Verlangen vergaß er alles andere.

Verdeckt im Schnee hielten sie sich so einige Minuten gegenseitig. Dann verschwanden sie wie Geister im Sturm, bis nur noch das Echo von Freydís sanftem Lachen zu hören war.

KAPITEL NEUN

Als Ungaur zurücktrat, um sein Werk zu betrachten, brannte die Mittagssonne auf die Steppe. Er hatte einen Kreis im hohen Gras freigeschnitten und die Gliedmaßen seines Opfers in die aufgesprungene, gebackene Erde gesteckt. Der Mann begann, sich zu bewegen, aber seine Augen waren immer noch milchig und blind. Es würde noch einige Stunden dauern, bis die Wirkung der Kräuter nachließ, und bis dahin würde er schon lange tot sein. Ungaur hob seine gekrümmte Klinge in den perfekten kobaltblauen Himmel. Die zackige Klinge reflektierte das Sonnenlicht. »Völtar der Wolf«, beschwor er, während er seine Augen schloss und sein Gesicht nach hinten lehnte, damit die Sonne ihm ins Gesicht strahlte. »Ich habe dir gut gedient. Ich bitte dich, mir jetzt zu helfen.« Er fuhr sich mit der Klinge über seine nackte Brust, und als das Blut zu fließen anfing, wischte er es weg und ließ es auf das Gesicht des stöhnenden Opfers spritzen. »Sväla wird deine Kinder von dir weg führen. Wenn ich sie nicht aufhalte, werden die Opfer aufhören und du wirst hungrig werden.«

Ungaur öffnete seine Augen und starrte über die weite Steppe.

Ein Geräusch hatte seine Gedanken unterbrochen. Zunächst konnte er nichts sehen, aber nachdem er seine Augen mit der flachen Seite seines blutigen Messer bedeckt hatte, konnte er einen Mann ausmachen, der durch das Gras in seine Richtung schritt. Sein Umfang war so groß und muskulös wie der Ungaurs, aber im Gegensatz zum Schamanen trug er keine Felle. Sein einziges Kleidungsstück war ein Lendenschurz und sein ganzer Körper war dunkelrot gefärbt. Auch sein kurzer Irokesenhaarschnitt war rot gefärbt. »Rurik«, murmelte Ungaur. Auch aus dieser Entfernung konnte er den Häuptling erkennen. Auch andere Mitglieder des Drékar-Stammes waren dafür bekannt, sich rot anzumalen, aber niemand anders hatte eine solche verklumpte Metallfaust. Ungaur kannte die merkwürdige Mutation nur zu gut. Er war dort gewesen an dem Tag, als Rurik aus dem Norden mit seiner Segnung wiederkehrte. Ein starker Zauber hatte das Fleisch des Häuptlings mit dem gezackten Metallklumpen verschmolzen. Er hatte nie genau erzählt, wie er es bekommen hatte, sondern nur erwähnt, dass es ein Geschenk war.

Rurik sah das Funkeln auf Ungaurs Klinge und lief ihm entgegen. Wenige Minuten später hatte er den Erdkreis erreicht und schaute auf den ausgestreckt liegenden Mann in der Mitte des Kreises. »Ist er stark genug?«, knurrte er.

Ungaur zog seine Lippen zurück und offenbarte die schwarzen Nadeln in seinem Mund. »Stark genug ist er«, antwortete er und hob seine Arme, um eine beeindruckende Sammlung von Schnitten, blauen Flecken und Bisswunden zu zeigen. »Es war nicht einfach, ihn zu zähmen.«

Rurik verzog das Gesicht. »Ich bin mir sicher, er war nicht in der Lage, sich richtig zu verteidigen.«

Ungaur zuckte nur mit den Schultern. »Natürlich nicht. Der Wolf muss gefüttert werden, wenn ich dir solche glorreichen Siege garantieren soll.«

Ruriks Gesichtsausdruck verbesserte sich nicht. »An dem Sieg war nichts glorreich. Hauk war ein mutiger Mann. Ich rühme mich nicht mit seinem Tod.«

»Und trotzdem warst du dankbar für meine Hilfe.«

»Alle Stämme sind verflucht. Was hätte ich sonst tun können? Die Gefallenen sind zu schwach geworden, um zu überleben, also müssen wir sie vernichten; aber es war nicht Hauks schuld.« Er bewegte seine Nase, als ob er etwas Unangenehmes röche. »Ich trage eine schwere Schuld.«

»Wir sind nicht länger so schwach, wie du denkst«, sagte Ungaur und zeigte ihm noch mehr seiner schwarzen Nadeln.

»Das hast du gesagt. Was hat es mit diesem Angriff auf sich, von dem du erzählt hast?«

»Hauks Frau führt die Überlebenden gegen dich. Sie will die Häuptlinge aller umliegenden Stämme töten, um die Gefallenen wieder zu vereinen und unsere alten Jagdgründe zurückzuerobern.« Der Schamane nickte in Ruriks Richtung. »Mit dir will sie anfangen.«

»Sväla? Wie hat sie die Macht über den Stamm an sich gerissen? Diese Position sollte doch an Hauks Sohn gefallen sein. Der mit den ganzen...« Er deutete auf sein Gesicht, um die Piercings darzustellen. »Und wenn nicht er, dann ein anderer Stammeskrieger.«

Ungaur nickte. »Du hast natürlich recht, aber sie hat mit allen Traditionen gebrochen. Sie spricht noch nicht einmal mehr mit ihrem Sohn. Sie hat sich selbst zu einer Art Königin gemacht.«

Rurik störten diese Neuigkeiten und er fuhr sich mit einer Hand durch die dichten Stoppeln seines Irokesenhaarschnitts. »Aber wie? Wie kann eine Frau so etwas schaffen?«

Ungaurs Wangen röteten sich und das Lächeln verschwand von seinem Gesicht. Er fing an, im Kreis zu gehen. »Sie hat sie alle mit irgendwelchem faulen Zauber getäuscht. Sie hat den Stamm auf einige Expeditionen und Jagden geführt und konnte die Position ganzer Antilopenherden vorhersagen. Es ist natürlich nur Glück, aber Valdûr der Alte stellt die verrücktesten Behauptungen über sie auf.« Er lachte verbittert. »Er sagt, dass sie uns von dem Fluch befreien kann.«

»Ich verstehe.« Rurik lachte kurz. »Hauk hat immer gesagt, sie sei eine Königin unter den Frauen.« Er schaute auf den bestürzten Schamanen. »Und sie will mich töten?«

»Ja. Um ihren Ehemann zu rächen und um deine Stammeskrieger und deine Jagdgründe zurückzuholen. Sie glaubt, sie könne ihre Glückssträhne nutzen, um die Stämme zu vereinigen und sich selbst zur Königin der Steppe zu krönen.«

Rurik schüttelte nur wieder seinen Kopf und lachte erneut. »Ihren Mut muss man bewundern.« Dann schaute er auf die mutierte Metallfaust am Ende seines Arms. »Es ist schon fast eine Schande, sie aufzuhalten.«

Die Augen des Schamanen weiteten sich und er stampfte an Ruriks Seite, um seinen Arm festzuhalten. »Dir würde es nichts ausmachen, von einer Frau geführt zu werden? Du würdest dir von einer Frau deinen Stamm nehmen lassen?«

»Natürlich nicht«, murmelte Rurik, während er seinen Arm befreite und Ungaur anstarrte. »Sag mir, was du weißt.«

»Heute Nacht, wenn du deine Männer an den Fluss führst, um die Wasserschläuche auffüllen zu lassen, will sie zuschlagen. Sie hat irgendwie den genauen Ort vorhergesagt. Sie werden dich an der engsten Stelle des Flusslaufes überfallen. Es wird zu einem Blutbad kommen, aber sie werden mit dem Morden aufhören, sobald sie deinen Kopf hat. Sie will deine Männer nicht töten, sie will sie nur beherrschen.«

»Ich verstehe. Dann werden wir eine eigene Überraschung vorbereiten. Es ist von Vorteil, sie alle auf einem Haufen zu haben. Sväla wird entweder vor mir niederknien oder sterben. Wenn irgendjemand die Stämme vereint, dann bin ich das.« Er wandte sich zum Gehen.

»Warte«, schrie Ungaur und zeigte mit seinem Messer auf den Mann am Boden.

»Das überlasse ich dir«, antwortete Rurik, wobei er in das hohe Gras schritt. »Ich werde bald mehr als genug Blut an meinen Händen haben, um hundert Götter zu füttern.«

»Idiot«, schrie Ungaur dem sich entfernenden Häuptling

hinterher. Dann wandte er sich wieder seinem dreckigen Kreis zu und beugte sich neben die um ihr Leben kämpfende Gestalt in der Mitte. Er hielt das Messer vor das Gesicht des Mannes. Zu seiner Befriedigung konnte er eine Spur von Angst in den Augen seines Opfers sehen. Die Drogen fingen an, ihre Wirkung zu verlieren. »Du hast Glück«, flüsterte er dem sich windenden Mann zu. »Du wirst mit offenen Augen in den Tod gehen.« Er holte mit seinem Messer aus und rammte es dem Mann in die Brust, während er ein Gebet an den Wolf richtete und das heiße Blut seinen Weg in das ausgetrocknete Erdreich suchte.

KAPITEL ZEHN

Baron Schüler stieß seinen Säbel mit einem Grunzen auf den Brustkorb des Prinzen.

Sigvald wich dem Stoß mit erschreckender Leichtigkeit aus. Er wippte einfach auf seinen Fersen zurück und bog seinen dünnen Körper aus dem Gefahrenbereich. »Zu langsam!«, schrie er aus der Drehung und lachte, als er mit einem Ausfall selbst zum Angriff überging.

Schüler konnte seine Klinge gerade noch hochziehen, um zu verhindern, dass ihm sein Gesicht abgehackt wurde. Er stolperte zurück und rang nach Luft, war aber unerschrocken. Die letzten paar Wochen hatten ihn verändert. Das letzte bisschen Zweifel war aus seinen Augen gewichen und durch eine eiserne Entschlossenheit ersetzt worden. Er hatte jegliches noch so merkwürdige Essen zu sich genommen und sogar nach einem neuen Schwert und einer neuen Rüstung verlangt. Um wieder zu Kräften zu kommen, hatte er sogar angefangen, mit dem Prinzen zu trainieren. Sein knochiger Körper hatte bereits wieder etwas vom vorherigen Umfang zurückgewonnen. Die Muskeln an seinem Arm spannten sich an, als er erneut zuschlug, wobei er diesmal mit seinem Säbel direkt auf das Gesicht des Prinzen zielte.

Sie duellierten sich auf einem schmalen, gewölbten Vorsprung, der aus einem der höchsten Türme des Palastes herausragte. Der Prinz hatte für gewöhnliche Übungsplätze keine Zeit. Er wollte immer nur an den gefährlichsten Orten trainieren, die ihm einfielen. Die glitzernden Goldkuppeln des Palastes lagen unter ihnen und ab und an blinkten sie wie Sonnenstrahlen aus dem Schnee hervor. Der kleinste Fehltritt würde einen der beiden Duellanten in den Tod stürzen lassen.

Sigvald rollte auf der dünnen Spitze des gewölbten Vorsprungs zurück und entging der Klinge des Barons nur knapp. Als er wieder auf die Beine sprang, rutsche er auf dem gefrorenen Metall aus und fiel beinahe in den Abgrund. Er konnte gerade noch einen Dachziegel ergreifen und sich festhalten. Dann begann er, hysterisch zu lachen. Er schaut zurück zum Baron, seine Augen vor Aufregung weit aufgerissen. »Hast du das gesehen?«, schrie er. »Fast! Fast!« Er richtete sich wieder auf und wiederholte den Sturz. Dabei stürzte er beinahe wieder ab und griff den Dachziegel im letzten Moment. »Der Tod ist so nahe«, rief er in den Sturm und lachte immer noch wie ein Verrückter. »Kannst du es spüren?«

Der Baron antwortete nicht und verlor keine Zeit, um seinen Vorteil auszunutzen. Er bewegte sich vorsichtig auf dem überfrorenen Vorsprung und hieb mit seiner Klinge nach dem Hals des Prinzen.

Sigvald warf sich mit einem Schrei direkt auf den Baron und traf ihn im Bauch, sodass sie beide in die Leere stürzten.

Als er von dem Vorsprung fiel, schrie Schüler vor Wut. Er griff blind in den Schnee und spürte, wie seine Hände die Kante des Dachs ergriffen. Sein Säbel fiel in die Tiefe und er erschrak vor Schmerz, als seine Arme das gesamte Gewicht der Rüstung zu spüren bekamen. Er merkte, dass seine Finger langsam vom Eis abrutschten. Sein Puls begann zu rasen, als er feststellen musste, dass er nicht stark genug war, um sich selbst wieder hochzuziehen.

Starke Finger ergriffen die Scharniere seiner Rüstung und zogen ihn wieder auf das Dach. Sigvald hatte sich vor Lachen immer noch nicht wieder unter Kontrolle, als er den Baron in Sicherheit brachte und neben ihm zu Boden sank. »Hast du das gesehen?«, schrie er. »Wenn du in dem Moment nicht nach Halt gegriffen hättest …« Er fasst den Kopf des Barons und drückte ihm einen kraftvollen Kuss auf die Stirn. »Hast du dich jemals so lebendig gefühlt?«

Der Baron war still vor Schock und konnte nur nach Luft schnappen.

Der Prinz sprang wieder auf die Füße und schritt über die Kante des Dachfirsts. Er hielt seine Arme ausgestreckt in den Schneesturm und schrie in die endlose Nacht. »Du kriegst mich nicht!«, rief er und lehnte sich in den Wind. »Ich bin Sigvald! Sigvald der Prachtvolle!« Für einige Momente verharrte er in seiner Selbstverliebtheit und genoss die Aufregung der Gefahr, in die er sie beide gebracht hatte. Dann endlich wurde er still. Er legte eine Hand schützend über seine Augen und starrte in den Schneesturm. »Wer erlaubt es sich, so nah an meinen Palast heranzukommen?«, fragte er. Sein Tonfall wandelte sich von Aufregung zu Wut, als er von der Kante des Dachfirsts zurücktrat. »Kannst du das sehen, Baron?«

Schüler stand vorsichtig auf. Sein Herz schlug immer noch vor Angst und er stellte sicher, dass ein paar Fußbreit zwischen ihm und den Prinzen waren, als er an die Kante des Daches herunterkletterte. Er blinzelte in den Sturm, ohne zu wissen, wo er genau hinschauen sollte. Dann entdeckte er eine Reihe von Reitern, die sich durch die Ausläufer der naheliegenden Berge bewegten. Es waren dieselben Ritter in schweren Rüstungen, die er schon durch die Optik der Glaskuppel des Prinzen gesehen hatte. »Ich kann sie sehen, Prinz«, keuchte er und versuchte dabei, seinen Atem zu beruhigen. »Das sind genau die Bestien, die mich auf meinem Weg in den Norden angegriffen haben.« Er machte eine Grimasse. »Das Ding, das sie anführt, hat den Kopf eines tollwütigen Hundes. Es versteckt ihn in einem bronzenen Helm, der wie ein Schädel geformt ist, aber ich kam nah genug an es heran, um den echten Kopf zu sehen.«

Sigvald runzelte die Stirn. »Víga-Barói hat recht. Sie werden jedes Jahr unverschämter. Sie reiten offen durch meine Ländereien.« Dann zuckte er mit den Schultern und drehte sich mit einem gezwungen Lächeln wieder dem Baron zu. »Aber wen stört das schon? Wir haben wichtigere Dinge zu besprechen.«

»Aber wer sind die?«

»Sagtest du, dass einer von ihnen einen Hundekopf hat? Das klingt nach Môrd Huk.«

»Wer?«

»Ach, niemand Wichtiges. Ein verkommener kleiner Untertan des Blutgottes. Er denkt, es sei lustig, mit seinen Männern durch meine Jagdgründe zu latschen.« Sigvald entfernte sich vom Rand und setzte sich schwerfällig auf das Dach. Dabei löste er eine kleine Lawine aus, die seitlich des steilen Abhangs hinunterpurzelte. Seine gute Laune war gänzlich verschwunden.

Der Baron blickte von den Soldaten zu der entrückten Gestalt Sigvalds und musterte ihn mit scharfem Blick. Als er wieder zu sprechen begann, konnte man etwas Aufregung wahrnehmen. »Mein Prinz, noch bevor wir fliehen mussten, hatte ich den Eindruck bekommen, als wollten sie Euren Palast angreifen. Ich schloss aus ihrem Willen, Eure Heimat zu zerstören, dass dieser Palast meine letzte Hoffnung sein würde.« Der Baron ging zurück zum Prinzen. »Wenn sie doch jedes Jahr näher kommen, solltet Ihr vielleicht Eure Armee gegen sie führen. Es scheint grotesk, dass solch Abschaum die Reinheit Eures Anwesens verderben darf. Was würde passieren, wenn sie den Palast angreifen?«

Sigvald blickte ihn skeptisch an. Der Schnee klebte in seinen Haaren und bedeckte sein Gesicht, aber irgendwie sah er trotzdem noch unglaublich königlich aus. Er winkte nur uninteressiert ab. »Sie werden mich hier nicht angreifen, Baron. Wir haben eine Abmachung.« Er legte sich zurück in den Schnee und schloss seine Augen. »Ich habe sowieso kein Interesse an Krieg. Die Welt ist so langweilig geworden. Der Krieg hat seinen Glanz verloren. Es gibt niemanden mehr, der es wert wäre, bekämpft zu werden.«

Schüler biss sich auf die Lippen und schaute auf Sigvald herab, wobei er den Abstand zwischen dem Prinzen und dem Rand des Daches abschätzte.

Sigvald öffnete seine Augen und schaute ihn lachend an. »Worüber denkst du nach, Baron? Du siehst so verbissen aus!«

Schüler lächelte verlegen und setzte sich neben ihn.

»Was hast du denn?«, fragte der Prinz, während er sich aufsetzte und seine Hand ergriff. »Irgendetwas hat dich verärgert.« Er zeigte auf die entfernte Reihe von Kriegern. »Ich hoffe doch, nicht diese Barbaren? Die sind noch nicht einmal eine Minute der Aufmerksamkeit wert.«

Der Baron zuckte mit den Schultern. »Na ja, vielleicht. Vielleicht war es der Gedanke an … Ihr nanntet ihn Môrd Huk?«

Sigvald nickte. »Ich kann mich an keinen bronzenen Schädelhelm erinnern, aber er hat definitiv den Kopf eines Hundes. Die Intelligenz eines Hundes übrigens auch.«

Schüler nickte und schaute hinaus in den Schnee. »Ich habe die Hälfte meiner Männer zu seinen Füßen verbluten sehen.« Die Erinnerung schien ihn zu schmerzen und er schaute in den Himmel. »Ihm folgte eine Vogelschar von Aaskrähen. Wir waren eindeutig nicht seine ersten Opfer.«

Sigvald nickte. »Der Blutgott ist nicht die einfallsreichste Gottheit. Seine stumpfen Untergebenen müssen für alle Ewigkeit nach neuen Opfern suchen, um seinen Blutdurst zu befriedigen.«

»Warum reitet Ihr ihm nicht entgegen und schmeißt diesen Môrd Huk aus Eurem Königreich?«, fragte der Baron. Dabei lehnte er sich näher an Sigvald und starrte ihn aufgeregt an.

»Führt Eure Armee ein letztes Mal in die Schlacht. Spießt seinen abartigen Hundekopf auf Eurer Mauer auf.«

Sigvald grinste Schüler an. »Schau dich an! Du bist so erfüllt von Kampfgeist und Kraft. Du wirst wieder du selbst.« Er schaute Schüler tief in die Augen. »Ist in der Nacht des Banketts etwas passiert? Seit diesem Abend wirkst du wie ein Getriebener. Als wäre eine Begierde in dir erwacht.«

Der Baron fühlte sich unwohl unter dem Blick des Prinzen. »Eure Ansprache hat mich inspiriert, Prinz Sigvald. Euer Bestreben, alles im Leben zu erfahren und auszuprobieren. Das ist eine erfrischende Abwechslung im Gegensatz zu den stumpfen Dogmen, die ich gewohnt bin.« Er zeigte auf den fallenden Schnee. »Deswegen würde ich Euch gerne am Kopf einer großen Armee sehen, die alles in ihrem Weg vernichtet.«

Sigvald ließ sich mit einem Seufzer zurück in den Schnee fallen und schaute zu den Zwillingsmonden hinauf. »Du erwartest tatsächlich von mir, dass ich mich auf das Niveau dieser Kerle herablasse und gegen sie kämpfe?« Er deutete auf seine wunderschöne, gravierte Rüstung. »Würdest du es tatsächlich genießen, mich mit Blut und Dreck verschmiert zu sehen, nur um ein paar Barbaren in Eisenrüstungen zu erschlagen?«

Schüler zupfte frustriert an seinem dicken Bart. »Dann wollt Ihr bis ans Ende aller Ewigkeit hier bleiben? Und Eure Zeit verschwenden, während die halbstarken Diener des Blutgottes Euer Königreich unter sich aufteilen?«

Sigvald blickte scharf zum Baron hinauf. »Sei vorsichtig, Baron Schüler. Bedenke, mit wem du sprichst.«

Der Baron biss sich auf die Zunge und setzte sich wieder hin. Er ließ seine Schultern hängen und schaute auf die Narben auf seinen Händen. Dann setzte er sich wieder gerade hin und der Hauch eines Lächelns umspielte seinen Mund. »Vielleicht ist es besser so«, sagte er leise, gerade so, als ob er mit sich selbst spräche.

»Wie bitte?«, fragte Sigvald und schaute zu ihm herüber.

»Vielleicht ist es besser so«, wiederholte der Baron diesmal etwas lauter. »Es ist vielleicht auch viel zu gefährlich für Euch, gegen Môrd Huk zu ziehen.«

»Pah!«, rief Sigvald. »Ich habe dir bereits gesagt, dass er es nicht einmal wert ist, mein Schwert mit seinem Blut zu beschmutzen.«

Der Baron nickte. »Ihr sagtet, dass Ihr den bronzenen Schädel nicht gesehen habt?«

»Nein«, sagte der Prinz, eine Spur verärgert.

»Die Quelle seiner Macht.«

Sigvald setzte sich auf. »Was für eine Macht? Wovon redest du?«

Schüler schaute von seinen Händen hoch. »Als sie uns angriffen, waren wir ihnen deutlich überlegen. Ich dachte, wir könnten sie mit Leichtigkeit besiegen, aber der Krieger mit dem bronzenen Schädel kämpfte wie ein Dämon. Ich glaube, sogar ohne seine Männer hätte er uns geschlagen.«

»Tatsächlich«, fragte Sigvald, noch nicht überzeugt. »Môrd Huk?«

Schüler nickte. »Solange er den Bronzehelm trug, war er wie ein Gott. Seine Wut und Kraft schienen grenzenlos, aber für einen kurzen Augenblick stolperte er und sein Helm fiel ihm von den Schultern. In dem Moment wurde mir klar, dass der Helm eine unnatürliche Kraft innehaben musste. Ohne den Helm kämpfte er wie ein normaler Sterblicher, aber sobald er ihn wieder aufgesetzt hatte, war er unaufhaltbar. Er war wie die lebende Inkarnation des Hasses. Die Wut strömte nur so aus ihm heraus. Er hackte sich durch meine Männer, als wären es Schafe gewesen.«

Sigvald schien verwundert. »Ein bronzener Schädel?« Dann plötzlich wurden seine Augen größer. »Ein bronzener Schädel? Der Thron des Blutgottes steht auf einem Schädelhaufen. Vielleicht hat er einen an Môrd Huk verliehen?«

»Möglich«, sagte der Baron. »Ich glaube, einige seiner Männer nannten ihn den Thronschädel.«

Sigvald stellte sich wieder hin und fing an, auf dem Dach hin und her zu gehen. »Könnte das möglich sein?«, flüsterte er. »Das kann es nicht geben. Ein Schädel vom Thron eines Gottes? Stell dir die Macht vor.« Er hielt inne und legte die Hände an seine goldene Haarpracht. »Wie würde es sich wohl anfühlen, solch ein Ding zu tragen?«

Baron Schüler zuckte nur mit den Schultern. »Er schien absolut berauscht zu sein. Als hätte er Drogen genommen.«

Sigvald fasste seinen Kopf fester. »Ja, eine Droge! Stell dir nur vor! Die gesamte Macht eines Gottes fließt durch deinen Verstand!«

»Aber wie wollt Ihr den Helm von Môrd Huks Kopf runter bekommen? Wie wollt Ihr ihn überhaupt finden?«

Sigvald zeigte auf die nahen Berge. »Seine Burg ist gerade mal auf der anderen Seite dieser Gipfel. Ich würde einfach durch seine Tore marschieren und ihm das Ding vom Kopf schlagen.« Sigvalds Aufregung steigerte sich, während er auf und ab lief. »Ich habe immer noch genug Männer, um eine Armee aufzustellen.« Grinsend zeigte er auf den Baron. »Und jetzt haben wir auch noch deine Männer. Víga-Barói hat sich um ihre Verletzungen gekümmert.« Ihm gefror das Lächeln für einen kurzen Augenblick und er wirkte etwas verlegen. »Du musst verstehen, dass einige sehr schwach waren, als du hier ankamst. Aber die Überlebenden der Operationen werden wie neue Männer sein. Du wirst sie kaum wiedererkennen.«

»Aber Prinz Sigvald«, sagte der Baron mit einem unterdrückten Lächeln. »Ich dachte, Ihr hättet gerade gesagt, dass Ihr für Krieg nichts mehr übrig habt?«

»Wer hat denn von Krieg gesprochen?«, schrie Sigvald, während er lachend dem Baron auf seine Füße half. »Hier geht es um etwas ganz anderes. Wenn dieser Bronzeschädel tatsächlich so ist, wie du das gesagt hast, muss ich es selbst erfahren.« Er sprach mit tieferer Stimme und ergriff Schüler an den Schultern. »Du weißt sicherlich, dass ich kein Anhänger des Blutgottes bin.« Er berührte ein rundes Symbol auf seiner

Rüstung. »Ich folge einem anderen, mehr esoterischen Weg.« Er schloss seine Augen und stöhnte verzückt. »Daher kann ich mir nicht vorstellen, wie es sich anfühlen muss, so viel rohe Kraft zu verspüren. Was für eine andersartige Erfahrung. Es wäre so ganz anders als alles, was ich bisher kennengelernt habe.«

Der Prinz überblickte das Dach und erspähte einen Fenstersims, der zu einem kleinen Balkon führte. »Schnell, Baron«, sagte er und kletterte über die vereisten Platten auf den Fenstersims. »Du hättest mir davon früher erzählen sollen. Wir haben keine Zeit zu verlieren.«

Schüler folgte ihm vorsichtig und etwas langsamer. Dann pausierte er kurz und legte eine Hand auf seinen Brustschutz. Als sich der Prinz auf den Balkon hinabließ, erinnerte sich Schüler reuevoll an die Kratzer unter seiner Rüstung – wütende Hinweise auf seine Nacht mit Freydís. Auf der Höhe ihrer Lust hatte ihm die Prinzessin ihre Initialen tief in die Brust gekratzt und Schülers genüssliches Stöhnen in Schmerzensschreie verwandelt. Sogar jetzt konnte er die pulsierende Wunde unter seiner Rüstung fühlen, eine schmerzliche Erinnerung an seine neue Liebe. Sein Lebenstraum vom Sieg war verschwunden. Seine Gedanken waren nur noch von einer Sache erfüllt. »Vergebt mir, Prinz«, flüsterte er, als Sigvald aus seinem Sichtfeld verschwunden war, »aber ich werde sie mit niemandem teilen.«

KAPITEL ELF

Sväla zitterte in der Kälte des Nordens. »Ich bin mir nicht sicher«, murmelte sie, während sie über den engen Zufluss spähte. Der Großteil der Steppe war flach und ohne besondere Merkmale, aber an manchen Stellen hatten sich Flüsse einen Weg durch die trockene Erde gebahnt und schmale, enge Täler geschaffen. Vögel und Antilopen hatten sich in der Sicherheit des Tals zum Trinken versammelt und es war ihr ein leichtes, daran zu glauben, dass die Drékar so eine Stelle aufsuchen würden, um ihre Wasserschläuche zu füllen, aber irgendetwas stimmte nicht. Ihre Vorahnung war unklar.

»Worüber bist du dir nicht sicher?«, antwortete Valdûr und schaute sie an.

Sie schaute auf sein wettergegerbtes Gesicht. Der alte Krieger beobachtete sie genau und achtete auf jedes Wort. Sie wusste, dass er ihr komplett vertraute, genau wie alle anderen. Sie schaute sich um und sah sie im Gras sitzen. Sie warteten auf ihren Befehl. »Ich sehe mehrere Sachen gleichzeitig«, sagte sie und schaute auf den schnell fließenden Fluss. »Ich sehe, wie wir die Drékar überraschen und sie unterwerfen, nachdem ich Ruriks abgeschlagenen Kopf in die Luft gehalten habe.«

Valdûr nickte langsam und schien zu merken, dass das noch nicht alles war.

»Aber dann sehe ich auch andere Erinnerungen, in denen sie uns angreifen.« Sie umfasste ihren schlanken, tätowierten Körper und blickte betroffen zu Boden. »Ich sehe, wie Rurik meine Leiche in die Luft hebt und in den Fluss wirft.«

Valdûr war schockiert. »Welche Vision ist deutlicher? Ist eine Vision klarer als die andere?«

Sväla schüttelte den Kopf. »Es ist alles so verwirrend, ich bin mir nicht sicher.« Sie hielt ihren Kopf in ihren den Händen und schloss ihre Augen. »Ich sehe noch eine dritte Vision, die allerdings überhaupt keinen Sinn ergibt. Rurik steht neben mir und hält seine Eisenfaust in die Luft. Was kann das bedeuten?«

Das Gras raschelte, als sich ein weiterer Krieger näherte. Es war Svärd. Als sein Gesicht aus den Schatten kam, glitzerten die Ringe und Knochen in seinem Gesicht im Mondlicht. »Alles ist vorbereitet«, flüsterte er, ohne jemanden direkt anzusprechen, und darauf bedacht, dem Blick seiner Mutter auszuweichen. Sie nickte den anderen zu und gab ein Zeichen, damit sie ihre Waffen bereithielten. Gleichzeitig versuchte sie, ihre Wut zu zügeln, die sie beim Anblick ihres Sohnes verspürte. Die anderen Stammeskrieger waren so beeindruckt von ihren Vorhersagen gewesen, dass sie nun Sväla die Hexe genannt wurde. Doch ihr eigener Sohn sagte noch nicht einmal mehr ihren Namen. Sie kontrollierte ihre Wut und konzentrierte sich auf die bevorstehende Aufgabe. Sie würde nicht ihre Gefühle zeigen. Sie wusste, dass sie mit dem kleinsten Anzeichen von Zweifeln alles zerstören würde. »Gut«, zischte sie. »Und wo ist der Schamane?«

Der Junge zeigte mit seinem Speer auf die andere Seite des Tals und antwortete dem Mann neben ihm. »Er ist bei den anderen. Er hat sich nicht getraut, den Befehlen zu widersprechen.« Er lächelte. »Aber jedem, der ihm zuhört, erzählt er, was für eine Närrin du bist. Er sagt, dass deine Theorie von diesem Sigvald total verrückt ist.«

Sväla nickte und küsste die beiden Eheringe an ihrer Hand. »Sie werden ihm nicht glauben. Nicht zu diesem Zeitpunkt.« Sie zog ihr Messer und deutete den Abhang hinunter. »Es ist bald soweit. Wir sollten etwas näher an das Wasser herangehen.«

Die Stammeskrieger krochen langsam durch das Gras. Sie bewegten sich so vorsichtig, dass noch nicht einmal die Tiere am Ufer sie bemerkten.

Sväla deutete auf die Öffnung des Tals. Im Schatten konnte man einige Gestalten erkennen. Die Drékar versuchten gar nicht erst, sich vorsichtig zu verhalten. Während sie zum Wasser liefen, lachten sie und klapperten mit ihren Speeren. Als die Krieger das Ufer erreichten, wurde es plötzlich sehr laut. Vögel flatterten und Hufe donnerten durch das Tal, als die Tiere flohen.

Sväla erhob ihre Hand und zeigte den anderen, dass sie noch warten sollten. Irgendetwas stimmte immer noch nicht, aber sie wusste auch, dass dies ihre einzige Chance war. Keine der anderen Visionen zeigte die Drékar so deutlich. Heute Nacht musste sie zuschlagen. Wenn sie es schaffte, die Drékar zu unterwerfen, würden die anderen Stämme sicherlich folgen. Sie schüttelte den Kopf. Aber es waren nur so wenige. Nur knapp dreißig Mann hatten sich an der Uferkante eingefunden. Das war niemals der ganze Stamm. Sie spähte in das Zwielicht. Sie konnte den Barbaren mit der roten Haut, der ihren Ehemann getötet hatte, nirgendwo erkennen. Wo war Rurik? Die Drékar legten ihre Speere ab und badeten im seichten Wasser. Sie stießen Freudenschreie aus, während sie sich den Dreck von ihren Körpern abwuschen und ihren Durst stillten.

Sväla gab ihren Männern ein Zeichen und sprang dann den Hügel hinab. Im Laufen schrie sie auf und imitierte den Stakkato-Kriegsschrei ihres gefallenen Ehemanns. Auf der anderen Seite des engen Tals sprangen die restlichen Krieger der Gefallenen aus dem Gras und griffen die überraschten Drékar an.

Die Falle schnappte zu. Gerade in dem Moment, als Svälas Männer den Tiefpunkt der Senke erreicht hatten, schrien einige von ihnen vor Schmerzen auf. Sie schaute zurück und sah hunderte von Drékar, wie sie ihre Speere von der Erhöhung auf sie schleuderten. Angespitztes Holz durchbohrte Muskeln und überall um sie herum gingen ihre Krieger zu Boden. Die Angreifer wurden überfallen. Mit ihrem eigenen Kriegsschrei kamen die Drékar auf sie herab, angeführt von dem imposanten roten Barbaren Rurik Eisenfaust.

»Sväla!«, schrie Valdûr und ging in Kampfstellung, um sich auf den Angriff vorzubereiten. »Hast du das nicht vorhergesehen?«

Sie schüttelte verzweifelt ihren Kopf. »Irgendetwas hat sich verändert. Das hätte nicht passieren dürfen.«

»Ja, aber es passiert«, sagte der grimmige Svärd und ging auf sie zu. »Was machen wir jetzt?«

Sväla stöhnte und schloss ihre Augen. »Ich brauche mehr Zeit.«

Holz und Knochen brachen, als die Drékar in sie krachten. Die Gefallenen waren von allen Seiten umzingelt, ohne Hoffnung auf Entkommen. Sie kämpften erbittert und schwangen ihre Äxte und Kriegskolben ohne Rücksicht, aber ihre Lage war hoffnungslos. Die Drékar lachten und grinsten, während sie die Gefallenen langsam in das Wasser drängten.

Svärd und Valdûr sprangen in das Gedränge und Sväla war plötzlich alleine, umringt von kämpfenden und schreienden Gestalten. Von einer Axt neben ihr splitterte etwas Metall ab und traf sie am Arm. Sie hielt sich die Wunde und versuchte, den Blutfluss zu unterbrechen. Dann lächelte sie. Der Schmerzensschock hatte plötzlich ihre Gedanken wieder klarer werden lassen. Als sie wieder auf das Kampfgetümmel schaute, entwickelte sich aus den verworrenen Visionen ein klares Bild. Während sie die kämpfenden Stammeskrieger beobachtete, wurde ihr klar, dass sie den gesamten Ablauf bereits bis ins kleinste Detail gesehen hatte. Sie kannte jede Bewegung, die die Krieger machen würden. Sie wusste, dass einer der Drékar kurz davor war, ihr einen Speer in den Rücken zu stoßen, und trat ruhig zur Seite, sodass der Speer nur die Luft traf. Überrascht von ihrer Bewegung stolperte der Angreifer vorwärts und Sväla nahm ihr Messer in beide Hände und rammte es in seinen ungeschützten Rücken. Als er nach Luft ringend zusammenbrach, trat sie locker an ihm vorbei in das Getümmel. Sie wusste bereits, dass einige der Männer gleich zurückfallen und einen Weg durch das Gemetzel freimachen würden.

Svärd und Valdûr beobachten fasziniert, wie sie langsam durch den Kampf schritt und anscheinend ganz einfach allen Hieben und Schlägen, die auf sie gerichtet waren, auswich. Hier und da erledigte sie große Krieger mit ihrem kleinen eisernen Messer. Sie wirkte wie eine Art Geist: Ruhig und unantastbar schien sie durch die Welt der Sterblichen zu schweben. Ihr Ziel war ein roter Irokesenhaarschnitt, der ab und an auf der anderen Seite des Schlachtfelds auftauchte.

Noch mehr Drékar stürmten in die Senke und die vorher geflohenen Antilopen gerieten in Panik, da sie keinen Platz zum Ausweichen mehr hatten. Als sie ängstlich vor- und zurücksprangen, galoppierten einige in blinder Panik zurück in das Schlachtgetümmel. Sväla konnte sich genau daran erinnern, was als Nächstes passieren würde. Eine der Antilopen würde nur wenige Fuß entfernt von ihr vorbei galoppieren. Sie schrie so laut, dass sie den Kampfeslärm übertönte. »Völtar, gib mir ein Reittier. Lass mich diese Verräter erschlagen.« Als die Männer um sie herum verwirrt zu ihr schauten, sprang sie in die Luft. Ihre Vision entsprach der Wahrheit und war klarer als jemals zuvor. Sie landete direkt auf dem Rücken des verstörten Tieres. Es raste durch den Wahnsinn der Schlacht, anscheinend ohne den leichten Gast auf seinem Rücken zu bemerken. Sväla hielt sich an den Hörnern fest, während das Tier auf direktem Weg zu dem Anführer der Drékar rannte.

Als die Antilope den Abhang hinaufgaloppierte, hieb Sväla mit ihrem Messer auf die Kämpfer ein und ein Nebel von Blut umhüllte sie. Sie schloss kurz ihre Augen und erkannte, dass eine zweite Antilope von dem Chaos verwirrt gleich ihre Richtung ändern würde, nur um dann in die Drékar zu fallen. Sie schaffte es, kurz auf dem Rücken der Antilope zu stehen, und war sich bewusst, dass hunderte Augen auf sie gerichtet waren. »Kreaturen der Steppe«, schrie sie, während sie vorsichtig die Balance hielt, »greift die gottlosen Narren an.« In diesem Moment änderte die zweite Antilope ihre Richtung und rammte in die Stammeskrieger, genau wie sie es vorhergesehen hatte. Allen, die diese Szene gerade beobachtet hatten, kam es so vor, als hätte Sväla den Tieren befohlen, anzugreifen. Der Angriff des Tieres hatte keinen tatsächlichen Schaden angerichtet, aber als das Tier durch die Menge und auf den Hang in Sicherheit lief, waren die Drékar deutlich beeindruckt. Sväla grinste zufrieden und rutschte schließlich vom Rücken des Tieres zu Boden.

»Die Hexe ist mit den Tieren verbündet!«, schrie einer der Stammeskrieger und ließ seine Axt hängen. Einer der Gefallenen neben ihm nutze die Gelegenheit und stieß seinen Speer durch die Brust des Kriegers. Sväla zog sich wieder auf die Füße und wankte den Abhang hinauf. Dabei hieb sie mit ihrem Messer in alle Richtungen und die Drékar nahmen aus Angst Abstand zu ihr. »Geht und holt uns Unterstützung«, rief sie und zeigte mit ihrem Messer auf die andere Seite der Senke. Wie auf ihr Kommando flogen dutzende von Saatkrähen von den Ästen in den Nachthimmel.

Als die Drékar die Vögel unter den Wolken sehen und das laute Krächzen über den Feldern hören konnten, murmelten sie kurze Gebete.

Erneut nutzten die Gefallenen diese Gelegenheit und schlugen auf ihre abgelenkten Gegner ein. Trotz der unverhältnismäßigen Anzahl an Kämpfern fingen Sväläs Schauspielereien an, den Verlauf der Schlacht zu verändern. In Anbetracht ihrer merkwürdigen Kräfte hatten sich ihre Männer gesammelt und angefangen, die Drékar den Hügel hinaufzuschieben. Sväla konnte sehen, dass einer der Drékar dabei war, seine Axt in ihren Nacken zu schlagen, daher ließ sie sich zu Boden fallen und hörte seinen frustrierten Schrei, als seine Axt einen seiner eigenen Männer traf und in dem Brustkorb des anderen Mannes stecken blieb, sodass sie beide den Abhang hinunter rollten. Sväla stand ruhig wieder auf, in dem Wissen, dass sie für die nächsten Augenblicke sicher war.

Jenen Norse, die sie beobachteten, rief sie zu: »Ihr könnt nicht gewinnen. Völtar hat mich zu seiner Botschafterin auserkoren. Er hat mir die Kontrolle über die Natur gegeben.« Aus ihren Visionen wusste sie, dass der Mond gleich aus den Wolken hervorkommen würde, daher bewegte sie ihre Hände so, als würde sie die Wolken beiseiteschieben. Als das Mondlicht auf die kämpfende Masse fiel, schien es, als erstrahlte ihr drahtiger und tätowierter Körper von einem heiligen Licht. »Er hat mir die Wahrheit über unseren Fluch erzählt.«

»Sie lügt«, schrie eine Stimme von der anderen Seite des kleinen Flusses.

Sväla schaut hoch, um Ungaur zu entdecken, wie er durch das knietiefe Wasser watete. Sie hielt kurz die Luft an und durchsuchte ihre vermischten Visionen, während sie den tatsächlichen Kampf vor Augen hatte. Als sie ihre nächste Handlung sehen konnte, musste sie grinsen.

»Rurik Eisenfaust«, schrie sie und hielt ihr Messer hoch zum Mond. »Du sollst vor mir niederknien.«

In genau diesem Moment rutschte der Barbar mit der roten Haut den schlammigen Abhang herab und landete auf seinen Knien, so wie Sväla es gerade vorhergesagt hatte. Seine Männer und er selbst hatten alle Sväelas Befehl gehört und es schien so, als stünden die Gliedmaßen des Häuptlings unter ihrem Befehl.

Rurik stand schnell wieder auf und schlug seine Metallfaust in die Gesichter der Männer, die gerade versuchten, ihn anzugreifen, aber seine Augen waren erfüllt von Selbstzweifel und er schaute auf seine ihm scheinbar nicht mehr gehorchenden Beine.

Als Sväla auf ihn zu kam, nahm er seinen Arm herunter und ging ängstlich einige Schritte zurück.

Sväla zog ihre geballte Faust zurück, als wolle sie einen Zauber auf ihn wirken.

Rurik holte mit seiner Eisenfaust aus und zögerte. Er schaute auf seine vor Blut triefenden Gliedmaßen herab und schüttelte verwirrt den Kopf.

Überall um die beiden herum hatte das Kämpfen aufgehört und die Krieger warteten auf den Ausgang der Auseinandersetzung. Rurik hielt seine Faust nach unten und ging auf Sväla zu. »Das hier ist alles so falsch«, sagte er. »Dies kann nicht Völtars Wille sein.« Er schaute durch die Menge auf Ungaur und dann zurück auf Sväla, die ihre geballte Faust immer noch angespannt hielt. »Vergib mir, Sväla«, sagte er und fiel wieder auf seine Knie. »Ich dachte, ich würde für das Überleben unseres Volkes kämpfen, aber ich hatte unrecht. Sein Schicksal ist eindeutig in deinen Händen und nicht in meinen. Ich war ein Narr. Du hast das Herz des Wolfes in dir. Mein Leben gehört dir.« Er beugte seinen Kopf nach vorne. »Räche deinen Ehemann.«

Eine merkwürdige Stille hing über der Senke, während die Norse beobachteten, wie Sväla mit ihrem erhobenen Messer auf den knienden Häuptling zuging. Sogar Ungaur hielt inne und verzog seinen mit Nadeln gespickten Mund, als er die Konfrontation beobachtete.

Sväla's Kopf pochte mit einer Mischung aus Hass und Verwirrung, als sie auf den vor ihr knienden Feind starrte. Ihre Finger umklammerten fester den Griff des Messers bei der Vorstellung, wie sie das Messer in seinen Nacken stechen würde, um Hauk zu rächen. Als sie versuchte, die Kontrolle über ihren Körper zu behalten, fingen ihre Muskeln an, zu zittern. Sie erinnerte sich an das Gesicht ihres Mannes, als er sich am Abend seines Todes von ihr verabschiedet hatte. Aber sie konnte auch sehen, was passieren würde, falls sie Rurik tötete. Ein anderer Drékar würde aufspringen, um ihn zu ersetzten, und der Kampf würde genauso weitergehen wie zuvor. Davon abgesehen, dass der Abhang bald mit Leichen übersät sein würde, war sie sich über den Ausgang des Kampfes nicht sicher. Es gab aber noch einen anderen, schwierigeren Weg, den sie wählen konnte. Dessen Ende war genauso ungewiss, aber irgendetwas sagte ihr, dass es der richtige Weg war. Anstatt ihren Ehemann zu rächen, legte sie eine Hand auf die Schulter des Mörders und steckte ihr Messer weg.

»Rurik Eisenfaust, du bist ein mutiger Sohn des Wolfes«, sagte sie so laut, dass es alle hören konnten. Sie schaute in Ungaurs Richtung. »Wir haben schon zu viele unserer besten Krieger geopfert. Völtar hat mich nicht geschickt, um noch mehr zu töten.«

Rurik schaute verwirrt zu ihr auf.

Sväla drehte ihm den Rücken zu und versuchte, den Schwall an Bildern in ihrem Kopf zu ignorieren. Sie hörte, wie Rurik wieder aufstand, und erwartete jeden Moment, dass seine abartige Faust auf ihren Kopf treffen würde. Als nichts passierte, fing sie zu sprechen an.

»Männer der Steppe«, rief sie und drehte sich den verwirrten Gesichtern um sie herum zu. »Schon viel zu lange haben wir im Versuch, diesen uralten Fluch aufzuheben, unsere eigene Sippe abgeschlachtet. Aber Völtar hat mir einen anderen Weg aufgezeigt. Der Wolf hat gesprochen.«

Der große, pelzige Umriss von Ungaur schubste sich durch den Kreis der Männer um Sväla. Er erhob seinen knochigen Holzstab und zeigte auf ihr Gesicht. »Hört nicht auf ihre Lügen. Sie will uns alle vernichten. Nur ein Schamane kann die Worte des Wolfes hören.«

Er packte einen der Stammeskrieger und schob ihn in ihre Richtung. »Töte die Hexe.« Er zeigte seine Nadelzähne drohend den ihm am nächsten stehenden Männern und einige bewegten sich vorsichtig vorwärts, verängstigt, dem Willen des Schamanen zu widersprechen.

Als die Krieger näher an Sväla herantraten und dabei nervös mit ihren Waffen herumfuchtelten, stellte sich Rurik in den Weg. Er schüttelte den Kopf und erhob seine blutige Hammerfaust. »Ich habe ihren Ehemann getötet. Mein Blut gehört dem Recht nach ihr, aber sie hat mich am Leben gelassen.« Er starrte auf Ungaur. »Das kann nur Völtars Werk sein.«

Einer nach dem anderen stellten sich weitere Stammeskrieger zwischen Sväla und den Schamanen und umringten sie in einem Kreis.

»Sväla die Hexe!«, schrie Rurik, während er seine blutige Faust schüttelte und auf Ungaur starrte.

Es dauerte eine Weile, während die Norse sich der Auswirkungen ihrer nächsten Schritte klar wurden. Dann hallten als Antwort auf Rurik hunderte Stimmen von den Seiten des Tals wider. »Sväla die Hexe!«, schrien sie, klatschten mit ihren Handflächen auf die Brust und hielten ihre Speere in den Himmel.

Svärd sprang durch den Kreis, nach Luft ringend und von Kopf bis Fuß mit Blut beschmiert. Er sah seine Mutter hinter dem Mörder seines Vaters stehen und holte mit einem Wutschrei mit seinem Speer aus. Doch bevor er zuschlagen konnte, hatten ihn die Männer an seinen Seiten gepackt und ihm die Waffe aus der Hand geschlagen.

»Ich werde diese Schuld begleichen«, grunzte Rurik und ignorierte dabei den wütenden Jugendlichen, während er sich zu Sväla umdrehte.

KAPITEL ZWÖLF

»Ör ist in acht verschiedene Verteidigungskreise eingeteilt«, sagte der Kopf von Doktor Rusas Schliemann. Seine Augen drehten sich wie im Fieber in ihren Augenhöhlen und eine Art Uhrmechanismus vibrierte um seinen Kopf, während er sprach. Aber seine Stimme war deutlich und ruhig. »Ein jeder der acht Kreise ist höher als der vorherige und in der Mitte steht die innere Festung, ein Turm aus Schädeln, der beinahe eine halbe Meile in den Himmel ragt. Aus dem Turm läuft ein ewiger Strom aus Blut, der durch die runden Bollwerke kanalisiert wird, bis er die äußeren Verteidigungsanlagen erreicht und dort einen tiefen, unüberwindbaren See formt. Dieser Blutsee kann nur über eine einzige Brücke passiert werden, welche in der gesamten Länge in Reichweite der Bogenschützen und Kriegsmaschinen von Ör ist.«

»Siehst du?«, schrie Sigvald und hielt das Behältnis noch etwas höher. »Dankbar oder nicht, er muss meine Fragen beantworten.« Er schlug auf das Behältnis mit dem abgetrennten Kopf. »Víga-Baróis Chirurgen haben die Kolben der Maschine direkt in den Schädel des Doktors implantiert.

Wenn er nicht antwortet oder lügt, schießen ihm direkt Flammen in sein Gehirn.« Er lachte und hielt sein Pferd an, um auf den Rest der Jagdgesellschaft zu warten. Genau wie der Prinz waren auch Víga-Barói und Schüler zu Pferd unterwegs, aber sie hatten nicht Sigvalds Geschick, wenn es darum ging, durch den Schnee zu reiten, und er hatte sie bereits hinter sich gelassen. »Bald wird der Doktor solche Bestrafungen nicht mehr brauchen, da bin ich mir sicher«, fuhr er fort, »aber man muss den Einfallsreichtum der Chirurgen bewundern.«

Oddrún folgte ihm nur ein paar Schritte entfernt. Sie waren erst seit einer halben Stunde außerhalb des Palastes, aber sein unförmiger, buckliger Körper war bereits komplett mit Schnee bedeckt. Als Antwort auf die Worte des Prinzen schüttelte er nur den Kopf. »Du hast ihn ermordet«, grunzte er und watete durch die tiefen Schneeverwehungen, um das Pferd des Prinzen zu erreichen.

»Niemand wurde ermordet, Buckliger«, schnappte Sigvald. »Ich habe sein großartiges Wissen unsterblich gemacht.« Er deutete in den Himmel. »Jetzt wird seine Weisheit so zeitlos wie die Sterne sein. Ich habe ihm ein großartiges Geschenk gemacht.«

»Du solltest ihn in Frieden ruhen lassen«, sagte Oddrún. »Das ist keine angemessene Bezahlung für seinen Dienst. Du solltest ihn sterben lassen.«

Sigvald hörte kurz auf, zu lächeln, und schaute auf den in Roben gekleideten Riesen. Dann sagte er grimmig: »Oddrún, das ist mir sehr wichtig.« Und mit einem plötzlichen Verlangen in seiner Stimme fuhr er fort: »Môrd Huk besitzt etwas von ganz besonderem Wert. Etwas, das ich brauche.«

»Egal, was es dich kostet?«, fragte der Riese. »Denk doch an die Folgen. Wenn du deine Armee gegen Ör führst, werden alle uralten Pakte gebrochen. Môrd Huk könnte den Güldenen Palast angreifen.«

Sigvald schüttelte wütend seinen Kopf und schrie verzweifelt auf. »Bei den Göttern Oddrún«, rief er, »kannst du mich nicht einfach machen lassen, was ich will?« Er erhob sein Schwert. »Erinnere dich deiner …«

In diesem Moment erreichten die anderen Reiter den Gipfel des kleinen Hügels und Sigvald beendete seinen Satz mit dem Wort: »Freunde!« Er veränderte seine Grimasse in ein Lächeln. »Der Doktor hat mir gerade erklärt, wie einfach es sein wird, Môrd Huks Festung einzunehmen.«

»Du bist verrückt«, flüsterte Oddrún in sich hinein. Als er seinen Kopf schüttelte, fiel seine Kapuze ein Stück nach hinten und zeigte kurz ein bisschen blasse, graue Haut. Er zog sich die Kapuze schnell wieder über den Kopf und starrte zurück auf den Boden, als die anderen den Abhang erreicht hatten.

Baron Schüler und Víga-Barói ritten an die Seite des Prinzen.

Víga-Barói hatte einen Pelzmantel über seine purpurfarbene Rüstung geworfen, aber sein grausames Gesicht war dem Wetter ausgesetzt. Als er näher kam, zitterte er und strich sich über sein durchnässtes, graues Haar. »Warum sollte überhaupt irgendjemand in Môrd Huks Festung wollen?«, brummelte er und schaute von Sigvald zu Oddrún, mit einem verwirrten Gesichtsausdruck. »Wir wären in Ör nicht willkommen.«

Sigvald klappte das Behältnis zu und befestigte es an seinem Sattel, wobei man die dumpfe Stimme des Doktors immer noch hören konnte. Dann drehte er sein Pferd in Víga-Baróis Richtung. Er grinste verschwörerisch zu Baron Schüler und sprach weiter. »Wir würden uns hineinkämpfen. Von allen solltest du das am meisten wertschätzen können.« Er nickte zu dem Schwert an seiner Seite. »Denk nur an das Gemetzel, wenn wir die Festung einnähmen. Denk an die Schmerzen, die du Môrd Huks einfältigen Idioten zufügen könntest.«

Víga-Barói schaute missbilligend von Sigvald zum Baron. »Prinz, ich habe Euch schon oft vor der wachsenden Macht Môrd Huks gewarnt. Seine Armeen haben weite Teile Eures Landes eingenommen. Ihr habt es nie für wichtig genug gehalten.« Er schüttelte seinen Kopf. »Aber jetzt würde es schon eine Armee von großer Stärke brauchen, um überhaupt die Grenzen unseres eigenen Königreiches zu erreichen, ganz zu Schweigen davon, was wir bräuchten, um die Festung von Ör anzugreifen.« Er regte sich deutlich mehr auf, da er über Sigvalds Worte nachdachte, aber seine Stimme klang so sanft wie eh und je. »Wenn Ihr Euer eigenes Königreich beschützen wolltet, Güldener Prinz, warum haben wir dann den Horden des Blutgottes erlaubt, all unsere äußeren Verteidigungen zu erobern? Und es zugelassen, dass unsere Truppenzahl sich so verringert hat? Nach all den verschiedenen Exzessen, die wir in den vergangenen Jahrzehnten genossen haben, könnte ich kaum noch eine Armee von tausend Mann aufstellen. Und darüber hinaus sind die Verteidigungsanlagen von Ör legendär. Es ist unmöglich, den inneren Kreis der Festung zu erreichen, wenn Môrd Huk dies nicht wünscht.«

»Kleinigkeiten«, unterbrach Sigvald und winkte ab, da er bereits das Interesse an der Unterhaltung verloren hatte. »Schau!«, schrie er und zeigte in den Schneesturm. »Da ist er!« Er brachte sein Pferd in einen Trab und ritt durch die Schneeverwehungen. »Baron, du hattest recht«, rief er zurück. »Ich habe so etwas noch nie im wirklichen Leben gesehen, nur auf Gemälden.«

Víga-Barói fixierte Baron Schüler kurz mit seiner dauerhaften Grimasse, bevor er dem Prinzen folgte.

Sigvalds Pferd donnerte durch den Schnee dem glitzernden, zugefrorenen See entgegen. Über ihm flog ein kleiner Vogel.

Baron Schüler wendete sein eigenes Pferd in Richtung des Sees und versuchte, den anderen zu folgen, während hinter ihm Oddrún schnaufend durch die tiefen Verwehungen stolperte.

»Wartet, Prinz!«, schrie Víga-Barói, als sie den Rand des Eises erreichten, aber Sigvald ritt unbesorgt weiter und verringerte nicht einmal seine Geschwindigkeit, als die Hufe seines Pferdes auf dem Eis klapperten.

»Was habt Ihr nur getan?«, fragte Víga-Barói, als der Baron ihn eingeholt hatte.

»Getan?«, antwortete Schüler, wobei er den strengen Blick des Ritters erwiderte.

»Bevor Ihr zu uns gekommen seid, konnte ihn niemand auch nur davon überzeugen, sein eigenes Reich zu verteidigen. Jetzt will er einen Angriff gegen eine uneinnehmbare Festung führen.«

Während der Baron beobachtete, wie der Prinz über das Eis ritt und über ihm der Vogel durch die Lüfte glitt, schüttelte er seinen Kopf. »Das verstehe ich nicht. Er kämpft wie ein Dämon. Wollt Ihr mir erzählen, dass er noch nie Krieg geführt hat?«

Víga-Barói lehnte sich zurück in seinen Sattel und seufzte. »Natürlich hat er schon Krieg geführt. Der Prinz ist mit Fähigkeiten gesegnet, die Ihr Euch nicht einmal vorstellen könnt. Bevor wir vor zweihundert Jahren den Güldenen Palast erobert hatten, bin ich mit ihm von Sieg zu Sieg geritten. Die alte Welt hat noch nie einen solchen Krieger gesehen. Aber wie mit allem anderen auch, ist der Prinz unglaublich schnell davon gelangweilt.« Von seiner eigenen Offenheit erschrocken, hielt der Ritter inne. Er schaut über die Schulter und stellte fest, dass Oddrún sie fast erreicht hatte. In Umgebung des Hofmeisters schien er nichts weiter sagen zu wollen.

Schüler starrte auf die goldenen Bewegungen im Schnee. Dann fragte er verwundert: »Sagtet Ihr vor zweihundert Jahren?«

Der Ritter lachte. »Aber ja, Baron. Sigvald der Prachtvolle ist nicht der durchschnittliche Jugendliche. Er ist schon fast dreihundert Jahre alt.« Seine grauen Augen funkelten bösartig. »Wir sollten ihm auf das Eis folgen …« Er deutete mit seinem Panzerhandschuh auf den See. »Für den Fall, dass ihm etwas zustößt.«

»Das ist gefährlich«, grunzte Oddrún aus einigen Fuß Entfernung. »Das Eis wird nicht halten.«

Baron Schüler schaute zurück auf den Roben tragenden Riesen. Seine Augen zeigten eine Mischung aus Angst und Aufregung. »Und was ist mit Sigvald?«

Oddrún antwortete nicht, beobachte den Baron aber sehr genau.

Víga-Barói nickte und zeigte erneut auf den See. »Ihr habt recht, Baron. Kommt mit.« Er drückte seine Beine in die Flanken seines Pferdes und versuchte, es auf das Eis zu lenken. Zunächst wollte sich das Pferd nicht bewegen, rollte nervös seine Augen und tänzelte vom See zurück, aber Víga-Barói trat härter zu und zwang sein Reittier weiter vorwärts. Als er losritt, zeigte er auf die endlose weiße Wüste um sie herum. »Nicht nur das Eis ist hier draußen gefährlich. Das Reich des Prinzen ist nicht mehr so sicher, wie er denkt.«

Der Baron schaute sich um und versuchte, zu sehen, wovon der Ritter sprach, konnte aber außer dem wilden Sturm nichts erkennen. Er sprach ein kurzes Gebet zu sich selbst und ritt so langsam wie möglich auf den See. Er achtete dabei darauf, einige Fuß Abstand zwischen sich und dem Ritter zu halten.

Das Eis knarzte und knackte wie das Deck eines Schiffes, als sie sich weiter hinaus auf den See wagten. Sigvald bemerkte ihre Ankunft überhaupt nicht. Er hatte das Behältnis wieder geöffnet und sprach mit dem abgetrennten Kopf. Der über ihm kreisende Vogel war zwischen den Schneeflocken kaum noch sichtbar, aber ab und zu ertönte ein lautes Kreischen: Es schien wie ein Lockruf, während der Prinz dem Vogel hinterher raste. Als die beiden Ritter Sigvald durch das Schneegestöber beobachteten, lehnte er sich gerade in seinem Sattel zurück und schwang ein Netz über seinem Kopf. Gerade als er ausholte, um es zu werfen, rutschte sein Pferd aus und stolperte und der Prinz stürzte auf das Eis. Kurz blitzte noch die goldene Rüstung auf und dann war der Prinz verschwunden.

Víga-Barói fluchte und stieg von seinem Pferd. »Schnell«, bellte er dem Baron zu und sprintete über das Eis.

Der Baron beobachtete, wie der Ritter im blendenden Eis

verschwand. Dann lächelte er, wendete sein Pferd herum und ritt langsam wieder zurück zum Ufer. »So einfach zu beeinflussen«, murmelte er zu sich selbst. Doch nach nur einigen Fuß fiel ihm das Lachen aus dem Gesicht.

Ein großer Schatten war am Ufer aufgetaucht, der sich stark von der weißen Umgebung abhob.

»Wer ist da?«, brummelte er und wischte sich das Eis aus dem Gesicht. »Oddrún?«

Als er sich dem Umriss näherte, erkannte er, dass es nicht Sigvalds buckliger Hofmeister sein konnte. Er war fast so groß wie Oddrún, hatte aber anstelle der schlaksigen Gestalt in einer zerfledderten Robe einen kräftigen Körperbau und trug eine blutrote Plattenrüstung, die mit bronzenen Stacheln gespickt und gebleichten Schädeln behangen war. Sein Gesicht war hinter einem grausamen, gehörnten Helm versteckt und er trug eine riesige, zweihändige Axt. Dem Baron stellten sich die Nackenhaare auf, als er ihn wiedererkannte. Es war einer der Ritter, die seine Männer auf der Reise in den Norden abgeschlachtet hatten: eben einer derjenigen Ritter, die Sigvald vom Dach aus gesehen hatte. Während Schüler ihn schockiert betrachtete, erschienen weitere Gestalten und verteilten sich am Rand des Sees, um ihm so den Fluchtweg zu versperren. Ein tiefes, metallisches Lachen erklang aus ihren Helmen.

Der Baron fluchte und schaute zurück. Er konnte die anderen nirgendwo entdecken. »Ich bin ein Ritter des Güldenen Palasts«, rief er und wurde sich zugleich klar, wie dünn sich seine Stimme inmitten des Schneesturmes anhörte. »Mein Herr ist Sigvald der Prachtvolle.«

Die Ritter lachten nur noch lauter, wobei die Schädel auf ihren gezackten Rüstungen klapperten. Einer von ihnen trat vor und schlug seine Axt in das Eis. Es erklang ein lautes Knacken und die Oberfläche des Sees begann, auseinanderzubrechen. Gezackte Linien schossen durch das Eis, direkt unter den Baron.

Schüler erschrak und trieb sein Pferd schnell von dem sich

ausweitenden Netzwerk an Rissen weg. »Sigvald!«, schrie er und stieg in seinem Sattel hoch, um seine Stimme über den heulenden Wind hörbar zu machen. »Wir werden angegriffen!«

Es kam keine Antwort. Einige der anderen Ritter schlugen ebenfalls ihre Äxte in das Eis und ließen es in mehrere dutzend Eisschollen zerbrechen.

Schüler zog sein Schwert und schaute sich verzweifelt um. Er war kein Feigling, aber ihm gegenüber standen mindestens acht der schwer gepanzerten Krieger. Während er sein Pferd vom Ufer wegführte, folgten ihm die schwarzen Risse wie gekrümmte Finger, die nach ihm greifen wollten.

Er bemerkte einen Windzug, als ein Pferd an ihm vorbeischoss. Die Bewegung war so schnell gewesen, dass er sie kaum bemerkt hatte, bevor er auch schon einen der gehörnten Ritter stolpern und sich an seinen Hals greifen sah. Während Schüler versuchte, sein Pferd unter Kontrolle zu bringen, konnte er beobachten, wie der Kopf des Ritters von dessen Schultern fiel. Der Ritter fiel auf die Knie und versuchte dabei, die Blutfontäne aus seinem Hals zu stoppen, bevor er gänzlich tot zusammenbrach.

Die anderen Ritter drehten sich verwirrt um. Der einzige Hinweis auf ihren Angreifer waren eine Schneewolke und die sich schnell entfernenden Hufabdrücke in Richtung des Hügels. Sie drehten Schüler ihre Rücken zu und stellten sich eng zusammen auf, während sie in einer tiefen und kehligen Sprache miteinander kommunizierten und dabei nach Zeichen für einen erneuten Angriff Ausschau hielten.

»Ich habe ihn gezähmt«, schrie Sigvald und ritt wieder in Sichtweite. Er hielt eine seiner Hände in die Höhe und auf seinem Handgelenk hockte der Vogel. Er sah aus wie ein gewöhnlicher Rabe, aber seine Federn waren rein und weiß wie der Schnee. Aufgeregt grinsend schaute der Prinz an den Kriegern vorbei direkt auf den Baron. »Der gute Doktor hat wieder einmal seinen Wert bewiesen.«

Sigvald

Während der geköpfte Ritter weiterhin sein Lebensblut über Schnee und Eis verteilte, drehten die anderen Krieger ihre Helme zu Sigvald. »Elender Lüstling«, grölte einer der Krieger und deutete mit seiner Axt auf Sigvald.

Während er den Abhang hinunterritt und sein neues Haustier betrachtete, schien Sigvald die Gefahr zu ignorieren.

Zusammen griffen ihn die Ritter an und holten mit ihren Äxten aus, während sie durch die Schneeverwehungen rannten.

Als ihn der erste erreichte, schaute Sigvald mit einem leicht abgelenkten Ausdruck kurz von seinem Vogel weg. »Sei vorsichtig«, sagte er und schlug mit dem Rapier in seiner anderen Hand zu. Die Klinge schien ihren eigenen Willen zu haben und wand sich mit wogender und leichter Anmut um die Axt des Kriegers. Er stieß seine Waffe direkt durch eine Lücke der Plattenrüstung.

Der Ritter versteifte sich, als Sigvalds Schwert kurz aus seinem Rücken ragte, und brach dann mit einem Grunzen zusammen. Dabei ließ er seine Axt fallen und hielt sich eine seiner Schultern vor Schmerz. Frisches Blut schoss zwischen den Fingern seiner Panzerhandschuhe hervor und er rollte auf den See zu.

Sigvald ritt langsam weiter und rief, während er kämpfte, dem Baron zu: »Der Doktor hat mir einen einfachen Satz beigebracht. Einen, den die Elfen in ihrer Heimat benutzten, um die großen Adler gefügig zu machen.« Er zog eine Grimasse und rammte sein Schwert durch das Visier eines anderen Ritters. Dabei spießte er dessen Kopf auf und zog seine Klinge in einer Fontäne von Blut und Funken wieder heraus. »Schau doch, wie besonders er ist«, rief er und hielt den Vogel höher, damit das Mondlicht die perfekten weißen Federn anstrahlte. »Ein weißer Rabe. Hast du je etwas Merkwürdigeres gesehen?« Er schüttelte verwundert seinen Kopf, während er seinen Stiefel in die Brust des nächsten Angreifers trat. »So eine Laune der Natur. So besonders und wunderschön.

Geradezu perfekt. Was für ein würdiger Zuwachs für meine Menagerie.«

Während Sigvalds Pferd ruhig durch das Gedränge der Ritter trottete, schien der Prinz die wütenden Kriegsschreie und brutalen Angriffe kaum wahrzunehmen. Sein Schwertarm bewegte sich mit blitzschnellen Bewegungen vor und zurück und trennte dabei Köpfe von Körpern ab und schlitze die Gegner auf, doch seine Augen waren voll und ganz auf den Raben gerichtet.

Es erklang ein weiteres Krachen und die Eisschollen um Schüler herum fingen an, sich zu heben und zu kippen. Die wackelnden Eisschollen auf dem pechschwarzen Wasser ließen sein Pferd rückwärts stolpern. Der Baron grunzte und trat sein Pferd, bis es im Galopp über die breiter werden Risse sprang. Erleichtert bemerkte er, dass sich das Klappern der Hufe schnell in ein dumpfes Stampfen gewandelt hatte, aber er war bei Weitem noch nicht in Sicherheit. Als er sich den Kriegern näherte, rannte einer sogleich in seine Richtung. Er schwang seine Axt über seinen Kopf, als er durch die Schneewehen stürmte.

Schüler konnte sein Schwert gerade noch rechtzeitig zur Parade hochreißen, aber die Axt war so groß, dass sein Schwert sich von dem Schlag verbog und er von seinem Pferd fiel. Er fluchte, als er zu Boden ging und dabei sein Schwert verlor. Als ihn der Ritter erneut angriff, schlug Schüler mit seinem Panzerhandschuh zu; er traf den Helm seines Gegners und schickte ihn rückwärts in den Schnee. Er sprang sofort auf die Brust des Kriegers und versuchte, ihm die Axt abzunehmen. Aber auch nach einer Woche von Sigvalds Gastfreundschaft war der Körper des Barons noch immer von seiner langen Reise in die Chaoswüste geschwächt. Als er mit dem Ritter rang, fingen seine Arme an, zu zittern, und der Ritter drängte ihn langsam wieder zurück. Letztendlich wurde er zurückgeworfen und mit einem tiefen Kriegsschrei richtete sich der Krieger wieder auf, die Axt immer noch in seiner Hand.

Schüler krabbelte rückwärts durch den Schnee. Der Ritter

stand über ihm und holte mit seiner Axt erneut zum Schlag aus. Als der Baron eine weitere, noch größere Gestalt hinter dem Ritter erblickte, stöhnte der Baron erleichtert auf. Ein bandagierter Arm wickelte sich um den Hals des Ritters.

»Oddrún«, rief der Baron, als der Hofmeister den Krieger in den Schnee warf.

Der Ritter rollte sich ab und sprang sofort wieder auf die Füße. Fluchend hob er seine Axt erneut.

Oddrún hatte keine Waffe und schien nicht angreifen zu wollen.

Die Axt des Ritters schlug in seinen buckligen Körper ein und schickte ihn rückwärts in den Schnee, ohne dass er auch nur einen Ton von sich gegeben hätte.

»Oddrún!«, schrie Sigvald schockiert und sprang von seinem Pferd.

Der Ritter mit dem gehörnten Helm bückte sich in Vorbereitung auf Sigvalds Angriff tief, aber noch bevor Sigvald ihn erreicht hatte, schrie er vor Schmerz und viel hintenüber.

Hinter ihm stand Víga-Barói. Er hatte zwei Fleischerhaken aus seinem Gürtel gezogen und dem Ritter in den Brustpanzer gerammt. Während der gehörnte Barbar vor Schmerzen und Wut schrie, riss Víga-Barói seine Rüstung auseinander und hinterließ zwei tiefe Wunden in der Brust des Ritters. Der Ritter hielt hustend seine blutige Brust. Víga-Barói bewegte sich blitzartig und fixierte den Ritter, indem er ihm die beiden Haken erneut in die Brust hackte, um ihn dann mit seinen eisenbeschlagenen Stiefeln in den Boden zu drücken. Während die Schreie des Ritters noch verzweifelter wurden, zog Víga-Barói zwei weitere Fleischerhaken von seinem Gürtel und schlug sie ihm durch die Oberschenkel. In nur wenigen Sekunden hatte sich der schwer gepanzerte Ritter in ein schreiendes, verteidigungsloses Bündel verwandelt.

»Eure Durchlaucht«, sagte Víga-Barói leise und verbeugte sich vor dem näherkommenden Prinzen, um dann auf den kraftlosen Ritter zu zeigen. »Wollt Ihr ihn töten?«

Sigvald beachtete Víga-Barói gar nicht, sondern eilte an Oddrúns Seite. Sein Hofmeister lag in einem bewegungslosen Haufen, über dem sich schnell der Schnee ausbreitete.

»Oddrún?«, schrie der Prinz mit einem Anflug von Panik, wobei er den Kopf des Riesen in seinen Armen hielt.

Ein tiefes Gurgeln kam aus der Kapuze und der Hofmeister befreite sich vorsichtig aus Sigvalds Umarmung. Oddrún rückte sich ab und stand wieder auf, anscheinend unverletzt von der Axt, die tief in seine Brust eingedrungen war. Der einzige Hinweis auf die Verletzung war ein dünner Riss in seiner Kleidung. Er stolperte von den anderen weg und hielt abwehrend eine Hand in die Luft, anscheinend um zu zeigen, dass ihm niemand folgend sollte.

Sigvald schien plötzlich ob seines Mitgefühls beschämt und stand auf. Dabei wischte er sich das Blut von seiner polierten Rüstung und glättete seine langen Haare. »Entschuldigung«, sagte er, ohne jemanden direkt anzusprechen. Er schaut zu seinen anderen Begleitern. Víga-Barói wartete geduldig neben seinem zappelnden und weinenden Gefangenen und Baron Schüler lag noch immer auf dem Boden und rang nach Luft, während er seine schmerzenden Arme massierte.

»Wer sind diese Idioten?«, fragte der Prinz, als er endlich die im Schnee verteilten Leichen wahrzunehmen schien. Er schritt zu dem letzten Überlebenden, dem Mann, den Víga-Barói aufgespießt hatte. »Idiot, wer bist du?«, fragte er, wobei sein Gesicht dem eines trotzigen Kindes glich. »Wer bist du, dass du dich gegen Sigvald den Prachtvollen stellst?« Als die Antwort ausblieb, bedeutete er Víga-Barói, dem Krieger den Helm abzunehmen.

Ohne seine Rüstung sah der Krieger überraschenderweise sehr menschlich aus. Sein Gesicht war weiß vor Schmerz und mit Blutstropfen übersät, aber es war trotzdem das Gesicht eines gewöhnlichen Mannes. Mit seinen brennenden, schwarzen Augen starrte er auf Sigvald und spuckte trotzig auf seine eigene blutige Brust.

Sigvald

Sigvald zuckte bloß mit seinen Schultern und blickte zu Víga-Barói. »Sieht so aus, als hättest du dein nächstes Forschungsobjekt.« Dann trat er etwas näher an den sich windenden Mann und berührte mit der Spitze seines Schwertes die Rippen des Mannes. Ein Symbol, das wie eine Kreuzung aus einem X und einem stilisierten Schädel aussah, war auf seine Brust tätowiert. »Der Blutgott«, sagte er und bewegte sein Schwert über das Symbol. »Dies ist einer von Môrd Huks Männern.« Er schaute auf Víga-Barói. »Mach mit ihm, was du willst, aber lass ihn nicht sterben. Er könnte uns noch nützlich sein.« Als er auf seinen eigenen Arm schaute, erschrak er. »Der Rabe«, schrie er und drehte sich im Kreis, um nach dem Vogel Ausschau zu halten. »Da fliegt er«, staunte er und zeigte mit seinem Schwert auf einen entfernten, weißen Punkt, der unter den dunklen Wolken aufleuchtete. »Perfekt!«, schrie er und lachte erheitert.

KAPITEL DREIZEHN

»Du lässt mich zurück?«, schrie Freydís und schüttelte erbost ihren Kopf, als sie aus Sigvalds Bett stieg.

Sigvald hob verteidigend seine Arme, während sie sich von ihm entfernte. Sie waren beide nackt, und nachdem er aufgestanden war, suchte er sich seine Rüstung aus einem Haufen leerer Flaschen und dreckiger Teller zusammen. »Irgendjemand muss hierbleiben. Wem kann ich schon vertrauen? Du und Ansgallür müsst für die Sicherheit des Güldenen Palastes sorgen, wenn ich unsere Grenzen verteidigen soll.«

Freydís schrie mit solcher Wut, dass eine Vielzahl der Kurtisanen des Prinzen schockiert unter den Decken hervorsprang und das Zimmer verließ, wobei sie auf dem Weg ihre Kleider vom Boden aufsammelten. »Du bist ein Lügner!«, heulte sie und schmiss ein silbernes Tablett in die Richtung von Sigvalds Kopf. »Es interessiert dich überhaupt nicht, was mit diesem Palast passiert. Genauso wenig, wie es dich interessiert, was mit mir passiert. Dich interessiert es überhaupt nicht, irgendetwas zu verteidigen.«

Sigvald duckte sich, das Tablett schepperte ohne

Auswirkungen an die Wand und hinterließ nur einen roten Streifen von Weinsoße in seinem Gesicht. Er wischte die klebrige Soße von seiner Wange und schüttelte angewidert seinen Kopf. »Schau dir das an«, murmelte er und starrte voller Hass auf seine Frau. »Wie kannst du es wagen, Sigvald den Prachtvollen zu hinterfragen?« Er schüttelte seinen Kopf in ehrlichem Unglauben. »Wie kannst du es *wagen*?«

Die Prinzessin schleuderte ihr langes schwarzes Haar aus ihrem Gesicht und zeigte mit einem Finger auf Sigvald. »Du lügst! Gib es zu! Du würdest einen Krieg nur zu deiner eigenen Belustigung anfangen. Môrd Huk muss etwas haben, das du begehrst. Das ist die einzige Erklärung. Du würdest nicht einmal einen eingerissenen Fingernagel für deine Untertanen riskieren.«

Sigvalds Gesicht wurde knallrot. »Ansgallür!«, schrie er zitternd vor Wut, während er seinen Brustpanzer in Richtung von Freydís' Kopf warf. »Bring dieses verkommene Weib weg von mir!«

Die Prinzessin lachte verbittert, als die Rüstung gegen die Wand knallte. »Warum überrascht es mich überhaupt, dass du mich verlässt?«, schrie sie mit Tränen in den Augen. »Du kannst nichts und niemanden lieben. Außer dich selbst natürlich.«

Der Geruch von halb verdautem Fleisch waberte in das Schlafzimmer, als sich der gelatineartige Kopf von Ansgallür durch den Türrahmen drängte. Seine großen, verwässerten Augen betrachteten das Schlachtfeld mit den zwei nackten Gegnern in der Mitte. Ohne direkt in ihr Gesicht zu schauen, bewegte sich eine seiner schlangenartigen Gliedmaßen schnell durch den Raum und wickelte sich um den dünnen Körper der Prinzessin. Als die Prinzessin einatmete, um erneut zu schreien, wickelte sich ein weiterer Tentakel fest um ihren Kopf und erstickte den Schrei mit seinem gummiartigen Fleisch.

»Mein Gebieter«, sagte er, während die nun stumme Prinzessin in seinem Griff zappelte. »Stimmt irgendetwas nicht?«

Sigvald

»Nein!«, brüllte Sigvald. Dann atmete er tief ein und wiederholte sich mit einer ruhigeren Stimme. »Nein«, sagte er, als er den Rest der Soße von seiner Wange wischte. Er trat an ein nahegelegenes Fenster und streckte sein Kinn nach vorne, damit das Mondlicht in sein Gesicht strahlen konnte. »Bin ich irgendwo verletzt?«

Ansgallürs Tentakel trugen ihn mit komischen Sprüngen durch den Raum. Als er neben Sigvald angelangt war, schüttelte er den Kopf. »Nein, mein Prinz. Eure Haut ist so makellos wie immer.« Er schaute auf das Essen, den Wein und die Kleidungsstücke auf dem Boden und grinste. »Sie ist ein wunderbares Spiegelbild Eurer erlesenen Angewohnheiten.«

Sigvald verzog sein Gesicht. »Spiel nicht mit meiner Geduld, Ansgallür.« Er stieß einen Finger in das riesige, schwabbelige Gesicht neben ihm. »Ich habe …«, er unterbrach sich selbst und hielt sich seinen Kopf vor Schmerz. »Dieser Wein«, stöhnte er. Er blickte auf die leeren Flaschen. »Bitte töte denjenigen, der ihn ausgewählt hat.«

Ansgallür weitete seinen monströsen Mund in ein Lächeln und leckte sich über seine feuchten Lippen. »Mit Vergnügen, mein Prinz.« Er zog eine kleine grüne Phiole aus seinem Nest aus Tentakeln und hielt es vor Sigvalds Gesicht. »Gibt es irgendetwas, das ich Euch geben könnte?«

»Nein«, schnappte Sigvald und schaute argwöhnisch auf die kleine Phiole. »Na ja«, murmelte er und griff sie aus Ansgallürs Tentakel, um sie in einem Schluck zu leeren, »vielleicht.« Seine Augen wurden größer und er stolperte zurück zum Bett. Eine von Ansgallürs Gliedmaßen hielt ihn kurz auf den Beinen und für einige Sekunden schwankte der Prinz schwach in der Umarmung des Monsters. Dann schüttelte er den Kopf und lachte. »Was war das denn?«, fragte er, als er betrunken zur Tür wankte. »Nein, ich habe es mir anders überlegt. Sag es mir nicht.« Er lachte, fuhr sich mit den Fingern durch die Haare und schüttelte erneut seinen Kopf. »Ich fühle mich viel besser.«

»Mein Prinz«, sagte Ansgallür und zeigte auf die Einzelteile seiner goldenen Rüstung, die über das Schlafgemach verstreut lagen.

Sigvald schaute verwirrt zurück und war immer noch leicht vom Inhalt der Phiole verwirrt. Dann schaute er an sich herab und lachte, als er bemerkte, dass er immer noch nackt war. »Ach ja«, sagte er und nahm ein seidenes Tuch vom Bett, um es sich wie eine Toga umzuhängen. Dann stolperte er durch die angrenzenden Vorzimmer und prallte gegen vereinzelte Stühle, während er mit sich selbst sprach.

Sigvald richtete das seidene Tuch erneut, bevor er den Operationssaal Víga-Baróis betrat. Was auch immer ihm Ansgallür verabreicht hatte, ließ ihn nicht mehr gerade gehen. Als er an einigen Haufen von halb zerlegten Patienten vorbei wankte, riss er zahlreiche Tabletts mit Werkzeugen und Körperteilen auf den blutverschmierten Boden. In diesem Teil des Palastes kam das Licht von riesigen, zischenden Öllampen, die an die Wände geschraubt waren. Es war fast so hell wie bei Tageslicht. Die Chirurgen Víga-Baróis bestanden darauf, dass es für die schwierigsten Operationen nötig war, aber während Sigvald kaum geradeaus gehen konnte, fand er die Helligkeit sehr desorientierend. Grausame Instrumente hingen an den Wänden und in den Durchgängen waren Körperteile gestapelt, die ein Durchkommen unmöglich machten. Es dauerte fast eine Stunde, bis Sigvald sein Ziel erreicht hatte.

Víga-Baróis private Zimmer glichen einer widerwärtigen Werkstatt: Grausige Foltermaschinen füllten den gesamten Raum, ein jedes mit rasiermesserscharfen Klingen und blutigen Metallkrallen gespickt. Sigvald ignorierte die Maschinen, als er durch sie kletterte und sich erschöpft in einen Stuhl fallen ließ. »Was hast du herausgefunden?«, fragte er, als er eine Bewegung in der Ecke des Raumes bemerkte.

»Mein Prinz«, antwortete der Ritter erschrocken aus dem Schatten.

Sigvald schloss seine Augen und seufzte befriedigt. »Ich fühle mich schon viel besser«, sagte er zu sich selbst. Als er entspannt im Stuhl hin- und herwippte, kam es ihm so vor, als würde sich Víga-Barói aus einer der Maschinen heraus zwängen; plötzlich plätscherte Blut auf den Steinboden und es ertönte das Quietschen von rostigem Metall, aber Sigvald war zu entspannt, um seinen Kopf zu drehen und sich damit zu befassen, was sein Hauptmann gerade machte.

Nach einigen Minuten stand Víga-Barói vor ihm. Er war in seine normale purpurfarbene Rüstung gekleidet, aber es sah so aus, als hätte er sie in aller Eile angezogen. Einige der kleinen Haken waren nicht korrekt an seiner Haut befestigt und sein vernarbtes Gesicht zeigte eine ungewöhnliche Fülle an Farbe. Außerdem hatte er frische Blutspritzer auf seinen Unterarmen und unter seinen langen Fingernägeln.

Sigvald war schon lange nicht mehr an Víga-Baróis Vorlieben interessiert, aber er kam nicht umhin, den sigmaritischen Mönch zu bemerken, der in der Ecke des Raumes hockte. Neben ihm stand Víga-Baróis Chefchirurg, eine merkwürdige Kreatur namens Hazûl. Beide waren mit frischem Blut besudelt. Sigvald nickte Hazûl zu und es verbeugte sich zur Antwort. Als es sich wieder aufrichtete, gaben die pinken Haarsträhnen kurz einen Blick auf die darunter liegende Masse an Rasiermesserklingen und grob zusammengenähter Haut frei.

»Bist du dir sicher, dass von solchen Haustieren keine Gefahr ausgeht?«, fragte Sigvald mit lallenden Worten und nickte in Richtung des Mönchs.

»Bruder Bürmann?« Víga-Baróis Hohnlächeln wurde noch deutlicher. »Das könnte schon sein.« Er zuckte mit den Schultern und schaute zu ihm rüber. Der Priester sah vollkommen verwirrt aus und schien sich nicht einmal bewusst, dass er ein blutiges Messer in der Hand hielt. »Aber wenn er seinen Glauben komplett abgelegt hätte, würde er mich nicht mehr unterhalten.«

Sigvald gähnte. »Ich verstehe.« Er erhob sich aus dem Stuhl und stürzte auf die in Roben gehüllte Gestalt zu.

Als der Mönch den betrunkenen, halb nackten Jugendlichen auf sich zukommen sah, umspielte ein Ausdruck von Ekel oder Angst seine Augen.

»Du hast recht«, sagte Sigvald, als er ihm auf die Brust tippte. »Er verurteilt mich. Er muss sich an irgendetwas aus seiner Vergangenheit erinnern.« Er lachte und zog seine seidene Toga etwas höher. »Vergib mir«, sagte er, »ich hatte nicht die gleiche Erziehung wie du.« Er drehte sich zu Hazûl. »Kann er sprechen?«

Hazûl schüttelte den Kopf und zeigte auf eine Narbe an der Kehle des Mönchs.

»Ach ja, natürlich.«

»Mein Prinz«, sagte Víga-Barói und wirkte dabei leicht nervös. »Ist das nur ein freundschaftlicher Besuch? Ihr hattet am Anfang etwas gefragt.«

Sigvald drehte sich verwirrt in seine Richtung. »Eine Frage?« Er ließ sich in den Stuhl zurückfallen und schüttelte den Kopf. »Ich kann mich nicht ... Ach, doch«, sagte er, setzte sich wieder auf und schaute sich in der Kammer um. »Hast du etwas zu trinken?«

»Ein Getränk? Nein. Seid Ihr deswegen hier?«

»Nein? Wirklich nicht?« Sigvald schüttelte den Kopf. Dann stand er wieder auf. »Natürlich bin ich nicht deswegen hier. Ich bin gekommen, um mich über den Krieger zu informieren, den wir gestern gefangen genommen haben. Môrd Huks Krieger.«

Víga-Barói zuckte mit den Augenbrauen. »Ja, natürlich«, sagte er erleichtert. »Ja, es war schwierig, seinen Willen zu brechen. Ihr müsst verstehen, dass die Anhänger des Blutgottes keine natürliche Angst vor körperlichen Schmerzen haben. Daher waren Hazûls normale Methoden nicht sehr erfolgreich.« Er zeigte auf eine Tür hinter dem Prinzen. »Lasst es mich Euch zeigen.«

Er führte den Prinzen durch eine Reihe von verschlossenen Türen und eine enge Treppe hinab. Sigvald musste sich an der

Wand festhalten, als er die uralten, abgenutzten Stufen herabstieg, die in Víga-Baróis Keller führten. Während sie langsam hinab stiegen, veränderte sich das helle Licht der Lampen in ein weiches, pinkes Leuchten. »Die Diener des Blutgottes verabscheuen allerdings die Zauberei«, fuhr der Ritter fort, als sie die letzte Stufe hinter sich gebracht hatten und einen leeren Raum betraten.

In der Mitte des Raumes hing der Körper des Gefangenen, oder zutreffender die Einzelteile seines Körpers hingen in der Mitte des Raumes, verbunden durch ein Netz aus pinkem Licht. Jedes Einzelteil und Organ wurde von den leuchtenden Strahlen ungefähr an der richtigen Stelle gehalten, und während die Energie pulsierte und sich veränderte, bewegten sich die Körperteile leicht, was dazu führte, dass der körperlose Kopf vor Schmerzen schrie. In einer Pfütze aus Blut stand eine kleine, gebeugte Gestalt in einer Robe, nicht größer als ein Kind. Auf das Geräusch ihrer Fußtritte hin bewegte sich die Robe leicht und Sigvald konnte unter der Kapuze das Gesicht eines Wesens sehen, das mehr wie ein Fisch denn wie ein Mann aussah. Die großen, leeren Augen befanden sich an der Seite eines pinken, schuppigen Kopfes und der beleidigt wirkende Gesichtsausdruck bestand aus einem fest nach unten hängenden Mund.

»Wie Ihr seht«, sagte Víga-Barói mit einem Hinweis auf die bizarre Situation, »habe ich Énkas Hilfe in Anspruch genommen.«

Sigvald nickte der gebückten, kurzen Gestalt schroff zu, trat näher an die zitternden Körperteile heran und achtete dabei vorsichtig darauf, nicht von dem Dauerregen an Blut getroffen zu werden, der auf den Boden prasselte. Er lächelte in Anerkennung der Magie des Zauberers. »Und was genau habt ihr hierbei herausgefunden?«

»Alles«, antwortete der Ritter und trat in den Blutregen. Er schloss seine Augen, als das Blut des Gefangenen auf sein Gesicht prasselte. Er klopfte der kleinen, Gestalt in Roben auf die Schulter und stellte sich neben den Prinzen. »Ich habe alle Informationen über die Festung von Ör herausgefunden, die es gibt«, sagte er und wischte sich über sein Gesicht. »Ich kann jetzt mit absoluter Sicherheit sagen, dass sie uneinnehmbar ist.« Er beugte sich näher zum Prinzen und sprach mit tiefer Stimme. »Ich bin mir nicht sicher, was Euer Freund, Baron Schüler, Euch erzählt hat, aber ein Angriff auf Môrd Huk wäre Selbstmord.«

Sigvalds Lächeln war verschwunden. Er starrte den Ritter einige Sekunden in absoluter Stille an und packte ihn dann an der Kehle und rammte ihn an die Wand. In diesem Moment konnte er ein kurzes, erregtes Seufzen vernehmen, aber er ließ nicht locker. »Énka?«, fragte er und schaute über seine Schulter auf die Kreatur mit den leeren Augen.

»Sigvald«, antwortete der Zauberer mit einem flüssigen Gurgeln.

»Lass den Mann herunter.«

Der Zauberer schaute auf den Haufen von zappelnden Organen über seinem Kopf und öffnete seinen Mund leicht, als wollte er gerade etwas sagen. Dann schien ihm eine andere Idee eingefallen zu sein und er schloss seinen Mund wieder. Er nahm seine flossenähnlichen Hände nach unten und befreite die Teile des Gefangenen aus dem verwirrenden Netz. Die Körperteile klatschten auf den steinernen Boden herab und besudelten den Zauberer mit Blut und Gedärmen.

Ein leichtes, übernatürliches Leuchten strahlte noch aus den Fingern des Zauberers, aber der Rest des Raumes war auf einmal fast völlig dunkel.

»Und jetzt, Énka«, sagte Sigvald und drückte Víga-Baróis Kehle noch enger zu, »möchte ich, dass du noch einen Zauber für mich ausführst.«

»Herr?«, blubberte die merkwürdige Kreatur und spuckte dabei Blut aus dem Mund.

»Ich möchte, dass du jedwedes Gefühl aus Víga-Baróis Körper entfernst.«

»Ich verstehe nicht ganz«, sagte der Zauberer und krabbelte aus dem Haufen von Körperteilen und Organen heraus, um sich neben den Prinzen zu stellen.

Sigvald konnte an dem immer größer werdenden Ausdruck von Terror in Víga-Baróis Augen erkennen, dass *er* wusste, was Sigvald meinte. »Ich möchte, dass du seinen Körper absolut gefühllos machst«, sagte er und schaute auf den Zauberer herab. »Ich möchte, dass er nie wieder in der Lage ist, eine körperliche Wahrnehmung zu spüren. Selbst wenn er seine Hand in ein heißes Feuer hielte, dürfte er keine Schmerzen fühlen.«

»Ach so, jetzt verstehe ich«, antwortete der Fischmann. Als er mit dem Kopf nickte, konnte man Lichter auf seinen pinken Schuppen erkennen. »Das ist einfach.« Er schloss seine Augen und nach einigen Sekunden spielte das Licht um seine flossenartigen Hände und wurde heller.

»Wartet!«, schrie Víga-Barói. Er drehte sich in Sigvalds Griff und versuchte, sich zu befreien. »Was habt Ihr vor, mein Prinz?« Seine normalerweise sanfte Stimme war zu einem hohen Geschrei geworden. »Ich flehe Euch an! Tut mir das nicht an! Nach all diesen Jahren! Nach all den Dingen, die ich für Euch getan habe!«

»Nach all den Dingen, die du für mich getan hast?«, fauchte Sigvald und drückte sein Gesicht nah an das von Víga-Barói. »Ich habe dir erlaubt, dich jedem deiner Genüsse für drei Jahrhunderte hinzugeben, du rückgratloser Wurm. Und jetzt, wenn ich dich um eine Kleinigkeit bitte, kannst du noch nicht einmal das für mich tun.« Er schüttelte angewidert seinen Kopf. »Lass uns sehen, wie du eine kleine Enttäuschung erträgst.«

»Tretet zur Seite, Prinz«, sagte Énka, öffnete seine Glupschaugen und fixierte Víga-Barói. »Der Zauber ist bereit.«

»Wartet!«, schrie der Ritter. »Da war doch etwas! Er hat mir etwas erzählt, das uns helfen könnte. Sagt Énka, dass er aufhören soll!«

Sigvald zeigte mit einem breiten Grinsen seine perfekten

Zähne und hielt eine Hand vor den Zauberer. »Wenn das so ist, kannst du gehen, Énka«, sagte er, entließ Víga-Barói auf den Boden und erlaubte ihm, zu einem weinenden Haufen Elend zu kollabieren. »Mein Freund und ich haben private Angelegenheiten zu besprechen.«

Als Sigvald erneut in seinen Thronsaal stolzierte, trug er wieder seine strahlend goldene Rüstung. Zusätzlich hatte er noch ein rundes Spiegelschild an seinem Arm befestigt und ein blendend weißer Umhang hing von seinen Schultern. Als er auf das Podest am Ende des langen Saals stieg, präsentierte er sein Schwert der versammelten Gruppe und nickte.

»Sigvald der Prachtvolle«, schrie Víga-Barói am Fuße der Treppenstufen und erhob sein eigenes Schwert als Antwort.

»Sigvald der Prachtvolle«, schrie die Armee des Prinzen mit solcher Macht, dass der Ruf von den Deckenbögen widerhallte und zu einer Lautstärke anwuchs, die von deutlich mehr als nur eintausend Kehlen zu stammen schien.

Baron Schüler verspürte einen Anflug von Panik, als er von seinem Platz in der ersten Reihe aufschaute. Der Prinz hatte sein gewöhnliches Grinsen gegen eine ernste und königliche Miene eingetauscht, die den Baron beeindruckte. Was mache ich nur, dachte er. Wie kann ich ihn nur solcher Gefahr aussetzen? Schüler wusste, dass nur ein Widersacher wie Môrd Huk überhaupt eine Chance hatte, Sigvalds Herrschaft zu beenden, aber plötzlich beängstigte ihn der Gedanke an Sigvalds Tod. Was für ein Monster musste er sein, dass er so einem Wesen den Tod wünschte? Was könnte ein solches Verbrechen rechtfertigen? Dann folgten Sigvald noch zwei weitere Gestalten auf das Podest und Schüler hatte seine Antwort. Geführt von der abartigen Kreatur, Ansgallür dem Hungerleider, betrat Prinzessin Freydís die Erhöhung. Sie versteckte ihre perfekte Haut unter einem Kleid aus eng anliegender lilafarbener Seide und ihr Gesicht war hinter einem Schleier versteckt, aber Schüler stöhnte trotzdem allein bei diesem Anblick. Er spürte einen kurzen, körperlichen Schmerz in seiner Brust, als sie flüchtig in seine Richtung blickte. Er konnte seinen Herzschlag in seinen Ohren hören und seine Muskeln zitterten bei dem Versuch, still sitzen zu bleiben. »Vergib mir, Sigvald«, flüsterte er, als er spürte, wie die Initiale auf seiner Brust pulsierten.

»Die Dekadente Schar«, schrie Sigvald. »Meine schönen Kinder!« Er hielt sein Schwert weiterhin in die Höhe, während er die Ansammlung von merkwürdigen Kreaturen inspizierte, die vor ihm stand. Ritter in barocken purpurfarbenen Rüstungen standen neben Frauen mit pechschwarzen Augen, deren weiße Gliedmaßen in gefährlichen, gezackten Krallen endeten. Hinter ihnen standen haarlose pinke Pferde, deren Köpfe von zuckenden Tentakeln übersät waren und deren Schwänze in skorpionähnlichen Stacheln endeten. Über diesem Wald aus insektenähnlichen Gliedmaßen und zuckendem Fleisch befand sich noch eine weitere Ansammlung fliegender Kreaturen, die um die Säulen des Thronsaals herumflogen. Manche waren nicht viel größer als Fledermäuse, aber andere hatten die Größe von Männern und sie alle hatten purpurfarbene Haut und schwarze Lederflügel. Ihre Gesichter waren die starrenden Fratzen von Gargoylen. Als Antwort auf Sigvalds Lob erhoben die Kreaturen erneut ihre Stimmen zu einem ekstatischen, wortlosen Schrei.

Dieser ohrenbetäubende Schrei war noch lauter als der erste und Sigvald erlaubte sich endlich ein Lächeln. »Wir haben lange genug mit dem Nichtstun verbracht«, schrie er und rannte an die Kante des Podests, gerade so, als wolle er in seine ihm ergebenen Diener springen. Stattdessen bewegte er sein Schwert in einem eleganten Schnörkel über ihren Köpfen und lachte. »In unserer Mitte haben wir ein idyllisches Paradies geschaffen, das diese Welt noch nie gesehen hat. Ganze Nationen von Menschen sind aufgestiegen und wieder gefallen, ohne auch nur zu glauben, dass solche Genüsse möglich wären.« Sein Gesicht war von kräftigen Farben erfüllt und er lief an der Kante des Podests entlang, um sich über seine

Armee zu beugen und sich ihn ihrem Applaus zu sonnen. »Niemand hat all diese Erfahrungen machen können, die wir genossen haben.« Als er noch aufgeregter wurde, veränderte sich seine Gesichtsfarbe in ein angelaufenes Lila und er stolperte zu einem abrupten Halt, wobei er seinen Kopf heftig hin und her schüttelte.

Die Versammlung wurde ruhig, während Sigvald von einer Art Anfall heimgesucht zu werden schien.

Baron Schüler war entsetzt. Als Sigvald seinen Kopf noch schneller hin- und herschleuderte, schien es einen Moment so, als würde er umkippen.

Dann, genauso schnell, wie es angefangen hatte, hörte es auch wieder auf und Sigvald begann wieder mit der gleichen Aufregung vor- und zurückzulaufen, auch wenn er etwas unsicherer auf den Beinen wirkte.

»Die Welt ist übersät von ahnungslosen und abgestumpften Menschen«, schrie er, während seine Spucke dabei in die Menge vor dem Podest tropfte. »Niemand hat auch nur einen Schimmer von dem, was wir hier geschaffen haben.« Er erhob eine Hand und griff in die Luft. »Aber sie würden es uns trotzdem wegnehmen.«

Die Armee schrie erneut auf, aber diesmal vor bösartiger Wut.

»Ja meine Kinder, sie würden es uns entreißen. Gerade in diesem Moment marschieren Môrd Huk und seine stumpfen Schlächter offen durch unsere Lande und kommen dabei immer näher an unseren Güldenen Palast. Sie wollen dieses wunderschöne Paradies unter ihren Hufen zertrampeln.«

Die Masse schrie erneut und einige der Kreaturen fingen an, wie wild mit ihren Krallen und Flügeln um sich zu schlagen und dabei die Soldaten neben ihnen zu treffen, kaum noch zu zügeln in ihrem Willen, irgendetwas zu zerstören.

Vom Fuße des Podests deutete Víga-Barói auf Baron Schüler, der in der ersten Reihe stand. Seine grauen Augen brannten vor Hass, als er den bärtigen Ritter anstarrte. Während die

Sigvald

Masse immer lauter und wilder wurde, blieb Víga-Barói steif stehen. Seine einzige Bewegung war ein fester Griff an seine purpurfarbene Rüstung. Er hielt seinen Brustpanzer so fest, dass einige der Fleischhaken die Haut seiner Handballen durchdrangen und Blutstropfen seinen schlangenförmigen Harnisch heruntertropften.

Baron Schüler bemerkte weder das Starren des Ritters noch irgendetwas anderes. Während Sigvald mit seiner inbrünstigen Ansprache fortfuhr, war sein Blick weiterhin auf die Prinzessin gerichtet. Er fluchte zu sich selbst, als er sah, wie Freydís versuchte, sich von der Kette zu befreien, die sie an ihren Wächter band.

»Wir müssen mit unseren Spielchen innehalten und dieses Monster vernichten«, schrie Sigvald und erhob dabei sein Schwert erneut. »Auch wenn es unter unserer Würde ist, müssen wir hinausmarschieren und sie besiegen. Ich werde euch nicht solchen freudlosen Dummköpfen ausliefern. Nicht nach all dem, was wir zusammen erreicht haben.« Er deutete auf eine große Gestalt in den Schatten am Ende der Halle. Oddrún hielt das Messingbehältnis fest, in dem Doktor Schliemanns Kopf lag. »Meine Berater haben mir einen Weg offenbart, der uns in die Festung dieser sabbernden Hunde führen wird. Ich kenne die Geheimnisse von Ör. Seid ihr bereit, euren Gelüsten in der Festung des Blutgottes zu frönen? Meine Kinder, marschiert ihr mit mir?«

Gleichzeitig rissen Sigvalds Krieger ihre Waffen in die Luft und schrien vor Lust und in Ergebenheit zu ihrem glorreichen Prinzen.

KAPITEL VIERZEHN

Sväla wartete ruhig, während die Häuptlinge sich in der Methalle versammelten, und trat dann in den Kreis der Stammeskrieger ein, die um sie herum standen. Die Luft war schwer von Rauch, der aus zahlreichen zeremoniellen Urnen aufstieg und sich unterhalb des tiefen Strohdaches in dichten, undurchdringlichen Wolken sammelte. Die gesamte Szene erinnerte Sväla an ihre unwirklichen Visionen. Die Häuptlinge waren allesamt verbitterte Feinde und sie zusammen auf einem Fleck zu sehen kam ihr wie ein merkwürdiger Traum vor. Sie alle drei waren die stolzen Überlebenden aus zahlreichen Kriegen und die Herrscher über große Stämme der Norse. Aber als sie alle mit gekreuzten Beinen auf dem Boden saßen, schaute ihr kein Einziger in die Augen. Sie genoss es nicht, solche beeindruckenden Krieger zu erniedrigen, aber ihre Angst war Svälas einzige Chance.

Rurik Eisenfaust, Halldórr der Schwarze und Sturll der Schläger waren allesamt ihre Spielkameraden gewesen, als sie ein Kind war. Aber als sich der Fluch verschlimmert hatte, waren die Gefallenen in immer kleinere und schwächere

Gruppen zerfallen. Es war fast drei Jahrzehnte her, seit sich die drei Männer in Frieden getroffen hatten und ihre Anspannung war deutlich zu sehen. Ihre beeindruckenden, muskelbepackten Schultern zitterten vor unterdrückter Wut, während sie auf den Boden vor ihnen starrten.

Sväla schaute auf die anderen im Kreis. Zu ihrer Linken saß Valdûr der Alte, mit seinem faltigen Lächeln und dem strahlenden silbernen Haar. Zu ihrer Rechten saß ihr grimmiger Sohn, Svärd, trotz seiner Jugend schon verbittert von Verlust und Trauer. Verteilt um den Kreis sah sie dutzende bekannter Gesichter. Die Ältesten, die ihre Hochzeit gesegnet und Hauk zum Häuptling der Gefallenen gemacht hatten. Sogar die alte Hexe Úrsúla war anwesend und hockte in einem Haufen aus Fetzen und Fetischen, während sie die Häuptlinge angrinste. Nur ein einziges Gesicht war unbeeindruckt von Svälas Blick. Ungaur der Gesegnete betrachtete sie mit einem gespielten väterlichen Lächeln, welches seine Wut nicht zu verbergen vermochte. Seine schwarzen Nadelzähne glitzerten hinter seinem dichten Bart hervor, während er sie aus den Kiefern seines Wolfskopfes heraus anstarrte.

Nachdem die Häuptlinge ihre Plätze eingenommen hatten, fing sie an, zu sprechen. Die Halle war totenstill und sie musste noch nicht einmal ihre Stimme erheben. »Brüder der Steppe«, sagte sie. »Wir sind verflucht.«

Ungaur stieß seinen Stab in den Dreck und öffnete seinen Mund, um zu antworten, aber ein Blick von Sväla brachte ihn zum Schweigen.

»Das kann niemand hier verleugnen«, fuhr sie fort. »Wir haben alle auf unseren eigenen Wegen versucht, Völtar gnädig zu stimmen. Manche von uns mit Blutopfern und manche, indem sie sich von ihrem Volk und ihren Vorfahren abgewandt haben.«

In diesem Moment schüttelte Rurik seinen roten Irokesen hin und her in stillem Widerspruch, aber er wagte es nicht, Sväla zu unterbrechen.

»Egal, welchen Weg wir gewählt haben, am Ende sind wir alle gescheitert«, sagte sie. »Der Fluch blieb bestehen. Jedes Jahr verlieren wir mehr Jagdgründe an unsere Feinde und jedes Jahr haben wir weniger Kinder.« Sie schaute auf ihre beiden Eheringe hinab. »Trotz all der ehrenhaften Opfer, die wir alle gebracht haben, sterben wir. Noch ein paar weitere Winter wie der letzte und wir werden nicht mehr nur die Gefallenen sein, wir werden vergessen sein.«

Sväla wartete und blickte noch einmal in den Kreis. Noch immer schaute ihr keiner der Stammeskrieger mit Ausnahme von Ungaur direkt in die Augen. Sie nickte nur, als sie sich erinnerte, wie sie sie unterworfen hatte. Jeder einzelne der großen Häuptlinge hatte ihre Angebote, die Gefallenen wieder zu vereinigen, ausgeschlagen. Keiner von ihnen hatte sie überhaupt als eine würdige Gegnerin betrachtet. Aber ihre Visionen hatten sie von Sieg zu unfassbarem Sieg geführt und die Männer absolut schockiert. Ihr war bewusst, woran die anderen glaubten: Völtar musste von ihrem Körper Besitz ergriffen und die alte Sväla ausgetrieben haben und somit ihren Körper zu einem Wirt für Seine unsterbliche Macht verwandelt haben. Sie wusste mittlerweile nicht einmal mehr, ob sie nicht vielleicht sogar recht hatten.

Sie wartete einige Momente, um ihre Worte wirken zu lassen, und fuhr fort, diesmal direkt an die drei Häuptlinge gerichtet. »Ich habe einige von euch auf die Knie gezwungen. Ich weiß, dass ihr mich dafür verachtet, aber schaut über euren Stolz hinaus. Ich habe euch nicht aus Blutdurst oder Habgier bekämpft.« Sie beugte sich vor und sprach endlich mit voller Stimme. »Völtar hat mit mir gesprochen!«, schrie sie und ihre Zuhörer zuckten vor Schreck. »Der Wolf hat mir den Weg zur Erlösung gezeigt.«

In diesem Moment schauten zum ersten Mal einige der Stammeskrieger und Häuptlinge auf. Man konnte einen Funken von Hoffnung in ihren Augen erkennen, als sie sich endlich trauten, die drahtige und tätowierte Frau zu betrachten, die sie hier zusammengerufen hatte.

»Wir sind nicht schuld«, sagte sie und schaute in den Kreis. »Wir waren es nicht, die Völtars Wut erregt haben.«

»Lügen«, spuckte Ungaur, nicht mehr länger in der Lage, sich zusammenzureißen. »Völtar hat über uns gerichtet und uns als minderwertig befunden. Wenn du damit weiter machst –«

»Ruhe!«, schrie Rurik und drohte dem Schamanen mit seinem mutierten Arm. Seit Sväla ihn verschont hatte, war der Gesichtsausdruck des Häuptlings der eines gejagten und gebrochenen Mannes, aber er hatte die Ehefrau seines Feindes leidenschaftlich und kompromisslos verteidigt. Ungaur schnappte nach Luft, er war es nicht gewohnt, auf solche Art und Weise angesprochen zu werden. Er wollte widersprechen, doch bemerkte er, dass die gesamte Versammlung auf ihn starrte. Sie schauten ihn mit solcher Überzeugung an, dass er fürchtete, von ihnen angegriffen zu werden. Der bärengleiche Häuptling Sturll der Schläger hatte sogar ein Paar Fleischermesser gezogen und sah aus, als wäre er kurz davor, aus dem Kreis zu springen und die Klingen in Ungaurs Gesicht zu vergraben. Der Schamane zuckte bloß mit den Schultern und zeigte seine schwarzen Nadeln in einem wenig überzeugenden Lächeln.

Sväla nickte Rurik zu und fuhr fort. »Der Wolf hat zu mir gesprochen und ich habe weit in unsere Vergangenheit sehen können. Ich kenne den wahren Grund für unseren Fluch.« Sie holte tief Luft, bevor sie weitersprach. »Vor fast zwölf Generationen, als die Gefallenen noch unter einem anderen Namen bekannt waren, wurde in unserem Stamm ein Kind geboren, ein Kind namens Sigvald.«

Absolutes Schweigen folgte auf ihre Worte und die Anwesenden im Kreis schauten sich verwirrt an. Nur ein Einziger zeigte, dass er die Geschichte kannte. Ungaur presste seine Lippen zusammen und versteckte seine schwarzen Reißzähne. Er starrte plötzlich auf den Boden und wich den Blicken der anderen aus.

Sväla bemerkte seine Reaktionen, bevor sie weiter sprach.

»Sigvald war der Sohn eines mutigen Häuptlings und er lernte schnell und wurde stärker, doch bösartige Gerüchte umgaben ihn. Er kämpfte mit einem fast unnatürlichen Geschick, aber er strömte eine merkwürdige Aura aus, die den anderen Stammeskrieger unbehaglich war. Er schien den Schmerz anderer zu genießen, aber dies war nicht sein einziges Laster. Er genoss jegliche Art von Gefühl, egal wie unnatürlich es schien, und es war bald offensichtlich, dass er nur sein eigenes Vergnügen im Sinn hatte. Dieser Umstand allein wäre noch nicht so schlimm gewesen, aber Sigvalds Perversion hörte damit nicht auf: Er war nicht Völtar dem Wolf ergeben. Er betete am Altar der verbotenen Götter.« Sie hielt inne und malte mit ihrem Messer ein Symbol auf den Boden. Es war ein Kreis, der von einem Halbkreis geschützt war, eine Linie aus der Mitte des Kreises endete in einem weiteren, kleineren Halbkreis. »Erkennt irgendjemand von euch dieses Zeichen?«

Die Stammeskrieger nickten mit ihren Köpfen und einige murmelten Gebete vor sich hin. Im Hause Völtars das Symbol eines anderen Gottes zu zeigen war unerhört und Ungaurs Augen weiteten sich vor Schrecken, als er wieder hochschaute.

»Das Symbol von Slaanesh und seiner Dekadenten Schar«, fuhr Sväla fort. »Das Zeichen derer, die sich der Perversion und den verbotenen Gelüsten hingeben.« Sie schüttelte ihren Kopf. »Sigvald hat sich von Völtar dem Wolf abgewandt und seine Seele an den Prinzen der Lust verkauft.«

Ein Durcheinander von Gebeten erfüllte die düstere Methalle.

»Dann war es Sigvald, der uns alle verdammt hat?«, fragte einer der Ältesten und wartete auf die Bestätigung seiner Vermutung.

»Aber wenn er vor all diesen Jahren gelebt hat, wieso müssen wir dann immer noch für seine Taten büßen?«, fragte Sturll der Schläger und drehte seinen Kopf ungefähr in Svälas Richtung. »Seine Schuld sollte doch sicherlich mit seinem Tod beglichen sein?«

Sväla schaute zu Ungaur, der immer noch auf das Symbol am Boden starrte. »Sigvald wurde nicht älter«, sagte sie. »Sein abartiges Verlangen belustigte seinen neuen Herrn. Der Dunkle Prinz schickte ihm einen Botschafter und machte ihm ein Angebot. Im Tausch für seine absolute Hingabe bot ihm der Botschafter Slaaneshs ewiges Leben an, um seine unaussprechlichen Verlangen zu erfüllen. Solange er sein Leben nur dem Verlangen nach immer neuen Ekstasen in allen ihren Facetten ausrichtete, würde Sigvald nicht älter werden.« Sie wurde lauter. »Er wird *niemals älter werden*. Und solange er lebt, werden wir die Schuld seiner Schande tragen.«

»Woher willst du das wissen?«, schrie Ungaur und blickte sie mit weißem Gesicht an. »Wer hat dir von Sigvald erzählt?« Er sprang auf und zeigte mit seinem Finger auf sich selbst. »Nur ich kenne diese Geschichte. Nur ich weiß von Sigvalds Pakt.« Er spuckte auf den Boden und starrte Sväla zornig an. »Und ich hätte mich mit Sicherheit niemals einer Bauernfängerin wie dir anvertraut.«

Svälas Schultern hingen schlaff herab und sie schaute auf das Symbol, das sie auf dem Boden gezeichnet hatte. »Also ist es wahr«, murmelte sie.

»Was?«, bellte der Schamane.

Sväla schaute sich im Kreis um. »Ich brauchte nur eine letzte Bestätigung«, sagte sie und wirkte dabei fast so verängstigt wie die anderen. Sie deutete abschätzig auf Ungaurs zitternden Umriss. »Unser Schamane hat uns an den Rand des Aussterbens geführt, aber seine Kenntnisse sind über jeden Zweifel erhaben. Ich hegte den Verdacht, dass er von diesem uralten Sakrileg wusste, aber ich musste es von seinen eigenen Lippen hören, um es zu glauben. Jetzt kann es keinen Zweifel mehr geben.« Sie stand auf und verwischte das Symbol am Boden. »Wir werden niemals frei von dem Fluch sein, solange Sigvald lebt.«

KAPITEL FÜNFZEHN

Schwarze Wellen brachen unter einem schieferfarbenen Himmel. Svärd zog seine Felle etwas enger um sich und schaute auf die trübe Szenerie. Es war seine erste Seefahrt und zu seiner Schande war sein Magen ganz und gar nicht seefest. Als sich das Deck des Langschiffes auf- und abbewegte, schaute er zurück auf die rechteckigen Segel und gebogenen Kiele der anderen Boote, um seine Innereien zu beruhigen, aber da er die Flotte zwischen den Wellen auf und niedergehen sah, fühlte er sich nur noch schlechter. Er wusste, dass er beobachtet wurde, und verfluchte seinen schwachen Magen dafür, ihn wie ein Schwächling aussehen zu lassen. In den Wochen, seit seine Mutter die Stämme vereinigt hatte, war er selbst berühmt geworden. Er war der Sohn von Sväla der Hexe. Er war der Sohn der Frau, die den Grund für den Fluch herausgefunden und die gesamte Steppe zum Kriegszug versammelt hatte. Der Sohn einer Prophetin, die einen Kreuzzug begonnen hatte, der es mit jeder Geschichte in den Sagas aufnehmen konnte. Und jetzt konnte er noch nicht einmal gerade stehen. »Bei Völtar«, sagte er und lehnte sich über die Reling, um sich in eine Wolke von Gischt zu übergeben. Er sackte mit einem Stöhnen gegen die mit Runen verzierten Eichenplanken und ließ sein Gesicht von etwas Meereswasser sauber waschen.

»Du musst dich nicht schämen«, sagte eine freundliche Stimme hinter ihm.

Svärd stand auf und wischte sich das Gesicht sauber, wobei die Ringe in seiner Lippe gegeneinander klimperten. Dann drehte er sich um, wohl wissend, wer hinter ihm stand.

Ungaur war beeindruckend. Selbst im Vergleich mit anderen Norse war er groß und das feuchte Wolfsfell über seinen Schultern verstärke nur den Eindruck von tierischer Kraft. Er lächelte mit seinen schwarzen Nadeln. »Selbst deinem Vater wäre bei diesem Anblick schlecht geworden.« Er deutete auf die riesige Flotte. »Niemand von uns hat jemals eine solche Versammlung der Stämme erlebt. Selbst ich kenne keine Geschichte, die von einer so großen Armee erzählt.« Er legte seine Hände auf die Reling und blickte auf den Wald aus aufgeblähten Segeln. »Sie nennen es Sväals Kreuzzug.« Er schüttelte den Kopf. »Sie hat ein ganzes Volk aus seiner Heimat vertrieben. Und wofür?«

Svärd streckte sein Kinn hervor und blickte zornig auf den Schamanen. »Sie sind gegangen, weil sie ihr glauben.« Er fühlte, wie seine Seekrankheit verschwand, je zorniger er wurde. »Sie hat meinen Vater zu Tode betrogen und jetzt gibt sie sich mit seinem Mörder ab, aber niemanden scheint das zu interessieren. Ich sollte jetzt Häuptling sein aber sie hat alle mit ihren sogenannten Visionen verwirrt. Alle glauben ihr, dass nur dieser Kreuzzug den Fluch beenden kann.« Er imitierte die Stimme der weinend klingenden Beschwörungen ihrer Anhänger. »Völtar der Wolf hat ihr den Weg gezeigt. Ihre Visionen werden uns zu einem wundervollen und glorreichen Sieg führen.«

Ungaur strich sich durch seinen langen roten Bart und nickte. »Es ist wahr, dass sie Visionen hat, nur woher diese stammen, weiß niemand.«

Svärd schüttelte angewidert seinen Kopf. »Du bist doch nur eifersüchtig auf ihre Macht.« Er zeigte auf die Flotte um sie herum. »Niemand hat jemals von so einem Kreuzzug gehört. Sie hat die Gefallenen zusammengeführt, was du niemals geschafft hast. In den Sagas wird man ihren Namen singen, wenn du schon längst vergessen bist; trotz alldem, was sie getan hat.«

Ungaur zuckte nur mit den Schultern. »Ich hoffe, du hast recht. Immerhin gibt es jetzt nichts mehr, was wir tun könnten, um sie aufzuhalten. Ich frage mich nur, ob es wirklich Völtars Stimme ist, die sie hört. Sie ist nicht das erste Kind der Steppe, das in den Norden gerufen wird, in die Wüste, und sie wäre auch nicht das erste, das getäuscht wurde. Mehr als ein Gott schaut vom Dach der Welt auf uns herab und nicht alle haben unser Wohlergehen im Sinn. Vielleicht dachte Sigvald auch, dass er dem Wolf antwortete. Vielleicht hat er erst, nachdem er verrückt geworden war, festgestellt, dass es ein anderer Gott war, der zu ihm gesprochen hatte.«

»Sie hört die Stimme des Wolfes«, sagte Svärd. Seine Stimme war voll von Bitterkeit, aber ohne Zweifel. »Sonst hätte sie es niemals soweit geschafft.«

»Das kann schon sein.« Ungaur schaute auf den gewölbten Bug des Schiffes – ein riesiges Stück Eiche, geschnitzt in der Form eines grimmigen Wolfskopfes – und dann auf die sich ausweitende Dunkelheit vor ihnen. »Und trotzdem haben wir uns hoffnungslos verirrt.« Er schüttelte seinen Kopf und zog eine Grimasse. »Wenn der Wolf deine Mutter tatsächlich zum Sieg führen will, dann verstehe ich nicht, warum er uns in die Mitte des Meeres geführt hat, nur um dann zu verstummen.«

Svärd verzog sein Gesicht, wusste aber nicht, wie er darauf antworten sollte. Ungaur hatte recht: Sie hatten sich hoffnungslos verirrt.

»Ich verstehe deine Wut«, sagte Ungaur und lehnte sich mit leiser Stimme näher zu ihm. »Dein Vater hatte niemals solche merkwürdigen Einfälle. Er hätte uns nicht auf eine solch vergebliche Reise geführt. Die Chaoswüste ist voll von Monstern, die du dir nicht einmal vorstellen kannst. Was wäre, wenn ihre Visionen nicht von Völtar kommen? Wem folgen wir dann?«

Svärd zuckte nur mit den Schultern. »Du hast nur Angst davor, was passiert, wenn Sigvald tot ist. Ohne den Fluch und die Opfer wirst du sogar das kleine bisschen an Macht verlieren, das dir geblieben ist.« Er nickte dem Schamanen abfällig zu und stolperte über das Deck fort an den Bug. Sein Kopf schmerzte vor unterdrückter Wut. Ungaurs Hintergedanken waren nur allzu klar, aber er konnte die Schlussfolgerungen nicht komplett verleugnen. Warum sollte sie Völtar in die Mitte des Meeres schicken, nur um sie dann zu verlassen? Warum sollte er eine lügende, ungläubige Mörderin wie seine Mutter als Prophetin auswählen? Sie waren schon seit einigen Tagen orientierungslos und ihre Vorräte waren fast aufgebraucht. Valdûr der Alte hatte schon viele Fahrten mitgemacht, aber selbst er schien nicht weiterzuwissen. Als sie näher an die Chaoswüste kamen, fingen die Sterne an, durcheinanderzugeraten, und die gewöhnlichen Konstellationen waren merkwürdigen neuen Ansammlungen gewichen. Ein Navigieren war so fast unmöglich. Er schaute sich nach dem alten Krieger um und fand ihn neben dem Bug sitzend.

»Irgendwas Neues?«, fragte er und hockte sich neben ihn.

Valdûr drehte sich zu ihm um und verzog sein Gesicht. »Du siehst schlecht aus.«

»Danke, alter Mann«, antwortete Svärd. »Gerade von so einer zarten und hübschen Blume wie dir schmerzen solche Worte besonders.«

Valdûr grinste und wischte sich etwas Gischt aus dem Gesicht. »Was glaubst du, was das da vorne ist?«, fragte er und zeigte auf den Horizont.

Svärd blinzelte durch das Zwielicht. »Ist das Land?«, erschrak er, als er eine entfernte graue Linie vor ihnen erkannte.

Valdûr schüttelte den Kopf. »Das dachte ich auch zuerst,

aber jetzt bin ich mir nicht mehr so sicher. Irgendetwas stimmt nicht. Ich habe es erst vor einigen Minuten zum ersten Mal gesehen, aber es scheint schnell auf uns zuzukommen.«

Die beiden Norse wussten bald die Antwort. Während sie beobachteten, wie die Linie größer wurde und über die Wellen rollte, war es bald klar, dass es sich um eine Nebelbank handelte.

»Nichts davon war in meinen Visionen«, sagte Sväla, als sie an den Bug trat. Sie schüttelte den Kopf. »Seit wir die Segel gesetzt haben, ist alles durcheinander und verwirrend. Ich kann Kleinigkeiten sehen und sonst gar nichts.«

»Kleinigkeiten wovon?«, brummte Svärd, als er sich an Ungaurs Worte erinnerte.

Sväla schaute ihn grimmig an und umarmte ihren drahtigen Körper, während sie durch ihren Sohn hindurch schaute als sei er ein Geist. »Ich sehe eine goldene Stadt mit langen, leeren Hallen, die in der Luft schwebt. Ich glaube, dass das unser Ziel ist.« Sie verzog ihr Gesicht. »Ich sehe einen Hundekopf, der seine Zähne fletscht, auf den Schultern eines Mannes. Ich sehe eine verschleierte Frau, die in einem großen Palast trauert. Ich sehe eine …«

»Sieht du irgendwelchen Nebel?«, unterbrach Svärd mit einem spöttischen Gesichtsausdruck. »Nein«, musste sie zugeben und beobachtete dabei, wie die dichten Nebelschleier über das Deck krochen. »Ich kann zurzeit gar nichts mehr klar sehen, aber in meinen Visionen waren wir nie im Nebel verloren.« Sie spürte, wie sich Svärds wütender Blick in sie bohrte, aber sie erwiderte seinen Blick nicht. »Wir sind mit Sicherheit auf dem richtigen Weg. Sigvald ist von dem Glauben an Völtar den Wolf abgefallen und versteckt sich jetzt irgendwo in der Chaoswüste, wo er seine perversen Gelüste auslebt, während wir Völtars Zorn ertragen. Der einzige Weg, uns von dem Fluch zu befreien, ist, ihn zur Strecke zu bringen und sein Sakrileg ein für alle Mal zu beenden.«

Svärd schüttelte ungläubig seinen Kopf. »Wir können noch

nicht einmal die Chaoswüste finden, geschweige denn Sigvalds Versteck. Wie kannst du von uns erwarten ...«

»Warte«, unterbrach Valdûr. »Vor uns ist irgendetwas.«

»Ist das Land?«, fragte Svärd, als er die dunkle Masse durch den Nebel sah, die sie plötzlich umgab.

»Ich denke schon«, antwortete Valdûr und schüttelte verwirrt seinen Kopf. »Aber es ist zu klein, um die Chaoswüste zu sein. Es sieht wie eine Insel aus.«

Sväla schubste ihren Sohn beiseite, um besser sehen zu können. »Ich sehe hohe Umrisse«, murmelte sie, und blinzelte durch den Nebel. »Irgendwelche Türme.« Sie drehte sich zu den anderen. »Sind die tatsächlich da oder fantasiere ich?«

Svärd kletterte auf den geschnitzten Wolfskopf und schaute über die Wellen auf die dünnen Silhouetten. »Ich kann sie sehen«, murmelte er und fühlte sich immer unwohler.

Als die Schiffe an das Ufer glitten, umfasste sie der Nebel ganz und gar und waberte dabei über die Ruder und nässte die Segel. Die untergehende Sonne gab der ganzen Szenerie einen leicht goldenen Glanz, und als das Tageslicht gänzlich verschwunden war, verwandelte sich die Insel in eine Welt der Schatten und des feuchten, kalten Nebels.

Sväla sprang in das eiskalte Wasser und watete an den Strand. Als sie angekommen war, drehte sie sich um und sah hunderte von Norse, wie sie von ihren Schiffen sprangen und ihr folgten. Dies war mehr als eine Armee. Es war das gesamte Volk. Grausame Krieger mit kahlrasierten Schädeln gingen neben Kindern und leidenden und zitternden alten Weibern. Nachdem sich die Geschichte des Kreuzzugs verbreitet hatte, war nicht ein einziges Stammesmitglied zurückgeblieben. Alle wollten an dem epischen Abenteuer teilhaben, das Sväla ihnen versprochen hatte. Sie fühlte einen Anflug von Angst, als sie die Masse an Menschen beobachtete, die durch die Brandung watete und sie erwartungsvoll anschaute. Was wäre, wenn sie sie alle in den Tod führte?

»Wir werden nur so lange hier bleiben, bis sich der Nebel gelichtet hat«, rief sie und versuchte, dabei selbstsicherer zu wirken, als sie es tatsächlich war. »Es ist zu unsicher in diesem Wetter weiterzusegeln. Der Nebel sollte sich bis zum Morgen gelegt haben.« Sie wandte sich zu Valdûr. »Wir müssen einen Platz für ein Lager finden.«

Der alte Krieger schaute misstrauisch auf die dünnen Umrisse auf den Klippen vor ihnen. »Wir sollten vorher besser herausfinden, was das da ist«, sagte er, während er sich den Mund abtrocknete und seine Axt an seinem Gürtel lockerte. »Warte hier mit deinen Untertanen, Königin Sväla«, sagte er mit einem etwas spöttischen Gesichtsausdruck.

Sie folgte seinem Blick auf die drohenden Schatten. »Sei vorsichtig«, flüsterte sie. »Ich bin jetzt genauso blind wie du.« Sie schloss ihre Augen, zog eine Grimasse und schüttelte ihren Kopf. »Seit ich auf den Strand gekommen bin, sind sogar die kleinen Teile der Visionen verschwunden.« Sie bückte sich und nahm eine Handvoll des kalten, nassen Sandes auf. »Es scheint so, als wenn eine andere Macht auf dieser Insel am Werk sei; eine, die sich zwischen mich und Völtar gestellt hat. Ich glaube, es war dieser Ort, der mich den ganzen Tag verwirrt hat und jetzt, da wir hier sind, ist alles dunkel.«

Valdûr nickte und sein Lächeln verflog, als er Svälas Unruhe bemerkte. »Mach dir keine Sorgen«, sagte er und tätschelte dabei den Kopf seiner Axt. »Ich habe auch lange genug ohne diese magischen Visionen überlebt.«

»Svärd«, bellte er und winkte den mürrischen Jugendlichen zu sich, »lass uns nachschauen, was es dort zu finden gibt.«

»Es sieht wie eine Stadt aus«, sagte Svärd und fasste die beschädigten Reste einer Mauer an. Valdûr betrachtete die schattigen Ruinen, die sie umgaben. »Ich habe noch nie etwas Derartiges gesehen.« Die uralten Steine waren zum größten Teil unter Ginsterbüschen und gekrümmten Bäumen verschwunden, aber man konnte trotzdem eine gewisse Architektur erkennen.

»Schau dir das an«, sagte er und bückte sich, um mit seinen Fingern über den Boden zu wischen. Er stand auf einem schönen Mosaik aus Keramikfliesen, die eine schuppige Schlangenkreatur mit einer großen Rückenflosse darstellten.

»Das scheint so eine Art Wasserdämon zu sein«, sagte Svärd und hockte sich neben ihn. Er wischte etwas mehr Sand beiseite, um das Bild besser sehen zu können.

»Schau dir an, wie detailliert es ist«, sagte Valdûr und schüttelte beeindruckt seinen Kopf. »Ich habe noch nie solche Handwerkskunst gesehen.« Er kratzte an einem Teil des Bildes und hob einen glitzernden Metallspan auf. »Gold«, sagte er mit vor Schock weit offenen Augen. »Wer auch immer hier gelebt hat, sie haben den Boden mit Gold bemalt.«

Svärd schaute angespannt in die Ruinen. »Kann das hier unser Ziel sein? Könnte dies Sigvalds Versteck sein? Er ist dreihundert Jahre alt, sein Palast könnte also mittlerweile zerfallen sein.«

Valdûr zuckte nur mit den Schultern, stand auf und ging weiter. »Das wäre ein unglaublicher Glücksfall, aber Sväla erwähnte, dass sie hier eine Art unnatürliche Präsenz verspürt hat.«

Svärd legte ein weiteres Teil des Bildes frei. Es zeigte eine Gruppe von Schmieden, die eine kleine Kette herstellten. Im nächsten Bild hielten sie die Kette in die Luft und lächelten zufrieden, während Sonnenstrahlen von dem Metall reflektierten. Sie schienen ihre Kreation anscheinend als Quelle großer Macht zu verehren. Irgendetwas an dem Bild kam Svärd merkwürdig vor und er blieb gebückt am Boden sitzen, während Valdûr weiter den Weg entlang ging.

Als die anderen Krieger aus der Dunkelheit auf ihn zukamen, stand er auf und berührte seine Axt am Gürtel. »Haltet eure Waffen bereit«, flüsterte er. »Vielleicht sind wir nicht allein.«

Sie wanderten ungefähr eine weitere Meile landeinwärts und fanden noch beeindruckendere Ruinen. Die Norse sahen den offenen Himmel als ihr Dach und die ganze Steppe als ihre Heimat, daher bauten sie niemals Gebäude, die länger als eine Saison halten mussten. Solch große und beeindruckende Bauwerke zu betrachten, die anscheinend schon Jahrhunderte überdauert hatten, beeindruckte sie. Die dünnen Spitzen, die sie schon von ihren Schiffen aus gesehen hatten, waren die Reste von schlanken Marmortürmen. Der Großteil der Fassade war bereits abgebröckelt und ließ die Treppen im Inneren erkennen, aber sie waren trotzdem noch beeindruckende architektonische Machwerke, die weit über den verkrüppelten Bäumen im Mondlicht glänzten. »Diese Gebäude können nicht von sterblichen Händen erbaut worden sein«, sagte Valdûr und schaute einen der Türme hinauf. Die gesamte Oberfläche war von feinen Reliefs bedeckt. Die Abbildungen zeigten schlanke, androgyne Krieger auf einem Kriegsstreitwagen, der von riesigen weißen Katzenmonstern gezogen wurde.

»Wer sie auch immer waren, sie sind schon lange fort«, antwortete Svärd und trat durch einen großen Torbogen auf einen weiten, offenen Platz. Zwischen den breiten Pflastersteinen wuchs Unkraut hervor, aber der Bereich musste eindeutig einmal eine Art Hof gewesen sein. »Vielleicht können wir hier unser Lager aufschlagen?« Er deutete auf die beschädigten Mauern, die den vom Mondlicht erhellten Platz umringten. »Es scheint ganz gut geschützt zu sein. Wir können unsere Späher auf den Mauern platzieren.«

Valdûr nickte und schaute sich in dem Hof um. »Sieht hier mindestens so sicher aus wie überall sonst auch.« Er zögerte. »Es ist so still.« Er zeigte mit seiner Axt auf die weiteren Stammeskrieger, die gerade den Hof betraten, und signalisierte ihnen, still zu sein. »Hört doch mal«, flüsterte er, »man hört noch nicht mal die Vögel zwitschern.«

Svärd zuckte mit den Schultern. »Es ist dunkel.«

Valdûr schüttelte den Kopf. »Die Sonne ist gerade erst untergegangen. Es müsste zumindest irgendetwas zu hören sein. Selbst wenn es nur –«

Er verstummte plötzlich, als er etwas bemerkte.

Auf der anderen Seite des Hofes führte ein weiterer Torbogen in die Überreste einer großen Halle. Die Decke war schon lange verschwunden und ließ das Mondlicht auf die schlanken Umrisse eines Mannes fallen, der sie aus dem Torbogen beobachtete.

Die Norse erhoben ihre Äxte.

»Wer ist da?«, rief Valdûr und nahm eine Kampfstellung ein, während er seinen Mitstreitern verdeutlichte, es ihm gleich zu tun.

Der Fremde gab keine Antwort und kam langsam auf sie zu.

Valdûr und Svärd tauschten überraschte Blicke aus, während der Mann den Hof durchquerte. Er sah wie ein kaputtes, zerfleddertes Wrack aus, trug keine Kleidung, und seine Haare bestanden aus einer dreckigen, verfilzten Mähne. Sein langer Bart hing ihm über die Brust und war von grauen Flecken übersät, seine Wangen waren vom Alter ausgehöhlt. Als er näher kam, konnten sie erkennen, dass seine Haare mit Seegras zusammengebunden und seine verkümmerten Gliedmaßen mit Seepocken und dicken, glänzenden Blutegeln bedeckt waren. Seine Füße klatschten mit einem nassen Platschen auf die Pflastersteine und seine gefleckte bläuliche Haut schien ihm fast von den Knochen zu rutschen. Er sah wie eine Wasserleiche aus, die sich gerade vom Meeresboden erhoben hatte, um sie zu begrüßen.

Die Norse wichen schockiert zurück.

»Bleib stehen«, schrie Valdûr und erhob seine Axt, als ihm der Mann bis auf einige Fuß nahe gekommen war.

Der Mann gehorchte und schaute sie mit verwirrtem Blick an. Dann schaute er auf seine vergammelten grauen Gliedmaßen herab und zog eine Grimasse. Er bemerkte die Seepocken und Insekten, die über seine Haut verteilt waren, und stöhnte. »Wer bin ich?«, rülpste er in einer tiefen, verwässerten Stimme.

Valdûr schaute verwirrt zu Svärd und ging etwas näher auf den alten, gebrechlichen Mann zu. »Wir haben uns verirrt«, sagte er und verzog beim Geruch des verwesenden Mannes seine Nase. »Wie heißt diese Insel?«

»Ich kann mich nicht erinnern«, blubberte er. »Ich habe geschlafen. Dann habe ich eure Stimmen gehört.« Der alte Mann schaute sich in den Ruinen um und war eindeutig verstört. »Was ist mit den Mauern passiert?«

Valdûr zog eine Augenbraue hoch und schielte zu Svärd, eindeutig überzeugt, dass es sich um einen Verrückten handeln musste. »Ich glaube, die Mauern müssen vor sehr langer Zeit zusammengefallen sein, alter Mann. Wir müssen die Nacht auf der Insel verbringen und dachten, dass dieser Ort vielleicht sicher wäre.« Er wartete, unsicher, was er noch sagen sollte.

Der Fremde musterte Valdûr für eine Weile, nickte dann und wandte sich ab. Er tapste von ihnen weg durch den Torbogen und verschwand in den Schatten.

»Ist es sicher, ihn einfach so gehen zu lassen?«, flüsterte Svärd.

Valdûr schüttelte den Kopf und bedeutete zwei seiner Männer, dem Fremden zu folgen. »Behaltet ihn im Auge«, sagte er. »Sagt mir, wo er hingeht.«

Obwohl er so groß war, konnte der Hof nicht die gesamte Horde der Norse beherbergen. Sie breiteten sich über die sandigen Hügel aus und flüsterten Gebete, während sie ihre Tierfelle über dem nassen Grass ausbreiteten. Als sie sich niederließen, versuchten einige von ihnen, die bedrückende Atmosphäre mit Liedern und Gelächter aufzulockern, aber ihre Gesänge klangen dumpf und merkwürdig im dichten Nebel. Ihr Lachen hatte ein merkwürdiges Echo, als wollten die Ruinen sie verspotten. In der Mitte des Hofes saßen Sväla und die Ältesten um ein schlecht brennendes, verrauchtes Feuer und besprachen ihre nächste Entscheidung.

»Aber die Insel ist vielleicht direkt vor der Küste«, sagte Sväla und schaute in die erleuchteten Gesichter um sie. »Selbst wenn sich der Nebel morgen nicht lichtet, müssen wir weiter nach Norden. Wir sind schon zu weit gekommen, um jetzt noch aufzugeben, und unsere Vorräte halten nicht ewig.«

Halldórr der Schwarze, der dunkelhäutige Häuptling der Kurgan, beugte sich vor. Sein langes rabenschwarzes Haar, dem er seinen Namen zu verdanken hatte, hing ihm tief in das Gesicht, konnte dabei aber nicht seine Wut verdecken. »Du sagtest uns, dass Völtar uns zu Sigvald führen würde«, brummte er zornig und zeigte auf die zusammengefallenen Ruinen um sie herum, »und hier sind wir gelandet.« Er spuckte in die Flammen. »Ich denke, wir sollten hier bleiben. Sobald sich der Nebel lichtet, sollten wir wieder in unsere Heimat in den Süden zurückkehren.« Er lachte bitter. »Falls wir den Weg nach Süden überhaupt finden können.«

Auf der anderen Seite des Feuers konnte man die wolfsähnliche Silhouette von Ungaur wahrnehmen. Er nickte langsam in Zustimmung zu Halldórrs Worten. »Ich stimme zu. Es wäre verrückt, in diesem Nebel weiterzusegeln. Wer weiß, wo wir am Ende landen.« Seine schwarzen Nadeln glitzerten im Feuerschein. »Dein Mut steht außer Frage, Sväla, und ehrt die Erinnerung an deinen verstorbenen Ehemann, aber vielleicht sollten wir die Pläne noch einmal überdenken.« Er nickte in Richtung der zusammengesackten Gestalten um sie herum und sprach mit leiser, verschwörerischer Stimme. »Du hast immer noch den Glauben des Volkes hinter dir, aber wie du selbst schon gesagt hast werden unsere Vorräte weniger. Dinge verändern sich, sobald die Menschen hungrig werden.« Er zeigte mit einem seiner langen Fingernägel auf Sväla. »Und täusche dich nicht: Du wirst zur Verantwortung gezogen werden.«

Valdûr der Alte schüttelte seinen Kopf und lachte. »Du warst von Anfang an gegen diesen Plan.«

»Vielleicht hatte er ja recht«, schnappte Halldórr und starrte mit seinen nachdenklichen Augen auf Valdûr. »Sieh doch, wo ihre Visionen uns hingebracht haben.« Er winkte ab. »Und jetzt hat sie gar keine Visionen mehr.«

Rurik Eisenfaust rutschte ungeduldig auf seinen Knien herum, während er der Unterhaltung zuhörte. Seine rote Kriegsbemalung leuchtete im Feuerschein, und als er sich zu Sväla lehnte, sah er mehr wie ein Dämon als wie ein Mann aus. »Vielleicht haben sie recht«, sagte er mit enttäuschter Stimme. »Ich weiß, dass die Macht Völtars in dir steckt, aber wie sollen wir ohne seine Führung weiterkommen? Hier haben wir zumindest Schutz und vielleicht sogar etwas zu essen, aber wenn wir wieder in See stechen, wie sollen wir dann jemals unseren Weg durch den Nebel finden? Wir könnten im Kreis fahren, bis wir verhungern.«

Eine winzige Gestalt lehnte sich näher an das Feuer. Es war die uralte Hexe Úrsúla und die Flammen glitzerten in ihren stechenden Augen. Sie grinste die anderen Ältesten an. »Hier ist etwas auf der Insel, das deine Visionen blockiert, Sväla: etwas, das sich zwischen dich und deinen spirituellen Führer gestellt hat. Es könnte interessant sein, herauszufinden, was für eine Macht Völtars Willen verhindern kann.«

Sväla schaute grimmig auf die alte Frau und wollte gerade antworten, als zwei Stammeskrieger aus der Dunkelheit kamen.

»Er kommt zurück«, keuchte einer von ihnen und versuchte, Luft zu holen. »Der ertrunkene Mann.«

Ungaur sprang auf. »Lass mich diese verkommene Kreatur sehen«, sagte er und fasste seinen Stab mit beiden Händen.

Die anderen standen auf und schauten in die Finsternis.

»Wo ist er?«, schnappte Valdûr und trat hinüber zu seinen Männer. Doch noch bevor sie antworten konnten, wusste er die Antwort. Schreie kamen vom anderen Ende des Hofes, als einige dutzend Norse aufwachten und die nackte Leiche neben sich wanken sahen.

Der alte Kadavermann stolperte an ihnen vorbei, anscheinend ohne sie überhaupt zu bemerken, und ging direkt auf das Feuer zu.

Valdûr und die anderen Ältesten stellten sich beschützend vor Sväla, als er näher kam.

»Er ist ein Dämon«, schrie Ungaur und weckte dadurch noch weitere Norse auf, die in der Nähe vor Angst zu schreien anfingen. Er zog sein Opfermesser und schaute zu den anderen. »Wir müssen ihn zum Schweigen bringen, bevor er uns mit seiner Magie verderben kann.« Innerhalb weniger Sekunden hatte sich das Lager in einen panischen Mob verwandelt und überall stolperten Menschen von dem gertenschlanken Fremden weg.

»Dies ist die Insel Ásin«, sagte der Mann mit seinem komischen, wässerigen Blubbern.

»Was hat er gesagt?«, fragte Sväla ihren Sohn.

Svärd verzog sein Gesicht, wobei einige der Wolfszähne von seiner Wange abstanden. »Wir hatten ihn nach dem Namen dieser Insel gefragt, aber er wusste ihn nicht. Anscheinend hat er sich wieder erinnert.«

»Dann weiß er, wo wir sind?«

Svärd nickte nur grimmig.

»Warte«, schrie Sväla, als sie sah, dass Ungaur mit gezogenem Messer auf den alten Mann zuging. »Er könnte uns helfen.«

Ungaur fluchte, als die Norse neben ihm ihre Waffen senkten. »Du würdest so etwas um Hilfe ersuchen?«, fragte er und wedelte sein Messer vor dem Fremden. »Sind wir so tief gesunken?«

Sväla ignorierte den Schamanen, als der durchnässte alte Mann herantrat. »Wir suchen die Chaoswüste«, sagte sie und versuchte, ihren Ekel zu verstecken, als das Licht des Feuers die zahllosen, krabbelnden Tiere auf seiner Haut offenbarte. »Könntest du uns führen?«

Der Mann massierte sein aufgeweichtes Gesicht, was dazu führte, dass eine Flut von kleinen Krabbentieren aus seinen hängenden Augenhöhlen herauskrabbelte. »Euch führen?«, fragte er und lächelte dabei mit seinem zahnlosen Mund. »Natürlich, Olandír wäre erfreut, euch zu helfen.« Er zeigte auf den dichten Nebel, der sie umgab. »Ich war lange Zeit alleine, sehr lange. Ich würde mich über etwas Gesellschaft freuen.«

Svärd und Valdûr schauten sich überrascht an. Der große alte Mann hatte seine verworrene und verwirrte Art ganz und gar abgelegt und schien sich nun plötzlich recht selbstsicher. Während er auf eine Antwort von Sväla und den anderen wartete, hatte er weiterhin sein schlaffes Grinsen auf den Lippen. Seine leeren Augen ähnelten den blau-weißen Augäpfeln einer Leiche, aber sie bewegten sich so, als ob er damit die Umgebung wahrnehmen konnte.

»Bist du alleine hier, Olandír?«, fragte Ungaur mit grimmigem Gesichtsausdruck und senkte dabei nur widerwillig sein Messer.

»Dürfte ich?«, fragte Olandír und machte deutlich, dass er sich gerne mit an das Feuer setzen würde. Dabei ignorierte er die Frage des Schamanen.

Sväla nickte zustimmend und gab den anderen ein Zeichen, sich ebenfalls zu setzen.

»Bitte«, rief sie in die Runde nervöser Gesichter um sich. »Seid nicht besorgt. Der Mann namens Olandír ist hier, um uns zu helfen. Legt euch wieder schlafen. Eure Häuptlinge werden euch beschützen, während ihr schlaft.«

Niemand schien so ganz von Svälas Worten überzeugt zu sein, doch die Mehrheit stampfte zurück in den Nebel, nicht ohne dabei den Fremden misstrauisch zu beäugen. Nur einige junge Krieger blieben auf Valdûrs wortlosen Befehl hin in der Nähe.

»Du lebst hier alleine, sagtest du?«, fragte Sväla, während die anderen Norse den merkwürdigen Mann beobachteten.

Er nickte nur, immer noch mit diesem komischen Grinsen auf den Lippen. Svärd wurde schlecht. Aus dieser Entfernung wurde ihm klar, dass der Mann noch merkwürdiger war, als er zunächst gedacht hatte. Es war nicht nur sein verwesendes Fleisch, das ihn so merkwürdig erscheinen ließ: Seine Gliedmaßen waren zu lang und dürr und seine Augen waren beinahe mandelförmig, sodass sie Svärd an die Gestalten auf den Mosaiken erinnerten. Während die anderen den Fremden ausfragten, sah Svärd etwas Glitzerndes an dessen knochigem Fußgelenk. Er schaute genauer hin und konnte eine silberne Schelle unter dem Seegras und den Muscheln entdecken, die seine Haut bedeckten. Es war so filigran, dass es beinahe unsichtbar war, und die Kunstfertigkeit beeindruckte ihn. Es erschien ihm merkwürdig, dass ein Mann ohne Kleidung so besonders feinen Schmuck trug, aber bevor er weiter darüber nachdenken konnte, hatte ihn eine wütende Stimme wieder auf die Unterhaltung aufmerksam gemacht.

»Wie kann er sich nicht daran erinnern, wie er hier hergekommen ist?«, fragte Ungaur und schaute sich ungläubig im Kreis um. »Er lügt.«

»Ich versichere euch«, sagte Olandír und schluckte dabei etwas Flüssigkeit herunter, »mir fallen immer mehr Dinge wieder ein, selbst jetzt, da wir uns unterhalten.« Er schaute nervös auf Sväla, da er anscheinend gemerkt hatte, dass sie die Anführerin der Gruppe war. »Ich bin mir sicher, dass ich mich bis morgen früh an noch mehr Dinge erinnern kann.« Er schloss seine Augen und fuhr mit seiner Hand durch die sandige Masse an Haaren und Seegras auf seinem Kopf. »Hier gibt es irgendwo Karten«, sagte er und öffnete seine pupillenlosen Augen wieder. Er gurgelte erneut etwas Flüssigkeit. »Wenn ihr mich hier bei euch übernachten ließet, könnte ich euch am Morgen sicherlich zu ihnen führen.«

Ungaur warf verzweifelt seine Arme in die Luft und drehte sich zu den anderen Ältesten. »Wie könnt ihr euch das nur anhören? Er wird uns unsere Kehlen durchschneiden, während wir schlafen.«

»Ich will euch nicht verletzten«, sagte Olandír und schüttelte bei den Worten des Schamanen erschrocken seinen Kopf. Er wandte sich mit einem flehenden Ton an Sväla. »Gib mir Zeit bis zum Morgengrauen, ich bitte dich, und ich werde euch helfen. Ich habe geschlafen, als ihr angekommen seid.« Er schüttelte seinen Kopf und verteilte Insekten und Wasser um sich herum. »Ich glaube, ich war krank, aber meine Gedanken werden immer deutlicher. Ich bin mir sicher, ich kann euch dabei helfen, euer Ziel zu erreichen.« Er schaute erwartungsvoll auf Sväla. »Wenn ihr mir nur einen kleinen Gefallen tun könntet.«

Svälas Augen verengten sich. »Sprich weiter.«

»Es ist nichts Großartiges, ehrlich«, sagte Olandír mit einem nervösen Zucken. »Ich bin nur so alleine hier.« Er schaute um sich auf die düsteren Ruinen und dann wieder zurück auf Sväla. »Wenn du zustimmst, mich als Navigator mitzunehmen, könnte ich euch den Weg nach Norden in die Wüste zeigen und diesem Ort hier entkommen.«

Sväla war eindeutig von seiner Frage überrascht, aber trotz der erschrockenen Reaktionen der anderen Ältesten nickte sie. »Lass uns erst einmal abwarten, an was du dich am Morgen erinnerst, Olandír. Wenn du beweisen kannst, dass du es wert bist, werde ich mir überlegen, dir vielleicht einen Platz auf einem unserer Langschiffe zu geben.«

Olandír grinste und ergriff Svälas Hand.

Sie versuchte, bei seinem feuchten Griff nicht ihr Gesicht zu verziehen, und nickte zu den Schatten hinter dem Feuer. »Errichte dir ein Lager. Morgen reden wir weiter.«

Svärd stöhnte, als er versuchte, es sich auf dem steinernen Untergrund bequem zu machen. Es war in den frühen Morgenstunden und das Feuer war niedergebrannt. Es schien, als wenn außer ihm alle eingeschlafen waren. »Warum habe ich nur vorgeschlagen, hier zu kampieren?«, flüsterte er zu sich selbst und rollte sich auf den Rücken, um in die Sterne zu schauen. Der undurchdringliche Nebel hinterließ alles kalt und feucht und die Felle unter seinem Kopf stanken nach nassem Hund. Während er dort lag und sich selbst bemitleidete, ließ er die Geschehnisse des Tages noch einmal durch seinen schläfrigen Kopf gehen. Er erinnerte sich an Svälas erschrockenes Gesicht, als die Morgensonne über der Flotte aufging und sie nicht mehr weiter wusste. Dann erinnerte er sich an den ersten Anblick der merkwürdigen Ruinen auf der Insel. Als er sich an die feinen Mosaike erinnerte, die den Weg verzierten, erschrak er und setzte sich auf. »Die Kette«, flüsterte er.

Er schaute auf die um ihn herum verteilten Haufen von feuchten und schnarchenden Körpern. Es war ein Leichtes, den Fremden zu entdecken. Niemand wollte neben so einer merkwürdigen Kreatur schlafen und um seinen schlaksigen Körper war der Platz frei. Aus der Entfernung konnte er seinen Knöchel nicht sehen, aber je mehr er darüber nachdachte, umso sicherer wurde er. Die Kette, die er an Olandírs Bein gesehen hatte, trug die gleichen Symbole wie die Jahrhunderte alten Mosaike. Er wusste nicht genau, warum, aber in der Stille der Nacht schien ihm diese Kleinigkeit von unglaublicher Wichtigkeit. Er schloss seine Augen und versuchte sich an die verblassten Bilder zu erinnern, die Valdûr entdeckt hatte. Als er die Bilder wieder vor Augen hatte, konnte er die Schmiede klar vor sich sehen, wie sie stolz ihre Handarbeit begutachteten: eine dünne Kette, von der Energie ausstrahlte, als hätten sie eine neue Sonne geschaffen, als sie sie in die Höhe hielten.

»Es kann sich nicht um dieselbe Kette handeln, oder?«, flüsterte er und schaute auf den schlafenden Fremden. Könnte es sein, dass diese schöne Kette seit Jahrhunderten auf dieser Insel verborgen lag, nur um dann von so einem ekelhaften Wesen gefunden zu werden? Er schaute auf die glimmende Asche des Feuers und sah, dass die Ältesten schliefen. Selbst Valdûr lag mit allen Vieren von sich gestreckt auf den Pflastersteinen und schnarchte vor sich hin. Ich werde es ihnen gleich morgen früh erzählen, entschied sich Svärd und legte sich mit geschlossenen Augen wieder hin. Die Gedanken an die Kette ließen ihn nicht los, und nachdem er einige Zeit später immer noch nicht eingeschlafen war, setzte er sich mit einem genervten Seufzer wieder auf, wacher als zuvor.

Er schaute auf die zusammengefallenen Mauern um sich herum. Valdûr hatte Wächter aufgestellt, aber die wenigen, die er sehen konnte, hatten ihre Rücken zu ihm gewandt und beobachteten die umliegenden Hügel. Er überlegte, einer der Wachen von der Kette zu erzählen, aber entschied sich dann dagegen. Sie würden ihn doch nur für verrückt halten. Er dachte daran, dass er ja nur einen Teil der Kette gesehen hatte, und es könnte sich ja um ein ganz anderes Schmuckteil handeln. »Und wenn es doch dieselbe Kette ist?«, flüsterte er. Egal, was er versuchte, er konnte nicht aufhören, über die Kette nachzudenken. Je mehr er über das Bild auf dem Mosaik nachdachte, desto mehr bildete er sich ein, dass es sich um eine Art mächtige Waffe handeln könnte. Er blickte auf seine schlafende Mutter und wurde wütend. Vielleicht könnte ihm die Kette helfen, endlich seinen Platz im Stamm einzunehmen?

Svärd wusste, dass er nicht ruhen würde, bevor er sich davon überzeugen konnte, dass es sich nicht um dasselbe Schmuckstück handelte. Er schlich vorsichtig durch die schlafenden Stammeskrieger zu Olandír. Als er den freien Platz um den Fremden erreicht hatte, konnte er ein metallisches Glitzern am Fußgelenk des Schlafenden entdecken. Er nickte zufrieden, dass er sich das Ganze nicht nur eingebildet hatte, aber er war noch zu weit entfernt, um Details auszumachen. Da ihm klar war, wie bescheuert er aussehen musste, blickte er um sich, bevor er neben den Mann schlich.

Olandír gurgelte und rülpste, schien aber tief zu schlafen. Daher kroch Svärd so leise wie möglich an ihn heran. Als er mit seinem Kopf näher an den Knöchel des alten Mannes herankam, konnte er die silberne Kette unter einem Haufen von Seegras erkennen. Er war aufgeregt. Genau, wie er es sich vorgestellt hatte, waren Sonne und Mond in dem Schmuckstück eingraviert, und es schien sich um dasselbe Stück wie auf dem Mosaik zu handeln. Seine Augen wurden groß, als er es mit seinen Fingern berührte. Die Metallarbeiten der Norse waren grobe und praktische Eisenarbeiten. So ein feines und schönes Schmuckstück hatte Svärd noch nie gesehen.

Als seine Finger über den Schließmechanismus fuhren, öffnete es sich mit einem leichten Klicken.

Als die silberne Kette sich von Olandírs Bein löste und auf den steinernen Boden fiel, zuckte Svärd zurück. Das Geräusch hallte leise durch die Dunkelheit und er schaute zu Olandírs Gesicht, um festzustellen, ob er noch schlief.

Die leeren Augen des alten Mannes starrten Svärd an und sein hängender Mund hatte sich zu einem breiten Grinsen verzogen.

»Es tut mir leid«, flüsterte Svärd verängstigt. Er schaute sich um, ob irgendjemand etwas gemerkt hatte.

Olandír antwortete nicht, sondern stand auf und streckte seine Gliedmaßen mit einem genüsslichen Gähnen. Als er sich ausstreckte, verwandelte sich sein Gähnen in ein befriedigtes Stöhnen.

Svärd hob die Kette auf und hielt sie dem alten Mann hin. »Sie ist nicht beschädigt«, sagte er. »Ich kann sie dir wieder anlegen, wenn du …« Er verstummte, als er bemerkte, dass Olandír plötzlich noch viel merkwürdiger aussah als zuvor. Während er seine Gliedmaßen reckte und streckte, schienen sie sich zu verwandeln und zu verlängern. Sein gebrechlicher grauer Körper blähte sich auf und schwoll wie eine überreife Frucht an. Seine Muskeln zuckten und wuchsen über seine sich ausweitende Brust.

Während Svärd schockiert zurückwankte, weckte das aufplatzende Geräusch von Olandírs wachsendem Körper diejenigen auf, die am nächsten bei ihm schliefen. Erschrockene Schreie hallten durch den Nebel, während der alte Mann jede Sekunde einige Fuß in die Höhe wuchs. Die Norse wurden von einem widerlichen Riesen aus ihren Träumen gerissen.

»Valdûr!«, schrie Svärd panisch.

Um das erloschene Feuer herum, begannen sich die Ältesten zu regen.

In weniger als einer Minute war der alte Mann doppelt so groß geworden und er wuchs weiter. Während seine Knochen brachen und sich neu formierten, wuchs eine riesige ledrige Flosse aus seinem Rücken, welche von seiner Kopfhaut den Rücken hinunter ragte. Es sah wie die Rückenflosse einer Seekreatur aus. Olandírs genüssliche Geräusche wurden immer lauter und verwandelten sich in ein vogelähnliches Kreischen, das über den Platz hallte. Als sich seine Arme und Beine verlängerten, schmolzen seine Beine zu einem langen, dicken Schwanz zusammen, der sich über die Pflastersteine schlängelte.

Svärd beobachte erschrocken, dass sich auch der Kopf des alten Mannes verwandelte. Sein Schädel veränderte sich in eine lange, tierische Schnauze und sein Bart hatte sich in ein Nest aus Tentakeln verwandelt, das lebendig zuckte. Der Junge schaute auf die kleine, unscheinbare Kette in seiner Hand und schüttelte den Kopf.

Mehr und mehr Norse standen auf und schrien in Panik.

»Wir werden angegriffen!«, schrie jemand.

Als die Unruhe noch größer wurde, flog plötzlich eine Axt aus der Menge und traf die aufkeimenden Muskeln des Monsters.

Olandír hörte auf, zu schreien, und blickte auf die Waffe in seiner Brust; dann wendete er sich zu der auf ihn zukommenden Gruppe, als bemerkte er sie gerade zum ersten Mal. Er erspähte den Axtwerfer und schlug mit seinem Schwanz zu. Der Stammeskrieger starb mit einem letzten Keuchen auf den Lippen, als der Schwanz seine Brust zertrümmerte und ihn zu Boden schleuderte. Weitere Äxte und Speere flogen auf das Ungeheuer. Einige trafen ihr Ziel und blieben im feuchten Fleisch des Monsters stecken, aber die Mehrheit prallte ab – abgelenkt von den dicken silbernen Schuppen, die aus seinem immer größer werdenden Körper wuchsen.

»Was ist passiert?«, schrie Sväla, als sie und die anderen Ältesten Svärd erreichten.

Svärd zeigte seiner Mutter die Kette und schüttelte ängstlich und verzweifelt seinen Kopf. »Es war ein Versehen. Ich habe ihm das hier abgenommen und er fing an, sich zu verwandeln.«

Sväla nahm das glitzernde Schmuckstück verwundert in die Hand. »Wie meinst du das? Wer hat sich verwandelt?«

»Olandír«, stöhnte der Junge und zeigte auf das riesige Monster. »Das dort ist der alte Mann.«

»Pass auf!«, schrie Valdûr und schubste sie beide zur Seite, als der Schwanz des Monsters über den Hof schlug und zahlreiche Norse umwarf.

Ein roter Blitz schoss an ihnen vorbei, als Rurik Eisenfaust sich auf das Monster warf. Er schrie vor Wut, als er Olandírs Schwanz hochkletterte und seine Mutantenfaust in den Bauch des Monsters schlug.

Olandír war schon zwanzig Fuß groß und wuchs noch immer, aber der Hammerschlag von Rurik hatte ihn mit einem Krachen auf die Pflastersteine geworfen. Rurik rollte sich ab und wich gerade noch Olandírs Schwanz aus, der neben ihm auf den Boden schlug. Dann holte er mit seiner Eisenfaust zu einem neuen Schlag aus.

Der Mut des Häuptlings ermunterte einige andere Norse, auch anzugreifen, und als das Monster versuchte, wieder aufzustehen, war bereits ein Dutzend der kräftigen, fellbehangenen Krieger aufgesprungen und hielt es am Boden. Svärd sah seine Chance, seinen Fehler wiedergutzumachen und sprang mit den anderen auf den Rücken der Kreatur. Er landete unsicher auf den dicken Schuppen, schaffte es aber trotzdem, sein Messer zu ziehen, ohne wieder herunterzufallen, und hielt sich mit seiner anderen Hand an einer spitzen Flosse fest.

Svärds Kampfschrei wurde von einem ohrenbetäubenden Brüllen übertönt, als das Monster wieder aufsprang. Es spannte dabei seine wachsenden Muskeln an und warf die Krieger von sich, als wären sie nur Kinder.

Svärd wurde in die Luft geworfen und krachte mit einem ungesunden Geräusch in die nahe Mauer. Dann rutsche er auf die Pflastersteine und rührte sich nicht mehr.

Während das Krächzen des Monsters immer lauter und wilder wurde, wuchs es noch höher als zuvor über die Norse hinaus.

»Zurück!«, schrie Valdûr und zeigte mit seinem Speer auf die nebelverhangenen Hügel. »Wir können das Ding nicht töten. Raus aus den Ruinen.«

Einige der Stammeskrieger gehorchten ihm nicht und schlugen weiter mit ihren Äxten auf den Schwanz des Monsters ein und warfen ihre Speere auf den sich windenden Körper, aber die meisten waren froh, fliehen zu können. Als Olandír weiter wuchs, schrie er erneut vor Schmerzen und riss an den Waffen, die in seiner Brust steckten.

»Svärd!«, schrie Valdûr, als er den leblosen Körper des Jungen hinter dem Monster entdeckte. Mit Sväla im Schlepptau wich er den Hieben und Schlägen Olandírs aus und hockte sich neben Svärd, um seinen Kopf anzuheben.

Der Kopf des Jungen war blutüberströmt von einer tiefen Wunde auf seiner Stirn und seine Augen drehten sich wild, als er versuchte Valdûr anzuschauen.

»Svärd«, stöhnte Sväla, als sie sich neben ihn setzte und den verwirrten Gesichtsausdruck auf dem Gesicht des Jungen sah. »Ist er in Ordnung?«

Valdûr schüttelte seinen Kopf und wollte gerade antworten, als ein weiterer ohrenbetäubender Schrei durch den Nebel hallte.

Sie drehten sich um und sahen Olandír drohend über ihnen. Die meisten anderen Norse waren bereits geflohen, aber Valdûr, Sväla und der Junge waren gefangen – auf der einen Seite von dem Ungeheuer und auf der anderen Seite von einer Mauer. Olandír war wie wild durch die Schmerzen und die neu gefundene Kraft. Als er vor- und zurückzuckte, strahlten und blitzten seine Augen im Mondlicht, und sein schlangenartiger Schwanz schlug auf die wenigen übrig gebliebenen Stammeskrieger, die weiterhin versuchten, Stücke aus ihm heraus zu hacken. Sein mächtiger Kiefer verzog sich zu einem

Grinsen, als er die drei Gestalten in der Falle sitzen sah. Während der Nebel wie ein Mantel um ihn herum wehte, holte er mit einer seiner geschuppten Fäuste aus und hämmerte sie auf die drei herab. Valdûr und Sväla schoben den Jungen gerade noch rechtzeitig beiseite, bevor die Faust des Monsters den Boden pulverisierte, wo er gerade noch gelegen hatte.

Etwas war eingebrochen, als das Monster seine Faust wieder erhob, und die Pflastersteine fielen in ein offenes Loch.

Sväla und die anderen stolperten in die Öffnung und verschwanden aus dem Blick.

Sie fielen durch eine Staubwolke auf einen dreckigen Boden. Sväla spuckte und räusperte sich, als sie wieder aufstand und nach den anderen Ausschau hielt. Sie waren in eine Art Krypta gefallen. Die Mondstrahlen, die durch das Loch fielen, offenbarten eine Reihe von zusammengefallenen Steinbögen, die in der Dunkelheit verschwanden. Valdûr war nur einige Fuß entfernt. Er war mit grauem Staub bedeckt und sah aus wie ein Geist, als er stöhnend mit Svärd über seinen breiten Schultern auf sie zukam.

Ein weiteres Mal explodierten die Steine in alle Richtungen, als die Faust des Monsters erneut durch das Loch schlug und den Boden der Krypta mit solcher Wucht traf, dass Sväla und Valdûr zurück in die Dunkelheit stolperten.

»Schnell«, keuchte Valdûr und lief in Richtung eines schwachen Lichtstrahls in einiger Entfernung, wobei er Sväla anzeigte, ihm zu folgen.

Das Licht war sehr schwach und einige hundert Fuß entfernt, daher stolperten sie mit ihren Zehen immer wieder gegen umgefallene Säulen und über versteckte Stufen. Über ihnen konnten sie hören, wie das Monster seinen Körper wütend über den Hof bewegte. Staub fiel auf sie herab, als die Decke über ihnen nachgab und unter dem immensen Gewicht von Olandír einzubrechen drohte. Sväla hielt sich an Valdûrs Fellen fest, als sie durch die Dunkelheit stolperten. »Dort!«, zischte sie und drückte den Arm des Häuptlings. Das Leuchten vor ihnen wurde heller und sie konnten jetzt deutlich erkennen, dass es sich um Mondlicht handelte.

Valdûr grunzte zustimmend und eilte darauf zu.

»Wird er überleben?«, fragte Sväla, als sie hinaus auf den Hügel rannten und die frische Luft einatmeten.

Valdûr schaute sich Svärd an und blickte grimmig. Dann nickte er auf den silbernen Ozean unter ihnen. Die Norse hatten sich zu tausenden am Ufer versammelt und schauten mit Schrecken auf das riesige Wesen inmitten der Ruinen. »Wir müssen zu den anderen. Dann können wir uns um seine Wunden kümmern.«

»Nein!«, schrie Sväla, riss den Jungen von Valdûrs Schultern und legte ihn in das Gras. »Ich werde ihn nicht auch noch verlieren.«

»Mir geht es gut«, stöhnte Svärd mit einem schiefen Grinsen. Er wankte leicht bei dem Versuch, zu stehen. »Der Sohn der Prophetin wird wieder kämpfen.« Seinem Gesicht war sämtliche Farbe entwichen und auf seiner Stirn war ein strahlend weißes Stück Knochen sichtbar, aber sein Stolz schien ungebrochen.

Mit einer lauten Ohrfeige wischte sie ihm das Grinsen aus dem Gesicht. »Was hast du dir nur dabei gedacht, du dummes Kind?« Sie zitterte vor Wut, als sie ihm die silberne Kette vor das Gesicht hielt.

Svärd wankte von der starken Ohrfeige zurück. Nur der wütende Griff seiner Mutter hielt ihn auf den Füßen. Er spuckte etwas Blut auf den Boden und starrte sie an; dann deutete er schwach auf die Versammlung am Strand. »Sieht so aus, als hätte Ungaur es sich noch einmal anders überlegt und will doch durch den Nebel segeln.«

Valdûr schaute zurück zum Meer und sah, wie einige Stammeskrieger bereits auf die Langschiffe sprangen. »Wir müssen da runter«, sagte er mit einem Hinweis auf das wütende Monster. »Oder wir bleiben hier und leisten dem Ungetüm auf ewig Gesellschaft.«

Sie stolperten durch die Dünen hinab, mit Svärd in ihrer Mitte, der versuchte, so gut er konnte zu laufen. Hinter ihnen schrie und wütete Olandír nach wie vor wild in den Ruinen, während eine kleine Gruppe entschlossener Norse weiter auf sein mutierendes Fleisch einschlug.

»Zu den Schiffen«, schrie Sväla zu der Menge am Strand, als sie sich ihr zuwendete. »Alle!«

Niemand musste großartig dazu ermutigt werden und schnell kam die Masse schockierter Menschen in Bewegung, die durch die Brandung auf die schwimmenden Schatten der Langschiffe zurannte.

Valdûr zog Sväla und ihren Sohn auf das Deck ihres Schiffes und bedeckte dann seine Ohren, als die Schreie des Monsters plötzlich in einem hohen Kreischen gipfelten.

Während die Ruderer schnell auf ihre Positionen sprinteten, rannte Sväla zum Heck des Schiffes und schaute zurück zur Insel.

Olandír sah nicht länger wie ein Wesen aus, das an Land gehörte. Seine sich windende Gestalt aus Schuppen und Flossen sah aus wie ein Monster aus den tiefsten Untiefen des Meeres. Er schlängelte sich durch die Dünen herab zum Strand und versuchte, die Schiffe zu erreichen, während sie ihre Anker lichteten und sich durch die rollenden Wellen bewegten.

Sväla sah etwas Farbe im Gesicht des Ungeheuers aufblitzen. »Rurik«, sagte sie mit vor Schock krächzender Stimme.

Der Häuptling war an Olandírs Rücken heraufgeklettert, und wie Svälas erstaunt beobachtete, schlug er mit seiner Eisenfaust in das scheinbar blinde linke Auge des Monsters. Blut schoss in großen Mengen über ihn, als das Monster vor Schmerz zurückzuckte. Es hielt sich eine Hand vor die blutende Wunde, aber Rurik war bereits an der Schnauze herumgeschwungen und schlug erneut zu, diesmal in das andere Auge.

Da Olandír vor Schmerzen zuckte und sich wand, war der rote Rurik immer noch zu sehen. Der Mond schien auf seinen

Umriss, während er sich mit einer Hand am Rückenkamm des Monsters festhielt und seine blutige Faust in den Himmel reckte.

Sväla erhob ihre eigene Faust in stiller Antwort, während sich hinter ihr die Segel entfalteten und mit Wind füllten, um sie hinaus aufs Meer zu tragen.

KAPITEL SECHSZEHN

Víga-Barói stöhnte befriedigt und schaute auf seine Brust herab. Ein faustgroßer Steinsplitter war durch seine Rüstung gedrungen und hatte ihn zwischen den Rippen verletzt. Er hielt stolpernd inne und ignorierte die an ihm vorbeieilenden Gestalten, während er seine offene Wunde anschaute. Er lächelte zufrieden, gerade so, als hätte er eine schöne Blume gefunden. Einige seiner Rippen hatten seine Haut durchstoßen, und als er die gebrochenen Knochen anfasste, registrierten seine Nerven die unfassbaren Schmerzen. »Mein Prinz«, stotterte er mit vor Dankbarkeit zitternder Stimme.

Um ihn herum zerfiel die Dekadente Schar: Flügel wurden aus buckligen Rücken herausgerissen, purpurfarbene Bäuche explodierten in einem Regen aus Innereien und Köpfen von Monstern wurde sauber von ihren Hälsen abgetrennt. Während die grelle Armee auf der dünnen Brücke starb und zusammenbrach, entleerte die riesige Festung Ör weiter ihr tödliches Licht über ihnen. Sie spuckte leuchtenden Tod auf die mutierten Kreaturen und gepanzerten Ritter.

»Schneller«, brüllte Víga-Barói und zeigte mit seinem

Schwert auf den mit Schädeln verzierten Turm. »Lauft schneller als die Türme schießen können.«

Es erschien unmöglich, dass auch nur einer von ihnen das andere Ende der Brücke lebend erreichen würde. Die Brücke war eine halbe Meile lang und gerade breit genug, dass vier von ihnen nebeneinander marschieren konnten. Sie war bereits von Toten übersät und der Blutsee unter der Brücke glich einer Suppe aus Leichen und Körperteilen. Trotzdem stürmten die Monster auf Víga-Baróis Zeichen hin erneut vor und kletterten über die Körper ihrer gefallenen Brüder.

Blutrote Lichter schienen aus den Mauern der entfernten Festung, als Môrd Huks Männer eine weitere riesige Kanone in Position brachten. Selbst auf diese Entfernung konnte man erkennen, dass die Kanone zu gleichen Teilen Tier und Maschine war. Ihr Rohr zuckte und pulsierte mit Leben, und als es in Position gebracht wurde, zischte und schrie es wie vor Schmerzen. Es gab ein lautes Krachen und sie strahlte Energie in alle Richtungen und zerstückelte dabei die kurz gewachsenen Gestalten um die Kanone, während sie einen weiteren grellen Schuss in Richtung der vorrückenden Armee abgab.

Als das Licht über sie strahlte, schrien Sigvalds Krieger vor Freude. Anstatt sie zu zerstören, nahmen sie die Energie auf und wurden von ihr in neue, merkwürdige Formen verwandelt. Dabei zuckten und kicherten sie, als sie ihre neuen Körper über den Haufen der Toten ausbreiteten.

Víga-Barói sprang mit einem Kriegsschrei auf den Lippen über einen Haufen aus Tentakeln und zuckendem Fleisch, um die Truppen erneut anzufeuern. Die abartige Horde stürmte unbeeindruckt von dem Gemetzel hinter ihm her. Der Ritter öffnete das Visier seines Helms und schaute zurück über seine Schulter. Er nickte einem ausgemergelten Mann mit Bart zu, der nur wenige Fuß von ihm entfernt über die Masse an zitternden Körperteilen und flüssigen Gesichtern stieg. »Ihr seid ein Mann nach meinem Geschmack, Baron Schüler«, schrie er.

Der Baron erwiderte seinen Blick mit einem benommenen

Gesichtsausdruck. Er trug eine verzierte Rüstung, die ihm Sigvald gegeben hatte. Sie war purpurfarben und golden, und während er sich durch das Chaos voran bewegte, hielt er einen Spiegelschild über seinen Kopf, der eine perfekte Kopie vom Schild des Prinzen zu sein schien, aber jeder Zoll seines Körpers war mit Blut besudelt und die Teile seiner Rüstung, die von den Lichtstrahlen berührt worden waren, hatten merkwürdige neue Formen angenommen. »Was?«, krächzte er.

Víga-Barói deutete mit seinem Schwert auf das albtraumhafte Schlachthaus, in dem sie sich befanden. »Ich muss zugeben, dass ich Prinz Sigvald erzählt habe, dass Ihr verrückt sein müsst, so etwas vorzuschlagen.« Er schnappte nach Luft, als ihn eine gehörnte Kreatur anrempelte und seine gebrochenen Rippen berührte. Dann stöhnte er vor Vergnügen. »Aber ich beginne, daran zu glauben, dass Ihr so eine Art Genie seid.«

Schüler verzog das Gesicht, als vor ihm eine Wolke aus sich windenden Innereien emporschoss. Er hackte mit seinem Schwert auf sie ein und verfluchte seinen eigenen Namen, während er die Innereien zu Boden schlug und wieder dem grinsenden Ritter folgte. Überall um ihn herum waren die Männer, die er aus dem Imperium nach Norden geführt hatte. Auf seinen Befehl hin hatten sie vor nur einem Jahr ihre Heimat verlassen und nun konnte er es noch nicht einmal mehr ertragen, zu sehen, was aus ihnen geworden war. In den Wochen, in denen er die höfliche Gastfreundschaft Sigvalds genossen hatte, waren seine Männer in den Folterkammern Víga-Baróis zu neuen, abartigen Formen gehackt worden. Auch wenn er angestrengt versuchte, seinen Blick auf die Festung, die er nie zu erreichen glaubte, zu konzentrieren, konnte er nicht verhindern, von Zeit zu Zeit die aufgeblähten und verwandelten Gesichter oder die ledrigen, rasiermesserscharfen Schwänze wahrzunehmen. Er rannte schneller und versuchte, sie hinter sich zu lassen, aber sie folgten ihm pflichtbewusst hinter, eifrig, an seiner Seite in den Wahnsinn vor ihnen zu marschieren.

Das Herz des Barons hämmerte, als er hinter Víga-Barói herrutsche und krabbelte. Er stöhnte verzweifelt, gequält von dem Gedanken daran, dass sie alle sterben würden und nur die eine Person, der er den Tod wünschte, überleben würde.

Sigvald schlich langsam den Hang des Berges entlang. »Nicht bewegen«, zischte er den Rittern zu, die wenige Fuß unterhalb von ihm am Hang warteten. Der Prinz hielt seinen Atem an, als er auf der halben Höhe des Abhangs vorsichtig zur Kante eines Abgrunds kroch und aus dem Schnee herausspähte. Er schaute hinauf zum bewölkten Himmel und wartete ruhig, um dann geduldig auf einen hervorstehenden Felsen zu kriechen. Nach einigen Minuten verschwanden die Wolken und das kalte Licht des Mondes strahlte über den Bergrücken und offenbarte einen grünen Flecken vor dem Prinzen. Sigvald lehnte sich nach vorne, bis sein Gesicht nur noch wenige Zoll von dem Felsen entfernt war. Dann erstrahlte sein Gesicht in einem breiten Grinsen. »Perfekt«, murmelte er, ergriff ein kleines, smaragdförmiges Ding mit einer Hand und hielt es vor sein Gesicht. Es war ein winzig kleiner, bunt schillernder Käfer, von dessen Rücken ein menschliches Auge den Prinzen trotzig anstarrte. »Schaut euch das an!«, zischte Sigvald und drehte sich zu seinen Männern, aber sein Atem pustete den Käfer aus seiner Hand und er flog mit einem brummenden Geräusch davon.

Sigvalds Grinsen gefror, nur um sich dann langsam in eine Grimasse zu verwandeln. Er massierte seine eigene Stirn so stark, dass es so aussah, als wolle er seine eigene Kopfhaut entfernen. Dann stand er auf und drehte sich in den eisigen Wind, der über den Bergrücken wehte. Er atmete tief ein und schloss seine Augen für einige Sekunden. Dann winkte er einigen Planwagen zu, die hinter seinen Rittern standen. »Ladet sie ab«, befahl er und blickte in den Sturm.

Am Fuße des Berges unter ihnen befand sich ein riesiger, blutiger See. Die Farbe stand in starkem Kontrast zu dem jungfräulich weißen Schnee, aber Sigvald interessierte sich nicht für den riesigen Blutsee; er starrte stattdessen auf die dünne schwarze Brücke, die in die Mitte des Sees zu einer Festung führte, und die Gestalten auf ihr, die versuchten, sie zu überqueren.

»Oddrún«, rief er, »bring mir den Kopf.«

Als die Ritter damit anfingen, die großen, runden Planwagen abzuladen, bewegte sich die schwankende, in Roben gehüllte Gestalt des Hofmeisters an ihnen vorbei. Er trug das goldene Behältnis unter seinem Arm. Es dauerte einige Minuten, bis er Sigvald erreicht hatte, und als er endlich am Vorsprung ankam, keuchte und hustete er unter seiner Kapuze. Nachdem er Luft geholt hatte, schaute er auf das Gemetzel auf der Brücke und schüttelte seinen Kopf. »Du wirst sie bis auf den letzten Mann töten«, murmelte er. »Sie lieben dich mehr als alles andere und so zahlst du es ihnen zurück.«

Sigvalds Augen leuchteten vor Aufregung, als er Oddrún an den Schultern packte. »Denk doch an den bronzenen Schädel!«, sagte er mit zittriger Stimme. »Ein Schädel vom Thron eines Gottes.« Er kippte seinen Kopf zurück und stöhnte bei dem Gedanken. »Kannst du dir vorstellen, wie sich das anfühlen wird?«

Oddrún entzog sich Sigvalds Griff. »Wenn er überhaupt existiert, was ich bezweifle, wirst du ihn niemals in deine Finger kriegen.« Er deutete auf die unfassbar große Festung am Ende der Brücke und die Strahlen lebendigen Lichts, die aus ihr herausstrahlten. »Keiner von ihnen wird jemals den Turm erreichen. Du opferst alles, und wofür?«

»Opfer?« Sigvald schüttelte offenbar ehrlich verwirrt seinen Kopf. »Was wird denn geopfert?« Er zeigte auf den bizarren Ansturm aus mutierten Wesen und fantastischen Kreaturen. »Hast du jemals zuvor so etwas gesehen? Hat überhaupt irgendjemand so etwas schon mal gesehen? Wer könnte sich so einen wunderschönen Karneval auch nur ausdenken?« Er nahm das Behältnis von Oddrún. »Es ist egal, du liegst falsch. Ich bin nicht nur hierhergekommen, um ihnen beim Sterben zuzuschauen.

In wenigen Minuten wird es schon ganz anders aussehen.« Er öffnete das Behältnis und enthüllte den Kopf von Doktor Schliemann. Einige Wochen in der dunklen Schatulle hatten den Kopf des Doktors bereits verändert. Seine Haut war grau und hing feucht und locker von seinem Schädel. Seine Augen zeigten kein Anzeichen von Leben.

»Erzähl mir, alter Freund«, sagte Sigvald und streichelte die Wange des Doktors, als ob es sich um sein Lieblingshaustier handelte, »ist Víga-Baróis Theorie richtig? Können wir die Festung aus der Luft angreifen?«

Der Kopf gab einige Sekunden lang keine Antwort, dann erschrak er vor Schmerzen, als Elektrizität durch seinen Schädel schoss. »Ja«, krächzte er verzweifelt. »Môrd Huks Kanonen beschützen ihn nur vor Angriffen von Armeen, die über die Brücke oder den See angreifen. Sie können nicht in den Himmel gerichtet werden.«

Sigvald grinste triumphierend zu Oddrún. »Dann können wir also hinter ihnen landen und die Verteidiger besiegen?«

»Ihr könnt hinter ihnen landen«, antwortete der Kopf.

Sigvald knallte das Behältnis mit einem zufriedenen Nicken zu und schaute wieder den Berg hinab. Die Ritter hatten die Planwagen entladen und hunderte merkwürdiger Streitwagen standen bereit. Ein jeder bestand aus einem kreisrunden Rahmen von mehreren Fuß Durchmesser und war dem Symbol auf Sigvalds Schild nachgebildet. An einer Halterung am Rand der Streitwagen waren jeweils vier große weiße Adler angebunden, deren Köpfe in purpur- und lilafarbenen Kapuzen steckten. In der Mitte des Rahmens befand sich ein unglaublich feiner Käfig aus hauchdünnem Silber, groß genug für zwei Männer. Jeder Zoll der Wagen war mit feinen silbrigen Spiralen verziert und von glühenden Runen bedeckt.

»Komm mit mir«, sagte Sigvald zu Oddrún, als er in einen der Käfige stieg. Nachdem er sich in einem silbernen Stuhl mit hoher Lehne niedergelassen hatte, ergriff er ein Paar Zügel, die mit den Adlern verbunden waren. »Entfernt die Kapuzen«, schrie er, als Oddrún seine langen Gliedmaßen neben ihm in den Käfig gezwängt hatte.

Einer der Ritter enthüllte die Köpfe der Adler. Sobald ihre Augen nicht länger bedeckt waren, fingen sie an, mit ihren riesigen Schwingen zu schlagen und wütend zu schreien, wobei sie mit ihren Schnäbeln an den Zügeln pickten, die sie mit dem Streitwagen verbanden. Der Ritter musste sich beeilen, um nicht von ihren langen, kurvigen Schnäbeln zerfetzt zu werden.

Sigvald lachte manisch, als sich die Vögel in einem Durcheinander aus Krallen und Federn in die Luft erhoben. »Folgt mir«, schrie er, als sich sein silberner Streitwagen aus dem Schnee erhob und wild zwischen den Adlern hin- und herschwang, während sie versuchten, sich zu befreien. Oddrún fluchte, als er abrutschte und mit seinem Kopf gegen den Metallkäfig stieß.

Während die Adler vor Angst alle in verschiedene Richtungen zu fliegen versuchten, taumelte der Streitwagen unter ihnen nur wenige Fuß von den gezackten Felsen entfernt. Sigvalds Lachen wurde sogar noch ungestümer, während er und Oddrún im Käfig herumrollten. Doch dann, kurz bevor das ganze Gebilde auf den Felsen zu zerschellen drohte, zog der Prinz an den Zügeln und lenkte die Adler hoch in den Himmel.

Sigvalds langes blondes Haar wehte hinter ihm, als sich der Streitwagen durch eine eisige Brise erhob. Seine Augen strahlten vor Freude, als er zu den Sternen grinste. Nach nur wenigen Minuten hatten ihn die starken Flügel der Adler durch die Wolken getragen, was ihm einen meilenweiten Blick erlaubte. »Schau nur, Oddrún!«, schrie er und schüttelte die zusammengesunkene, fluchende Gestalt zu seinen Füßen. »Der Güldene Palast!«

Oddrún schaute durch die Gitterstangen des Käfigs auf ein entferntes goldenes Glitzern, aber seine Antwort war nur ein angewidertes Grunzen.

Sigvald riss die Adler in die entgegengesetzte Richtung und

ließ den Käfig dabei einen großen Halbkreis im Nachthimmel vollführen, was ihn wie einen Kometen in den Wolken aussehen ließ.

»Folgt mir!«, schrie er erneut, als er auf den Bergrücken zurückschaute.

Weit unter ihm hatten es einige Ritter geschafft, ihre Streitwagen in die Luft zu bewegen, und flogen nun langsam zu Sigvald herauf.

Der Prinz steuerte seinen Streitwagen um die gefrorenen Gipfel und johlte hysterisch, als die Adler auf- und abschossen. Für einen Moment vergaß er komplett die Schlacht auf dem Boden, als er seine Augen schloss und sich selbst den schwindelerregenden Gefühlen des Fliegens hingab. Nach einigen Minuten bemerkte er die anderen Streitwagen, die es ebenfalls geschafft hatten, zu starten, und nun um ihn herum flogen. Er erinnerte sich an den Sinn des Unternehmens, zog sein Schwert und stieß es durch die Stangen, um auf den Schädelturm in der Mitte des blutroten Sees unter ihnen zu zeigen. »Bring die Kanonen zum Schweigen!«, schrie er und lenkte seinen Streitwagen stürzend durch die Wolken. »Tod dem Blutgott!«

Die anderen Streitwagen schossen hinter ihm her, und da das Mondlicht auf den silbernen Rahmen reflektierte, sah es für einen Moment so aus, als würde ein Meteorschauer über der Chaoswüste niedergehen.

Sigvalds Streitwagen krachte auf die äußerste Mauer. Das Metall zerbrach und splitterte in einem Regen aus Funken und Federn, und Sigvald wurde quer durch die Verteidigungsanlagen geschleudert. Dabei verlor er sein Schwert und rollte direkt auf die Verteidiger zu.

Er rollte auf seine Füße und kam unsicher zum Stehen.

Eine Gruppe kurz gewachsener Gestalten, die eine Kanone bewachte, stand vor ihm. Sie trugen dicke Eisenrüstungen, schmutzige Wappenröcke und lange, dreckige, mit Knochen durchsetzte Bärte. Ihre grimmigen Gesichter waren mit Dreck bedeckt und ihre Schnurrbärte waren verbrannt und angesengt von der Hitze der Kanone. Gleichzeitig zogen sie ihre Äxte und Messer und stürmten auf den benommen wirkenden Prinzen zu.

Sigvalds wankender Gang verwirrte die Zwerge, als sie versuchten, seinen schlanken Körper zu treffen. Er rannte direkt auf sie zu, sprang aber im letzten Moment zur Seite und ließ sie dadurch ins Leere laufen. Als sie sich fluchend umdrehten, erwischte er einen von ihnen mit einem gewaltigen Rückhandschlag am Kopf. Als der Zwerg von dem Schlag getroffen zurücktaumelte, griff der Prinz seine Axt und dreht sich mit einem Grinsen den anderen zu. »Es ist mir eine Freude, eure Bekanntschaft zu machen«, sagte er mit einer angedeuteten Verbeugung. Dann rammte er mit erschreckender Geschwindigkeit die Axt in die Brust ihres vorherigen Besitzers.

Blut spritzte aus der Rüstung des Zwerges und Sigvald holte bereits zu einem weiteren Schlag aus, aber noch bevor er ihn ausführen konnte, explodierten die Zinnen in einer erneuten Wolke aus Federn, Staub und Granit, als ein weiterer Streitwagen in die Mauer krachte.

Die Zwerge zogen sich verwirrt zurück, als weitere silberne Käfige überall auf die äußeren Mauern niedergingen. Adler kreischten wie wild und flogen durch das Chaos, während purpur gekleidete Ritter aus den Wrackteilen kletterten und ihre Schwerter zogen, um zum Angriff überzugehen.

Innerhalb weniger Minuten blieben die Kanonen unbemannt zurück, während die Zwerge zur Verteidigung der Mauer eilten.

Viga-Barói riss beide Arme hoch, als er von einer dicken Schicht Fleisch überwältigt wurde und weder atmen noch sehen konnte. Er befreite seine Hände und grunzte zufrieden, als er an seinen Fingerspitzen die kalte Luft fühlen konnte. Der Schmerz seiner brennenden Lungen war köstlich, aber er wusste, dass er seinen geliebten Prinzen jetzt nicht verraten durfte, auch nicht in Anbetracht eines solch großartigen Todes. Er hielt sich mit seinen Fingern an der wabernden und pulsierenden Masse fest und zog sich in die Freiheit. Er rang nach Luft, als er sich endlich durch die Lagen von durchsichtiger Haut gekämpft hatte. Der schleimige Haufen, in dem er gefangen gewesen war, hatte bis vor Kurzem noch die Gestalt eines Mannes gehabt. Dann war er von einer der Kanonenstrahlen getroffen worden und der arme Kerl hatte sich in eine gelatineartige Fleischmasse verwandelt.

»Die Kanonen!«, rief Hazûl aus einigen Fuß Entfernung, während er aus seiner feinen Ansammlung aus pinken Tentakeln auf die Mauern schaute.

Víga-Barói zog den Rest seines Körpers aus der wabbelnden Masse und schaute die Brücke hinab auf die Festung. Die großen Tore am Ende der Brücke schienen undurchdringbar wie immer, aber die Lichtstrahlen von oben hatten aufgehört. Er wischte sich das Blut von der Rüstung und zog sein Schwert mit einem feuchten Schmatzer frei. Dann stellte er sich wieder auf die Brücke. »Das ist unsere Gelegenheit!«, schrie er, ergriff Hazûl an einer seiner blassen, verstümmelten Gliedmaßen und zog ihn mit sich.

Als der Chirurg stolperte und hinfiel, erhob Víga-Barói sein Schwert und schrie: »Angriff!«

Er schaute über seine Schulter und musste feststellen, dass die Hälfte der Armee nicht in der Lage war, ihm zu folgen. Hunderte waren tot, aber noch mehr hatten sich verwandelt. Die verrücktesten anatomischen Kombinationen versuchten hinter ihm herzukriechen: Flügel hatten sich in Beine verwandelt, Köpfe waren zu einfachen schwarzen Kugeln geworden und Wirbelsäulen waren wie Elfenbeintürme aus manchen Rücken herausgewachsen. Die daraus resultierende Mischung aus Gliedmaßen und Teilen von Tieren brachte ein Lächeln auf Víga-Baróis vernarbtes Gesicht, aber er wusste, dass sie niemals diese Brücke lebend verlassen würden. Glücklicherweise waren einige hundert Ritter nicht von den Kanonenstrahlen getroffen worden, und als auch die letzte der Kanonen schwieg, verloren sie keine Zeit, kletterten über die zuckenden Überbleibsel und rannten ihm hinterher. Baron Schüler führte sie an. Sein Gesicht war von geronnenem Blut besudelt, aber seine Augen starrten voller Überzeugung, als er eine Chance sah, diesen Albtraum, den er geschaffen hatte, zu überleben.

Einige wenige Pfeile prallten an ihren Schilden ab, als sie den Toren näher kamen, aber es wurde deutlich, dass Môrd Huk auf seine Kanonen gesetzt hatte. Víga-Barói heulte siegesbewusst, als sie das hohe Bronzetor erreicht hatten. Während die anderen Ritter zu ihm liefen, drückte er sein Gesicht an einen Spalt im Tor und roch und schnaubte mit animalischem Verlangen.

»Ich kann euch da drinnen riechen«, schrie er und schlug den Knauf seines Schwertes gegen das Metall. »Der Dunkle Prinz wird euer Blut trinken.« Dann trat er zurück und schaute hinauf zu den kreisenden, glitzernden Streitwagen. »Wie konnte ich nur an ihm zweifeln?«, fragte er, indem er sich an Schüler wendete.

Der Baron lehnte gegen das Tor und schnappte nach Luft. »Wie bitte?«, stöhnte er und wischte sich das Blut aus dem Gesicht.

»Ich dachte, dass Sigvalds Genie verschwunden war, aber jetzt verstehe ich, dass dies erst der Anfang ist. Er wird diese ganze Festung bezwingen.«

»Er kämpft auch?«, antwortete der Baron und schaute mit neuer Hoffnung in seinen Augen hoch.

Víga-Barói zog seine Schultern zurück, was dazu führte, dass die Krallen in seiner Haut frisches Blut fließen ließen. »Steht aufrecht, Baron«, sagte er wieder in seiner normalen, samtigen Tonlage. Er deutete auf die silbernen Apparate, die den Zinnen entgegenflogen. »Der Güldene Prinz führt Krieg, wie nur er es vermag, und Ihr und ich werden da sein und seine Kriegsbeute genießen.« Er hielt inne, als er eine kleine, vermummte Gestalt in der Masse der zum Tor strömenden Wesen sah. »Énka«, rief er und befahl den Zauberer an seine Seite.

Énka lief zu ihm und schaute ihn mit seinen großen, glasigen Augen an. »Herr?«

»Unser Prinz ist in die Festung eingedrungen und braucht uns an seiner Seite.« Er klopfte mit seinen Knöcheln gegen das bronzene Tor hinter ihm. »Aber Môrd Huk ist ein schlechter Gastgeber und er scheint vergessen zu haben, seine Tür aufzumachen. Kann du sie für ihn öffnen?«

Énkas merkwürdiges, fischartiges Gesicht erleuchtete von einem Lächeln. Er nickte und legte seine schwimmflossenartigen Hände auf das Metall. Sein Kopf sackte zwischen seine Schultern und kurz sah es so aus, als wollte er das riesige Tor einfach aufschieben, aber anstatt zu schieben, summte er eine muntere Melodie. Die Worte waren unverständlich, aber irgendetwas an Énkas Ton wirkte unanständig, und als das Metall um seine Finger herum zu vibrieren anfing, erbebte sein verkümmerter Körper vor Vergnügen. Seine Bewegungen wurden ausgeprägter und die Worte hektischer, als die Tore anfingen, hin- und herzuwogen und dabei ihre Farbe zu verändern.

Nach wenigen Minuten schaute der Zauberer wieder zu Víga-Barói. »Fertig«, keuchte er, die Erschöpfung als Folge seines Zauberspruches deutlich sichtbar.

»Wunderbar«, sagte der grinsende Ritter, als er Énkas Arbeit betrachtete.

Während der Zauberer gerade noch an einem dreißig Fuß hohen Bronzetor gelehnt hatte, hielt er nun einen leuchtenden Vorhang aus purpurfarbener Seide in der Hand.

Víga-Barói zog den Stoff zur Seite und trat in einen runden Hof. Er stellte fest, dass er auf Schädeln ging – der gesamte Hof war mit ihnen gefüllt und sie waren alle von Blut besudelt. Es gab einen ständigen Fluss dieser Masse, der sich aus dem Turm im Herzen der Festung über die acht Ringe ergoss, die ihn umgaben. Víga-Barói hatte nicht lange Zeit, um sich seine

Umgebung anzuschauen. Eine Reihe von gut gerüsteten Rittern rannten mit ihren Äxten auf ihn zu und er konnte gerade noch sein Schwert zur Parade anheben, um den ersten Schlag abzuwehren.

Sigvald hackte wild mit der geliehenen Axt um sich, in einen Blutrausch getrieben durch den langsamen Fortschritt. Er und seine Männer hatten die Zwerge abgeschlachtet und die Kanonen zerstört, aber sobald sie den Hof erreicht hatten, kamen sie nicht weiter. Massen an Kriegern blockierten den Weg, gekleidet in gezackte Rüstungen und zähnefletschende Hundehelme. Sigvald rutschte zwischen ihnen durch wie der Wind und wich ihren schweren Äxten und langsamen, harten Schlägen mit Leichtigkeit aus, aber egal wie schnell er sie in Stücke schlug, es kamen immer mehr, um die Gefallenen zu ersetzen. Sie waren in der Ecke des Hofes gefangen. Er konnte Víga-Barói und den Baron beim Tor sehen, umgeben von der gleichen Horde. Die Rüstungen der Krieger waren blutrot und gespickt mit gezackten, bronzenen Stacheln. Wenn sie die Köpfe von Sigvalds Männern abschlugen, brüllten sie vor Freude. Es war selten, dass Môrd Huks Kanonen ihnen dazu Gelegenheit ließen.

»In den nächsten Kreis!«, schrie Sigvald. »Findet Môrd Huk!« Er zeigte mit seiner Axt auf ein weiteres Bronzetor und fing an, sich den Weg dorthin freizuhacken.

Weitere von Sigvalds persönlicher Ehrengarde rannten von den Zinnen herunter, und als sie ihren heldenhaften Prinzen sahen, attackierten sie Môrd Huks Krieger mit solcher Gewalt, dass sie sie langsam, aber sicher zurückdrängten.

Auf der anderen Seite beim Tor konnten Víga-Baróis Männer sehen, was geschah, und sie versuchten, ihnen zu folgen. Als die Verteidiger versuchten, sich gegen Sigvalds wahnsinnige Angriffe zu verteidigen, griffen Víga-Barói und seine Männer sie im Rücken an und bemühten sich ihrerseits, voranzukommen.

Sigvald schwang seine Axt in einen Krieger unter ihm. Die Klinge verbiss sich tief im Ringkragen und dem Stiernacken des Kriegers. Der Berserker ging in einer Fontäne aus Blut zu Boden und schrie vor Wut, als Sigvald sich wegrollte und die Axt in seiner zerbrochenen Rüstung stecken ließ.

Als der Prinz wieder auf den Füßen stand, hatten einige seiner Männer ihn endlich eingeholt und einen Verteidigungsring um ihn gebildet.

Als sie ihre Spiegelschilde erhoben, um ihn zu beschützen, keuchte Sigvald erschrocken. »Schaut mich an«, schrie er, als er sein Spiegelbild sah, und hielt sich schockiert sein Gesicht. Das Blut des letzten Kriegers hatte Sigvalds Kopf und Schultern getränkt und seine blonden Locken mit rotem Blut gefärbt. Seine normalerweise perfekte Frisur war verfilzt und durchsetzt mit Blut und Innereien und ließ ihn wie einen verrückten Propheten aussehen. Während seine Männer sich verzweifelt bemühten, ihn zu beschützen, versuchte sich der Prinz zu säubern. Er blickte immer wieder in das polierte Metall und stöhnte angewidert auf angesichts seines mitgenommenen Erscheinungsbildes. »Ich sehe schrecklich aus«, schrie er und schaffte es nicht, den Dreck aus seinen Haaren zu entfernen. »Irgendjemand muss mich sauber machen.« Er drehte sich um, sein Gesicht rot angelaufen vor Wut, und blickte über den Hof. »Oddrún? Wo bist du?«

Der Hofmeister war am Fuße der äußeren Mauer gefangen und ragte merkwürdig über die kämpfenden Gestalten hinaus, während er noch immer die goldene Schatulle festhielt. Dem Prinzen entfuhr ein unverständliches Heulen, als er sich auf die Krieger mit den Hundehelmen stürzte. Seine eigenen Wachen hatten Schwierigkeiten, ihm zu folgen, als er sich wieder in den Nahkampf warf, dabei einen Krieger mit einem einzelnen Schlag niederstreckte und dessen Axt im gleichen Moment auffing. Mit der schweren Waffe in beiden Händen fing er an, sich durch die Gegner zu metzeln, während er sie dafür verfluchte, ihn so entstellt zu haben. Môrd Huks Männer waren allesamt riesige Berserker und trugen schwere Plattenrüstung, aber Sigvalds schlanke Gestalt schlitze sich mit unfassbarer Leichtigkeit durch die Gegner. Keiner von ihnen hatte je zuvor mit einem Feind gekämpft, der mit solcher Leichtigkeit zuschlug. Ein wahrer Regen von Köpfen und Gliedmaßen umgab den Jugendlichen, als er sich zum zweiten Tor durchschlug. Als er fast die Hälfte des Wegs zurückgelegt hatte, bemerkte er, dass es keiner seiner Männer geschafft hatte, mit ihm mitzuhalten. Dutzende der groben, bestialischen Helme umgaben ihn, als er feststellte, dass Víga-Baróí und die anderen immer noch am Fuß der äußeren Mauer festhingen und um ihr Leben kämpften, während immer mehr rote und bronzefarbene Krieger in den Hof strömten.

Sigvald entfuhr ein weiterer frustrierter Schrei, als er merkte, dass seine gesamte Armee kurz vor dem Zusammenbruch stand. Der Druck der Körper war zu stark, um zu ihm durchzukommen, und jede weitere Minute, die sie im Hof verbrachten, fielen weitere seiner Männer zu Boden. »Wo ist Môrd Huk?«, sagte er mit zusammengebissenen Zähnen. »Ich *werde* diesen Helm bekommen.« Doch egal wie viele Männer er erschlug, er kam einfach nicht weiter. Das Gelächter der Krieger aus den Schnauzen ihrer abartigen Helme begann, an ihm zu zehren.

Der Prinz bemerkte, dass seine Arme langsam schwächer wurden, und erkannte, wie gefährlich seine Situation wirklich war. Selbst er würde nicht lange gegen solch entschlossene Gegner durchhalten können und von dem Bronzehelm war weit und breit nichts zu sehen. »Ich muss ihn haben«, zischte er und trat einem Krieger in die Leiste, während er seine Axt in dem Helm eines anderen versenkte. Aber es war sinnlos: Das Gedränge der Körper war zu eng. Sigvald wurde langsam wieder zu seinen eigenen Männern zurückgezwungen. Er schrie und warf seine Axt angewidert zu Boden. Dann täuschte er einen Sturz an und brachte seine Gegner dazu, verwirrt ineinander zu fallen. Als die eng verdrehten Krieger stolperten und zu Boden gingen, sprang Sigvald mit einem kurzen akrobatischen Salto von ihnen weg, landete auf seinen Füßen und sprintete zurück zum Tor.

Seine Männer hatten sich unter dem seidenen Vorhang zusammengefunden und kämpften ums bloße Überleben. Als Sigvald sich näherte, war sein blutbesudeltes Gesicht voller Zorn. »Erbärmlich!«, schrie er und schlug den ersten Mann in Reichweite. »Ihr könnt noch nicht mal diesen Haufen von Idioten töten.«

Metall schepperte und Víga-Barói und Baron Schüler drängten sich zu ihm durch.

»Mein Prinz«, sagte Víga-Barói mit einer tiefen Verbeugung, »wir sind in der Unterzahl. Es ist unmöglich.«

Baron Schüler schüttelte seinen Kopf wild hin und her, seine Augen vor Schock weit aufgerissen. Sein Schwert hing schlaff in seiner Hand.

Sigvald packte seine langen Haare in seine Fäuste und schrie erneut. »*Nichts* ist unmöglich«, brüllte er und riss seinen eigenen Kopf hin und her. Dann ließ er von seinen Haaren ab und packte Víga-Barói an der Kehle. Er drückte ihre beiden Gesichter dicht aneinander. »Wir müssen diese Festung einnehmen. Hast du das verstanden? Wir *müssen* sie einnehmen.«

Víga-Barói fiel auf die Knie und schüttelte seinen Kopf. »Wir schaffen es nicht, Prinz. Nicht ohne mehr Unterstützung.«

»Ihr könnt jetzt nicht aufhören, Prinz«, keuchte Schüler.

Sigvald erteilte Víga-Barói einen kräftigen Rückhandschlag, der ihn auf den schädelbedeckten Boden warf. »Idiot«, spuckte er und schaute angewidert auf ihn herab. Das Gesicht des Prinzen verdunkelte sich noch mehr, während sein Kopf hin- und herzuckte. Er umklammerte seinen Kopf mit den Händen und versuchte, ihn festzuhalten. »Na gut«, sagte er und nickte Schüler zu, bevor er zurück über die Brücke schaute. »Mehr Unterstützung, sagt er. So soll es sein.« Er trat über den kriechenden Ritter zu seinen Füßen und marschierte aus dem Hof hinaus.

»Mein Prinz«, stöhnte Baron Schüler und sprintete hinter ihm her. Dann zog ein metallener Knall seine Aufmerksamkeit wieder auf den Kampf. Die gesamte Armee Môrd Huks stürmte nun auf sie ein und mit Schrecken sah er, wie Sigvalds Armee in Anbetracht dieses Angriffes zurückwich und zerfiel.

»Zieht euch zurück«, schrie Víga-Barói, sprang wieder auf die Füße und stolperte zurück zum Vorhang.

Sigvald schaute nicht zurück, während er mit Oddrún im Schlepptau über die Brücke stürmte. Er schien jegliches Interesse am Kampf verloren zu haben und schimpfte vor sich hin, während er an seinem verknoteten Haar zupfte.

»Énka«, brüllte Víga-Barói, während er sich verzweifelt verteidigte und zur Brücke zurück stolperte, »das Tor!«

Die winzige Gestalt hielt noch immer den wehenden Stoff fest, war aber auf die Knie gefallen, und ihr Kopf schwankte schwach auf den Schultern hin und her.

»Lass es los!«, bellte Víga-Barói, als eine rote und bronzene Welle auf sie zu schwappte. Énka antwortete nicht und schien sich in einer Art Trance zu befinden.

»Lass es los!«, wiederholte Víga-Barói und trat Énka vom Vorhang weg auf die Brücke.

Kaum die Hälfte von Sigvalds Armee hatte es aus dem Hof heraus geschafft, bevor das Tor wieder seine feste bronzene Form angenommen hatte. Einige Ritter waren in der Mitte gefangen, ihre Organe und Körperteile vom Metall umschlossen. Ein noch größerer Teil ihrer Körper hing auf der anderen Seite und sie stöhnten vor Erregung, als sie von den siegreichen Verteidigern in Stücke gehackt wurden.

»Prinz, deine Männer werden massakriert«, schrie Oddrún, während er sich abmühte, mit der goldenen Gestalt mitzuhalten.

Sigvald antwortete nicht, hielt aber nach einiger Zeit an, als er einen feinen silbernen Bogen unter den Leichen bemerkte. Er kniete sich hin und fing an, die Leichen beiseitezuschieben, wobei er immer noch mit sich selbst sprach, während er einen der Streitwagen freilegte, die er benutzt hatte, um die Zinnen anzugreifen. »Wach auf!«, schrie er und hob einen der toten Vögel aus dem Haufen von Körpern. Dabei schüttelte er ihn gewaltsam mit beiden Händen und umgab sich mit einer Wolke aus weißen Federn. Der Adler war eindeutig tot und er warf ihn angewidert zurück auf den Boden. Dann hob er einen anderen auf und schüttelte diesen ebenfalls, wobei er frustriert schrie, bis der Kopf des Vogels abfiel. »Flieg, du verdammter Vogel«, heulte er und warf ihn in die Luft. Er fiel einige Fuß entfernt von ihm wieder auf den Boden und der Prinz sank mit einem verzweifelten Stöhnen auf den Lippen auf seine Knie. Er war mit getrocknetem Blut besudelt, und als die Federn langsam auf ihn herabfielen, blieben sie an seinen Haaren und seiner klebrigen Rüstung haften. »Schau mich an«, spuckte er und hielt seine gefiederten Arme zu Oddrún. »Ich sehe absolut lächerlich aus.«

Oddrún bückte sich und ergriff Sigvald an den Schultern, um ihn aus den Leichen zu ziehen. »Du musst sie retten«, sagte er und drehte den Prinzen so, dass er die fliehenden Ritter auf der Brücke sehen konnte. »Wenn Môrd Huk hiervon erfährt, wird er direkt zum Güldenen Palast kommen. Wer soll ihn nun noch aufhalten? Du hast alle Abmachungen gebrochen. Er kann jetzt machen, was er will. Du musst deine Armee retten, Sigvald. Wie willst du sonst deine Verteidigung vorbereiten? Du musst sie nach Hause führen.«

Sigvald schubste Oddrún angewidert weg. »Ich *muss*?« Er hob verächtlich sein Kinn und versuchte, seine verknotete und klebrige Mähne zu zähmen. »Ich glaube nicht, mein Freund. Sigvald der Prachtvolle *muss* gar nichts tun.« Er zeigte auf die zuckenden Leiber um sie herum. »Ich habe diese verzogenen, faulen Nichtsnutze lange genug verwöhnt. Sie sind zu schwach. Sie sind zu verwöhnt.« Er beugte sich näher zu Oddrún und sprach mit tieferer Stimme. »Aber ich *werde* diesen bronzenen Schädel besitzen, Oddrún, täusche dich nicht.« Er zeigte nach Norden hinter die glitzernden Gipfel der Berge.

»Wenn mir sonst niemand helfen kann, bin ich mir sicher, dass unser aller Herr mir helfen wird.«

Oddrún fiel es schwer, seine ausgerenkten Glieder unter Kontrolle zu bringen, und er hielt seine langen Arme in die Luft, um sich auf den Beinen zu halten. Dann schüttelte er seinen Kopf. »Wie meinst du das? Du hast Belus Pül bereits deine Seele gegeben, womit willst du verhandeln?«

Sigvald lachte verbittert. »Dämonen haben eine lebendige Vorstellungskraft. Ich bin mir sicher, es wird etwas geben, dass ich im Gegenzug für so einen kleinen Gefallen anbieten kann.« Seine Wangen wurden erneut tiefrot und er stieß einen Finger in Richtung der Festung. »Ich lasse mir meine Beute nicht vorenthalten. Nicht von einem Hundegehirn und einem Haufen hirnloser Affen.«

Oddrún schüttelte wieder seinen Kopf. »Mach das nicht«, sagte er mit zunehmender Panik in seiner Stimme. »Denk doch darüber nach, was du da vorschlägst.«

»Pah!«, sagte Sigvald und nickte in Richtung Oddrúns zitterndem, gebeugten Körper. »Du siehst doch, wo Nachdenken dich hingebracht hat.«

Oddrún ließ seinen Kopf sinken.

Der Prinz sah kurz so aus, als ob ihm seine Worte leidtäten. Dann winkte er herablassend ab und stürmte über die Brücke. »Ich werde in ein bis zwei Tagen wiederkommen und dann werde ich diesen Ort dem Erdboden gleichmachen.«

Oddrún stand einige Minuten ruhig auf der Stelle und rieb sich seine Hände, während er den Kopf schüttelte; dann torkelte er in großen, ausholenden Riesenschritten hinter der verschwindenden Figur des Prinzen her.

Als die beiden Gestalten immer noch streitend im wirbelnden Schneegestöber verschwanden, folgte ihnen eine Reihe Überlebender, angeführt von Víga-Barói. Mit seinem ewigen Grinsen im Gesicht scheuchte er seine Männer durch die Verwehungen. Ab und an drehte er sich um und schaute einen der Ritter an. Er lachte den verstörten und leidenden Mann aus.

»Haltet mit, Baron«, rief er und hielt sein Schwert in die Luft. »Sie sind nach Norden gegangen. Sieht so aus, als würde der Spaß gerade erst anfangen.«

Môrd Huk roch an der kalten Abendluft, die vom Blutsee herüberwehte. »Frisches Blut«, grunzte er. Sein Kopf sah aus wie der eines widerlichen, wilden Hundes, mit einer vernarbten Schnauze, sabberndem, kräftigem Kiefer und einer Reihe gelber Reißzähne. Er hielt sein Reittier an. Es war eine schwerfällige Mischung aus vernarbten Muskeln, Eisen und Bronze, die in etwa einem Bullen ähnelte.

Môrd Huk lehnte sich zurück und runzelte seine Schnauze. »*Viel* frisches Blut.« Er drehte sich zu den Reihen aus Eisen und Bronze hinter ihm und deutete mit seiner Faust auf die Hügelkuppe.

Dampfwolken stiegen aus den mechanischen Gliedern seines Reittiers, als es auf den Hügel stampfte. Als er oben angekommen war, sprang Môrd Huk mit einem gedämpften Krachen in den Schnee und schaute über die vom Mondlicht erleuchtete Landschaft. Ein tiefes Knurren kam aus seiner Brust. Vor ihm lag seine Festung Ör, umringt von dem weiten, dunklen See. Hunderte Lichter leuchteten auf den Zinnen der Festung und selbst auf diese Entfernung konnte er die Leichenhaufen sehen, die gestapelt auf der dünnen Brücke zu seiner Festung lagen. Er war angegriffen worden. Einige zerbrochene Banner steckten in den Leichen und er schüttelte ungläubig seinen Kopf, als er das kreisrunde Symbol auf ihnen erkannte. Sein fettiges Nackenhaar stellte sich auf und sein riesiger Körper bebte und ließ seinen Helm gegen seine verbeulte Rüstung klappern. Der Helm war aus Bronze gefertigt und so entworfen, dass er einen starrenden Schädel darstellte.

Môrd Huk führte seine Männer hinunter zur Brücke und schnaubte und grunzte, während er sich den Haufen von verstümmelten Körpern näherte.

Einige seiner hundeköpfigen Wächter suchten sich einen

Sigvald

Weg durch das Durcheinander und zogen Hazûl, Sigvalds Chirurgen, hinter sich her. Die Kreatur war bewusstlos, der drahtige Körper war von offenen Wunden übersät und sein Vorhang aus lilafarbenem Haar war ruiniert.

Als sie ihren Herrn erblicken, gingen sie auf ihre Knie nieder und ließen ihren Gefangenen fallen.

Môrd Huk hielt sein Reittier im Zaum und starrte sie an, wobei ihm lange Geiferfäden von seiner schwarzen Schnauze hingen. Er schaute einen Augenblick verwirrt auf Hazûl und zeigte dann auf ein Banner in der Nähe. Es war zerfetzt und angesengt, aber das Symbol Slaaneshs war deutlich zu erkennen. »Wer?«, grunzte er.

Eine der Wachen schlug ihre Faust gegen ihre Rüstung. »Herr, es war das Kind mit dem goldenen Haar.«

Môrd Huk rutschte etwas in seinem Sattel vorwärts und keuchte leicht. »Sigvald?«

Der Wächter nickte.

Môrd Huk lehnte sich schnaubend zurück. »Sigvald«, wiederholte er und fing an, sich vor Lachen zu schütteln.

sicher, ob er es überhaupt noch konnte. Er wendete sich ab und rang sich endlich dazu durch, einige der anderen Gestalten zu betrachten, die auf das blaue Licht zu wanderten. Er erkannte den merkwürdigen Umriss des buckligen Oddrún, der einige Fuß entfernt alleine saß. »Wer ist er?«, fragte er und deutete auf den Hofmeister. Seine Stimme klang rau und fremd, aber er fuhr fort. »Was ist unter der Robe?«

Víga-Barói folgte seinem Blick und zuckte mit den Schultern. »Sigvalds Vergangenheit.« Er sah den verwirrten Ausdruck im Gesicht des Barons und fuhr fort. »Oddrún ist die letzte Verbindung des Prinzen mit seinem vorherigen Leben.« Er zeigte auf die merkwürdigen Gestalten um sie herum. »Er glaubt, dass er, solange er Oddrún am Leben erhält, all das hier hinter sich lassen und wieder zurück zu seinem normalen Leben finden könnte.« Er starrte den Baron an. »Aber es gibt keinen Weg zurück, Baron Schüler. Für keinen von uns.«

Schüler fühlte ein Frösteln, das nicht vom Schnee zu kommen schien. Er schaute auf sein Spiegelbild und zuckte zusammen. Sein Gesicht schien länger und verzerrter im schmelzenden Eis. Er sah genauso aus wie die Monster um ihn herum.

»Was hat Euch nach Norden getrieben?«, fragte Víga-Barói, amüsiert von der offensichtlichen Bestürzung des Barons. »Ist das hier nicht das, was Ihr wolltet?« Er zeigte auf Schülers schön geformten Brustpanzer und sein scharfes, blutiges Schwert. »Ihr habt mehr Macht, als irgendeiner Eurer Angehörigen jemals zu träumen wagte.«

Der Baron schüttelte seinen Kopf, konnte aber die Wahrheit in Víga-Baróis Worten nicht leugnen. Er schaute auf sein Schwert herab. »Ich hatte früher eine Familie«, murmelte er. »Normale Menschen. Eine Frau. Kinder. Menschen, die an mich geglaubt haben. Sie dachten, ich könnte sie beschützen.« Er schüttelte seinen Kopf und flüsterte nur noch mit tiefer Stimme. »Aber als es darauf ankam, konnte ich es nicht. Ich hätte sie genauso wenig beschützen können, wie ich in der

Lage gewesen wäre, eine Flut zu verhindern. Das Imperium hat sich überlebt.« Er ergriff sein Schwert mit neuer Kraft, als er versuchte, sich an seinen damaligen Entschluss zu erinnern. »Ich konnte nur daran denken, sie zu rächen. Ich kam hierher, um Macht zu finden, um …« Er verzog sein Gesicht und seine Stimme verlor sich. Er schaute um sich auf die pulsierenden blauen Lichter und schüttelte seinen Kopf. »Aber ist das jetzt nicht alles sinnlos? Es scheint so lange her zu sein.«

Víga-Barói wollte gerade antworten, aber seine Worte kamen ihm nicht über die Lippen, als er sich das Gesicht des Barons genauer anschaute. Für den Bruchteil einer Sekunde hörte er auf, zu grinsen, und sein Blick wurde weicher. Dann schüttelte er seinen Kopf und lachte. »Wir sind alle in Sigvalds Bilde neu geboren, mein Freund.«

Auf der anderen Seite der Statue bückte sich zwei schlanke Gestalten und hielten ihre Hände in die Wärme. Der Baron schnitt eine Grimasse, als er die beiden erkannte. Es waren die Puppen mit der Porzellanhaut, die er beim Fest schon einmal gesehen hatte. Ihre blassen Keramikgesichter waren von neuen Rissen durchzogen und legten den Blick auf noch größere Flecken von glitzernden Sehnen frei.

»Sieht so unsere Zukunft aus?«, flüsterte er und nickte in Richtung der beiden Gestalten. »Werden wir hautlose Monster, die sich wie Porzellanpuppen anziehen?«

Víga-Barói lachte wieder. »Oh nein, Baron. Dieses besondere Schicksal ist einigen wenigen vorbehalten.« Er schaute auf die fröhlichen und gemalten Gesichter der Puppen. »Diese hübschen Puppen sind die ehemaligen Ehefrauen Sigvalds.« Er fuhr sich mit der Hand über sein Narbengesicht. »Der Prinz erträgt es nicht, seine ehemaligen Geliebten altern zu sehen. Jede neue Falte bricht sein Herz. Beim ersten Anzeichen eines silbernen Haares oder eines Krähenfußes zieht er ihnen ihre alte Haut ab und gibt ihnen eine neue, die niemals faltig oder alt aussieht.«

Schüler schnappte nach Luft und ergriff eine Tasche an seinem Gürtel. »Aber was ist mit Freydís?«

Víga-Barói sah die Angst in Schülers Augen und starrte ihn an. »Aha, ich verstehe«, flüsterte er.

Schüler errötete und wendete sich ab. »Ich frage mich nur, wann es für sie so weit ist.«

»Schwer zu sagen«, antwortete der Ritter etwas erheitert. »Ich glaube, sie hat eine ganz schöne Szene gemacht, als der Prinz sich dazu entschieden hatte, sie zurückzulassen. Das wird ihn nicht erfreut haben. Aber trotzdem hat sie bisher länger gehalten als alle anderen. Irgendetwas an ihrer Verweigerungshaltung scheint ihn zu faszinieren. Sein Verlangen blendet ihn vielleicht gegenüber ihren körperlichen Makeln – zumindest eine Zeit lang.« Er zuckte mit den Schultern. »Aber das ist jetzt sowieso egal.«

Schüler schüttelte verwirrt seinen Kopf.

»Sigvald hat sie und alles andere im Güldenen Palast zum Tode verurteilt. Wenn Môrd Huk von diesem Angriff erfährt, wird seine Rache schnell kommen. Aber wie Ihr seht,« Víga-Barói zeigte dabei auf die aus der Dunkelheit kommenden Soldaten, »seit Ihr angekommen seid, interessiert sich Sigvald nicht länger dafür, seine Heimat und seine Frau zu verteidigen. Eure Ratschläge haben ihn angestachelt. Er ist davon besessen, Môrd Huks Festung einzunehmen. Bis er einen Weg findet, dieses Ziel zu erreichen, wird er sich um nichts anderes kümmern. Also marschieren wir in den Norden, in das Reich der Götter.«

Schüler wand sich unter dem intensiven Blick Víga-Baróis. »Ich habe ihn nicht beraten – ich habe doch nur erwähnt, dass die Krieger des Blutgottes durch seine Länder streifen. Es war seine Entscheidung, auszureiten und sie zu bekämpfen.«

Víga-Barói zuckte unbeeindruckt mit seinen Schultern. »Am Ende ist es egal, warum, aber er hat den Güldenen Palast der Gnade seiner Gegner ausgeliefert. Ihre Schönheit wird die Prinzessin nicht vor der Blutlust Khornes beschützen. Sigvald hat sie dem Tod ausgeliefert.«

KAPITEL ACHTZEHN

Sväla würde nicht viel länger überleben. Die Kälte schoss in ihren Kopf und ihre Lungen würden gleich explodieren. Sie schlug wild um sich und wand sich wie ein Aal unter Wasser. Sie trat und biss verzweifelt und versuchte, sich zu befreien, aber sie schaffte es nicht. Halldórrs Finger hatten ihre Kehle fest umschlossen, und während die Sekunden vergingen, wandelte sich der Schmerz in ihrem Kopf zu einer Unheil verkündenden Taubheit. Sie konnte die sich verändernden Umrisse seines Gesichts durch das Wasser sehen, das auf sie starrte. Der Kurgan beleidigte sie, während sie starb, aber die Worte schienen entfernt und gedämpft, übertönt von ihrem eigenen Herzschlag. Letztendlich explodierte das letzte bisschen Luft aus ihrer Lunge und wurde von eiskaltem Salzwasser ersetzt. Ihre Schmerzen ließen nach, als das Leben davonfloss.

Während Sväläs Hände verzweifelt gegen Halldórrs Brust drückten, strahlte der Mond durch das Wasser und spiegelte sich auf ihren Eheringen. Ihr Blick folgte den Lichtstrahlen durch das Seegras und sie sah Hauk neben ihr im Wasser; unnachgiebig und stolz, als er sie im Reich des Todes willkommen hieß. Doch dann bemerkte sie, wie jung ihr Ehemann aussah. Sie erinnerte sich an ihn, so wie sie ihn zuerst kennengelernt hatte. Damals, als er ihr beigebracht hatte, zu kämpfen. »Wenn dein Gegner stärker ist, setzte seine Kraft gegen ihn ein«, sagte er und packte ihren schlanken Körper. »Wenn du zu klein bist, um ihn zu besiegen, lenke ihn in eine unerwartete Richtung ab.« Als Sväla zu verstehen gab, dass sie ihn verstanden hatte, gab er ihr eines seiner seltenen Lächeln: Er wollte, dass sie gewinnt und überlebt.

Plötzlich ließ Sväla ihre Arme locker hängen und ließ das gesamte Gewicht von Halldórr auf sie drücken. Sie hörte ein lautes Platschen, als er in das Meer stürzte. Als er im Wasser versuchte, sich wieder aufzurichten, rutschte sie aus seinem Griff und schlug sein Gesicht auf die scharfen Felsen unter Wasser.

Sväla schoss aus dem Wasser und bewegte wild ihre Arme, als sie nach Luft schnappte und wieder zurück in die dunklen Wellen fiel. Als die See gegen sie schwappte, verspürte sie eine wilde Lust am Leben. Sie wusste, das Nichts und Niemand sie aufhalten konnte. Nichts *durfte* sie aufhalten. Es war ihre Bestimmung, dieses Volk zur Erlösung zu führen. Sie würde Hauks Traum vollenden.

Eine Sekunde später schoss Halldórr aus dem Wasser und schüttelte grunzend seinen Kopf. Sein Gesicht war blutüberströmt und eine lange Wunde zog sich quer durch sein Gesicht, die ihn skelettartig grinsen ließ. Er hielt sich die Wunde und heulte, während er durch die Brandung stolperte.

Als Sväla auf ihn zu watete, unterdrückte sie den Drang, sich zu übergeben. Sie wusste, dass das ihre letzte Chance sein würde, und sprang mit einem kehligen Schrei auf Halldórr.

Sie traf mit einem Schlag direkt seine aufgeplatzten Lippen und sein Kopf schlug nach hinten, wobei er noch mehr Blut verlor und wieder in die Brandung fiel.

Sväla trat auf die Kehle des Kurgan und hielt ihn unter Wasser. Dann drehte sie sich mit einem siegreichen und stolzen

Gesicht zum Strand. Sie wischte das Eis und den Seetang aus ihren Haaren und hielt ihre Faust in die Luft. »Ich bin Sväla die Hexe!«, schrie sie und presste ihren Fuß mit Nachdruck auf den strampelnden Häuptling, während sie auf die Gestalten am Strand blickte. »Gehorcht mir! Ich bin der Zorn des Wolfes!«

Sie spürte, wie Halldórr auf ihr Bein einschlug und sie kratzte, aber sie hielt ihm stand. Nach einigen Minuten wurden seine Bewegungen schwächer und hörten letztendlich ganz auf, aber sie behielt ihren Fuß auf seiner Kehle. »Will mich noch jemand herausfordern?«

Die Gefallenen schauten sie mit einer Mischung aus Staunen und Furcht an. Als sie ihnen in die Augen starrte, blickten sie beschämt auf ihre Füße und wagten es nicht, sich ihr zu widersetzen.

Sväla nickte. Sie hatte ihre Gefolgschaft wieder, aber es würde nicht die letzte Herausforderung sein, dessen war sie sich sicher. Sie hatte sie in eine Welt des Irrsinns und des Todes geführt. Es würde ihr das letzte bisschen Mut abverlangen, sie durch diesen Wahnsinn zu leiten. Sie würde wieder geprüft werden.

Sväla hob ihren Fuß von Halldórrs Kehle und ließ seinen Leichnam an die Oberfläche treiben, wo er sie in der Brandung angrinste. Sie schaute an dem Leichnam vorbei in das dunkle Wasser und suchte nach einer anderen Gestalt. Sie sah eine kleine Bewegung und eilte ihr entgegen, griff in das Salzwasser nach der Hand ihres Ehemanns; aber es war nur ein Fisch, der glitzerte und das Licht reflektiere, als er in das Meer hinaus schwamm.

Die Gefallenen hatten sich in einer stillen schwarzen Linie über die gefrorene Wüste verteilt. Es waren Tausende: Krieger, Hirten, alte Frauen und Krüppel. Sie alle starrten erschrocken und beeindruckt zugleich auf die vom Mond hell erleuchtete Küste. Vor ihnen war nur eine einzige schwarze Gestalt, die sich von der endlosen weißen Wüste abgrenzte. Sväleas Herz raste, als sie die glitzernden Schneeverwehungen bis zu den entfernten Bergen betrachtete. Niemand war jemals so weit gekommen. Sie hatte ein ganzes Volk zum Dach der Welt geführt. Trotz ihrer Furcht und ihres Misstrauens hatte sie das gesamte Volk an die Quelle ihres Fluches geführt. Bald würden sie entweder Sigvalds Kopf aufgespießt haben oder sie würden aufhören, zu existieren. Egal wie, der Albtraum würde ein Ende haben.

Valdûr der Alte trat auf sie zu. »Kannst du etwas sehen?«, fragte er und legte eine Hand auf ihre Schulter.

In Anbetracht des Mitleids in seinen Augen hielt sie sich zurück. »Nichts«, sagte sie und schnaubte, während sie ihr Kinn stolz hervorstreckte.

»Na ja, ich bin mir sicher, die Visionen werden zurückkehren. Vielleicht sind wir immer noch zu nah an dieser verdammten Insel?«

Sväla zuckte mit den Schultern. »Wir müssen es ohne Visionen schaffen.« Sie zeigte mit ihrem Messer auf die beeindruckenden Gebirge und die strahlende Weite des Schnees. »Dieser Ort ist nicht so leer, wie er zunächst aussieht. Wir werden nicht lange alleine bleiben. Und was auch immer für Schrecken hier draußen lauern, sie werden sich uns unterwerfen müssen. Sigvalds Abartigkeit wird wie ein Anziehungspunkt für sie sein. Es sollte nicht so schwer sein, jemanden oder etwas zu finden, das uns zu ihm führen kann.«

»Es sind nicht nur die Monster, die du deinem Willen unterwerfen musst.« Valdûr schaute zurück auf die große Ansammlung an der Küste. »Es gibt noch andere, die auf dein Versagen warten.«

Sväla nickte. »Ich werde mich um Ungaur den Gesegneten kümmern, verlass dich darauf, alter Freund.«

Valdûr schüttelte den Kopf. »Ich meine jemand anderen.«

Sväla verzog das Gesicht und folgte seinem Blick. Sie sah die drahtige Gestalt ihres Sohnes, der eine tiefgründige

Unterhaltung mit dem kräftigen Schamanen zu führen schien. »Svärd?«

Ihre Entschlossenheit drohte kurz, zu wanken, dann biss sie ihre Zähne zusammen und schüttelte ihren Kopf. »Niemand wird diesen Kreuzzug stoppen. Das werde ich sicherstellen.« Sie zog ihre Schultern zurück und fasste ihr Eisenmesser etwas fester. »Täusche dich nicht, Valdûr, ich *werde* Sigvald finden.«

Nach vier Tagen des Marschierens fing das Sterben an. Zunächst schien sich niemand darüber zu wundern. Das Jagen war schwierig, viele der Gefallenen waren alt und gebrechlich, und die bitterkalten Winde durchdrangen sogar die dicksten Pelze. Die schwächsten von ihnen blieben einfach im tiefen Schnee liegen. Doch bald bemerkten sie, dass noch irgendetwas anderes passierte. Merkwürdige Stimmen waren im Wind zu hören und die Norse fingen an, sich gegenseitig zu misstrauen, unsicher, wo diese Verachtung und der Hohn herkamen. Sie wurden immer paranoider, als sie feststellen mussten, dass die Sonne niemals aufgehen würde. Die undurchdringliche Dunkelheit, durch die sie marschierten, war keine normale Nacht. Nicht ein einziger Stern war zu sehen und viele von ihnen fragten sich, wie die Hexe sich in dieser Leere zurechtfinden konnte. Mit der Angst wuchs auch die schlechte Stimmung und es wurden öfter Messer gezogen. Einige der Körper, die sie hinterließen, waren nicht alt. Und einige waren blutüberströmt.

Umso weiter sie nach Norden kamen, desto rauer wurde die Landschaft. Die gefrorenen Ebenen wichen gezackten Felsen und Hügeln, und als sie dem Gebirge näher kamen, mussten sie gefrorene und steile Abhänge hinaufklettern.

Einige der jüngeren Krieger rannten voraus, um sich gegenüber ihrer neuen Königin zu beweisen, naiv genug, diesen Kreuzzug immer noch für ein großartiges Abenteuer zu halten. Nachdem sie einige Stunden abwesend gewesen waren, kam einer dieser Späher vom Gipfel eines entfernten Berges zurück.

»Königin Sväla«, rief er und hielt sich dabei eine Hand an den Mund, damit seine Stimme über dem Wind zu hören war, und reckte in seiner anderen Hand seinen Speer in die Luft.

Sie kletterte auf einen kleinen Hügel und blickte aus ihrer Fellkapuze, wobei sie versuchte, ihn deutlicher zu erkennen.

»Vor uns ist ein Stern«, rief er mit stolzer Stimme.

»Ein Stern?«, sagte Sväla und drehte sich zu Valdûr, der gerade zu ihr hinaufkletterte. Ihre Augen glitzerten vor Aufregung. Trotz ihres aufgesetzten Selbstbewusstseins war sie, seit sie die Langschiffe verlassen hatten, absolut orientierungslos. Mit einem Stern, an dem sie sich orientieren konnte, würden sie zumindest nicht im Kreis laufen.

Der alte Krieger lächelte zurück, war aber zu schwach, um zu antworten.

Sväla hob ihr Messer, um den jungen Späher zu grüßen, und führte ihr Volk in seine Richtung.

Als sie zum Späher hinaufkletterte, versuchte sie, die weinenden Stimmen im Wind zu ignorieren. Dutzende von Stimmen verhöhnten sie in Sprachen, die sie noch nie gehört hatte, aber sie brauchte keine Übersetzung, um die Bösartigkeit in ihnen zu verstehen. Als sie sich an den Felsen hinaufzog, bemerkte sie noch etwas anderes Merkwürdiges. Einige der Steine, die sich lösten, rollten den Hügel hinauf, anstatt runterzufallen. Als sie weiter kletterte, fingen sogar die größeren Brocken an, bergauf zu rollen. Sie drehte sich um und konnte sehen, dass die anderen es auch bemerkt hatten. Ihre Muskeln zitterten vor Anstrengung, während sie sich an den Felsen festhielt. Sie verhinderte nicht länger, dass sie herunterfallen würde, sondern hielt sich selbst davon ab, den Abhang hinaufzufallen. Sie wendete sich voller Verwirrung zu Valdûr und wollte ihn zu diesem seltsamen Phänomen befragen, stattdessen sagte sie allerdings nur: »Du bist eine Last, Valdûr. Vielleicht hättest du nicht mitkommen sollen? Du bist für so eine Reise einfach zu alt.«

Valdûrs Augen weiteten sich erschrocken.

KAPITEL SIEBZEHN

Eine Armee aus eisigen Ebenbildern Sigvalds durchdrang die Dunkelheit und hüllte die Umgebung in ein schwaches blaues Licht. Jeder strahlende Prinz war fast zwanzig Fuß groß und aus glattem, pulsierendem Eis, und ein jeder schien wie eine Karikatur des wirklichen Prinzen, mit überbetonten Details und viel zu großen Muskeln. Als sie ihre Arme zum Gruß erhoben, traten hunderte erschöpfter Gestalten durch den Schnee auf sie zu, um dann ihre Waffen fallen zu lassen und sich dankbar zu ihren Füßen niederzulegen.

Baron Schülers Gedanken waren abgestumpft, als er auf die Eisskulpturen zu stolperte. Müdigkeit und Schrecken hatten seine Gedanken so leer wie die Eiswüste hinterlassen. Der Prinz hatte sie seit zwei Tagen nach Norden geführt, tief in die gefrorene Wüste, und das kleine bisschen an Kraft, das Schüler im Güldenen Palast wiedergewonnen hatte, war verschwunden. Wenn er in diesem Moment nach seinem eigenen Namen gefragt worden wäre, hätte er Schwierigkeiten gehabt, sich an ihn zu erinnern. Als er eine der strahlenden Abbildungen erreichte, entfuhr ihm ein befriedigtes Stöhnen.

Die Gliedmaßen des Eisprinzen strahlten eine unnatürliche Wärme aus und ließen den Schnee an seinen Füßen zu einem dunklen, blubbernden Tümpel schmelzen. Der Baron fiel wie ein Pilger auf die Knie und entfernte das Eis aus seinem ruppigen Bart und von seiner Rüstung. Er bemerkte es kaum, dass einige seiner mutierten Männer neben ihm zu Boden sanken, und richtete stattdessen seine Aufmerksamkeit ganz und gar auf die glitzernde Statue. Er war zu verstört, um die grunzenden und sich schlängelnden Wesen, die aus der Nacht strömten und auf seinen Befehl warteten, zur Kenntnis zu nehmen. Im Eis konnte er sein Spiegelbild sehen. Die Schminke, die von Sigvalds Dienern aufgetragen worden war, war seine Wangen heruntergelaufen und verwischte seine Konturen. Es sah so aus, als würde sein Gesicht schmelzen. Schüler nickte sich zu. Die Verwandlung war passend. Er konnte seine eigenen Gedanken nicht mehr zuordnen, da schien es nur passend, dass er sein eigenes Gesicht ebenfalls nicht mehr wiedererkennen konnte.

»Sind sie nicht wunderschön?«, fragte Víga-Barói und deutete auf die Eisskulpturen, als er aus den Schatten trat. Sein vernarbtes Gesicht war blutverschmiert und sein dichter Pferdeschwanz war blutgetränkt, aber sein Hohnlächeln sah zufrieden aus. In seinen Augen glitzerte sogar eine Spur Humor, als er sich neben dem Baron niederließ und auf die versammelte Gruppe zeigte. »Es ist so typisch für unseren Prinzen, so eine wunderschöne Wärmequelle zu erschaffen.« Einige Fuß entfernt trat ein weiterer gefrorener Sigvald aus dem Schnee, umgeben von Dampf, wobei er die beiden Gestalten neben ihm in den Schatten stellte. Als der winzige Zauberer mit seiner Kapuze namens Énka die Gestalt zum Leben erweckte, tanzte der echte Prinz vor und zurück durch den Schnee und gestikulierte wild vor sich hin, während er Anweisungen rief.

Der Baron schaute ausdruckslos zu Víga-Barói. Er hatte seit Stunden mit niemandem gesprochen und war sich nicht

Sväla stöhnte, verstört von ihren eigenen Worten. Sie schüttelte ihren Kopf und versuchte, ihn zu erreichen. »Du hast meinen Ehemann sterben lassen«, keuchte sie. »Wirst du mich auch einfach sterben lassen?«

Valdûrs Gesicht verzog sich zu einer Grimasse und er wendete sich ab.

Sväla hielt sich eine Hand vor den Mund und schüttelte entschlossen ihren Kopf.

Valdûrs Ausdruck wurde wieder entspannter, als er die Verwirrung in ihrem Gesicht bemerkte. »Was hätte ich von einer Frau anderes erwarten sollen?«, fragte er. Er schaute grimmig. »Selbst dein eigener Sohn ist vor deinen Lügen nicht sicher. Du hast ihm seinen rechtmäßigen Platz gestohlen. Und jetzt führst du uns alle in den Tod.« Er tat es Sväla gleich und hielt sich eine Hand vor den Mund, aber nach einigen Sekunden, in denen sie sich mit gegenseitigem Schrecken angestarrt hatten, versuchte er wieder, zu sprechen. »Wenn du das nächste Mal eingeschlafen bist, schlitze ich dir die Kehle auf.«

Svälas Augen füllten sich mit Tränen, aber sie nahm ihre Hand nicht vom Mund. Sie schaute den Abhang hinab und sah zwischen all denen, die nahe am Fuß des Hügels standen, Streit ausbrechen. Während Beleidigungen und Flüche durch den Schnee hallten, begriff sie, dass ihre gesamte Armee kurz davor war, über sich selbst herzufallen. Sie griff das Horn von Valdûrs Gürtel und ließ ein schrilles Signal erklingen. Die Norse schauten sie mit wütenden Augen an, als sie auf ihre Hand vor dem Hund zeigte. Noch einige fiese Äußerungen folgten, bis sie nach und nach auch der Letzte verstanden hatte und seinen Mund geschlossenen hielt.

Valdûr klopfte Sväla auf die Schulter und zeigte auf den engen Pass zwischen zwei gezackten Gipfeln.

Sie nickte als Antwort und führte die anderen durch die Felsen. Der Wind heulte mit solcher Wucht durch den

Felsspalt, dass ihre Augen tränten, während sie auf den Rest warteten. Sväla hockte sich neben einen Felsen und kratzte für einige Minuten mit ihrem Messer am Felsen. Dann holte sie Valdûr zu sich und zeigte auf die Runen, die sie eingeritzt hatte. »Sprich nicht«, sagten sie. »Unsere Worte werden von den Berggeistern verdreht. Zeig dies den anderen, damit sie es lesen.«

Er nickte und bedeutete den Stammesangehörigen in der Nähe, auf den Felsen zu schauen. Dann folgte er Sväla, die weiter in Richtung des Spähers kletterte.

Der junge Stammeskrieger wartete an einem Vorsprung auf sie, als sie aus dem Felsspalt heraus kamen. Sväla bemerkte die rote Kriegsfarbe in seinem Gesicht und verstand, dass er ein Mitglied des Stammes gewesen sein musste, welcher ihren Mann getötet hatte. Aber sie verspürte ihm gegenüber keine Wut. Sie waren jetzt alle nur noch ein Stamm.

»Dort«, sagte er und zeigte mit seinem Wurfspeer auf den Horizont.

Sväla erhob eine Hand, um ihn zum Schweigen zu bringen, doch dann, als sie merkte, dass seine Worte keine Bösartigkeiten enthielten, nahm sie die Hand wieder runter. Sie sprach langsam, unsicher, was aus ihrem Mund kommen würde. »Ich sehe es«, sagte sie. »Wir haben die Geister hinter uns gelassen«, sagte sie und winkte Valdûr an den Vorsprung. Dann blickte sie erneut über die unfassbar weite Wüste. Gebirge bedeckten den Horizont und wuchsen dabei aus dem frostigen Boden wie sich aufbäumende Monster. Sie ließen sogar die grauen Wolken zwischen ihren gezackten Gipfeln winzig erscheinen. Die Monde waren von gewölbten Gewitterwolken bedeckt, aber ein einzelnes Licht strahlte in der Luft: Ein goldener Stern zwischen all dem Schwarz und Grau, der vollkommen fehl am Platz wirkte.

Sväla kniff ihre Augen zusammen und schaute in den Sturm. »Irgendwie kommt er mir bekannt vor«, flüsterte sie.

Valdûr warf seine Fellkapuze zurück und wischte sich sein

graues Haar aus dem Gesicht. »Hast du ihn in deinen Visionen gesehen?«, fragte er.

»Ich bin mir nicht sicher. Vielleicht.« Sie drehte sich um und lächelte dem jungen Späher zu. »Das hast du gut gemacht. Ich denke, dieser Stern ist wichtig für uns.« Sie drehte sich um und bemerkte, dass es einige der anderen Ältesten auf den Vorsprung hinauf geschafft hatten. Sie hielten sich ihre Münder zu und hatten sich in ihre zerrissenen, schneebedeckten Felle gewickelt. Ungaur der Gesegnete führte sie an und grinste aus seiner zähnefletschenden Wolfsmaske hervor, während er seinen muskelbepackten Körper mithilfe seines Stabs an Svälas Seite hievte.

»Wohin jetzt, Hexe?«, grunzte er und zeigte mit seinem Stab auf den Sturm. »Wo sollen wir nach Völtars Willen als nächstes Sterben?«

Svälа ignorierte die Kritik des Schamanen. Sie zeigte einfach mit ihrem Messer auf die lange Reihe von Gestalten, die immer noch den Hang hinaufkamen. »Sag den anderen, dass sie in Richtung des Sterns gehen sollen«, antwortete sie. Sie schaute auf Ungaur und Valdûr, bis beide nickten, um zu zeigen, dass sie verstanden hatten. Dann wandte sie sich ab und begann, in das stürmische Tal hinabzuklettern. »Wir kommen dem Ende näher«, sagte sie und starrte auf den einsamen Stern. »Wenn wir jemanden verlieren, lasst ihn zurück. Völtar der Wolf wird über sie wachen.«

KAPITEL NEUNZEHN

Am dritten Tag ihres Marsches erreichten sie eine weite Ebene, die zwischen den eisigen Gipfeln lag. Als sie einen engen Bergpfad hinabstiegen, zeigte Sigvald auf eine grüne Fläche unter ihnen. Es sah wie ein ruhiger See aus: eine Stätte der Ruhe inmitten einer tödlichen Landschaft, mit einem violetten Edelstein in der Mitte. Sigvald wischte sich sein fettiges Haar aus dem Gesicht und grinste zu Oddrún. »Wir haben es geschafft«, rief er, angestrengt, im Sturm gehört zu werden.

Oddrún nickte, antwortete aber nicht, und zog seine dreckige Robe noch etwas enger um seinen schlaksigen Körper. Als er dem Prinzen hinterherging, schimpfte er verbittert und versuchte, nicht auf ihr Ziel zu schauen.

Einige Fuß hinter ihnen schleppten sich Víga-Barói und der Baron voran. Als sie den See erblickten, blieben sie beide stehen, überrascht von dem Anblick; als sie bemerkten, dass der Prinz und der Riese bereits aus ihrem Blick verschwanden, beeilten sie sich, ihnen zu folgen, zusammen mit den bunten Überbleibseln von Sigvalds Armee.

Als die Soldaten endlich aus den gefährlichen Hügeln

herabgestiegen waren, konnten sie die sanfte Ebene besser sehen. Es war eine runde Fläche, die von perfekt geschnittenem Gras bedeckt war. Der Edelstein in der Mitte war in Wirklichkeit eine Ansammlung von großen violetten Pavillons, die im Mondlicht leuchteten. Eine breite, uralte Hecke umgab den Garten, die gespickt war mit Rosen und in der Form an eine Meeresschlange erinnerte. Unbeeindruckt von diesem komischen Ort marschierte der Güldene Prinz ruhig durch ein Tor aus Eichenholz auf den Rasen.

Den erschöpften Soldaten entfuhren Seufzer der Freude, als sie ihm in den Garten folgten. Als sie das Tor hinter sich gelassen hatten, verstummte das schreckliche Schreien des Sturms und das Wetter veränderte sich vom eisig kalten Winter zu einem angenehmen Sommerabend. Die Männer ließen sich dankbar in einem Durcheinander aus Insektengliedern und gefährlichen und zitternden Flügeln nieder.

Sigvald ging direkt auf die Pavillons zu, wobei Oddrún ungelenk hinter ihm her wankte. Als sie die kleineren Zelte am Rand passierten, konnte der Prinz Gestalten in ihnen erkennen. Flackerndes Licht ließ unklare Silhouetten erscheinen. Es waren eindeutig an die Wände gepresste Hände, und sie beobachteten seine Ankunft durch ihre ausgestreckten Finger. Aber er hielt nicht an, sondern marschierte direkt auf das größte Zelt zu. Als er es erreicht hatte, zog er die Tür aus Zelttuch beiseite und trat ein.

Er war plötzlich von Musik und Blättern umgeben. Im Pavillon wuchs ein Obstgarten und die Äste der Bäume waren mit hunderten von Singvögeln übersät, die alle gleichzeitig vor sich hin zwitscherten und flöteten, während er unter den fruchtbeladenen Ästen hindurchschritt. Er lachte und schüttelte in Anbetracht dieser idyllischen Szene im Herzen der Schattenlande ungläubig seinen Kopf.

In der Mitte dieses hübschen Pavillons hing eine Holzbank von den Ästen eines alten und krummen Apfelbaums herab. Auf der Bank schwang sanft ein Dämon vor und zurück.

Sigvald verbeugte sich tief, als Belus Pül ihn zu sich bat. Sein Gebieter war seit ihrem letzten Treffen kein bisschen gealtert, obwohl in der Zwischenzeit drei Jahrhunderte vergangen waren. Er sah immer noch wie ein androgyner Jugendlicher aus und trug sogar dieselbe Kleidung – eine einfache weiße Robe. Sein Gesicht war ein solch perfektes Abbild gütiger Heiterkeit, dass Sigvald lächeln musste. Ein kleines Paar schwarzer Hörner wuchs aus dem glatten, haarlosen Kopf des Dämons und in seiner linken Hand hielt er eine einzelne weiße Lilie. Als er ihn näherkommen sah, hob der Dämon die Blume an seine Nase und roch daran, indem er die Augen schloss und seine kleine, hübsche Nase in die Blüte steckte.

»Sigvald der Prachtvolle, Prinz der Dekadenten Schar«, sagte der Dämon in einer weichen und melodischen Stimme, wobei er sich zu einer weiteren Gestalt wandte, die nur einige Fuß entfernt saß, »kam so beiläufig, als wäre er ein regelmäßiger Gast gewesen. Sein Auftreten war lässig und selbstsicher, und das, obwohl er seinen göttlichen Vater seit fast zweihundert Jahren ignoriert hatte.«

Sigvald schüttelte unglücklich seinen Kopf und folgte dem Blick des Dämons zur anderen Seite der Wiese. Zuerst dachte er, dass sein Gebieter mit einer riesigen, blassen Spinne sprach. Das Licht strahlte durch die lilafarbenen Wände und machte es schwer, Dinge klar zu erkennen. Das Wesen besaß dutzende feiner, abgetrennter Fortsätze, die von seinem kleinen, runden Körper hingen. Erst, als er näher herantrat, erkannte Sigvald, dass es sich um einen nackten und haarlosen Mann handelte, dem ein ganzer Haufen dünner Arme aus den Seiten wuchs. Jeder seiner nadeldünnen Arme endete in einer scharfen, mit Tusche getränkten Spitze, und immer, wenn der Dämon sprach, schrieb der Mann wie wild auf einer langen Pergamentrolle. Sein Gesicht war bis auf einzelnes Loch in der Mitte, das sich nach innen wölbte wie eine große Ohrmuschel, ohne jegliche Gesichtszüge.

»Warte«, stöhnte Sigvald und rannte auf den engelsgleichen

Jugendlichen zu. »Ich habe nie vergessen, was du für mich getan hast. Belus, du bist immer in meinen Gedanken, aber deine Geschenke waren so ein Segen, dass die Zeit selbst –«

»Der Prinz versuchte erbärmlich, mir zu schmeicheln, wie ein schlecht erzogenes Kind«, unterbrach der Dämon und diktierte dabei immer noch seinem Schreiber, »dabei plapperte er süßliche Plattitüden vor sich hin, um Belus Püls Mitleid zu erregen.« Während der Dämon sprach, kratzten die Schreibfedern gleichenden Finger des Schreibers weiter. Mit so vielen Armen, die sich vor- und zurückbewegten, konnte er mit unglaublicher Geschwindigkeit schreiben – und er füllte dicht gedrängt das Pergament mit kleinen, blumigen Buchstaben.

»Hör auf«, rief Sigvald wütend und starrte auf den Mann ohne Gesicht. »Dies sind keine Plattitüden, ich bin nur …« Er unterbrach sich selbst, als er bemerkte, dass der Schreiber innehielt, sobald er sprach, und auf den Dämon wartete.

»Ohne auch nur ein Anzeichen von Reue zu zeigen, beleidigte Sigvald Belus Püls letzten Freund und weigerte sich sogar, seine eigenen Versäumnisse einzugestehen.« Als der Dämon wieder sprach, schrieb auch der Schriftgelehrte weiter. Aus den Unmengen von Text, die er aufzuschreiben schien, wurde ersichtlich, dass die merkwürdige Kreatur die Worte des Dämons unglaublich ausschmücken musste.

Sigvalds Augen wurden vor Wut immer größer und er öffnete seinen Mund, um weitere Beleidigungen an die beiden zu richten.

»Mein Herr«, grunzte Oddrún und trat in den Obstgarten, um eine Hand auf Sigvalds Schulter zu legen. »Wir sollten gehen, solange wir noch können. Das hier ist sinnlos.«

»Ein ekliger, hängender Sack aus Körperteilen schleppte sich in den königlichen Glanz der Gottheit«, fuhr der Dämon fort. »Belus Pül war schockiert, als er feststellen musste, dass dieses verkommene Ding Sigvalds perverser Jugendfreund war – derjenige, der vor so vielen Jahren so fies und beleidigend gewesen war.« Das Gesicht des Dämons zeigte keine Regung, während er mit seinen giftigen Bemerkungen fortfuhr. »Die gütige Gottheit war schockiert. Sigvald machte seine Verkommenheit noch deutlicher, indem er sich nach wie vor mit so einem hässlichen Dummkopf abgab.«

Sigvald atmete tief ein und versuchte, sich zu beruhigen, während er näher auf den Dämon zuging. Nachdem er sich der Schaukel genähert hatte, fiel er auf die Knie und senkte seinen Kopf. »Belus, du bist mein ewiger Wächter. Meine einzig wahre Liebe. Wenn es auch nur irgendetwas gibt, das ich tun kann, um deine Schmerzen zu lindern, bitte ich dich, es mir zu sagen.«

Der Dämon zeigte endlich eine Gefühlsregung. Seine Augen glitzerten vor Tränen und er streckte Sigvald seine Hand für einen Kuss entgegen. Als er den Arm ausstreckte, rutschte eine unvergleichliche Sammlung an Schmuckstücken an seinem Arm herab: Armreifen, Ketten und Ringe in verschiedenen Größen und Formen, von denen keines so recht zu dem einfachen Erscheinungsbild passen wollte. Als der Prinz dem Befehl gehorchte und seine Lippen auf die blasse Haut des Dämons drückte, spürte er, wie seine Haut Blasen schlug, und zuckte schnell wieder zurück. Die Hitze, die durch die Adern des Dämons floss, war für ihn keine Überraschung – er wusste nur zu gut, welche unglaubliche Macht in dieser unscheinbaren Gestalt schlummerte. So nah dran fiel es ihm schwer, Belus direkt anzuschauen – selbst nach einem ganzen Leben voll von Grausamkeiten wollten seine Augen nicht auf so eine Abscheulichkeit blicken. Die Versuche des Dämons, ruhig und engelsgleich auszusehen, ließen den Betrachter nur noch aufmerksamer auf die grundsätzliche Falschheit dieser Kreatur werden. Er schien einfach nicht in die normale Welt zu gehören – fast wie eine Figur aus einem Gemälde, die über eine andere drüber gemalt wurde. An ihr war alles zu grell, zu abgeklärt oder zu scharf herausgestellt.

Ein leichtes Lächeln umspielte den Mund des Dämons und er roch ein weiteres Mal lange an der Lilie. »Als der stolze, junge Prinz sich der Schmerzen seines Beschützers bewusst wurde, zeigte er endlich etwas Reue und als die freundliche Gottheit dies bemerkte, gab sie nach. Die Liebe Belus Püls für alle seine Kinder war so groß, dass er sein Herz nicht länger gegen Sigvalds mitleiderregende Bitten verschließen konnte. Belus Pül hatte sein Herz vor langer Zeit an Sigvald verschenkt und konnte es nicht ertragen, sich zu lange mit ihm zu streiten.«

Sigvald biss die Zähne zusammen, als der Schreibgelehrte erneut anfing, auf dem Pergament zu schreiben.

Der Dämon zog seine Hand zurück und klopfte auf den leeren Platz neben sich auf der Schaukel, womit er Sigvald verdeutlichte, Platz zu nehmen.

Als sich der Prinz hinsetzte, schaute der Dämon nach wie vor in den Raum, als würde er Sigvalds Anwesenheit gar nicht zur Kenntnis nehmen. Nach einigen Sekunden der Stille deutete er mit seiner Blume auf Oddrún. »Als er endlich die Rücksichtslosigkeit seines Handelns begriff, verbannte Sigvald das abartige Monster aus dem Blick der Gottheit.«

Sigvald seufzte und schaute zu seinem Hofmeister, aber noch bevor er etwas sagen konnte, humpelte der Riese zurück zum Eingang des Pavillons, eindeutig froh, zu entkommen.

Als Oddrún verschwunden war, fing der Dämon an, die Schaukel vorsichtig vor- und zurückzubewegen, wobei er Sigvalds Hand ergriff. »Trotz der vielen Jahre, die vergangen waren, fühlte die gütige Gottheit immer noch eine starke Zuneigung zu dem Prinzen und spürte, dass es trotz all seines gespielten Stolzes und Übermuts nicht unter seiner Würde wäre, seinem Gebieter etwas Ablenkung zu verschaffen.« Der Dämon blinzelte mit seinen langen Wimpern und schaute Sigvald kurz in die Augen. »Schließlich waren Belus' Gefälligkeiten vor all diesen Jahren so groß gewesen, dass es nicht unerhört schien, etwas mehr Unterhaltung zu erwarten.«

Sigvald zog seine Hand zurück und hielt die Schaukel an. »Vielleicht können wir eine *neue* Abmachung treffen?«, sagte er. »Ich habe alles getan, was du verlangt hast, Belus. Ich habe mich in deinem Namen allem hingegeben. Kein Vergnügen, egal wie gering, ist mir entgangen, und ich habe das alles nur für dich getan.«

Der Dämon stand langsam auf und ging zu seinem Schreibgelehrten. In seiner Stimme lag ein kaum wahrzunehmender amüsierter Klang. »Erstaunlicherweise schien der junge Prinz irgendeine Art neuer Gefälligkeit zu erwarten – obwohl Belus Pül seit mehr als zweihundert Jahren nichts mehr von seinen Heldentaten gehört hatte. Aber noch während er die Worte aussprach, bereute Sigvald seine Arroganz. Das undankbare Kind verstand, dass es im Tausch für ein neues Geschenk etwas hergeben musste. Als er darüber nachdachte, neben all seinen anderen Treulosigkeiten, fiel es Sigvald ein, dass er vielleicht anbieten könnte, drei einfache Herausforderungen zu meistern – nichts zu Schweres für einen Mann seiner Statur, aber genug, um seinen lieben, einsamen, alten Freund zu belustigen.«

Sigvald starrte auf eins der Schmuckstücke am rechten Arm des Dämons. Es war ein bronzener Armreif – grob geformt und viel zu hässlich, um von so einem königlichen Wesen getragen zu werden – aber in diesem Moment hätte er alles für diesen Reif gegeben. »Also«, zischte er und biss sich auf die Lippe, »selbst die Seele eines Mannes ist für dich nicht genug.« Er fühlte, wie die Wut in ihm anschwoll, und schrie wutentbrannt auf. Er sprang von der Schaukel und zog sein Schwert, um auf den Arm des Dämons zu schlagen. Die Klinge fuhr durch den Dämon als wäre er nur Luft. Belus Püls Körper waberte kurz, wie ein Spiegelbild auf dem Wasser, aber der Dämon ignorierte den Angriff einfach, sogar als Sigvald schwer zu Boden ging und frustriert aufschrie. Der wütende Prinz sprang auf und versuchte erneut, anzugreifen. Doch wieder fuhr die Klinge direkt durch den Dämon, ohne ihn auch nur zu berühren, und wieder endete Sigvald auf dem Boden. Er lag dort ruhig einige Momente und atmete schwer, dann sprach er in spottendem Ton. »Du willst mich für dumm verkaufen«, sagte er, ohne vom Gras hochzublicken, »aber so soll es sein. Wenn ich dir diese drei Aufgaben erfülle, wirst du mir den Sieg geben? Wirst du mir die Stärke geben, um meinen Feind Môrd Huk zu besiegen? Wirst du mir seinen Leichnam und sein Eigentum versprechen?«

Das ruhige Gesicht des Dämons wandelte sich endlich in ein breites Grinsen. Er richtete seine taubenartigen Augen auf Sigvald. »Belus war berührt von dem höflichen Angebot des Prinzen. Die Gottheit war sogar noch erfreuter, als Sigvald den Grund für seinen Ersuch offenbarte. Der demütige Prinz erinnerte das göttliche Wesen an eine uralte Geschichte, in der es um einen zweiköpfigen Drachen aus einer Elfengeschichte ging. Sigvald erinnerte Belus Pül daran, dass diese faszinierende Kreatur Galrauch hieß und vor langer Zeit aus dem Elfenreich geflohen war – sein Leben hatte er Tzeentch gewidmet. Belus Pül war erfreut, als er hörte, dass diese Kreatur in einem Hort nicht weit von hier lebte und dass Sigvald ausziehen würde, um mit einer seiner Krallen wiederzukehren – einer Sache, die die Gottheit schon lange begehrte.«

Sigvald verzog sein Gesicht. »Galrauch? Von so einem Wesen habe ich noch nie gehört.« Dann zuckte er mit den Schultern. »Egal, was kann mir ein Drache schon antun? Egal wie viele Köpfe er hat?« Er stand wieder auf und wischte einige Grashalme von seiner goldenen Rüstung. »Na gut, Belus«, sagte er und schaute den Dämon misstrauisch an, »sag mir den Weg.«

Der Dämon bedachte Sigvald noch einige Sekunden mit seinem schrecklichen, gnädigen Lächeln, dann ging er zu seinem Schriftgelehrten und schaute zur Korrektur auf das Pergament, welches die Kreatur hochhielt. Anscheinend zufrieden nickte der Dämon und diktierte weiter. »Und so war es, als das schwache Licht durch die Apfelblüten fiel und sich in Belus Püls tränenden Augen spiegelte, dass Sigvald seine Schande und Unwürdigkeit erkannte. Er wusste, dass er selbst im

Verfolgen von Genuss kein Versager sein durfte, daher löste er die drei Herausforderungen mit so viel Eifer und Würde wie möglich. Denn immerhin, welches Geschenk könnte schon zu großzügig sein für ein solch ehrwürdiges Wesen, das ihm eine Ewigkeit der Ektase geschenkt hatte?«

KAPITEL ZWANZIG

Sigvald wollte vor Glück in die Luft springen. Als er sich auf den höchsten Gipfel des Berges gezogen hatte, liefen ihm Tränen aus den Augen und sein Herz hämmerte in seiner Brust. »Bei den Göttern!«, schrie er und schützte sein Gesicht vor dem gewaltigen, eisigen Wind. Er schaute in das Tal hinab. »Wo sind wir hingekommen? Wo *sind* wir hingekommen?«

Vor ihm zeigte sich ein Bild absoluter, beeindruckender Schönheit. Die gesamte gefrorene Landschaft schien zu kochen und sich zu bewegen, als würde sie von der Macht des Sturmes durcheinander geworfen. Große, verschlungene Felsen reichten in den Himmel, einer Orgie aus Granit gleich, während über ihnen die Monde smaragdgrün und kirschrot leuchteten. Das bunte Licht strahlte auf den Schnee und beleuchtete die Kadaver von riesigen, mit silbrigen Schuppen bedeckten Leviathanen, die behäbig durch die Wolken schwebten. Sie besaßen zerrissene Lateinersegel und grelle türkisfarbene Flossen. Er erkannte, dass es sich um gewaltige fliegende Schiffe handelte, die aus den toten Körpern von riesigen Seeungeheuern geschaffen worden waren. Andere Dinge schwammen um sie herum: Aufgeblasene Fische mit langen, insektenähnlichen Gliedmaßen und krächzende, vogelähnliche Stimmen hallten von pinken, federlosen Vögeln her, die rote Kleider trugen und blasse, menschenähnliche Gesichter hatten. Der ganze verrückte Karneval schwebte um einen Berg herum, dessen Spitze noch höher als alle anderen war. Dieser höchste Gipfel bestand aus einem anderen Gestein als die übrigen. Das Licht der Monde wurde in den Spalten und Kristallflächen mit pinken und blauen Farben reflektiert, die so wirkten, als seien sie aus einem einzigen, riesigen Diamanten herausgeschnitten worden.

Sigvald lachte und weinte zugleich. »Schau dir das an«, rief er und schüttelte seinen Kopf. Als er sich beeindruckt umschaute, konnte er eine Anzahl an Schatten erkennen, die anscheinend ohne Köper durch den Sturm flitzten. Sie waren groß und gertenschlank und drehten sich gegenseitig in einem frenetischen, lustigen Tanz; dabei bliesen sie in lange, schattenartige Trompeten, die die Gipfel und Täler mit einem durchdringenden, tonlosen Getöse erfüllten. »So etwas habe ich noch nie gesehen.«

Oddrún stand nur einige Fuß von ihm entfernt und hielt sich grimmig an den Resten eines zerborstenen Baumes fest. Der Dämon hatte Sigvald befohlen, seine Armee zurückzulassen, aber darauf bestanden, dass er Oddrún aus seinen Augen entfernte. Daher war der tapsige Hofmeister gezwungen gewesen, dem Prinzen die letzten drei Tage zu folgen. Vom Aufstieg zu erschöpft, um zu antworten, schüttelte Oddrún seinen vermummten Kopf. Dann trat er mit einem angewiderten Stöhnen von dem Baum zurück. Hunderte kleiner schwarzer Wesen krabbelten von der weißen Rinde auf seine Arme. Zu seinem Schrecken erkannte er, dass es winzig kleine Männer waren, die sich flüsternd auf glänzenden Insektengliedern bewegten. Als er zurückstolperte, wischte er einige von ihnen von seiner Robe und schimpfte dabei vor sich hin, während er zwischen den eisigen Felsen vor- und zurücksprang.

Der Prinz lachte nur noch lauter, als er Oddrúns komischen, panischen Tanz sah. »Endlich passt du dich den Gegebenheiten an«, schrie er, seine Stimme fast hysterisch.

Oddrún drehte sich noch einige Zeit und wedelte mit seinen langen, unbeholfenen Armen, während er die Spinnenmenschen von seiner Kleidung entfernte. Dann fiel er stöhnend in den Schnee und fasste sich an den Kopf. »Frag den Doktor, wo wir sind«, verlangte Sigvald, nachdem er endlich aufgehört hatte, zu lachen.

Oddrún zog das goldene Behältnis aus seiner Robe und öffnete den Verschluss.

Doktor Schliemanns Kopf hatte bereits zu verwesen begonnen. Seine ausgemergelten Gesichtszüge hatten eine grau-grünliche Farbe angenommen und schwarze Adern zogen sich über das Gesicht. Seine Drahtbrille war seine lange Hakennase heruntergerutscht, und als er zum Prinzen blickte, waren seine Augen milchig und blind.

»Wo sind wir, alter Freund?«, schrie Sigvald und sprang von dem Vorsprung, wobei er das Behältnis ergriff und es vor sein Gesicht hielt. Als er den Verwesungsgeruch bemerkte, zog er eine Grimasse, hielt es aber weiter nahe vor sich, während er auf eine Antwort wartete.

Die Antwort des Doktors klang breit und unmenschlich. »Am Rande der Vernunft. Am Rand der Schattenlande. An den wabernden Grenzen der menschlichen Welt.« Er hielt inne und hustete einen Klumpen getrockneten Bluts hoch. »Während wir uns den immateriellen Königreichen nähern, wird die Logik aufhören, zu existieren. Es könnte schwierig werden, rational zu denken oder einfach nur die materielle Körperform zu behalten.« Er fuhr sich mit seiner schwarzen Zunge über die Lippen. »Wenn du noch viel weiter gehst, könnte es passieren, dass dich die Wogen der Magie zerreißen.«

Sigvald verdrehte nur seine Augen und ließ ein ablehnendes »Pah!« verlauten, dann ließ er das Behältnis fallen. Es rollte über die Steine und verlor Schrauben und Federn, bevor es in einen tiefen Spalt stürzte. Sigvald drehte sich mit einem entzückten Staunen zurück. »Dies ist der Rand *von allem*, Oddrún«, flüsterte er und schaute auf die gequälten Berge und den von Schreien und Dämonen erfüllten Himmel. »Wo das Leben selbst neu beginnt.« Er schüttelte seinen Kopf. »Wieso habe ich nur so sinnlos meine Zeit verschwendet, wo es doch solche Wunder zu entdecken gibt?«

Oddrún wankte über den Abhang und zog das Behältnis aus dem Felsspalt. Der Deckel war zugeschnappt, als es gegen den Felsen gestoßen war, daher öffnete er es wieder und schaute auf den Kopf des Doktors. Er konnte eine neue Wunde auf seiner kalten Haut erkennen, die ein Stück seines Schädels offenbarte, aber er blutete nicht. Er blickte für einige Sekunden auf die vernarbten und gequälten Züge des Doktors und brüllte dann vor Schmerzen. »Du kannst ihn nicht so behandeln!«, schrie er und packte Sigvald an den Schultern, um ihn wegzuschubsen.

Der Prinz stolperte und wankte an der Kante des Vorsprungs. Seine Augen wurden vor Aufregung größer, als er sich noch weiter über den Abgrund beugte und nur Oddrúns langer, zitternder Arm ihn vor dem Tod bewahrte. Ihm entfuhr ein lautes Gelächter. »Wirst du mich jetzt töten, Oddrún?«, schrie er und versuchte gar nicht erst, sich festzuhalten. »Wirst du mich letztendlich doch ermorden?«

Oddrún hielt Sigvald dort für einige Sekunden und zitterte vor Wut. Dann murmelte er etwas Unverständliches in seine Kapuze und zog Sigvald zurück in Sicherheit.

»Gib das her«, schnappte Sigvald und grinste Oddrún verächtlich an, während er ihm das beschädigte Behältnis abnahm. »Nun aber. Wo sind wir genau, Doktor Schliemann? Du sagtest mir, du könntest mich zur Heimat des großen Drachen führen.«

»Das habe ich bereits. Dies hier sind Galrauchs Jagdgründe. Die besondere Merkwürdigkeit der Umgebung kommt von dem sich ständig wandelnden Einfluss seines Herrn, dem Zauberer, Tzeentch.«

Sigvald nickte. »Wo kann ich ihn nun finden? Wo ist unsere Beute?«

»Die Vergangenheit quält den großen Drachen. Er war einst eine Kreatur von sehr großer Intelligenz, aber das Chaos hat ihn unwiederbringlich verändert. Wenn er sich nicht an seinen Opfern labt, versteckt er sich voller Scham unter einem Kristallberg, umgeben von Spiegelbildern, und quält sich selbst mit Erinnerungen an halb vergessene Schwüre.«

»Ein Kristallberg? Natürlich.« Sigvald schaute zurück durch das Tal auf einen glitzernden Gipfel auf der anderen Seite. »Also ist das sein Hort.«

Er schaute ein letztes Mal auf die fliegenden Monster über seinem Kopf und fing dann an, auf der anderen Seite des Berges wieder hinabzusteigen. »Halt dich ran, Oddrún«, schrie er und lächelte verspielt zu dem Riesen, als er herunterkletterte. »Wer weiß, wann du die nächste Chance bekommst, dich von mir zu befreien?«

Der Kristallberg war noch tückischer als die bisherigen Gipfel. Das Mondlicht schien durch die gezackten Facetten und machte es fast unmöglich, festzustellen, wo man hintreten sollte. Jeder eisige Schritt sah so aus, als würde er in einer bodenlosen Grube enden, die mit Zacken und verwirrenden Spiegelbildern behaftet war. Noch bevor er die Hälfte hinter sich gebracht hatte, brach Sigvald erschöpft zusammen – er fiel auf die Felsen und schrie frustriert auf. »Müssen wir diesen ganzen Berg erklimmen?« Er schaute zurück auf die sich anhäufenden Schneeverwehungen, konnte aber kein Zeichen von Oddrún erkennen. Verzweifelt zog er sein Schwert und hackte auf die Kristalle ein. Sein Schwert prallte ab, ohne auch nur einen Kratzer zu hinterlassen. »Wie kommen wir hinein?«, schrie er in den Sturm, obwohl er wusste, dass er keine Antwort bekommen würde. Er schaute auf die Kreaturen, die über ihm kreisten.

Seine Bewunderung für ihre verrückten Gestalten hatte

bereits abgenommen und wurde von einer Gereiztheit über die Verzögerung ersetzt. Irgendwo südlich von ihm ritt ein Idiot mit Hundekopf in den Kampf und trug dabei einen bronzenen Schädel, der rechtmäßig seiner sein sollte. »Was für eine Verschwendung«, murmelte er, als er darüber nachdachte, was für eine Tragödie es darstellte, dass diese göttliche Macht durch den Kopf eines solchen Dummkopfs strömte.

Als er sich zurück auf das Eis legte und über die Ungerechtigkeit seines Schicksals nachdachte, bemerkte Sigvald, dass sich der Schneefall zu Hagel gewandelt hatte. Große, leuchtende Körner trommelten auf den Bergrücken und gegen seine goldene Rüstung. Irgendwas an diesem Niederschlag war merkwürdig und er streckte eine Hand aus, um ein Hagelkorn zu fangen. Als er es vor sein Gesicht hielt, stellte er fest, dass es nicht aus Eis war; es war eine dicke, kraftlose Made, die so groß wie sein Daumen war. Als sie sich in seinem Griff wand, konnte er einen schwarzen Schatten in den fleischigen Ringen der Made erkennen. Er drückte die Made vorsichtig und sie platzte auf, woraufhin ein geflügelter, schwarzer Aal aus seinen Fingern schlüpfte und in den Sturm flog. Der Prinz schüttelte angewidert seinen Kopf und schaute auf die Gewitterwolken über ihm. Als er seinen Kopf hochstreckte, landeten dutzende der Maden in seinem Gesicht und seinen Haaren. Viele von ihnen platzten auf, als sie ihn berührten, und brachten so weitere schwarze Aale hervor. »Das ist total lächerlich, ich kann noch nicht einmal …«, sagte er, bevor er verstummte, als ihm eine der Maden in den Mund fiel und auf seiner Zunge zerplatzte. Er sprang auf und übergab sich auf einen hochstehenden Kristall. Spuckend und hustend schrie er: »Oddrún«, verzweifelt darum bemüht, die Larven abzuwehren, »was sagt der Doktor?«

Es gab keine Antwort und sein Gesicht zuckte vor Frustration. »Was mache ich hier bloß?«, schrie er und schlug sich mit seinen Fäusten auf die Stirn. Er stolperte zurück, fiel hart und schlitterte über den vereisten Abhang. Dabei rutschte er in eine enge Gletscherspalte und seine Rüstung klapperte und schlug gegen die Kristalle, bis er viele Fuß weiter unten zu einem Halt kam und vor Wut und Schmerz zitternd liegend blieb. Nach kurzer Zeit schaute er hoch und verzog verwirrt sein Gesicht. Wenige Fuß von ihm entfernt, auf der anderen Seite einer kleinen Erhöhung, beobachtete ihn ein blasses, entspanntes Gesicht. Er stand auf und zuckte vor Schmerz von den dutzenden neuer Blutergüsse, die sich unter seiner Rüstung gebildet hatten. »Hallo?«, sagte er und erhob eine Hand, um seinen Kopf vor den fallenden Maden zu schützen, die immer noch die Steine herabpurzelten. Als er sich dem Gesicht näherte, war es ihm nicht ganz klar, was er sah. Überall, wo er hinschaute, konnte er Reflexionen des blassen, pausbäckigen Gesichts sehen. Es hatte weite, leere Augen und einen sabbernden, zahnlosen Mund.

Erst als er bis auf einige wenige Fuß an das Gesicht herangetreten war, erkannte er die wahnsinnige Größe des Gesichts. Das Ding war über dreißig Fuß hoch und der weit offen stehende Mund führte in eine große, schwarze Öffnung. Sigvald grinste, als er bemerkte, dass es riesige, stinkende Schwalle unterirdischer Luft ausatmete. »Das muss es sein«, rief er und näherte sich dem weit aufgerissenen Kiefer. Als er näher kam, bemerkte er, dass ihn die riesigen Augen mit einem verächtlichen Blick beobachteten. Sigvald ging näher heran und fluchte. Die Maden fielen noch immer aus den Gewitterwolken und eine hatte sich in seinem goldenen Haar verfangen. Er wischte sie weg und hob seinen runden Schild über seinen Kopf. »Ich suche einen großen Drachen«, schrie er und schaute in die großen Augen. »Kannst du mir den Weg zeigen?«

Ein tiefes Stöhnen war die einzige Antwort.

Sigvald blinzelte durch den Hagel und versuchte, das Ende des Mundes zu erkennen. Er war sich nicht sicher, aber es schien, als wenn am Ende eine Art Höhle oder Tunnel anfangen würde. Er schaute nervös über seine Schulter. »Oddrún«, schrie er, »bist du da?«

Die einzigen Geräusche kamen von den dämonischen Kreaturen, die über ihm durch die Luft flogen, und Sigvald wusste, dass er alleine war. Er schaute wieder in den höhlenartigen Mund und verzog das Gesicht. Letztendlich brachte ihn das beständige Prasseln der Maden auf seinem Schild zu einer Entscheidung. Er marschierte entschieden auf den Mund zu, kletterte über das weiche Zahnfleisch und trat auf die riesige, schlaffe Zunge. Als seine Füße in den sanften Muskel sanken, wartete er kurz, um zu sehen, ob der Kopf reagieren würde. Das Stöhnen wurde etwas lauter, aber ansonsten veränderte sich nichts. Sigvald zuckte mit den Schultern und ging ein paar Schritte weiter. Das Mondlicht reichte nicht sehr weit in den Rachen, aber er war sich nun sicher, dass er am Ende der Zunge eine Art Höhle sehen konnte. »Das muss es sein«, sagte er und marschierte vorwärts.

Oddrún fluchte, als er das goldene Behältnis über einen Vorsprung hob und sich selbst dann hinterherzog. Die ekelhaften Kreaturen prasselten noch immer auf seine Kapuze, aber er beachtete sie nicht weiter, als er wieder aufstand und den glitzernden Bergrücken nach dem Prinzen absuchte. Er entdeckte etwas Merkwürdiges in seinem Augenwinkel und kletterte durch eine enge Gletscherspalte. Am anderen Ende des Spalts trat er in eine kleine Öffnung und schüttelte ungläubig seinen Kopf. Ein riesiges, dreißig Fuß hohes Gesicht starrte aus dem Felsen auf ihn herab. Sein Mund war eng verschlossen und seine Augen strahlten fröhlich. Der Hofmeister stolperte schockiert zurück und war nur noch verzweifelter, Sigvald zu finden. Dann kletterte er über die Kristalle und suchte nach einem Weg in den Berg hinein.

KAPITEL EINUNDZWANZIG

Nach einigen Tagen bemerkte Bruder Bürmann eine Veränderung. Die Operationslichter strahlten immer noch über ihm und leuchteten auf die Messer und durchsichtigen Gefäße mit Säure, aber die Räume waren ungewöhnlich still. In den Tiefen seines gebrochenen und gefolterten Geistes erwachte etwas Hoffnung. »Das Schreien«, dachte er und erhob seinen Kopf von seiner Brust, um in die Dunkelheit zu starren, »es hat aufgehört.«

Die anderen Sklaven schauten durch ihn durch, ohne ihn zu bemerken, als er sie schüttelte und versuchte, sie aufzuwecken. Er verstand es. Welches Recht hatte er, sie aus ihrem gnadenvollen Vergessen zu erwecken? Welches Recht hatte er, über eine Flucht nachzudenken? Und überhaupt, nach all den Dingen, die sie getan und gesehen hatten, welchen Grund gab es überhaupt, zu fliehen? Keiner von ihnen würde zurückkehren können. Es gab keine Möglichkeit, wieder ein normales Leben zu führen. Selbst wenn er es irgendwie hinausschaffen würde, wie könnte er jemals wieder seiner Ordensgemeinschaft beitreten, mit den Erinnerungen an all diese grausamen

Verbrechen? Er fuhr sich mit einem Finger über die Narbe an seinem Hals. Wie sollte er ohne Stimme beten? Er versuchte, sich zu beruhigen und auf die Rückkehr des Chirurgen mit dem lilafarbenen Haar zu warten, aber es war sinnlos: Seine Gedanken lockten ihn mit Vorstellungen von Freiheit, bis er endlich mit einem wortlosen Stöhnen aufstand und mit schmerzenden, verkrampften Muskeln den Operationssaal verließ.

Die dunkelroten Tische waren leer. Die abartigen Körper von Hazûls Patienten waren verschwunden. Die einzigen Spuren waren blutverschmierte Messer und ein einzelner durchsichtiger Flügel, der auf dem Boden herumflatterte. Bruder Bürmann fuhr sich mit einer Hand über seinen geschorenen Kopf und verzog das Gesicht. Solange er sich erinnern konnte, waren diese Räume mit Schreien und den um Gnade bettelnden Opfern gefüllt gewesen, aber nun war sein eigener schwerer Atem das einzige Geräusch.

Oder etwa nicht?

Der Mönch hielt die Luft an und lauschte. Irgendwo draußen konnte er splitterndes Glas und zerbrechendes Holz hören. Der Güldene Palast war ein Labyrinth. Diejenigen, die dumm genug waren, ihn einmal zu betreten, würden niemals wieder den Weg hinausfinden, wenn es der Güldene Prinz nicht wünschte. Aber vielleicht war der Randalierer, den er hören konnte, in der Lage, ihn in die Freiheit zu führen?

Er rannte durch die leeren Operationsräume und schlüpfte auf den Flur. Er war genauso leer. Einige der Porträts von Sigvald waren von den Wänden gerissen worden und einige von Sigvalds Gesichtern grinsten ihn vom Boden aus an, während Bürmann weiterging und die Tür zu den Balkonen draußen öffnete. Als er die Tür erreicht hatte, schaute er sich ängstlich auf dem Flur um; er ging davon aus, jeden Moment entdeckt zu werden.

Ein Echo von Hazûls leidender Stimme hallte aus der Dunkelheit. »Du musst dich daran gewöhnen, die Schreie zu lieben. Stell sie dir als eine wundervolle Oper vor, mit dir als Dirigent, der die Musik in seinem Ensemble dirigiert.« Bürmann zitterte. Er musste fliehen. Egal, was für Grausamkeiten ihn draußen erwarteten, sie würden niemals so schlimm sein wie Víga-Baróis Chirurg. Er öffnete die Tür und schlich hinaus in die Nacht.

Der Güldene Palast lag vor ihm – seine goldenen Türme und Kuppeln strahlten durch die Schneeflocken. Er lehnte sich über den Balkon und schaute in den endlosen Sturm, vorbei an den hängenden Fundamenten auf die Felsen am Boden. Die Landschaft war leer. Kein einziger Wächter patrouillierte auf dem Anwesen. Er schaute auf die Mauern des Palastes. Alle Fenster waren dunkel. War er wirklich ganz alleine? Nein, da hörte er es wieder – das Geräusch von brechendem Glas und vielleicht sogar eine Stimme, die vor sich hin schimpfte.

Er ging wieder in den Palast und den Flur entlang, durch einige Türen, auf die Geräusche zu. Er beeilte sich, vergaß dabei alle Vorsicht, und fing an, zu laufen. Er wusste, es konnte nicht mehr lange dauern, bis er entdeckt werden würde. So eine Chance würde sich nie wieder ergeben. Er konnte die Stimme jetzt besser verstehen. Es schien eine Frauenstimme zu sein, die Sigvalds Namen verwünschte. Er lief noch schneller. Es musste eine Sklavin sein. Vielleicht konnte er mit ihr zusammen einen Weg nach draußen finden?

Bruder Bürmann betrat eine kühle Kapelle und blieb stehen. Der Saal war mit feinen Fresken ausgestattet, ein jedes zeigte einen von den vielen Siegen Sigvalds. Bürmann staunte, beeindruckt von der Schönheit der Bilder. Er war noch nie zuvor in Sigvalds privaten Gemächern gewesen und selbst im schwachen Mondlicht wirkten sie überwältigend. Es gab eine Reihe von runden Löchern auf der einen Seite der Kapelle, die mit bunten Bleifenstern gefüllt waren und die das Licht einem Kaleidoskop gleich in verschiedenen Farben auf die Fresken fallen ließen. Die heldenhaften Szenen waren von fröhlichen Farben beleuchtet und schienen vor Leben und Leidenschaft zu pulsieren, und trotz all der schrecklichen Grausamkeiten, von denen Bürmann wusste, konnte er nicht anders, als die Fresken zu bewundern. Sie reichten bis in das hohe Gewölbe der Decke, wo sie von zwei goldenen Sockeln umgeben waren, die das lachende Gesicht des Güldenen Prinzen darstellten.

Bürmann zuckte, als er merkte, dass eine thronende, Marmorstatue am Ende des Ganges auf ihn herabstarrte. Der glänzende Stein war wie eine Art grausamer Chaosdämon geformt: ein androgyner Jugendlicher, der eine einfache Robe trug und ein ruhiges Lächeln auf dem Gesicht hatte, welches im direkten Gegensatz zu den zwei schwarzen Hörnern stand, die aus seiner Stirn wuchsen. Der Dämon hielt eine einzelne, lange Lilie in der Hand und seine andere Hand war zu den Reihen der Kapellenstühle ausgestreckt.

Der Mönch fühlte sich unwiderstehlich von der Statue angezogen und stolperte den Gang hinab auf sie zu, während er seinen Mund in wortlosen Gebeten bewegte. Als er vor der Statue auf die Knie fiel, bemerkte er, dass die Pflastersteine mit hunderten von Leinwandfetzen übersät waren. Jedes Stück zeigte ein Teil von Sigvalds Gesicht: Blaue Augen, Adlernase und goldene Locken waren überall im Raum verteilt, als wäre der Güldene Prinz von seinem dämonischen Gebieter zerfetzt worden.

Ein Geräusch von brechendem Holz erweckte Bürmann aus seiner Träumerei und er drehte sich erleichtert von der Statue weg, während er die Dunkelheit nach dem Grund für die Geräusche absuchte. In einem der Alkoven sah er eine Bewegung und schlich vorwärts, besorgt, das vernarbte Gesicht von Víga-Barói in der Dunkelheit zu entdecken. Zu seiner Erleichterung sah er stattdessen eine junge Frau, die auf dem Boden hockte und zwischen den Stühlen ein Gemälde in lange Streifen riss. Sie hatte ihm den Rücken zugewandt, aber irgendetwas an ihr kam ihm bekannt vor. Als Bürmann näher kam, konnte er einen Schwall von Flüchen hören. Sie sprach in der bösartigen, abstoßenden

Sprache der Chaoswüste, aber der Grund ihrer Wut war klar. Sie spuckte und zischte, während sie Sigvalds Bild in tausend Teile zerriss.

Bürmann wartete und war sich nicht sicher, ob er seine Anwesenheit preisgeben sollte. Doch dann, während er die Frau dabei beobachtete, wie sie die Leinwand zerriss, überkam ihn ein plötzliches Verlangen. Angewidert von sich selbst schüttelte er den Kopf. Trotz der schrecklichen Gefahr, in der er sich befand, trotz all der Grausamkeiten in seinen Gedanken bemerkte er, wie er auf die Muster des eng anliegenden Jadekleides der Frau starrte, lüstern wie ein Jugendlicher. Während die Frau das Gemälde zerfetzte, bewegte sich ihr Kleid verführerisch über ihre Rundungen und brachte den Mönch zu einem wortlosen Stöhnen.

Die Frau sprang auf die Füße und drehte sich zu ihm um.

Es dauerte ein paar Sekunden, bis der Mönch seinen Blick von ihrem Körper abwenden konnte und bemerkte, dass ihr Gesicht hinter einem Schleier verborgen war. Prinzessin Freydís, dachte er mit einem Anflug von Schrecken.

Die Prinzessin stand einige Sekunden still und atmete schwer von ihrer Arbeit. Dann zog sie den Schleier zur Seite und starrte den Mönch mit wütender Verachtung an. Sie hob ihr Kinn und sprach ihn mit eiskalten, scharfen Worten an. »Du bist eins von Víga-Baróis Haustieren«, sagte sie in der Sprache des Mönchs ohne auch nur eine Spur von einem Akzent. »Du bist entkommen.«

Der Mönch nickte ansatzweise und trat näher an sie heran. Dabei bewegte er seine Finger, als er sich vorstellte, ihren langen elfenbeinfarbenen Hals zu streicheln.

Die Prinzessin starrte ihn mit ihren blauen Augen an und legte eine Hand auf seine Brust. »Hilf mir, Mönch. Sigvald hat mich verraten.« Ihre Stimme überschlug sich, als sie dabei auf die Bilder schaute. »Er hat mich im Stich gelassen.«

Der Mönch konnte seine Augen nicht von ihrem Gesicht abwenden. Die Vorstellung, dass so ein perfektes Wesen leiden musste, war fast mehr, als er ertragen konnte. Tränen liefen seine Wangen hinab und ihm entfuhr ein mitleiderregender Seufzer, als er versuchte, der Frau klar zu machen, dass er sie niemals verlassen würde.

Die Härte verschwand aus Freydís Augen und sie entgegnete ihm ein trauriges Lächeln. »Alles, was ich will, ist, diesen verfluchten Ort zu verlassen und ein neues Leben anzufangen«, sie legte eine Hand auf die Schulter des Mönches, »mit jemandem, der mich beschützen kann.«

Der Mönch fiel mit einem Schluchzer zu Boden und umklammerte ihre Beine.

Freydís löste sich vorsichtig aus seiner Umarmung und schüttelte ihren Kopf. »Aber mein gnadenloser Ehemann hat mir verboten, diesen Ort zu verlassen.« Sie zeigte auf die großen Bleifenster und ihr trostloser Ton war wieder zu vernehmen. »Ich bin für immer hier gefangen. Oder zumindest, bis ein umherwandernder Abenteurer mich findet und ermordet.«

Bürmann schüttelte verzweifelt seinen Kopf und schaute zurück zum Ausgang.

Freydís schüttelte ihren Kopf. »Sein schrecklicher, kleiner, fischköpfiger Zauberer hat mich verflucht. Ich kann nicht aus dem Palast herausgehen. Sobald ich mich den Toren nähere, verweigern sich meine Beine meinem Befehl. Und keiner seiner verkommenen Psychopathen will mir helfen.« Ihre Augen wurden größer und sie griff dem Mönch wieder an die Schulter. »Aber vielleicht kannst du mir ja helfen?«

Der Mönch nickte eifrig und stand wieder auf, wobei er Worte stiller Zustimmung formte.

Freydís beugte sich näher zu ihm und hielt seinen Kopf in ihren Händen. Dabei näherte sie sich mit ihren Lippen so nah, dass sie sich beinahe küssten. »Du könntest mich tragen«, hauchte sie.

Der Mönch lehnte sich nach vorne und schloss seine Augen, während er leicht stöhnte.

»Kannst du das für mich tun?«, flüsterte sie und strich mit einem Finger über seine zitternden Lippen.

Er atmete tief ein und schaute sich in der Kapelle um. Er nickte erneut und deutete auf die Tür, durch die er gekommen war. Freydís schenkte ihm ein schiefes Lächeln und schüttelte ihren Kopf, während sie auf eine andere Tür zeigte, die sich unter der Statue des Dämons befand. »Ich kenne einen besseren Weg, Mönch.«

Bürmanns Kopf brummte, als sie durch eine Reihe von leeren Räumen und Fluren liefen. Jeder Raum war gezeichnet von Freydís' Wut: Zerbrochene Statuen und zerrissene Leinwände pflasterten den Boden, aber der Mönch nahm außer Freydís kaum etwas wahr. Als sie vor ihm lief, füllten sich seine Gedanken mit verkommenen Visionen, die so verdorben und roh waren, dass er kaum glauben konnte, dass sie seinem eigenen Geist entsprungen waren. Seine Muskeln waren verkrampft und schwach von Tagen der Untätigkeit, aber er konnte Schritt für Schritt mithalten. Er lief Freydís hinterher wie ein Hund auf der Spur eines Fuchses.

Nach einem zehnminütigen Sprint durch abgedunkelte Kammern und einsame, vom Sturm verwüstete Gärten erreichten sie endlich den gewölbten Durchgang, der zum Hauptausgang führte. Freydís begann zu klatschen, während sie rannten. »Das hat er nicht vorausgesehen«, sagte sie, und hielt vor einem seiner großen Porträts inne. »Du wirst mich nicht verlassen«, spuckte sie und starrte Sigvalds Abbild zornig an. »Ich bin keins deiner schwachsinnigen Spielzeuge.«

Bruder Bürmann schaute sich nervös um, als sie den goldenen Rahmen anpackte und das Gemälde von der Wand riss, welches dann auf dem Boden zerbrach. Er stöhnte und zupfte an dem Ärmel ihres Kleides, aber sie ignorierte ihn und bückte sich über die Leinwand: Sie zerkratzte mit ihren langen Fingernägeln Sigvalds Gesicht, wobei ihr ein lauter, tieftrauriger Schrei entfuhr.

Bürmann versuchte, sie vom Boden hochzuziehen, während

er stöhnend auf den Flur deutete. Doch je mehr sie auf das Bild einhackte, desto wilder wurde sie. Ihre langen schwarzen Locken fielen in ihr Gesicht und ihre Schreie wurden nur noch lauter. »Wie kannst du es nur wagen, mich zurückzulassen?«, schrie sie und ihr Körper bebte bei jedem Schluchzer. »Wie konntest du meine Liebe missbrauchen? Ich werde dich finden, Sigvald! Dafür wirst du bezahlen!«

Der Mönch wich zurück und schüttelte seinen Kopf, während sie sich ganz und gar ihrer Trauer hingab. Er schaute auf sie herab und war plötzlich von Zweifeln erfüllt. Wollte sie wirklich mit ihm fliehen oder hatte sie etwas anderes im Hinterkopf? Er schaute den Flur entlang und fragte sich, ob es nicht sicherer wäre, sie hier zu lassen und alleine zu fliehen, aber es hatte keinen Zweck. Er wusste, dass er niemals ohne sie gehen könnte. Er streckte eine Hand aus, um sie vom Bild wegzuziehen, aber er hielt plötzlich inne, als er bemerkte, dass der Durchgang nach fauligen Essen roch.

Warmes Fleisch wickelte sich um Bürmanns Gesicht, knickte seinen Kopf zurück und warf ihn zu Boden. Er versuchte, aufzustehen, bemerkte aber, dass ihn mehrere Gliedmaßen festhielten. Der Mönch stöhnte vor Schrecken, als seine Augen den Gliedmaßen zu ihrem Körper folgten: Ein riesiger, sabbernder Kopf waberte auf seinen schlangenähnlichen Gliedmaßen hin und her und schaute ihn an. Der ekelhafte Kopf lächelte ihn verschwörerisch an, hob einen seiner Tentakel vor seinen riesigen Mund und bedeutete ihm, leise zu sein.

Freydís war zu sehr mit ihrer Trauer befasst, um den Schatten auf dem Bild zu bemerken, als sich das Ungeheuer auf sie zu bewegte.

Ansgallür der Hungerleider beobachtete seinen Schützling für einige Sekunden in Ruhe und genoss eindeutig ihren Schmerz. Als ihre Bewegungen weniger wild wurden und sie erschöpft auf die Leinwand fiel, wickelte sich einer seiner Tentakel in einer schlängelnden und geschmeidigen Bewegung um ihre Hüfte.

Prinzessin Freydís schrie schockiert auf und stieß das Bild von sich, aber schon bei der ersten Bewegung hatten sich dutzende weiterer Gliedmaßen um sie gewickelt und hoben sie wie ein Kind in die Luft, während sie ihren Schleier wieder vor ihrem Gesicht befestigten. »Lass mich los!«, schrie sie, als Ansgallür sie zu sich drehte.

Ansgallür öffnete seinen Mund etwas weiter und ließ etwas süßliche Flüssigkeit aus den Winkeln seines Mundes tropfen. »Hatten wir unseren Spaß, Prinzessin?«, fragte er. »Willst du wirklich unbedingt gehen?«

»Wie kannst du es wagen, mich so anzufassen, Diener«, schrie sie und kämpfte gegen seinen festen Griff.

»Es bereitet mir kein Vergnügen«, log er und zog sie näher zu sich, »aber du weißt, dass ich auf dich aufpassen muss, bis der Güldene Prinz zurückkehrt.«

Freydís entfuhr ein hysterisches Lachen. »Er kommt nie wieder zurück, du Idiot. Verstehst du das nicht? Er hat uns beide im Stich gelassen.«

Ansgallürs weite, wässrige Augen verengten sich kurz und sein Gesicht verwandelte sich in eine Grimasse. »Was für eine verrückte Annahme«, antwortete er, allerdings mit einem hörbaren Zweifeln in seiner Stimme. Er deutete auf die beeindruckende Architektur um sie herum. »Der Güldene Palast ist sein Zuhause. Wir sind seine geliebte Familie.« Seine Stimme wurde selbstsicherer und er lächelte. »Du versuchst, mich hereinzulegen, Freydís.« Er zeigte mit einem seiner Tentakel auf den zappelnden Mönch. »Ich bin nicht so einfach zu täuschen wie andere. Ich weiß, dass uns Sigvald niemals im Stich lassen würde.«

Bruder Bürmann beobachtete voller Schrecken, wie anscheinend das Leben aus Freydís entwich. Nachdem sie einige Sekunden lang Ansgallür verbittert angestarrt hatte, wurde ihr Körper schlapp in seinem Griff und sie akzeptierte ihre Niederlage mit einem letzten gemurmelten Fluch.

Als er sich an seinen anderen Fang erinnerte, drehte sich

Ansgallür zurück zu dem Mönch. Er leckte sich über seine Lippen, als er Bruder Bürmanns dünne Gliedmaßen begutachtete. »So viel Arbeit macht hungrig«, brummte er, als er den Mönch in die Luft hob.

KAPITEL ZWEIUNDZWANZIG

Sigvald hielt inne und lauschte. In der Dunkelheit murmelte eine Stimme zu sich selbst. Als der Mund hinter ihm zugeschnappt war, hatten die Wände gezuckt und ihn in die Dunkelheit geschleudert. Er war sich nicht sicher, wie tief er gefallen war, bevor er in weichem, zitterndem Fleisch gelandet war, aber seit über einer halben Stunde hatte er nicht den kleinsten Funken Licht gesehen. »Was ist das?«, flüsterte er. Die Stimme murmelte Kauderwelsch, aber er orientierte sich trotzdem an ihr und stolperte durch den warmen, lebendigen Tunnel. Nach einer Weile hatte er wieder festen Felsen unter den Füßen und irgendwo vor sich konnte er ein entferntes Leuchten erkennen. Der Prinz ging schneller. Er hatte keine Angst, doch hatte er die bestürzende Vorstellung, dass er sich bei seinem Sturz das Gesicht geprellt haben könnte, und er hatte ein dringendes Bedürfnis, sein Spiegelbild in seinem Schild zu betrachten.

Er kam in eine große, vom Mondlicht erfüllte Kammer. Die entfernte, hohe Decke bestand komplett aus Kristallen, welche das Licht in tausenden kleiner Strahlen auf den Felsen warfen.

Sigvald blieb erstaunt von der Schönheit dieser Höhle stehen. Dann erinnerte er sich an seinen tiefen Sturz und hob den Schild vor sein Gesicht. Er seufzte erleichtert. Seine Haut war nach wie vor makellos.

»Mein Herr«, krächzte eine Stimme. »Hier drüben.«

In einer einzigen, flüssigen Bewegung zog Sigvald sein Schwert und zeigte es in die Richtung der Stimme. Erleuchtet von den bunten Mondstrahlen lag auf der anderen Seite der Höhle ein Leichenhügel. Er näherte sich. »Wer ist da?«

Der Großteil der Überreste war unkenntlich – ein verworrener Haufen aus abgetrennten Körperteilen und feuchten Innereien – aber ein großer Körper befand sich ganz oben auf dem Haufen. Es war ein dicker Mann mit einem roten Gesicht, der einen herabhängenden Filzhut trug und ein langes Gewehr festhielt. Als sich Sigvald ihm näherte, hielt der Mann eine aufgedunsene, ringbesetzte Hand hoch und winkte den Prinzen heran. »Mein Herr«, keuchte er mit aufgeregter Stimme. »Es ist noch nicht zu spät. Wir können fliehen. Wenn wir uns beeilen. Bevor die Bestie zurückkehrt.«

Als Sigvald den Leichenhaufen erreicht hatte, bemerkte er die beeindruckende Sammlung an teuren Pelzen, die über dem runden Körper des Mannes hingen. Sie mussten aus allen Ecken der Alten Welt stammen – er konnte nicht mal die Hälfte von ihnen zuordnen. Dann sah er, dass die Beine des Mannes gebrochen waren; sie waren unter ihm in einem unnatürlichen Winkel abgeknickt. »Die Bestie?«, fragte er und blickte misstrauisch auf den Fremden.

Das Gesicht des Mannes war blass und schweißbedeckt. Er sprach schnell in einer hohen Stimme und litt eindeutig starke Schmerzen. »Ja, mein Herr. Ein großer Drache. Er bewohnt diesen Berg.« Er verzog das Gesicht und rollte mit seinen Augen, als er sich aufsetzte. Seine kleinen Augen wurden größer, als er sich zum Prinzen lehnte. »Es ist ein Labyrinth. Es wurde geschaffen, um die Opfer des Drachen zu verwirren.« Er versuchte, zu lächeln, schaffte es aber nicht wirklich. »Nehmt mich mit. Ich kann Euch den Weg nach draußen zeigen.«

Sigvald lachte. »Ich habe nicht vor, schon zu gehen.«

Das Beinahe-Lächeln des Mannes verpuffte. Er deutete auf die toten Körper um sie herum. »Das Monster ist unersättlich«, sagte er mit einem Anflug von Panik in seiner Stimme. »Wenn wir jetzt fliehen, könnten wir überleben. Lasst mich Euch den Weg zum Ausgang zeigen.«

Sigvalds presste seine Lippen zusammen, als er sich die Waffe des Mannes anschaute. »Du bist eine Art Jäger«, sagte er.

Die Augen des Mannes waren von Schrecken erfüllt. »Darum geht es nicht! Wir müssen gehen!« Er schaute nervös auf eine Öffnung am Ende der Höhle.

Sigvald folgte seinem Blick und nickte, als er verstand, dass es sich um den Weg zu Galrauchs Hort handeln musste. Er trat mit seinem Fuß gegen das Gewehr des Mannes und zog eine Grimasse. »Dachtest du wirklich, du könntest das Monster mit so etwas besiegen? Hattest du überhaupt einen Plan?«

Die Augen des Mannes wurden schmaler, als er eine Chance für eine Abmachung sah. »Einen Plan? Ja. Ich hatte einen Plan.« Er nahm seinen Filzhut ab und wischte sich über die Stirn. Dann gab er Sigvald ein zaghaftes Lächeln. »Es gibt nur einen einzigen Weg, das Monster zu besiegen.« Er versuchte, seine Atmung zu beruhigen. »Vielleicht können wir eine Abmachung treffen?«

Sigvald stöhnte. Er war eindeutig angewidert von dem Gedanken. »Eine Abmachung?«

»Warum nicht? Wenn Ihr so entschlossen seid, dieses Monster zu bekämpfen, kann ich Euch beibringen, was Ihr machen müsst. Ihr müsst mich nur mitnehmen, wenn Ihr wieder geht.« Er sah die Verachtung in Sigvalds Gesicht. »Ihr seid eindeutig von höherer Geburt als ich, aber Ihr braucht einen Führer. Ihr könntet eine Ewigkeit durch diese Höhlen wandern. Befreit mich aus diesem verkommenen Loch.« Er schaute voller Angst in Sigvalds Augen. »Versprecht es mir.« Sigvald sagte einige

Sekunden lang nichts, und als er antwortete, bebte seine Stimme vor unterdrückten Emotionen. »Ich verspreche es.«

Das Gesicht des Mannes erstrahlte mit einem freudigen Grinsen. »Ihr habt nicht viel Zeit«, stöhnte er und deutete auf den Leichenhaufen um sie herum. »Fangt an, zu graben.« Er schlug auf den blutigen Haufen unter ihm. »Irgendwo hier drunter befindet sich eine Musikschatulle.«

»Eine Musikschatulle?«

»Ja!« Der Mann nickte wild und zeigte auf die Leichen. »Beeilt Euch. Das Monster kommt bald zurück.«

Sigvald schaute ihn fragend an. »Wie soll denn eine Musikschatulle helfen?«

Der Mann stöhnte ungeduldig und fing an, in den Körpern zu wühlen; er griff in Taschen und riss blutverschmierte Jacken auf. »Der Drache hat zwei Köpfe«, sagte er. »Beide sind verrückt. Der linke ist absolut bösartig und der rechte ist voller Schande. Er wird von den Erinnerungen an die Elfen von Ulthuan verfolgt, seit unzähligen Jahrhunderten.« Er grinste, als seine Finger etwas zu fassen bekamen, aber sein Lächeln verwandelte sich zu einer enttäuschten Grimasse, als er einen zerbrochenen Hüftknochen in die Luft hielt. Er warf ihn mit einem Fluch weg und suchte weiter. »Meistens dominiert der linke Kopf. Hier oben an der Grenze zum Reich des Chaos ist er einfach stärker. Die dunklen Götter kontrollieren alles.«

»Was hat das denn mit der Musik zu tun?«

»Manchmal wird der Drache von seinen Erinnerungen und seiner Schande überwältigt und dann versucht der rechte Kopf, seinen verräterischen Körper zu zerstören. Er versucht, sich selbst zu töten. Er versucht, für seine Taten zu büßen. Wenn das passiert, gibt es ein Gemetzel. Die zwei Köpfe gehen dann aufeinander los.« Er stöhnte, als eine der Leichen auf seine gebrochenen Beine fiel. »Das Chaos gewinnt immer. Der rechte Kopf wird immer vom linken Kopf besiegt.« Er grinste zu Sigvald. »Aber während der Drache damit beschäftigt ist, gegen sich selbst zu kämpfen, könnt Ihr zuschlagen. Ihr seid ein tapferer Krieger. Ihr könntet die Gelegenheit nutzen. Ihr könntet euer Schwert in sein Herz stoßen.«

Sigvald schüttelte immer noch verwirrt seinen Kopf. »Und die Musikschatulle?«

»Ein Artefakt der Elfen«, stöhnte der Mann, während er die bluttriefenden Körper um sich herum bewegte. »Vor Jahrhunderten geschaffen. Wenn der rechte Kopf des Drachen die Melodie hört, erinnert er sich an die Vergangenheit. Dann wird er von Wut und Schamgefühl zerrissen. Selbst einige wenige Töne echter Elfenmusik reichen dafür aus. Öffnet den Deckel der Schatulle und die Köpfe werden kämpfen. Das garantiere ich Euch.«

Sigvald schien nicht recht überzeugt zu sein und deutete auf den Leichenhaufen. »Tatsächlich? Dein Plan schien beim letzten Mal nicht sehr erfolgreich gewesen zu sein.«

Der Mann schaute auf die Leichen. »Meine Männer haben mich im Stich gelassen!« Er zeigte auf die glitzernde Wand der Höhle. »Irgendetwas ist komisch hier unten. Der gesamte Ort ist voller Spiegel und die Reflexionen sind komisch und falsch. Und diese erbsenhirnigen Dummköpfe ließen sich so leicht ablenken. Ihr könnt Euch nicht vorstellen, wie viel ich ihnen bezahlen musste, nur um diesen Ort zu betreten. Und als das Monster über uns herfiel, waren sie zu beschäftigt, um mich auch nur zu warnen. Sie schauten alle nur auf ihre eigenen hässlichen Gesichter. Ich hatte keine Zeit, die Musik anzumachen.« Als er sich an die Situation erinnerte, zitterte der Mann noch stärker. Er schaute auf seine gebrochenen Beine herab, als ob er sie gerade zum ersten Mal sah, und ihm entfuhr ein mitleiderregendes Schluchzen.

Sigvald rieb seinen Kiefer, als er über die Worte des Mannes nachdachte. »Na gut«, antwortete er und hob einen Finger an seine Lippen. »Bleibe ruhig, mein Freund. Ich glaube dir. Lass uns das Elfenspielzeug finden.« Er griff den nächsten Leichnam und schob ihn beiseite. »Wie sieht die Schatulle aus?«

Der Mann vergaß seine Schmerzen für eine Sekunde und grinste. »Klein. Silber. Mit Sonnen und Monden graviert. Ihr könnt sie nicht übersehen.«

Sigvald nickte und fing an, die Leichen in alle Richtungen zu werfen. Er schaute verbittert auf die Innereien und das Blut, machte allerdings schnelle Fortschritte. Einige Minuten vergingen, während Sigvald grub und der Jäger hektisch in alle möglichen Richtungen schrie und mit seinen Fingern auf jedes noch so kleine Metallteil zeigte. Letztendlich befreite sich Sigvald aus dem Leichenhaufen und stolperte zur Seite, um Luft zu holen.

»Hört nicht auf!«, kreischte der Mann. »Es gibt keine andere Möglichkeit. Gebt nicht auf!«

Sigvald verbrachte einige Sekunden damit, das Blut von seiner Rüstung zu wischen und vor sich hin zu fluchen, und trat dann wieder in den Leichenhaufen. Er hielt eine Hand zu dem Jäger. Er hatte eine kleine Schatulle in der Hand, die aus feinem Silber gefertigt war.

»Das ist sie!«, schrie der Mann und lehnte sich vor, um sie zu ergreifen.

Sigvald blickte verwundert auf ihn und trat einen Schritt zurück, wobei er die Schatulle außerhalb der Reichweite des Jägers hielt. Er hielt sie in einen der Lichtstrahlen und drehte sie zwischen seinem Finger und seinem Daumen, wobei er die Kunstfertigkeit bewunderte. Auf einer Seite war sie leicht verbeult, aber ansonsten sehr hübsch. »Wie macht man es auf?«, fragte er. »Es gibt keine Öffnung.«

»Öffnet es noch nicht«, rief der Jäger erschrocken und lehnte sich zurück auf die Leichen. »Der Mechanismus ist sehr empfindlich. Es hat mich Stunden gekostet, ihn aufzuziehen. Und ich weiß nicht, wie lange es die Musik abspielt.«

Sigvald nickte. »Na gut, aber ich muss es wissen, wenn es soweit ist.«

»Auf dem Deckel ist eine Sonne, die größer als die anderen ist.«

Der Prinz drehte die Schatulle herum und suchte nach dem Symbol. »Die mit dem Gesicht?«

»Ja, die mit dem Gesicht. Wenn der Drache Euch fast erwischt hat, drückt Ihr die Sonne, bis es ´Klick´ macht. Dann wird sich die Schatulle öffnen und die Melodie abspielen.«

Sigvald nickte, drehte sich um und ging auf den Tunnel zu.

»Wartet!«, schrie der Jäger. »Was ist mit mir? Ihr habt mir versprochen, mich aus diesem verdammten Ort zu befreien!«

Sigvald lachte und schüttelte seinen Kopf. »Natürlich«, schrie er und ging zurück zu den Leichen.

Als der Jäger seine Hand ausstreckte, zog Sigvald sein Schwert und stieß es ihm direkt in sein Herz.

»Du bist frei«, flüsterte er, sein Gesicht nur einen Zoll von dem des Jägers entfernt.

Die Augen des Mannes weiteten sich vor Schock. Als Sigvald seine Klinge wieder zurückzog, rutschte er auf die anderen Leichen, genauso leblos wie seine Diener.

Sigvald wischte in aller Ruhe sein Rapier an den luxuriösen Pelzen des Mannes sauber und ging zurück zu dem Tunnel. Er führte in einen breiten Durchgang, der aus denselben glitzernden Kristallen wie der Rest der Höhle bestand. Als er sich von der Höhle entfernte, schien ihm das Mondlicht zu folgen. Selbst nachdem er einige Kurven und eine lange dünne Treppe hinter sich gelassen hatte, blitzte und pulsierte das Licht noch immer durch den Felsen. Er starrte zu den gezackten Felsen hinauf und fragte sich, wie das Licht so weit herunterreichen konnte. »Spiegel«, murmelte er leise und erinnerte sich an die Worte des Jägers. »Sie müssen so geschaffen sein, dass sie das Licht hier hinableiten.«

Er hielt an und trat näher an die Wand. Er konnte sein Spiegelbild sehen, das über die glitzernden Kristalle waberte. »Das bin ich?« Seine Gesichtsmerkmale waren über der Fläche des Felsens verteilt – aufgeteilt in einen Haufen von Augen und Nasen. Er schaute genauer hin und erkannte noch etwas anderes in dem Spiegelbild: schwarze, leere Augen und leuchtend blaue Federn. Er öffnete seinen Mund, um zu sprechen, und sah ihn im Spiegelbild als einen schrecklichen gelben Schnabel, der ihn geräuschlos anschrie. Sigvald zog eine Grimasse. Das musste das sein, wovon der Jäger gesprochen hatte. Ein einfacherer Geist würde bei diesem grausigen Anblick wohl schockiert gewesen sein.

Sein Mut ließ ihn im Stich, als er näher an die Wand heranging. Je näher er kam, desto mehr veränderte sich und zersplitterte sein Gesicht. Dann starrte er auf eine einzelne Facette des Felsens, die eines seiner perfekten blauen Augen spiegelte. »Perfekt«, stöhnte er erleichtert. Sein Herz hämmerte, als er sich wieder daran erinnerte, wie attraktiv er doch war. Selbst nach all den beeindruckenden Dingen, die er in den letzten Tagen gesehen hatte, konnte er sich nichts vorstellen, das an seine eigene einzigartige Schönheit heranreichen könnte. Mit einem befriedigten Seufzer drehte er sich vom Felsen weg und ging den Weg weiter hinab.

Als er weiter in das Innere des Bergs voranschritt, wurde die Luft sogar noch kälter. Sein Atem hing hinter ihm in glitzernden, taufeuchten Wölkchen, während die Gelenke seiner Rüstung durch das Eis starr wurden. Es ging nur langsam voran. Seine Gliedmaßen zuckten wie die einer Marionette und immer wieder wurde er von den komischen Reflexionen seines eigenen Gesichtes abgelenkt. Jeder Spiegelfelsen offenbarte noch bizarrere Details, doch Sigvald schaffte es immer wieder, auf einzelne Teile seiner schönen und noblen Gesichtszüge zu schauen und er ging mit einem Lächeln auf den Lippen weiter.

Nach einer halben Meile erreichte er eine weitere Treppe, aber diesmal führte sie in eine Dunkelheit, die zu absolut war, um vom reflektierten Mondlicht erhellt zu werden. Er wartete und lauschte einige Momente. Er konnte ein tiefes Rumpeln hören, das aus der schwarzen Tiefe heraufkam. »Galrauch«, murmelte er und hielt die Musikschatulle etwas fester, als er anfing, hinabzusteigen. Er nutze seine freie Hand, um sich seinen Weg an der Wand entlang zu ertasten, und ging mit besonders kleinen Schritten vorwärts. Er wollte nicht in einen Spalt stürzen und sich dabei eine hässliche Narbe zuziehen. Als er weiter hinabstieg, stießen seine Füße gegen irgendetwas. Er blieb sofort stehen und lauschte, ob sich an dem Geräusch des Atems etwas verändert hatte. Es rumpelte noch genau im gleichen Ton wie zuvor und er seufzte erleichtert. Dann bückte er sich, um festzustellen, was er gerade getreten hatte. Die Dunkelheit war absolut, aber als er über die Stufen tastete, berührten seine Hände einen Gegenstand, der unmissverständlich die Form eines menschlichen Schädels hatte. Er nickte, nicht weiter überrascht, und ging weiter.

Sigvald stolperte unbeholfen, als er bemerkte, dass es keine weiteren Stufen gab. Das rumpelnde Atmen umgab ihn, als er sein Schwert zog und langsam vorwärtsging.

Mit einem lauten Knacken zerbrach ein Knochen unter seinen Füßen.

Das Atmen hörte auf.

Sigvald grinste in der Dunkelheit und hielt seinen Daumen über das Elfenspielzeug, als ein Paar Augen vor ihm erschienen, beide jeweils in der Größe eines Tisches. Sie brannten mit rotem Feuer.

»Galrauch«, sagte Sigvald ohne eine Spur der Angst. »Ich habe dir ein Geschenk mitgebracht.«

Als sich die Augen langsam und unabhängig voneinander bewegten, erleuchtete ihr bösartiger Glanz einen uralten, schuppenbedeckten Körper von riesigen Ausmaßen.

Sigvald wartete, bis das Monster so nah an ihm war, dass er den warmen Atem in seinem Haar fühlen konnte. Dann endlich, als eine Reihe von Klauen nur wenige Fuß von ihm entfernt auf dem Boden aufsetzten, drückte er den Knopf. Er hörte ein befriedigendes Klicken und der Deckel fiel auf den Boden. Feine Sonnenstrahlen kamen aus der Schatulle und strahlten über Felsen und auf die Schuppen der riesigen Kreatur. Dann, mit einem weiteren Klicken, fing ein leichtes

Summen an und ein silberner Zaunkönig wuchs langsam aus der Schatulle.

Sigvalds Lächeln gefror.

Als der Zaunkönig erschien, konnte Sigvald sehen, dass er geknickt war und schräg zur Seite hing. Mit Schrecken erinnerte er sich an die Delle an der Seite der Schatulle.

Der Vogel öffnete seinen Schnabel und ein dünnes, leises Krächzen durchdrang die Dunkelheit.

Als der grausige Klang wieder abgeklungen war, hielt Sigvald die Luft an und schaute auf die blutigen Augen über ihm.

Dann sprang er zur Seite.

Als Sigvald den Boden erreicht hatte, gab es eine riesige Explosion von Licht und Geräuschen gleichzeitig. Eine Flammenwand schoss über die Felsen, wo er gerade noch gestanden hatte, und schlug gegen die Decke, wobei sie eine riesige Höhle offenbarte, die komplett mit Knochen bedeckt war. Der Prinz stolperte wieder auf seine Füße und sprintete los, wobei er fühlte, wie seine Nackenhaare versengt wurden.

Flammen rollten und schlugen gegen Felsen, als Sigvald in Deckung ging und hart hinter einem Haufen aus Knochen landete. »Idiot«, fluchte er und starrte den beschädigten Zaunkönig in seiner Hand an. Er schmiss das Spielzeug zu Boden und trat darauf, wodurch sich die Schrauben, Zahnräder und Federn über dem Felsen verteilten.

Auf der anderen Seite der Höhle drehte der Drache seinen massigen Körper in seine Richtung und hob seine zerfetzten Flügel in die Luft. Sigvald erschrak. Als die Flammen um das Monster in die Höhe stiegen, sah er, dass es über dreißig Fuß hoch war. Seine uralten roten Schuppen waren mit grausamen Wunden bedeckt und sein langer Hals war in der Mitte gespalten. Jetzt verstand er, dass das Ungeheuer, anstatt zwei Köpfe zu besitzen, seinen einen Kopf in zwei Hälften zerrissen hatte. Er schaute fassungslos zu, wie sich die beiden Seiten des Kopfes umeinander herum schlängelten und wütend brüllten, wobei sie flüssiges Feuer aus ihren Mäulern hervorstießen.

Sigvald duckte sich, als ein weiterer Flammenstoß in seine Richtung schoss. Seine Rüstung brannte auf seiner Haut und er bemerkte, dass seine Haare sich kräuselten und es nach verbranntem Haar roch. Er fluchte und nahm den Schild von seinem Rücken. Dann rollte er aus seiner Deckung hervor und stürmte mit dem Spiegelschild vor seinem Gesicht vorwärts. Noch bevor der Drache ein weiteres Mal Feuer speien konnte, sprang Sigvald auf eines seiner Beine und stach sein Schwert tief in das Fleisch.

Das Ungeheuer schrie ohrenbetäubend auf und schlug mit seinem mächtigen, gezackten Schwanz aus. Der Drache war so wütend, dass er ein Loch in den Felsen schlug, was eine weitere kleine Höhle auf der anderen Seite zum Vorschein brachte.

Sigvald sprang durch die Explosion von Kristallen und Rauch und fiel auf den Boden der kleineren Höhle. Galrauch wirbelte herum und zerstörte dabei weitere Teile der Wand, als er sich auf den Prinzen zu drehte.

Sigvald kniete sich hinter seinen Schild, als eine weitere Flammenwand auf ihn zuschoss. Die Kraft des Feuers schob ihn über die polierten Steine und seine Arme zitterten vor Anstrengung, um den Schild festzuhalten, doch der Schild hielt und die Flammen wallten harmlos über ihn hinweg.

Als der Feuerstoß überstanden war, sprang Sigvald wieder auf die Füße und griff erneut an, wobei er mit seinem Schwert mehrfach auf eine der Krallen einschlug. Galrauchs Brüllen veränderte sich zu einem ohrenbetäubenden Schrei, als er sich gegen die Felswand warf, während Sigvald noch an seinem Fuß hing. Durch das volle Gewicht des Drachen fing die gesamte Höhle an, einzustürzen. Große Kristallbrocken fielen von der Decke und es schien, als spürte der ganze Berg die Wunden des Drachen.

Sigvald zog sein Schwert zurück und rollte wieder zur Seite, wobei er sich seinen Schild zum Schutz gegen die herabprasselnden Felsen und Steine über den Kopf hielt. Als er wieder aufstand, beobachtete er, wie der Drache wild an der zusammenbrechenden Wand kratzte. Er verursachte mit seinen Krallen große Risse im Gestein. Die gesamte Höhle sackte zusammen und verschob sich mit zermürbendem Donnern. Sigvald suchte verzweifelt nach einem Fluchtweg.

Der Drache brüllte erneut, als er durch das von ihm geschaffene Loch fiel und Sigvald eine dritte Höhle sehen konnte, welche von Mondlicht erfüllt war.

Er sprang zurück auf das Ungetüm und kletterte an seinem bebenden Körper hinauf. Während er kletterte, schlängelten sich die beiden Köpfe auf ihn zu, und von ihren Kiefern tropfte flüssiges Drachenfeuer.

Sigvald sprang über die Schulter des Drachen und landete in der dritten Höhle, wobei er sich gerade noch rechtzeitig zur Seite rollte, um Galrauch auszuweichen, der hinter ihm zu Boden ging.

Der Boden fiel zu einem weiteren Durchgang ab, von dem noch eine weitere Treppe abging. Sigvald sprintete durch den Ausgang, aber noch bevor er die Hälfte des Weges erreicht hatte, hielt er an und schüttelte seinen Kopf. Er drehte sich mit einem wutentbrannten Gesicht zurück zu Galrauch. Der Drache hatte seinen massigen Körper wieder aufgerichtet und starrte ihn an, umgeben von Feuer und Rauch, als er sich zu seiner ganzen Größe aufbäumte. Sigvalds Rapier, das zwischen den Gelenken der Klaue des Drachens steckte, sah im Vergleich zu den Klauen wie ein Spielzeug aus.

Sigvald schmiss seinen Schild zu Boden und stolzierte mit trotzigem Blick auf den Drachen zu. »Du bist eine Eidechse«, schrie er, »und ich bin Sigvald der Prachtvolle!« Seine Augen blitzten und er zeigte auf den Boden. »Wirf dich nieder, Tier! Wie kannst du es nur wagen, mir überhaupt in die Augen zu schauen!«

Galrauch zögerte, er war verwirrt von der Furchtlosigkeit seines winzigen Gegners.

»Auf die Knie, Gewürm!«, schrie Sigvald. Sein Gesicht war rot und von pochenden Adern durchzogen. »Du wirst mir meine Beute *nicht* verweigern.«

Galrauch bewegte sich zurück, anscheinend kurz davor, zu fliehen. Dann öffnete er seine Schwingen und erfüllte die gesamte Höhle mit seinem Körper, während er einen weiteren ohrenbetäubenden Schrei ausstieß.

Sigvald riss an seinem versengten Haar und heulte frustriert auf, als er einsah, dass ihm der Drache nicht gehorchen würde. Er rannte über die zerbrochenen Felsen und warf sich erneut auf den großen Drachen.

Galrauch hatte bereits ein weiteres Mal Feuer gespuckt, aber Sigvald kletterte schon an seiner Brust hoch und hatte sein Schwert wieder in der Hand. Die Bestie schrie weiterhin, als sie sich diesmal auf die entgegengesetzte Wand schmiss. Der Drache brach in einer Wolke aus Staub und Rauch aus der Seite des Berges heraus und flog mit einem einzigen Schlag seiner Flügel in den Nachthimmel.

Sigvald fiel von ihm ab und krachte auf den Kristallabhang, wobei er wie eine zerbrochene Puppe hinunterpurzelte. Nachdem er einige Sekunden hinabgerollt war und sich selbst nicht stoppen konnte, schlug er gegen einen großen Felsbrocken. Er lag einige Momente bewegungslos und setzte sich dann mit einem krächzenden Wimmern auf. Er sah sein Spiegelbild in den Kristallen und erschrak. Seine goldenen Locken waren verschwunden und durch eine verkümmerte Masse schwarzer Spiralen ersetzt worden. Feine Stränge hingen verbogen und zerbrochen von seiner Rüstung. Er rutschte entsetzt zu Boden und hielt sich vorsichtig eine tiefe Wunde in seiner Wange. »Belus«, flüsterte er. »Ich habe dir meine Seele gegeben. Wie kannst du es nur zulassen, dass ich so hässlich aussehe?«

Während Sigvald auf dem Boden saß und seinen Kopf umklammert hielt, kam es ihm so vor, als ob er eine Stimme im eiskalten Wind vernehmen würde. »Sigvald«, schien sie zu schreien. Er schaute hoch in den Schneesturm. Er fühlte sich unfassbar erleichtert, als er Oddrúns wankenden Schritt erkannte. Der Hofmeister rannte ihm entgegen den Berg hinauf, wobei er immer wieder zwischen den Schneeverwehungen verschwand und wieder auftauchte. Der Prinz lehnte sich vor und versuchte die Worte zu verstehen. Als der Wind die Richtung drehte, konnte er einzelne Wortbrocken verstehen: »– du! Pass auf!«, war alles, was er verstehen konnte.

»Oddrún«, stöhnte er und sprang auf die Füße. Er zuckte vor Schmerz, als er aufstand und hinabschaute, um ein gezacktes Loch in seinen verzierten Beinschienen zu entdecken. »Hilf mir, Oddrún!«, schrie er und deutete auf sein verbranntes Haar und seine beschädigte Rüstung. »Ich sehe schrecklich aus.«

»Über dir!«, erklang Oddrúns Antwort durch den Sturm.

Sigvald fluchte, als er sich an den Drachen erinnerte. Er sprang gerade noch rechtzeitig zur Seite, um einem weiteren Feuerstoß auszuweichen, der über die Felsen auf ihn zuschoss. Als er wieder stehen blieb, konnte er gerade noch sehen, wie Galrauch mit einem langen, lauten Schrei in der Dunkelheit verschwand und dabei Flammen und Rauch hinter sich her zog.

Sigvald stand umständlich wieder auf und humpelte auf Oddrúns entfernten Umriss zu. »Frag den Kopf«, schrie er. »Wie kann ich ihn töten?«

Sigvald Worte gingen in dem starken Wind unter und er fluchte, während er sich nach dem Drachen umschaute. Die Luft waberte immer noch mit grellen Farben und der verrückte Karneval schwebte weiter über seinem Kopf, aber von Galrauch fehlte jede Spur. »Er ist geflohen«, murmelte Sigvald erstaunt. Eine rasende Wut überkam ihn und er stieg auf einen Felsen, um die schnell dahinziehenden Gewitterwolken nach dem Drachen abzusuchen. »Der Schädel gehört mir«, spuckte er und riss sich dabei ein Büschel verbrannter Haare aus. »Ich werde mir *nicht* meine Beute nehmen lassen.« Er riss seine Faust mit dem Haarbüschel in die Luft und brüllte in den Sturm. »Kämpfe mit mir, du rückgratloser Wurm!«

Der gesamte Berg bebte, als sich Galrauch gegen ihn warf. Eine Explosion aus Eis, Schnee und Kristallen umgab den Prinzen, als er von dem Felsen geschleudert wurde und durch die Luft segelte. Er landete mit einem Grunzen. Er spürte schreckliche Schmerzen in der Seite seiner Brust. Als sich die Wolken um ihn drehten, konnte er den riesigen Drachen spüren, der hinter den Felsen direkt auf ihn zukam. Sigvald versuchte, wegzukrabbeln, aber die Schmerzen in seiner Seite waren zu stark. Er stöhnte verwirrt, als er einen schwarzen Schwall von Blut aus der Wunde in seiner Brust fließen sah. »Wie ist das möglich?«, stöhnte er und rollte sich in eine enge Felsspalte. Als er an der Felsenwand liegen blieb, spürte er ein ihm unbekanntes Gefühl: Todesangst. »Belus«, stöhnte er und hielt sich die Wunde in einem Versuch, die Blutung zu stillen. »Ich habe dir meine Seele gegeben. Wir haben eine Abmachung. Das kann doch nicht –«

Sigvalds Worte verstummten, als er die zwei Köpfe des Drachen sah. Die getrennten Kopfhälften der Kreatur wanden sich umeinander, als sie sich auf Sigvald zu bewegten. »Ich bin unsterblich«, versuchte Sigvald zu erklären, aber sein Mund war von Blut gefüllt und die Worte kamen als unverständliches Blubbern heraus.

Galrauch setzte sich auf seine Hinterbeine und beobachtete sein erschöpftes Opfer, wobei er eine kleine Lawine auslöste. Er nahm sich für dieses Opfer die Zeit, um es zu genießen. Zerbrochene Kristalle fielen auf den Prinzen und zerschnitten ihm das Gesicht.

Als der Drache seine Köpfe für den letzten Feuerstoß zurückzog, hörte Sigvald plötzlich Oddrún, der aus der Entfernung immer noch seinen Namen rief. Er schaute den Abhang hinab und hielt verzweifelt eine Hand zu seinem Hofmeister ausgestreckt, aber er wusste, dass es zu spät war, um ihn noch zu retten. Oddrún hatte die goldene Schatulle geöffnet und hielt sie über seinem Kopf. Er schrie irgendetwas, aber der Sturm war zu laut, um ihn zu verstehen.

Galrauch schaute hoch, als er Oddrúns Stimme hörte.

»Die Trennung?«, krächzte Sigvald und schüttelte seinen Kopf, als er endlich Oddrúns Worte verstanden hatte. »Was?« Er dachte, er hätte sich getäuscht. Was sollte das bedeuten? Doch bevor er weiter darüber nachdenken konnte, schoss ihm heißer Schmerz durch das Bein. Sigvald schrie und schaute voller Schrecken zurück auf den Drachen. Anstatt ihn zu verbrennen, hatte das Monster eine seiner Krallen in das Loch seiner Beinschienen gesteckt. Es spielte mit ihm wie eine Katze mit einer Maus.

Als sich der Prinz auf einen langsamen und schmerzvollen Tod einstellte, hörte er wieder Oddrúns Stimme. »Die Trennung! Die Trennung!«, heulte der Hofmeister gerade so, als wäre es die Antwort auf alle Fragen. Sigvald zuckte vor Schmerzen, als Galrauch langsam das Fleisch von seinem Bein abtrennte. Während sein eigenes Blut auf ihn herabregnete, fing der Prinz plötzlich an, zu lachen. »Die Trennung«, stöhnte er, »natürlich.«

Sigvald holte tief Luft, ignorierte dabei die grausamen Schmerzen in seiner Brust und seinem Bein, und fing an, zu singen. Die Stimme des Prinzen war nicht weniger schön als sein Körper und sie hallte mit herzzerbrechender Klarheit durch den Sturm. Das Todeslied der Elfe hatte ihn über Wochen hinweg verfolgt – die ganze Zeit seit Baron Schülers Ankunft – und als er es nun selber sang, spürte er die gesamte Tragödie ihrer stolzen und dem Untergang geweihten Rasse. Die Worte sprudelten nur so aus ihm heraus in einer großartigen Polyfonie, als hätten sie ihren eigenen Willen. Er vergaß alles andere. Den Drachen, seine Verletzungen, den Sturm; alles fiel von ihm ab, als er aufstand, seine Augen schloss und das Lied durch sich wirken ließ. Sein Herz schlug wie verrückt, während er sang, und es schien beinahe so, als ob ein ganzer Chor der Elfen trauernd mit ihm sänge. Er kletterte auf einen der Felsen und streckte sein Kinn hervor. Dabei sang er zum Himmel und ergab sich dem grausamen Pathos der Melodie.

Sigvald bemerkte, wie ihn raue Hände schüttelten. Er

öffnete seine Augen und sah Oddrún über ihm stehen. Das Lied des Prinzen brach ab und er schüttelte verwirrt seinen Kopf, denn er wusste nicht, wie sein Hofmeister so schnell an seine Seite gekommen war. Er musste jegliches Zeitgefühl verloren haben, während er sang.

»Wir müssen fliehen«, sagte der Riese.

Als er zu seinem Hofmeister aufschaute, waren Sigvalds Augen voller Tränen. Er hörte noch immer die Echos des uralten Liedes. »Was?«, stöhnte er.

Oddrún zeigte auf den Berg und Sigvald konnte erkennen, dass der Drache versuchte, sich selbst zu verschlingen. Sigvalds Lied hatte ihn tödlicher verwundet, als irgendeine Waffe dies vermocht hätte. Als der Drache durch die glitzernden Felsen rollte, bissen die beiden Köpfe sich gegenseitig und rissen schwere Wunden in die langen Hälse, während sie vor Schmerz und Wut schrien. Die mächtige Kreatur war von Feuer und Rauch umgeben, und während sie mit sich selbst kämpfte, zerbrachen ganze Teile des Berges und rollten auf Sigvald und Oddrún zu.

Sigvald versuchte, von seinem Felsen herabzuklettern, aber als ihn die Kraft des Liedes verließ, schien auch seine Körperkraft zu schwinden. Er fiel zu Boden und erschrak im Angesicht der vielen Verwundungen. »Wie ist das möglich?«, stöhnte er, deutete auf seine blutenden Wunden und schaute zu Oddrún.

Oddrún nickte. »Die Drachenkrallen. Sie sind von der Macht seines Gottes erfüllt.« Er zog Sigvald hoch. »Wir müssen gehen.«

Sigvald nickte schwach. Dann verkrampfte er sich und zog an Oddrúns dreckiger Robe. »Die Krallen!«, stöhnte er. »Belus wird mir nicht helfen, wenn ich ihm keine mitbringe.«

Oddrún schüttelte seinen Kopf. »Unmöglich«, sagte er und zeigte auf den wild schreienden Drachen.

Sigvald kniff die Augen zusammen. »Ich werde den bronzenen Schädel bekommen.«

Sie schauten beide zu Galrauch und konnten sehen, dass einer der Köpfe seinen Kiefer um die Kehle des anderen geschlossen hatte und ihn zu Boden drückte. Die Flügel des Drachen schlugen wild und hüllten den gesamten Bergrücken in Rauchwolken, aber der Körper lag bewegungslos während des Zweikampfes der beiden Köpfe.

»Das ist meine Gelegenheit«, keuchte Sigvald und rannte auf das Monster zu. Die gerissenen Muskeln in seinem Bein gaben sofort nach und er fiel fluchend wieder zu Boden. Seine Augen brannten vor Verlangen und er schaute zu Oddrún. »Schnell!«, schrie er. »Du musst es machen.«

Der Hofmeister zuckte zurück und schüttelte den Kopf. Doch als er die Zielstrebigkeit in Sigvalds Augen sah, sackten seine Schultern herab und er fing an, nach einer Waffe zu suchen. In der Nähe lag ein langer Splitter aus Kristall, den er an sich nahm, bevor er auf das tobende Monster zuging.

Als er sich dem Durcheinander aus dreschenden und umherschlagenden Gliedmaßen und riesigen Flügeln näherte, hielt er inne, unsicher, wie er weiter vorgehen sollte.

»Dort!«, schrie Sigvald, als eine blutige Kralle wenige Fuß entfernt auf den Boden schlug.

Oddrún reagierte blitzschnell, noch bevor er den Wahnsinn der Situation, in der er sich befand, richtig verstanden hatte. Er griff den Kristallsplitter mit beiden Händen und schlug mit all seiner Kraft auf einen langen Zeh des Drachen ein. Galrauch entfuhr ein schmerzerfüllter Schrei und er zog seine Klaue mit einem großen Blutspritzer zurück.

Oddrún hob seine Arme, um seinen Kopf zu beschützen, aber der Drache war zu sehr damit beschäftigt, sich selbst zu vernichten. Der Riese schaute vor sich auf den Boden und sah einen abgetrennten Zeh. Er war so groß wie sein Arm und verteilte schwarzes Blut über den Felsen. Er endete in einer langen blaugrauen Kralle.

Sigvalds blutleeres, besudeltes Gesicht erhellte sich mit einem breiten Grinsen.

Sigvald

Als Oddrún zu ihm zurückstolperte und dabei die Kralle unter seinem Arm trug, hallte Sigvalds Gelächter über den Berg, klar und schön wie ein Elfenlied.

KAPITEL DREIUNDZWANZIG

Sigvald humpelte in den Pavillon. Er blutete stark aus zahllosen Wunden und hatte nur einige schwarze Klumpen Haar auf seinem Kopf übrig. Seine schönen Gesichtszüge waren übersät mit Schnitten und Narben, aber trotz allem, was ihm zugestoßen war, hatte er ein trotziges Grinsen im Gesicht. »Ich habe sie«, keuchte er und schmiss die blutige Kralle auf den Rasen.

Belus Pül zuckte zurück und drehte seinen Kopf zur Seite, während er theatralisch eine zitternde Hand auf seine Brust legte. Als Sigvald näherkam, rannte der Dämon zu seinem Schriftgelehrten und deutete auf die zuckenden Gliedmaßen. »Der paradiesische Garten der Gottheit wurde von einem verkommenen Jugendlichen geschändet, dessen abscheuliches Gesicht eine fiese Kopie seines eigenen Kindes, Sigvald des Prachtvollen, war. Der schreckliche Wechselbalg hatte eine Art dreckigen Tierknochen mitgebracht.«

Dies war nicht die Antwort, die Sigvald hören wollte. Die Muskeln seines Kiefers spannten sich, als er auf die Gestalt in der weißen Robe starrte. »Ich habe getan, was du wolltest«, schnappte er. »Ich habe dir eine Kralle des Drachen Galrauch gebracht.« Er schloss seine Augen und fasste vorsichtig die schwarzen Locken auf seinem Kopf an. »Du hast das zu verantworten. Du hast unsere Abmachung nicht eingehalten.« Er zeigte auf die blutige Wunde unter seinem Knie. »Wir sind verbunden. Du musst mich wieder wunderschön machen.«

Der Dämon schritt über den Rasen und in jedem seiner Fußabdrücke wuchs das Gras in die Höhe und verband sich zu einem smaragdgrünen Schrank. Belus lehnte sich erschöpft an das glitzernde Möbelstück und seufzte. »Das göttliche Wesen litt wie immer unter den Anschuldigungen, versuchte aber, sich zu beruhigen. Es erinnerte Sigvald – denn, unglaublicherweise, er *war* es – dass eine Klaue, die mit der Magie des Großen Verschwörers erfüllt war, zweifellos eine verändernde Kraft besaß. Solch starke Magie konnte sogar den Prinzen der Dekadenten Schar in Mitleidenschaft ziehen. Nur die schwierigsten Zauber würden solchen Schaden wieder rückgängig machen können.«

Sigvald schüttelte schockiert seinen Kopf. »Du kannst mich doch nicht in diesem Zustand lassen!«, schrie er und zeigte mit seinem Finger auf die abgetrennte Kralle auf dem Gras. »Du hast mich zu dieser verkommenen Echse geschickt, jetzt musst du mich auch wieder heilen.«

Ohne Sigvald weiter zu beachten, öffnete Belus den Schrank und nickte in Richtung einer Schublade im Inneren. Der Schriftgelehrte tapste einer Spinne gleich über den Rasen, hob die Kralle auf und trug sie auf seinen spinnenartigen Gliedmaßen. Dann rannte er zu dem Schrank und platzierte sie in der Schublade. Der Dämon nickte zufrieden, schloss die Schranktür und trat wieder zurück, um zu beobachten, wie der Schrank sich wieder in Grashalme zurückverwandelte. Die Kralle war verschwunden.

»Belus entschied, dass Sigvalds Absichten wahrscheinlich gut waren, und gönnte ihm daher noch eine weitere Chance, sich zu beweisen. Der schmutzige Zustand Sigvalds widerte die sensible Gottheit an, aber sie wusste, dass es keinen Sinn ergäbe, ihren schlecht erzogenen Zögling zu belohnen, bevor die drei Prüfungen überstanden waren.«

Sigvald lachte verbittert. »Du willst mich wieder in die Welt hinausschicken, obwohl ich so aussehe?« Er kreuzte die Arme vor seinem beschädigten Brustharnisch und schüttelte seinen Kopf. »Ich mache das nicht mit.« Mit einem Nicken deutete er auf die verschiedenen, merkwürdigen Objekte an Belus Püls Arm. »Wir haben eine Abmachung, Belus. Du schuldest mir deine Hilfe.«

Der Dämon zeigte keine Reaktion. Er schaute auf seine Hand herab und lächelte, als eine Lilie aus seinen Fingern heraus wuchs. Als Sigvald vor Wut seine Zähne zusammenbiss, schloss der Dämon seine Augen und roch genussvoll an der Blüte.

Während der Dämon über den Rasen ging und sich auf den Stuhl setzte, der von dem Apfelbaum herabhing, ballte Sigvald seine Fäuste.

»Was willst du von mir?«, bellte er.

Der geschlechtslose Jugendliche gab ihm keine Antwort, zog aber missbilligend eine Augenbraue hoch. Sigvald humpelte zu der Schaukel und verzog bei jedem Schritt sein Gesicht. »Wie kann ich Euch befriedigen, mein großzügiger Gebieter?«, fragte er und ließ seine Stimme dabei unterwürfiger klingen.

Der Dämon strich sich über seinen glatten Kopf und lächelte. Er signalisierte dem Schriftgelehrten, zurück an seine Pergamente zu gehen. Als die Kreatur zurück auf ihrem Platz war, richtete Belus seine freundliche und mitfühlende Stimme an sie. »Als Sigvald erneut seine Dienste anbot, erinnerte sich die Gottheit daran, was sie damals an ihm wertgeschätzt hatte. Sigvalds Furchtlosigkeit war bezaubernd. Er war der einzige seiner Art, der stark genug war, so einem hohen Wesen zu dienen.«

Sigvald versuchte, sich zu verbeugen, scheiterte allerdings und fiel mit einem Stöhnen auf die Knie.

Der Dämon zeigte irgendwo in den Osten des Gartens. »Glücklicherweise war es keine große Herausforderung, was die Gottheit von Sigvald verlangte. Er forderte nur den Tod einer einzigen geistlosen Kreatur namens Bargau. Dieser verräterische Dummkopf hatte vor langer Zeit aufgehört, seinem Meister Belus Pül Tribut zu zahlen, und seine Geduld war am Ende. So ein Verrat durfte nicht ohne Folgen bleiben. Der Gesegnete hatte entschieden, dass so ein leichter Test einfach genug sein würde. Bargau verbrachte seine bemitleidenswerte Existenz in einem Wald, nur einige Meilen von hier.«

Der Dämon hielt inne und benutzte eins seiner kleinen Hörner, um sich an der Hand zu kratzen. Dann fuhr er fort und deutete auf die Wand des Zeltes und die Gestalten außerhalb. »Der fesche Prinz würde diesen Test für viel zu langweilig halten, wenn er seine Armee mitnähme, weshalb er erneut anbot, sie zurückzulassen.«

Sigvald blieb noch einige Minuten gebückt im Gras sitzen und schaute den Dämon mit schmerzverzehrtem Gesicht an. Dann begann er, zu lächeln, und stand wieder auf. »Es stimmt«, sagte er, »ohne meine Soldaten oder mein Schwert wird der Test besonders interessant.« Er streckte seine verwundeten Arme über seinen Kopf und ließ ein genüssliches Stöhnen erklingen. »Ich fange ebenfalls an, mich an unsere erste Begegnung zu erinnern, mein Gebieter.« Er nickte zum Abschied und verließ das Zelt.

Als der Prinz langsam durch die Gärten ging, folgten ihm die Reste seiner Armee. Der Haufen wurde von Víga-Barói angeführt, mit seinem üblichen Grinsen im Gesicht. Er verbeugte sich tief vor seinem Prinzen und hielt ihn an. »Mein Herr«, sagte er in den sanftesten Tönen. »Der Dämon ist ein großzügiger Gastgeber, aber deine Untertanen brennen darauf, dir wieder dienen zu dürfen.« Er zeigte auf die bizarren Wesen und Ritter, die sich hinter ihm versammelt hatten.

Sigvald schaute überrascht auf die Ansammlung von

Stoßzähnen, Schuppen und Hörnern um ihn herum. »Schaut mich nicht an!«, bellte er.

Víga-Barói schüttelte verwirrt seinen Kopf. »Mein Herr, wovon redet –«

»Schaut weg!«, schrie Sigvald und wendete sich ab, während er versuchte, seine beschädigte Rüstung uns seine verbrannten Haare zu verdecken.

Das ausgemergelte, bärtige Gesicht des Barons erschien in der Menge, als er versuchte, sich zum Prinzen durchzukämpfen. »Mein Gebieter«, keuchte er und schaute mit angespanntem Gesichtsausdruck vom Prinzen zurück zu Víga-Barói. »Wann werden wir zum Güldenen Palast zurückkehren?«

Sigvalds Gesicht wurde beim Anblick des Barons dunkelrot vor Wut. Er schloss seine Augen und krallte die Hände vor sein Gesicht. »Ihr sollt alle wegschauen! So sehe ich nicht aus. Ich bin gar nicht hier.« Seine Untertanen bewegten sich unbehaglich und drehten ihm ihre Rücken zu, doch Schüler rannte direkt auf Sigvald zu, mit Angst in seinen eingefallenen Augen. »Aber mein Gebieter, was soll mit denen geschehen, die wir zurückgelassen haben?«

Sigvald traf den vor ihm knienden Baron mit einem kräftigen Rückhandschlag, der ihn in das Gras schleuderte. »Lasst mich alleine«, schrie er und bewegte sich von ihnen weg durch die Pavillons, wobei er nur kurz anhielt, um einem seiner Männer ein Schwert abzunehmen. »Oddrún«, schrie er und verschwand.

KAPITEL VIERUNDZWANZIG

Am Horizont flackerten stille Lichter, die an den Bergrücken und auf Sigvalds Rüstung flammenrot reflektierten. Sigvald war sich sicher, dass an so einem Ort keine normalen Bäume gewachsen sein konnten. Nur ein perverser Spaß der dunklen Götter konnte irgendein Lebewesen an so einen verlassenen Ort gebracht haben. Der Wald war schätzungsweise nicht viel breiter als ein paar Meilen, aber seine dunklen Schatten hingen drohend über der Landschaft. Die eng stehenden Kiefern stachen wie eine Bedrohung aus dem Schnee.

Sigvald verzog das Gesicht, während Oddrún ihn unter das schattige Geäst trug. Während der Hofmeister durch die Äste brach, benutzte Sigvald das geliehene Schwert und schlug über den Schultern des Riesen um sich.

Es war sofort spürbar, dass irgendetwas mit diesem Ort nicht stimmte. Wenn ein Ast zerbrach, gab es kein Geräusch. Blätter flogen durch den eisigen Wind und fielen zu Boden, ohne dass man auch nur einen Ton hören konnte. Das einzige Geräusch war Oddrúns schweres Atmen und sogar das klang merkwürdig flach und unecht, als würde das Geräusch durch ein unsichtbares

Tuch gedämpft. Noch etwas war komisch. Obwohl sie sich einen Weg durch die Nadelbäume kämpften, war von der Schneise hinter ihnen nichts mehr zu sehen. Jeder Ast, den sie beiseiteschoben, wurde durch zehn weitere ersetzt. Als sie weiter voranschritten, wurden die Schatten der Bäume immer dunkler und von der gefrorenen Wüste war nichts mehr zu sehen.

Sigvald fühlte sich unbedeutend. Die langen Schatten schienen kräftiger und undurchdringbarer als sein eigener Körper.

»Wie werden wir hier jemals wieder heraus finden?«, flüsterte Oddrún, nachdem sie sich eine weitere Stunde durch die Büsche und Bäume gekämpft hatten. Er hielt an und schaute zurück, doch sie konnten noch nicht einmal mehr die riesigen Berge sehen. Er sah nur die Bäume.

»Warte«, sagte der Prinz und zeigte mit seinem Schwert in den Wald. »Da oben ist irgendetwas.«

Oddrún schüttelte seinen Kopf und stützte sich auf seinen knochigen Beinen ab, während er nach Luft rang.

»Was sind das für Wesen?«, fragte Sigvald, löste sich selbst von Oddrún und ließ sich auf den Boden sinken. Oddrún gab weiterhin keine Antwort, hielt seine Beine fest und atmete in kurzen, keuchenden Zügen. Währenddessen humpelte Sigvald durch den Wald und ging auf eine Reihe von blassen Umrissen zu, die über ihnen hingen.

Als er noch einige Fuß näher herangekommen war, zog er überrascht seine Augenbrauen hoch. »Oh«, flüsterte er. Die weißen Umrisse waren die Häute von Menschen, abgezogen und in den Wind gehängt wie morbide Fähnchen.

»Oddrún«, rief er zurück. »Bring mir Doktor Schliemann.«

Der Riese stand stöhnend vor Schmerz auf und krachte durch das Gebüsch an Sigvalds Seite. Er schaute hoch zu den geisterhaften Umrissen und ein Zischen entfuhr aus seiner Kapuze. Dann sah er Sigvalds Gesichtsausdruck.

»Sind sie nicht perfekt«, sagte Sigvald mit einem Grinsen im Gesicht und deutete auf die wehende Haut. »Wirklich hübsch.«

Oddrún zuckte und bewegte sich zurück. »Das waren

einmal Menschen«, rief er erschrocken. »Kannst du denn kein Mitleid mehr empfinden? Was ist nur aus dir geworden?«

Sigvald schüttelte ungläubig seinen Kopf. »Was ist aus mir geworden? Woher kam das denn? Schau dich doch an, wie du dich unter deiner Kapuze versteckst.« Er fing an, zu lachen. »Denkst du, du bist normal, Buckliger? Glaubst du etwa, es macht dich menschlicher, wenn du dich in dieser Robe versteckst?« Er riss Oddrún die goldene Schatulle aus den Händen und deutete auf den gebeugten Körper des Hofmeisters. »Vielleicht solltest du einmal darüber nachdenken, was aus dir geworden ist, alter Freund.«

Oddrún schüttelte heftig seinen Kopf. »Ich bin nur das geworden, was du aus mir gemacht hast.«

Sigvalds Lächeln verschwand. »Du weißt, dass das nicht stimmt. Wir haben unsere eigenen Entscheidungen getroffen, du und ich.«

Als er sah, dass Oddrún keine weitere Antwort hatte, riss Sigvald die Schatulle auf. Doktor Schliemanns Kopf lag mittlerweile auf der Seite und einige der Kupferschrauben und Federn waren aus seinem Hals herausgerissen. »Doktor?«, fragte Sigvald und berührte das verfärbte Gesicht, während er ihm seine Brille wieder richtig aufsetzte. »Was kannst du mir über einen gewissen Bargau erzählen?«

»Ich werde dir nicht mehr helfen«, krächzte der Kopf, ohne seine Augen zu öffnen.

Sigvald fluchte und drehte an den Zahnrädern an der Seite der Schatulle, aber der Kopf antwortete ihm nicht. Er blieb still und hatte seine Augen weiterhin geschlossen.

»Was soll das?«, schimpfte er. »Verräterischer Wurm. Ich habe dich unsterblich gemacht und so zahlst du es mir zurück?« Er schaute angewidert auf den faulenden Kopf und fuhr mit sanfterer Stimme fort. »Ich muss zugeben, dass ich mir das auch etwas anders vorgestellt habe, aber ich bin mir sicher, dass Énka deinen Körper wieder herstellen könnte, wenn wir zum Güldenen Palast zurückkehren.«

Der Kopf blieb still.

Sigvald biss sich auf die Lippen und dachte nach. Dann lächelte er. »Und wenn ich dir deinen Herzenswunsch erfüllen würde, Doktor Schliemann?«

Er antwortete immer noch nicht.

»Ich weiß, was du willst. Oddrún hat recht. Es war ein Fehler dich gegen deinen Willen am Leben zu erhalten.«

Der Doktor öffnete seine Augen. Sie waren fast komplett weiß, aber sie schienen Sigvald interessiert zu beobachten. Sigvald hielt den Kopf nah an sich und flüsterte mit tiefer Stimme. »Es bricht mir das Herz, dich zu verlieren, aber wenn das tatsächlich dein Wunsch ist …«

»Töte mich«, flehte der Doktor.

Sigvald küsste die blaugraue Haut des Doktors. »Natürlich. Ich verspreche es. Sobald du mir etwas über Bargau erzählt hast.«

»Du hast gehört, was er gesagt hat«, schrie der Doktor und schaute dabei mit seinen Augen in Oddrúns Richtung. »Er hat mir versprochen, mich zu töten.«

»Ich schwöre es beim Grabe meines Vaters«, sagte Sigvald mit einem komischen Unterton.

Doktor Schliemann schaute von Sigvald zu Oddrún und wieder zurück. »Na gut«, murmelte er. »Eine letzte Antwort. Der Wächter dieses Waldes heißt Bargau der Seelenlose. Die Kreatur ist ein Überbleibsel von vor ewigen Zeiten. Sie lebt hier seit dem Zeitalter der mysteriösen Rasse, welche als die Alten bekannt ist. Von seiner Welt ist nur dieser Wald übrig geblieben. Einige behaupten, dies sei der Teil eines Waldes, der hier vor der großen Katastrophe existierte – noch vor der Ankunft der Chaosgötter und der Erschaffung der Chaoswüste. Ich bin mir dessen nicht sicher, aber es scheint, dass Bargaus Pakt mit den Bäumen uralt ist. Ich weiß es nicht genau, aber es scheint, dass sie sich gegenseitig beschützen. Das gegenseitige Vertrauen hat durch all die langen Jahrhunderte ihr Überleben gesichert. Die Bäume werden Bargau bereits von deiner Ankunft berichtet haben. Dafür wird das Monster im

Gegenzug deine Haut über die Bäume spannen, nachdem es dein Fleisch gefressen hat.« Der Doktor hielt inne. »Wie es der Name bereits andeutet, hat Bargau keine Seele; und ein Wesen ohne Seele kann nicht getötet werden.«

Sigvald zuckte mit den Schultern. »Es ist kein Gott. Also muss es einen Weg geben, es zu töten.«

»Ich kenne keinen. Viele haben es versucht.«

Sigvald grinste bösartig. »Ich schlage vor, dass du noch einmal scharf nachdenkst, Doktor. Ich spüre, wie deine ewige Ruhe dir langsam entgleitet.«

Doktor Schliemann murmelte einen Fluch und schloss seine Augen für einige Momente, um über eine Antwort nachzudenken. »Na ja, ich weiß, dass nichts wirklich *ganz* ohne Seele existieren kann. Bargau hat vielleicht seine Seele von seinem Körper getrennt, aber der Funken des Lebens muss irgendwo gebunden oder aufbewahrt sein. Seinen Körper zu bekämpfen, wird dir nicht weiterhelfen – tatsächlich scheint von seinem Körper nicht mehr viel zu existieren – aber wenn du seine Seele finden könntest, hättest du vielleicht eine Chance, ihn zu zerstören.«

Sigvald schüttelte die Schatulle hin und her, sodass der Kopf gegen die Seiten schlug. »Aber *wo* finde ich sie?«

»Das kann niemand wissen«, stöhnte der Kopf. »Bargau wäre niemals so unvorsichtig, den Ort zu verraten. Du wirst sie suchen müssen.«

»Aber sie könnte sonst wo sein!«

»Nein. Sie ist hier in diesem Wald. Bargau ist an diesen Ort gebunden. Er ist das letzte Überbleibsel einer älteren Welt – ein Fragment aus einer anderen Zeit. Bargau würde seine Seele niemals aus diesem Wald herausschaffen. Er wäre schockiert bei dem Gedanken, dass sie jemand finden könnte. Er muss sie immer in seiner Nähe haben.« Der Doktor schaute in die Bäume. »Sie wird irgendwo hier sein.«

Sigvald nickte. »Na gut. Und das ist alles, was du mir sagen kannst?«

Der Doktor schaute ihn mit einem Schimmer von Hoffnung in seinen weißen Augen an. »Es gibt sonst nichts zu wissen.«

Sigvald knallte die Schatulle zu und hielt sie zu Oddrún. »Na gut«, sagte er. »Ich weiß, was wir tun müssen.«

Oddrún wich entsetzt von der Schatulle zurück. »Du hast versprochen, ihn zu töten.«

Sigvald lachte schockiert. »Sei gesegnet Oddrún, ich habe bei meines Vaters Grab geschworen. Hast du vergessen, wer meinen Vater unter die Erde gebracht hat?«

Oddrún wich noch weiter zurück und weigerte sich, die Schatulle an sich zu nehmen.

»Denk an dein Versprechen!«, schrie Sigvald und zeigte mit seinem Schwert auf den gebeugten Riesen. Er nickte auf die wogenden, dicht zusammenstehenden Bäume hinter ihm. »Es gibt keinen Ausweg, solange Bargau lebt.« Er zeigte auf seinen lädierten Körper. »Und ich kann kaum alleine stehen. Trag sie.«

Oddrún rieb sich mit seinen langen, tatzenähnlichen Händen den Kopf, aber er antwortete nicht.

»So sei es«, lachte Sigvald und warf die Schatulle ins Gebüsch, bevor er den Abhang hinunterhumpelte. »Er ist schlau genug, selbst nach Hause zu finden.«

Oddrún schüttelte verzweifelt seinen Kopf, sammelte die goldene Schatulle auf und wankte hinter dem Prinzen her.

»Wenn Bargau und die Bäume irgendwie verbunden sind«, sagte Sigvald und klopfte auf einen dünnen Baumstamm, »wird der schnellste Weg, das Monster anzulocken, sein, wenn wir den Wald beschädigen.« Er nickte auf Oddrúns starke Arme. »Wirf einen um und lass uns abwarten, was passiert.«

Der Riese zögerte einen Moment und schaute auf die blassen, flatternden Umrisse, die über ihren Köpfen hingen. Dann rammte er seine Schulter gegen den Baum.

Irgendwann hörten sie ein Geräusch. Ein langes, trauriges Bellen hallte durch die Dunkelheit, als wäre ein Monster verwundet worden. Das Geräusch kam nicht von dem zerbrochenen Holz, sondern tief aus dem Wald.

Sigvald lächelte und zeigte Oddrún an, weiter zu machen.

Oddrún drückte erneut und die Wurzeln rissen aus dem Boden und füllten die Luft mit einer stillen Explosion aus Erde und Holzsplittern. Die große Kiefer zitterte kurz und fiel dann durch die Büsche zu Boden, ohne auch nur ein Geräusch dabei zu machen. Der tierische Schrei hallte erneut durch die Bäume und Sigvald starrte in die Schatten. Dann schlug er Oddrún auf den Rücken. »Das Geräusch kam nicht von den Bäumen. Das muss unser Opfer sein. Er war nur einige Meilen nördlich von uns. Ich habe mir seine Position gemerkt.« Oddrún schüttelte seinen Kopf. »Was sollen wir machen, wenn er uns erreicht? Doktor Schliemann hat gesagt, es sei unmöglich, ihn zu töten.«

»Natürlich werde ich nicht hier stehen und auf ihn warten«, sagte Sigvald und schüttelte ungläubig seinen Kopf. »Während du hier weiter Bäume umschubst, werde ich nach seinem Lager suchen. Er wird niemals auch nur vermuten, dass wir sein Geheimnis kennen. Er wird nicht erwarten, dass ich seine Seele jage.«

»Du willst mich ihm alleine überlassen?«

Sigvald zuckte mit den Schultern. »Schau dich an, Oddrún.« Er deutete auf den massigen Umfang des Riesen. »Ich bin mir sicher, dass du ihn für ein paar Minuten abwehren kannst, während ich zerstöre, woran auch immer er seine Seele gebunden hat.«

»Nein, ich flehe dich an!«, schrie Oddrún und blickte auf die dunklen Kiefern. »Lass mich nicht alleine hier.«

Sigvald seufzte. »Na gut«, murmelte er und nahm Oddrún die Schatulle ab. »Vielleicht gibt es eine andere Möglichkeit.«

»Der Doktor wird dir nicht mehr helfen.«

Sigvald lächelte und warf die Schatulle in die Bäume. Sie blinkte kurz im gedämpften Mondlicht, fiel ohne jegliches Geräusch durch einige Äste und war dann aus ihrem Blickfeld verschwunden.

»Wenn du die Richtung im Auge behältst«, sagte Sigvald und deutete auf die Bäume, »müsstest du ihn eigentlich wiederfinden.« Ohne weitere Worte drehte er sich um und humpelte hinfort.

Oddrún stöhnte verzweifelt und rannte in die entgegengesetzte Richtung und versuchte, sich dabei an den Weg der Schatulle zu erinnern.

Sigvald hatte sich beinahe sofort verlaufen. Ohne Sicht auf die Sterne oder auch nur den kleinsten Hinweis auf seinen bisher zurückgelegten Weg hatte er keine Möglichkeit, sich zu orientieren. Unbeeindruckt stolperte und krabbelte er weiter durch das dichte Gebüsch, wobei er von Zeit zu Zeit die Stille mit einem hysterischen Lachen unterbrach. Obwohl er sich nicht orientieren konnte, war er sich sicher, dass er sich dem Herz des Waldes näherte. Während er unter den Bäumen entlanghinkte, schien es langsam wärmer zu werden. Es war kein Eis auf den alten Baumstämmen zu sehen und das Laub unter seinen Füßen war trocken und spröde. Es schien, als ob er, je näher er zum Herz des Waldes kam, gleichzeitig in die Vergangenheit sank. Er bemerkte Bewegungen im Schatten – winzige Gestalten, die ihn mit bernsteinfarbenen Katzenaugen misstrauisch betrachteten, aber wieder verschwanden, bevor er sie klar erkennen konnte.

Ein weiterer verzweifelter Schrei hallte durch die Nacht und Sigvald fiel zu Boden. Weniger als hundert Fuß vor ihm konnte er einen riesigen Schatten durch die Bäume laufen sehen, der die menschlichen Häute in den Bäumen zum Zittern brachte. »Gut gemacht, Oddrún«, dachte er, als ihm aufging, das sein Hofmeister einen weiteren Baum umgestoßen haben musste. Er wartete einige Minuten, bis er sich sicher war, dass der Schatten an ihm vorübergezogen war, dann stand er wieder auf und wanderte weiter durch die Bäume, in die Richtung, aus der das Wesen gekommen war.

Nach weiteren zehn Minuten auf der Suche konnte Sigvald

einen intensiven, widerlichen Geruch wahrnehmen, der durch den Wald waberte. Er erkannte ihn sofort aus Víga-Baróis Operationsräumen. Es war der süßliche Gestank von verwesendem Fleisch. Er wurde schneller und sah einige rot glitzernde Haufen vor ihm über den Boden verteilt. »Bargau«, flüsterte er, »du hast keine Tischmanieren.«

Sigvald beachtete die Leichen kaum und eilte auf einen breiten Hügel, der sich vor ihm in der Dunkelheit aufgetan hatte. Er kam aus den Bäumen auf eine weite Lichtung und erblickte Bargaus Zuhause. Anstelle eines Hügels schien es sich um ein großes, halbrundes Konstrukt zu handeln, das wie das Nest eines riesigen Vogels aussah. Seine Wände waren aus einer grausigen Mischung von vergammelten Blättern, Knochen und menschlicher Haut gefertigt. Es musste Jahrhunderte gedauert haben, es zu erbauen. Es waren tausende Knochen. In der Wand konnte er einige runde Löcher entdecken und er ging direkt auf das größte zu und zog sein Schwert, bevor er eintrat.

Oddrún hielt inne, als er einen weiteren Schrei hörte. Er war deutlich lauter. Viel näher. Der Baum in seinen Händen war kurz davor, umzufallen, aber er hielt ihn mit seinen langen Fingern fest und starrte in die Dunkelheit. Alles schien sich gleichzeitig zu bewegen: Äste, Blätter und das Mondlicht verschwammen zwischen den uralten Kiefern. Er stöhnte und sprang von dem Baum zurück. Er fiel so still wie die anderen, zerbrach und krachte ohne Geräusch in die kleine, vom Mondlicht erhellte Lichtung, die er geschaffen hatte.

»Sigvald?«, flüsterte er, während er versuchte, seine zitternden Gliedmaßen zu beruhigen.

Es gab keine Antwort, aber voller Schrecken beobachtete Oddrún, wie sich die verschiedenen Schatten zu einer einzigen tiefschwarzen Masse zusammenfügten: ein riesiger, massiger Haufen, der sich durch die Äste auf ihn zu bewegte.

Er bückte sich und hob mit einer seiner schlaksigen Hände

die Schatulle auf. Nachdem er einen Moment gezögert hatte, murmelte er eine Entschuldigung, öffnete sie und sah Doktor Schliemanns Hinterkopf.

Er schaute hoch und sah, dass die watschelnde Kreatur nur wenige Fuß von der Lichtung entfernt war. Die wabernden Schatten ließen es nicht deutlich erkennen, aber sie schien fast so massiv wie er selbst zu sein, und dabei breit wie ein Ochse.

»Doktor«, keuchte er und griff in die Schatulle. Seine verbundenen Hände rutschten von dem gammeligen Fleisch und den Muskelfasern ab und er zog seine Hand stöhnend zurück, wobei ein Stück graue Haut daran hängen blieb. In diesem Moment fiel ein großer Schatten auf die Lichtung und Oddrún drehte sich um und stand Bargau dem Seelenlosen gegenüber.

Bargau hatte nicht wirklich einen eigenen Körper, sondern mehr eine Ansammlung von Körperteilen. Sein Fleisch bestand aus einer Sammlung von Knochen, Blättern und fremder Haut und diese Einzelteile schienen von einer lockeren Decke aus Moos zusammengehalten zu werden. Die Kreatur erinnerte entfernt an einen Vogel: ein langer, von Rankenpflanzen bedeckter Hals, eine Brust aus verfilzten Ästen und Flügel aus herunterhängender Ziegenhaut. Auf der Kreatur thronte ein riesiger Vogelkopf, der einen langen Schnabel sowie einen Kamm aus zerfetzten Weinblättern hatte. Als sie in das Mondlicht stolperte und die gefällten Bäume um sich herum sah, ließ sie einen weiteren trauernden Schrei erklingen. Dabei erhob die Kreatur erbost ihre zerfetzten Flügel und starrte mit ihren leeren Augenhöhlen auf den sich niederhockenden Eindringling.

Oddrún wich zurück und schüttelte seinen Kopf, während er nach einem Zeichen von Sigvald Ausschau hielt.

Bargau neigte seinen Kopf zur Seite und trat näher. Er öffnete seinen Schnabel und begann, zu sprechen. Der Schnabel bewegte sich nicht weiter, als die Worte herauskamen, und die Stimme schien auch nicht wirklich zur Kreatur zu gehören, sondern eher aus der sie umgebenden Luft zu kommen.

Sigvald

»Was«, fragte er in einer Stimme, die so klang wie ein Nagel, der gerade aus einem Stück Holz gezogen wird, »bist du?«

Während Oddrún weiter von der Lichtung zurückstolperte, bemerkte er, wie ein weiterer dicker Ast unter seinem eigenen Gewicht zerbrach.

Bargau zuckte zusammen, als würde er geschlagen, und schrie erneut. »Mach das nicht«, sagte er in seiner kratzenden Metallstimme.

Als er sich klar darüber wurde, dass keine Hilfe kommen würde, reckte sich Oddrún zu seiner ganzen Größe auf und streckte seinen Rücken, wobei seine alten Knochen laut knackten. Schamgefühl hatte ihn über die Jahrzehnte gebeugt und erniedrigt, aber als er jetzt alleine vor diesem schrecklichen Monster stand, streckte er sein Kinn hervor und ließ seine Kapuze herunterfallen. Er fühlte eine grimmige Genugtuung, als Bargau erschrocken von seinem Aussehen einen Schritt zurück machte.

»Was bist du?«, fragte die Stimme erneut, während sie diesmal noch weniger aus dem Skelettschnabel zu kommen schien, sondern aus den Ästen und Bäumen.

Oddrún betrachtete die Menschenhäute, die über die Brust des Wesens gespannt waren, und erkannte lang gezogene Gesichter, die still um Gnade zu flehen schienen. »Das ist egal«, flüsterte er, als sich das Monster auf ihn warf.

Sigvald fiel auf die Knie und stöhnte vor Schmerz. Innerhalb des Hügels gab es kein Licht, und alle paar Schritte stolperte er über eine Wurzel und fiel zu Boden, wobei seine alten Wunden noch mehr schmerzten. Der Ort war ein Labyrinth aus groben Tunneln und stinkendem, verfaultem Fleisch. Ab und zu fiel er auf etwas Feuchtes und zog seine Hände voller Ekel zurück, dankbar, dass er in der Dunkelheit nicht sehen konnte, was er angefasst hatte. Umso weiter er kam, desto mehr Boden war von Körperteilen und Tümpeln aus Blut bedeckt, und seine Aufgabe schien immer hoffnungsloser.

»Wie soll ich hier überhaupt irgendetwas finden?«, murmelte er und benutzte sein Schwert, um sich einen Weg durch die Schatten zu ertasten.

Nach einiger Zeit bemerkte er, dass die Wände auf beiden Seiten verschwunden waren und er in einer Art breiter Höhle stand. Die Umgebung fühlte sich etwas weniger bedrückend an und er konnte das Echo seiner Schritte hören. Es schien sich um eine größere Halle zu handeln. Der Gestank war hier allerdings noch schlimmer als zuvor und nach einigen Schritten wurde ihm klar, warum. In der Mitte der Halle lag ein riesiger Leichenhaufen. Er spürte steife Finger und kalte, feuchte Haut und hielt an. Er biss sich auf die Lippen, als er Fleisch und Knochen untersuchte. Er begriff, dass sie zusammen mit Stöcken und Blättern ein grausiges Nest darstellten.

»Vielleicht ist die Seele darin verborgen?«, fragte er sich laut. Der flache und fremde Klang seiner eigenen Stimme beunruhigte ihn. Er zögerte vor seinem nächsten Schritt. Doch dann nahm er eine Hand vor Mund und Nase, ergriff mit der anderen einen Oberschenkelknochen und zog sich auf den blutigen Haufen.

Während er mit seinen zerfetzten Flügeln um sich schlug, hackte Bargau seinen Schnabel tief in Oddrúns Hals. Die beiden rollten über den Boden, wobei der Kopf der Kreatur unter Oddrúns Kinn steckte.

Bargau riss seinen Schnabel frei und schüttelte seinen blättrigen Hals, während er in die sternenlose Nacht schrie. Er war so sehr damit beschäftigt, seinen einfachen Sieg zu feiern, dass er nicht bemerkte, dass Oddrún nicht blutete und auch keine Schmerzen empfand.

Als Oddrún langsam wieder auf die Beine kam, bemerkte er, wie ein weiterer Ast brach, und er sah erneut die Schmerzen der Kreatur, fast so, als würde sie den Schmerz des Waldes spüren. Als es sich wieder zu ihm drehte, hob er die goldene

Schatulle auf und sprang unter den Bäumen davon, das Monster direkt hinter ihm.

Sigvald rutschte in das Nest und fiel dabei durch geplatzte Organe und zerbrochene Knochen. Er hielt weiterhin eine Hand vor sein Gesicht, bis er in der Mitte des riesigen, stinkenden Nests zum Stehen kam. »Wo ist sie?«, murmelte er und tastete die Innereien um ihn herum mit seinen Händen ab. Zu seiner Enttäuschung konnte er außer Leichen, die mit dem Moos verbunden waren, nichts finden. Seine Finger fuhren über zahlreiche, starrende Gesichter und gebrochene Knochen, aber er konnte nichts finden, das eine Seele beinhalten könnte. »Wo ist deine Seele?«, stöhnte er und fiel zurück in das gammelnde Fleisch. Als er dort lag und fühlte, wie das kalte Blut über seine Haut lief, ließ ein ungutes Gefühl ihn nicht los. Er hatte das schreckliche Gefühl, dass er etwas Offensichtliches nicht sah. Er überdachte Doktor Schliemanns Worte erneut. »Bargau ist an diesen Ort gebunden«, wiederholte er und imitierte dabei die leblose Stimme des Doktors. »Er ist das letzte Überbleibsel einer älteren Welt – ein Fragment aus einer anderen Zeit. Bargau würde seine Seele niemals aus diesem Wald herausschaffen.« Bei dem Wort Wald sprang Sigvald auf die Füße. »Natürlich«, schrie er.

Oddrún zog seine Kapuze wieder hoch und rannte. Alle paar Fuß ließen ihn seine unkoordinierten Gliedmaßen im Stich und er fiel auf Haufen von getrockneten Blättern. Aber nach jedem Fall rannte er in eine neue Richtung und blieb so immer einige Schritte von Bargaus nach vorne schnellendem Skelettkopf entfernt.

Nachdem er einige Minuten wie wild gesprintet war, bemerkte der Riese, dass ihm seine merkwürdigen, großen Schritte einen Vorteil brachten. Er sprang und wand sich mit einer Art betrunkener Leichtigkeit vorwärts und ließ das Monster langsam hinter sich. Bargau heulte frustriert auf, während sein Opfer ohne Anzeichen von Erschöpfung vor ihm herrannte.

Das bizarre Rennen dauerte mindestens schon zwanzig Minuten und Oddrúns Lungen begannen, furchtbar zu brennen. Gerade als seine Knie unter ihm weich wurden, hielt das Monster an und legte den Kopf auf die Seite.

Oddrún nutzte die Chance, um sich einen Moment auszuruhen, und lehnte sich dankbar gegen einen Baumstamm, während er dabei Bargaus komisches Verhalten beobachtete.

Das Monster sprang herum und streckte seinen langen Hals durch die Äste der Bäume, wobei es ein wütendes Schnauben von sich gab. Dann drehte es seinen Kopf zum Blätterdach und ließ ein Brüllen erklingen, das noch viel gequälter klang als alles, was Oddrún bisher vernommen hatte.

Dann raste das Monster plötzlich schreiend in eine andere Richtung und ließ von seinem Opfer ab.

»Sigvald«, schrie Oddrún und rannte der merkwürdigen Kreatur hinterher. »Er kommt zu dir.« Während er rannte, bemerkte Oddrún einen beißenden Geruch in der Luft. »Feuer?«, murmelte er. Nach einigen weiteren Minuten konnte kein Zweifel mehr bestehen – dünne Rauchschwaden zogen um die schwarzen Baumstämme und sammelten sich in den Vertiefungen. Oddrún verspürte plötzlich wieder ein bisschen Hoffnung.

Sie kamen an einer großen Lichtung heraus und Bargau fiel vor Schrecken auf die Knie. Vor ihnen brannte ein riesiges, stilles Lagerfeuer, dessen Flammen hoch in die Luft schlugen. Die Flammen hatten sich bereits vom Hügel in der Mitte ausgebreitet und dutzende der angrenzenden Bäume in Brand gesteckt. Während Oddrún hinter der Kreatur anhielt, beobachtete er, wie die Flammen tanzten und von einem Baum zum nächsten übersprangen.

Vor dem Inferno befand sich Sigvald, der mit einem Paar brennender Äste hin und her rannte und dabei Haufen aus getrockneten Blättern anzündete. »Es hat eine Abmachung mit dem Wald getroffen«, schrie er, sein Gesicht von einem wahnsinnigen Grinsen erfüllt. »Es hat seine Seele an die Bäume gebunden. Der Wald selbst ist der Aufbewahrungsort seiner Seele. Nur so wussten die Bäume, dass Bargau sie niemals im Stich lassen würde.«

Als sie Sigvalds Stimme hörte, sprang die Kreatur wieder auf, doch noch bevor sie ihn erreichte, entbrannte eine weitere Reihe von Bäumen und erschütterte den Boden mit einer Reihe von geräuschlosen Explosionen. Bargau drehte sich um, unsicher, in welche Richtung er laufen sollte, während ein Baum nach dem anderen Feuer fing. Endlich entschied er sich und rannte auf den brennenden Hügel in der Mitte der Lichtung zu. Doch noch bevor er die Öffnung erreichen konnte, stürzte das Gebilde zusammen und eine gewaltige Rauchwolke stieg aus der Mitte auf, als das Dach zusammenbrach. Äste und Knochen flogen durch die Luft und versprühten dabei Funken. Bargau schrie vor Wut und Schmerz. Er fiel auf den Boden und Klumpen aus Moos, Blättern und getrockneter Haut fielen von dem Monster ab.

»Sigvald!«, keuchte Oddrún und stolperte durch einen Regen aus goldenen Funken. Das Feuer breitete sich mit unglaublicher Geschwindigkeit aus. In allen Richtungen waren Flammen zu sehen und die Hitze auf der Lichtung wurde langsam unerträglich. »Wir müssen gehen!«

Der Prinz nickte nur und schmiss seine brennenden Äste weg. Doch bevor er Bargau seinem Schicksal überließ, ging Sigvald zu dem auseinanderfallenden Haufen aus Haut und Blättern und zog sein Schwert. »Nicht ohne einen Beweis«, sagte er, schlug die Klinge durch Bargaus Hals und ließ seinen Schädel über den Boden rollen.

KAPITEL FÜNFUNDZWANZIG

Sväla drehte sich um und schaute über die Wüste, wobei sie verwirrt ihren Kopf schüttelte. Für einen kurzen, schrecklichen Moment konnte sie sich nicht daran erinnern, wo sie war. Tausende schneebedeckter Gestalten wankten durch die Verwehungen auf sie zu. Es sah aus, als sei die gesamte strahlende Landschaft in Bewegung. Über dieser menschlichen Lawine aus schneebedeckten Köpfen zogen sich bunte Farben durch den Himmel, die die Wolken wie riesige Gesichter aussehen ließen und die Berge in einem verrückten Pink anstrahlten.

»Du sagtest, wir müssen dem Stern folgen«, brummte eine Stimme neben ihr.

Sie drehte sich um und sah Ungaur den Gesegneten, der sie aus seinem Wolfsfell heraus anblickte.

»Aber das scheint nicht mehr möglich zu sein.« Er hielt seinen Stab in die Luft und ließ die daran befestigten Knochen und Fetische im Sturm klappern. »Außer, du kannst etwas sehen, das mir verborgen bleibt.«

Sväla schaute auf das flackernde Mondlicht und war sich nicht sicher, wovon Ungaur sprach. Oder wer er eigentlich war. Doch als sie sich langsam erinnerte und in ihren verwirrten Gedanken forschte, fiel ihr das merkwürdige Licht wieder ein, das sie gesehen hatten. Ungaur hatte recht. Es war verschwunden und erschreckenderweise hatte sie bereits seit Tagen nicht mehr darüber nachgedacht. Sie hatte sich um ihr Ziel überhaupt keine Gedanken gemacht. Soweit sie sich erinnern konnte, war sie einfach nur wie ein hirnloser Automat durch den Schnee marschiert. Ihr altes Leben erschien ihr nur noch wie ein entfernter Traum und der endlose Schnee war die einzige Wirklichkeit. Sie schüttelte ihren Kopf und versuchte, etwas zu sagen, aber die Felle, die sie um ihren Kopf gewickelt hatte, waren an ihren Lippen festgefroren, und daher hörte man nur ein gedämpftes Murmeln.

Ungaur klopfte ihr auf die Schulter und fletschte seine schwarzen Nadelzähne. »Keine Sorge, Sväla, dein Leiden ist bald zu Ende.« Er deutete mit seinem Stab auf die Köpfe der Menschen. »Die Jagd ist unmöglich geworden und das gesalzene Fleisch wird keine ganze Woche mehr ausreichen. Dein Kreuzzug ist fast am Ende. Dann kannst du deinen erschöpften Kopf in den Schnee legen und darauf warten, dass Völtar dich hinforttträgt.«

Sväla hielt an und riss sich die Felle vom Gesicht. Ihre Haut war kalt und sie bemerkte es kaum, dass die oberste Schicht ihrer Lippe sich abgelöst hatte. »Ich weiß, was du willst«, krächzte sie, »aber du wirst es nicht erreichen.« Sie zeigte mit ihrem Messer auf Ungaurs Brust. »Ein Schamane kann niemals Häuptling werden, egal wie sehr er es sich wünscht.«

Ungaurs Gesicht verharrte in einem bösen Grinsen, während er auf den entfernten Umriss von Svärd deutete. »Ich würde es mir niemals erlauben, jemandem den Thron zu stehlen.«

Sväla streckte ihr Kinn vor, voll neuer Energie durch die giftigen Worte des Schamanen. »Ich habe die Macht des Stammes hinter mir.«

Ungaur zeigte mit seinem Stab auf die an ihnen vorbeiwankenden Gestalten. »Tatsächlich?«

Sväla schaute sich um. Die Gefallenen stolperten weiter vorwärts, aber ihre Schultern hingen schlaff herab und ihre Blicke waren leer. Zu ihrer eigenen Überraschung fühlte sie keinerlei Schuld oder Mitgefühl bei dem Anblick ihres Leidens. Dies war der einzige Weg zur Erlösung. Sie mussten kämpfen oder sterben. Solange Sigvald lebte, war ihnen ein Leben ohne Fluch unmöglich. Sie stolzierte vom Schamanen weg und entwickelte eine wachsende Überzeugung in ihrer Stimme. »Es gibt keinen Weg zurück, Ungaur; außer durch den Sieg.«

Als Sväla durch den Schnee stapfte und Ungaur hinter sich ließ, stellte sie sich Hauk vor, wie er sie zu ihrer Beute führte: Mit geradem Rücken und ohne Angst watete er durch die Schneeverwehungen. Ihr Körper war von Narben übersät und schwach vor Hunger, aber als sie sich an die Stärke ihres Ehemanns erinnerte, sammelte sie neue Kraft. Ihre drahtigen Muskeln bebten mit solcher Kraft, dass sie sich fast betrunken vorkam. Sie wurde schneller und folgte dem Geist, den sie sich vorstellte.

Nach einiger Zeit bemerkte sie, dass ihre Einbildung sie täuschte. Hauks Abbild drehte plötzlich nach links ab und verließ den Weg, auf dem sie gingen. »Hauk?«, versuchte sie zu sagen, doch die Worte kamen nur als ein unverständliches Brummen aus ihrem Hals. Sie bemerkte, dass sie schon fast rannte, um der Gestalt weiter folgen zu können. Als sie sich einer engen Schlucht näherten, ging der Geist auf die Knie und sprang einem Hund ähnlich über den Abhang. Sie bemerkte, dass es anscheinend tatsächlich gar keine Menschengestalt war, sondern eine Art Hund. Nein, dachte sie sich, kein Hund, sondern ein Wolf.

Sie blickte zurück und sah, dass sie die anderen hinter sich ließ, aber sie konnte einfach nicht langsamer werden. »Ein Wolf«, dachte sie und vergaß dabei völlig, dass die Kreatur ihrer eigenen Vorstellungskraft entsprungen war, »so weit im Norden?«

Sie rutschte und krabbelte hinter dem Wolf her, als er einen Abhang hinunter auf einen gefrorenen See zu lief. »Hauk?«, flüsterte sie, als sie das Tier etwas genauer erkennen konnte. Ist er ein Wolf geworden? War dies die Geistgestalt ihres Ehemanns? Er war größer als jeder Wolf, den sie jemals gesehen hatte, und als sie sich weiter näherte, bemerkte sie, dass die Gestalt nach einigen Sprüngen immer wieder zurückschaute, als ob sie sicherstellen wollte, dass Sväla ihr noch folgte.

Dann hörte sie plötzlich eine weiche, sichere Stimme. Sie hallte durch die tiefe Schlucht und schien aus allen Richtungen gleichzeitig zu kommen, aber sie war sich sicher, dass es die Stimme der Kreatur war. »Die Königin der Norse folgte der Gottheit«, sagte der Wolf, »eine wahrhaft treue Dienerin.«

»Völtar?«, flüsterte Sväla und hielt verwirrt und erschrocken inne.

Die Stimme hallte erneut von den Felsen und klang nah genug, als würde ihr jemand in die Ohren flüstern. Erschöpft zweifelte die Kriegerkönigin an ihren eigenen Augen, aber tief in ihrem Herzen spürte sie die unendliche Macht des göttlichen Wesens. Sie wusste, dass eine letzte Tat des Glaubens sie an das Ende ihrer Reise bringen würde.

»Völtar«, wiederholte Sväla, während sie ihr Eisenmesser in den stürmischen Himmel stach und anfing, zu rennen.

Der Wolf wandte sich am Ende der Schlucht nach links und verschwand aus ihrem Blickfeld. Sväla versuchte, ihn einzuholen, aber als sie den gefrorenen See erreicht hatte, war von der Kreatur nichts mehr zu sehen. Ihre Enttäuschung währte nur kurz, da sie verstand, warum die Gestalt sie den engen Pass hinunter geführt hatte. Nur wenige Meilen vor ihr sah sie einen riesigen goldenen Palast im Mondlicht glänzen, der in der Luft zu schweben schien. Sie erschrak und fiel auf die Knie. Tränen der Erleichterung und Erschöpfung liefen ihr über das Gesicht, als sie das Gebäude aus ihren Träumen wiedererkannte. »Sigvald«, lachte sie trotz der Tränen und zeigte mit ihrem Messer auf das beeindruckende Gebäude, »jetzt haben wir dich.«

Als die anderen langsam aus der Schlucht hinter ihr heraustraten, ertönten erschöpfte Hurrarufe zwischen den Felsen. Valdûr und einige der anderen Ältesten zogen sie aus dem Schnee und umarmten sie kräftig.

»Sväla die Hexe!«, schrie Valdûr und hob seinen Speer über die Menschenmenge.

»Sväla die Hexe!«, brüllten sie zurück, die Augen weit aufgerissen und beeindruckt von ihrer Königin.

Sväla hatte ein leichtes Lächeln auf den Lippen, als die Schreie der Menge lauter wurden. Dann bemerkte sie etwas Komisches: einen grünen Flecken im Schnee. Sie bückte sich und hob es auf. Es war der Stängel einer Blume, einer einzelnen weißen Lilie. Ohne zu wissen, warum, erfüllten sie die perfekten Blütenblätter mit Schrecken. Als sich die Menge enger um sie versammelte, ihren Namen schrie und ihr auf den Rücken klopfte, konnte sie ein Geräusch im Wind wahrnehmen.

Es klang verdächtig nach einem Lachen.

KAPITEL SECHSUNDZWANZIG

Im Garten war der Herbst eingezogen. Blätter fielen von den Bäumen und bedeckten den Rasen mit einem kupfer- und bronzefarbenen Teppich. Lange bevor Sigvald und Oddrún auf den Rasen traten, wurde ihre Ankunft von schlanken Schatten verkündet. Die Schatten bewegten sich unbemerkt über ganze Haufen aus zuckender lilafarbener Haut und bebenden Amethystflügeln. Sigvalds Untertanen hatten sich den verschiedensten Verlangen hingegeben und erfüllten den Garten mit einer Mischung aus Stöhnen und Seufzen. Nur zwei Gestalten kamen unter den Bäumen hervor, um sie zu begrüßen.

»Mein Prinz«, sagte Víga-Barói in seinem normalen, weichen Tonfall. Doch als er sah, was aus seinem ehemals wunderschönen Prinzen geworden war, sprang er entsetzt zurück. »Was ist Euch zugestoßen?«

Sigvald starrte ihn an. Seine hübsche Haarpracht war verschwunden und seine verbrannte Haut war mit Blasen, Schnitten und Blutergüssen übersät. Selbst seine schöne Rüstung war so beschädigt, dass sie kaum zu erkennen war. Ohne den schlaksigen Riesen an seiner Seite hätte ihn Víga-Barói wohl kaum erkannt. »Wo ist der Dämon?«, blaffte er, wobei er die Frage des Ritters ignorierte.

»Prinz«, antwortete Baron Schüler, der nur einige Fuß hinter Víga-Barói stand. »Der Dämon ist verschwunden.« Die Augen des Barons funkelten vor neuer Hoffnung, als er die vielzähligen Verletzungen des Prinzen betrachtete.

Sigvalds Grimasse verstärkte sich. »Verschwunden?«

Der Baron zupfte nervös an seinem Bart. »Ja, mein Prinz«, sagte er und deutete auf die Mitte des Gartens, »aber ich glaube, sein Diener hat etwas für Euch.«

Sigvald brummte überrascht, als er bemerkte, dass der Pavillon verschwunden war. Belus' Obstbäume waren noch da, aber diese waren nun von einer niedrigen Steinmauer umgeben und um seinen Gebieter zu erreichen würde er durch ein fein gearbeitetes Eisentor gehen müssen. Als er auf dieses zu humpelte, stöhnte er vor Bewunderung. Er fuhr mit seinem Finger über eine nackte, tanzende Skulptur aus kaltem Metall. Er schüttelte seinen Kopf und kniete sich hin, um sie besser betrachten zu können. Für den Moment vergaß er seine Schmerzen, während er sich die sinnlichen Kurven der Figur genauer anschaute.

»Schau doch«, murmelte Oddrún und zeigte durch das Metalltor auf die dahinterliegenden Obstbäume, »der Diener des Dämons.«

Sigvald wendete seinen Blick nur widerwillig von der Figur ab und schaute zwischen die Obstbäume. Ein gepflasterter Weg führte durch die Baumstämme und endete in der kleinen Lichtung, in der sie zuvor mit Belus Pül gesprochen hatten. Von dem Dämon selbst gab es keine Anzeichen, aber das blasse Spinnenwesen saß noch immer auf dem Rasen neben seiner Pergamentrolle, wobei sein einziges Ohr in ihre Richtung zeigte.

Sigvald öffnete das Tor und hinkte in den Obstgarten, während ihm Oddrún und die anderen folgten.

Der Schriftgelehrte kam ihnen entgegen. Als er nur noch einige Fuß entfernt war, rollte er mit einer ausholenden Bewegung seiner spitz auslaufenden Arme zwei Pergamente aus und zog sich unter die Bäume zurück.

»Wo ist mein Gebieter?«, schrie Sigvald und zeigte auf den großen Vogelschädel in Oddrúns Armen. »Ich habe die Aufgabe gelöst. Bargau ist Vergangenheit.«

Der blasse Haufen aus Gliedmaßen zitterte leicht, entweder aus Angst oder vor Lachen, und krabbelte dann noch einmal vorwärts, um auf die beiden Pergamente zu zeigen.

Sigvald schaute sich mit hasserfülltem Blick und zusammengebissenen Zähnen um. Dann schüttelte er den Kopf und kniete sich hin, wobei er vor Schmerzen stöhnte. Er hob eines der Pergamente auf und fing an, die kleinen Buchstaben zu entziffern. Die ganze Schrift war wundervoll verziert und zeigte Bilder eines Ritters in strahlend goldener Rüstung. Sigvald Blick wurde sanfter, als er sein eigenes Gesicht in den lebendigen, handgemalten Bildern erkannte. Er bemerkte, dass er seine eigene Lebensgeschichte las, seit dem Tag, als er zum ersten Mal den Dämon getroffen hatte.

»Sei gesegnet, Sigvald«, murmelte er und grinste, als von seinen wilden Ausschweifungen auf dem Pergament las. Dann hielt er inne und sein Gesichtsausdruck wurde ernster. Er sah das Bild von zwei Gestalten auf dem Dach des Güldenen Palastes. Es zeigte den Moment, als Baron Schüler ihm zum ersten Mal den Bronzeschädel Môrd Huks beschrieb. An den Schädel erinnert nickte Sigvald und übersprang die nächsten Szenen, bis er das Ende des Pergaments erreichte. Er hielt das Papier in das Mondlicht und schüttelte entsetzt seinen Kopf. Der Text beschrieb seine Rückkehr in den Garten und den Grund für die Abwesenheit des Dämons.

Sigvald saß einige Sekunden in Stille, während sich sein Gesicht vor Wut verfärbte. Dann entfuhr ihm ein unverständlicher Schrei und er sprang auf die Füße, wobei er das Pergament zerriss.

»Mein Prinz«, erschrak Baron Schüler und rannte auf ihn zu. »Was ist los? Was steht auf dem Pergament?«

Sigvalds Gesicht glich einer hässlichen Fratze, als er sich zum Baron umdrehte. »Mein Gebieter ist zu empfindlich, um in meiner Gegenwart zu verweilen.« Seine Stimme zitterte vor Wut, als er auf seine blutige und beschädigte Rüstung zeigte. »Mein Aussehen ist ihm zu beleidigend.« Er riss das Pergament in immer kleinere Stücke und stolperte fluchend vor und zurück.

Der Schriftgelehrte krabbelte unter den Bäumen fort.

»Belus ist verschwunden!«, schrie Sigvald und fasste den Baron an den Schultern. Seine Augen waren gleichermaßen mit Schrecken und Wut erfüllt. »Ich wurde im Stich gelassen!«

Schüler kniff seine Augen zusammen. »Na und, mein Prinz? Ihr braucht keine Hilfe, um diese Festung zu erobern. Warum macht Ihr Euch wegen Belus Pül Gedanken? Ihr seid unsterblich. Niemand könnte sich Euch widersetzten. Niemand kann sich zwischen Euch und den Bronzeschädel stellen.«

Sigvald entfuhr ein kreischendes Lachen. »Verstehst du es nicht?«, schrie er und zeigte auf die Pergamentfetzen. »Ohne meinen Gebieter werde ich noch vor Jahresende unter der Erde liegen.« Er schlug seine Faust gegen seinen verbeulten Brustharnisch. »Nur Belus Püls Gnade verdanke ich mein Leben. Der Dämon ist *alles*.« Er hielt sich erschrocken sein Gesicht und flüsterte verängstigt. »Das Pergament zeigt ganz genau, was passieren wird. Ich werde altern, Schüler. Alt und hässlich, wie alle anderen auch.« Seine Augen waren weit aufgerissen vor Angst und er wandte sich von den anderen ab, während er so leise etwas flüsterte, dass es niemand außer ihm hören konnte. »Und dann werde ich sterben.«

»Sigvald«, murmelte Oddrún und zeigte auf den Boden.

Verständnislos starrte der Prinz zu ihm. Dann schüttelte er den Kopf und versuchte, die schrecklichen Visionen aus seinem Kopf zu verdrängen. »Was denn?«, sagte er mit leiser und verzweifelter Stimme.

Sigvald

»Das andere Pergament.«

Der Prinz blickte misstrauisch auf das Papier und schüttelte den Kopf. »Ich kann nicht«, murmelte er. Er schaute zu Víga-Barói. »Erzähl mir, was darauf steht.«

Der Ritter verbeugte sich feierlich und hob das Pergament auf. »Es beschreibt Euer Leben bis zum heutigen Zeitpunkt«, sagte er, indem er die kleinen Buchstaben entzifferte. Dann schaute er schockiert zum Prinzen. Seine Stimme war beinahe panisch. »Eure Majestät hat mir erzählt ...« Er verhaspelte sich und wusste nicht, was er sagen sollte. »Ich war mir des Umfanges Eurer Abenteuer nicht bewusst, mein Prinz.«

»Lies weiter«, schnappte Sigvald, »dann wirst du sehen, wie schrecklich mein Abenteuer zu Ende geht.«

Der Ritter las den letzten Abschnitt erneut, deutlich verstört von dem, was er gelesen hatte, dann übersprang er die nächsten Absätze, bis er an das Ende des Pergaments kam. Seine Augen leuchteten auf und er hob das Papier noch näher an sein Gesicht. »Mein Prinz«, sagte er in einer verehrenden Tonlage.

»Was denn?«, schimpfte Sigvald.

»Ihr seid ... Ihr werdet ein ...«

»Was?«

»Ein Gott«, flüsterte Víga-Barói und schaute verwundert auf den Prinzen. Er kniete nieder und beugte seinen Kopf. »Eure Majestät«, hauchte er, während seine Stimme von dem Gefühlsausbruch zitterte. »Ihr werdet über die Grenzen der sterblichen Welt hinaus erhoben werden. Ihr werdet in den Himmel aufsteigen.«

»Ich werde sterben, ja. Ich weiß«, schimpfte Sigvald. Er deutete mit einem Finger auf den Vogelschädel. »Diese verkommene Kreatur hat mich zerstört. Nur wegen ein paar lächerlicher Bäume werde ich –«

»Nein, mein Prinz«, unterbrach Víga-Barói und schüttelte wild seinen Kopf. »Das meine ich nicht.« Er stieß mit seinem Finger auf das Pergament. »Die Geschichte beschreibt ausführlich Eure Rückkehr und den Zustand in dem sich ...« Er hielt inne und betrachtete mit einer Grimasse Sigvald Äußeres, »... Euer Körper befindet. Aber dann zeigt es, wie Eure Schönheit wiederhergestellt wird.« Er sprang auf die Füße und übergab das Pergament an Sigvald. »Es zeigt, wie Ihr in das Königreich der Götter eintretet. Mein Prinz«, schrie er, »Slaanesh selbst wird Euch erneuern und mit neuer Lebenskraft beschenken. Ihr werdet wiedergeboren in die Alte Welt zurückkehren, als ein Wesen mit unbeschreiblicher Macht. Schaut doch!«, schrie er und zeigte auf das Pergament. »Eure Göttlichkeit wird versichert und ebenso Euer Sieg. Ihr werdet Euch selbst mit dem Schädel des Blutgottes krönen.«

Sigvald schüttelte seinen Kopf. »Du erzählst Schwachsinn. Kein Sterblicher kann so weit reisen und erwarten, wieder zurückzukehren.« Trotz seines ablehnenden Tons zitterten seine Hände leicht, als er das Pergament ergriffen und die letzten Zeilen gelesen hatte.

»Seht Ihr es?«, fragte Víga-Barói und hielt Sigvald an der Schulter fest.

Sigvald starrte einige Sekunden auf das Pergament ohne etwas zu sagen, dann fingen seine Schultern vor Lachen an zu beben. »Ach, jetzt verstehe ich«, sagte er und deutete auf die Papierfetzen auf dem Boden. »Belus hat mir die Wahl gelassen. Entweder warte ich, bis Alter und Schwäche mich wie einen verkommenen, alten Mann niederstrecken, oder ich begebe mich sogar noch weiter nach Norden.«

Baron Schüler schaute verwirrt vom Prinzen zu Víga-Barói. »Noch weiter nach Norden?«

Sigvald drehte sich mit dem Grinsen eines Wahnsinnigen zu ihm um. »Erinnerst du dich an die Lichter, die du im Empyreischen Dom gesehen hast?«

Schüler wurde blass. »Das Reich des Chaos?«

Sigvald nickte und lachte manisch. »Belus prüft meinen Mut. Er will wissen, ob ich die Welt der Sterblichen verlassen und meine nackte Seele vor meinen Gott stellen würde.«

Er äußerte ein zustimmendes Grunzen. »Mein Gebieter verlangt nur die beste Unterhaltung. Nur dann wird mir der Dämon geben, wonach ich verlange.«

Oddrún zischte unter seiner Kapuze. »Belus liebt dich nicht mehr, Sigvald. Sieh es ein. Du wusstest, dass es eines Tages passieren würde. So ein launisches Wesen musste dich irgendwann im Stich lassen. Belus' einziger Wunsch ist nun, zuzusehen, wie du dich auf möglichst spektakuläre Art und Weise selbst zerstörst. Der Schädel ist nur ein Versprechen, um dich in eine Falle zu locken.«

Sigvald nickte, aber als er zurück auf das Pergament blickte, glitzerten seine Augen vor Verlangen. Der Text beschrieb seine Rückkehr in die Welt der Sterblichen als ein weltveränderndes Ereignis. Das letzte Bild zeigte ihn von einem unheiligen Licht erhellt, wie er sein blitzendes Rapier in die Luft hielt und über ihm geflügelte Geister in den Himmel flogen. »Sag mir, Oddrún«, sprach er und schaute von dem Pergament hoch, »was ist die Alternative?«

Oddrún sprang vor und schubste die anderen aus dem Weg, um Sigvald tief in die Augen zu schauen. »Wir könnten alt werden«, zischte er mit verzweifelter Stimme. »Wir könnten zu unserem Volk zurückkehren und unsere letzten Jahre auf Vergebung hoffen. Wir könnten Völtar den Wolf um Verzeihung bitten.«

Als Sigvald Völtars Namen hörte, wich alle Farbe aus seinem Gesicht. »Sprich noch nicht einmal von solchen Sachen«, antwortete er leise.

»Warum nicht?«, schrie Oddrún. »Weil es dich schmerzt?« Er riss das Papier aus Sigvalds Händen und schmiss es auf das Gras. »Es schmerzt, weil du dich daran erinnerst, wie es war, ein Mensch zu sein.«

Sigvald zog seine Lippen zurück und starrte mit einem bösen und verzweifelten Grinsen auf Oddrún. »Und du glaubst, wir könnten einfach mit unserem Leben von vorne anfangen?« Er zog Oddrúns Kapuze näher an sein Gesicht, bis sie nur noch wenige Zoll voneinander trennten. »Schau dich an«, flüsterte er. »Du bist ein *Monster*. Was glaubst du, würden ›unser Volk‹ denken, wenn es deinen abstoßenden Körper auf sich zuwanken sähe?«

Oddrún riss seinen Kopf zurück und ragte bedrohlich über dem Prinzen auf. »Es muss einen Weg geben. Siehst du es denn nicht?« Er zeigte auf die Papierfetzen. »Belus will dich wieder umgarnen. Du bist langweilig geworden und der Dämon will nur wieder unterhalten werden. Du wirst für dumm verkauft.«

Sigvald zog sein geliehenes Schwert und hielt die Spitze auf Oddrúns missgestalteten Körper gerichtet. »Ich kann hier nur einen Dummkopf erkennen, Buckliger. Du bist ein Monster und kannst es noch nicht einmal einsehen. Du bist lächerlich.«

Oddrún schüttelte seinen Kopf und bewegte sich über den Rasen. Doch während er vom Prinzen wegging, betrachtete er seinen eigenen grotesken Körper und fing an, mit sich selbst zu sprechen.

Sigvald marschierte hinter ihm her und schlug mit seinem Schwert nach dem Hofmeister. »Du bist ein Freak«, schrie er. »Siehst du es denn nicht? Du bist verflucht! Verflucht! Verflucht! Genauso wie wir alle. Du kannst deine Schuld nicht hinter deiner Kapuze verstecken. Du bist böse, Oddrún, wann versteht dein verwesender Schädel das endlich? Was auch immer du tust, einer Sache kannst du dir sicher sein: Du bist auf ewig verdammt.«

Oddrún zuckte vor Sigvalds Worten zurück, als wären sie Schwertstreiche, und bei dem Wort ›verdammt‹ schlug er die Hände vor seinem Gesicht zusammen.

»Wo ist der Doktor?«, schnappte Sigvald, als er ihm näher kam.

Da Oddrún nicht antwortete, fasste Sigvald selber in dessen Taschen und zog die beschädigte goldene Schatulle hervor.

»Doktor Schliemann«, schrie Sigvald mit einem bösartigen Grinsen, als er die Schatulle aufmachte. »Eine allerletzte Frage!«

Der Kopf lag auf der Seite. Die Augen des Doktors waren offen, aber es war kein Anzeichen von Leben in den milchigen Pupillen vorhanden. Seine Kopfhaut war an mehreren Stellen aufgerissen und aus seinem Hinterkopf lief eine graue Flüssigkeit.

Sigvald verzog das Gesicht und schaute zu Víga-Barói. »Wo ist der Zauberer?«

Víga-Barói wendete seinen Blick von dem grausigen Inhalt der Schatulle ab. »Énka, mein Prinz?«

Sigvald nickte. »Ja – das Fischding. Hol ihn her.«

Víga-Barói verbeugte sich und rannte aus dem Obstgarten.

Sigvald drehte sich zurück zu Oddrún. »Reiß dich zusammen«, sagte er mit sanfterer Stimme und legte dabei eine Hand auf die zitternde Schulter des Riesen. »Sobald er wiederbelebt wurde, wird mich der Doktor in Slaaneshs Königreich führen. Denk darüber nach, Oddrún: Ich werde über eine Macht verfügen, die größer sein wird als alles, was wir jemals gesehen haben. Nichts wird mich mehr aufhalten können. Ich könnte dir jeden Wunsch erfüllen.«

Oddrún ließ seine Hände fallen und schüttelte den Kopf. »Nichts Gutes ist jemals aus so einer Quelle entstanden.«

Sigvald lächelte, als er die sich verdichtenden Wolken sah. »Da wäre ich mir nicht so sicher, Buckliger.«

KAPITEL SIEBENUNDZWANZIG

Sväla schaute mit verweinten Augen auf Sigvald. Seit sie die Gefallenen in den Güldenen Palast geführt hatte, war ihre Unsicherheit gewachsen. Doch jetzt, als der Güldene Prinz sie von dem uralten und verblassten Gemälde anschaute, fühlte sie sich am Boden zerstört, geradezu zerquetscht wie ein Insekt unter seinem Glanz. Als sie ihren ausgemergelten und lädierten Körper mit dem schönen Gesicht und seiner wunderschönen, feinen Rüstung verglich, fragte sie sich, ob Völtar sie fehlgeleitet hatte. Konnte so ein perfektes Wesen tatsächlich für ihren Fluch verantwortlich sein? Doch dann bemerkte sie das Symbol auf dem Schild des Prinzen. Es war die gleiche runde Form, die sie vor all diesen Monaten in den Staub gezeichnet hatte. Ihr Mut schwand dahin. Dies *musste* der Mann sein, den sie suchte.

Sie trat näher an das Bild heran und ignorierte dabei den kunstvollen Rahmen und die wehenden Spinnweben, als sie Sigvalds stechenden blauen Augen anstarrte. Konnte es richtig sein, so einem Wesen den Tod zu wünschen? Trotz des leichten Lächelns auf seinen Lippen hatte er einen stolzen und konzentrierten Blick: Als würde er weit über den Rand der Welt der Sterblichen hinausschauen.

»Mach dir keine Sorgen, wir werden ihn finden«, sagte Valdûr und hinkte durch den breiten Flur auf sie zu. Seine Stimme war schwach und rau, aber als sie von dem Gewölbe zurückhallte, zuckte der alte Krieger als habe er die Heiligkeit eines alten Tempels gestört.

Sväla betrachtete ihn und merkte, wie sich ihr Entschluss verstärkte. Valdûrs Körper war zerstört. Seine Haut war von seinem Gesicht gerissen und seine Felle hingen in Fetzen von seinen runden Schultern. Aber er erwiderte ihren Blick ohne Zweifel oder Anklage. Wie konnte sie nur zweifeln, wenn ihr doch so viele ihr Leben anvertraut hatten?

Das letzte Stück des Weges war am schlimmsten gewesen; die Zeit hatte angefangen, mit ihnen ihre Spielchen zu treiben. Zuerst sah es so aus, als sei der Palast nur einige wenige Stunden entfernt, aber nach einer gefühlten Ewigkeit kamen sie auf eine Erhebung und der Palast schien weiter weg denn je. Tage wurden zu Wochen, dann zu Jahren und dann wieder zu Tagen, bis es unmöglich wurde, zu wissen, wie lange sie durch den Schnee marschiert waren. Sie hatte zugeschaut, wie ihre Freunde alt wurden und starben, nur um dann am nächsten Tag wieder aufzutauchen, so jung, als würden sie gerade erst wieder die Segel setzen. Als sie endlich erschöpft die sich windenden goldenen Stufen des Palasts erklommen, war nur eine Sache sicher: Weniger als die Hälfte der Gefallenen war noch am Leben, als sie den Palast ihres verlorenen Sohnes betraten.

»Ja«, antwortete Sväla, als sie sich von dem Gemälde abgewandt und ihre Augen für eine Sekunde geschlossen hatte.

Valdûr trat an ihre Seite und legte eine Hand auf ihre Wange. »Kind, du musst dich ausruhen«, sagte er und zeigte zurück auf den riesigen Torbogen am Ende des Flurs. »Ich habe Svärd gesagt, dass er den Männern befehlen soll, das letzte Fleisch zu verteilen.« Er zeigte auf den leeren Durchgang. »Falls der Palast leer ist, sollten wir ihn zumindest nutzen. Wir können hier schlafen und warten, bis Völtar dir wieder den Weg weist. Vielleicht brauchst du einfach ein bisschen Schlaf, um die Visionen zurückzubringen.«

Sväla schüttelte den Kopf. »An so einem Ort kann ich nicht schlafen.« Sie nickte zum anderen Ende des Flurs. Es lag im Halbschatten und war von Staub bedeckt, aber man konnte eine weitere Tür erkennen, genauso groß wie die erste. »Ich werde mich einmal umsehen.«

Valdûr blickte an ihr vorbei den Flur entlang und verzog das Gesicht. »Ich glaube nicht, dass es schlau ist, noch weiter zu gehen. Dieser Palast ist vielleicht nicht ganz leer. Erinnere dich daran, wie groß er ist.« Er zuckte mit den Schultern. »Vielleicht ist Sigvald hier noch irgendwo.« Er nickte auf das Messer in Svälas tätowierter Faust. »Du wirst vielleicht mehr als das Messer brauchen, wenn du ihn findest.«

Sväla schenkte ihm ein beschämtes Lächeln. »Du hast natürlich recht, alter Freund. Ich werde nicht alleine gehen.« Sie zeigte auf die Staubschicht auf dem Gemälde. »Aber ich glaube, du hast unrecht, was Sigvald angeht. Mein Herz sagt mir, dass er weit von zu Hause weg ist.«

Sväla schüttelte in Anbetracht der Größe des Palastes ihren Kopf. Sie waren den Flur bereits Meilen entlang gegangen und hatten nicht einen einzigen Raum entdeckt. Sie fanden nur Porträt auf Porträt: Hunderte von ihnen, die alle denselben grinsenden Jugendlichen zeigten, der heldenhaft in seiner leuchtend goldenen Rüstung posierte.

»Wir können genauso gut umkehren«, sagte Valdûr. »Hier ist seit Jahrzehnten niemand mehr gewesen.«

»Wir sind so weit gekommen«, schnappe Svärd und marschierte voraus, wobei er mit seinem Speer auf die nächste Tür zeigte. »Lass uns wenigstens sehen, wofür wir alle sterben werden.« Die Bitterkeit in seiner Stimme war nicht zu überhören, als er auf den Rücken seiner Mutter starrte.

Einige andere Stammeskrieger nickten zustimmend, und

als Sväla sich umdrehte, um der kleinen Gruppe gegenüberzutreten, schüttelte sie missbilligend ihren Kopf. »Was soll es uns bringen, wieder zurückzugehen? Wir haben keine Nahrung und wissen nicht, wo wir hingehen sollen. Wenn Sigvald nicht hier ist, finden wir vielleicht wenigstens etwas zu essen oder jemanden, der weiß, wo er sich aufhält.«

Svärd trat mit einem verächtlichen Blick in den Augen auf seine Mutter zu. »Sag mir, Hexe, was würden wir tun, wenn Sigvald direkt hinter dieser nächsten Tür wartete? Immerhin hast du uns gesagt, dass er einen Pakt mit dem Prinzen der Dunkelheit geschlossen hat und unsterblich ist, daher bin ich etwas verwirrt darüber, wie wir ihn töten sollen.«

Valdûr öffnete seinen Mund, um den Jungen zum Schweigen zu bringen. Doch dann zögerte er, um Svälas Antwort abzuwarten. Sväla blickte auf ihr Kind mit einem Ausdruck solch unglaublicher Trauer, dass die Wut des Jungen abebbte und er sich wegdrehte.

»Sein ganzes Leben lang«, sagte sie, »hat dein Vater seinem Volk vertraut. Er hat immer daran geglaubt, dass wir uns von dem Fluch selbst befreien können, obwohl er seinen Ursprung nicht kannte.« Sie schaute auf eines der Porträts. »Jetzt kennen wir den Ursprung und du kannst es immer noch nicht glauben.«

Valdûr schüttelte seinen Kopf und antwortete für Svärd. »Aber wenn er doch unsterblich ist?«

Sväla betrachtete das Eisenmesser in ihrer Faust. »Ich werde einen Weg finden. Das weiß ich.« Sie richtete ihren Blick wieder auf ihren aufgeregten Sohn. »Ich glaube noch immer an Hauk.«

Die Gefühlsstärke in ihrer Stimme beendete jede weitere Debatte und sie gingen zur nächsten Tür.

Sie öffnete sich und gab den Blick auf eine kleine Seitenkammer frei, welche in einen zweiten, noch größeren Raum führte.

Die Norse zögerten, bevor sie hineingingen, und schauten sich erschrocken an. In beiden Zimmern hing Rauch, der aus einer großen Kaminecke zu kommen schien. Er war eindeutig bis vor Kurzem benutzt worden.

Sväla schaute triumphierend zu den anderen Stammeskriegern, bevor sie den Raum weiter untersuchte. Ihre Füße versanken in einem tiefen lilafarbenen Teppich und sie verspürte eine wohlige Wärme durch ihre Pelze steigen. Kerzenhalter hingen an den Wänden und einige von ihnen flackerten und erfüllten den Raum mit einem warmen Licht, welches die Bilder auf den Seidenvorhängen an der Wand sichtbar machte. Die Bilder zeigten eine wunderschöne schwarzhaarige Frau, die von hunderten schreiender und gequälter Männer umgeben war. Sväla verzog das Gesicht beim Anblick dieses Bildes und ging weiter. Als sie durch die kleine Kammer in den großen Raum trat, bemerkte sie den Geruch von gekochtem Fleisch und trat an einen langen, polierten Tisch.

Sie hielt einen Finger an ihren Mund, als die Krieger hinter ihr herschlichen. Dabei hielten sie ihre Speere bereit und blickten in die rauchigen Schatten. Sie konnten kein Lebenszeichen ausmachen, aber auf dem Tisch konnte Sväla dutzende silberner Teller erkennen, die mit Speisen wie für ein Bankett vorbereitet waren.

Sie schloss ihre Augen für eine Sekunde und genoss den Geruch des Essens, und als sie sie wieder aufmachte, waren bereits einige der Stammeskrieger dabei, sich mit den Speisen vollzustopfen. Dabei stöhnten sie befriedigt, während sie ganze Hände voll Essen in sich schaufelten.

Sväla wollte schon eingreifen, doch da bemerkte sie, dass Valdûr sie angrinste, und sie winkte mit ihrer Hand ab.

»Sieht so aus, als ob wir doch nicht alleine sind«, flüsterte der alte Mann, schnappte sich eine Handvoll Fleisch und schlang sie herunter. Dann nickte er auf das andere Ende des Tisches.

Sväla erwiderte das Zeichen und bedeutete den Männern, ihr zu folgen, während sie am Tisch entlang auf eine weitere Tür zuging. Als sie den Kopf der Tafel erreicht hatte, hielt Sväla inne und blickte auf einen Teller, der noch deutlich mehr Essen trug. Sie zuckte mit den Schultern und ging darauf zu. Im Angesicht dieses Überschwangs an Nahrung schien es ihr falsch, sich zurückzuhalten. Sie war sich sicher, dass noch genug da sein würde, um den anderen etwas mitzubringen.

Doch als sie den Teller erreicht hatte, erschrak sie und blickte voller Entsetzen zu ihren Männern.

Sie folgten Svälas Blick und erkannten, was auf dem Teller lag. Die Farbe wich aus ihren Gesichtern. Das Fleisch war dunkelbraun gebraten und glitzerte vom Fett, aber es handelte sich eindeutig um einen Menschenkopf.

Die Norse verzogen ihre Gesichter und wischten sich nervös ihre Lippen, wobei sie vom Tisch Abstand nahmen. Als sie sich die Fleischstücke näher anschauten, konnten sie andere menschliche Körperteile erkennen.

Einer der Männer stöhnte angewidert, doch Sväla signalisierte ihnen, sich still zu verhalten, als sie zur nächsten Tür kamen. Sie drückte ihr Ohr an die Holzbretter und schloss ihre Augen. Zu ihrer Überraschung hörte sie Gelächter und Musik. Die Geräusche waren gedämpft, aber es war eindeutig, dass eine Art Fest stattfand. Sie hielt eine Hand hoch und lauschte noch etwas länger. Die Geräusche waren zu weit weg, um aus dem nächsten Zimmer zu kommen.

»Da ist jemand«, flüsterte sie und drehte sich aufgeregt zu den anderen.

Der Großteil der Männer schaute immer noch angewidert auf das Fleisch, doch Ungaur der Gesegnete trat neben sie und nickte, wobei er sie mit seinem mächtigen Körper und seinen Fellen deutlich überragte. Er strich sich über seine Tierknochen und seinen Bart und schaute von Sväla zu den anderen. »Wir sind nur ein Dutzend, Sväla.«

Sväla zuckte mit den Schultern. »Wir könnten den ganzen langen Weg zum Haupttor zurückgehen, eine große Gruppe zusammensammeln und dann in einigen Stunden wieder hierherkommen. Vielleicht würden wir noch jemand auf der anderen Seite dieser Tür vorfinden.«

Zu Sväläs Überraschung trat Svärd zu ihrer Verteidigung vor. »Sie hat recht«, murmelte er, immer noch Rot vor Wut. »Wenn wir jetzt gehen, werden wir vielleicht niemals herausfinden, wer hier war. Dieser Palast ist riesig. Vielleicht finden wir nie wieder überhaupt irgendjemanden. Und was machen wir dann? Irren wir dann durch diese leeren Hallen, bis uns nichts anderes übrig bleibt, als uns gegenseitig aufzuessen?«

Valdûr der Alte nickte zustimmend. Dann küsste er die Fetische an seinem Speer und legte eine Hand auf die schlangenförmige Türklinke aus Elfenbein. Er schaute zu Sväla und wartete auf ihr Zeichen.

Sie hob ihre Waffe und signalisierte den anderen, es ihr gleich zu tun. Dann nickte sie zu Valdûr.

Valdûr öffnete die Tür und einige miteinander verbundene Räume wurden sichtbar. Sie waren durch gewölbte Flure miteinander verbunden und mit glitzernden, durchsichtigen Tüchern behangen.

Als Sväla in den ersten Raum trat, kam es ihr so vor, als wäre sie plötzlich in einem Fiebertraum. Sie hätte sich niemals solch eine verkommene Maßlosigkeit vorstellen können. Goldene Laternen hingen von der Decke und beleuchteten zahllose Marmorsäulen, die wiederum dramatische Schatten auf die dunklen lilafarbenen Wände warfen. Der Marmor war zu schlanken, nackten Paaren geformt, die sich leidenschaftlich umarmten. Sie erlaubte sich, die ineinander verschlungenen Figuren anzuschauen. Die Decke war mit unglaublichem Detail gestaltet und zeigte noch mehrere sich paarende Figuren, die alle voller Verlangen und Verzückung nach einer Figur in ihrer Mitte gierten. Sväla war nicht überrascht, dass es sich bei der Quelle ihrer Sinneslust wieder um Sigvald handelte. Sein genießendes Grinsen war gerade noch unter einem Wald aus tastenden Händen sichtbar.

Als sich Sväla die Szene genauer anschaute, wuchs ihre Abscheu noch. Viele der über Sigvald liegenden Körper waren kaum menschlich: Flügel, Rattenschwänze und Schweineschnauzen waren in erotischen, verliebten Details dargestellt, wie sie den lachenden Prinzen liebkosten. Als sie sich wieder der Gefahr ihrer Situation bewusst wurde, zwang Sväla sich, den Rest des Raumes zu untersuchen. Sie bemerkte, dass sogar die Möbel besonders pervers wirkten: Die sinnlichen Rundungen der Stühle waren so gestaltet, dass sie intimste Akte der unaussprechlichsten Sorte darstellten.

»Sväla«, flüsterte Valdûr und berührte ihre Schulter, um auf einen der verhangenen Durchgänge aufmerksam zu machen. Sie sah schlanke Figuren auf der anderen Seite des Vorhangs, die sich vor und zurückbewegten. Ihre Silhouetten wurden von einem Feuer auf der anderen Seite an den Vorhang geworfen und die Umrisse waberten auf der Seide wie Traumgestalten. Sväla drehte sich um und stellte fest, dass die meisten der Stammeskrieger auf die Decke starrten, absolut betört von den verschlungenen Figuren. Nur Valdûr und Ungaur warteten auf ihren nächsten Befehl.

Sie schaute zurück auf den Vorhang. Die Musik und das Lachen drangen von der anderen Seite zu ihnen herüber und die Silhouetten bewegten sich weiterhin vor und zurück, wobei sie bemerkte, dass sie einen eleganten Tanz aufführten und sich zu einem komischen, trommelnden Ton bewegten. Sie schaute auf ihren eigenen drahtigen und tätowierten Körper und die dreckigen, zerrissenen Felle und fühlte sich plötzlich völlig fehl am Platz. Was tat sie hier? Sie atmete tief ein und griff ihr Messer etwas fester. Dann ging sie an eine der Säulen und schaute auf den Turm aus verziertem Marmor. Sie hielt noch immer die Luft an und zog das Eisenmesser über ihre linke Handfläche. Das Blut schmierte sie in einer langen Linie über die miteinander verschlungenen Figuren. Während das Blut den Marmor hinunterlief, flüsterte sie ein Gebet zu Völtar und bat ihn um genügend Kraft, damit sie diesen Palast der Sünden niederreißen könnte.

Dann drehte sie sich zu ihren Mä nnern. Alle Augen waren

auf sie gerichtet. Sie schickte sechs von ihnen auf die eine Seite des Vorhangs und weitere sechs auf die andere Seite. Dann trat sie vor und riss den Vorhang herunter.

KAPITEL ACHTUNDZWANZIG

Môrd Huk brüllte die vor ihm im Schnee liegende Kreatur angewidert an. Der Körper der Kreatur war ein dünner Flickenteppich aus schlecht zusammengenähter Haut und absichtlicher Selbstverstümmelung. Aber es war nicht die Haut des Wesens, die ihn zum Schreien brachte, sondern die wahnwitzigen lilafarbenen Haare, die es umgaben. Die Kreatur war fest auf einem gefrorenen Felsen auf der Mitte eines Hügels angebunden, aber das Haar schien lebendig zu sein, und als Môrd Huk seinen Griff um die Kehle des Wesens verstärkte, flogen die lilafarbenen Locken über seine Schnauze und schlitzten durch seine dicke Haut wie Rasiermesser.

»Sag es mir!«, verlangte er mit einer tiefen, kehligen Stimme.

Die Kreatur kicherte und zuckte, während Môrd Huks sabbernder Kiefer näherkam. »So ein Anfänger«, schrie sie mit einer weichen Fistelstimme. »Hundekopf, du könntest viel von mir lernen. Verstehst du es nicht? Ich bin der beste Chirurg des Güldenen Prinzen. Ich könnte dir beibringen, wie man Informationen wirklich kunstvoll herausbekommt. Anstelle dieser stümperhaften Grobschlächtigkeit.«

Môrd Huk riss seinen Kopf mit einem Schmerzensschrei zurück, als eine weitere lilafarbene Ranke in seine Schnauze schnitt. »Sag es mir«, grunzte er, hob den Kopf seines Opfers in die Luft und schlug ihn mit einem weichen Krachen auf den Stein.

Die Kreatur spuckte Blut auf ihre weiße, skelettartige Brust und lachte. »Eine wirkungsvolle Technik ist zum Beispiel, dem Opfer zu sagen, was man wissen will.«

Môrd Huk hob seine riesige Axt über den Kopf der Kreatur. »Wo ist Sigvald?«, grunzte er und deutete mit seiner Axt auf den glitzernden Palast, der einige Meilen weiter nördlich von ihnen in der Luft schwebte. »Seine Armee ist nicht zurückgekommen. Wo ist er?«

»Ach so, ich verstehe. Ich fürchte, das kann ich nicht beantworten. Du hast allerdings recht, was den Palast angeht. Er hat sein Zuhause und sogar seine Ehefrau verlassen, damit er gegen dich Krieg führen kann.« Die Kreatur schaute auf den geifernden, schwer gepanzerten Berserker, der über sie gebeugt war, und lachte. »Bei meinem Leben, ich weiß nicht, warum er das getan hat. Wie konnte er nur einen solch köstlichen Bissen für einen so hässlichen Bastard wie dich aufgeben?«

Môrd Huks Axt durchtrennte den Hals der Kreatur, sodass der Kopf vom Felsen rollte und tief im Schnee versank. Nur ein kleiner Klumpen lilafarbenen Haares war noch zu sehen.

Der Held entfernte sich von der Leiche und strich sich das Blut von der Rüstung. Dann drehte er sich zu den Reihen von Soldaten, die vor ihm bereitstanden. Er keuchte etwas und starrte sie mit seinen brennenden roten Augen an. Er atmete tief ein und heulte mit solcher Kraft, dass er rückwärts durch den Schnee stolperte. »Sigvalds Ehefrau!«, brüllte er und zeigte mit seiner Axt auf den Güldenen Palast. »Bringt sie mir!«

KAPITEL NEUNUNDZWANZIG

Sigvald bemerkte, wie sich der Berg unter ihm bewegte, gerade so als wollte er sich befreien. Oddrún schwankte zur Seite, als einige Felsen zu beben anfingen und sich in die Luft erhoben, wobei der Schnee von ihnen abfiel. Nachdem sie sich gelöst hatten, wurden sie schneller und schossen wie Kometen in den sternenlosen Himmel.

Sigvald war von der absurden Situation erfreut. Er war noch nie so weit in den Norden gereist und die verrückte Umgebung berauschte ihn. Er erinnerte sich, dass er sich auch berauscht fühlte, weil er betrunken war. Er schaute auf die kleine grüne Flasche in seiner Hand und konnte sich nicht erinnern, wo sie hergekommen war. Dann erinnerte er sich: Die Schmerzen seiner vielen Wunden waren zu stark gewesen, um weiterzureisen, obwohl er auf Oddrúns Rücken festgeschnallt war, daher hatte er Víga-Barói um Hilfe gebeten. Und Hilfe hatte er bekommen. Sein ganzer Körper zuckte und bebte vor Kraft und seine Gedanken waren ein wunderbares Durcheinander.

Oddrún marschierte weiter langsam durch den Schnee, während der Prinz seine Flasche in den Himmel hielt. Bald umgab sie ein ganzer Regen aus Felsen, der vom Boden sprang und in den Himmel schoss, wobei die Felsen im Mondlicht funkelten. Sigvalds Kopf rollte hin und her, während er ihren Aufstieg betrachtete, zuerst durch den fallenden Schnee, dann durch die niedrigen Wolken. Nach einiger Zeit bemerkte er, dass nicht alle der großen Schatten am Himmel Wolken waren. Die fliegenden Schiffe waren ihnen in den Norden gefolgt. »Oddrún«, erschrak der Prinz und zeigte mit seiner Flasche auf das ihnen am nächsten fliegende Schiff. Seine Größe sprengte jegliche Vorstellungskraft und sein Rumpf bestand aus dem verfaulten Leichnam eines ledrigen und aufgedunsenen Reptils. Hunderte greller Segel hingen glitzernd von den Seiten herab und farblose Laternen leuchteten durch den knochigen Rumpf des Schiffes. Während Sigvald auf das Schiff starrte, bemerkte er, dass er sogar einzelne Gesichter erkennen konnte, die von der Reling auf ihn hinabschauten.

Oddrún schaute kurz auf das Schiff und deutete dann den Abhang hinunter. »Wir sind fast da«, murmelte er. Sigvald lehnte sich über seine Schulter und sah, dass Oddrún recht hatte. Am Fuße der nächsten Schlucht konnte man eine schwarze Linie im Felsen erkennen, die gerade durch die Schneeverwehungen verlief und in der Entfernung verschwand. »Die Straße«, schrie er und verschüttete dabei Wein über Oddrúns Kapuze, während er lachte. »Doktor Schliemann hatte recht!«

Oddrún kletterte den vereisten Abhang vorsichtig hinab und watete durch den hohen Schnee auf die Straße. Er zögerte, als er den Rand der schwarzen Steinstraße erreicht hatte. Trotz der hohen Verwehungen auf beiden Seiten der Straße konnte man auf der Straße selbst nicht eine einzige Schneeflocke sehen. Der Riese lehnte sich über den Felsen und schaute auf die makellose Dunkelheit. Auf so kurze Entfernung sah die Straße eher wie ein Fluss aus schwarzer Tusche aus, der tief durch den glitzernden Schnee floss. Es gab kein Anzeichen eines Randes oder überhaupt irgendeiner Oberfläche – noch nicht einmal das Mondlicht spiegelte sich auf der Oberfläche.

»Schau doch«, schrie Sigvald und drehte den Kopf des Riesen in die Richtung, aus der sie gekommen waren.

Oddrún drehte sich um und beide starrten voller Faszination. Der Abhang, den sie gerade noch heruntergeklettert waren, waberte wie ein Vorhang im Wind. Während sie zuschauten, rutschte die gesamte Bergflanke ab und bewegte sich mit dem Wind und trieb wie ein Rauchschwaden davon. Als der Wind stärker wurde, veränderte sich sogar der Schneesturm und glich mehr einem flüssigen Ozean.

Sigvald nahm einen weiteren Schluck Wein und warf die leere Flasche gegen einen Felsen, wobei er ungläubig beobachte, wie sie größer und kleiner wurde, während sie durch die Luft flog. Letztendlich zerbrach sie nicht am Felsen, sondern versank in ihm, wie ein Stein in einem See. »Alles fällt auseinander«, schrie er und stellte sich auf Oddrúns Schultern, während er sich die letzten Strähnen seines verbrannten Haares ausriss. »Die Wirklichkeit bricht auseinander. Alles – außer der Straße.« Er deutete auf den schwarzen Weg. »Siehst du? Alles andere verändert sich fortwährend, aber die Straße bleibt stabil.« Er schlug dem Riesen auf die Schultern. »Schnell, Buckliger.«

Der Riese trat vorsichtig mit einem Fuß auf den schwarzen Untergrund. Die Oberfläche hielt stand und er bewegte sich ganz auf die Straße. Sie schauten beide in den Himmel und bemerkten, dass sogar die Luft um sie herum frei von Schneeflocken war. Ein leerer Raum hing über ihnen, der wie ein Tunnel durch den Sturm schnitt.

Oddrún sagte kein Wort und bewegte sich die Straße hinab während Sigvald auf seinem Rücken weiter vor sich hin lachte.

Nach einigen Stunden des Marschierens fing der Horizont an, sich zu verändern. Leuchtende Vorhänge aus Licht erschienen und verschwanden wieder, wobei sie die Landschaft grün und pink färbten und sich manchmal sogar erkennbare Szenen abspielten. Vom Rücken seines wankenden Trägers aus konnte

Sigvald riesige Gesichter sehen, die ihn aus den Lichtern heraus anstarrten: Er sah alles, von dämonischen Monstern bis hin zu unschuldigen Kleinkindern. Sie erschienen in den blinkenden Lichtern und verschwanden wieder.

Sie hatten die Armee im Garten des Dämons zurückgelassen. Sigvald hatte Víga-Barói und Baron Schüler gesagt, dass eine solche Reise in die Unmöglichkeit nur er allein durchführen könne, und hatte ihnen befohlen, die Dekadente Schar zu überwachen. Als er nun die Visionen vor sich aufblühen sah, wünschte er sich, er hätte zumindest den Baron mitgenommen. Wenn irgendetwas einen zögerlichen Konvertiten überzeugen konnte, dann das hier.

»Wir müssen unser Ziel fast erreicht haben«, lallte er. Dann lachte er erfreut, als er seine Worte vor sich in der Luft als leuchtende Buchstaben lesen konnte. »Schau dir das an«, schrie er, wobei er noch mehr Buchstaben in die Luft schickte. »Meine Worte werden Wirklichkeit!« Als sich neue Buchstaben formten, vermischten sie sich mit den anderen und erschufen neue Wörter. »Was für ein verrückter Ort«, lachte er und drückte die Schultern des Riesen.

Oddrún nickte nur nichtssagend, während er weiter die Straße entlangmarschierte.

Je weiter sie nach Norden kamen, umso merkwürdiger wurde die Umgebung. Die Gebirge auf beiden Seiten waren Flüsse aus Felsen, die sich durch den Himmel schlängelten und einem Wasserfall gleich in großen Mengen aus Granit auf den Boden prasselten. Der Himmel war von noch mehr komischen, verfaulten Schiffen bedeckt, wobei ein jedes von ganzen Wolken aus fliegenden Schlangenwesen umgeben war, die sie wie hungrige Möwen umkreisten. Mitten durch diesen Wahnsinn ging die unberührte Straße, die genauso durch das Chaos führte, wie sie auch schon durch den Schnee geführt hatte.

Sigvald zeigte zum Horizont und wollte aufschreien, doch anstelle von Worten fiel ihm ein weiterer Schwall an leuchtenden Buchstaben aus dem Mund. Aber die Worte, die sie formten, waren in einer Sprache, die er nicht verstehen konnte.

Oddrún schaute auf und sah zwei dünne schwarze Pyramiden aus Gestein vor ihnen aufsteigen, die von einer alten Hecke umgeben waren.

Sigvald nahm die goldene Schatulle von Oddrún und öffnete sie. Die Schatulle war leer, doch noch bevor Sigvald weitere glitzernde Buchstaben hervorbringen konnte, bemerkte er eine Gestalt neben ihnen auf der Straße. Der Prinz erkannte sofort die hagere, vogelähnliche Haltung von Doktor Schliemann. Der Gelehrte war jung und hatte klare Augen wie an dem Tag, an dem Sigvald ihn vor zweihundert Jahren im Güldenen Palast willkommen geheißen hatte. Doch es gab einen deutlichen Unterschied: Sein Körper wirkte durchlässig und unwirklich wie die Buchstaben, die um Sigvalds Gesicht herumschwebten. »Die helle Pforte«, sagte der junge Doktor und starrte Sigvald durch seine Drahtgestellbrille an. Seine Worte klangen sehr deutlich. »Ein einziger Ort der Klarheit zwischen den beiden Welten.«

»Du bist wieder ganz«, versuchte Sigvald zu sagen, aber die Worte fielen ihm nur wieder in glitzernden, unverständlichen Buchstaben aus dem Mund. Der Doktor schüttelte seinen Kopf und schien zu verstehen, was vor sich ging. »Nein, mein Prinz. Meine Seele ist durch die Magie Eures Zauberers immer noch an die Schatulle gebunden. Mein Geist ist ewig Eurem Dienst verpflichtet. Es liegt nur an der Nähe zu den Kräften des Chaos, dass Ihr mich auf eine andere Art und Weise sehen könnt.« Seine Roben glitzerten, als er auf die goldene Schatulle zeigte. »Solange Ihr lebt, werde ich niemals von diesem Gefängnis frei sein.«

Sigvald nickte eifrig und schien den Schmerz in der Stimme des Doktors nicht zu bemerken. Dann zeigte er auf die beiden schwarzen Säulen vor ihnen. Der Doktor nickte. »Das Chaos hat unzählige Gesichter, mein Prinz. Es gibt viele verschiedene

Tore an genauso vielen verschiedenen Orten. Aber wenn Ihr durch diese Steine geht, verspreche ich Euch, dass Ihr die Welt der Sterblichen verlassen werdet.«

Sigvald berührte eines der gewundenen Symbole auf seiner Rüstung mit einer fragenden Geste. Sie bildeten das Abzeichen von Slaanesh.

Der Doktor zuckte mit den Schultern. »Ich weiß nicht, was Ihr hinter der Pforte finden werdet, das kann niemand wissen; aber es ist sicherlich möglich, dass Ihr, wenn Ihr weiter voranschreitet, das Gesicht Eures Gottes sehen werdet.«

Sigvald rollte aufgeregt seine Augen und zog eine weitere kleine Flasche aus Oddrúns Robe. Er schaute kurz verwirrt auf das Etikett und stürzte dann den Inhalt in einem Zug herunter. Während der Riese weitermarschierte, hielt Sigvald die Flasche in die Luft und schaute durch sie hindurch, wie bei einem Teleskop, und lachte hysterisch, als er die sich verändernde Landschaft durch das grüne Glas betrachtete.

Nach einer weiteren Stunde auf der Straße erreichten sie das Tor.

Sigvald befreite sich vom Rücken des Riesen und fiel zu Boden. Oddrún beugte sich nach unten und half ihm auf die Füße, wobei er ihn mit einer Hand an der Schulter festhielt, als er stand und vor den zwei schwarzen Obelisken hin- und herwankte.

Die Oberfläche der Steine hatte keine Markierungen, aber in ihnen schien sich etwas zu bewegen: ein ständiges Pulsieren, tief im Inneren des Steins. Auf der anderen Seite schien die Straße einfach geradeaus weiterzuführen.

»Was soll ich tun?«, fragte Sigvald. Er berührte schockiert seine Lippen, erschrocken von dem Geräusch seiner eigenen Stimme. Dann erst bemerkte er, dass die komischen Buchstaben verschwunden waren. »Ich kann sprechen!«, rief er und drehte sich auf seinen wackeligen Beinen zum Doktor.

Schliemann zuckte mit den Schultern und nickte, sagte allerdings kein Wort.

Sigvald

Sigvald sprang auf ihn zu. »Was muss ich machen, Doktor?« Er schaute zurück auf die komischen Steine. »Muss ich einfach nur zwischen ihnen durchgehen?«

Schliemann öffnete seinen Mund, um zu antworten, aber noch bevor er ein Wort hervor gebracht hatte, war Sigvald bereits lachend durch das Tor gesprungen. Doch er kehrte sofort wieder zurück und grinste aufgeregt in alle Richtungen. Er wirkte enttäuscht, als er Oddrún und den Doktor erblickte. »Es ist nicht so einfach«, erklärte Schliemann, während er sich seine Brille wieder die Nase hochschob und auf die verwelkte Hecke am Fuße der Felsen hinwies. »Es muss ein Ritual durchgeführt werden.« Als er auf die Büsche schaute, konnte man etwas Aufregung in seinem Blick erkennen. »Zuerst müsst Ihr eine Beere pflücken.«

Sigvald nickte eifrig und rannte auf die Büsche zu.

»Warte«, brummelte Oddrún und hielt den Prinzen mit einem seiner langen Arme an der Schulter fest. »Er lügt dich an, Sigvald.« Doktor Schliemann kniff seine Augen zusammen, drehte sich dabei aber nicht zu dem Riesen. »Ihr kennt den Pakt, der mich an Euch bindet, mein Prinz. Ich kann Euch nicht belügen.«

»Dann versucht er, dich reinzulegen«, beharrte Oddrún, beugte sich auf Sigvalds Augenhöhe herunter und packte ihn auch noch an der anderen Schulter. »Mach es nicht.«

Sigvald schaute mit einem gequälten Blick in Oddrúns Augen. »Er ist doch direkt da vorne«, flüsterte er und zeigte auf die Steine, »der Garten meines Gottes.«

Oddrún schüttelte den Kopf, als der Prinz zu den Büschen ging und eine der Beeren pflückte. »Ich muss wissen, wie es sich anfühlt«, sagte Sigvald, während er die Früchte anschaute, als ob sie alle Geheimnisse des Universums unter ihrer blutroten Haut trügen.

»Lehnt Euch an einen der Felsen und zieht Euer Schwert«, sagte die Geistergestalt.

»Oddrún?«, sagte Sigvald und nickte auf die Beeren.

Der Riese wich zurück und schüttelte den Kopf. »Du wirst sterben.«

Sigvald schaute zurück auf die Frucht. »Sterben«, sagte er leise und wiederholte das Wort mehrfach. Dann wich alle Anspannung aus seinem Gesicht und er stand einen Moment still, ohne seine Umgebung wahrzunehmen.

»Prinz«, sagte der Doktor, nachdem einige Minuten verstrichen waren. »Ihr müsst an einen der Felsen fassen und Euer Schwert ziehen.«

Sigvald erwachte aus seiner Trance und schaute verwirrt um sich. »Was? Ach so, ja. Ja.« Er strich über die Seite des schwarzen Felsens und zog das geliehene Schwert. Dann hielt er seine Hand ausgestreckt und platzierte sie auf dem Felsen. »Er ist warm«, sagte er und schaute verwundert zurück zum Doktor. »Es fühlt sich wie Haut an.«

»Zieht die Klinge über Eure Zunge«, sagte Schliemann.

Sigvald verzog sein Gesicht und presste die Lippen zusammen. »Wirklich?«

Der Doktor nickte. »Nur, wenn Ihr die Frucht mit Eurem Blut vermischt, kann das Gebet erhört werden.«

Zweifel waren in Sigvalds Augen sichtbar und er schaute kurz zu Oddrún, der in einigen Fuß Entfernung von dem Portal auf dem schwarzen Weg wartete.

»Du wirst mich also alleine gehen lassen, Buckliger?«

Der Riese wippte auf seinen Hacken vor und zurück und hielt seine Knie fest, gab aber keine Antwort.

Sigvald starrte ihn ungläubig an und für eine kurze Sekunde sah er komplett nüchtern aus. Doch genauso schnell, wie sie gekommen war, verschwand die Nüchternheit wieder und wurde durch ein verwirrtes Grinsen ersetzt.

»Du wirst mir folgen.« Dann hob er das Schwert zu seinem Mund und zog die Klinge über seine ausgestreckte Zunge, woraufhin ein Schwall roten Blutes sein Kinn hinunterlief.

»Schluckt die Frucht und sprecht mir nach«, sagte der Doktor diesmal etwas dringlicher.

Sigvald zerbiss die Frucht zwischen seinen blutigen Zähnen und schluckte sie hinunter, um dann dem Doktor zuzunicken.

Der Doktor sprach ein einziges, kehliges Wort in einer Sprache, die weder der Prinz noch der Riese erkannte. Sigvald wiederholte es, so gut er konnte, doch die Wunde auf seiner Zunge ließ das Wort etwas gelispelt und genuschelt klingen.

Der Doktor sprach einige weitere bösartig klingende Worte, die Sigvald wiederum mit seinem blutigen Mund zu wiederholen versuchte.

»Ihr müsst Eure Hand am Felsen behalten«, sagte der Doktor zornig, wobei er nervös wirkte und langsam näher kam.

Sigvald nickte und lehnte sich mit mehr Gewicht gegen den Felsen. Seine Augen wurden groß und er schaute erschrocken auf seinen Bauch.

»Bewegt Eure Hand nicht!«, schrie der Doktor.

Sigvald nickte wütend, aber durch die hervorstehenden Adern an seinem Hals war es klar ersichtlich, dass er große Schmerzen hatte.

Oddrún sprang mit einem Stöhnen auf und rannte auf den Prinzen zu.

Als der Riese näherkam, stellte sich der Geisterdoktor fluchend in den Weg und hielt seine Hände hoch, um den Weg zu versperren.

Als der Riese widerwillig anhielt, da er nicht Schliemanns durchsichtigen Körper anfassen wollte, leuchtete das Portal in einem Lichtblitz auf.

Sigvald sah, dass plötzlich Flammen aus seinem Bauch schossen und schnell seinen ganzen Körper erfassten. Mit angsterfülltem Gesicht schaute er zurück auf den Doktor.

Schliemann erwiderte den Blick mit einem glücklichen Grinsen.

Der Prinz versuchte noch, zu fliehen, aber seine Hand schien an dem schwarzen Felsen festgebunden zu sein.

Oddrún wich dem Doktor aus, aber da war es schon zu spät; als er das Portal erreicht hatte, waren die Flammen bereits zu heftig, um Sigvald noch erreichen zu können. Er griff mit einem verzweifelten Heulen in das Feuer, aber die Hitze zwang ihn wieder zurück, und er brach einige Fuß entfernt zusammen.

Als Sigvalds Körper schwarz wurde und zusammenbrach, schloss Schliemann seine Hände zu einem stillen Gebet zusammen und schloss seine Augen.

Als Oddrún sich zu ihm umdrehte, war der Doktor bereits verschwunden.

KAPITEL DREISSIG

Oddrún saß eine lange Zeit auf der Straße und beobachtete die rauchenden Überreste. Die Schultern des Riesen hingen vor Verzweiflung schwach herab und alle paar Minuten stand er auf, um zu gehen, nur um sich dann wieder mit einigen Flüchen auf den Lippen hinzusetzten. Dann richtete er seinen Blick auf das Gebüsch am Fuße der schwarzen Felsen. Nachdem er seine langen, schlaksigen Gliedmaßen ausgestreckt hatte, humpelte er zum Gebüsch und pflückte eine Beere. Die Frucht war ein kleiner dunkelroter Punkt in seiner bandagierten Hand. Er schaute sie sich ganz genau an, wie Sigvald es getan hatte. Dann ging er zum Felsen hinüber und hob das noch warme Schwert aus der Asche des Prinzen auf. Kirschrote und jadegrüne Lichter waberten über ihn, als er das Schwert zu seiner Kapuze bewegte und durch die helle Pforte blickte.

Er stand einige Minuten bewegungslos wie die uralten Felsen.

Dann stöhnte er und ließ das Schwert zu Boden fallen. Er entfernte sich von den Felsen und warf die Beere weg. Er schüttelte seinen Kopf und schaute auf den Wahnsinn, der ihn umgab. »Ich kann es nicht«, murmelte er, drehte den beiden Felsen seinen Rücken zu und begann, den Weg zurückzugehen, den sie gekommen waren, wobei er die goldene Schatulle vor dem Portal liegen ließ.

Oddrún schenkte seiner Umgebung kaum Beachtung, während er nach Süden stolperte und die glitzernden Vorhänge hinter ihm leuchteten. Er folgte der geraden schwarzen Straße, bis nach einigen Stunden die Umgebung wieder etwas normaler wurde. Auf beiden Seiten der Straße waren wieder die riesigen Gebirge zu sehen. Der Sturm tobte erneut und der schneebedeckte Boden sah wieder stabiler aus. Sogar der Himmel wurde wieder klarer: Die fliegenden Wesen schwebten höher in den Wolken und nur einige wenige der fliegenden Schlangenwesen, die von den Zwillingsmonden angeleuchtet in der Luft kreisten, waren noch sichtbar. Nach einigen Stunden erkannte Oddrún einen Pfad durch die Berge und verließ die schwarze Straße. Er folgte seinen eigenen Spuren zurück zum Garten von Belus Púl.

»Wo ist der Prinz?«, fragte ein schockierter Víga-Barói, als Oddrún durch das Gras stolperte.

Mit erwartenden Gesichtern versammelte sich schnell eine Gruppe um den Riesen und er schüttelte seinen Kopf. »Verschwunden«, flüsterte er mit verzweifelter Stimme.

Ein Durcheinander von Fragen kam aus der merkwürdigen Versammlung.

»Verschwunden?«, schnappte Víga-Barói und hielt seine zitternde Hand in die Luft, um den Rest der Gruppe zum Schweigen zu bringen. »Wohin ist er verschwunden?«

»Tot.«

»Du bist verrückt«, antwortete Víga-Barói. »Der Güldene Prinz ist unsterblich.«

Baron Schüler drängte sich durch die Gruppe und schaute auf den Riesen. »Was ist passiert?«, verlangte er zu wissen, wobei seine Stimme vor Anspannung bebte.

Oddrún zuckte nur mit den Schultern. »Der Doktor hat ihn reingelegt.« Er schaute auf die verbrannten Bandagen auf seinen Händen. »Und ich habe zu lange gezögert, um ihm helfen zu können. Ich habe ihn im Stich gelassen.«

»Schwachsinn«, zischte Víga-Barói, seine Augen vor Angst weit aufgerissen. »Die Dinge, die du dort oben gesehen hast, haben dich verrückt gemacht. Ich werde den Gebieter des Prinzen fragen, was passiert ist.« Er bahnte sich einen Weg durch die unmenschlichen Gesichter in Richtung der Gartenmitte und ging durch das eiserne Tor, das zu Belus Pül führte.

Baron Schüler rannte ihm hinterher und zusammen rissen sie das Tor auf und gingen in den kleinen Obstgarten. Die weiß gekleidete Gestalt war zurückgekehrt und wartete in der Mitte des Rasens, neben ihr der spinnenartige Schriftgelehrte.

Víga-Barói verneigte sich tief und sprach mit dem höflichsten Tonfall. »Mein Herr, wir genießen Eure Gastfreundschaft schon viel zu lange. Wenn Ihr so freundlich wäret, uns den Aufenthaltsort Eures Dieners, des Güldenen Prinzen, mitzuteilen, würden wir unverzüglich abziehen und Euch nicht mehr stören.«

Belus starrte weiter in die Luft, als hätte er den Ritter mit dem ewigen Hohnlächeln nicht gehört. Gerade in dem Moment, als der Ritter sich wiederholen wollte, fing der Dämon zu sprechen an.

»Manche Geschichten wachsen mit der Zeit«, sprach er, wobei er sein Kinn anhob, damit das Mondlicht dramatisch auf sein Gesicht fiel, »aber die meisten gehen früher oder später zu Ende. Und dies passierte mit Sigvald dem Prachtvollen. Die Gottheit hatte lange darüber nachgedacht, diesen einfachen Sterblichen auf eine andere Stufe des Seins zu erhöhen und ihn zu ihrem ewigen Gefährten zu machen; aber selbst nach all der Hilfe, die er bekommen hatte, erwies Sigvald sich als unwürdig für solch eine höhere Bestimmung.« Belus nahm eines der Schmuckstücke von seinem Arm – einen bronzenen

Armreif – und hielt ihn mit ausgestrecktem Arm von sich weg, als wäre er plötzlich davon angewidert und ließ ihn dann auf den Boden fallen. »Der Körper des Prinzen hatte sich als zu schwach herausgestellt. Er war letztendlich zu schwach, um die Reise in das immaterielle Reich zu überstehen. Sein Untergang war vielleicht eine Gnade. Die Gottheit fand sich mit der ewigen Einsamkeit ab und lehnte alle Mitgefühlsbekundungen ab – sie verlangte nur, allein gelassen zu werden, um über den Verlust hinwegzukommen.«

Víga-Barói sprang auf und starrte auf die kleine, gehörnte Gestalt. »Ihr habt ihn in den Tod geschickt!«, schrie er und verlor jegliche Selbstkontrolle. Er zog sein Schwert und hielt es auf den hektisch schreibenden Schriftgelehrten. »Nur damit Ihr ein weiteres interessantes Kapitel in dieser lächerlichen, selbstverliebten Geschichte hinzufügen konntet.«

Das Gesicht des Dämons blieb gelassen wie immer.

»Hör auf zu schreiben«, heulte Víga-Barói, während er auf den Schreibgelehrten zu marschierte und mit seinem Schwert in das Gewirr aus zuckenden Gliedmaßen hackte. Die Klinge fuhr durch die Arme des Wesens und schnitt tief in das augenlose Gesicht. Schwarzes Blut spritzte aus der Wunde und das Wesen torkelte zurück, während es sinnlos versuchte, sich mit seinen Elfenbeinarmen zu beschützen. Der Ritter stöhnte vor Freude, als er weiter auf das zuckende Wesen einschlug, wobei er seinen Brustharnisch mit schwarzem, teerigen Blut besudelte. Er hörte erst auf, als das Wesen sich nicht mehr bewegte. Dann griff er in die matschige schwarze Masse und hob das abgetrennte, blasse Ohr auf.

»Fahrt mit Eurer Geschichte fort«, schrie er und hielt das tropfende Ohr vor den Dämon. »Erzählt *mir*, wie Ihr den Güldenen Prinzen in den Tod geschickt habt. Den besten Ritter, der jemals auf dieser Welt gewandelt ist. Erzählt *mir*, wie Ihr ihn aus einer einfachen Laune heraus getötet habt.«

Dann endlich schaute Belus mit seinen kalten grauen Augen auf Víga-Barói und sie blitzten vor Heiterkeit.

Als ihn der Blick des Dämons traf, klappte Víga-Baróis Kopf zurück als wäre er geschlagen worden.

Baron Schüler versuchte, den fallenden Ritter aufzufangen, doch im letzten Moment keuchte er angewidert, bewegte sich zurück und ließ ihn auf den Boden fallen.

Als Víga-Baróis Körper in das Gras fiel, schossen plötzlich dutzende langer, nadelförmiger Gliedmaßen aus seiner Brust. Er schrie vor Schmerz, doch der Schrei verstummte plötzlich, als sein Mund hinter einer Schicht blasser Haut verschwand. Innerhalb von wenigen Sekunden waren seine Gesichtszüge verschwunden, bis auf ein einzelnes großes Ohr.

Schüler rannte auf das Eisentor zu, als sich eine blasse, vielgliedrige Kreatur aus Víga-Baróis Rüstung zwängte und über den Rasen krabbelte.

Belus Pül drehte sich um und bewegte sich zu der hölzernen Schaukel, die tief unter dem Apfelbaum hing. »Die Gottheit beobachtete, wie Sigvalds Diener schweren Herzens abreisten«, sagte der Dämon und blickte auf den blassen, gesichtslosen Mann, der gerade eben noch Víga-Barói gewesen war.

Als der neue Schreiber des Dämons seine zuckenden Gliedmaßen erhob und zu schreiben anfing, knallte Schüler das Tor hinter sich zu und rannte durch den Garten. Sein Körper zitterte vor neu aufkeimender Hoffnung.

KAPITEL EINUNDDREISSIG

Die Kreaturen griffen mit beindruckender Geschwindigkeit an. Ihre schlanken weißen Körper flogen mit solcher Anmut durch den Raum, dass es eher wie ein Tanz als wie ein Angriff aussah. Kein einziger Fetzen Kleidung bedeckte ihre androgynen Körper, und als sie sich Svëla näherten, konnte sie sehen, dass ihre Augen so schwarz wie Kohle waren.

Die Norse erhoben ihre Waffen, um sich zu verteidigen, aber die Kreaturen hackten mit freudigen Schreien auf sie ein. Dabei schlugen sie einige der Norse mit ihren gezackten Scherenhänden zu Boden und spießten andere mit ihren spitzen Schwänzen auf.

Mehr als zwei dieser Kreaturen hätten den Kampf sehr schnell beendet. Trotz ihrer Überzahl befanden sich Svëla und ihre Mitstreiter in einem verzweifelten Überlebenskampf. Das fröhliche Musik-Stakkato aus dem anderen Zimmer spielte während des Kampfes weiter; unterdessen krachten die Kämpfer in gepolsterte Möbel und fielen über die fein gewebten Teppiche.

Die Norse kämpften, ohne ein Wort zu sagen – sie hackten

und schlugen mit einer verbissenen Entschlossenheit auf die Dämonen ein. Langsam schafften sie es, durch die wilden Angriffe der Nymphen durchzubrechen und auf den geschmeidigen, nackten Körpern Treffer zu landen, aber die Kreaturen wollten sich nicht zurückziehen. Tatsächlich schienen sie die Schmerzen zu genießen und sie stöhnten genussvoll bei jeder neuen Wunde und berührten sie mit ihren langen schwarzen Zungen. Während der Kampf weiterging, wurde die Musik schneller und passte sich an die Geschwindigkeit der Ausfälle und Hiebe der Krieger an; dabei untermalte sie den Kampf und ließ ihn wie eine merkwürdige, blutige Theatervorstellung wirken. Den Norse schien es, als wenn die Kreaturen den Kampf mehr und mehr genossen, je intensiver er wurde. Nach und nach fielen sie zu Boden, ihre Hälse durchtrennt von krabbenähnlichen Zangen.

Zwischen dem Grunzen der Kämpfer und der Musik war plötzlich ein weiteres Geräusch zu hören.

Sväla zog sich für eine Sekunde aus dem Kampf zurück und erlaubte sich selbst einen schnellen Blick durch den Vorhang. Ungaur der Gesegnete stand einige Fuß entfernt, seinen Stab in die Luft gestreckt, während er seinen Kopf schüttelte. Sein Gesicht war eine Grimasse und er schien starke Schmerzen zu haben. Von seinen Fingern tropfte Blut und lief den Stab hinab über Knochen und Fetische, bis es sich zu einer Lache an seinen Füßen sammelte. Während er den Stab hochhielt, sprach er einen Schwall kehliger Laute unter seinem Wolfspelz und sein riesiger, fellbedeckter Körper zitterte vor Anstrengung. Seine Worte waren gezeichnet vom Schmerz und seine Knöchel waren weiß von der Anstrengung, so fest umklammerte er seinen Stab.

Sväla ging zu ihm, doch bevor sie etwas sagen konnte, äußerte Ungaur ein letztes kehliges Wort und zeigte mit seinem Stab auf die kämpfenden Gestalten.

Brutales rotes Licht schoss aus dem Stab und erleuchtete die Norse. Als die Energie des Schamanen sie erfüllte, verdreifachten sich die Angriffe der Stammeskrieger, bis ihre Waffen mit unglaublicher Geschwindigkeit auf und niedergingen. Die Nymphen konnten diesem erneuten Angriff nichts entgegensetzen und fielen letztendlich gegen die Mauer, wo sie blutgetränkt und vor Freude weinend zusammenbrachen, während sie von den Norse in Stücke geschlagen wurden.

Nachdem sie sichergestellt hatten, dass die Kreaturen tot waren, rückten sie von den Resten ihres blutigen Handwerks ab und nickten sich gegenseitig zufrieden zu. Schockiert blickten sie auf ihre bebenden Muskeln.

Dann sah Sväla, wie Ungaur einem Baumstamm gleich nach hinten kippte und auf den polierten Boden fiel.

Sie rannte an seine Seite und hob seinen Kopf hoch.

Zuerst schien der Schamane nicht klar sehen zu können, doch als er erkannte, wer ihn im Arm hielt, zeigte sich ein breites Grinsen seiner schwarzen Nadelzähne. »Sväla, ich muss zugeben«, stöhnte er, »ich hatte all meine Kraft gespart, um dich zu töten. Doch irgendetwas an diesen Wesen …« Er verzog das Gesicht, als er auf die beiden zusammengefallen Leichen schaute. »Sie schienen gleichwürdige Ziele zu sein.«

Sväla schüttelte verblüfft ihren Kopf. »Wenn du die ganze Zeit solch eine Macht in dir hattest, warum hast du mich dann am Leben gelassen? Ich weiß doch, dass du mir den Tod wünschst.«

Der Schamane blinzelte und zog sie näher an sich heran, während er die anderen Gestalten um sich ignorierte. »Sväla, du bist nicht die einzige, die diesen Stamm retten will.« Er hustete und sein Bart färbte sich blutrot. »Jetzt gibt es keinen Weg zurück. Dafür brauche ich nicht deine Visionen. Du bist unsere einzige Hoffnung, trotz deiner Besessenheit mit Sigvald.« Als die Farbe aus seinem Gesicht wich, griff er Sväla leicht an die Schulter. »Ich bete nur, dass du recht hast, Hexe.«

Sväla legte den Kopf des Schamanen vorsichtig wieder auf den Boden. »Ich habe recht«, antwortete sie, aber ihr Herz schlug schneller, als sie in die Gesichter der anderen schaute.

Sie waren blutgetränkt und atmeten schwer. Sväla bemerkte,

dass nur Svärd, Valdûr sowie drei weitere Krieger noch auf ihren Beinen standen. Sie blickte an ihren schmerzverzerrten Gesichtern vorbei und bemerkte, dass einige der am Boden liegenden Stammeskrieger noch am Leben waren; sie hielten sich ihre tiefen Halswunden und gaben schreckliche gurgelnde Geräusche von sich.

»Schnell«, rief sie und rannte zum nächsten verwundeten Krieger, wobei sie ihm ihr Messer in die Brust hämmerte, »beendet ihr Leiden.« Die anderen folgten ihrem Beispiel und für einige Sekunden verwandelte sich der Raum in ein grausames Schlachthaus, als die Norse ihre eigenen Verletzten töteten. Sväla hatte einen grimmig entschlossenen Gesichtsausdruck, als sie aufstand. »Keiner von ihnen ist umsonst gestorben«, sagte sie und starrte auf die Überlebenden.

Dann schaute sie sich um und erblickte einen weiteren Vorhang auf der anderen Seite des Raums. »Wir müssen weitersuchen. Wenn der Palast noch bewohnt ist, könnte Sigvald auch noch hier sein.«

Valdûr schüttelte seinen Kopf und zeigte auf den stöhnenden Schamanen und den Leichenhaufen. »Sväla, wir sind erledigt«, murmelte er frustriert. »Wenn schon zwei von Sigvalds Dienerinnen uns so zusetzen können, wie sollen wir dann jemals den Prinzen töten?«

»Sigvald töten?«, sprach eine Stimme aus den Schatten.

Sväla wirbelte herum, ihr Messer bereit. Am Ende des langen Zimmers saß ein junges Mädchen, halb in den Schatten versteckt. Sie lag einer Katze gleich auf einem lilafarbenen Sofa und trug nur einige Lederstreifen sowie eine Amethyst-Halskette. Sväla trat zögerlich näher an sie heran. Das Mädchen war ungewöhnlich hübsch und auf eine komische Weise kam sie ihr bekannt vor. »Ich kenne dich«, flüsterte sie und trat mit erhobenem Messer näher.

»Warte«, bellte Valdûr und rannte an Svälas Seite. »Sie könnte auch ...« Als der alte Krieger das Gesicht des Mädchens erblickte, brach er mitten im Satz ab und blieb stehen.

Sväla schaute zu ihm und bemerkte, dass er seinen Blick auf den Teppich gerichtet hatte und errötet war. Als die anderen näher kamen, um das Mädchen anzuschauen, verhielten sie sich genauso merkwürdig – sie ließen ihre Waffen herunterhängen und hielten sich schockiert die Münder zu.

Sväla schaute wieder auf das Mädchen und versuchte verzweifelt, es einzuordnen. Sein Gesicht war von Sommersprossen bedeckt, ansehnlich und von vielen dunklen, glänzenden Locken umgeben. Als sich die Norse ihm näherten, formte es seine Lippen zu einem blutroten Schmollmund.

»Wer bist du?«, verlangte Sväla zu wissen und deutete mit ihrem Messer auf das Mädchen.

»Wer ich bin? Ich bin Freydís: die Prinzessin des Güldenen Palasts. Wer seid ihr, scheint mir die wichtigere Frage. Wer seid ihr, dass ihr hier hereinkommt und meine einzige Ablenkung ermordet?« Das Mädchen zeigte auf einen Gegenstand auf dem Tisch vor ihr. »Was hilft mir Musik ohne Tänzer?«

Sväla sah, dass sie auf eine kleine, skelettartige Kreatur zeigte. Sie sah aus wie die Überreste einer besonders hässlichen, dornigen Eidechse, welche mit einem Silberhammer auf die eigenen Rippen trommelte. Das Ganze wirkte wie ein verwesendes Glockenspiel. Sväla fiel auf, dass es sich um den Ursprung des sich wiederholenden Rhythmus handeln musste, den sie schon die ganze Zeit hören konnten.

Sie trat auf die Kreatur zu und schmiss sie fluchend zu Boden.

Das Wesen schrie auf und krabbelte aus Svälas Blick, wobei es eine Spur aus dünnen Knochen hinter sich ließ.

»Wir sind Sigvalds Untergang«, schrie Sväla. »Wir sind die Nachkommen seiner verdorbenen Begierde, gekommen, um unsere Schande mit seinem Blut zu reinigen.« Svälas Gesicht war rot vor Wut und ihre Lippen zitterten vor Wut. »Wir sind die Gefallenen, Freydís. Die Botschafter einer verfluchten Nation, gekommen, um unseren fehlgeleiteten Sohn zu töten.« Sie trat näher an das Mädchen heran und starrte ihm in die Augen. »Wir sind Sigvalds Henker.«

Das Mädchen lächelte und stand mit geschmeidiger Grazie auf. »Und wie genau wollt ihr einfachen Bauern meinen Ehemann töten?«

Sväla Wangen wurden noch dunkler vor Wut. »Sie ist seine Ehefrau!«, schrie sie und drehte sich zu den anderen. »Ergreift sie!«

Die Männer schauten zu ihr zurück, als sei sie eine Fremde.

Das junge Mädchen lachte, als sie an Sväla vorbei an Valdûrs Seite trat.

Der alte Mann fiel auf die Knie und ergriff die Hände des Mädchens, um ihm einen innigen Kuss auf die blasse Haut zu geben. Als die anderen dies sahen, eilten sie nach vorne, um es ihm gleich zu tun und sich Freydís' Schönheit zu unterwerfen.

»Ihr könntet es schwierig finden, ihn zu töten«, flüsterte das Mädchen und strich mit seiner Hand durch Valdûrs verzücktes Gesicht.

»Ich werde einen Weg finden«; sagte Sväla bissig und versuchte dabei, die Angst zu verbergen, die sie anhand des merkwürdigen Verhaltens der Männer empfand.

»Oh, es gibt einen Weg«, antwortete Freydís und ging lässig durch das Zimmer zu einem anderen Vorhang. Sväla lief mit erhobenem Messer hinter ihr her. »Wo willst du …«, fing sie an.

Doch bevor sie ihre Frage gestellt hatte, wurde Sväla von einem Paar stahlharter Arme zurückgezogen. »Was soll das?«, erschrak sie, als sie eine Speerspitze unter ihrem Kinn bemerkte.

»Lass sie in Ruhe«, flüsterte Valdûr in ihr Ohr.

»Was machst du?«, schrie sie, nicht in der Lage, zu verstehen, wie ihr alter Freund sie hintergehen konnte.

Valdûr schubste Sväla zu Boden und richtete seinen Speer auf sie. »Tu diesem Mädchen nicht weh«; knurrte er, während sein ganzer Körper vor Wut bebte. »Sie ist unschuldig.«

Freydís lachte, als sie in das nächste Zimmer ging. »Oh ja, ganz und gar unschuldig.«

»Ich werde ihr nichts tun, Valdûr«, keuchte Sväla und stand vorsichtig wieder auf. Sie steckte ihr Messer weg und hielt ihre Hände deutlich in die Luft.

Valdûr beobachtete sie genau, als er der Prinzessin in das angrenzende Zimmer folgte.

Sväla schüttelte ihren Kopf, als ihre Wahrnehmung einer weiteren bizarren Überbelastung ausgesetzt wurde. Das nächste Zimmer wirkte wie der Hort eines verrückten Tierpräparators. Auf beiden Seiten des kleinen Zimmers erhellten einige Öllampen ganze Reihen von Skeletten. Sie erkannte keine einzige der Kreaturen. Sie sahen aus wie Reptilien, mit länglichen Eidechsenköpfen und dünnen, schlangenähnlichen Schwänzen. Aber sie waren alle zu unnatürlichen Formen verstümmelt worden, mit ausladenden Flügeln und aufrechter, menschlicher Körperhaltung. Hinter den Skeletten befanden sich Regale, die vom Boden bis an die Decke reichten und mit hunderten von durchsichtigen Gläsern gefüllt waren. Die Gläser beinhalteten kleinere Eidechsen, die in einer milchigen Flüssigkeit schwebten.

Nicht der Anblick dieser verwesenden Kreaturen beunruhige Sväla, sondern die Geräusche, die von ihnen ausgingen. Die Körperöffnungen der stehenden Kreaturen waren mit Klavierseiten bespannt, und als sie Sväderungs Ankunft bemerkten, fingen sie an, sich zu bewegen, zupften an den Klavierseiten und es ertönten einige bedrohlich klingende, gebrochene Akkorde. Als die größeren Kreaturen spielten, fingen die kleineren Kreaturen in den Gläsern an, sich zu bewegen. Sie öffneten und schlossen ihre Münder gleichzeitig und schufen einen gurgelnden, blubbernden Refrain.

Die Prinzessin bemerkte Sväderungs Unbehagen und lächelte, wobei sie ihren Arm um eine der Kreaturen legte. »Ein Hochzeitsgeschenk«, sie stöhnte enttäuscht, bevor sie zum nächsten Vorhang ging.

Während die Männer der Prinzessin folgten, hielt Sväla an und schaute zurück. »Ungaur«, murmelte sie und fühlte sich schuldig. Unentschieden hielt sie einige Sekunden inne, bevor sie zurück in das erste Zimmer eilte. Als Erstes bemerkte sie den Gestank von verwesendem Essen. Sie schaute sich verwirrt um, aber sie konnte nicht erkennen, wo der Geruch herkam. Die Leichen der toten Norse und der beiden Nymphen konnten nicht so schnell verwest sein und auch die Teller mit halb Gegessenem, die im Zimmer verteilt waren, konnten nicht für diesen abartigen Gestank verantwortlich sein.

Dann bemerke Sväla noch etwas Merkwürdiges.

Ungaur war verschwunden.

Sie durchsuchte den Raum nach dem Schamanen, konnte ihn aber nirgendwo finden. Sie rannte zu der Stelle, wo er umgefallen war, und bemerkte eine Blutspur auf den polierten Dielen, die zurück zum Speisezimmer führte.

»Ungaur?«, schrie sie, als sie durch den nächsten Vorhang ging und den langen Tisch hinabschaute. Der gegrillte Kopf lag noch immer auf dem Teller und schien sie anzugrinsen, aber sie konnte noch immer keinen Hinweis auf den Schamanen finden. Sie fluchte zu sich selbst. »Ich bin bald zurück«, schrie sie ohne viel Hoffnung, dass sie jemand hören würde, dann rannte sie zurück durch die Zimmer hinter der Prinzessin her.

Sväla hielt sich die Ohren zu, als sie durch den Raum mit den präparierten Tieren kam, dann zog sie den nächsten Vorhang zurück. Sie war plötzlich wieder außerhalb des Palastes in der eisigen Kälte. Sie schützte ihr Gesicht, als sie in den Sturm hinausstolperte, und war für einige Momente blind, als ihr die Schneeflocken in die Augen flogen. Dann sah sie eine Gruppe von Gestalten an einem verzierten Metallgeländer und sie bemerkte, dass sie auf einem riesigen Balkon stand, der über der monderleuchteten Eiswüste hing.

»Wir sind hier drüben, meine wütende kleine Wilde«, rief die Prinzessin und winkte Sväla zu sich an das Metallgeländer.

Sväla zog sich ihren Fellumhang über den Kopf und kämpfte sich durch das eiskalte Wetter. Als sie die kleine Gruppe erreichte, sah sie einen ihrer Männer auf dem Boden vor der Prinzessin liegen; Blut floss aus seinem aufgeschlitzten Hals. Sie zog ihr Messer und schaute verwirrt auf Valdûr und die anderen. Sie standen in einem Halbkreis um die Prinzessin und flüsterten aufgeregt miteinander.

»Was ist passiert?«, schrie sie und bückte sich, um den auf dem Boden liegenden Mann zu untersuchen. Er war tot. »Valdûr? Svärd? Was ist passiert?« Die Männer ignorierten sie und flüsterten weiter miteinander. Da bemerkte Sväla, dass frisches Blut von Valdûrs Speer tropfte. Sie schaute zurück zur Prinzessin und bemerkte, dass sie ihre blasse Haut mit einem schwarzen Antilopenpelz bedeckt hatte und Sväla unter ihrer Kapuze genau beobachtete.

»Das werden sie eine Weile lang machen«, erklärte die Prinzessin und deutete auf die Männer. »Dann wird einer von ihnen die anderen töten«, sie zuckte mit den Schultern, »damit er mich dann für sich alleine hat.«

»Du sagtest, dass es einen Weg gibt, wie man Sigvald töten kann«, knurrte Sväla mit zusammengebissenen Zähnen. »Wie können wir ihn töten?«

Die Prinzessin ignorierte die Frage und zeigte auf den Palast. »Hast du jemals so etwas gesehen?«, fragte sie.

Sväla drehte sich um und schaute auf den über ihnen aufragenden Turm. Er war hunderte Fuß hoch, von unten bis oben vergoldet und auf eine Art und Weise gebaut, die an eine schlanke weibliche Gestalt erinnerte. Weit über ihr, im verschneiten Himmel, konnte Sväla gerade noch die eleganten Hände der Gestalt ausmachen, die ein glitzerndes, geflügeltes Herz festhielten.

»Jetzt nennen sie es nur noch den sechsten Turm«, erklärte die Prinzessin und stellte sich neben Sväla, »aber als Sigvald ihn gebaut hatte, benannte er ihn nach mir.« Sie zeigte auf das entfernte Gesicht, welches den Turm krönte. »Erkennst du mich?«

Sväla nickte leicht und legte eine Hand auf ihr Messer. Sie hatte sich entschieden, keine weitere Zeit mit dieser widerlichen Frau zu verschwenden. Aber noch bevor sie das Messer gezogen hatte, bemerkte sie, dass die Männer aufgehört hatten, miteinander zu flüstern, und sie anstarrten. Sie seufzte und nahm ihre Hand von der Waffe. »Ja, ja«, sagte sie. »Ich verstehe schon. Der Turm sieht so aus wie du.« Sie drehte sich um und schaute der Prinzessin ins Gesicht. »Was willst du?«

»Was ich will? Ich glaube, mich daran zu erinnern, dass *du* in meine Gemächer eingedrungen bist, Barbarin. Ich glaube, mich auch daran zu erinnern, dass ihr meine Diener abgeschlachtet und mich mit bösartigen Flüchen beschimpft habt.«

Sväla biss weiter die Zähne zusammen, wusste aber nicht mehr, was sie sagen sollte. Während die Männer sie beobachteten, war es eindeutig unmöglich, die Frau zu töten, aber sie konnte auch nicht einfach Svärd und Valdúr im Stich lassen.

Freydís trat näher an sie heran. »Sigvald baut nicht länger Türme für mich, Barbarin, verstehst du das? Er kann sich kaum noch an meinen Namen erinnern. Seine Liebe zu mir ist verglüht, genau wie für all seine anderen Leidenschaften.« Ihre Stimme wurde schrill, als sie auf die wehenden Vorhänge zeigte. »Er hat mich hier gelassen, um zusammen mit seinen anderen Spielsachen zu verrotten.« Sie ergriff Sväla an den Schultern und zog sie zu sich heran. »Kannst du überhaupt begreifen, was das heißt? Er hat mich verraten!«, schrie sie, spuckte in Svälas Gesicht und schüttelte sie. »Ich habe ihm alles gegeben. Ich habe meine eigene Familie geopfert, um seine verkommenen Gelüste zu befriedigen. Und jetzt hat mich dieser bösartige, wankelmütige und lügende Bastard dem Tod überlassen.«

Sväla befreite sich aus dem Griff der Prinzessin und wich zurück, wobei sie verwirrt ihren Kopf schüttelte.

»Ich will, dass ihr mich mitnehmt!«, schrie Freydís und hetzte hinter Sväla her. »Das ist es, was ich will! Verstehst du das? Ich weiß genau, wie ihr ihn töten könnt, und werde euch alles erzählen – all seine beschämenden, kleinen Schwächen.«

Sie zog ihre Lippen zurück und fletschte ihre Zähne. »Nimm mich mit, Barbarin, lass mich an deiner Seite sein, wenn du ihm sein verkommenes Herz herausreißt.«

Sväläs Gedanken drehten sich. »Du willst deinen Ehemann töten?«

Die Prinzessin nickte eifrig und schloss kurz ihre Augen, während sie die Vorstellung genoss.

Svälä schaute auf die streitenden Männer. Ihre Stimmen waren lauter geworden und Svärd stieß seine Finger auf die Brust eines der älteren Männer. »Wenn ich zustimme, dich mitzunehmen, kannst du sie dann wieder zur Vernunft bringen? Ich kann dich ohne die Hilfe meiner Stammeskrieger nirgendwo mit hinnehmen.«

Freydís nickte erneut und wandelte ihre Grimasse in ein mädchenhaftes Lächeln. »Ganz einfach«, sagte sie und zog einen seidenen Schleier aus ihrem Fellumhang. Sie zog die Seide vor ihr Gesicht und knotete sie hinter ihrem Kopf zusammen, wodurch sie ihr hübsches Gesicht verdeckte. Dann ging sie zu den Männern hinüber und sprach mit jedem Einzelnen, wobei sie sanft ihre Gesichter streichelte und ihnen in die Ohren flüsterte.

Als die verschleierte Prinzessin mit ihnen sprach, wurden die Gesichtsausdrücke der Männer weicher. Dann bewegte sie sich wieder zu Svälä und die Männer lächelten verzaubert, als wenn sie ein großartiges Geheimnis kennengelernt hätten.

»Seid ihr jetzt wieder bei Sinnen?«, fragte Svälä, nicht in der Lage, ihren Ekel zu verbergen.

Die Männer nickten, doch nur Valdûr antwortete. »Wenn wir die Prinzessin retten wollen, müssen wir zuerst die anderen finden. Wir sind nicht genug, um sie zu beschützen.«

»Retten?«, stöhnte Svälä und schaute dabei zu Freydís.

Die Prinzessin lachte.

Als Svälä sich der steigenden Wut in Valdûrs Gesicht bewusst wurde, hob sie ihre Hände und nickte. »Ja, du hast recht. Wir müssen zum Haupteingang zurückkehren. Die

Prinzessin wird uns zu Sigvald führen.« Sie schaute grimmig zu Freydís. »Wir werden Essen brauchen, bevor wir –«

Svälas Worte wurden unterbrochen, als einer der Norse vor Schmerzen aufschrie.

Während der Mann mit einem Tentakel um seinen Kopf in den Schatten gezogen wurde, bemerkte Sväla denselben Gestank von verwesendem Essen, den sie schon früher gerochen hatte.

Freydís fluchte und wich zurück.

Die Norse zogen ihre Waffen, duckten sich und starrten in den Schnee.

Sie alle konnten einen unterdrückten, grausamen Schrei und brechende Knochen hören, dann war es still.

»Was war das?«, zischte Sväla.

Freydís schüttelte angewidert ihren Kopf. »Einer von Sigvalds Dienern. Mein Ehemann wollte sichergehen, dass ich nicht …«

Ein weiterer Tentakel schoss aus der Dunkelheit, diesmal aus einer anderen Richtung. Er packte Svärds Hals und zog ihn nach vorne.

Diesmal war Valdûr vorbereitet. Er stach seinen Speer in das blasse, zuckende Fleisch und nagelte es am Boden fest. Die anderen taten es ihm gleich und durchlöcherten die zuckende Gliedmaße mit ihren Waffen. Svärd umfasste den Tentakel mit beiden Händen und zog ihn zu sich heran.

Ein lautes Brüllen erfüllte die Nacht, als ein riesiger, aufgedunsener Kopf durch den Schnee auf sie zukam. Die Norse keuchten vor Entsetzen, als sie Ansgallür den Hungerleider erblickten. Seine hervorstehenden, gummiartigen Augen rollten vor Schmerzen als er dutzende weitere Tenakel unter seinem Kinn entfaltete. Sein aufgerissener Mund hüllte sie mit dem Geruch von verfaultem Fleisch ein, während er weiterheulte.

Die Norse schrien vor Ekel, als sich kalte, schleimige Gliedmaßen um ihre Hälse und Körper wickelten.

Es ertönte ein lautes Knacken, als einer von ihnen im Griff des Monsters mit gebrochenem Genick zusammensackte.

Jetzt waren nur noch drei Männer übrig und sie alle hatten Schwierigkeiten, mit ihren langen Speeren die vielen Tentakel abzuwehren. Sväla hatte es einfacher. Sie hackte ihr Eisenmesser in den gummiartigen Muskel und ein Schwall aus Blut floss über ihr Kinn. Die Tentakel zuckten zurück und anstatt sie festzuhalten, ließ sich Sväla mit den Tentakeln auf den monströsen Kopf ziehen. Als sie sich dem aufgedunsenen Kopf näherte, sprang sie auf eines seiner Augen zu und stieß ihr Messer in das untertassengroße Sehorgan. Blut und Flüssigkeit bedeckte sie, als sie gegen den aufgerissenen Augapfel prallte.

Das Monster zog sich mit einem weiten wütenden Schrei an das Geländer zurück und zog dabei seine Opfer mit sich, wobei es einen von ihnen über den Balkon in die Schneewüste unter dem Palast warf.

Sväla kämpfte verzweifelt, um sich zu befreien und zu sehen, wer hinuntergestürzt war. Nur zwei Männer waren übrig und es war ihr unmöglich, zu erkennen, wer noch am Leben war. »Svärd?«, schrie sie. »Valdûr?« Ihr Magen zog sich zusammen, als das schreiende Monster sie in die Luft hob und den Arm zurückzog, um auch sie in den Sturm zu werfen.

Dann versteiften sich die Tentakel um ihre Hüfte und sie fiel zurück auf die kalten Pflastersteine. Während der Sturm um sie herum tobte, schlugen die Gliedmaßen des Monsters wild um sich durch den Schnee. Es war schwierig, genau zu erkennen, was passierte, aber es schien Sväla, als wäre der Kopf auf die Seite gefallen. Sie befreite sich von dem Tentakel und stolperte vom Geländer weg. Dann hob sie ihre Hand schützend an die Augen, um besser sehen zu können.

Svärd und Valdûr *waren* noch am Leben. Die beiden Männer versuchten immer noch verzweifelt, sich aus Ansgallürs Griff zu befreien. Das Monster lag an der Brüstung und Blut lief ihm nicht nur aus dem Auge, sondern auch aus seinem weit offenen Mund. Eine dritte Gestalt stand vor dem Kopf und schockiert bemerkte Sväla, dass es Freydís war. Sie hatte einen Speer aufgesammelt und ihn tief in den Mund ihres Wächters gestoßen.

Als Ansgallür sich von der Prinzessin wegzudrehen versuchte und dabei Blut spuckte, fing die Brüstung an, sich unter seinem Gewicht zu verbiegen.

»Schmeißt ihn über die Kante!«, schrie Sväla, rannte vorwärts und rammte ihre Schulter in Ansgallürs riesiges Gesicht. Valdûr und Svärd folgten ihrem Beispiel. Das Metall der Brüstung bog sich noch weiter und begann, zu brechen. Der Kopf rutschte noch weiter über den Rand.

Freydís riss den Speer aus Ansgallürs Mund und grinste triumphierend. Sie hauchte ihrem Wächter einen letzten Kuss zu und trat ihm ins Gesicht.

Mit einem letzten Kreischen brach das Metall endgültig und Ansgallür taumelte aus dem Blickfeld.

Sväla ließ einen Siegesschrei erklingen, als das Gesicht von ihr weg in den Sturm fiel. Erst dann bemerkte sie eine kleinere Gestalt, die immer noch in Ansgallürs Griff gefangen war, als er fiel: Valdûr der Alte kämpfte immer noch, um sich zu befreien, während er seinem Tod entgegenfiel.

KAPITEL ZWEIUNDDREISSIG

Die Wolken flackerten und pulsierten mit lebhaftem Licht, als sie einen einzelnen, schwebenden Schatten gebaren. Weit über den Gipfeln hing eine Landschaft, die so merkwürdig war, dass kein sterbliches Auge sie jemals hätte begreifen können. Der Schatten hob jedoch seinen Blick in das traumgleiche Himmelsdach aus Geräuschen und Umrissen, genoss den Ausblick und folgte dann weiter seinem Weg.

Nach einer Weile bemerkte der Schatten, dass er eine Gestalt und eine Form hatte. Schemenhafte, ätherische Beine trieben ihn durch die Wolken und ein Durcheinander aus verworrenen Erinnerungen erfüllte seinen Kopf.

Als die Lichter aufblitzten und wieder verschwanden, rissen sie den Schatten jedes Mal aus der Realität. In den Momenten absoluter Dunkelheit fühlte der Schatten, wie er starb und sich auflöste, nur um im nächsten Moment in einer grünen oder roten Explosion wiedergeboren zu werden.

Der Schatten reiste eine gefühlte Ewigkeit, er kletterte und krabbelte über die Wolkenoberfläche mit einem unerklärlichen Gefühl der Bestimmung. Nach und nach wurden die Lichtblitze sporadischer und der Schatten merkte, wie er langsam wieder ins Nichts versank. Gerade als er dachte, endgültig in Vergessenheit zu geraten, bemerkte der Schatten etwas Ungewöhnliches in der nächsten Wolkenbank: ein kleines rundes Gebäude, das aus Schlamm und Stroh gebaut und mit einem runden Dach versehen war.

Der Schatten hielt inne, verfolgt von einer alten Erinnerung, die sich irgendwo in seinen Gedanken versteckt hielt und sich nicht ganz zeigen wollte. Dann eilte der Schatten auf das Gebäude zu, plötzlich entschlossen, nicht zurück ins Nichts zu verschwinden – zumindest jetzt noch nicht.

Als der Schatten über die Wände der grob gebauten Hütte flog, hörte er von drinnen einen lauten, durchdringenden Schrei. Eine plötzliche Eile ergriff den Schatten und er flog unter der alten Holztür durch.

Das kleine Gebäude war von Geräuschen und Bewegungen erfüllt. Eine Frau lag auf einem Bett aus Fellen, sie rang nach Luft, war blass und zitterte vor Anstrengung. Ihr verschwitztes Haar klebte ihr im Gesicht und sie schaute zu einem Stammeskrieger auf, der neben ihr stand.

»Ein Junge«, grunzte der Mann, als er auf das blutige, zappelnde Bündel in seinen Armen schaute.

Der Schatten zuckte beim Anblick des Mannes erschrocken zurück.

Der Stammeskrieger sah erschreckend bekannt aus. Sein fieser, rasierter Kopf war von einem kurzen Irokesenhaarschnitt bedeckt und mit Klauen und Knochen gepierct. Sein muskulöser Körper war, abgesehen von einem Lendenschurz und einem grob gehämmerten Eisenschutz über einer Schulter, nackt. Der Schatten bewegte sich über das Gesicht und fuhr über die vernarbte Haut und die Konturen, wobei er versuchte, ihn einzuordnen.

Als der Schatten die Szene beobachtete, konnte er ein bekanntes Gefühl verspüren, einen unangenehmen, nagenden Schmerz tief in seiner Seele. Das Gefühl wurde so untragbar stark, dass der Schatten sich weiterbewegte und die Hütte durch eine zweite Tür verließ. Doch anstatt zu den leeren Wolken zurückzukehren, wie er erwartet hatte, bewegte sich der Schatten über Haufen von Leichen. Ein Meer aus gefallenen Stammeskriegern lag vor ihm und bedeckte den Himmel bis zum Horizont mit gebrochenen Gliedmaßen, zerbrochenen Schilden und blassen, grimmigen Todesmasken. Als der Schatten über die gebrochenen Körper schwebte, erkannte er die Gesichter einiger Männer, aber am Horizont konnte er plötzlich Bewegungen und Geräusche wahrnehmen, woraufhin er weiterflog, ohne sie genauer zu untersuchen.

Nicht alle Stammeskrieger waren tot. Als der Schatten sich weiterbewegte, konnte er eine Gruppe Krieger erkennen, die siegreich schrie und ihre Speere in den sich ständig verändernden Himmel stieß. In der Mitte der Gruppe stand der Mann mit dem Irokesenhaarschnitt. Der Schatten schaute verwirrt zurück zur Hütte und bemerkte, dass sie verschwunden war. Als er sich wieder zu der feiernden Gruppe von Männern drehte, konnte er sehen, wie sie ihren Häuptling auf ihre Schultern hoben und mit ihm durch die Gegend tanzten.

Der Mann lachte und legte sich zurück in ihre Hände, wobei er ihre Anerkennung genoss. Sein Körper war von frischen Blutergüssen und Wunden bedeckt, aber er schien an nichts zu denken außer an seinen Sieg. Nach einigen Minuten verlangte er, abgesetzt zu werden, und zeigte auf eine kleine Gestalt, die hinter der Gruppe herging.

»Mein Sohn!«, schrie er unter neuem Jubel seiner Männer. »Habt ihr jemals einen solchen Krieger gesehen?«

Der Schatten bewegte sich zu dem schlanken Jugendlichen, um ihn näher zu betrachten.

Der Junge war vielleicht gerade erst zehn oder elf Jahre alt, aber sein drahtiger Körper war stark und bereits von einigen beeindruckenden Narben gekennzeichnet. Seine blauen Augen leuchteten stolz, als er seinen blutigen Speer als Antwort in die Luft hob, und er lachte mit den anderen und schüttelte dabei seine langen blonden Haare. Dann hoben ihn die Männer auf ihre Schultern und warfen ihn in die Luft.

Der Schatten zuckte. Irgendetwas vom Lob des Häuptlings hatte ihn getroffen. Als er das glückliche Gesicht des Häuptlings sah, fühlte er den unangenehmen, nagenden Schmerz erneut und verschwand in den Wolken.

Der Schatten kam zu einem neuen Schlachtfeld. Und dann zu noch einem. Eine ganze Reihe blutiger Siege wurde gezeigt und jedes Mal gewannen der Häuptling und sein Sohn. Jedes Mal hatte der Junge mehr Erfolg als beim vorherigen Sieg. Als seine Muskeln stärker und seine Schultern breiter wurden, schrien die Stammeskrieger seinen Namen und betrachteten die Leichen zu seinen Füßen mit tiefer Bewunderung. Sie fielen vor ihm auf die Knie und schlugen sich mit ihren blutigen Fäusten auf die Brust.

Der Schatten beobachte mit einer grausigen Vorahnung, wie der Ruf des Jungen immer größer wurde. Nach jedem Kampf wurde der Jugendliche mehr gefeiert und der schnell alternde Häuptling weniger. Der Schatten beobachtete die Szene aus einem Haufen zerbrochener Schilde heraus und konnte sehen, wie sich der Stolz des Häuptlings zu Sorge wandelte. Als der grinsende Jugendliche seine grausamen Trophäen vor den heulenden Stammeskriegern präsentierte, leuchteten die Augen des Vaters auf: ein Leuchten ernster, schmerzlicher Angst.

Der unerklärliche Schmerz des Schattens wuchs, als er durch dutzende weitere Siegesfeiern flog und mit Schrecken beobachtete, wie der Jugendliche immer angeberischer wurde, mit den Siegen prahlte und die Feinde verspottete. Mit seinem Selbstvertrauen wuchs auch seine Blutrünstigkeit. Sein Blutdurst war auch nach einem Sieg nicht mehr gestillt und die Stammesmitglieder beobachteten besorgt, wie ihr Held das Fleisch der Toten zu essen begann und sie dabei mit einem blutverschmierten Grinsen anschaute.

Dann erreichte der Schatten einen Kampf, der bei Weitem

noch nicht gewonnen war. Eng stehende Stammeskrieger befanden sich in einem Kampfgemenge, wobei sie fluchten und mit ihren Speeren zustießen. Der Jugendliche mit den goldenen Haaren war in der Mitte der Feinde gefangen. Übermut hatte ihn zu weit von den anderen weg geführt und nun war er umringt von Feinden. Der Leichenhaufen um ihn herum unterstrich sein unglaubliches Können, aber die schiere Anzahl an Feinden war erdrückend. Als die Feinde immer näher an ihn herankamen, schlug und trat der Junge mit wachsender Frustration um sich, und als der Schatten näherkam, konnte er zum ersten Mal Angst in den Augen des Jugendlichen entdecken.

Gerade als der Junge dabei war, in den feindlichen Speeren zu verschwinden, stürzte sich eine zweite Gestalt in den Kampf, ein zweiter Jugendlicher mit einem dunklen, nachdenklichen Gesicht und langen, schlaksigen Gliedern.

Der größere Junge brach durch den Kreis der feindlichen Speere und köpfte mit einem kraftvollen Hieb seiner Axt drei Männer gleichzeitig.

Beim Anblick seines Retters schrie der blauäugige Krieger vor Anerkennung und Erleichterung, rannte mit neuer Kraft an seine Seite und nutzte die Verwirrung aus, die durch die drei zu Boden gegangenen Krieger entstanden war.

Die beiden Jungen kämpfen Rücken an Rücken mit einer Wildheit, die ihre Feinde beeindruckte. Ihr Tod war unvermeidlich, aber das schien sie nicht mehr zu interessieren. Ihre beiden Gesichter zeigten dasselbe wahnsinnige Grinsen.

Nach fast einer halben Stunde brutalster Kämpfe hatten es die Massen der gegnerischen Stammeskrieger immer noch nicht geschafft, einen der beiden Jugendlichen zu Boden zu bringen.

Doch dann trat ein massiger Krieger mit einem langen Zweihänder in das Gedränge und schrie seinen Männern zu, ihre Waffen zu senken. Die Norse duckten sich vor ihm, äußerten Gebete und schufen ihm einen Weg, damit er zu den beiden Jungen vordringen konnte. Er war eindeutig ein großer Champion. Er war fast sieben Fuß groß und hatte einen breiten, kräftigen Körper, der in einer Rüstung aus graviertem weißem Metall steckte. Die leuchtende, feingliederige Rüstung war von gezackten, scharfkantigen Spitzen bedeckt und mit Bildern von weißen Lilien verziert. Sein Gesicht war von einem merkwürdigen Helm verdeckt, der sich wie zwei Blätter aus Elfenbein von seinen Schultern hochbog. Seine Stimme klang metallisch und unmenschlich wie der Schlag einer Glocke.

»Bleibt zurück«, rief er und bedeutete seinen Männern, ihre Waffen abzusenken.

Als sich ein großer Kreis um die beiden erschöpften Jungen bildete, schauten sie den weißen Ritter mit einer Mischung aus Trotz und Ehrfurcht an. Eine unheilige Rune war in der Mitte seines Brustharnisches eingraviert, umgeben von Lilienblättern. Es war ein Kreis und ein Halbkreis mit einer Linie, die aus der Mitte führte. Das Zeichen leuchtete, als wäre es gerade erst aus der glühenden Kohle einer Schmiede gekommen, lebendig, geschmolzen, und es schien eine rote Hitze auszustrahlen. Als der Ritter näherkam, leuchtete das Licht der Rune auf die schweißgetränkten Gesichter der Jungen und ließ die Angst in ihren Augen erkennen.

Der Krieger beobachtete die beiden einige Sekunden in absoluter Ruhe und lehnte sich dabei auf seinen verzierten alabasterfarbenen Zweihänder. Er schien trotz des Gemetzels um ihn herum recht entspannt zu sein. »Wie heißt ihr?«, fragte er letztendlich mit einem gewissen ironischen Unterton.

»Ich bin Sigvald«, schrie der blonde Jugendliche. Er hob verächtlich sein Kinn, als er sprach, aber seine Stimme war von Angst erfüllt. »Und das«, er zeigte auf seinen Begleiter, »ist Oddrún.«

Der Ritter deutete eine kleine Verbeugung als Antwort an. »Ich fühle mich geehrt, euch kennenzulernen.« Er zeigte auf den Leichenhaufen vor den beiden Jungen. »Solch ein Mut bleibt nicht unbekannt. Eure Taten wurden aus der Ferne beobachtet.«

Der Champion befahl seinen Männern, wieder in den Hauptkampf einzugreifen und die Jungen zu ignorieren. Dann nahm er seinen Helm ab. Sein Gesicht sah merkwürdig lang und kaum menschlich aus. Sein glattes, haarloses Kinn kulminierte in einer Art Spitze und seine kleinen Gesichtszüge wurden von seiner riesigen Stirn in den Schatten gestellt. Insgesamt wirkte es so, als sei sein Kopf an beiden Enden in die Länge gezogen worden, sodass man ihn kaum noch erkennen konnte. »Ich glaube nicht, dass ihr am heutigen Tag sterben werdet«, sagte er. Als er sie beobachtete, tippte er auf das glühende Symbol auf seiner Brustplatte. »Ich bin Einvarr. Haltet nach meinem Zeichen Ausschau, Meister Sigvald und Oddrún.« Dann drehte er sich auf der Stelle um und folgte seinen Kriegern.

Als sich ihre Feinde zurückzogen, waren die Jungen plötzlich alleine mit den Toten und fielen auf die Knie. Sie schauten sich erschöpft mit ihren blutverschmierten Gesichtern an und lachten ungläubig. Keiner von beiden hatte erwartet, zu überleben.

»Du hast mich gerettet«, sagte Sigvald und packte die Schulter seines Freundes.

»Wir haben uns gegenseitig gerettet«, antwortete Oddrún. Nach einem kurzen Augenblick nahm Sigvald ein Messer von seinem Gürtel und zog es über seine Hand, die er danach ausstreckte.

Oddrún kniff seine Augen zusammen und schaute von der blutenden Wunde zu Sigvalds Gesicht, wobei er darüber nachdachte, was ihm angeboten wurde. Dann nickte er und nahm das Messer. Er zog eine blutige Linie über seine Handfläche und ergriff Sigvalds Hand mit seiner eigenen.

»Ich werde dich niemals im Stich lassen«; schrie Sigvald und verstärkte seinen Griff, bis das Blut zwischen ihren Fingern hindurchfloss.

Oddrún antwortete nicht gleich, während er beobachtete, wie die weiße Gestalt sich zurückzog. Dann drehte er sich mit einem ehrlichen Blick wieder zu seinem Freund. »Noch werde ich dich im Stich lassen, Sigvald.«

Der Schatten schwebte über die Gesichter der beiden jungen Norse und zuckte dann verstört zurück, wobei er sich in dem Gemenge der Krieger versteckte, erfüllt von Schmerz und Verwirrung. Als er den Wolken entgegenflog, erinnerte er sich an weitere Bilder. Jedes weitere Tal zeigte noch mehr Szenen aus Sigvalds Jugend. Doch anstelle von Kämpfen befand sich Sigvald jetzt in einer Welt aus dunklen Riten und geheimen Versammlungen. Schmerzvolle Erinnerungen peinigten den Schatten, als er seine grausame Reise fortsetzte. In einer Szene hielt Sigvalds Vater seinen Sohn an der Kehle hoch und zeigte wütend auf einige verstümmelte Leichen. Jeder Körper war geköpft worden und das Symbol von Einvarrs Rüstung war in die Leichen eingeritzt. »Du bist eine Abscheulichkeit!«, schrie der Häuptling, bevor er den Jungen mit einem angeekelten Grunzen zu Boden warf und wegstürmte.

Später beobachtete der Schatten einen etwas älteren Sigvald, der zu der Gebirgsfestung des Ritters in der weißen Rüstung kletterte. Als er dort zusammen mit dem schlaksigen Oddrún angekommen war, schworen sie beide Einvarr die Treue, welcher sie im Anschluss seinem Gebieter vorstellte: einem androgynen Jugendlichen mit sanftmütigem Gesicht, dessen blasse Haut leuchtete und dem zwei kleine schwarze Hörner unter der weißen Kapuze zu wachsen schienen. Der Schatten flackerte nervös über eine kleine Kapelle, die von Kerzen erhellt war, als der Dämon seine jungen Opfer umgarnte. Die beiden Jugendlichen ergaben sich dem Dämon bereitwillig und bettelten um Unterstützung gegen den Zorn von Sigvalds Vater. Sie erklärten, dass er sie aus dem Stamm verbannt hatte. Die Situation spielte sich in grausamen, lebensechten Details ab und der Schatten erinnerte sich daran, als sei es gerade erst vor wenigen Tagen geschehen. Der junge Sigvald war von so wildem Verlangen erfüllt, als ihm der Dämon ewiges Leben und Ekstase versprach, dass er ihm nur zu gerne ein kleines Andenken für ihren Pakt überließ. Einen groben bronzenen Armreif, der sich um seinen rechten Arm wand. Sigvald stimmte gerne zu und übergab den Armreif lächelnd.

Der Schatten schrie erschrocken auf, plötzlich voller Angst um den unverfroren Jugendlichen. »Geh nach Hause!«, schrie er und streckte seine formlosen Arme aus, um den Armreif an sich zu nehmen. »Gib dich nicht auf!« Aber der Schatten rutschte, ohne die Szene beeinflussen zu können, durch die Dunkelheit.

Der junge Sigvald grinste weiter, während Belus Pül den Armreif anlegte und das Geschehen triumphierend einem blassen, spinnenartigen Wesen erzählte, welches einige Fuß entfernt im Schatten saß.

Dann wandte sich der Dämon dem zweiten Jugendlichen zu und nickte auf eine Brosche an seinem Fellumhang. Ein Eisenemblem in der Form eines Wolfskopfes.

Der schlaksige Jugendliche schaute zu Sigvald, der auffordernd nickte, und nahm seine Brosche ab. Doch als das Kerzenlicht die kauernde Gestalt mit den zahlreichen Gliedern in der Ecke deutlicher machte, zuckte er zurück und steckte das Schmuckstück schnell in seinen Umhang.

»Es sind Monster«, schrie er und ging rückwärts zum Ausgang, wobei er mit einem Finger auf die schlanke, in eine Robe gehüllte Gestalt zeigte. »Ich werde mich nicht so einem Wesen unterwerfen. Ich nicht!«

Der Dämon taumelte zurück gegen den Steinaltar und erhob schockiert eine Hand vor seinen Mund, wobei er leise das Wort »Monster« wiederholte.

Der Schatten schaute verzweifelt umher, als die Kerzen flackerten und schließlich erloschen. Die Kapelle war von einer absoluten Finsternis erfüllt. Ein schrecklicher Schrei erfüllte den Raum und Steine fielen zu Boden, als das ganze Gebäude anfing, zu beben.

Der Schatten begann, sich aufzulösen, als die Jugendlichen an ihm vorbei rannten, wobei sie ängstlich einander zuriefen und verzweifelt versuchten, einen Weg nach draußen zu finden. Bevor er ganz verschwunden war, hörte der Schatten eine unmenschliche Stimme, die voll von Schmerz und Hass einen Fluch auf Oddrún richtete. »Monster!«, schrie sie und das Gebäude fiel zusammen.

Mit einem geräuschlosen Blitz erschien der Schatten wieder. Die Kapelle war zusammen mit dem Dämon und den beiden jungen Männern verschwunden. Nur die riesigen Gewitterwolken waren geblieben, die über ihm in ihrem unheiligen Licht leuchteten. Der Schatten fluchte und weinte, als die restlichen Teile seines Lebens ihren Lauf nahmen. Der Dämon hatte sein Wort gehalten. Sigvald lebte zahlreiche Menschenalter, in denen er all seine Gelüste stillen konnte. Aber schon nach einigen wenigen Jahren bemerkte er die bösartige Ironie des Paktes. Nichts konnte ihn befriedigen. Als seine letzten menschlichen Züge verschwanden, verstand er, dass kein Vergnügen dieser Welt sein Verlangen stillen konnte. Er zog durch die Chaoswüste und suchte die extremsten Formen von allem: Wein, Musik, Schmerz, Sex, Trauer, Reue, Rausch und Sieg; aber sobald er sie erreicht hatte, zerfielen sie in seinen Händen zu Asche. Irgendetwas Besseres lockte ihn schon, direkt hinter dem Horizont. Die Bösartigkeit des Dämons hatte ihn immer weiter geführt, zu merkwürdigeren und dunkleren Orten, aber nie war sein Verlangen gestillt worden. »Buckliger«, flüsterte er, wobei er auf seine Hand schaute und sich die verblasste Narbe vorstellte. »Was habe ich uns angetan?«

Sigvalds Schatten lag zwischen den Wolken und weinte. Er erlaubte seinen körperlosen Gliedmaßen, sich langsam zum Horizont zu erstrecken. Dann, nach einigen Minuten, nahm er eine merkwürdige Empfindung wahr. Sein eigener schummriger Umriss fing an, sich von selbst zu bewegen, und wurde zu einer Gestalt gezogen, die in der Ferne aufgetaucht war.

Der Schatten stöhnte, unwillig, eine weitere schreckliche Vision erleben zu müssen. Dann erhob er seinen Kopf und beobachtete den Goldschimmer, auf den er zuflog. Es war ein Ritter, der in seiner makellosen goldenen Rüstung durch die Wolken marschierte. Der Ritter grinste wissend.

»Das bin ich«, keuchte der Schatten, als er seinen eigenen Körper erkannte, der vom strahlenden Sonnenlicht umspielt wurde.

Als der Ritter näherkam, wurde der Schatten kürzer, bis das Gesicht nur noch wenige Fuß von seinem Besitzer entfernt war. »Du siehst so traurig aus«, sagte der Ritter mit einem beunruhigten Gesichtsausdruck, und hielt inne. »War das Leben wirklich so enttäuschend?«

»Bist du ich?«, fragte der Schatten, als er die blassen und schönen Gesichtszüge des Mannes betrachtete.

Der Ritter warf seine blonde Mähne zurück und lachte. »Ich bin, was du am meisten von allem sehen willst, Sigvald.« Der Schatten fühlte die Angst zurückkehren und versuchte, sich zu lösen. Es war unmöglich, sein Umriss war an die Füße des Prinzen gebunden, ganz gleich wie wild er zuckte. »Lass mich gehen!«, schrie er.

Der Ritter schnitt eine Grimasse. »Ist das dein Willen?« Er schaute auf die sich verändernden Formen über ihnen. Meere wurden zu Wüsten, die sich in riesige Gesichter verwandelten, bevor sie sich erneut auflösten und zu anderen, merkwürdigen Formen wurden. »Willst du die Welt verlassen, Sigvald? Könntest du wirklich dieser unfassbaren Schönheit abschwören?«

Der Schatten wurde ruhig und fragte sich, ob die Frage mehr als nur hypothetisch gemeint war. »Mein Gebieter«, stöhnte er, »könnt Ihr mir so etwas ermöglichen? Ich wünsche es mir mehr als alles andere. Ich habe mein Leben vom Anfang bis an das Ende gesehen. Jede einzelne Minute war sinnlos.«

Der Ritter zog seine Augenbrauen hoch. »Sinnlos?« Er zog ein glänzendes Rapier und hielt es in das Sonnenlicht, sodass ein silberner Streifen sich auf der Klinge reflektierte. »Ja Sigvald, das kann ich möglich machen. Wenn es tatsächlich das ist, was du verlangst, kann ich dir diesen Segen gewähren. Du bist ein loyaler Untergebener gewesen und ich bin kein herzloses Wesen.« Er bückte sich, bis sein Gesicht nur wenige Zoll von dem des Schattens entfernt war. »Aber ist das *wirklich* das, was du willst?«

Der Schatten verspürte bei den Worten des Ritters etwas Hoffnung und nickte eifrig. Als der Ritter näherkam, war der Schatten von seiner eigenen Antwort überrascht. »Perfekt«, murmelte er. Aus solcher Nähe war die makellose Schönheit atemberaubend. »Ich bin so perfekt«, sagte der Schatten, nicht in der Lage, sich irgendetwas Schöneres als das lächelnde Gesicht über ihm vorzustellen – das lächelnde Gesicht, das er als sein eigenes erkannte.

Der Prinz legte die Klinge des Rapiers an die Kante zwischen seinen Füßen und dem Schatten. »Das Vergessen ist möglich, Sigvald. Das süße, ewige Nichts.«

»Warte«, keuchte Sigvald und fuhr mit seinen Fingern über das Gesicht des Prinzen. »Werde ich wieder … na ja … werde ich wieder genauso wie vorher aussehen?«

Der Prinz lächelte, während er seinen Kopf schüttelte.

Sigvalds Schatten verspürte einen Schmerz, der noch größer als alles war, was er bisher erlitten hatte. »Ich werde mein Gesicht nie wieder sehen?«

»Du wirst dich im Wind auflösen, Sigvald, wie die Überreste eines Scheiterhaufens.«

»Warte«, wiederholte der Schatten und bewegte sich näher an die Füße des Prinzen. »Ich bin mir unsicher.«

Der Prinz schüttelte verwirrt seinen Kopf. »Ich dachte, du seist des Lebens müde?«

»Ich war verwirrt«, stöhnte der Schatten und berührte seinen Besitzer. »Ich habe meine Familie gesehen. Ich dachte, es gäbe einen Weg zurück. Ich dachte, der Tod könnte mich von dieser Last befreien.« Der Schatten schüttelte wild seinen Kopf. »Aber ich will nicht vor mir selbst weglaufen, selbst wenn es der einzige Weg ist.«

»Wie kannst du von einer Last sprechen?«, fragte der Prinz und tauschte sein Lächeln gegen eine verwirrte Grimasse. »Unendliche, elendige Millionen leben und sterben unbekannt, jeden Tag, nichts als Fliegen auf dem Leichnam der Geschichte, während du, Sigvald, erhöht wurdest, um am größten aller Spiele teilzunehmen. Du hast die Gelegenheit, ein Licht durch diese ganze unerträgliche Dunkelheit der Geschichte zu brennen. Kannst du das nicht sehen? All die unendlichen Möglichkeiten des Universums sind in deinem kleinen, gesegneten Körper enthalten.«

Als der Prinz sprach, füllte sich die Vorstellung des Schattens mit Bildern. Es waren dieselben Szenen seiner sinnlichen Abenteuer, an die er sich vorher erinnert hatte. Nur diesmal erschienen sie ihm nicht frustrierend, sondern heldenhaft. Jede Tat war ein Zeichen der Ablehnung, eine freche Faust, die gegen die ewige, morbide Eintönigkeit des Universums gerichtet war, ein Sammelruf für jede Seele, die ihm zuhören wollte. Seine Gefühle ließen den Schatten erzittern. »Ja«, flüstere er, tief ergriffen von seiner eigenen Wichtigkeit. »Ich verstehe es. Ich bin ein Vorbild. Ein Symbol der Hoffnung.«

Das Lächeln kehrte auf das Gesicht des Prinzen zurück. »Dann wirst du es erneut versuchen, Sigvald? Wirst du dich gegen den sinnlosen Kosmos werfen? Wirst du in das große Spiel zurückkehren?«

Der Schatten schoss mit einem jubelnden Schrei in die Höhe. »Ja! Und ich werde nie wieder –«

Doch bevor der Schatten seine Antwort vervollständigen konnte, stieß der Prinz sein Rapier in das Herz des Schattens und erfüllte ihn mit unbeschreiblichen, elektrisierenden Schmerzen.

* * *

Sigvald trat aus der hellen Pforte und schaute die lange schwarze Straße hinab. Er beachtete die Büsche und die Schatulle nicht, als er in den wirbelnden Sturm schaute. Seine Rüstung glänzte und glitzerte im Mondlicht und seine langen blonden Haare umspielten sein Gesicht wie ein Heiligenschein. Dann schloss er seine Augen und genoss das Gefühl, wie die Schneeflocken auf seine Handflächen fielen. Mit einem erfreuten Stöhnen schaute er auf seine perfekte, makellose Rüstung herab. Jegliche Spuren des Kampfes waren verschwunden. Die verzierten goldenen Platten strahlten so hell wie an dem Tag, als sie geschmiedet worden waren; sogar noch heller. Dann hielt er seinen runden Spiegelschild hoch und betrachtete selbstverliebt sein Spiegelbild. Seine Haut war wieder perfekt.

Als er nach Süden marschierte, packte er den Griff seines Rapiers, welches tief in der Mitte seines verzierten Brustharnisches steckte. Er zog die Klinge mit einem genüsslichen Seufzer und einem metallischen Kratzen der Rüstung aus seinem Körper. Blendendes Licht schien kurz aus der Wunde, bis sich der Brustpanzer lückenlos wieder schloss. Dann hielt Sigvald die Waffe in den sternenlosen Himmel und grinste, als er die feine, filigrane Klinge bewunderte.

Sein Grinsen wurde noch breiter, als er herunterschaute und bemerkte, dass er einige Zoll vom Boden entfernt über dem Boden durch die Luft ging. Als Sigvald anfing, zu rennen, löste sich der Boden unter ihm; er rollte und bewegte sich auf und ab wie Wellen vor dem Bug eines großen Schiffes.

Sein Grinsen wurde zu einem langen, fröhlichen Lachen.

KAPITEL DREIUNDDREISSIG

Baron Schüler wischte sich mit einer vernarbten Hand gefrorenes Blut aus dem Bart und massierte seine zerfurchte Stirn. Sein skelettartiger Körper wirkte, als würde er nur von seiner Rüstung aufrecht gehalten, aber während er die Reste von Sigvalds Armee zurück zum Güldenen Palast führte, war ein tierisches Verlangen in seinen Augen zu erkennen. Er drehte sich zu einer kleinen Gestalt, die neben ihm auf einem Pferd saß. »Was ist das?«, fragte er und nickte zu einer breiten, dunklen Masse, die sich am Horizont abzeichnete. Der Palast war seit Stunden in ihrem Blickfeld gewesen, aber der dunkle Fleck unter dem Palast war gerade erst sichtbar geworden.

Énka warf seine Kapuze zurück und erlaubte dem Mondlicht, auf sein langes, fischähnliches Gesicht zu scheinen. Er stand im Sattel auf und beugte sich über die Mähne seines Pferdes. Dann drehte er seinen Kopf auf die Seite, um mit einem seiner runden, gläsernen Augen den Horizont zu betrachten. »Zu weit entfernt«, antwortete er und setzte sich wieder in den Sattel, um dann etwas in seiner Robe zu suchen. Er warf einige zappelnde Wesen in den Schnee, bevor er zufrieden nickte und einen blinden, federlosen Vogel hervorzog. Die zitternde Kreatur war mit tiefschwarzen Zeichen bedeckt, die von den leeren Augenhöhlen ausgingen. Während er zu sich selbst murmelte, durchsuchte der Zauberer erneut seine Robe und zog ein kleines Behältnis mit schwarzer Paste hervor. Er öffnete den Deckel und steckte seine Finger in die schwarze Masse. Die Paste zischte und rauchte auf seinen Schuppen, als er sie herausnahm und mit einem unangenehmen Quietschen auf eines seiner Augen schmierte. Dann tunkte er wieder zwei Finger in die Paste und schmierte sie dem Vogel in die Augenhöhlen. »Das sollte funktionieren«, sagte er und lehnte sich in seinem Sattel zurück, bevor er den Vogel in die Luft schmiss. Der pinke, unförmige Ball flog durch die Schneeflocken und fiel einige Fuß von ihnen entfernt mit einem leisen Plumpsen in den Schnee.

Énka schaute enttäuscht auf das neue Loch im Schnee und drehte ich mit einem entschuldigenden Achselzucken zum Baron. Gerade als Schüler nach einer Erklärung fragen wollte, schoss der kleine Vogel in einem Spritzer aus Schnee in die Luft und flatterte in Richtung des Güldenen Palastes davon, während er auf dem Weg einige wilde Loopings vollführte.

Énka klatschte Beifall und bedeckte dann das Auge, welches nicht mit schwarzer Paste eingeschmiert war. Er zuckte gleichzeitig mit den merkwürdigen Bewegungen des Vogels. Dann nickte er eifrig. »Ja, ich sehe es. Es ist eine Armee.«

Die Sorgenfalten im Gesicht des Barons vertieften sich und er nahm eine Hand an seine Augen, um es selber zu sehen. »Eine Armee? Bist du dir sicher? Es sieht mehr wie eine Art See aus.«

Der Zauberer schüttelte den Kopf. »Es ist eine Armee. Na ja, wenn du es so nennen willst.« Er wischte sich die Paste von seinem Auge und drehte sich zu Schüler. »Sie ist riesig«, sagte er und schüttelte seinen Kopf. »Es sieht eher wie ein ganzes Volk aus. Es müssen Zehntausende sein.« Schüler schaute zurück auf die zerlumpten Monster und purpurfarbenen Ritter hinter ihm. Kaum die Hälfte von Sigvalds Armee hatten es geschafft, die Rückreise anzutreten. Weniger als fünfhundert der Dekadenten Schar hatten überlebt. »Dann sind wir verloren«, murmelte er. »Môrd Huk wird uns alle abschlachten und den Palast einnehmen.« Die Farbe wich aus seinem hageren Gesicht.

Oddrún stand einige Fuß entfernt und beobachtete die Unterhaltung. Er war die gesamte Rückreise in den Süden still und verdrießlich gewesen. Er hatte auch keine weiteren Fragen beantwortet, aber beim Anblick der Armee nickte er zustimmend. »Môrd Huk will den Prinzen. Wenn er herausfindet, dass Sigvald bereits tot ist, wird seine Wut sich nur noch verzehnfachen. Uns zu töten wird ihm nur eine kleine Genugtuung sein. Aber dann wird er den Güldenen Palast –«

»Nein«, unterbrach Énka und schüttelte den Kopf, »du verstehst nicht. Es ist nicht Môrd Huk.«

»Was?«, erschrak der Baron. »Wer ist es dann?«

»Es sind Nordmänner«, antwortete der Zauberer und wischte sich das letzte bisschen Paste aus den Augen. »Tausende und Abertausende von primitiven Nordmännern, die von einer kleinen, schmächtigen Frau angeführt werden.« Er zuckte mit den Schultern. »Sie ist mit blauen Tattoos bedeckt und trägt ein Messer.«

»Nordmänner?«, brummte Oddrún und lief durch den Schnee zu Énkas Pferd. Ein ungewöhnlich emotionaler Tonfall war in der Stimme des Riesen auszumachen, als er auf den Zauberer herabschaute. »Sind es Norse?«

»Was hast du sonst noch gesehen?«, verlangte Schüler zu wissen und rannte an Oddrún vorbei, um Énka an der Robe zu packen.

Énkas Gesicht blieb emotionslos, als er versuchte, sich aus dem Griff des Barons zu befreien. »Es war noch jemand bei ihnen«, antwortete er und riss sich frei, um wieder gerade in seinem Sattel zu sitzen. Er schwieg einige Momente, um seine Robe zu glätten, und fuhr dann fort. »Neben der tätowierten Frau konnte ich Sigvalds Ehefrau erkennen.«

Der Baron keuchte erschrocken und blickte auf die entfernten Gestalten. »Sie haben die Prinzessin?« Er lehnte sich im Sattel nach vorne und starrte durch den Schnee. Seine Stimme klang angewidert und ungläubig. »Ein Stamm stinkender Nordmänner hat Freydís gefangen genommen?«

Seine Trägheit war verschwunden und er drehte sich zu der bizarren Ansammlung von Kreaturen hinter ihm. Viele von ihnen waren vor etlichen Monaten die Soldaten gewesen, die er nach Norden geführt hatte. Ihre Körper hatten sich in ekelhafte neue Kreaturen verwandelt, aber ihre Treue war geblieben. Als sich der Baron zu ihnen drehte, sprangen sie näher, begierig auf einen neuen Befehl. Er betrachtete ihre verstörenden, albtraumhaften Gesichter und spürte eine gewisse Begeisterung. Die Chirurgen und Zauberer des Prinzen hatten Monster aus ihnen gemacht und zum ersten Mal war der Baron darüber erfreut. Riesige Fledermausflügel hingen von ihren Rücken, zusammen mit einem Wirrwarr aus Klauen und Tentakeln. Hinter ihnen waren die blassen Nymphen mit ihren pechschwarzen Augen und den Krabbenscheren. Und über die ganze Armee waren die letzten Ritter verteilt, die in ihre verzierten purpurfarbenen Rüstungen gekleidet waren und ihre abgewetzten Schwerter bereithielten.

»Norse sind nur Menschen«, spuckte der Baron. »Sie sind keine Gefahr für uns. Sie sind kein ebenbürtiger Gegner für die Dekadente Schar.« Er stieg aus seinem Sattel und hob sein Schwert über ein Meer aus erwartungsvollen Gesichtern. »Eure Heimat erwartet euch!«, schrie er. »Der Güldene Palast! Wo ihr eure Arbeit fortführen könnt. Wo ihr jegliche Lüste genießen könnt, die euch in den Sinn kommen, in Erinnerung an unseren gefallenen Prinzen.« Er zeigte mit seinem Schwert auf die Armee. »Aber diese …«, seine Stimme zitterte vor Wut und für einen Moment schien er zu erbost, um weiter sprechen zu können. »Diese primitiven Menschen wollen uns aufhalten. Sie wollen den Güldenen Palast für sich selbst haben!«

Ein Chor aus unmenschlichen Schreien ertönte aus der Heerschar.

Der Baron nickte zustimmend zu seinen Männern. Er wusste noch nicht einmal, ob sie ihn überhaupt alle verstehen konnten, aber sein empörter Ton schien auszureichen.

»Und das ist noch nicht alles!«, schrie er und zog wie wild an seinem Bart. »Sie haben die Witwe des Güldenen Prinzen versklavt!«

Die Monster und Ritter schrien nun sogar noch lauter und hoben ihre gezackten Gliedmaßen in den Himmel und schlugen ihre Schwerter gegen ihre Schilde.

»Wir müssen Sigvalds Reich von diesem Abschaum reinigen!«, schrie Schüler, während sich sein Pferd unter ihm aufbäumte. »Wir müssen unsere Heimat zurückerobern!«

KAPITEL VIERUNDDREISSIG

Sväla hielt im knietiefen Schnee inne und beobachtete die Armee, die auf sie zukam. »Sieht Sigvald denn nicht, dass er umzingelt ist?«, frage sie und drehte sich zu der gepanzerten Gestalt neben sich.

»Vielleicht nicht«, erwiderte Prinzessin Freydís, deren Gesicht durch einen schnörkeligen Helm verdeckt war. »Vielleicht hat er all seine Aufmerksamkeit auf dich gerichtet, du glückliches Mädchen.«

Hinter den beiden Frauen standen zahllose Reihen der Gefallenen und vor ihnen befand sich die Dekadente Schar. Die bunten Banner waren eindeutig zu erkennen, genau wie die verschieden geformten Untergebenen Sigvalds: Kirschrote, zweifüßige Reittiere mit langen, schlangenförmigen Schnauzen trugen einen grotesken Karneval aus geflügelten, blassen Nymphen und stolzen Rittern in purpurfarbenen Barockrüstungen. Die farbenfrohen Monster griffen sie durch den Schnee an, ihre Flaggen wehten hinter ihnen und ihre Rüstungen glitzerten im Mondlicht. Nur schienen sie absolut nicht zu bemerken, dass hinter ihnen eine dritte Gruppe aus dem Sturm kam.

Eine dunkelrote Linie breitete sich am westlichen Horizont aus und kreiste Sigvalds Truppen langsam ein. Es handelte sich eindeutig eine andere Armee, aber im Gegensatz zu den Farben und Geräuschen der Dekadenten Schar waren diese Soldaten düster und still; sie breiteten sich über die gefrorene Wüste aus wie eine Blutlache.

»Môrd Huk«, spuckte die Prinzessin verächtlich.

»Was?«, fragte Sväla.

»Môrd Huk. Er ist ein hundeköpfiger Flegel, der große Teile unseres Landes gestohlen hat«, erklärte Freydís und nahm Haltung an. Die Prinzessin trug eine eng anliegende Rüstung und sah beeindruckend aus, als sie ihr Rapier auf die herannahende Armee zeigte. »Das ist der Idiot, wegen dem mein Ehemann mich im Stich gelassen hat. Er besitzt irgendetwas, das Sigvald haben möchte. Wahrscheinlich irgendein wertloses Spielzeug, aber interessant genug, um mich dem Tod zu überlassen.«

»Sie sind Feinde?«, fragte Sväla hoffnungsvoll, als sie die zwei unterschiedlichen Armeen betrachtete.

»Natürlich«, lachte die Prinzessin. »Dies sind die Schattenlande, meine kleine Wilde. Hier gibt es nur Feinde.«

Sväla starrte auf die Prinzessin und fasste ihr Messer etwas fester. »Ich mag eine Wilde sein, aber ich werde dich bei deinem Wort nehmen. Sigvald darf nicht überleben.«

Freydís nickte. »Mach dir darüber keine Gedanken, Barbarin. Bring mich nur nah genug an den verdammten Bastard heran. Ich werde sicherstellen, dass du dann weißt, wie man ihn töten kann.« Sie schaute auf die ihnen entgegenkommende Armee. »Oder ich mache es selbst.«

Svärd kam aus dem Sturm und nickte seiner Mutter zu. Als er sie ansprach, leuchteten seine Augen vor Aufregung. »Diejenigen mit den besten Waffen sind in der ersten Reihe, wie du es befohlen hast.« Er musste grinsen, als er den Wald aus Speeren und Äxten betrachtete. »Selbst jetzt noch ist unsere Anzahl unfassbar. So etwas habe ich noch nie gesehen. Niemand könnte sich gegen uns wenden und gewinnen.«

Als sie ihren naiven jungen Sohn betrachtete, spürte sie die Abwesenheit von Valdûr mehr denn je. Mit dem ledrigen alten Krieger an ihrer Seite hätte sie sich hundertmal sicherer gefühlt, den Sieg zu erringen. Selbst die bedrohliche Anwesenheit von Ungaur dem Gesegneten hätte ihr bei dieser letzten Aufgabe Rückhalt gegeben. Plötzlich waren ihre Gedanken mit den Gesichtern all jener erfüllt, die sich für sie geopfert hatten. Fast alle Häuptlinge und Ältesten waren tot. Nur die verrückte alte Hexe Úrsúla lebte noch und Sväla hatte schon lange aufgehört, ihrem unverständlichen Gemurmel zuzuhören.

Sie zog ihr Messer und nickte ihrem Sohn streng zu. Es gab keinen Platz mehr für Zweifel. Der Sieg war der einzige Weg. Selbst wenn es den Tod von jedem Mann, jeder Frau und jedem Kind verlangte, musste Sigvald sterben. Der Kreuzzug durfte nicht umsonst sein.

»Gib das Signal«, sagte sie.

Svärd marschierte vor die Armee und drehte sich den Kriegern zu. Dann zog er ein Horn aus Walknochen aus seinem Fellmantel und ließ einen langen, ungleichmäßigen Ton erklingen, der durch die Täler und über die Gipfel hallte.

Die ganze Schlachtreihe hinab erhoben die Norse ihre eigenen Hörner, antworteten dem Ruf und erfüllten den Sturm mit ihrer dröhnenden Musik.

Wie ein einzelner Mann stürmten die Gefallenen vorwärts.

KAPITEL FÜNFUNDDREISSIG

Der Dämon saß ruhig in der Mitte der Straße und wartete auf ihn. Seine weiße Robe war ein starker Kontrast zu dem schwarzen Felsen, genauso wie das Nest weißer Gliedmaßen neben ihm, das die Pergamentrolle festhielt.

Sigvald verlangsamte missmutig seine Schritte und hielt letztendlich einige Fuß entfernt von dem Dämon an. Sein Gesicht war erfüllt von der Anstrengung und Aufregung.

Belus Pül stand auf und begrüßte ihn mit einer leichten Verbeugung, um sich dann zu seinem Schreiber umzudrehen. »Das göttliche Wesen war erfreut über die Rückkehr seines Kindes aus dem Reich der Götter. Es war befriedigend, dass seine Hoffnung nicht umsonst …«

Der Dämon konnte seinen Satz nicht beenden; nur ein wortloses Grunzen kam von seinen Lippen, als Sigvald auf ihn zukam und sein neues Rapier in dem Magen des Dämons versenkte.

Belus sah voller Schrecken, dass sich ein dunkler roter Flecken auf seiner weißen Robe ausbreitete. »Was ist passiert?«, keuchte er und schüttelte wild seinen Kopf. »Wie kann –?«

»Das Schwert war ein Geschenk«, antwortete Sigvald mit einem verspielten Grinsen. Er riss es wieder heraus und erlaubte dem Dämon, in einem Schwall aus Blut zusammenzubrechen. »Seine Klinge ist selbst für dich scharf genug, Belus.«

Der Schreiber des Dämons krabbelte vor Angst zurück und ließ dabei das Pergament fallen.

»Ich sehe, dass du mich von meinen Verpflichtungen erlöst hast«, sagte Sigvald, als er bemerkte, dass der Dämon den bronzenen Armreif nicht mehr trug. Belus Pül rollte sich in der Embryonalstellung zusammen und begann, zu weinen.

Sigvald kniete sich hin und flüsterte dem Dämon ins Ohr: »Das macht nichts. Ich glaube, dass unsere Freundschaft ein natürliches Ende gefunden hat, meinst du nicht?« Mit einem Nicken deutete er auf das glänzende und blutbesudelte Rapier. »Ich habe eine neue Abmachung getroffen, Belus.« Er kicherte. »Man könnte sagen, ich bewege mich jetzt auf einer anderen Ebene.«

Das Weinen des Dämons wandelte sich in ein wuterfülltes Schreien und eine seiner Hände griff nach Sigvalds Kehle.

Der Prinz war zu schnell. Er bewegte sich mit übermenschlicher Geschwindigkeit zurück und packte die Hand des Dämons mit einem eisernen Griff. »Vielleicht wirst du sterben«, flüsterte er und schaute dabei auf den sich ausbreitenden Blutfleck auf der Straße, »wie irgendein verkommener, nutzloser Sterblicher.«

Dann löste er seinen Griff und stand wieder auf. Während er sich von dem stöhnenden Dämon wegbewegte, wischte Sigvald mit einem genervten Blick die wenigen Blutspritzer von seiner Rüstung, bis sie wieder sauber war.

»Doch was für ein schöner Ort, um deine letzten Stunden zu verbringen«, schrie er und zeigte auf die absurde Landschaft um sie herum. Blinkende Lichter ließen die Grenze zwischen Erde und Himmel verschwimmen und absonderliche Gestalten flogen über ihnen, die auf ebenso merkwürdigen Reittieren in den Kampf zogen. Sigvald grinste, als er zurück auf den blutenden Dämon schaute. »Und die Schmerzen sollten wundervoll sein.«

Als er sich zum Gehen wandte, schaute der Prinz kurz auf den Schreiber. »Sigvald kehrte aus dem Reich der Götter zurück«, sagte er, indem er die Gesangsstimme des Dämons nachmachte, »wiedergeboren und erneuert. Der Prinz beglich die Schuld bei seinem ehemaligen Gebieter mit dem Geschenk einer neuen, besonderen Erfahrung und wandte sich dann gen Süden, begierig darauf, seine Beute zu erlangen.«

KAPITEL SECHSUNDDREISSIG

Schreie erklangen. Es war unmöglich, festzustellen, ob sie vor Freude oder Schmerz schrien, doch Baron Schüler hielt sein Pferd im Zaum und fluchte frustriert über die Verzögerung.

Er war immer noch eine halbe Meile von den Norse entfernt, aber die rechte Flanke seiner Armee löste sich auf. Die bunten Reihen verschwanden unter einer rot-bronzenen Welle und langen, zermalmenden Reißzähnen.

»Was ist das?«, schrie er und stellte sich in den Sattel, um irgendwie durch das Kampfgetümmel blicken zu können. Der Schneesturm war plötzlich von wolfsähnlichen Gestalten erfüllt, die sich mit unglaublicher Geschwindigkeit mit lautem Geheul und Gebell in den Kampf stürzten. Schüler zog sein Schwert, als er sah, dass eines der Wesen direkt auf ihn zukam; dabei hackte es sich mit beeindruckendem Tempo durch Sigvalds Truppen. Als es näherkam, konnte er es besser erkennen. Es war ein Hund, der allerdings anders aussah als alles, was er zuvor erblickt hatte. Die Kreatur war fast so groß wie sein Pferd und von roten, reptilienartigen Schuppen bedeckt. Irgendetwas blitzte unter seinem geifernden Maul auf und Schüler erkannte, dass der Hund ein breites Bronzehalsband trug.

»Bewegt euch!«, schrie er und schaute um sich auf seine Männer, wobei er sein Schwert in die Richtung der Norse streckte.

Es war zwecklos.

Die Dämonetten mit ihrer Alabasterhaut vergaßen jeglichen Sinn für Ordnung und stürzten sich auf die Hunde. Alle Hoffnung, weiter vorwärtszumarschieren, war verloren, als sie sich gleichermaßen den Genüssen des Tötens und Sterbens hingaben.

Der Baron stöhnte verzweifelt, als er auf die entfernte Front der Nordmänner blickte. »Freydís«, flüsterte er und streckte seinen linken Arm in Richtung von Svälas Armee, gerade so, als könnte er die Prinzessin aus den Reihen der Gegner herausheben.

»Baron!«, schrie Énka und ergriff die Zügel von Schülers Pferd, um es zur Seite zu ziehen.

Schüler hatte gerade noch genug Zeit, sein Schwert hochzureißen, als der zähnefletschende Hund auf seinen Kopf zusprang.

Schmerzen schossen ihm durch den Kopf, als die Kreatur mit ihm zusammenstieß. Platten aus geschärftem Stahl waren in den schuppigen Panzer des Tieres eingearbeitet worden, und als Schüler von seinem Pferd herunterfiel, bemerkte er, wie seine Nase mit einem lauten Knacken brach.

Der Baron sprang fluchend aus dem Schnee, wobei ihm Blut aus der Nase lief. Er hielt noch immer sein Schwert fest und richtete es auf das knurrende Monster, als es sich umdrehte und erneut auf ihn zukam.

Als der Baron seine Kampfstellung einnahm, während sich um ihn eine Blutlache bildete, schossen pinke Flammen an seinem Kopf vorbei und trafen den Hund; sein rotes Fleisch war plötzlich von flüssigem, grellen Feuer erfasst.

Der Hund hielt inne und roch an der Luft, allerdings ohne auch nur ein Anzeichen von Schmerz zu zeigen. Dann machte er die Quelle des Feuers aus und rannte mit wildem Geheul los.

Énka fiel in den Schnee, als das Biest in ihn hineinrammte, aber nach einigen Sekunden hörte der Hund mit seinem Knurren auf und schaute sich verwirrt um.

Unter seinen großen Pranken befand sich kein Zauberer und es war auch kein Blut zu sehen.

Das Monster wühlte verwirrt mit seinen Pranken im Schnee, bis es plötzlich still innehielt und zu Boden ging, als der Baron seine Klinge zwischen seine Schulterblätter rammte und es am Boden fixierte.

Während das Monster wild um sich schlug und versuchte, sich zu befreien, packte der Baron die Stahlmähne aus Stacheln und fing an, mit einem langen Messer, das er aus seinem Gürtel gezogen hatte, die Kehle des Tieres zu durchtrennen.

»Magie hat keine Auswirkung«, keuchte Énka, als er aus einer anderen Richtung wieder auftauchte und dabei enttäuscht seinen Kopf schüttelte. »Sie müssen direkt von Khorne geschickt worden sein. Môrd Huk hat seinen Gott angerufen, um den Angriff auf seine Festung zu rächen.«

Er packte den Baron am Arm und riss ihn von dem um sich schlagenden Monster weg. »Du wirst es nicht töten können!«, schrie er.

Der Baron entfernte sich von dem Hund und versuchte, sein Gleichgewicht zu halten, als er seine blutende Nase richtete. »Dann müssen wir angreifen«, sagte er mit einem Grunzen.

Er schaute sich nach seinem Pferd um und zog sich wieder in den Sattel.

»Baron!«, schrie der Zauberer, als sich das rote Biest wieder befreit und sich zu ihm umgedreht hatte.

»Freydís«, murmelte der Baron, wobei er sein Pferd in

Bewegung setzte. Er verschwand in einer Schneewolke und überließ seine Armee ihrem Schicksal.

KAPITEL SIEBENUNDDREISSIG

Die Norse schrien, während sie durch den Schnee stürmten. Tausende Stimmen erklangen gleichzeitig durch die Chaoswüste. Die Gefallenen hatten ihre Heimat aufgegeben und unvergessliche Schrecken erlebt, nur für diese einzige Chance. Wut, Trauer und Hoffnung strömten aus ihnen, als sie auf ihren Feind zustürmten.

»Er kommt, um dich zu holen«, schrie Sväla im Laufen so laut, dass sie trotz der anderen Schreie zu hören war. Sie deutete mit ihrem Messer auf eine einzelne Gestalt, die auf sie zugeritten kam.

Freydís lachte verbittert. »Er würde seine Armee niemals meinetwegen zurücklassen.« Sie lehnte sich nach vorne und blickte auf den sich nähernden Ritter. »Ich bin mir nicht einmal sicher, ob er das überhaupt ist.«

Sväla wollte gerade antworten, als sie bemerkte, dass die Kriegsschreie sich mit einem neuen Geräusch vermischt hatten: Schmerzensschreie.

Weit entfernt an der linken Flanke ihrer Armee war der Angriff bereits ins Stocken geraten. Der Schneefall war so dicht wie zuvor und es war schwierig, zu erkennen, was genau passierte, aber Sväla konnte einige dunkelrote Umrisse erkennen, die durch ihre Männer brachen und sich mit unglaublicher Geschwindigkeit bewegten.

Als die linke Flanke zusammenbrach, verlor die gesamte Armee ihren Schwung. Unordnung und Verwirrung verbreiteten sich schnell durch die Reihen, als die Norse ihren Angriff abbrachen, um ihren schreienden Mitstreitern zu Hilfe zu kommen. Der Angriff der Monster wirkte absolut unkoordiniert und unlogisch: Die großen roten Schatten sprangen in einer wilden Blutgier von einem Opfer zum nächsten und hackten dabei auf die Norse ein, ohne jeglichen Verstand von Taktik oder Überlegung.

»Nein!«, schrie Sväla mit panischer Stimme. »Hört nicht auf! Sigvald ist in Reichweite!«

Es war sinnlos. Ihre Stimme ging im Geräusch des Kampfes unter, als die Norse ihre Speere auf die roten Schrecken richteten, die durch sie hindurchpflügten. Als Sväla die angreifende Heerschar besser erkennen konnte, schwand ihr Mut. Die springenden, wilden Kreaturen hatten eine entfernt humanoide Gestalt, aber sie waren von dicken roten Schuppen bedeckt, und als sie zwischen den Norse hin- und herliefen, spießten sie die Männer mit den langen Hörnern auf, die ihre bestialischen Köpfe krönten.

Sväla begriff, dass diese Kreaturen ihr gesamte Armee abschlachten würden, wenn sie nichts unternahm. »Dämonen!«, schrie sie und packte ihren Sohn an der Schulter. »Es sind Dämonen! Wendet die Armee. Wir können mit diesen Wesen in unserem Rücken nicht angreifen.«

Er nickte als Antwort und ließ ein weiteres Signal aus seinem Walknochenhorn erklingen, womit er der Armee signalisierte, sich zu den Angreifern umzudrehen. Die Armee der Norse war so gewaltig, dass ganze Gruppen von Kämpfern noch gar nicht wussten, dass sie angegriffen wurden. Dutzende weiterer Musiker wiederholten Svärds Signal und langsam begann die Heerschar, sich in Richtung der roten Kreaturen zu drehen. Innerhalb weniger Minuten donnerten zehntausende grimmiger Krieger durch den weichen Schnee, um die Flanke zu unterstützen.

Sväla wurde von einer Welle aus Speeren und Äxten hinfortgerissen, als sich ihre Armee drehte und in den Westen stürmte. Sie konnte nichts anderes tun, als der Masse zu folgen und den Feind anzugreifen. Als sie näher kam, konnte sie die Monster besser erkennen; ihre verzerrten bestialischen Kiefer waren mit rasiermesserscharfen Zähnen gespickt und sie trugen lange tiefschwarze Schwerter, die von dunkler Magie knisterten, als sie damit auf Sväläs Männer einschlugen. Selbst nach all den Dingen, die sie seit dem Beginn ihrer Reise aus Norsca gesehen hatte, war sie beim Anblick dieser ekelhaften Monster angewidert, doch sie blieb standhaft. Sie winkte die Männer mit ihrem Messer voran.

»Vernichtet sie!«, schrie sie. »Sie sind Hunderte, wir sind ein ganzes Volk!«

Wenige konnten ihr Worte hören, aber die Wahrheit in ihnen wurde bald deutlich. Trotz des wilden Angriffs der Monster machte es die unfassbare, unaufhaltbare Masse an Körpern, die auf sie prallten, unmöglich für sie, ihre langen Schwerter zu schwingen oder sich auch nur zu bewegen. Als die Norse auf ihre Angreifer sprangen, stießen sie ihre Speere durch die Schuppen und hackten Köpfe von Schultern mit von Schrecken angetriebener Verzweiflung. Umso mehr die Monster in ihrer Bewegung eingeschränkt waren, desto größer wurde die Zuversicht der Norse. Sie warfen sich in noch größerer Anzahl auf die Feinde und drückten die Kreaturen so mit ihrem Gewicht zu Boden und zerstückelten sie, noch bevor sie wieder aufstehen konnten.

Die Dämonen zeigten keine Angst, selbst als sie in Stücke geschlagen wurden, und die wenigen, die sich befreien konnten, versuchten nicht, zu fliehen; sie schrien vor Wut, brachten ihre Hörner in die richtige Position und stürzten sich erneut in das Getümmel, wobei sie Körper nach rechts und links schmissen, bis auch sie auf die Knie gezwungen wurden.

»Wir haben sie!«, schrie Svärd und wischte sich etwas Blut aus dem Gesicht, als er sich zurück zu Sväla und der Prinzessin drehte. Die Prinzessin lachte und zeigte über seinen Kopf hinweg. Durch den Schnee kam eine schwarze Linie auf sie zu. »Ich glaube, das diente nur dazu, eure Aufmerksamkeit zu erlangen. Jetzt kommt der richtige Angriff.«

Svärds Augen wurden größer, als er die Gestalten aus den glitzernden Schneeverwehungen auf sie zukommen sah. Große, breitschultrige Ritter, die in dunkle Bronzerüstungen gekleidet waren, kamen auf sie zu. Sie trugen brutale zweihändige Äxte. Ihre Helme hatten die Form von zähnefletschenden Hunden, aber nicht diese Krieger schockierten Svärd, sondern die Gestalt, die sie anführte. An der Spitze ritt ihr Anführer auf einer Art riesigem Metallbullen. Er war sogar noch größer als die anderen Ritter und eindeutig das Vorbild für die Helme der anderen. Sein Kopf war der eines geifernden Hundes mit roten Augen.

Eine Sekunde lang fühlte Svärd, wie ihn die blutigen Hundeaugen anstarrten. Dann stülpte der Ritter einen großen Bronzeschädel auf seinen Kopf und richtete seine Axt auf die Norse, wobei er ein langes, trauriges Heulen erklingen ließ.

Die Ritter heulten eine Antwort und stürmten zum Angriff.

KAPITEL ACHTUNDDREISSIG

Sigvald unterbrach seinen Marsch nicht, als er Môrd Huks Armee erreichte. Er lachte noch immer, als er in die roten Reihen brach und Todesstöße verteilte.

Die Ritter schauten verwirrt zurück, als sich der Boden hob und bebte. Sie sahen einen goldenen Blitz und ein glückliches Grinsen, bevor sie in einem Schauer aus Blut kollabierten und sich an Löcher griffen, die plötzlich in ihren Körpern aufgetaucht waren.

»Macht Platz für einen Gott«, schrie Sigvald und sprang über die stolpernden Ritter. Sein Herz raste und seine Adern fühlten sich an, als würde Feuer durch sie fließen. Innerhalb von wenigen Minuten würde er den Schädel besitzen, eine Reliquie von Khornes Thron, welche unvorstellbare Kraft durch seinen Geist leiten würde. Sein Gesicht war von einem so starken Verlangen erfüllt, wie er es noch nie gespürt hatte.

Als der Güldene Prinz sich einen Weg durch den Rücken der Armee schlug, erschienen Gewitterwolken über ihm, die das Mondlicht ausblendeten und das Schlachtfeld in Dunkelheit stürzten. Das einzige Licht, was übrig blieb, war Sigvald selbst. Als er durch ihre Schlachtreihen lief, leuchtete seine Rüstung wie ein gefallener Stern in einem Meer aus schwerfälligen Schatten.

Sigvalds Gelächter hallte durch die Dunkelheit, als sich Môrd Huks Ritter um ihn scharrten; sie hoben ihre riesigen zweihändigen Äxte, während sie wütend schreiend angriffen. Als die Ritter gegen ihn schmetterten, war der Güldene Prinz zum ersten Mal gezwungen, langsamer voranzuschreiten. Er hackte und stach mit seinem Rapier wild um sich und hielt keuchend inne, als er in einem Leichenhaufen stand. Er sprang auf die blutige Erhöhung und riss sein Schwert zum Himmel. Genau in diesem Moment brach der Mondschein durch die Wolken und erleuchtete ihn.

In der Mitte des Lichtstrahls konnte der grinsende Prinz aus einigen Meilen Entfernung noch gesehen werden und die Ritter in seiner Nähe stolperten verwirrt. Keiner von ihnen hatte jemals so eine beeindruckende Vision unheiliger Macht gesehen. Der Lichtschein wirkte wie der Blick eines Gottes, der verzückt auf sein liebstes Kind hinunterschaute. Ein glitzernder Mantel aus Schneeflocken umgab ihn, während er auf seine brutalen Gegner blickte.

»Wendet euren Blick ab!«, schrie er, wobei seine Stimme über das gesamte Schlachtfeld klang und seine Augen vor Verachtung aufblitzten. Er zeigte mit seinem Schwert auf Môrd Huks Ritter. »Wagt es nicht, eure hässlichen Gesichter in meine Richtung zu drehen.«

Zu ihrer eigenen Verwunderung drehten sich ganze Abteilungen der Armee schamerfüllt weg, erniedrigt von den Worten des Prinzen. Andere schrien trotzige Herausforderungen und sprangen auf ihn zu, doch noch bevor sie den Güldenen Prinzen erreichen konnten, wurden sie von ihren eigenen Kameraden niedergeschlagen, die verzweifelt versuchten, den glitzernden Prinzen zu beschützen. Innerhalb weniger Minuten hatten sich alle Ritter mit den Hundehelmen in Sigvalds Nähe aufeinander gestürzt. Sie schlugen wild aufeinander ein und schienen die vorwärts marschierende Horde der Norse vollkommen vergessen zu haben.

Während die blutroten Ritter miteinander kämpften, schaute Sigvald in die sich auftürmenden Wolken und hielt seine Hand beschwörend in die Luft. Geräuschlose Blitze zuckten auf seinen Befehl durch den schwarzen Himmel. Er schüttelte verwundert seinen Kopf und folgte den sich aufgabelnden Blitzen, als sie auf ihn zukamen. Dann verdoppelte sich die Wut des Schneesturms und Sigvald warf sich kopfüber wieder in den Kampf. Er krachte wie ein Komet in die Kämpfer und zerbrach dabei Rüstungen, Waffen, Gliedmaßen und sogar Felsen zugleich; aber anstatt innezuhalten, wurde der Kampf nur noch intensiver. Sigvald tauchte direkt im Herzen der Auseinandersetzung wieder auf, über und über mit Blut bedeckt, wobei er seine Augen wie verrückt rollte. Seine animalische Ekstase schien ansteckend zu sein und die Krieger um ihn herum hieben mit ihren Waffen nur noch wilder um sich, egal, wen sie dabei trafen. Die ganze Situation wandelte sich schnell zu seiner sadistischen, blutigen Orgie. Nur Sigvalds fröhliches Lachen und das gelegentliche Aufblitzen seiner goldenen Rüstung waren klar erkennbar.

»Ich bin ein Gott«, schrie er mit erhobener, musischer Stimme.

Während die Ritter kämpften, begannen einige, sich selbst die Helme und Brustpanzer vom Leib zu reißen, bis sie komplett nackt waren, wobei sie jede Wunde, die ihrem Körper zugefügt wurde, zu genießen schienen. Als ihre Bewegungen unkontrollierter und wilder wurden, fingen einige von ihnen an, sich auch körperlich zu verändern. Sie grinsten lüstern, als ihre Haut alle Farbe verlor und ihre Hände zu harten, gezackten Scheren wurden.

Während sich die Verwirrung ausbreitete, schritt Sigvald durch das Chaos, wobei ihm eine Reihe betörter Konvertiten folgte. »Wo ist euer Gebieter?«, schrie er und ergriff einen Ritter an seinem Hundehelm. Der Krieger kauerte sich vor ihm nieder und zeigte über das Schlachtfeld auf den Ort, wo Môrd Huks Männer unter den Wellen der schreienden Norse untergingen. Sigvald nickte und warf ihn zu Boden, bevor er weiter durch das Gemetzel rannte.

Sigvald hatte sich kaum einige Schritte bewegt, bevor er sich seiner Berufung gewahr wurde und in einen weiteren Haufen aus Kriegern sprang, wobei er mit seinem Rapier um sich schlug und vor Freude schrie, als er auf die kämpfenden Ritter fiel. Er riss Rüstungen mit seinen bloßen Händen auseinander und biss in angespannte Kehlen, wobei er sein Gesicht mit heißem, pulsierenden Blut besudelte. Als er durch die Schlacht eilte und um sich hackte, hielten noch mehr von Môrd Huks Männern inne und beobachteten ihn erstaunt, bevor sie seinem Beispiel folgten und sich auf den nächstbesten Krieger stürzten.

»Mein Gebieter!«, schrie eine Stimme, die über die Geräusche von brechenden Knochen und Stahl hinweg hörbar war.

Sigvald erhob sich in einer Blutfontäne aus dem Handgemenge, in einer Hand einen abgeschnitten Kopf und in der anderen Hand sein Rapier. Als er wieder aufstand, verdunstete das Blut auf seiner Rüstung und seinem Gesicht, und er sah wieder perfekt und unberührt aus, als er sich umdrehte und versuchte, den Sprecher ausfindig zu machen.

Eine hagere Gestalt mit Bart ritt auf ihn zu, ihr Gesicht blutverschmiert.

»Schüler!«, schrie Sigvald und warf den Kopf beiseite, als er auf den Baron zulief.

Als der Boden bebte, erschrak Schülers Pferd und warf ihn ab. Der Baron landete mit einem Krachen auf dem Boden und schrie vor Schmerz auf. Er war gerade noch dabei, wieder aufzustehen, als er stürmisch umarmt wurde.

»Stolzer, mutiger Freund!«, sagte Sigvald, hielt den Baron an den Schultern fest und lächelte ihn mit ungetrübter Freundlichkeit an. »Wie kann ich das jemals wieder gutmachen?«

Schüler schüttelte in stiller Verwunderung seinen Kopf und

schnitt eine Grimasse; er war von dem dämonischen Licht, das aus den Augen des Prinzen strahlte, geblendet.

Sigvald zeigte auf das Meer aus Gewalt, das sie umgab. »Ich hatte vergessen, wie man lebt, Baron«, keuchte er. »Wie man wirklich lebt! Wenn du mir nicht von diesem Bronzeschädel erzählt hättest, wäre ich in diesem Palast verfault. Wer weiß, wie viele Jahrhunderte ich verschwendet hätte? Vielleicht wäre von all dem hier nie etwas passiert, wenn du mich nicht zum Handeln inspiriert hättest.« Während die Ritter um sie herum kämpften, zog der Prinz den Baron zu sich heran und packte seinen hageren Kopf mit beiden Händen. »Du kannst dir nicht vorstellen, was für Dinge ich gesehen habe, Schüler.« Er schloss seine Augen eine Sekunde lang und stöhnte verzückt. Als er seinen Blick wieder auf den Baron richtete, hatte er Tränen in den Augen. »Ich bin hinter den Vorhang aus Licht gereist, Baron. Ich habe eine andere Welt gesehen. Ich wurde neu geschmiedet im Reich der Götter. Und das alles nur deinetwegen.«

Schüler schüttelte den Kopf und versuchte, seine Enttäuschung mit einem gezwungenen Lächeln zu überdecken. »Und Ihr habt überlebt.«

»Mehr noch als überlebt! Schau mich an!« Sigvald bewegte seine Hand über den Boden und er bewegte sich wellenförmig von ihm weg, wobei er zahlreiche Ritter von den Füßen riss. »Ich bin ein Gott!«

Schüler keuchte und wich vor dem Prinzen zurück. Dann verengte sich sein Blick. »Aber was ist mit dem Bronzeschädel?«

»Er gehört mir«, kicherte Sigvald. »Oder so gut wie. Was soll mich denn jetzt noch aufhalten?« Er deutete auf das wahnsinnige Durcheinander, das sie umgab. »Môrd Huk ist hier irgendwo und sucht nach mir.« Sein Gelächter wurde hysterisch. »Er sucht nach mir, Baron! Verstehst du denn nicht? Und ich bin ein Gott!« Der Prinz stolperte von Schüler weg und schaute auf seine perfekte Goldrüstung, wobei er ungläubig seinen Kopf schüttelte. »Ich bin ein Gott«, wiederholte er und fuhr mit seinen Händen über seinen wunderschönen Brustharnisch.

Baron Schüler fluchte, als einer der riesigen Krieger aus der Dunkelheit heraustrat und mit seiner Axt ausholte. »Sigvald!«, schrie er und parierte gerade noch den Schlag mit seinem Schwert, wobei er in die Knie ging.

Der Prinz schaute mit einem verwirrten Gesichtsausdruck von seiner Brust hoch. Dann sah er, wie der Ritter erneut ausholte und sprang mit seinem wütenden Schrei auf ihn zu.

Ein dünner Spritzer Blut kam aus dem Visier des Ritters, als Sigvald auf ihn zu schoss. Noch bevor Sigvald den Ritter erreicht hatte, fiel die Rüstung des Ritters mit einem leeren Geräusch zusammen und er ging mit einem weinenden Heulen zu Boden.

Sigvald stellte einen Fuß auf seine Kehle und drückte seinen Kopf in den blutigen Matsch.

Der Boden riss auf und teilte sich und Sigvald trat den Kopf des Kriegers unter die Erde. Dann schob sich die Erdspalte um seinen Hals herum wieder zu und der Mann zuckte und schlug um sich, wobei sein Kopf im Felsen begraben war.

»Schüler«, sagte Sigvald und drehte sich weg, um sich neben den Baron zu hocken, »bist du verletzt?«

Schüler starrte ihn sprachlos an.

Sigvald zog ihn auf die Füße, wehrte einen weiteren Angriff ab und brachte sie beide zurück zu Schülers Pferd. »Folge mir«, schrie er und half Schüler zurück in den Sattel. »Heute beginnt ein neues Kapitel!« Dann rannte er wieder in den Kampf, wobei er einen Ritter aus dem Weg schubste, als sei er ein Grashalm, um dann weiter auf die Front zuzulaufen.

An der Stelle, wo sich die beiden Armeen getroffen hatten, war die Lautstärke des Kampfes ohrenbetäubend. Sigvald schrie erfreut auf, als er bemerkte, dass die Norse trotz der grausamen Art ihrer Feinde Môrd Huks Armee langsam zurückdrängten. Als er sich dem Gemenge aus verzweifelten Gesichtern und wirbelnden Klingen näherte, konnte er zwei Frauen erkennen, die sich durch das Gemetzel voranarbeiteten. Sie führten den Angriff der Norse an und kamen direkt auf ihn zu. Eine der Frauen war nur in ein paar zerrissene Fetzen aus Fell gekleidet, aber ihre sehnigen Glieder waren mit bedrohlich wirkenden Tätowierungen bedeckt und ihr Gesicht war von grimmiger Entschlossenheit erfüllt. Die Frau neben ihr war eindeutig keine Norse. Sie war von Kopf bis Fuß in einer lilafarbenen Barockrüstung gekleidet und trug einen dünnen, scharfen Krummsäbel. Sie bewegte sich mit einer schlangenartigen Grazie, die einem Tanz glich. Sigvald erschrak und hielt an, als er sie erkannte.

»Freydís«, sagte er und senkte sein Rapier, während er sie anstarrte. Er war betört.

Die Wut der ersten Frau und das Geschick der zweiten machten sie zusammen unaufhaltbar. Sie schnitten sich mit Leichtigkeit einen Weg durch das Gefecht. Die grimmigen Norse um sie herum fielen zu dutzenden, getötet von den Kriegern mit den Hundehelmen, aber ihr Angriff war erbarmungslos. Welle auf Welle brach über Môrd Huks Männern und sie stachen mit ihren Speeren auf sie ein, bis sie tot im Schnee lagen.

Als die Frauen auf ihn zu kamen stand Sigvald bewegungslos auf dem Fleck; er hatte den Kampf vergessen, während er die auf ihn zukommende, tödliche Schönheit beobachtete.

»Wir haben ihn!«, schrie die tätowierte Frau und richtete ihr Messer auf Sigvald, während sie über gestürzte Ritter kletterte. Ihre Stimme war heiser und voller Hass, als sie ihre Männer versammelte. »Sigvald ist hier!«

Die Armee der Norse antwortete mit einem einzelnen ohrenbetäubenden Schrei. Der Klang so vieler Stimmen auf einmal war für Sigvald ein Erlebnis ohnegleichen. Er riss seinen Blick von Freydís los und betrachtete die heranstürmende Horde. »Wundervoll«, flüsterte er und nickte voller Respekt, während sie durch die Reihen der Ritter brachen und auf ihn zu sprinteten.

In der letzten Minute nahm Sigvald eine Kampfstellung ein und stach dem ersten Mann, der ihn erreichte, sein Rapier in den Bauch. Als dann weitere in ihn hineinrannten, rollte er durch ihr Gewicht rückwärts durch den Schnee und lachte dabei wild, während er um sich schlug und hieb. Die Waffen der Norse prallten wirkungslos an seiner goldenen Rüstung ab. Sigvald stand mit einem Grinsen wieder auf und streckte sein Rapier, auf dem immer noch ein Mann aufgespießt war, in den dunklen Himmel.

»Freydís!«, schrie die tätowierte Frau, als sie den Rand des Gedränges erreicht hatte. »Was müssen wir tun?« Als die Prinzessin in das Blickfeld kam, wichen die Norse zurück und errichteten einen Kreis um sie und Sigvald.

Sigvald ließ den Leichnam fallen, fiel auf die Knie und hielt sich seine Brust, als wäre er gerade angeschossen worden. »Freydís«, stöhnte er und schüttelte seinen Kopf, »schau dich an. Was für ein Bild.« Er schien durch und durch verzaubert von ihrem Anblick und wiederholte fortlaufend ihren Namen als sei er ein Gebet.

Die Prinzessin stellte sich vor ihn und wartete einige Sekunden, wobei sie ihn anstarrte. Am Rand des Kreises kam Sväla mit ihrem Messer in der Hand nach vorne, ihre Augen waren vor Hoffnung weit aufgerissen.

»Lügner«, sagte Freydís und schlug Sigvald mit einer kräftigen Rückhand in das Gesicht.

Sigvald fiel auf den Rücken und blickte sie erstaunt an. »Ich habe dich nicht …«

Noch bevor der Prinz den Satz beenden konnte, trat ihm Freydís in den Magen und er rollte keuchend zur Seite. »Du hast mich dem Tod überlassen!«, schrie sie und hielt die Spitze ihres Krummsäbels in sein Gesicht, zitternd vor Wut. »Du hast mich mit diesem aufgequollenen, ekelerregenden …« ihre Worte verstummten, als Sigvald wieder aufstand und sie angrinste.

Trotz des blutigen Kampfes war Sigvalds Rüstung immer noch unbefleckt und seine Haut schien mit einem unnatürlichen Schimmern, sodass Freydís vermeinte, mit einem Wesen aus Mondlicht zu sprechen.

»Wie könnte ich dich verlassen?«, fragte der Prinz und schüttelte mit ernsthaft verwirrtem Blick seinen Kopf, als er Freydís' errötete Wangen und ihre blitzenden Augen betrachtete. Er zog seinen Kopf zurück und offenbarte seine Kehle. »Töte mich Freydís. Was für eine Ehre: Durch so eine wunderschöne Hand zu sterben.«

Freydís rannte mit einem grimmigen Schrei auf ihn zu, doch anstatt seinen Hals aufzuschlitzen, küsste sie ihn innig; dabei legte sie ihre Waffe ab und presste ihren Körper an seinen.

Sigvald verzog voller Verwirrung den Kopf, dann nahm er ihre Stirn und bedeckte sie mit Küssen. Das Paar vergaß komplett die Schlacht um sie herum, als sie sich leidenschaftlich umarmten.

»Freydís!«, schrie Sväla schockiert. Sie rannte in den Kreis und riss die Prinzessin aus der Umarmung.

Sigvalds Schwert blitzte auf.

Sväla stolperte zurück und versuchte, den Blutstrom aus ihrer Kehle zu stoppen.

Svärd brach durch die erste Reihe der Norse und fing seine Mutter auf, bevor sie auf den Boden fiel, wobei er versuchte mit einer Hand die Blutung zu stillen. Er zog sie zurück in die Menge.

Sigvald zog eine Augenbraue hoch und blickte zu Freydís.

»Eine Barbarin«, antwortete Freydís mit einem beschämten Achselzucken. »Ich brauchte jemanden, um zu dir zu kommen.« Sie zeigte auf die Reihen von beeindruckten Gesichtern um sie herum. »Und passenderweise hatte sie diese Gruppe Barbaren dabei.«

»Tötet ihn!«, schrie Svärd, als er seine zusammengebrochene Mutter wegschleppte. »Das ist unsere Chance!«

Die Norse zögerten. Sie hatten noch nie etwas so Beeindruckendes wie Sigvald und seine Prinzessin gesehen. Als sie sich gegenseitig anschauten, erkannten sie nur hässlichen und gebeugten Abschaum. Monate der Entbehrung hatten ihre Gesichter so ausgemergelt und leichenblass werden lassen, dass es verrückt schien, solche majestätischen Wesen anzugreifen.

»Der Fluch!«, schrie Sväla mit einer rohen und wässrigen Stimme. Sie versuchte, aus Svärds Schoß aufzustehen, und richtete ihr Messer auf den Prinzen. »Alles ist seine Schuld! Dies ist die Gelegenheit! Dies ist der Moment, für den wir gestorben sind! Er blendet euch mit seiner Zauberei.«

Endlich bewegten sich einige der Norse und warfen ihre Speere und Messer auf den Prinzen. Sie stürmten vorwärts. Doch die Mehrheit tat nichts und einige rissen sogar ihre Kameraden zu Boden und stießen ihnen Messer in den Rücken, wobei sie merkwürdig und hungrig aussahen.

Sigvald schubste Freydís hinter sich und ging wieder in eine En-garde-Position. Er grinste immer noch, als sie auf ihn einstürmten. Der Kampf war schnell und wild. Die Gefallenen hatten endlich die Quelle ihrer Schande zum Greifen nahe und sie schrien siegesgewiss, als sie sich auf ihn warfen. Sigvalds Rapier zuckte vor und zurück und schickte dutzende von ihnen ohne Anstrengung zu Boden. Doch trotz seines Geschicks sah es für einen Moment so aus, als würde ihn die schiere Masse überwältigen. Dann gingen Môrd Huks Ritter zu einem Gegenangriff über und der Kampf wurde zu einem heillosen Durcheinander. Irgendetwas schien die Ritter wild gemacht zu haben. Diejenigen, die ihre Rüstung abgelegt und zu mutieren begonnen hatten, warfen sich auf ihre Brüder und die Norse, während sie hysterisch kicherten. Andere ließen einen traurigen Kampfschrei erklingen und griffen die Hauptstreitmacht von Svälas Armee an. Hinter ihnen stampfte ein riesiges Wesen durch den von Blitzen erfüllten Sturm. Sein kräftiger Körper war von Dampfwolken umgeben und pulsierte mit dämonischem Licht.

Die Angriffswellen der Norse hatten endlich Sigvalds Verteidiger überwältigt und die ganze Schar brach zusammen, wobei der Prinz unter einem Haufen aus zappelnden Leibern und klappernder Rüstung begraben wurde.

Als die Gestalten übereinander herfielen, schienen immer mehr von ihnen von Sigvalds Irrsinn angesteckt zu werden. Hunderten der Ritter waren nun neue purpurfarbene Gliedmaßen gewachsen und flatternde, von Schuppen bedeckte Flügel hingen von ihren Rücken. Als sie ihre neuen Formen offenbarten, wurden ihre Bewegungen noch wilder.

Während sich die Soldaten über den blutigen Schnee wälzten, erschien die massige Gestalt mit einem tiefen, brummenden Ton aus dem Sturm. Es war eine riesige Kreatur, einem Stier aus Bronze und Metall ähnlich. Ein einzelnes blutiges Horn saß auf seiner Schnauze und seine blutverkrusteten Hufe zerquetschten die gefallenen Ritter, während flüssiges Feuer aus seinen Gelenken tropfte, durch welche im Inneren ein Höllenofen sichtbar wurde. Dasselbe bösartige Licht strahlte aus seinen Augen und reflektierte von Schwertern und Schilden, als es sich in den Kreis schob.

Auf seinem Rücken saß ein riesiger Berserker in einer schweren Rüstung und auf seinem Kopf trug er einen blutverschmierten bronzenen Schädel.

Môrd Huk war angekommen.

»Sigvald!«, grunzte er, hob sein gezacktes Zweihandschwert über seinen Kopf und trieb die eisenbeschlagene Bestie zum Angriff. Dunkle Energie umspielte seine Klinge, als er mit ihr auf den Haufen aus Rittern, Norse und Mutanten zeigte. »Zeig dich!«, brüllte er.

Bei dem Klang von Môrd Huks Stimme zogen sich einige der weniger wahnsinnigen Kämpfer zurück und kauerten beim Anblick des Monsters nieder.

Sigvald zog sich aus den um sich schlagenden Körpern und stolperte gegen einen der Männer, die ihm am nächsten standen. Äxte und Speere senkten sich, als die Kämpfer innehielten, um den folgenden Kampf zu beobachten.

* * *

Sigvald wankte kurz vor und zurück, schüttelte seine goldene Haarpracht und versuchte, seinen Kopf freizubekommen. Als er die drohende Gestalt über sich spürte, hielt er an.

Seine Augen wurden groß, als er den glitzernden Bronzeschädel sah.

Dann neigte er seinen Kopf nach hinten und ließ ein langes, zufriedenes Stöhnen erklingen. Als sein Schrei über die Schlacht hallte, wurden die Blitze heller und erleuchteten die Krieger in einem blauen Glanz. »Endlich!«, schrie Sigvald und starrte auf den Helm. »Er gehört mir!«

Môrd Huk antwortete nicht, als er von seinem Höllentier herunter stieg und über den von Leichen bedeckten Boden marschierte. Dabei packte er den Griff seiner langen Klinge fest in beiden Händen und bereitete seinen Angriff vor. Seine blutrote Rüstung war so dick und scharfkantig wie die seiner Krieger und bedeckt mit dutzenden von bösen, pulsierenden Runen. Jeder Zoll seines acht Fuß großen Körpers war von Blut bedeckt und innerhalb seines Helmes leuchtete ein Paar tierischer, hasserfüllter Augen.

Sigvalds Kopf begann, leicht zu zucken, als er Môrd Huk näherkommen sah. Der Bronzeschädel spiegelte sich in seinen Augen und seine Finger bewegten sich erwartungsvoll, als er sich auf den Kampf vorbereitete.

Môrd Huk äußerte ein tierisches Grunzen, zog seine Monsterklinge zurück und zielte auf Sigvalds Brust.

Sigvald parierte mit einer flüssigen Bewegung seines Rapiers und Môrd Huk stolperte durch den Kreis, angetrieben von seinem eigenen Schwung. Sigvald versuchte nicht, zurückzuschlagen. Er schloss seine Augen und richtete sein Gesicht dem fallenden Schnee entgegen. Môrd Huk sprang mit einem animalischen Schrei wieder auf Sigvald zu und zielte mit seiner Klinge auf den Bauch des Prinzen.

Gerade rechtzeitig öffnete Sigvald seine Augen und trat zur Seite, wobei er verspielt mit seinem Rapier auf Môrd Huks Schwert klopfte, als er erneut an ihm vorbeirannte. »Ich ertrage nicht, dass es schon zu Ende ist«, flüsterte er und blickte in den Kreis aus erwartenden Gesichtern. »Nach alldem, was ich getan habe, um diesen Moment zu erreichen, fühle ich mich, als ob –«

Seine Worte wandelten sich zu einem lauten Husten, als Môrd Huk den Knauf seines Schwertes in den Rücken des Prinzen stieß und ihn damit zu Fall brachte.

»Es gibt nicht nur deinen Gott«, grunzte der Ritter, als er erneut mit seiner knisternden Klinge ausholte, um erneut zuzuschlagen. Sigvald rollte sich zur Seite und wich der vollen Wucht des Schlages aus, aber die Klinge durchtrennte einen seiner goldenen Schulterpanzer und das Metall brach mit einem schrecklichen Kreischen. Als er wegstolperte, bemerkte er einen dünnen Blutspritzer, der die Seite seines Gesichts traf.

»Was ist das?«, keuchte Sigvald und berührte das Blut, als er sich wieder aufrichtete und von seinem Gegner zurückwich.

»Strafe«, brummte Môrd Huk und hielt seine gezackte Klinge hoch, sodass Sigvald die Energie sehen konnte, die über das dreckige Metall züngelte.

»Magie?«, schrie Sigvald und hielt sich schockiert die Wunde, als er verstand, dass sich seine Rüstung diesmal nicht selbst reparieren würde.

Môrd Huk schüttelte seinen Kopf, als er erneut zuschlug. »Ein Blutsegen.«

Sigvald parierte erneut, aber plötzlich hatte er Zweifel in den Augen. Der Schmerz in seiner Schulter war stark und unerwartet. Als er Môrd Huks Hieb abwehrte und dieser mit seinem massigen Körper in die Zuschauer taumelte, sprang Sigvald auf den Rücken des Ritters. Die beiden Kämpfer wurden kurz von einem Blitz erhellt; sie waren in einer tödlichen Umarmung verschlungen, bevor sie aus dem Blickfeld verschwanden.

Für einige Sekunden starrten sich die Reihen von blutgetränkten Soldaten verwirrt an, dann stürzten sie sich auf den von den beiden Champions freigemachten Platz und schrien und heulten, als sie aufeinander einschlugen.

Als Sigvald und Môrd Huk durch den Sturm taumelten, erklang Sigvalds Lachen lauter als der Donner und die sich treffenden Klingen. Wo auch immer er vorbeikam, verwandelte sich der Kampf in Wahnsinn. Beim Anblick der beeindruckenden Akrobatik des Prinzen wandten sich die Soldaten gegen die ihnen am nächsten Stehenden und kicherten manisch, während sie sich zuckend verwandelten.

Keiner der beiden Champions konnte den anderen überwinden. Mehr als eine Stunde lang schlugen sie aufeinander ein und bewegten sich über das Schlachtfeld. Überall, wo Sigvald erschien, wurde die Trennung zwischen den beiden Armeen unklarer, da sie ihre Formationen auflösten und sich verwandelten. Dicke blutrote Rüstungen wurden zu verziertem purpurfarbenen Stahl oder verschwanden komplett, um sich in blasse, nackte Haut zu verwandeln.

Endlich, als Sigvald langsam anfing, zu ermüden, erschien eine große, in Roben gehüllte Gestalt aus den zuckenden Schatten und kämpfte sich seinen Weg durch die Schlacht auf direktem Weg zu den beiden Kämpfern. Weder Sigvald noch sein Gegner bemerkten die schlaksige Gestalt, doch gerade als Sigvald erschöpft zu Boden ging, rannte der Riese an ihm vorbei und traf Môrd Huk direkt in die Brust, woraufhin sie beide in den Schnee fielen. Môrd Huk entfuhr ein wütender Schmerzensschrei und er hämmerte den Knauf seines Schwertes gegen den Kopf seines Angreifers.

Es gab ein dumpfes Knacken und die Kapuze des Angreifers sackte in einem unmöglichen Winkel zur Seite, doch es floss kein Blut und der Griff blieb stark und hielt Môrd Huk weiter am Boden.

Sigvald stand stöhnend auf und hob sein Rapier von dem mit Leichen bedeckten Boden auf. Als er die Gestalt erkannte, die Môrd Huk am Boden festhielt, erschien ein erleichtertes Grinsen auf Sigvalds Gesicht. »Oddrún«, sagte er und wankte auf ihn zu.

Während Môrd Huk sich von Oddrún zu befreien versuchte, traf er mehrfach den Körper des gebückten Riesen. Die zischende Klinge schnitt durch die Robe und tief in Oddrúns Leib, aber der Hofmeister zeigte keine Schmerzen und verstärkte sogar noch bei jedem Schnitt seinen Griff.

Sigvald marschierte vorwärts und stach mit seinem Rapier zu.

Der Bronzeschädel flog durch den Sturm und Môrd Huks Tierkopf steckte noch in ihm.

Oddrún brach auf der kopflosen Leiche zusammen.

Sigvald sprintete hinter dem Helm her und verschwand schnell in den sich verschiebenden Reihen der Krieger.

KAPITEL NEUNUNDDREISSIG

»Wo lang?«, murmelte Svärd und wischte sich den Schnee aus seinem gepiercten Gesicht.

Sväla schaute von der improvisierten Bahre auf, ihr Kopf drehte sich vor Schmerz und Blutmangel. Eine Minute lang war sie sich nicht sicher, was passiert war, dann sah sie die lange Blutspur und die Reihen an traurigen Gesichtern um sie herum.

Natürlich.

Alles war verloren.

Der Kampf hatte eine gefühlte Ewigkeit gedauert, aber nach den ersten Stunden des Gemetzels war er komplett sinnlos geworden. Verbündete waren verraten worden, Taktik, Logik und Vernunft waren verschwunden. Sie hatte verzweifelt versucht, eine Art von Ordnung aufrechtzuerhalten, aber nachdem sie verwundet worden war, hatte Sväla nicht mehr gegen den Wahnsinn ankämpfen können. Als Svärd sie von Sigvald wegbrachte, hatte sie die anderen Gefallenen gesehen und wie sie von dem Zauber des Güldenen Prinzen verwandelt wurden: die Hälfte von ihnen in einen tobsüchtigen Mob und die andere Hälfte in groteske, zuckende Monster. Die Gestalten, die jetzt noch hinter ihr durch den Schnee stolperten, waren die wenigen, die nicht ganz wahnsinnig geworden waren. Aus der vormals riesigen Heerschar waren weniger als tausend Überlebende geblieben. Sie fragte sich verwirrt, wann Sigvalds Kreaturen mit der Jagd auf sie beginnen würden, aber ihre Gedanken waren zu durcheinander, um die Frage tiefgründig zu überdenken, und sie schüttelte nur ihren Kopf.

»Behaltet einfach die Berge hinter euch«, antwortete sie in einer leisen, heiseren Stimme.

Svärd schaute grimmig und stolperte weiter, während er die Trage hinter sich herzog.

Sväla fasste sich vorsichtig an ihren Hals. Die alte Hexe Úrsúla hatte eine eklige schwarze Paste auf die Wunde geschmiert. Sie hatte die Blutung gestillt, aber den Schmerz verdreifacht. Sie fragte sich, ob sie noch andere Nebenwirkungen hatte. Die Geschenke des Wolfs waren nicht immer verlässlich. Trotzdem, ohne Úrsúla wäre sie schon lange tot, daran hatte Sväla keinen Zweifel.

Als sie sich an die Hexe erinnerte, suchte sie in der Gruppe nach ihr und fragte sich, ob sie noch am Leben war. Krieger und Häuptlinge waren zu Tausenden gestorben, seit sie Norsca verlassen hatten, aber die gebrechliche alte Frau stapfte immer noch entschlossen durch den Schnee und trug ihren merkwürdigen Mantel aus Stöcken, Knochen und Seehundhaut. Ihr kurzes silbernes Haar war mit Blut verklebt, aber ihre lebendigen grünen Augen hatten nichts von ihrem Humor verloren. Sväla bemerkte, dass die Hexe sie beobachtete, während sie nachdenklich an ihrer Pfeife zog.

»Ich wurde hintergangen«, krächzte Sväla abwehrend, als sie der alten Hexe in die Augen schaute.

»Nicht von mir«, antwortete die Hexe mit einem Lachen, das schnell zu einem schweren Husten wurde.

»Ungaurs Abbild hat mir den Namen verraten, aber du hast mir die Legende erzählt«, sagte Sväla und versuchte, sich aufzusetzen. »Du musst gewusst haben, dass es alles so endet.« Sie richtete ihr Messer auf die grinsende Frau. »Deine Schlammpuppen haben dir alles erzählt. Du musst es vorausgesehen haben, dass wir Sigvald niemals würden besiegen können. Du wusstest, dass wir unserem Fluch niemals entkommen würden.«

Die Hexe zog an ihrer Pfeife und ließ den Rauch aus ihrer schrumpeligen Nase aufsteigen. »Sigvald besiegen? Davon habe ich nie etwas gesagt.« Sie zuckte mit den Achseln. »Aber ich habe wohl etwas davon gesagt, dass du uns zum Sieg führen würdest.«

»Ja«, schrie Sväla mit brechender Stimme, »das ist genau das, was du gesagt hast!« Ihr Gesicht nahm wieder ein bisschen Farbe an, als sie sich an ihr erstes Treffen erinnerte. »Warum hast du das gesagt?« Sie deutete mit ihrem Messer auf die bemitleidenswerten Verwundeten, die hinter ihnen her humpelten. »Schau, was du getan hast. Alle sind tot, oder Schlimmeres.«

Die alte Frau grinste nur und zog erneut an ihrer Pfeife. Dann drehte sie sich weg und ihr kleiner Körper verschwand schnell in den wankenden Reihen der Überlebenden.

»Úrsúla!«, schrie Sväla und erhob sich wütend von der Trage.

Ein Schmerz schoss ihr durch die Kehle und sie fiel mit einem Stöhnen wieder zurück.

»Mutter?«, fragte Svärd und blieb stehen, um sie anzuschauen.

»Geh weiter«, zischte sie. »Behalte die Berge in deinem Rücken.«

Als die Trage durch den Schnee glitt, drehte sich in Svälas Kopf alles; ihre Gedanken waren erfüllt von perversen und grausamen Visionen. Dann bemerkte sie erschrocken, dass sie geschlafen haben musste. Die Berge hinter ihr schienen plötzlich deutlich weiter entfernt und der goldene Palast war nun wenig mehr als ein großer Stern, der im Schneesturm blinkte. Sie ignorierte die Schmerzen, rollte sich auf die Seite und schaute an Svärds Beinen vorbei, um zu sehen, was vor ihnen lag.

Ihr Mut schwand.

Nichts wirkte bekannt. Um sich herum sah sie meilenweit nur gezackte Gipfel und die weite, leere Schneewüste. Wie sollten sie jemals die Küste finden? Sie zitterte stark. Svärd hatte sie in Felle eingewickelt, aber die Kälte durchdrang alles und sank durch ihren drahtigen Körper in ihre Knochen.

Sie war von Verzweiflung erfüllt und ihr Kopf sank nieder. Als sie herabblickte, sah sie die beiden Eheringe, die sie immer noch trug. Beim Anblick der alten Ringe gab es eine kleine Regung in ihr; ein kleiner Funken von Wut. »Völtar«, krächzte sie. »Schau, was wir in deinem Namen getan haben. Schau, was wir geopfert haben. Wie kannst du uns einfach so verlassen?«

Es gab keine Antwort und sie brach mit einem Fluch auf ihren Lippen zusammen, kniff die Augen zu und wünschte, die Welt möge enden. Nach ungefähr einer Stunde stillen Marsches bemerkte sie, dass Svärd irgendetwas vor sich hingemurmelt hatte.

»Was war das?«, fragte sie, ohne ihre Augen zu öffnen.

»Irgendetwas bewegt sich vor uns im Schnee«, antwortete er und klang etwas zögerlich. »Eine Art Hund.«

Svåla erschrak und setzte sich auf, wobei sie sich nach vorne drehte, um besser sehen zu können.

»Ich sehe ihn!«, schrie sie und schlug ihre Hände auf die Trage. »Es ist kein Hund, das ist ein Wolf.«

Er schaute sie verwirrt an. »Wie kann er hier draußen überleben, meilenweit weg von allem?«

»Genau«, sagte sie mit ansteigender Begeisterung. »Kein normales Tier könnte das.«

Er schüttelte verwirrt seinen Kopf. »Was ist er dann?«

»Lauf schneller«, unterbrach ihn Svåla und schlug mit ihren Händen wieder auf die Trage. »Hol ihn ein!«

Der Junge stöhnte und versuchte, Sväla mit seinen schmerzenden Gliedern etwas schneller zu ziehen.

Als die Trage weiter durch den Schnee hüpfte, fixierten ihre Augen das laufende Wesen und sie begann, zu nicken. »Er ist es«, murmelte sie. »Er ist es.«

Svärd ließ sich von der Aufregung in Svälas Stimme anstecken und wurde noch schneller. Bald hatten sie die anderen hinter sich gelassen, während sie dem Wolf folgten.

Nach einigen Minuten setzte sich der Wolf auf eine kleine Erhebung im Schnee. Er war deutlich vor dem dunklen Sturm zu erkennen und blickte mit einem ruhigen und königlichen Blick auf die sich nähernden Norse herab.

Als Svärd seine Mutter auf den Hügel zog, wurde der Sturm schlimmer, und große Mengen an Schnee wehten um die Kreatur, wobei sie kurz aus ihrem Blick verschwand. Als der Schneeschauer sich wieder gelegt hatte, war er mit der Trage schon den halben Weg auf den Hügel gegangen. Sie waren jetzt nah genug, um zu erkennen, dass der Wolf durch etwas ganz anderes ersetzt worden war. Als sie den Gipfel erreichten, warteten zwei Gestalten auf sie. Eine war groß, schlank und in Weiß gekleidet, aber die andere war schwierig einzuordnen. Sie lag zusammengekauert auf dem Boden in einem Haufen aus zuckenden Gliedern.

»Endlich erblickte die Gottheit ihre geliebte Prophetin«, sagte die große Gestalt, als Svärd verwirrt stehen blieb.

Die zwei Norse starrten die Figur in der weißen Robe voller Entsetzen an. Selbst ohne die beiden kleinen schwarzen Hörner hätten sie erkannt, um was für ein Wesen es sich handelte: einen Dämon. So eine verkommene, ekelhafte Luft umgab ihn, dass Svärd mit erhobenem Wurfspeer zurückwich.

Sväla war ebenso schockiert, aber ruhig genug, um zu bemerken, dass der Dämon grausam verwundet war. Auf seinem Bauch war eine dunkle, blutige Wunde zu erkennen, die seine Robe mit dampfendem, schwarzen Blut getränkt hatte. Trotz seines fröhlichen Lächelns hatte das Wesen eindeutig starke Schmerzen, denn es hielt sich die Wunde mit einer seiner feinen Hände zu.

»Was bist du?«, krächzte Sväla und versuchte, den Schrecken in ihrer Stimme zu unterdrücken.

Der Dämon drehte sich zu seinem Begleiter und sprach. »Belus Pül war von Mitgefühl überwältigt, als er die Prophetin sah. Die arme Seele konnte noch nicht einmal ihren Gebieter erkennen.«

Svärd fluchte, als er den Schreiber des Dämons sah. Die nackte, gesichtslose Kreatur saß in ihrem Nest aus Spinnengliedern, nur einige Fuß hinter Belus. Nur ein kleiner schwarzer Widerhaken, der tief in seiner Seite steckte, gab einen Hinweis auf seine vorherige Existenz.

»Wir müssen gehen«, keuchte Svärd und ergriff die Trage.

»Warte!«, zischte Sväla und hielt ihre Hand hoch. Sie starrte immer noch auf Belus, als sie sich aufsetzte. »Was meinst du mit ›Prophet‹?«

»Es schien merkwürdig, dass das Mädchen seinen eigenen Gott nicht erkennen konnte«, antwortete Belus, und schaute zu seinem Schreiber hinüber, um sicherzustellen, dass er seine Betonungen richtig aufgenommen hatte, »nachdem er es in den letzten Monaten so behutsam geführt hatte.«

Sväla schüttelte verwirrt ihren Kopf. Die förmliche, steife Spreche schien ihr merkwürdig bekannt. Zu ihrem Schrecken erkannte sie, dass die Stimme sie an ihre ersten Visionen erinnerte, die sie überhaupt erst dazu gebracht hatten, zu handeln. Dann erinnerte sie sich an einen erst kürzlich zurückliegenden Vorfall: Der Wolf, der sie zu Sigvalds fliegendem Palast führte, hatte mit der gleichen Stimme gesprochen.

»Du?«, sagte sie mit einem grausamen Gefühl in ihrem Bauch. »Du bist es, der mich nach Norden geführt hat?« Sie schaute angewidert auf das Engelsgesicht des Dämons. »Warum?«

»Wenige Sterbliche können die Gedanken eines göttlichen Wesens verstehen«, antwortete der Dämon, immer noch dem großen Ohr zugewandt, das im Gesicht des Schreibers steckte, »aber die Gottheit versuchte, der Prophetin zu erklären, dass sein Kind, Sigvald der Prachtvolle, den größtmöglichen Verrat begangen hatte.« Der Dämon hielt inne und schüttelte seinen Kopf. »Er war langweilig geworden. Und die Gottheit war gezwungen gewesen, einen Weg zu finden, um den Prinzen aus seiner geistigen Trägheit zu locken; mehrere Wege, um genau zu sein.«

»Ich verstehe dich nicht«, sagte Sväla und schüttelte wütend ihren Kopf. »Ich bin in den Norden gekommen, um mein Volk von einem schrecklichen Fluch zu befreien.«

Belus zuckte und griff sich in offensichtlichen Schmerzen an seine blutige Robe, dann lächelte er erneut und fuhr fort. »Die Gottheit erklärte seiner eifrigen jungen Seherin, dass Spiele und Ränke unabdingbar waren, um einen himmlischen Geist bei Laune zu halten. Es war ein Einfaches gewesen, den Stamm der Prophetin zu verfluchen, und selbst die Wartezeit einiger Jahrhunderte, um die Früchte dieser Arbeit zu ernten, war nicht zu viel.«

Die Farbe wich aus Svälas Gesicht. »Du hast uns verflucht?«

Der Dämon behielt sein unschuldiges Lächeln bei. »Die Prophetin war von der unglaublichen Macht ihres Meisters beeindruckt, aber die Gottheit war bescheiden wie immer und erklärte, dass der Fluch keine Herausforderung für ein Wesen von so unbegrenzter Macht war. Die Gedanken des Mädchens mit Visionen zu füllen, war sogar noch einfacher gewesen, und dann hatte die wundervolle Entschlossenheit der Prophetin den Rest erledigt.«

Sväla entfuhr ein verzweifeltes Stöhnen und sie schaute zurück auf die sich nähernden Überlebenden. »Dann war alles nur eine Lüge? Nur weil du wolltest, dass Sigvald etwas Aufregendes tun sollte, habe ich mein ganzes Volk ins Verderben geführt?«

Der Dämon lächelte weiter.

Als Sväla weiter auf die Kreatur starrte, passierte etwas

Merkwürdiges mit ihrem Blick. Der Schneesturm begann, sich zu verzerren und zu verschwimmen, und der Dämon wurde durch eine Reihe von spektralen Figuren ersetzt. Sie begriff, dass der Dämon sie mit einer weiteren Vision täuschen wollte, und schüttelte wütend ihren Kopf, um den Geschehnissen und Gesichtern der Vision nicht zu erliegen. Es war sinnlos. Sie sah einen großen Ozean sich vor ihr ausbreiten, wobei sich ihre Nase mit dem Geruch brennender Kräuter füllte. »Das Chaosmeer«, murmelte sie und fasste sich mit ihren Händen an den Kopf. Als sie die rollenden Wellen betrachtete, konnte sie eine kleine Flotte von Langschiffen ausmachen, die sich einer felsigen Küstenlinie näherten. »Norsca«, sagte sie, nicht in der Lage, ihre Aufregung zu unterdrücken. Sie beobachtete die Heimkehr ihres Volkes. Das Bild veränderte sich erneut und der Geruch verstärkte sich: Sie konnte Svärd und die anderen sehen, wie sie in ihre Methallen und Hütten zurückkehrten, erschöpft, aber am Leben. Dann veränderte sich die Szene ein weiteres Mal und sie konnte ihren Sohn beobachten, wie er sie im Kampf gegen die benachbarten Stämme führte. »Sieg«, flüsterte sie, als sie Svärd sah, der seinen heulenden Kriegern einen abgetrennten Kopf präsentierte. »Der Fluch ist Vergangenheit.« Der Geruch von Rauch wurde nun noch stärker und Sväla wurde von einem Hustenanfall erfasst. Der Schmerz in ihrer Kehle schoss ihr erneut durch den Körper und gleichzeitig verschwand die Vision und sie fand sich auf der Hügelkuppe wieder.

Wenige Fuß von ihr entfernt stand der Grund für den Geruch. Die alte Hexe war den Abhang hinaufgeklettert und zog an ihrer Pfeife; ihre Augen waren voller Misstrauen, als sie zwischen Sväla und dem Dämon hin- und herblickte.

»Úrsúla«, schrie Sväla.

»Dir wird eine Wahl angeboten«, antwortete die alte Frau und grinste.

Belus Pül kniff seine Augen zusammen, als er die Hexe sah, sagte aber nichts weiter. »Die mutige junge Prophetin erkannte eine Gelegenheit, ihr Volk zu retten. Sie musste sich nur voll und ganz ihrem Gebieter verschreiben und der Fluch würde sofort aufgelöst werden. Sie begriff, dass die Zukunft ihres Stammes einzig und allein von diesem einfachen Akt der Hingabe abhing.«

Svärd wurde bleich und schaute auf seine vor Schmerz stöhnende Mutter herab. »Hör ihm nicht zu«, schrie er, »er will deine Seele.« Sväla blickte verwirrt von ihrem Sohn zu der alten Hexe und dann wieder zu dem Dämon. »Ich kann meinem Volk mit meiner Seele die Freiheit erkaufen?«

Belus nickte, ohne sich zu ihr umzudrehen. »Die Prophetin begann langsam, die unglaubliche Großzügigkeit ihres Gottes zu begreifen. Wenn sie sich selbst der Umarmung ihres Gottes zuwendete, könnten ihre Freunde ganz einfach ihren Weg nach Hause finden und nicht länger vom Pech verfolgt werden.«

Sväla ließ ihre Schultern sinken. »Dann habe ich keine Wahl.« Ihre Stimme war unfassbar angespannt. »Ich habe uns an den Rand der Vernichtung getrieben. Verdammnis ist ein gerechter Lohn.«

Svärd eilte an ihre Seite. »Ich glaube nicht, dass du einfach –«

»Lass deine Mutter für sich selbst entscheiden«, unterbrach Úrsúla und starrte ihn an.

Sväla schaute noch immer auf den Dämon. »Was muss ich tun?«, flüsterte sie.

Belus Pül hob einen seiner dünnen Arme und klimperte mit seiner nicht zusammenpassenden Sammlung von Schmuckstücken. »Seit unzähligen Jahrhunderten hat der Göttliche seine Kinder mit dem einfachsten aller Rituale aufgenommen: das Geschenk eines Schmuckstücks. Natürlich muss das Objekt von besonderer und tiefer Bedeutung sein. Also dachte die Prophetin sehr gut darüber nach, was ihr wertvollstes Schmuckstück war.«

Sväla nickte traurig und schaute auf ihre beiden Eheringe

herab. Ihre Augen füllten sich mit Tränen, als der Dämon langsam auf sie zukam und erwartungsvoll seine Hand ausstreckte.

»Du kannst sicherlich etwas Wertvolleres finden?«, fragte Úrsúla und deutete auf ein dünnes Band aus Silber, das an Svälas Gürtel hing.

Sie zog eine Grimasse und betrachtete das glitzernde Schmuckstück, einen Moment unsicher darüber, woher sie es hatte. In den letzten Monaten war so viel passiert, dass sich die einzelnen schrecklichen Ereignisse in ihren Gedanken zu einem einzigen zusammengefügt hatten. Doch als sie sich die silberne Kette genauer anschaute, erkannte sie die Abbildungen von Sonne und Mond auf der Schnalle und erinnerte sich an das Monster auf der Insel. Plötzlich verstand sie, warum Úrsúla vorgeschlagen hatte, Belus Pül diese Kette anzubieten. Es war die Kette, die Svärd von der Kreatur namens Olandír abgenommen hatte: die Kette, die das dämonische Monster absolut machtlos gehalten hatte.

Sie drehte sich zu Úrsúla, die ihr fast unbemerkt zunickte. Aber sicherlich weiß der Dämon doch alles über mich, wenn er mich doch die ganze Zeit geführt hat, dachte Sväla – auch von Olandír und seinem Inselgefängnis. Sicherlich wusste der Dämon von der Macht der Kette? Dann erinnerte sie sich an etwas, das Úrsúla zu ihr gesagt hatte, als sie auf der Insel zwischen den merkwürdigen Ruinen saßen: »Irgendetwas hier blockiert deine Visionen, Sväla«, hatte sie gesagt, »irgendetwas, das zwischen dich und deinen Geist gekommen ist.« Vielleicht gab es also doch eine Chance? Vielleicht würde der Dämon die Kette nicht erkennen? Vielleicht würde er die Falle nicht erkennen? Sväla schaute noch einmal zu Úrsúla und begriff endlich den Plan der Alten: Wenn der Dämon die Kette anlegte, könnte er vielleicht genauso machtlos werden, wie Olandír es war. Und mit einer solchen Kreatur unter ihrer Kontrolle würde es ein Leichtes sein, zu entkommen.

»Na ja, ich habe das hier«, sagte Sväla und versuchte, ihre Stimme ruhig zu halten, als sie die Kette abnahm und dem

Dämon hinhielt. »Sie gehörte meinen Vorfahren. Ich habe sie mit meinem Leben beschützt, solange ich denken kann.«

Belus Pül nahm die Kette mit einem triumphierenden Grinsen aus ihrer Hand und ließ sie vor seiner Nase baumeln, während er an ihr roch.

Dann legte er die Kette um seinen Arm.

Gerade als der Dämon die Schnalle der Kette schließen wollte, hielt er inne, schaute Sväla direkt in die Augen und formte seine Lippen zu einem tückischen Lächeln.

KAPITEL VIERZIG

Der Palast brannte.

Als Oddrún durch den Rauch und die wilden, geifernden Massen stolperte, schüttelte er angewidert seinen Kopf. Das wahnsinnige Treiben der Kreaturen hatte die Bilder in Brand gesteckt und die Fenster zerbrochen. Noch einige Tage länger und das gesamte Gebäude würde zerstört sein. Es war wirklich unvermeidlich gewesen, nachdem Sigvald die Wesen mit seinem Verlangen und seiner Verdorbenheit angesteckt hatte, dachte der Riese, während er durch die schreienden Gruppen ging. Nachdem den Wesen ihr sinnloses Gemetzel langweilig geworden war, hatten sich ihre grotesken Gesichter nach einer neuen Unterhaltung umgeschaut: der Güldene Palast. Sie waren alle dem verzweifelten Prinzen gefolgt, entweder auf Füßen oder mit ihren Flügeln, wobei sie Sigvalds Namen riefen, als er durch den blutigen Schnee nach Hause marschierte.

Oddrún betrat den langen Thronsaal. Die abgestuften Balkone waren von schreienden Monstern besetzt. Sie waren in unterschiedlichsten Umarmungen verschlugen – ob diese gewalttätiger oder liebender Natur waren, konnte man nicht erkennen, aber es machte sowieso keinen Unterschied. Große Brocken des Gemäuers fielen in die hungrigen Flammen und einige der Marmorsäulen waren zusammengebrochen und hatten dabei den wunderschönen, gefliesten Boden zerstört. Der Riese bewahrte seine typische gebückte Haltung und hielt seinen Kopf unten, als er durch den Aufruhr ging. Blasse Nymphen rekelten sich auf dem Thron, aber als er das Podest betrat, konnte Oddrún den Prinzen nicht entdecken. »Wo ist Sigvald?«, fragte er und ergriff eine der androgynen Kreaturen. Die Dämonette verzog ihre vollen dunklen Lippen zu einer Grimasse und befreite sich, um sich wieder auf ihre nackten und stöhnenden Schwestern zu werfen.

Oddrún fluchte und beeilte sich, die Tür zu der Bibliothek des Prinzen zu erreichen.

Die Umgebung veränderte sich dramatisch, als er den Raum betrat. Die Bücherei war fast komplett leer, und als Oddrún die dicke Eichentür hinter sich schloss, wandelte sich die stöhnende Kakofonie zu einem gedämpften Brummen. Doch auch dieser Raum war nicht weniger geschändet als die anderen. Die hohen Regale waren geleert worden und in der Mitte des Raums lag ein Haufen aus herausgerissenen Seiten und kaputter Buchrücken, während ein gebückter Sigvald mit einem Katzenbuckel in der Mitte des Haufens saß. Er starrte auf einen Gegenstand, den er mit beiden Händen festhielt: einen dreckigen Bronzeschädel.

»Es ist nichts«, spuckte er, als der Riese den Bücherhaufen erklomm.

Oddrún nickte nur.

Sigvald zeigte auf die sie umgebende Zerstörung. Ein großes Loch war in eine Wand der Bücherei gesprengt worden und erfüllte den Raum mit Mondlicht und Schnee. »Ich habe jeden Text gelesen, den ich finden konnte, und nirgendwo wurde er auch nur erwähnt.« Er schlug mit seiner Faust gegen die blutverschmierte Bronze und ließ den Helm wie eine Glocke erklingen. »Es ist einfach nur Metall, ein dicker, dummer

Haufen aus Metall, hergestellt, um einen dicken, dummen Schädel zu beschützen. Es ist kein Kanal oder Talisman oder irgendetwas, das mit einem Gott verbunden ist. Der Baron war genauso ein Dummkopf wie alle anderen auch.« Er biss die Zähne zusammen, als wäre diese Enttäuschung am schmerzlichsten von allen. »Er hatte absolut unrecht, Oddrún.«

Der Riese antwortete nicht und Sigvald heulte frustriert, sprang auf und warf den Schädel durch die Bibliothek. Er prallte an einem Regal ab und rollte in eine Ecke.

Oddrún beobachtete den Güldenen Prinzen, der sich zurück auf die Bücher fallen ließ und seinen Kopf in die Hände nahm.

»Was für einen Sinn ergibt das alles?«, stöhnte der Prinz. »Ich habe all diese Macht und sie ist nichts wert. Nichts!« Er schaute mit einer Grimasse zu seinem alten Freund. »Sag mir Oddrún – was ergibt das für einen *Sinn*?« Er zeigte auf die Ruine seines Palastes. »Soll ich einfach nur aufbauen und zerstören, immer wieder, bis in alle Ewigkeit, bis ich den Unterschied selber nicht mehr erkenne?« Er ergriff eine Seite Papier, knüllte sie zu einem Ball zusammen und drückte sie so fest, dass die Adern in seiner Faust pochten. Als er das Papier zerdrückt hatte, kam ein leiser, weinender Klang aus seinem Hals und sein Kopf zitterte leicht. »Aufbauen und zerstören«, stöhnte er. »Aufbauen und zerstören.«

Oddrún kletterte etwas näher und setzte sich neben den Prinzen. Er bewegte Sigvalds Finger auseinander und nahm ihm das Papier ab. »Vielleicht auch nicht«, sagte er. »Du bist vom Pakt mit dem Dämon befreit. Vielleicht können wir von vorne anfangen, selbst jetzt noch?«

Sigvald blickte mit Tränen in den Augen auf den Riesen und schüttelte ungläubig seinen Kopf. »Du bist der größte Narr von allen!«, schrie er. »Du bist völlig und absolut verrückt, siehst du das denn nicht? Wann wirst du diesen Irrtum endlich einsehen? Es ist schon eine Art Folter, dir zuzuhören. Du machst mich verrückt. Verstehst du das nicht? Wir können nie wieder normale Sterbliche werden. Es ist verrückt. Verstehst du denn nicht, wie schwachsinnig du bist?« Er zeigte auf den merkwürdigen Körper und fing an durch seine Tränen zu lachen. »Von vorne anfangen? Du lässt ja sogar mich noch normal erscheinen!« Er faste sich wieder an den Kopf und sein Lachen wurde zu einem Stöhnen. Dann saßen die beiden alleine in der Stille der Bibliothek, verloren in ihren eigenen Gedanken, während die entfernten Geräusche der Zerstörung durch die Tür drangen.

Nach einiger Zeit stand Sigvald auf und kletterte von dem Bücherhaufen runter. »Ich werde Freydís finden und verschwinden«, murmelte er. »Komm mit uns, oder auch nicht. Mach, was du willst.«

»Sie ist schon weg«, antwortete der Riese.

Sigvald hielt inne und schaute zu ihm zurück. »Was meinst du damit, ›weg‹? Sie würde nirgendwo ohne mich hingehen.« Ein hysterischer Unterton schlich sich in seine Stimme. »Sie hat sich durch eine ganze Armee durchgekämpft, nur um mich zu erreichen.«

»Der Baron hat sie mitgenommen. Einer deiner Hauptmänner hat gesehen, wie er von der Schlacht weggeritten ist. Er hatte die Prinzessin auf sein Pferd gebunden und ist nach Süden geritten, zurück in sein eigenes Königreich.«

Sigvald zuckte zurück, als wäre er geschlagen worden. »Schüler? Er hat Freydís mitgenommen?«

Oddrún nickte langsam. »Er war kein Idiot, Sigvald; er war ein Lügner. Er hat dich zu einem Krieg getrieben, von dem er hoffte, dass du ihn verlieren würdest. Er wusste, dass der Schädel wertlos war, aber er dachte, die Aufgabe würde dir den Tod bringen.« Der Riese zuckte mit den Achseln. »Er wollte Freydís, aber du warst ihm im Weg.«

Sigvald schüttelte seinen Kopf und schaute hinab auf seine Handflächen, als ob er erwartete, den Baron über seine blasse Haut reiten zu sehen. »Er hat mich betrogen?«

Oddrún nickte.

Sigvalds Schultern fingen an, zu beben, und er heulte erneut. »Schüler, Schüler, Schüler«, schrie er und starrte noch immer auf seine leeren Hände.

Oddrún stand mühsam wieder auf und legte dem zitternden Prinzen seine Hände auf die Schultern. »Ich weiß, dass du dir viel von ihm versprochen hattest«, sagte er.

Sigvald schaute mit einem breiten Grinsen auf den Riesen. »Viel versprochen! Ja!« Er packte die Arme des Riesen. »Aber bei den Göttern, er hat alles übertroffen, was ich mir hätte vorstellen können!« Er warf seinen Kopf zurück und lachte so laut, dass ihm Tränen aus den Augen flossen. »Er hat mich die ganze Zeit angelogen. *Gelogen*. Was für ein wundervolles Genie!«

Der Prinz rannte auf das Loch in der Wand zu und lehnte sich in den Sturm hinaus. »Schüler«, schrie er und seine Augen brannten vor Leidenschaft, »du bist en Genie!«

»Er hat deine Frau gestohlen«, erschrak Oddrún. »Und das auch nur, weil er es nicht geschafft hat, dich zu töten.«

»Genau!«, schrie Sigvald, während er um den Riesen herumging. »Ich wusste es!« Er zeigte mit einem zitternden Finger auf Oddrún. »Vom ersten Moment an, als ich sein Gesicht erblickte, wusste ich, dass er etwas Besonderes war.« Er zog sein Schwert und Schild aus dem Bücherhaufen und schlug sie zusammen, wobei er die Bücherei mit Geräuschen erfüllte und anfing vor- und zurückzutanzen. »Er war ein Südling«, schrie Sigvald und rannte auf den Riesen zu. »Was hatte er noch mal gesagt, wo er herkam?«

Oddrún schüttelte ungläubig seinen Kopf. »Ist das nicht egal?«

»Wo kam er her?«, schrie Sigvald immer noch grinsend.

»Ich glaube, er sagte, dass er aus einer Stadt namens Altdorf stammte.«

»Altdorf«, flüsterte Sigvald und genoss das Wort wie einen Likör. »Was muss das für ein Ort sein.« Er schaute sich seinen zerstörten Palast an und schüttelte seinen Kopf. »Ich habe die Nase voll von dieser Hütte«, sagte er, stürmte durch den Raum und trat die Tür auf, um in den Thronraum zurückzugehen.

Das Chaos wurde noch größer, als Sigvald auf das Podest kletterte, sein Schwert gegen seinen Schild schlug und seine neuen Untertanen betrachtete. Eine ganze Seite des Thronsaals brannte und hunderte weiterer kichernder Mutanten kamen in den Saal, um der Zerstörungsorgie beizuwohnen. Bei dem Anblick von Sigvalds fröhlichem Gesicht heulten sie erfreut und zerstörten noch mehr der Architektur. Sie rissen die Wände mit ihren langen Krallen auseinander und zerbrachen Stühle mit ihren gezackten Schwänzen.

Sigvald beobachtete überwältigt die tobende Masse. Er genoss den Anblick dieser bunten Kreaturen. Durch die zerstörte Tür konnte er noch unzählige andere Wesen entdecken, die auf ihn zukrabbelten und -krochen. Am Ende der Schlacht hatte er alle, die noch in der Lage waren, zu atmen, bezaubert, egal ob sie Norse oder Krieger des Khorne waren. Er schüttelte fasziniert seinen Kopf. Die Dekadente Schar war größer als jemals zuvor.

»Meine Kinder«, schrie er und erhob seine Stimme über das laute Getöse. »Wir sind für unsere Heimat zu groß geworden.« Er zeigte auf die brennenden Gemälde und den zerstörten Marmor. »Diese Wände sind zu einem Gefängnis geworden. Wir müssen nach Süden gehen.«

Die Kreaturen ließen aufgeregte Schreie erklingen, erfreut davon, dass ihr Prinz endlich mit ihnen sprach. »Eine Stadt, in der wir unsere wildesten Fantasien ausleben können, ist reif dafür, erobert zu werden. Und mit so einer beeindruckenden Heerschar«, er deutete mit seinem Schwert auf die lüsternen Kreaturen, »kann mich niemand aufhalten.«

Eine Wolke aus Funken flog um den Prinzen, als er sein Rapier über seinen Kopf hielt und seine Untertanen zu noch größerer Wildheit anstachelte.

»Ich bin Sigvald der Prachtvolle!«, schrie er und lachte wild, wobei der Boden unter ihm bebte. »Reitet mit mir!«

EPILOG

Freydís wachte verwirrt auf, unsicher, wo sie war. Ihre Seite schmerzte unglaublich davon, in einer Schneeverwehung zu liegen, und ihre Hände waren fest verschnürt. Als sie in die Dunkelheit blickte, bemerkte sie, dass sie einen Leinensack über ihrem Kopf hatte. Sie schüttelte sich, aber der grobe Stoff bewegte sich nicht. Sie wurden von Panik erfasst. Hatte Môrd Huk sie gefangen genommen? Sie dachte an die Schlacht zurück, aber nach ihrer Umarmung mit Sigvald konnte sie sich an nichts mehr erinnern.

Sie erinnerte sich nur noch an den letzten Angriff der Norse. »Sigvald?«, flüsterte sie und versuchte, aufzustehen. Ihre Muskeln waren verkrampft und kalt und sie fiel fluchend wieder zu Boden. »Ist da irgendjemand?«, schrie sie, wütend über ihre eigene Angst. Es gab keine Antwort und nur der Wind heulte über das Eis. Als sie sich endlich in eine sitzende Position gebracht hatte, verrutschte der Leinensack etwas und sie erkannte einen kleinen Schlitz in dem Stoff, durch welchen sie eine schneebedeckte Fläche im Mondlicht glitzern sah. Vor ihr stand ein einzelnes Pferd.

»Prinzessin!«, erklang eine Stimme aus der Dunkelheit.

Sie lehnte sich verwirrt nach vorne und dachte für einen Moment, dass das Pferd mit ihr gesprochen hatte. Die Stimme war schwach und verzerrt, als würde der Sprecher sich die Nase zuhalten. Nach einigen Sekunden konnte sie eine Gestalt ausmachen, die durch den Schnee auf sie zukam.

»Wer bist du?«, zischte sie und kämpfte mit ihren Fesseln. »Wie kannst du mich so hier liegen lassen?«

Als er näher kam, konnte sie erkennen, dass es einer von Sigvalds Rittern war. Er trug die übrig gebliebenen Fetzen einer purpurfarbenen Rüstung und hatte ein blutiges Langschwert in seiner Hand. Sein Gesicht war frisch rasiert und er trug Schminke, aber das konnte nicht darüber hinwegtäuschen, dass er dem Tode nah war. Seine Augen starrten wild und seine Haut war grausig über sein knochiges Gesicht gespannt. Außerdem hatte er eine angeschwollene dunkelrote Stelle in der Mitte seines Gesichts. Zuerst konnte die Prinzessin nicht erkennen, was es war, bis sie bemerkte, dass die Nase des Mannes vor Kurzem gebrochen worden sein musste.

»Ich bin es«, lachte er, als gäbe es einen Scherz, über den sie sich gemeinsam amüsierten, »Gustav«.

»Baron Schüler?«, erschrak Freydís und starrte noch genauer auf den Mann.

»Natürlich«, sagte er und grinste verrückt, als er sich neben sie in den Schnee hockte.

Sie schaute ihn schockiert an. Sie erkannte den Baron nicht wieder. Ohne seinen Bart sah er noch ausgemergelter aus und auch deutlich jünger.

Er sah aus wie ein schwindsüchtiges, vom Fieber verwirrtes Kind.

»Wir sind frei, Prinzessin«, sagte er und packte sie an den Schultern, wobei er seine zerbrochenen Zähne offenbarte.

Als sie in die rollenden Augen des Barons schaute, konnte Freydís keinen Funken Verstand mehr erkennen. Der militärische Stolz, der ihn von Sigvalds anderen Tölpeln unterschieden hatte, war verschwunden und ersetzt worden durch den verrückten Blick eines wahnsinnigen Süchtigen. »Warum hast du mich gefesselt, mein Liebster?«, antwortete sie mit weicherer Stimme.

Seine Augen verengten sich. »Ich habe dich mit ihm gesehen«, sagte er und packte sie mit festerem Griff, während er sich näher zu ihr lehnte. »Ich habe dich mit Sigvald gesehen. Ich weiß, dass ich noch mehr machen muss, bevor du tatsächlich nur mir gehörst.«

»Was meinst du?«, antwortete sie mit unschuldiger Stimme. »Hast du unsere gemeinsame Nacht vergessen? Ich habe mein Zeichen auf deiner Haut hinterlassen, Gustav. Wir gehören zusammen.« Der Ritter kicherte und legte bei dem Gedanken daran die Hand auf seinen Brustpanzer. Dann lachte er. »Du spielst wieder ein Spielchen mit mir«, lachte er und stand wieder auf. »Aber ich weiß, wie ich dich gefügig machen kann. Ganz und gar mir ergeben.« Er schaute in den Schneesturm im Süden und hob sein Schwert in die Luft. »Wenn wir erst einmal wieder im Imperium sind, werde ich dein Herz gewinnen.« Immer noch grinsend blickte er zu ihr herab. Sein Kopf zuckte leicht vor Aufregung, als er fortfuhr. »Endlich werde ich meinen Sieg haben, Freydís. Meinen Sieg! Ich habe Sigvalds Macht gesehen und sie verstanden. Ich habe alles verstanden.«

Freydís verspürte Angst. Als das Zucken zunahm, erinnerte es sie an ihren Ehemann in seinem schlimmsten Zustand. Selbst das wahnsinnige Grinsen war gleich.

»Baron«, zischte sie und machte ihn wieder auf sich aufmerksam. Sie wusste, dass sie nur eine Chance zur Flucht haben würde. »Zieh mir doch zumindest diesen Sack vom Kopf.« Sie schüttelte ihren Kopf. »Ich kann dich noch nicht mal richtig sehen, mein Liebster.«

Das Grinsen des Barons wurde noch breiter und er schüttelte seinen Kopf. »Oh nein, liebste Prinzessin. Noch nicht.« Er wischte sich mit einer zitternden Hand über sein Gesicht und blickte wild zu ihr zurück. »Ich muss die Kontrolle behalten.

Nur, bis wir Altdorf erreichen, dann kann ich es mir erlauben, deine Schönheit zu genießen.«

»Sei doch kein Narr«, zischte die Prinzessin. Dann sprach sie mit tieferer, verführerischer Stimme. »Sei doch nicht so grausam«, sagte sie und lehnte sich in seine Richtung. »Wie kannst du an mir zweifeln, mein Liebster?«

Der Baron schien sie nicht zu hören. Er grinste weiter, als er sie vom Boden aufhob und über seine Schulter warf, um sie zum Pferd zu tragen und am Sattel festzubinden.

»Du wirst mich noch lieben lernen«, sagte er, sprang in den Sattel und trieb das Pferd an. Als sie in den Süden ritten, kämpfte Freydís gegen ihre Fesseln und schrie vor Wut, aber der Baron antwortete nur mit Gelächter, einem wilden, hysterischen Lachen, das noch lange durch die Dunkelheit hallte, nachdem das Pferd verschwunden war.

ÜBER DEN AUTOR

Darius Hinks' erster Roman, *Warrior Priest*, gewann den "David Gemmel Morningstar"-Preis für den besten Newcomer. Seitdem schlägt er mit Titeln wie *Island of Blood*, *Sigvald* und *Razumov's Tomb* eine blutige Schneise durch die Warhammerwelt. Kürzlich wagte er sich auch in das Universum von Warhammer 40.000 und schrieb die "Space Marine Battles"-Novelle *Sanctus*. Er plant, in die Finsternis der fernen Zukunft zurückzukehren, sobald er die Geschichte des Waldgottes Orion zu ende erzählt hat. Auf Deutsch erscheint 2013 neben *Sigvald* auch sein Titel *Orion: Die Säulen des Winters*.

Auszug aus
BLUTGEBOREN
von Nathan Long

Der Geruch von Blut stieg ihr in die Nase – noch nicht vergossenes Blut, noch durch Adern strömendes Blut. Sie konnte auch das Rauschen dieses Bluts in den Adern hören, den rasenden, verängstigten Puls, der in ihren Ohren wie das wilde Stöhnen eines Geliebten pochte. Ihre Augen sahen die Welt in den Farben Rot und Schwarz, in düsteren Schatten und in der Glut von Herzensfeuern – Feuer, die sie wärmen und zugleich die unablässig nahende Kälte des Todes abwehren konnten.

Der Geruch wurde intensiver, das Pulsieren lauter, was sie verrückt machte und jeden klaren Gedanken aus ihrem Kopf verscheuchte, bis da nichts anderes mehr war als der Hunger – eine tobende Leere, die danach verlangte, gefüttert zu werden. Der Hunger drohte ihr damit, dass sie sterben würde, wenn er nicht gesättigt wurde, und dass ihr Tod sie nicht von den Schmerzen befreien würde. Der Hunger sagte ihr, dass nichts anderes neben ihm wichtig war, solange er da war – keine Loyalität, keine Ehre, kein Mitgefühl.

Was zählte, war nur, dass sie sich so lange wie irgend möglich am Leben festklammerte, selbst wenn es eigentlich das Unleben war.

Sie konnte das Weinen und Jammern ihrer Beute hören, während sie ihr nackt durch den winterlichen Wald nachstellte. Sie hörte auch das leise Flehen, das an Götter gerichtet war, die sich nicht um das Schicksal dieser Kreatur kümmerten. Ihr Herz raste wie das eines Kaninchens, und der Gestank nach Angstschweiß hatte eine berauschende Wirkung. Nur noch ein paar Schritte, dann konnte sie ihre Fangzähne in den Hals bohren und mit tiefen Schlucken trinken, um die leere Schwärze zu füllen und sich im Schein der Herzensfeuer zu aalen.

Der Mann verließ den Schutz der Bäume und rannte über ein verschneites, vom Mondlicht beschienenes Feld hin zu einer windschiefen Hütte mit ramponiertem Dach, als ginge er davon aus, dass die dünnen Wände ihm Schutz bieten konnten. Einen Moment lang spielte sie mit dem Gedanken, ihn sein Ziel erreichen zu lassen, nur um ein wenig mit ihm zu spielen, um ihm eine letzte falsche Hoffnung zu gewähren, bevor sie die Tür aus den Angeln riss. Aber ihr Verlangen war zu groß und ließ ihr keine Zeit für Spiele. Ihr Hunger wollte nicht länger warten.

Mit einem letzten leichtfüßigen Sprung erwischte sie ihn weit oben am Rücken, wodurch er zu Boden geschickt wurde und durch den Pulverschnee rollte. Er fuchtelte mit den Armen, kreischte vor Angst und versuchte davonzukriechen, aber er war schwach und sie viel stärker als er. Sie presste seine Gliedmaßen zu Boden und umschloss sie mit ihren nackten Beinen, dann packte sie sein Kinn und drückte seinen Kopf nach hinten, damit unter dem struppigen Bart der dreckige Hals des Mannes zum Vorschein kam. Seine Halsschlagader zuckte unter der Haut wie eine Maus, die unter einem Laken gefangen war. Nun, sie war im Begriff, in die Freiheit entlassen zu werden.

Gerade schoss ihr Kopf nach vorn, da bohrte sich etwas dicht neben ihr in den Boden und wirbelte eine Schneefontäne auf. Ein Bolzen aus einer Armbrust.

Wer wagte es sie zu stören, während sie trank?

Ein Mann und eine Frau kamen zu Pferd über das verschneite Feld geritten, sie trugen schwere Mäntel, die im Wind wallten. Die Frau hatte pechschwarze Haare, und unter ihren Pelzen trug sie blutroten Samt, der ihr eine kalte Schönheit verlieh. Der Mann war von muskulöser Statur, mit seiner goldblonden Mähne verkörperte er ritterliche Stärke. Er trug einen stählernen Brustpanzer und hohe Stiefel. In der rechten Hand hielt er eine vergoldete Armbrust, die er bereits für den nächsten Schuss spannte.

Sie bellte ihn wütend an und wandte sich wieder ihrer Beute zu, da sie in ihrer Verzweiflung trinken wollte, bevor die beiden sie tatsächlich davon abhalten konnten. Doch soeben berührten ihre Fangzähne den Hals des Bauern, da rief die Frau ihr etwas zu, was sie im Augenblick vor dem Biss erstarren ließ.

»Nein, Ulrika, das wirst du nicht machen!«

Ulrika antwortete mit einem kehligen Knurren, dann beugte sie sich wieder vor. Das Blut war so nah, dass sie an nichts anderes mehr denken konnte. Sie würden sie nicht davon abhalten.

»Steh auf, Kind!«, rief die Frau. »Gehorche mir!«

Ulrika sträubte sich, doch diese Worte waren wie eine schwere Kette, die man um ihren Hals gelegt hatte und an der man nur zerren musste, um sie von ihrer Beute wegzuziehen. Dagegen konnte sie sich nicht wehren. Sie kauerte über den Bauern gebeugt und bebte vor ohnmächtiger Wut, dann sah sie zu der Frau und dem Ritter mit dem goldenen Haar, die ihre Pferde unmittelbar vor ihr zum Stehen brachten.

»Hoch mit dir«, forderte die Frau sie auf. »Lass ihn gehen.«

»Ich habe Hunger«, wimmerte Ulrika.

»Und du wirst etwas zu trinken bekommen«, erwiderte die Frau, die ihr die beringten Finger entgegenstreckte. »Aber nicht hier, und nicht auf diese Weise. Nicht wie ein Tier. Jetzt steh auf.«

Der Wunsch, sich auf ihre Peinigerin zu stürzen, war fast übermächtig, doch Ulrika wusste, sie konnte das nicht machen, weil sie es nicht überleben würde. Mit einem trotzigen Knurren richtete sie sich auf, ihre nackten Beine zitterten vor Hunger und vor unterdrückter Gewalt. Trotzig hob sie das Kinn und betrachtete die Frau und den Ritter, während der zu ihren Füßen liegende Bauer kläglich jammerte.

Der Ritter zog angewidert die Oberlippe kraus, als er sie von Kopf bis Fuß musterte. Das Gesicht der Frau blieb so starr wie das einer Statue.

»Du musst lernen, dich unter Kontrolle zu halten, meine Liebe«, sprach sie. »Oder habe ich deinen Freunden nicht versprochen, dass ich euch beibringen werde, wie man anderen nichts antut?«

Die Gesichter ihrer früheren Gefährten zuckten vor Ulrikas geistigem Auge vorbei – der Dichter, der Zauberer, der Zwerg. Was würden sie wohl sagen, wenn sie sie jetzt hier sehen könnten, nackt und wild, mit Klauen und Fangzähnen wie ein Wolf? Es war ihr egal, schließlich waren sie nur Fleisch, weiter nichts.

»Ich habe niemandem etwas versprochen«, grollte sie.

»Aber ich«, beharrte die Frau. »Und ich breche ein Versprechen nur äußerst ungern, deshalb wirst du dich jetzt zurückhalten. Habe ich mich klar ausgedrückt?«

Ulrika sah sie weiter aufgebracht an, schließlich ließ sie aber den Kopf sinken. »Ja«, sagte sie. »Ich werde mich zurückhalten.«

Die Frau lächelte sie honigsüß an. »Gut. Dann komm her, sitz hinter mir auf, und wir werden nach Nachthafen zurückkehren.«

Unwillig ließ Ulrika den am Boden kauernden Bauern hinter sich und sprang mit einem einzigen Satz ohne Anlauf auf den Pferderücken. Sie machten kehrt und hielten auf den Feldweg zu, der an der verschneiten Fläche entlangführte. Dabei bemerkte Ulrika mehrere Gestalten, die sich vor dem Eingang der baufälligen Hütte drängten – ein alter Mann, eine junge Frau, zwei ungewaschene Kinder, alle in lumpige Nachthemden gekleidet. Sie verbeugten sich tief vor der Frau, als sie an ihnen vorbeiritt, und berührten respektvoll die Stirn. Gleich darauf eilten sie zu dem Bauern, der immer noch wimmernd dort lag, wo Ulrika ihn zurückgelassen hatte.

Ulrika war zwei Wochen zuvor gestorben.

Adolphus Krieger – ein ehrgeiziger Vampir, der die belagerte Stadt Praag aufgesucht hatte, um dort nach einem mächtigen Relikt zu suchen – hatte sie als Geisel genommen, um dem Tod zu entkommen, den ihre Freunde Max Schreiber, Felix Jaeger, Gotrek Gurnisson und Snorri Nasenbeißer für ihn vorgesehen hatten. Zwar war es Kriegers Absicht gewesen, sich ihrer zu entledigen, sobald Praag hinter ihm lag, doch dann hatte er Gefallen an ihr gefunden und damit ihr Schicksal besiegelt.

Auf einer hunderte Meilen langen Reise allein mit dem Vampir in einer Kutsche, die auf verschneiten Wegen in Richtung Sylvania unterwegs war, hatte sie lange Zeit versucht, sich gegen sein unnatürliches Charisma zu wehren, aber schließlich war sie ihm erlegen und hatte Krieger gestattet, von ihr zu trinken. Danach war sie nicht mehr Herr über ihren Willen, und als sie Schloss Drakenhof erreichten, wo er seine unbezwingbare Armee aus Untoten auferstehen lassen wollte, da hatte sie nicht widerstehen können, als er ihr sagte, er werde sie zu seiner Königin machen – und dann hatte er ihr den Blutkuss gegeben. Es war das Ritual, das sie hatte sterben und als Vampirin zu neuem Leben erwachen lassen.

Zu Kriegers Unglück hatten ihre Freunde die Verfolgung nicht vorzeitig abgebrochen, sondern sie trafen nur wenig später auf Drakenhof ein und befanden sich dabei in der Begleitung einer gewissen Gräfin Gabriella, jener Vampirin, die Krieger vor langer Zeit den Blutkuss gegeben hatte und die nun darauf aus war, seinem Ehrgeiz einen Strich durch die Rechnung zu machen. Gemeinsam war es den beiden Männern, den zwei Zwergen und der Vampirin gelungen, Krieger zu töten – und Ulrika zur Waise zu machen.

Gotrek hatte sie ebenfalls töten wollen, da sie seiner Meinung nach ein Geschöpf der Finsternis war und es für sie keine Wiedergutmachung geben konnte. Doch die Gräfin hatte ihm und den anderen versprochen, sich um Ulrikas Ausbildung zu kümmern und ihr beizubringen, dass sie niemandem etwas antun durfte. Der Slayer hatte sich widerwillig einverstanden erklärt und Gabriella erlaubt, sie mitzunehmen.

Als sie in jener ersten Nacht Ulrika nach Burg Nachthafen brachte, erzählte sie ihr, dass es einmal eine Gräfin von Nachthafen gab, die mehr als zweihundert Jahre dort gelebt hatte. Manchmal war sie die Ehefrau des Grafen gewesen, manchmal die Tochter, mal eine Cousine oder eine lange verschollen geglaubte Nichte. Doch welchen Namen sie auch trug, ob sie blond oder dunkelhaarig, jung oder alt, mürrisch oder freundlich war, es war immer nur diese eine Frau, deren wahrer Name und Geburtsort hinter so vielen Verkleidungen und Lebensläufen versteckt worden war, dass sie selbst fast nicht mehr wusste, wer sie war und woher sie kam.

In ihrer gegenwärtigen Inkarnation nannte sie sich Gräfin Gabriella von Nachthafen, eine weit gereiste Dame der Gesellschaft, aufgewachsen und zur Schule gegangen in Altdorf, wo sie die Burg ihrer Tante erbte, die zehn Jahre zuvor bei einem tragischen Jagdunfall ums Leben gekommen war. Die Gräfin, die über die Burg und die kleine, darunter gelegene Stadt gleichen Namens herrschte, war eine freundliche und gerechte Herrin, die aber von ihren Bediensteten absoluten Gehorsam verlangte. Die wussten alle ganz genau, wer und was sie war, ebenso welchen Namen und welches Aussehen sie derzeit gewählt hatte.

Dass diese Gräfin nun auch glaubte, die absolute Herrin über Ulrika zu sein, und daher von ihr den gleichen bedingungslosen Gehorsam verlangte, das war für Ulrika eine Sache, die sie nur schwer akzeptieren konnte.

»Ich lasse mir nichts befehlen!«, knurrte sie die Gräfin an, während sie nackt in dem dunklen, mit allem erdenklichen Luxus ausgestatteten Turmgemach hin und her ging, das Gabriella ihr gegeben hatte. »Ich bin keine Dienerin! Ich bin die Tochter eines Bojaren! Ich habe hundert Kossaren befehligt! Ich kann meine Abstammung tausend Jahre zurückverfolgen!«

»Und ich kann meine Existenz tausend Jahre zurückverfolgen und mich an jeden Tag erinnern«, erwiderte die Gräfin gelassen, die in ihrem karmesinroten Kleid auf einem Mahagonistuhl mit hoher Rückenlehne Platz genommen hatte. »Glaubst du, deine Abstammung könnte mich beeindrucken, wenn ich meine Blutlinie bis zum Adel von Nehekhara zurückverfolgen kann? Dein Volk sind barbarische Kinder, die kaum in der Lage sind, aus ihrer Krippe zu krabbeln. Du selbst warst gerade mal zwanzig, als dieser Narr von Krieger sich wandelte, und heute bist du noch keine zwei Wochen tot.«

»Ich bin eine eigenständige Frau!«, brüllte Ulrika sie an und stampfte mit dem bloßen Fuß auf dem dicken Teppich auf, der auf dem Steinboden ausgebreitet lag. »Ich besitze immer noch meinen freien Willen!«

»Das ist nicht wahr«, widersprach Gabriella, und obwohl sie nicht lauter wurde, hatte ihre Stimme auf einmal einen Befehlston angenommen, der Ulrika zusammenzucken ließ, als erwarte sie jeden Moment einen Schlag ins Gesicht. »Hätte ich Krieger am Leben gelassen, wäre es seine Sache gewesen, sich um deine Ausbildung zu kümmern, aber da er tot ist, habe ich nun diese Aufgabe zu erledigen.« Sie spielte mit einer Sanduhr aus Gold und Kristall, die auf dem mit Samt drapierten

Tisch gleich neben ihr stand. »Ich hätte dich mühelos umbringen und mir sehr viel Arbeit ersparen können, aber da Krieger durch mich entstand und du durch ihn, verspürte ich eine gewisse familiäre Verpflichtung dir gegenüber. Ich hoffe, ich werde meinen Entschluss nicht bereuen.«

»Ich muss nicht ausgebildet werden«, knurrte Ulrika. »Ich weiß, wie man trinkt.«

Gabriella lachte. »Du meinst, so wie du es heute Nacht versucht hast? Kind, ein Säugling weiß, wie er an einer Zitze nuckeln muss, aber du hast keine Ahnung.« Sie stand auf und ging auf Ulrika zu, die vor ihr zurückwich. »Jeder Vampir ist allen anderen Vampiren gegenüber dazu verpflichtet, zurückgezogen zu leben und heimlich zu trinken. Wenn nämlich einer von uns entdeckt wird, dann wecken wir damit schlafende Hunde und bringen uns alle in Gefahr. Würde ich dich durchs Land ziehen und dich rücksichtslos jedes beliebige Opfer töten lassen, dann wärst du nicht die Einzige, für die sich die Hexenjäger interessieren. Sie werden sich fragen, wer wohl sonst noch seine Fangzähne versteckt hält. Sie werden umherziehen und Fragen stellen, und sie werden mit Laternen und silbernen Klingen in Grüfte hinabsteigen und sich umsehen. So etwas kann ich nicht zulassen, und deshalb musst du ausgebildet werden. Du musst lernen, wie man nicht trinkt. Du musst lernen, wie du deinen Hunger kontrollierst, damit du nicht von ihm kontrolliert wirst, weil du sonst dich und mich dem ignoranten Zorn der Masse aussetzt.«

Die Gräfin wandte sich von Ulrika ab und klatschte zweimal in die Hände. Die Tür zu dem kreisrunden Raum ging auf, ein gut aussehender junger Mann in schlichtem Wams und Hose trat ein, verbeugte sich tief und wartete ab. Den Kopf hielt er gesenkt, die Hände hatte er nervös an seine Taille gelegt.

»Also«, begann Gabriella und wandte sich zum Tisch um. »Johannes ist willig, deinen Kuss zu empfangen. Aber er ist der Jüngste meiner Herde, deshalb musst du sanft mit ihm umgehen. Und du musst geduldig sein.« Sie griff nach der Sanduhr. »Damit du Selbstbeherrschung lernst, wirst du nun warten, bis der Sand durchgelaufen ist, ehe du ihn kostest. Wenn es so weit ist, darfst du weder Leidenschaft noch Gewalt ins Spiel bringen – und du darfst ihn auch nicht töten.« Sie drehte die Sanduhr um und ging zur Tür. »Ich werde zurückkehren, wenn du fertig bist. Alles Gute.«